D1717451

Axel P. Müller wurde 1947 in Köln geboren und hat Betriebswirtschaft studiert. Zu seiner beruflichen Tätigkeit im Marketing der Energiewirtschaft gehörten etliche Reisen innerhalb und außerhalb Europas.
Seit 2012 ist er pensioniert.
Sein erster Roman „Perfidie" handelt von der Reaktorhavarie in Tschernobyl. Danach erschienen „Rachegold", „Henker & Sohn", „Orientalische Vision" und „SchicksalsSchläge". Mittlerweile arbeitet er an seinem siebten Roman.

Flaumer

alias

Manchot

Eine Expedition für Erwachsene in die Märchenwelt

Roman

Axel P. Müller

Nehmen Sie die Menschen
wie sie sind,
andere gibt´s nicht.

Konrad Adenauer

Erwachen

Es war eng, sehr eng. Er konnte sich in der Enge kaum noch bewegen. Sein Nacken schmerzte, er konnte ihn nicht strecken. Sein Rücken und damit die Wirbelsäule waren gekrümmt wie ein kurz vor dem Abknicken gebogener Duschschlauch. Genau wie früher. Das war schon etliche Male mit ihm geschehen. Er war nicht normal, wie die Leute sagen würden. Und damit hatten sie recht. Leider oder glücklicherweise? Es stimmte, er entsprach nicht der Norm, obwohl ihm nicht ganz klar war, was der Norm entsprach. War das denn wirklich erstrebenswert?

Flaumer, wie er seinerzeit wegen seines fremdartigen Bewuchses genannt wurde, spürte seine Hüften schon gar nicht mehr, seine angezogenen Beine hatten keinen Millimeter Bewegungsfreiheit. Die Arme hatte er vor der Brust fast bewegungsunfähig verschränkt. Jedes Mal, wenn er aus seinem unendlich tiefen komatösen Schlaf erwachte tauchte die Frage auf, wie er sich wohl aus seinem engen Gefängnis befreien könnte? Er glaubte, diese mehr als unangenehme Beengtheit keine Sekunde länger aushalten zu können. Er versuchte mit aller Kraft die Beine auszustrecken, die Arme vom Körper abzuspreizen. Erfolglos. Das Behältnis, in das er eingepfercht war, gab keinen Millimeter nach. Nicht einmal ein Knacken oder Knistern ließ Raum für die Hoffnung auf ein Berstgeräusch aufkeimen. Vielleicht hätte er mit etwas Essbarem ausreichend Kraft gehabt, die Hülle zu sprengen. Der Hunger ließ seinem Magen ein Gewitterdonnergrollen von sich geben. Natürlich hatte er auch Durst. Und der Frischluftvorrat schien auch langsam zur Neige zu gehen, obwohl die Außenhülle porös und luftdurchlässig war, wenn auch im Wachzustand unzureichend.

Trotz der Enge, und es war sehr eng, versuchte er die minimale Bewegungsfreiheit zu nutzen und seine Position in dem Gefängnis zu verändern, um es vielleicht zum Kippen bringen zu können. Durch eine Kraftanstrengung würde er das Gehäuse nicht zum Platzen bringen, er konnte lediglich versuchen seine Lage zu verändern, um eine Außeneinwirkung zu erzeugen. Durch stetige Gewichtsverlagerung brachte er das Gefängnis in leichte Wipp Bewegung, er war auf dem richtigen Weg. Hoffnung keimte in ihm auf. Der Kopf, bekanntlich das schwerste Körperteil, hatte noch am meisten Platz für seitliche Bewegungen, durch ständiges Hin- und Herwiegen brachte er das Gehäuse in eine stetige aber leichte Pendelbewegung. Er musste das unbedingt verstärken. Mit unermüdlicher Kraftanstrengung brachte er die Hülle in eine wiederkehrende Schaukelbewegung, die sich, wie er spüren konnte, immer mehr verstärkte.

Er durfte nicht aufgeben, er wusste nicht, ob er für eine Wiederholung der Bemühungen noch ausreichend Energie gespeichert hatte. Er würde sich sehr lange ausruhen müssen und ob er ohne Essen und Trinken nochmals solch eine Anstrengung aufbringen könnte, jetzt wo er aufgewacht war, war fraglich. Er durfte nicht verzweifeln, er musste hellwach bleiben. Er hatte keine Zeit, darüber nachzudenken. Der Grat zwischen Erfolg und Niederlage war rasierklingenscharf.

Ganz plötzlich und völlig unerwartet hatte sich das Etwas, in dem er sich befand ruckartig bewegt und war zunächst unglaublich langsam, dann immer schneller werdend ins Rollen geraten. Ihm wurde schwindlig von der Rotation. Sein Kopf knallte gegen die unnachgiebige Schale, erst links, dann rechts. Sein überdehnter Rücken wurde irgendwo unsanft aufgeschlagen. Danach krachte er mit dem Kopf erneut mit aller Wucht gegen die beengende Außenhülle, die etwas Hartes getroffen haben musste. Danach landete er mit einem ohrenbetäubenden Krachen und Knacken auf seiner linken Seite. Das Rollen hatte aufgehört und sich zurück in eine sanfte kurz andauernde Schaukelbewegung verwandelt. Er war noch benommen. Als sich sein Schwindelgefühl etwas gelegt hatte und er wieder halbwegs denken konnte, bewegte er probeweise, soweit es seine enge Hülle hergab, nacheinander alle Gliedmaßen und stellte beruhigt fest, dass er wohl keine nennenswerten Verletzungen davongetragen hatte, nichts gebrochen, vielleicht ein paar Beulen oder Prellungen. Nicht der Rede wert. Das überlaute krachende Geräusch bei der Landung war durch einen Bruch entstanden. Keine Fraktur seiner Schädeldecke oder eines anderen Knochens, sondern durch einen Bruch seiner Außenhülle. Er konnte einen schmalen Spalt ausmachen, der sich diagonal von rechts unten nach links oben seines Gefängnisses zog. Vielleicht setzte sich der Riss sogar weiter fort, was er aber nicht sehen konnte, da er seinen Kopf nicht wie den einer Eule nach hinten drehen konnte.

Er spannte alle Muskeln an und das durch Mark und Bein gehende Berstgeräusch trat erneut auf, wenn auch mit geringerer Intensität. Er versuchte die Beine mit aller Kraft zu strecken und sah, dass sich die Fuge geringfügig verbreiterte, aber auch genauso schnell schrumpfte, wenn er mit dem Druck nachließ. Das Gefängnis musste genau wie früher zerstörbar sein, auch wenn es seinen Gefangenen dabei ziemlich erschöpfte. Er musste eine Schwachstelle der Hülle finden, die seiner Kraftanstrengung weniger Widerstand leistete als bisher. Er versuchte immer wieder sein Rückgrat trotz Schmerzen zu strecken, seine angewinkelten Arme auseinander zu pressen und irgendwann, er hatte gerade nicht sonderlich aufgepasst, schien sich der Schlitz in der Seitenwand zu vergrößern. Er verkleinerte sich auch nicht wieder und er konnte wieder freier atmen. Hunger und Durst verspürte er jetzt nicht mehr, auch die Enge machte ihm plötzlich nichts mehr aus. Er sah jetzt klar sein Ziel vor Augen. Sein Bestreben endlich das Gehäuse zu sprengen, nahm seine ganze Aufmerksamkeit in Anspruch. Er verbuchte langsam zunehmenden Erfolg seiner Bemühungen, der Spalt wurde größer und länger und wohl nur noch durch eine netzartige Haut zusammengehalten. Endlich barst die Schale vollends mit einem langanhaltenden Krachen und das Netzgebilde verringerte mit einem zischenden Saugton seine

Spannkraft. Ein großer Teil des Behältnisses klappte seitwärts weg wie die leere Kugelhälfte bei einem Experiment des Otto von Guericke.

Gleißendes Sonnenlicht blendete ihn, er hielt sich unwillkürlich die Hand vor die Augen bis er sich an die Helligkeit halbwegs gewöhnt hatte. Bisher nur gedämpft wahrgenommene Geräusche drangen nun überlaut, weil ungefiltert in seine Gehörgänge. Aus dem als zunächst anschwellendes Rauschen wahrgenommenen, kristallisierte sich zu-nehmend eine noch undefinierbare natürliche Melodie heraus, die weniger unangenehm, sogar beruhigend wirkte.

Ihn fröstelte. Er kroch aus seiner Hülle und legte sich genüsslich der Länge nach auf den Rücken in die wärmende Sonne. Es war eine Wohltat, sich wieder ausstrecken zu können, seine Wirbelsäule dankte ihm durch Schmerzfreiheit die ungekrümmte Position. Er blinzelte in den strahlend blauen Himmel, der von Kondensstreifen durchzogen war, diese sonderbaren Streifen kamen ihm fremd vor, solche Wolken hatte er nie zuvor wahrgenommen. Sonnenstrahlen und die Wärme sog er auf wie ein Schwamm das Wasser, ringsherum spendeten ausladende dicht belaubte Baumkronen kühlen Schatten, den er nach Trocknung seines dunklen flaumigen Hautbewuchses gerne aufsuchen würde. In dem Astwerk hüpfte eine ungezählte Menge kleiner Vögel wie aufgeregt hin und her, wobei sie vielstimmiges Pfeifen, Zwitschern oder Schnarren von sich gaben, das ihn noch vor ein paar Minuten gestört hatte. Jetzt erfreute er sich an dieser vielstimmigen Hintergrundmusik, ja, jetzt klang sie schon fast vertraut, er hörte das wirre Vogelorchester nicht das erste Mal. Er erinnerte sich, wie er früher mit Begeisterung durch den Wald gestreift war und versucht hatte, die Vogelstimmen zuzuordnen, wenn auch mit geringem Erfolg. Bei diesen Naturbesuchen hatte er sich stets gewundert, wie laut diese kleinen Tiere pfeifen und zwitschern konnten, aber sie mussten offenbar von ihren weiblichen Artgenossen über längere Strecken gehört werden können. Der Geräuschpegel stammte aber nicht ausschließlich von Vögeln, er vernahm immer noch ein diffuses Rauschen. Er würde diesem nicht zum Gezwitscher passenden auf den Grund gehen, doch zunächst wollte er seinen zerbrochenen Kokon untersuchen, in dem er so lange Zeit zugebracht hatte. Durch die Betrachtung des Behältnisses drang langsam seine Erinnerung in den Vordergrund, es bestand aus einem fingerdicken Material, das sein Körper selbst entwickelt hatte. Er hatte es bereits vor geraumer Zeit mehrmals untersucht, aber keine Hinweise auf die Herkunft gefunden. Es war ein organisches Material, ähnlich einer Kalk- oder Hornmasse, da es aber bräunlich war, konnte es auch eine andere Konsistenz haben. Im Inneren einer Schalenhälfte fand er dunkelbraune Reste einer stinkenden Masse. Überhaupt, das Ding stank, es stank sogar sehr, irgendwie säuerlich und zugleich modrig, jedenfalls abgestanden, wenigstens roch es nicht nach Exkrementen. Im Inneren der geschlossenen Hülle hatte er den Geruch überhaupt nicht bemerkt. Vielleicht zersetzte sich da etwas erst mit dem frischen Sauerstoff. Er deckte Laub, abgestorbene Äste, ausgerissene Grasbüschel und etwas Erde auf die Trümmer, um sie vor neugierigen Blicken zu schützen.

Ihm war auch nicht klar, wie lange er in diesem Gehäuse gehockt hatte, jedes Gefühl für Zeit war ihm abhandengekommen. Genau wie üblich. Auf einer kleinen Bodenwelle hatte er in seinem Gefängnis gesessen und durch sein Schaukeln das ovale Behältnis zum Kippen gebracht. Als die Hülle das Gleichgewicht verloren hatte, war es dann von dem winzigen Hügel gerollt und von rundgewaschenen Findlingen gestoppt worden. Dabei war dann der rettende Knacks in der Schale entstanden, der endlich seine Befreiung ermöglichte. Er erinnerte sich, dass er dies befreite Gefühl bereits mehrmals erlebt hatte und sich jedes Mal darüber gewundert hatte, wie er die Hülle sprengen konnte, vielleicht wurde das Material durch Sonneneinstrahlung oder den Sauerstoff spröde.

Die Sonnenwärme hatte mittlerweile den nahezu schwarzen Flaum, der weite Teile seines Körpers bedeckte, getrocknet.

Sein Gesicht, sowie Hände und Füße waren bewuchsfrei. Der Flaum bestand nicht aus Haaren, sondern aus feinen daunenähnlichen dunkelbraunen nahezu schwarzen winzigen Federn, wie sie frisch geschlüpfte Küken bedecken, obwohl die helle Haut überall durchschien. Er rubbelte über sein strähnig verklebtes Gefieder, das durch die elektrische Ladung danach abstand wie der Pelz einer trockenen Bisamratte, die unter Haarausfall litt.

Die Umgebung, in der er sich seines Gefängnisses entledigt hatte, bestand aus vereinzelten riesigen Bäumen, deren ausladende Kronen große Flächen einer Wildwiese in Schatten tauchten. Das Gras der Wiese war nicht mehr einheitlich grün und eine Vielzahl von gelben, blauen und roten Blumen unterbrach die Einförmigkeit der braunen Grasblüten. Die Wiese wurde von Millionen kleiner verschiedenartiger Lebewesen bevölkert. In Bodennähe wurde das Zwitschern der Vögel durch ein stetiges Brummen, Summen und Zirpen überlagert, es erinnerte ihn an das Instrumentenstimmen im Orchestergraben, nur wesentlich leiser, aber ähnlich intensiv. Es war eine Idylle, nichts schien das Getier auf der Nahrungssuche zu stören, lediglich einige Vogelarten fanden unter den umherschwirrenden Insekten ihre Opfer und flogen dann mit vollem Schnabel eilig davon. Wahrscheinlich wollten die kleinen Raubvögel schnell zu ihrem Nest, um die immer hungrige Brut zu mästen. Somit war es eine nahezu friedvolle Welt, trotz der mordenden Vögel. Die Brutalität der Tierwelt wurde ihm wieder vor Augen geführt, als eine räuberische Libelle versuchte eine Mücke zu fangen, während sie in vollem Flug von einem Raubvogel mit Krummschnabel geschlagen wurde. Guten Appetit sprach er leise vor sich hin.

Und doch störte ein schon früher gehörtes unidentifiziertes Geräusch, das nicht von Tieren stammte, die natürliche Umweltmelodie. Nicht unangenehm, aber stetig. Er rappelte sich auf, konnte aber nichts entdecken. Er ging langsam durch die Wiese in Richtung des fremden Rauschens, wobei er eine Unzahl von flug- oder sprungfähigem Getier aufscheuchte, die in ihrer stetigen Nahrungssuche gestört wurden. Das Geziefer ließ sich aber nicht lange von ihrem Vorhaben abbringen und saß bald wieder auf einem der üppig vorhandenen Objekte der Begierde. Wahrscheinlich fluchten die kleinen Wesen auf den ungelenk herum stapfenden Riesen im schwarzen Pelz, oder sie hatten mangels Intellektes und Erinnerungsvermögens längst wieder vergessen, dass und von wem sie gestört worden waren.

Zunächst wollte er aber Poseidon seinen Dank aussprechen, dass er ihn mal wieder wohlbehalten erweckt hatte.

Nach kurzer Zeit, er hatte nicht mehr als dreißig seiner Körperlängen hinter sich gebracht, entdeckte er die Herkunft dieses Rauschens. Ein quirliger Bach hüpfte mäandernd über Kieselsteine, Holzreste und ausgewaschenes Erdreich diagonal durch die Wiese. Das Wasser schien kristallklar und führte keine sichtbaren Fremdstoffe mit sich. Endlich konnte er seinen unbändigen Durst stillen. Er kniete sich vor das Rinnsal und versenkte seinen ganzen Kopf in dem erfrischend kühlen Nass. Er trank. Er trank langsam, aber in großen Zügen. Ihm war nicht bewusst, wie lange er nichts mehr getrunken hatte, aber es musste eine geraume Zeit her sein. Das Wasser war köstlich, kühl und klar, einfach unwiderstehlich. Er fühlte sich nicht nur erfrischt, sondern sogar gestärkt. Er setzte sich an das Ufer und versenkte Hände und Füße in dem Bach. Die Erfrischung ließ auch sein Gehirn wieder arbeiten. Seine Gedanken sprudelten durch seinen Kopf, wie der Bach durch die Wiese. Zu lange hatte er nicht mehr denken müssen, sein Denkvermögen war wohl trotz Feuchtigkeitsmangels während des möglicherweise langen Tiefschlafs eingerostet gewesen.

Er überlegte, was nun zu tun sei. Zunächst brauchte er Nahrung, soweit er es beurteilen konnte, schien ihm in unmittelbarer Umgebung nichts Essbares zu sein. Er erinnerte sich, dass viele Früchte, Beeren und Pflanzen genießbar waren, aber er wusste, dass viele davon eben auch giftig oder zumindest ungenießbar sein konnten. Die, die er sah, kannte er nicht, auch scheute er Experimente, die auf schlimme Unverträglichkeiten hinauslaufen konnten. Seine Kenntnisse von der Botanik waren ohnehin nicht allzu profund. Er hatte sich nie selbst um die Verzehrbarkeit der jeweiligen Wald- oder Wiesenpflanzen gekümmert. Er hatte sich immer auf das Urteil Anderer verlassen. Er hatte immer Pilzgerichte geliebt, sich beim Verzehr aber immer der Sachkunde von Fachleuten anvertraut. Viel zu oft hatte er von Leuten mit schlimmen Vergiftungserscheinungen gehört, die den Experten nicht geglaubt hatten und gegen deren Rat einen gutaussehenden Pilz verzehren wollten. Das Resultat war dann die Konsultation von inkompetenten Medizinern gewesen und mit mancherlei Beschwerden verbunden. Und das was in seinem Blickfeld war, kannte er nicht. Halt, da war doch Löwenzahn, den konnte man seiner Erinnerung nach doch essen. Aber welcher Teil des Gewächses war essbar? Die Blüte erschien ihm wenig vertrauenswürdig. War es der Stiel oder die Blätter? Er pflückte eine der gelben Blumen und sogleich trat aus der Abrissstelle eine milchige Flüssigkeit aus dem hohlen Stängel, er probierte mit der Zunge den Saft und musste sich schütteln, er war unendlich bitter. Er biss in ein Blatt, es war weniger bitter, aber von dem Urteil „geschmacklich gut" meilenweit entfernt. Trotzdem riss er ein paar Blätter aus und kaute sie, trank noch etwas Wasser und wusste, dass er einen Plan entwerfen musste. Neben seinem schier unstillbaren Hunger war er nackt, der schwarze Flaum war zwar auf Kopf und Brust dicht, jedoch bedeckte den Rest seines Körpers nur ein schütterer Teppich von dem schwarzen Bewuchs. Den Hunger könnte er noch eine Zeit lang unterdrücken, bei seiner Nacktheit ließ sich aber nichts unterdrücken. Unter richtige Menschen durfte er mit seiner Blöße nicht kommen. Er überlegte, behelfsweise ein Kleidungsstück aus Pflanzenteilen zu flechten, verwarf die Idee aber gleich wieder, wie hätte er das Blattwerk befestigen können. Früher hatte man ihm nachgesagt, er sei in handwerklichen Dingen immer schon ungeschickt gewesen. Er liebte Fische und anderes schwimmendes Getier, konnte aber in dem Bach nichts Sättigendes ausmachen. Vögel zu fangen widerstrebte ihm aus kannibalischen Gründen, zu sehr vogelähnlich fühlte er sich als deren verwandter Nachfahre der urzeitlichen Reptilien. Außerdem wie sollte er die flinken Flitzer fangen und ein Feuer zu entfachen schien ihm auch zu zeitaufwändig. Er musste jedenfalls etwas tun. Irgendetwas. Er wusste ja nicht einmal welche Richtung er einschlagen sollte, entschied sich dann für die Mottentaktik, dem Licht entgegen. Er schritt in Unkenntnis einer Entfernung zu dem Unbekannten, was er suchte, kräftig aus.

Die Sonne heizte den Ungeschützten ordentlich ein und schon bald sehnte er sich nach dem kühlenden Bach zurück. Als der Zentralstern sich anschickte hinter den Baumwipfeln am Horizont zu verschwinden, machte er in beträchtlicher Entfernung ein vermutlich bäuerliches Anwesen aus. Er sah zwar keine Tiere, die grasten, glaubte aber anhand der langgestreckten Gebäude Stallungen zu identifizieren. Er schätzte die Länge des Stalls auf mehr als 100 Meter, indem er die geschätzte Baumhöhe auf die Horizontale übertrug. Die Bauweise war ihm genauso unbekannt wie das verwendete Baumaterial. Das langgestreckte Bauwerk glänzte silbrig, nur das Dach war mattgrün, man verwendete doch kein Metall für ein Gebäude, höchstens graues Zink für Dachabdichtungen oder Kirchendächer und die waren dann meist von Patina grün oder oft golden und nicht silbern. An viele Baustoffe konnte er sich erinnern, Holz, Stein, Tonerde oder manchmal Schieferverkleidung, glänzende Häuser kannte er nicht. Er schritt auf das Anwesen zu, das mit einem brusthohen grünen Zaun abgegrenzt war. Eine Katze streunte durch das hohe Gras, als sie ihn witterte, begann sie zu fauchen und krümmte ihren Rücken zu einem Buckel. Beneidenswert dachte er sich, das hätte ich in meinem Gefängnis können müssen. Das Biest mit ihrem überdimensionalen Kopf sah furchterregend aus und die Laute, die es von sich gab, verstärkten noch seinen Respekt. Er machte einen Schritt auf das getigerte Vieh zu und sie zeigte nun ebenfalls Hochachtung vor ihm, denn sie hüpfte eilig in ausladenden Sprüngen über das Gras und verschwand. Er schrieb die Flucht des Vierbeiners seiner beeindruckenden Statur zu und musste unwillkürlich schmunzeln. Er setzte seinen Erkundungsgang an dem Zaun entlang fort und entdeckte hinter einem der glänzenden Gebäude ein Haus in einer Bauweise, die er noch gut kannte, mit einem Spitzdach und die Außenmauern mit einem hässlichen grau-beige Verputz. Die Tür des Hauses stand offen und versetzt vor der Tür lag ein beachtliches Tier, vermutlich ein Hund, dessen Rasse er nicht kannte. Das Fell hob sich farblich kaum von dem Verputz des Hauses ab. Neben der Eingangstür stand eine grüne Bank, auf der eine ältere Frau saß, vor ihr stand ein kräftiger Mann, der mit ihr sprach. Die auf die Entfernung unverständliche Konversation bestand aus kurzen Sätzen, als erteile die Alte ein paar Befehle und der Mann nickte nur einige Male zustimmend, wie das bei Männern seit Generationen anerzogen war. Der Beobachter duckte sich in das hohe Gras, um nicht aufzufallen und wartete dort bis die Sonne endlich gänzlich hinter den Bäumen versunken war. Er sah in dem Haus die einzige Möglichkeit etwas Nahrhaftes zu finden. Nackt wie er war, wollte er aber vermeiden die beiden, insbesondere die Alte in einen Schockzustand zu versetzten und beschloss, falls möglich, sich etwas auszuleihen. Man lief in der so genannten Zivilisation einfach nicht nackt herum, das galt als unschicklich, obwohl ehemals die Menschen Kleidung lediglich benötigten, um sich zu wärmen. Sein pelzartiger Flaum, der auf Zonen seines Körpers teilweise wucherte, war nicht dicht genug, um ihn Ganzkörperbedeckung zu nennen. Eigentlich galt der Bekleidungszwang nur für Menschen und nicht für Tiere, aber er sah nun mal ziemlich, nein, absolut menschenähnlich aus.

Zum Kauf oder Tausch von dem Nötigsten hatte er kein Geld und auch keinen Wertgegenstand, also musste er stehlen. Auch wenn er es später zurückbrächte, wäre es juristisch gesehen Diebstahl, jedenfalls war das früher so gewesen. Das Wort alleine war ihm ein Gräuel. Was aber sollte er alternativ anstellen? Er könnte sich so lange verstecken, bis es Manna und Kleidung regnete. Wahrscheinlich wäre er bis dahin verfault. Er entschied sich die Entwendung als Leihe zu definieren, falls er es überhaupt schaffen sollte, sich etwas zu organisieren. Später würde er die Leute entschädigen, irgendwie würde er das schon schaffen.

Die beiden waren mittlerweile im Haus verschwunden, vielleicht aßen sie zu Abend, ihm lief bei dem Gedanken das Wasser im Mund zusammen. Sein einziges Problem schien nur noch die beige Bestie vor der offenstehenden Haustüre zu sein, der Zaun konnte kein unüberwindliches Hindernis sein. Mit zwei Schritten Anlauf flankte er über das Gitterwerk, mit seinem linken Fuß landete er auf etwas Dickem, Hartem und knickte um. Ein stechender Schmerz machte sich in dem Sprunggelenk bemerkbar. Er trat vorsichtig auf und prüfte, ob er sich etwas verstaucht hatte, aber offensichtlich hatte er Glück gehabt, der Schmerz wurde dumpfer. Er stieß mit dem Außenrist an das harte Etwas und erkannte, dass es kein Stein, sondern ein Knochen gewesen war, der bei seiner Landung Schmerz verursacht hatte. Ein Knochen durchzuckte ihn der Gedanke. Ein Knochen könnte hilfreich sein, wenn es sich bei dem großen Vieh vor dem Bauernhaus um einen Hund handeln sollte. Er nahm den abgenagten Knochen, der aus der Beinscheibe eines Rindviehs stammen musste, auf, er war völlig vom Fleisch befreit und wohl auch nicht mit den stabilen Zähnen eines kräftigen Hundes zerkleinerbar gewesen. Er hielt ihn mit gespreizten Fingern in der Hand und spuckte darauf, um möglichst viel von seinem eigenen Geruch auf das Stück Gebein zu übertragen. Er verteilte seinen Speichel auf der Oberfläche, das sollte wohl genügen, schließlich roch er nicht nach Menschen. Langsam schlich er sich in Richtung Haus. Das langhaarige Vieh, auf das noch ein paar Lichtstrahlen aus dem Haus fielen, hatte bereits seit längerer Zeit Witterung aufgenommen. Der Kopf war angehoben, die Ohren standen leicht ab, zu seiner Erleichterung wedelte die Bestie mit dem Schwanz. Aus seiner Erfahrung wusste er, dass dies ein Zeichen friedlicher Gesinnung war. Er schlich sich unendlich langsam auf das unablässig schwanzwedelnde Tier zu und beobachtete ihn genauestens, desgleichen wurde von dem Hund wachsam jede seiner Bewegungen genauestens registriert. - Untier beobachtet Bestie, oder umgekehrt.- „Bitte nicht bellen", flüsterte er, „meinetwegen ein bisschen knurren, aber nicht bellen." Er streckte die Hand mit dem verwitterten

Knochen vor und das beige Vieh erschnüffelte etwas Schmackhaftes, stand auf und schnupperte. Außer seinem Schwanz und seiner Nase bewegte er kein Körperteil. Flaumer war sich nunmehr sicher, dass es sich um einen Hund handelte. Die Figur hatte er wie ein Schäferhund, nur die Schnauze war flacher und das Fell schien weicher und länger zu sein, außerdem machte er einen friedlicheren Eindruck. Nunmehr trennte die beiden nur noch ein knapper Meter voneinander, der Hund näherte sich nun langsam und leckte an dem Knochen, dann nahm er ihn ganz behutsam zwischen die Zähne, etwas Speichel tropfte von seinen Lefzen, legte sein ehemaliges sowie neues Eigentum zwischen seine Vorderpfoten und beleckte die Beute. Dann roch er an Flaumers Fingern, leckte daran, verlor das Interesse und machte sich über den Knochen her, der ihm noch schmackhaft erschien, obwohl es wahrscheinlich seine eigene Reservemahlzeit für Notzeiten sein sollte, die er sich aus einem Fressens-Überschuss versteckt hatte. Langsam und geräuschlos bewegte sich der Fremde nunmehr Richtung Haustüre, der Hund kümmerte sich nur noch um seinen Knochen, Flaumer hörte die Hundezähne an dem Geschenk kratzen, das wohl für seine Zähne zu hart war, es knackte gelegentlich.

An der Haustür angekommen, inspizierte er zunächst einmal behutsam die Lage. Dann schlich er sich geräuschlos in die Diele. Bei angelehnter Stubentür drang gedämpftes Licht in den Flur, das seine Orientierung ermöglichte. Ein paar Menschen unterhielten sich, wobei Unterhaltung übertrieben war, es flogen Satzfetzen hin und her, es ging wohl um das Wetter und die davon abhängenden Aufgaben für den nächsten Tag. Untermalt wurde das Gespräch von Geschirrgeklapper. In dem langen geräumigen Hausflur stand ein alter bäuerlich bemalter Dielenschrank, die Grundierung war dunkelgrün und auf der Türe war ein bunter Blumenkorb gemalt. Der Lack war an den Ecken und Kanten kaum noch vorhanden, Generationen hatten sich wohl aus Balancegründen daran festgehalten und beim Transport von sperrigen Gütern wenig auf das alte Stück geachtet. Plötzlich stockte sein Atem, er hatte sich nähernde

Schritte hinter der Tür gehört. Er versteckte sich schnell hinter dem Schrank in einer Nische. Erleichtert stellte er fest, dass die Person wieder kehrtgemacht hatte. Langsam senkte sich sein Blutdruck wieder auf Normalniveau.

Aber, und das erregte seine volle Aufmerksamkeit, neben dem Schrank gab es einen Kleiderhaken, an dem stinkende verschmutzte Männerkleidung hing. Egal, ob verschmutzt und stinkend, es war Kleidung. Wahrscheinlich hatte die jemand dort abgehängt, nachdem er den Stall ausgemistet hatte, oder eine ähnlich schmutzige Arbeit verrichtet hatte und den Dreck nicht in die Stube tragen wollte und durfte. Er griff sich das Hemd, die Weste, die Hose, eine Schirmmütze und ein paar alte Gummischuhe. Zu seiner Entzückung lagen oben auf dem Schrank Äpfel und Tomaten zum Nachreifen, er stopfte sich davon eine Anzahl in die Schuhe und Hosentaschen. Anziehen und Essen konnte er später in Ruhe. Er entfernte sich mit hastigen Schritten von den Gebäuden. Im Vorbeigehen sah der Hund, ohne den Kopf zu heben nur kurz aus den Augenwinkeln auf und drückte seine Schnauze zum Schutz auf den Knochen, als müsse er ihn verteidigen. In wenigen Minuten hatte Flaumer sich weit genug von dem Gehöft entfernt, um einen ersten Biss in eine Tomate zu wagen, sie war einfach köstlich. Erst jetzt wurde ihm klar, wie hungrig er wirklich war. Er zog seine Beute an, obwohl es dunkel war konnte er im Mondlicht erkennen, dass die Hose fast vor Dreck in einer Ecke stehen konnte, die Weste war wohl blau mit ehemals weißen Streifen auf den Ärmeln und an dem Bund fadenscheinig, das Hemd stank nach Schweiß und Undefinierbarem. Die Bauern waren aber auch wirklich rücksichtslos, sie hätten wenigstens frisch gewaschene Sachen dort hinhängen können. Die Sachen passten leidlich, jedoch die Nahrungsmittel entschädigten ihn für den Gestank und den Schmutz. Er aß alles in einem Schwung auf, er leckte sich die Lippen und fühlte sich sogar halbwegs gesättigt. Die merkwürdigen antikweißen Gummischuhe hatten genau wie die Weste drei Streifen an der Seite, die in der Dunkelheit seltsam leuchteten, was ihm eigentlich gar nicht gefiel, er wollte keinesfalls auffallen. Solche sonderbaren Schuhe hatte er noch nie gesehen, schmiegten sich aber perfekt an den Fuß an und waren zudem federleicht. Manches Mal gab es also doch Fortschritte, die man als Fortschritt bezeichnen konnte. Er erinnerte sich nur ungerne an die letzten Schuhe, die seine Füße zusammengepresst hatten. Eigentlich waren es eher Stiefel gewesen, die bis über den Knöchel geschnürt wurden und bleischwer waren. Darüber trug man noch Gamaschen und zwar unabhängig von der Jahreszeit. Die Gamaschen hatten im Winter nur wenig gewärmt, ließen aber im Sommer den Schuhinhalt anschwellen, so dass man glaubte, das Leder müsse jeden Moment bersten.

Er setzte munter den Weg über die Wiese ins Ungewisse fort, den er bei Tageslicht eingeschlagen hatte. Der Mond wies ihm die Richtung, er hatte kein Ziel, wenn man einmal davon absah, dass er einen Broterwerb suchte. Er war nicht hungrig und nicht durstig, wusste aber auch, dass die paar Früchte nicht lange für ein Sättigungsgefühl sorgen würden.

Nach einem ausgedehnten Marsch durch die Dunkelheit, der einige Stunden gedauert hatte, gelangte er an einen schwarzen Weg, der nicht gepflastert, sondern mit einem fremdartigen Masse bedeckt war. Die Oberfläche des Weges war griffig und doch ohne Unebenheiten. An den Wegrändern und in der Mitte waren strahlend weiße Streifen aufgemalt, die das Mondlicht reflektierten. Schon wieder Streifen! Streifen am Himmel, Streifen an der Jacke, Streifen an der Hose, Streifen auf den Schuhen und jetzt auch noch Streifen auf dem Weg. Vielleicht war er diesmal in einer Streifenzeit gelandet. Er kannte die verschiedenen Erdzeitalter, er kannte die Zeiteinteilungen des Menschseins von Steinzeit über Eisenzeit bis in die Neuzeit. Er kannte die historischen Kulturepochen bis hin zu Biedermeier und Jugendstilzeit und jetzt hieß die Periode wahrscheinlich Streifenzeit. Er war neugierig, jemand würde ihm schon sagen können, wie die jetzige Epoche sich wohl offiziell nannte. Er würde sich gerne am Zeitablauf orientieren können und die Jetztzeit einordnen.

Plötzlich und völlig unerwartet war die Straße in gleißend helles Licht getaucht. Ein Ungeheuer mit feurigen Augen und einem infernalischen Gebrüll raste mit einer für unmöglich gehaltenen Geschwindigkeit auf ihn zu. Er machte einen rettenden Hechtsprung in den Straßengraben, in der Hoffnung, die reißende Bestie habe ihn vielleicht noch nicht bemerkt. Sein Herz klopfte, dass er glaubte, seine Brust und seine Schläfen würden zerplatzen wie Luftballone. Er hatte seinen Schrecken noch nicht im Griff, als das Untier auch schon an ihm vorbeigerast war, ohne sich auch nur im Geringsten um ihn zu kümmern. Er atmete schwer und betastete seine schmerzenden Glieder, die Landung nach seinem Rettungssprung war nicht allzu sanft geraten. Mit der Brust war er auf einer Flasche gelandet. Zu seiner Verwunderung war sie aus einem weichen Glas gefertigt, auch weiches Glas kannte er nicht. Das Material bestand aus einem knackenden durchsichtigen Stoff mit vielen Querrillen, die sich wie Streifen um den Weichglaskörper zogen. Schon wieder Streifenzeit dachte er, allerdings leuchteten die Streifen diesmal nicht. Er untersuchte die Flasche etwas genauer, sofern es das Mondlicht zuließ. Sie war extrem dünnwandig und biegsam. Er drückte den Korpus zusammen und mit einem lauten Plopp flog der undurchsichtige Verschluss von dem Flaschenhals. Seltsames Zeug, aber nicht unpraktisch. Er massierte seine Brust, die noch leicht schmerzte, klemmte sich die Flasche unter den Arm und kroch aus dem Straßengraben. Bei Licht wollte er den Fund genauer untersuchen, der Werkstoff hatte ihn neugierig gemacht. Jedenfalls war er froh, dass sich beim Entkorken des gläsernen Behältnisses kein Flaschengeist über seinen Kopf erhoben hatte. Bei diesem Gedanken hatte er über seine traumgläubige Eingebung lächeln müssen, dem Relikt der uralten Märchen aus 1001 Nacht.

Er klopfte seine Kleidung ab, konnte aber in dem kargen Mondlicht keinen neuen Flecken erkennen außerdem wurde er sich schnell der Unsinnigkeit seines Unterfangens klar, bei den verschmutzten Kleidungsstücken würde wohl auch ein Schlammbad keinen Unterschied erkennbar werden lassen.

Kaum war er mit seinem Reinigungsversuch fertig, wurde der Weg erneut taghell erleuchtet, diesmal kam das brüllende

Ungeheuer aus der anderen Richtung. Mutiger geworden, durch die Erfahrung mit der ersten Bestie, die ihn nicht beachtet hatte, sprang er in den Straßengraben und hockte sich hinter den blühenden Ast eines Holunderbusches. Das sonderbare Monster raste wieder mit lautem Knurren an ihm vorbei. Es schien wieder überhaupt keine Notiz von ihm zu nehmen. Zunächst hatte er befürchtet, die Bestie sei auf der Suche nach ihm zurückgekehrt. Offensichtlich war diese Annahme jedoch eine Fehleinschätzung der Situation gewesen. Aber wenn diese brüllenden Ungeheuer kein Interesse an ihm hatten, was suchten sie in der nächtlichen Dunkelheit auf dem gestreiften Weg? Und vor allem, warum rasten die Viecher wie vom Teufel getrieben daher? Das machte doch alles keinen Sinn. Oder sollten das vielleicht gar keine Tiere sein, sondern eine Weiterentwicklung der Dampfmaschinen? Er hatte früher einmal Dampfmaschinen auf Rädern gesehen, sie fuhren aber auf eisernen Schienen, waren wesentlich größer, lauter und langsamer. Außerdem stießen sie rhythmisch Unmengen von Rauch und Dampf aus. Aber wieso brauchten dann die Dinger keine Schienen, hatte das vielleicht etwas mit den leuchtenden Streifen auf dem Weg zu tun?

Wie lange mag er wohl diesmal in seiner Hülle verbracht haben? Er konnte es auch nicht annähernd abschätzen, es konnte genauso gut ein Jahr wie ein Jahrzehnt, ein Jahrhundert oder sogar ein Millennium gewesen sein. Das letzte Mal waren es nahezu zwei Jahrhunderte gewesen, die ihm wie ein Tag vorgekommen waren. Damals war er froh und glücklich gewesen, sich von dieser kriegsseligen Welt verabschieden zu dürfen. Er hatte sogar spontan ein intimes Fest veranstaltet als er spürte, wie sich seine Haut verdickte und seine Gelenke steifer wurden. Ein Pazifist, wie er nun einmal war, hatte sich sein Leben lang vergeblich um Frieden bemüht. Die Welt war ihm vorgekommen wie ein Torfbrand, war das eine Schwelfeuer halbwegs unter Kontrolle, stieg an anderer Stelle schon wieder Rauch auf. Seine Diplomatie war an allen Stellen gefordert, Überzeugungsarbeit war mühevoll und die starrsinnigen Diktatoren und debilen Autokraten auf der Welt schienen sich unaufhaltsam zu vermehren. Im Vergleich zu seinen früheren Beschäftigungen musste Sisyphos während einer Erholungskur geschuftet haben.

Wie lange hatte er geschlafen? Er konnte sich nicht an einen Traum oder ein Ereignis irgendeiner Art während des geistigen Unbewusstseins erinnern. Ihm war nicht einmal klar, ob er etwas erlebt hatte und es nur vergessen hatte oder ob da gar nichts gewesen war. Wie lange hatte er wohl in seiner Hülle verbracht? Er konnte es nicht einmal annähernd abschätzen, es müssen Jahre des Dämmerzustandes gewesen sein. Vielleicht sogar Dekaden, möglicherweise Jahrhunderte, nach dem Zustand seiner Wirbelsäule zu urteilen als er aufwachte, war es diesmal sehr lange, zu lange gewesen.

Das letzte Mal hatte sein Schlafzustand mehr als zweihundert Jahre gedauert. Er wusste noch genau, wie froh er gewesen war, sich endlich wieder von der Welt verabschieden zu dürfen. Er hatte damals genug von diesen Europäern gehabt. Die regierenden Fürsten oder Könige hatten nichts anderes in ihren Köpfen gehabt als nur Kriege, Kriege und nochmals Kriege. Der Eine wollte ein Gebiet erobern, der Nächste wollte sich nur bereichern oder rächen oder wieder Andere ihren Glauben verbreiten. Er dachte an das einzige Erfolgserlebnis an das er sich erinnern konnte, die langwierige zähflüssige Verhandlung und Unterzeichnung eines Friedensvertrages. Eigentlich war er nur der Vermittler der streitenden Parteien gewesen, hatte aber die mühevolle Arbeit machen müssen. Er war fünf Jahre lang unentwegt zwischen den fast sechzig Kilometer entfernten Nachbarstädten Osnabrück und Münster hin und her geeilt, hatte etliche Kutschen und Pferde verschlissen, Unmengen von Papieren bekritzelt, hatte geredet und verhandelt. Die verfeindeten Parteien wollten nicht miteinander sprechen, obwohl alle einen Waffenstillstand anstrebten, aber persönliche Verhandlungen wollten sie vermeiden. Die Sturheit der Herrscher war grenzenlos. Wieviel Mühe hatte es gekostet den Verhandlungsführern auch nur einige winzige Kompromisse abzuringen mit dem einzigen Ziel, dass sich die verfeindeten Parteien Schrittchen für Schrittchen aufeinander zubewegen konnten. Bei den Parteien hatte es sich um die schwedische Königin Christina, den französischen König Ludwig den Vierzehnten und den Habsburger Kaiser Ferdinand den Dritten gehandelt. Zusammen mit dem Gesandten des Letztgenannten, Graf Johann-Ludwig von Nassau-Hadamar hatte er diese unglaublich schwierige Aufgabe zu einem glücklichen Ende gebracht. In die Geschichtsbücher war dieses Abkommen als der westfälische Friedensvertrag eingegangen, obwohl es zunächst im eigentlichen Sinne des Vertrages lediglich ein nacktes und vorläufiges Waffenstillstands Abkommen war, das erst einige Jahre später ein wirklicher Friedensvertrag wurde. Es war ein unvorstellbar befriedigendes Glücksgefühl gewesen diesen Vertrag mit Unterschriften und Siegeln versehen in den Händen zu halten, beendete er doch den Dreißigjährigen Krieg und gleichzeitig noch den Achtzigjährigen Befreiungskrieg der Niederlande, doch konnte das Hochgefühl seine Erschöpfung und das unvorstellbare Leid der Bevölkerung nicht im Entferntesten ausgleichen. Die gesamte Bevölkerung in den von den Kriegen betroffenen Gebieten war um mehr als fünfzig Prozent dezimiert worden. Es herrschte unendliches Elend unter der Bevölkerung. Dies war nicht ausschließlich den direkten Kriegshandlungen geschuldet, sondern auch Hungersnöten, da die Felder mangels der Knechte, die als Soldaten im Krieg waren, nicht ordnungsgemäß bestellt werden konnten, Seuchen infolge von Unterernährung und den Raubzügen marodierender Soldaten. Nein, an diese Epoche wollte er nicht erinnert werden, alles war zu grausam und schrecklich gewesen. Man hatte der leidenden Menschheit nicht helfen können, Mitleid war keine Hilfe, Mitleid war eine Betäubung des Gewissens. Damals war er diesem Europa dermaßen überdrüssig gewesen, dass er mit Freude seiner langen Rast entgegensah. Er war noch nie in seinem Leben so gerne und schnell in seinen tiefen Schlaf versunken. Er hoffte inständig, dieses Mal eine friedlichere Zeit erleben zu dürfen. Der große Nachteil seines Lebens war sein nicht vergessen können, er hatte immer noch die Grausamkeiten der Vergangenheit seines periodischen vorherigen Weltendaseins vor Augen. Grausamkeiten waren es in erster Linie gewesen. Sein Wissen aus der Historie hat ihn meist innerhalb kurzer Zeit in eine einflussreiche Position katapultiert, sei es als Berater eines Herrschers oder als Advokat der Patrizier oder Zünfte. Seiner irdischen Güter wurde er nach der Reinkarnation, wie er seine Verpuppung scherzhaft nannte, jeweils verlustig. Immer musste er von Grund auf alles in Angriff nehmen. So dachte er mit einer gewissen Wehmut an seine goldene Taschenuhr denken, die er für seine Vermittlungsbemühungen um den Friedensvertrag vom damaligen Kaiser Ferdinand dem Dritten überreicht bekommen hatte. Sie war zwar voluminös und schwer, zeigte auch lediglich die Stunden und Minuten an, war aber als Statussymbol mit den kaiserlichen Insignien schon damals begehrt und zeugte von Reichtum. Reichtümer unterlagen aber nicht der Athanasie, waren keineswegs für die Ewigkeit mit ihm verbunden und beim Wiedererwachen waren sie nicht mehr auffindbar. Zu viele Jahre hatten zwischen Verlust und Aufwachen gelegen. Vielleicht hatte ein Mittelloser das wertvolle Stück gefunden und damit ein paar Jahre seine monetären Sorgen beseitigen können. Er hätte es ihm gegönnt.

Tankstellenleben

Am Horizont sah er hinter ausladenden Baumkronen langsam die Morgendämmerung aufsteigen, er war also die ganze Nacht hindurch an dem schwarzen ungepflasterten Weg mit Streifen entlanggewandert. Etliche der lärmenden seltsam stinkenden Ungeheuer mit den glühenden Augen hatten ihn in den Straßengraben vertrieben, obwohl sie keinerlei Interesse an ihm gezeigt hatten, wählte er die sichere Variante, indem er sich kurzfristig versteckte, zu groß war sein Respekt vor der Geschwindigkeit und Kraft dieser lärmenden Bestien.

Zum Ausruhen hatte er sich auf einen weiß angepinselten Stein gesetzt, der mal wieder mit einem breiten schwarzen Streifen verziert war, und träumte davon, wie es wohl wäre, wenn er die sonderbar knackende Flasche unter seinem Arm voll mit kühlem Quellwasser gefüllt hätte. Unterwegs hatte er sich einen kleinen glatten Kieselstein gesucht, den er nun fortwährend lutschte, um sein Durstgefühl zu unterdrücken. Wenigstens stieg am Horizont die Sonne auf, somit würde er mit Poseidons Hilfe größere Chancen haben, sich zurecht zu finden.

Er war wohl derart in Gedanken oder Träume vertieft, dass er nicht bemerkt hatte wie eines dieser Ungeheuer geräuschlos langsam ausrollte und vor ihm hielt. Er wollte wieder in seinen mittlerweile heimatlichen Graben springen, aber irgendetwas hielt ihn davon ab. Eine Fensterscheibe senkte sich wie von Zauberhand und dahinter erschien das freundliche Gesicht einer blonden Frau. Sie musterte ihn kritisch und fragte, ob er eine Autopanne habe. Sein Gesicht war in diesem Moment nicht gerade von Intelligenz gekennzeichnet, er verstand überhaupt nicht wovon sie redete. Da die Dame lächelte und sehr freundlich wirkte, stand er von seinem Ruhestein auf und ging ein paar Schritte auf sie zu. Er nickte ihr lächelnd zu und setzte die Mütze ab, was die Blondine wohl als Bestätigung ihrer Frage betrachtete. Eine Tür klappte auf und die Lächelnde meinte, sie könne ihn bis zur nächsten Tankstelle mitnehmen.

Er zwängte sich noch zögernd in den unfassbar bequemen Sitz und bedankte sich für die freundliche Einladung, obwohl er nicht wusste, was eine Tankstelle sein sollte. Er saß also in so einem Ding, das er bis vor wenigen Minuten noch als Ungeheuer bezeichnet hatte. Immer noch lächelnd, forderte sie ihn auf, seine Tür zu schließen, aber er fand keine Türklinke und fingerte an einem Hebel herum. Ihr Lächeln war einem Lachen gewichen, sie beugte sich über ihn, erfasste einen Handgriff und knallte die Luke zu. „Was Sie da betätigen wollten war die Einstellung für den zweiten Rückspiegel, der Wagen gehörte nämlich mal zu einer Fahrschulflotte." Er murmelte etwas in ihre Richtung, was so viel bedeuten sollte, ich kenne mich mit so einer Sache nicht aus.

Das Ungeheuer setzte sich langsam in Bewegung und ehe er sich versah, wurde er von der Beschleunigung in das weiche Polster gedrückt, dass es unmöglich wurde, sich vorzubeugen. Er krallte sich mit beiden Händen an einem Griff fest und stemmte die Füße mit aller Kraft auf das Bodenblech. Er bemerkte, dass er aus schwarz umrandeten Augen seitlich gemustert wurde.

Sie fragte ihn unverblümt: „Wo kommen Sie eigentlich her? Man könnte meinen, das sei ihre erste Autofahrt?"

Er wusste nicht, was er darauf antworten sollte. Die Wahrheit wäre viel zu kompliziert gewesen und geglaubt hätte sie ohnehin keiner der heutigen Menschen. Auch damals hatte er jeweils einen langwierigen Erklärungsbedarf nachkommen müssen. Wenn aber alle Menschen heutzutage ähnlich freundlich zu ihm sein würden, wie er erfreut feststellte, könnte eine neue, hoffentlich positive Epoche seines unlogischen unwahrscheinlichen Lebens begonnen haben. Sollte er zugeben, dass er überhaupt nicht wusste, was eine Autofahrt war? Vom Wort her hatte er gelernt, dass Auto so viel wie selbständig bedeutete, aber was damit gemeint war, konnte er nur erraten. Nun ja, vielleicht hieß diese Kutsche so, weil sie keine Pferde vorgespannt hatte.

Also stammelte er: „Wenn ich, also wenn ich Sie richtig verstanden habe, nennen Sie dieses Gefährt Auto?"

Sie musterte ihn erneut mit gerunzelter Stirn von der Seite, irgendetwas belustigte sie. „Sagen Sie, wo kommen Sie her? Sind Sie dem Mittelalter entlaufen?"

Er konnte kaum die Wahrheit erzählen, das wäre denn doch kaum glaubhaft gewesen. Auch konnte er nicht zugeben, dass sie mit ihrer Frage überraschend nahe an die Tatsachen herangekommen war. Seine Historie könnte er eventuell später einer Vertrauensperson eröffnen, dazu war es jetzt aber noch zu früh. Also musste er mal wieder mit einer ihm verhassten Lügen aufwarten. Er wandte ihr sein Gesicht zu und gestand ihr mit bedrückender Miene, er sei ein so genanntes Findelkind gewesen, in einem Kloster von Mönchen erzogen worden, habe landwirtschaftliche Aufgaben erledigen müssen und nun das erste Mal alleine Ausgang. Dann führte er die Geschichte weiter aus, um noch etwas glaubhafter zu erscheinen, er habe bisher nur innerhalb der Klostermauern gelebt und sei nunmehr für ein paar Monate in die Zivilisation entlassen worden, um die Menschen und die Welt kennen zu lernen.

„Das ist aber ein Ding, wenn ich das meinen Freundinnen erzähle, glauben die mir kein Wort." Sie schüttelte den Kopf und sah ihn sich etwas genauer an. „Dann ist mein Wagen wohl das erste Auto, das sie sehen? Und bin ich etwa auch die erste Frau, die sie zu Gesicht bekommen?"

Er war rot angelaufen, nicht dass er sich schämte, aber er hatte erst jetzt, als er sie genauer betrachtete bemerkt, dass die Frau neben ihm nackte Beine hatte. Sie schien es nicht zu stören, dass sie den Blick unter ihrem kurzen Rock fast bis zur Scham gestattete. Das letzte weibliche Wesen, das er derart entblößt gesehen hatte, war in einem Badehaus vor unendlich vielen Jahren gewesen. „Ja, allerdings, das ist tatsächlich das erste Auto in dem ich sitze und sie sind auch die erste Vertreterin des anderen Geschlechts, die ich in Natura sehe." Er verschwieg, dass sie nur die erste fast nackte fremde Frau war, die er sah. Er kannte nur bodenlange weite Röcke und hochgeschlossene Kleider. Die Dame neben ihm hatte ein transparentes Wams an, das bis zum Busen aufgeknöpft war und jeden neugierigen Blick in ihr Dekolleté freigab. Sie war nicht mit diesen vielen

Lagen Stoff verhüllt, die die begehrenswerten weiblichen Körper der Damenwelt vor hundert Jahren versteckten, nicht in diese atemberaubenden geschnürten Korsetts gezwängt, die eine Wespentaille vortäuschen sollten, nein hier lag eine Bekleidung vor, die weniger Stoff aufwandte als eine Motte zum Frühstück vertilgen wollte.

Der Wagen glitt mit unvorstellbarer Geschwindigkeit über den gestreiften Weg, verglichen mit den früheren Kutschfahrten, an die er sich noch allzu gut erinnerte, war dies mehr ein Schweben oder Dahingleiten als ein Fahren. Man spürte kein Gerumpel und Gestoße durch Schlaglöcher oder Steine und das trotz des hohen Tempos.

Sie unterbrach seine Begeisterung für die Fahrt: „Ich besitze eine Tankstelle in der Nähe und habe mich heute für die erste Schicht eingeteilt, es gibt morgens um diese Zeit noch nicht viel zu tun. Ich lade sie gerne zu einem Kaffee ein, dann können sie mir erzählen, wie das Leben in einem Kloster so abgeht und welche Zukunftspläne sie haben. Nun, hätten sie Lust?"

„Das ist sehr fürsorglich, ich bedanke mich aufrichtig für die Einladung, die ich gerne annehme. Ich muss jedoch gestehen, dass ich Keinen Taler und keine andere Münze in meinen Taschen habe. Ich benötige auf das Dringlichste Kleidung, Unterkunft, Geld und Nahrung. Vielleicht können sie mich beraten, wie ich mir dies alles am schnellsten beschaffen könnte."

„Soll das etwa bedeuten, dass die Pfaffen sie ohne einen Cent in die Welt entlassen haben? So weltfremd und naiv können doch selbst hundertjährige Mönche nicht sein. Oder soll das so eine Art Prüfung sein, wie gut sie sich in der heutigen Gesellschaft ohne monetäre Mittel durchschlagen können? Man sagt, Geld regiert die Welt, ohne einen gewissen Betrag in der Tasche ist man einfach verloren."

Beinahe hätte er gesagt, das Gegenteil habe er im Laufe der Zeit des Öfteren bewiesen, das sei keine neue Situation für ihn, konnte sich aber noch rechtzeitig zurückhalten. Die Lüge bezüglich des Klosters war nicht schlecht gewesen, barg aber eine gewisse Gefahr, sich zu verraten, wie alle ungeplanten

Lügengebäude. Stattdessen sagte er, er sei jung, was ebenfalls gelogen war, kräftig und nicht dumm, somit könne er nahezu jegliche Arbeit verrichten, um sein Leben zu finanzieren.

Sie fuhr vor ein gläsernes Gebäude mit einem freischwebenden Vordach. Unter dem Dach standen mehrere hellblau lackierte Metallschränke mit kleinen Fensterchen auf der Vorder- und Rückseite. Vor den blauen Kästen steckten in Halterungen metallene undefinierbare Gebilde mit langen schwarzen Schläuchen. Die blonde Dame schloss mit einem winzigen Schlüsselchen noch winzigere Lämpchen von Rot auf grün. Dann tippte sie mit ihren überlangen glitzernden Fingernägeln auf ein paar Tasten herum und eine riesige Glasscheibe mit blauen Streifen teilte sich in zwei Hälften und gab den Zugang zu einem Meer von bunt gefüllten Regalen frei, ohne dass jemand „Sesam öffne dich" gesagt hätte. Er kam aus dem Staunen nicht heraus, unversehens wurde es in dem Raum taghell und kleine grelle Lichter von der Decke strahlend blendeten ihn. In dem seltsamen Gebäude tat sich ihm eine Welt von kleinen bunten Schachteln knisternden Tüten, glänzenden Heften und gestreiften Flaschen auf. Er konnte nicht fassen was er sah, die Regale waren zum Bersten vollgepfropft mit unzähligen Artikeln. Sein Erstaunen nahm noch erheblich zu als eine seltsam sphärische Musik von irgendwoher ertönte, nicht laut, trotzdem störend, absolut exotisch, unmelodisch, durch Gehämmere unterbrochen und oft schrill. Er ließ die Pseudomelodie und den Text eine Minute auf sich wirken und identifizierte die Wörter als Englisch mit wenig Sinn, es ging wohl um Liebe in einer ihm unbekannten Situation.

Es gab so unglaublich viele Dinge, die er bewundern musste. Er beobachtete die emsige Tankstellenbesitzerin wie sie etliche verschiedenartige Knöpfe an unterschiedlichen Kästen und Apparaten betätigte und jedes Mal flammte ein rotes, gelbes oder grünes Lämpchen auf, dessen Sinn und Zweck ihm zunächst verschlossen blieb. Die blonde Dame wuselte geschäftig hinter einer mit bunten Gegenständen überladenen Theke hin und her, betätigte hier etwas, drückte dort etwas holte einen gelben Kasten mit Brötchen herein und begann diese aufzuschneiden, mit Butter zu bestreichen und legte Wurst oder Käse darauf, nicht ohne Tomatenscheiben und Salat als Verzierung zu vergessen.

„Der Kaffee ist gleich soweit, nur noch ein wenig Geduld." rief sie ihm zu, die Geräuschkulisse übertönend.

„Wie darf ich Sie ansprechen?" fragte er neugierig, „mein Name ist Manchot."

„Ich heiße Heidi Steiner, aber alle nennen mich nur Heidi. Möchtest du Wurst oder lieber Käse haben? Ich denke, Salamibrötchen entsprechen eher dem Männergeschmack?"

Er nickte stumm und sah sich während sie das Frühstück vorbereitete neugierig in dem gläsernen Raum um. Er spürte einen Windzug, konnte aber kein Fenster ausmachen. Die Luft kam aus schmalen Schlitzen an den Fenstern und an der Decke. Ein kurzes schrilles Piepsen unterbrach seine Entdeckungstour und Heidi rief ihm zu, dass jetzt alles bereit sei. Sie füllte die schwarze Flüssigkeit aus einem silbrigen Kasten in überdimensionale Tassen und stellte eine davon auf eine gläserne Ablage.

„Mit Milch und Zucker musst du dich selber bedienen. Wie wäre es vorab mit einem Croissant zum Kaffee? Die sind noch warm, frisch vom Bäcker geliefert, so schmecken Sie am besten."

„Frau Heidi, ich habe ihnen gestanden, dass ich kein Geld besitze und nichts bezahlen kann, Sie erinnern sich?"

„Papperlapapp," rief sie, „heute bist du mein Gast und wir hatten uns außerdem darauf geeinigt, uns bei den Vornamen zu rufen, also nenn mich bitte Heidi und lass das Sie weg."

Sie nahm eine große Tüte mit Fettflecken aus einem gelben Kasten und legte die noch duftenden Croissants auf ein Blech in der Glastheke, zwei positionierte sie auf Teller und legte eine winzige Serviette dazu, schließlich forderte sie ihn mit einem Kopfnicken dazu auf, zuzugreifen. Er schlürfte ein paar Tropfen des noch brühend heißen Kaffees und biss dann herzhaft in das knusprige fettige Gebäck, es schmeckte ausgezeichnet.

Hinter der Theke sah er ein Blatt Papier auf dem in großen Buchstaben stand:

Aushilfe per sofort gesucht.
Auskünfte erteilt Frau Steiner.

Er deutete auf den Zettel, „was soll die Aushilfe denn machen? Meinst du ich könnte das? Du weißt, ich brauche dringend Geld und sofern mich die Aufgaben nicht überfordern, wäre ich gerne bereit als Aushilfe zu arbeiten. Ich würde alles erledigen und bin mir für keine niedere Arbeit zu schade."

Sie sah ihn mit gerunzelter Stirn grübelnd an. „Ich will keine Aushilfe für eine Woche einstellen, man braucht schon ein paar Tage Einarbeitungszeit. Ich suche jemanden, der die Kasse bedient, die Regale auffüllt und der den Kunden mit kleinen Handreichungen unter die Arme greift. Ich habe schon einige Angestellte, teils ganztags, teils stundenweise, aber das Problem ist die Zuverlässigkeit sowie die Verfügbarkeit der Leute. Manchmal muss ich auf Knien rutschen, damit sie ihren Dienst versehen. Heute zum Beispiel hätte Katja Meinhard die Frühschicht übernehmen sollen, sie hat sich aber gestern krankgemeldet und so musste ich selbst einspringen. Ich habe alle anderen Angestellten antelefoniert, aber jeder hatte etwas Unaufschiebbares geplant. Als wenn man nichts anderes zu tun hätte."

Heidi legte ein belegtes Brötchen auf einen Teller goss Kaffee nach, stellte beides wieder auf die gläserne Theke, nickte wieder einladend in seine Richtung. „Tagsüber ist noch Wolfgang Teubner hier, der wäscht die Autos und führt kleinere Dienstleistungen aus wie Reifenwechsel. Ich stelle dir Katja und Wolfgang vor, wenn sie dann endlich auftauchen." Sie blickte auf die Wanduhr und meinte, Wolfgang sei mal wieder überfällig.

„Nun zu dir, was du als Aushilfe tun müsstest wären sicherlich keine unerfüllbaren Aufgaben. Man kann schließlich alles lernen, du scheinst mir auch nicht auf den Kopf gefallen zu sein. Also, was meinst du, sollen wir es mal zusammen probieren?"

Manchot stand mit gesenktem Kopf vor seiner zukünftigen Chefin, er war sich unschlüssig, andererseits benötigte er dringend ein Einkommen und sei es noch so bescheiden. „Wie gesagt, ich habe keinerlei Erfahrung und muss unendlich viel lernen. Ich kann keine Kasse bedienen, ich kenne keinen der Artikel, die hier verkauft werden sollen. Mir ist sogar das Geld, das in der Kasse liegt, fremd. Ich müsste alles von Grund auf lernen."

Heidi runzelte wieder die Stirn, das Erstaunen war aus ihrem Gesicht nicht zu retuschieren, verlegen strich sie sich eine Haarsträhne hinter das linke Ohr. „Ich verstehe die Welt nicht mehr, du kennst kein Geld, du hast es etwa noch nie in Händen gehabt?"

„Doch, doch," beeilte er sich einzuwerfen, „nur noch nicht solches. Wie nennt man denn die Währung heutzutage?"

Heidi sah ihn an als käme er von einem anderen Stern. „Ich glaube es einfach nicht. Hast du noch nie Zeitung gelesen, Fernsehen gesehen oder wenigstens Radio gehört? Gab es solche Sachen in dem Kloster nicht?"

Manchot schüttelte betreten den Kopf.

„Du hast dort offenbar hinter dem Mond gelebt. Der Abt hat dich wirklich perfekt von allem weltlichen abgeschottet. Ich fürchte, ich werde eine Menge Arbeit mit dir haben bis du in den Job eingewiesen sein wirst. Also, zunächst präge dir die Zigarettenmarken ein und vor allem, wo sie stehen, damit du nicht lange suchen musst, wenn sie verlangt werden." Sie wies auf ein überquellendes Regal. „Das hier sind verschiedene Süßigkeiten, schau dir die Namen an. Anschließend sieh dir ganz genau die Zeitschriften an. Wenn dich jemand fragt, wo das Neue Blatt oder der Stern steht, musst du gleich wissen, wo der Kunde es finden kann. Du hast nicht viel Zeit selbst zu suchen, wenn der Laden voll ist. Ich weiß, dass du dir eine ganze Menge merken musst. Wenn du glaubst das alles zu wissen, dann sag Bescheid und wir gehen unverzüglich die nächste Lektion an. Wir müssen auch unbedingt sehen, dass du aus den stinkenden Klamotten rauskommst, du riechst, als hättest du hundert Schweineställe ausgemistet."

Manchot ging die Tabakwarenregale entlang, nahm jede Packung in die Hand, drehte und wendete sie, nachdem er sich die Namen eingeprägt hatte, steckte er sie wieder zurück an den dafür vorgesehenen Platz. Genauso verfuhr er mit den Süßigkeiten, Chips, Snacks und Getränken, er nahm die auf den Packungen erläuterten Inhaltsstoffe genau unter die Lupe und merkte sich sogar die unwahren oder meist frei erfundenen Werbebotschaften der Produkte. Dann ging er zu den Zeitungen und Zeitschriften, nahm auch hier jede Publikation in die Hand, warf einen längeren Blick auf Namen und Preis des Mediums und stellte sie wieder an ihren Regalplatz. Einige der Hochglanzmagazine blätterte er kurz durch und wunderte sich über die Vielzahl an Informationen, die darin enthalten waren. Besonderes Interesse weckten die dicken Fachzeitschriften mit technischem Inhalt wie Computer- oder Automobilblätter.

Nach einer guten Stunde stellte er sich neben Heidi und bemerkte lapidar, er wisse jetzt Bescheid.

Heidi lachte: „Dann wollen wir einmal sehen, was du dir in der kurzen Zeit gemerkt hast."

Sie fragte ihn nach dem Preis von verschiedenen Zigarettenmarken, Tabak und Zigarren – er nannte jeweils den aufgedruckten Preis. Sie fragte ihn nach dem Preis von verschiedenen Süßigkeiten, Chips, Zeitschriften und Kaugummis – er nannte jeweils den aufgedruckten Preis. Bei den Getränken verblüffte er Heidi vollends, er nannte ihr nicht nur die Preise, sondern den Alkoholgehalt und Herkunft der Weine, er wusste wo die einzelnen Biersorten gebraut worden waren und natürlich auch die Preise fehlerlos.

Sie klopfte ihm anerkennend auf die Schulter: „Wie hast du dir das so schnell merken können? Du scheinst ein phänomenales Gedächtnis zu haben. Ich hätte dafür wahrscheinlich Tage gebraucht und du schaffst es in einer Stunde. Aber jetzt kommt das Wichtigste, die Zeitschriften machen den Test schon erheblich schwieriger."

Sie fragte ihn wo das Geo Magazin stand, wo Cosmopolitan und die Bunte sich versteckten, sie nannte die Namen der gängigen und auch die der ausgefallenen Hefte, die weniger nachgefragt wurden. Er wusste von allen wo sie einsortiert waren, er nannte die Preise, um die Aussage zu ergänzen auch die Ausländischen aufgedruckten Werte, konnte aber die vielen Währungssymbole nicht benennen. Selbst die Aufmacher der Titelseite konnte er zitieren. Jedoch die fotografierten Gesichter der Prominenz auf dem Cover waren für ihn nicht identifizierbar. Er kannte nicht eines der ewig grinsenden Leute auf den Publikationen, meist waren es auf den Programmzeitschriften ohnehin junge nichtssagende Blondinen auf rotem Hintergrund – nicht schön aber grell.

Er bestaunte die unglaublich vielen Automobile, deren Besitzer sich um die energiespendenden Zapfsäulenventile balgten. Es handelte sich bei dieser Tankstelle um ein reines Stoßgeschäft, entweder stand eine Schlange vor der Kasse oder das Benzingeschäft war leer. Stand eine Schlange wartender Kunden an der Kasse, wollte jeder auch Kaffee oder belegte Brötchen kaufen, war der Laden leer, verschwanden die Kunden innerhalb von Sekunden, ohne einen Sonderwunsch zu äußern, das war wohl entsprechend Murphy´s law. Jedenfalls hatte Heidi alle Hände voll zu tun. In den kurzen kundenlosen Zeiten erklärte sie ihm die Funktion der zahlreichen Apparate, die dicht gedrängt hinter der Theke der Snackbar standen. Am meisten musste er sich über die Mikrowelle wundern, wie sie von Zauberhand innerhalb weniger Sekunden Suppen oder Würstchen erhitzte, ohne dass man irgendwo Feuer sah und die Behältnisse überhaupt nicht heiß wurden. Gut, Feuer sah er weder am Elektrogrill und auch nicht an der Kaffeemaschine und trotzdem wurden die verschiedenen Produkte innerhalb kürzester Zeit brühend heiß.

Das Prinzip der Elektrizität und deren Produktion kannte er bereits aus Versuchsreihen, obwohl die Fortschritte auf diesem Gebiet ihn in grenzenloses Staunen versetzten. Die Helligkeit des Lichts, die verwirrende Summe der elektrischen Apparaturen konnte einem vor Augen führen, wie abhängig man von dieser Energieform geworden war. Alles schien nur noch elektrisch angetrieben zu werden. Die üppige gleißende Beleuchtung war nicht mehr zu vergleichen mit den antiquierten

Gaslaternen oder das alte gelbliche Licht verbreitenden Glühbirnen, die er noch von früher kannte. Das damalige elektrische Licht musste seinerzeit mit den zunächst als fortschrittlich geltenden Gaslampen oder den Petroleumfunzeln konkurrieren, was es aber mit Leichtigkeit fertigbrachte. Das Gaslicht war zwar relativ hell, barg aber enorme Risiken. Ganze Familien fanden den Erstickungstod durch das hochgiftige Kokerei-Gas, falls eine der Flammen erlosch und das Gas sich in den Wohnungen ausbreiten konnte. Nicht nur der Erstickungstod drohte, sondern auch verheerende Feuersbrünste griffen durch die offenen Flammen um sich, falls etwas Brennbares in die Nähe der glühend heißen Lampenschirme kam. Ganze Stadtviertel waren den häufigen auftretenden Feuersbrünsten zum Opfer gefallen. Das gleiche Ergebnis wurde in ärmlicheren Stadtteilen erreicht, wenn eine Petroleumlampe umgefallen war. Trotz der immanenten Gefahr waren diese Beleuchtungen immer noch ein bemerkenswerter Fortschritt gewesen im Vergleich zu rußenden Pechfackeln und Kerzenlicht. Und heutzutage wurden einige der das Licht einhüllenden Glasbehälter nicht einmal mehr heiß, wie auch immer das bewerkstelligt wurde. Er fühlte einen gewissen Stolz seine Theorien bestätigt zu finden, dass Wissen und Wissenschaft Hand in Hand gehen und zum Wohle der Menschheit angetrieben werden mussten.

Gegen Mittag befahl Heidi eine Pause einzulegen. Manchot, wie er jetzt genannt werden wollte, verspürte aber immer noch einen nicht auch nur annähernd gestillten Wissensdurst. Er kannte diesen Ehrgeiz von seinen früheren weltlichen Aufenthalten. Er hatte Heidi gebeten, sich der Zeitschriften bedienen zu dürfen, was ihm gestattet wurde, sofern er pfleglich mit den Druckwaren umgehen würde, damit sie später noch verkauft werden konnten. Er las ohne Unterbrechung zunächst die technischen Magazine wie Auto- und Computerzeitschriften. Manches konnte er logisch nachvollziehen, für vieles fehlte ihm die Basis zum Verstehen. Wie zum Teufel sollte ein Automobil oder erst recht ein elektronischer Rechner funktionieren? Vorrangig versetzte ihn die Software in Erstaunen, welch ein

Wust von Befehlen mussten im Hintergrund ablaufen, um simple Eingaben in Computersprache umzusetzen, dort zu verarbeiten und das gewünschte Ergebnis auszuwerfen. Am meisten erstaunte ihn noch, dass die Programmierung nur auf binären Systemen basierte, wie plus-minus oder null und eins. Die kleinen schwarzen Kasten, die in der Literatur manchmal Personal Computer genannt wurden, hatten zudem ein Wissen gebündelt, das dem Gedächtnis der Hochschullehrer eines ganzen Erdteils oder sogar mehr entsprach. Nur zu gerne hätte er Heidis schwarzen Kasten im Büro auseinandergenommen und das ganze Wissen in sich hineingefressen. Obwohl er wusste, dass es nicht möglich war, sich auf diese Weise Wissen anzueignen, hätte er es gerne auf das Experiment ankommen lassen.

Wesentlich weniger schwer tat er sich, die Funktionsweise eines Automobils zu verstehen. Heidi hatte ihm in knappen Worten die Technik eines Ottomotors erläutert, anschließend hatte sie ihn in ihrem engen Büro vor einen Bildschirm gesetzt, die entsprechende Seite in Wikipedia aufgerufen und ihm Zeit gelassen, sich die Rubrik des Verbrennungsmotors zu verinnerlichen. Nach einigen Minuten hatte er dann wieder neben Heidi an der Kasse gestanden und sie hatte ihn gefragt, ob er etwas nicht verstehe.

Er lächelte und meinte: „Oh sicherlich habe ich das verstanden, ich habe diesen Motortyp bereits vor einigen Jahren in Köln bewundern dürfen, ich sollte damals die Forschung überwachen und war von Herrn Otto eingeladen worden. Ich empfand damals seine Erfindung als ein Novum, wenn ich aber sehe, wie schnell diese Motoren heute arbeiten, bin ich mehr als beeindruckt. Damals waren diese Apparate jedoch nicht für den Antrieb von Fahrzeugen konzipiert, sondern um Maschinen wie in der Landwirtschaft anzutreiben."

Heidi starrte ihn sprachlos an und ihm wurde schlagartig bewusst, dass er zu viel gesagt hatte, er hatte sich nicht verraten wollen, in seiner Euphorie über das gelernte jedoch über das Ziel hinausgeschossen. Er hatte sich fast verraten und musste nun sehen, wie er sich wieder aus der Sackgasse herausmanövrieren konnte. Zu seinem Glück betrat in diesem Moment ein Kunde den Glaskasten und Heidi war abgelenkt. Als sie wieder alleine waren, kam sie gleich auf seine Antwort zurück: „Du kannst doch nicht von Herrn Otto eingeladen worden sein, der ist doch wohl schon seit mehr als hundert Jahre tot. Du meinst doch wohl Nikolaus August Otto? Außerdem hast du doch behauptet, nie aus deinem Kloster herausgekommen zu sein."

Manchot stotterte etwas, es war ihm peinlich bei seiner Lüge ertappt worden zu sein. Er hatte spontan keine Idee, wie er aus dem Dilemma glaubhaft entfliehen sollte, also log er weiter anstatt sich der Wahrheit zuzuwenden: „Ich habe natürlich keine Einladung von dem Erfinder persönlich erhalten, ich habe mich da wohl etwas missverständlich ausgedrückt. Wir, das heißt die Novizen des Klosters, haben eine Exkursion zur Deutz AG gemacht und haben anlässlich der Fahrt den Prototyp des Otto Motors begutachten dürfen, der dort ausgestellt war. Natürlich war der Herr Otto zu diesem Zeitpunkt längst verstorben."

Heidi lächelte in sich hinein, sie schien die Geschichte nicht so recht zu glauben, wollte aber nicht eine Diskussion vom Zaun brechen. Sie setzte sich auf einen Barhocker hinter der Kasse und gestattete ihm einen Blick in ihre weite Bluse. Seine Gefühle waren gespalten, er hatte seit Jahrzehnten keinen entblößten Busen mehr gesehen, insbesondere keinen der in Spitzenkörbchen ruhte. Sie versuchte erst gar nicht, ihre wohl proportionierten Körperrundungen zu verstecken, er betrachtete sie mit zunehmendem Wohlgefallen, ihr kurzer Rock hatte mehr Ähnlichkeit mit einem Gürtel als mit einem Kleidungsstück. Er war neugierig, welche Auswirkungen diese konzentrierte Weiblichkeit auf seinen Hormonspiegel hätten. Während er ihren Anblick genoss, spürte er eine knisternde Erotik von ihr ausgehend, die sich allerdings in die andere Richtung nicht auszudehnen schien.

Sie musterte ihn verstohlen, wohl mehr wegen seiner Lügen oder aus Geschäftsmäßigkeit als aus erotischer Sicht. „Bei den nächsten Kunden zeige ich Dir wie die Zahlungsvorgänge abzuwickeln sind und was dabei alles zu beachten ist. Es ist im eigentlichen Sinn nicht weiter kompliziert, man muss nur ein paar Dinge unbedingt beachten. Die meisten Kunden zahlen ohnehin mit Karte, das ist für uns am einfachsten." Er verstand nicht, was sie mit Kartenzahlen meinte und ließ sich dieses neuartige Zahlungsmittel erklären.

Sie schüttelte zum wievielten Mal verständnislos den Kopf und sagte, der Prior des Klosters sei ein Verbrecher, solch unbedarften Novizen in die Weltgeschichte zu entlassen. Die jungen Männer wären doch ohne mildtätige Seelen hoffnungslos verloren. Je nachdem, wem sie in die Hände fielen, sei es äußerst risikoreich sich in der heutigen Zeit ohne Schutz oder Wissen zu behaupten. Wo die Welt doch nur noch aus Mördern und Betrügern bestünde. Wenn Manchot nicht so erstaunlich intelligent sei, würde er wahrscheinlich innerhalb von Tagen oder Wochen untergehen. Die meisten Leute würden ihm unterstellen, er sei gehirnlos. Sie korrigierte sich sofort, Gehirnlose gebe es bereits genug, man bräuchte sich nur auf der Straße oder in der Politik umzusehen, dort gebe es genügend dieser Spezies. Dessen ungeachtet lobte sie ihre neue Aushilfskraft über den grünen Klee, wie unvorstellbar schnell er die für ihn neuen Lebensmechanismen, die Technik und die Lebensumstände und natürlich auch die Erfordernisse seiner neuen Aufgaben begriff. Solch eine schnelle Auffassungsgabe gepaart mit dem phänomenalen Gedächtnis habe sie noch bei keinem Menschen bemerkt.

Er nickte vielsagend und dachte dankbar daran, dass er eben auch kein Mensch, sondern nur ein menschenähnliches Wesen war. Verlegen gab er zu, ein recht gutes Gedächtnis sein Eigen nennen zu dürfen, es habe ihm bei ähnlichen Gelegenheiten bereits außergewöhnlich gute Dienste erwiesen.

Nachmittags traf eine junge Frau ein, die Heidi ablösen sollte, sie war freundlich und stellte sich als Monika Buschhaus vor, sie war noch keine dreißig Jahre alt, hatte rosarote Haare und lispelte leicht. Manchot beobachtete sie, während Heidi die Kasse übergab. Beim Zählen lispelte die junge Kollegin stärker, man hatte den Eindruck sie bevorzuge die Zahlen mit Zischlaut wie eins, Zwei, sechs und sieben. Ihm fiel auf, dass irgendetwas in ihrem Mund beim Sprechen blinkte, das Etwas konnte kein Goldzahn sein, da es in der Mundmitte blinkte. Er fragte sie, was sie im Mund habe und als Antwort streckte sie ihm einfach die Zunge raus. Er wollte jetzt wissen, warum sie eine Nadel durch die Zunge gestochen habe, ob es medizinische Gründe habe oder ein Unfall gewesen sei. Sie lachte auf, zuckte mit der rechten Schulter und ergänzte schnippisch, das sei schön und modern. Damit war das Thema für sie erledigt und wandte sich ihrer Arbeit zu. Er ließ aber nicht locker und meinte, Streifen seien doch gegenwärtig modern, so sei es zumindest sein Eindruck, von Metallapplikationen habe er bisher nichts gehört. Diese Frage überging sie geflissentlich, vielleicht wusste sie einfach nicht, was er damit sagen wollte. Jetzt entdeckte er auf ihrem rechten Oberarm die Tätowierung eines Löwenkopfes, so wie es damals die Seeleute gerne trugen, allerdings fehlte der obligatorische Anker. Er fragte Monika erst gar nicht nach Sinn und Zweck dieses hautentstellenden Gemäldes, er glaubte ihre Antwort bereits zu kennen: Das ist doch schön und modern.

Heidi machte sich fertig, um ihren Feierabend einzuläuten und fragte ihn lächelnd indem sie den Autoschlüssel um ihren Zeigefinger rotieren ließ, ob er einen Plan habe, wo er die Nacht verbringen und wie er ohne Geld und Essen zurechtkommen wolle.

„Nun, es ist nicht frostig und ich benötige auch nicht viel Schlaf. Ich werde durch die Landschaft streifen, mich dann auf eine Wiese legen und wenn ich Hunger haben sollte, werde ich nach ein paar Beeren oder Früchten suchen. Ich bin nicht sehr anspruchsvoll, eher genügsam. Ich werde schon irgendwie zurechtkommen."

Heidi sah ihn nachdenklich an, dann wandte sie ihren Blick auf die Straße und wieder langsam in seine Richtung. „Ich kann mir gut vorstellen, dich hier zu beschäftigen. Du würdest kein Vermögen verdienen, aber zum Leben sollte es reichen. Wir könnten dir ein Nachtlager in meinem Büro oder im Vorratsraum herrichten, dann könntest du sogar noch als Nachtwache fungieren. In der letzten Zeit wurde hier in der Umgebung einige Male eingebrochen und meine Alarmanlage ist auch nicht auf dem neuesten Stand der Technik. Wir müssten nur einiges umräumen, ich habe zu Hause noch ein Feldbett, das könntest du vorübergehend benutzen. Die Unterkunft wäre zwar nicht sonderlich komfortabel aber immer noch besser als auf einer Wiese zu übernachten. Dann kann ich dir noch einen Vorschuss auf deinen zu erwartenden Lohn auszahlen, damit du dich auch mal vernünftig einkleiden kannst. Um ehrlich zu sein, du stinkst ziemlich, ich weiß zwar nicht wonach aber dein Geruch erinnert mich, um es vorsichtig zu sagen, an einen Schweinestall. Ich denke mir, mit dem Vorschuss könntest du leben bis du dich etabliert hast."

„Das klingt hervorragend, besser hätte ich es mir nicht zu erträumen gewagt. Ich weiß gar nicht wie ich dir danken soll."

„Ach Unsinn, ich bin ja froh, dass ich jemanden gefunden habe, dem ich vertrauen kann. Ich hoffe, du enttäuschst mich nicht."

„Heute Nacht könntest du in meinem Haus im Gästezimmer übernachten, wenn du mir versprichst brav zu bleiben. Etwas Essbares werden wir auch noch in meiner Tiefkühltruhe finden. Morgen sehen wir dann weiter. Einverstanden Monsieur?"

Manchot nickte langsam, unter einer Tiefkühltruhe konnte er sich nichts vorstellen, vermutete aber, dass es vielleicht so eine Sache wie die Mikrowellen sein könnte, nur anders herum. Er beeilte sich anzumerken, dass er ihr keine Umstände machen wolle, ihr aber in jedem Fall für den lehrreichen Tag und ihre Gastfreundschaft dankbar sei.

Heidi fragte nach seinen Papieren, nur der guten Ordnung halber, sie müsse ihn bei den Behörden und Versicherungen anmelden können. Auch hier hatte er wieder keine Idee, was sie mit Papieren meinen könnte. Sie schien nicht einmal erstaunt, dass er auch das nicht besaß, trotzdem erläuterte sie ihm bereitwillig was man normalerweise zur Anmeldung benötigte. Er war gezwungen, zuzugeben, dass er keines dieser notwendigen Papiere vorweisen konnte, ja eigentlich für die Behörden gar nicht existiere.

Heidi konnte sich ein Grinsen nicht verkneifen: „Du bist für einen Zombie ganz schön lebendig. Aber es ist schon wahr, ohne Geburtsurkunde, ständige Adresse oder sonstige Papiere bist du ein Nichts, dann kannst du dich nur noch verhalten wie der Wilhelm Vogt als Hauptmann von Köpenick. Hast Du denn deine Unterlagen im Kloster, ich könnte mal den Prior anrufen. Eigentlich müsste der wissen, dass man ohne Papiere keine Chance auf Wohnung oder Arbeit hat."

Manchot wurde warm, er wischte sich den Schweiß von der Stirn, die Situation hatte einen heiklen Status erreicht, den er unbedingt entschärfen musste. Also spann er sein bisheriges Lügengebilde weiter, das Kloster habe seines Wissens von keinem der Mönche auch nur eine Spur von Unterlagen, bei Verlassen der Abtei habe jeder seiner Brüder leere Taschen, deren Wort sei für die Behörden ein Evangelium.

Heidi schüttelte entsetzt den Kopf. „Ich habe voriges Jahr meinen Neffen während der Ferien hier als Aushilfe beschäftigt, ich denke, dann melde ich ihn zunächst statt deiner an, wegen der Versicherung und dem Kram und du besorgst dir schnellstmöglich alles Nötige. Ich kann dir eine Liste geben, auf der ist alles aufgeführt, was du benötigst. Dann musst du halt einen Behördentag einlegen, wenn der überhaupt ausreicht. Ich bin ohnehin gespannt, welchen Aufstand die Bürokraten machen werden, wenn ein nicht existenter Mensch ohne Geburtsurkunde in der Meldebehörde erscheint. Das wäre für die Beamten garantiert ein Novum und die müssen erst einmal ein paar Konferenzen einberufen, um festzulegen, wie man in solch einem Fall verfahren sollte. Bis die dann wissen, was sie machen sollen, bist du wahrscheinlich schon in Rente oder sogar tot."

Beide mussten schmunzeln als sie mit ihrem Sermon geendet hatte. Er sah das Ganze nicht so tragisch, in seiner persönlichen Geschichte hatte noch viel abstrusere Situationen zu bewältigen gehabt. „Das erinnert mich an etwas, das ich gelesen habe. In der alten Preußischen Verwaltung verfuhr man folgendermaßen: Als einmal jemand in den Kriegsunruhen seine Kennkarte verloren hatte und zusätzlich ihm infolge einer

Granatsplitterverletzung das Gedächtnis abhandengekommen war, erhielt er einen vorläufigen Ersatzausweis aber mit dem durfte er keine Arbeit aufnehmen. Somit war er bar jeder Erwerbsfähigkeit. Nur als illegaler Tagelöhner konnte er kurzfristig ein paar Münzen verdienen, zum Beispiel bei einem Bauern als Erntehelfer. Behördenwillkür war damals ein verdammtes Prinzip. Er sollte Zeugen herbeischaffen, die seine Existenz bestätigen konnten, aber ohne Gedächtnis konnte er keinen Menschen namhaft machen, der ihn von früher kannte oder bestätigen konnte, dass er lebte und wie alt er war. Ohne Erinnerung konnte er auch keinen Verwandten oder seine Herkunft benennen. Er hatte sich aber verliebt und wollte seine Angebetete heiraten. Als aktenmäßig niemals geborener durfte er aber weder heiraten und ein Aufgebot bestellen, noch irgendwo sesshaft werden. Seine Geliebte wollte aber ohne legale Eheschließung nicht mit ihm zusammenleben, also verließ sie ihn. Der Liebeskummer fraß ihn fast auf, aber die preußische Verwaltung blieb ihren Vorschriften gemäß hart und herzlos. Auch die phantasievollsten Eingaben fruchteten nicht. Er schlug schließlich den Preußen ein Schnippchen, womit keiner gerechnet hatte. Aus Verzweiflung stürzte er sich von einer Brücke und ertrank. Aber jetzt hatten die Preußischen Beamten ein viel größeres Problem. Wie konnte jemand sterben, der laut Aktenlage überhaupt nicht geboren worden war. Auch war die Beerdigung eines offiziell nicht gestorbenen auf einem preußischen Friedhof rechtlich nicht möglich. Endlose Konferenzen konnten das Problem nicht lösen, alle vorgeschlagenen Lösungsmöglichkeiten waren illegal. Irgendein Schlaumeier kam schließlich auf die Idee das Leben dieses Wesens zu ignorieren, den Gedächtnislosen als vermisst zu melden und man entschied sich, eine Leiche gefunden zu haben, die nicht identifiziert werden konnte und beerdigte sie unter dem Grabmal des unbekannten Soldaten.
Ich könnte mir gut vorstellen, dass etwas Ähnliches mit mir auch geschehen könnte, falls mich die Bürokratie in die Fänge bekäme."

Heidi lachte herzhaft über diese Geschichte. „Ich hoffe, deine Vorahnung wird nie eintreffen." Sie strich ihm über seinen schwarzen Kopfschmuck und zuckte erstaunt zurück, er fühlte sich erstaunlich glatt an. „Benutzt Du ein spezielles Shampoo oder Haargel? Deine Haare fühlen sich beneidenswert glatt und weich an, es liegt auch so perfekt, dass man meinen könnte, Du ölst es jeden Morgen ein."

Er lief im Gesicht rot an, als sei er bei etwas Verbotenem erwischt worden. „Nein, ich habe mir gestern die Haare mit klarem Wasser gewaschen. Ich habe überhaupt keine Seife und geölt habe ich meine Haare noch nie. Meinen Spitznamen Flaumer habe ich aber bekommen, weil sich meine Haare wie ein Federflaum anfühlen, ganz wie das Federkleid eines Pinguins. Manchot ist ein französisches Wort und bedeutet so viel wie Unbeholfener oder Ungeschickter, wird aber als Substantiv auch für Pinguine benutzt. Ich vermute das wegen des tollpatschigen Bewegungsablaufs der Vögel an Land, sie watscheln wie behinderte Enten, mir wurde auch schon oft nachgesagt, ich habe einen Watschelgang. Im Wasser fühlen sie sich dann in ihrem Element und bewegen sich äußerst elegant und flink, andernfalls würden sie wahrscheinlich nie einen Fisch erbeuten."

Heidi griff ihm wieder in die Haare oder besser in den Flaum auf dem Kopf. Sie untersuchte aus der Nähe seine schwarze Pracht. „Sehr sonderbar, es sieht wirklich aus wie die ganz zarten Federn eines Kükens. Das ist wirklich ein feiner weicher Flaum. Ich mag deinen Namen Manchot weniger als deinen Spitznamen. Flaumer passt irgendwie viel besser zu dir. Vielleicht liegt es auch nur daran, dass in Deutschland die Bedeutung von Manchot weniger bekannt ist. Manchot erinnert mich auch zu sehr an méchante, aber bösartig scheinst du überhaupt nicht zu sein. Ich werde dich einfach Flaumer nennen, einfach nach dem Flaum auf deinem Kopf."

Er lächelte sie an. „Wenn es dir ein Bedürfnis ist, tue dir keinen Zwang an, nenne mich wie du willst, mir ist es nicht wichtig wie du mich rufst. Ich muss nur wissen wie du mich getauft hast, damit ich dich nicht ignoriere, wenn du mich ansprichst."

Auf dem Weg zu ihrem roten metallisch glänzenden Auto fragte sie ihn, wie er denn wirklich heiße, Manchot sei ja sicherlich auch nur ein Spitzname und ein Priester würde niemanden auf solch einen Namen taufen."

Er zögerte, ihm fiel spontan kein passender Name ein, er wollte nicht einen seiner ehemaligen Bezeichnungen nennen, die zu altbacken oder monströs erschienen. Ihm war mal der Grafentitel verliehen worden und Graf von Salm zu Salm wäre ihm als nicht angemessen erschienen. Er wollte gerade Hermann Buschhaus sagen, da fiel ihm ein, dass die junge Tätowierte von der Tankstelle Buschhaus hieß. „Mein richtiger Name ist Hermann Buschdorf aber so nennt mich kein Mensch. Alle haben mich nur Manchot gerufen und das seitdem ich denken kann. Aber jetzt soll ich wohl auf den Namen Flaumer hören, dank deiner Inspiration."

Während der kurzen Fahrt, die für ihn immer noch beeindruckend und waghalsig war, sagte er kein Wort, krallte sich nur mit verkrampfter Hand an dem Haltegriff fest. Als sie einen Lastwagen überholte und dabei stark beschleunigte, hielt er sich sogar mit beiden Händen fest obwohl er durch die Kraft des Motors gegen seine Rückenlehne des Sitzes gepresst wurde und der Überholvorgang nur einige Sekunden andauerte. Sie bemerkte aus den Augenwinkeln seine Angst und musste verächtlich lachen: „Du brauchst keine Angst zu haben, ich bin eine routinierte Autofahrerin und gehe im Allgemeinen bewusst kein Risiko ein. Ich fahre jetzt seit mehr als zwanzig Jahren unfallfrei und die Strecke kenne ich selbst im Schlaf. Das Auto ist zuverlässig und die Bremsen funktionieren einwandfrei, wie mir vor ein paar Tagen die Monteure in der Werkstatt bescheinigt haben."

Er blickte sie beschämt an und murmelte: „Das bestreite ich alles nicht im Geringsten, aber die Geschwindigkeit, mit der dieses Vehikel über den Weg schießt ist mir noch unheimlich. Bitte nimm mir das nicht übel, es soll keineswegs eine versteckte Kritik sein."

Als sie vor ihrem Haus in den Hof einfuhr, entkrampften sich erstmals seine Hände und er legte sie, noch immer blutleer von der Anstrengung, auf seine Oberschenkel und rieb sich den Schweiß von den Handinnflächen ab.

Sie stellte belustigt fest, dass langsam das Blut zurück in seinen Kopf strömte wie seine Wangen bezeugten. „Warum hast du eigentlich solch eine Angst beim Autofahren? Du bist angeschnallt und hast ich weiß nicht wie viele Airbags um dich herum zu deiner Sicherheit. Es müsste schon mit dem Teufel zugehen, wenn dir etwas passieren sollte."

Statt einer Antwort auf ihre Frage, zitierte er aus der Autowerbung: „Der Wagen hier hat einen adaptiven Frontaufprallschutz mit Sitzpositionserkennung und Fullsize-Airbag für Fahrer und Beifahrer."

Heidi runzelte erstaunt die Stirn. „Woher weißt du das auf einmal? Heute Morgen wusstest du noch nicht wie Auto geschrieben wurde und jetzt kennst du schon exakte technische Details."

Wieder ging er nicht direkt auf ihre Frage ein und ergänzte die Fahrzeugdaten: „Diese Limousine wird verkauft unter der Bezeichnung Audi A4 quattro, ein zwei Liter Typ TDI. Dieses Modell hat einhundertfünfzig Pferdestärken. Das alles habe ich der Zeitschrift „Auto Motor Sport" entnommen. Wenn ich mir vorstelle, dass in dem Motorraum die Kraft von einhundertfünfzig Pferden verborgen ist, graust es mir schon bei dem Bild vor Augen. Man kann doch keineswegs einhundertfünfzig Pferde bändigen, selbst bei zehn hätte man schon extreme Schwierigkeiten und dann eine Herde von mehr als einhundert, das übersteigt unsere Vorstellungskraft. Ich habe einmal eine Kutsche mit vier Kaltblütern gelenkt, das war schon schwierig genug. Dazu kommt die atemberaubende Geschwindigkeit von mehr als zweihundert Stundenkilometern, was bedeutet, dass ich in weniger als einer Stunde von Köln nach Mainz fahren könnte. Früher hätte man die Strecke höchstens in drei oder sogar vier Tagen bewältigen können. Die Landschaft fliegt gewissermaßen an deinen Augen vorbei. So schnell kann doch der Mensch gar keine Gefahren erkennen, die menschlichen Sinne sind für solche unnatürlichen Geschwindigkeiten gar nicht geschaffen. Was passiert denn, wenn plötzlich ein Tier oder ein Kind den Weg kreuzen will, die haben doch gar keine Chance auszuweichen. Ich glaube nicht, dass irgendein Lebewesen so schnell sein kann und du fährst wie selbstverständlich mit dieser enormen Geschwindigkeit durch die Gegend und lenkst dich auch noch durch intensive Gespräche ab."

Heidi öffnete ihre Fahrertür während Manchot noch mit dem Schließmechanismus der Tür kämpfte. „Im Prinzip hast Du recht, es passieren genug Unfälle auf deutschen Straßen und die Wahrnehmungsorgane der Menschen sind nicht derart entwickelt, dass sie bei diesen Geschwindigkeiten rechtzeitig warnen. Deshalb muss der Schwache, in dem Fall der Unmotorisierte, mit größter Vorsicht eine Straße überqueren. Erst wenn er absolut sicher ist, dass die Straße frei ist, sollte er die Seite wechseln. Es werden viele Tiere durch Autos getötet, dabei spreche ich nicht nur von langsameren Wesen wie Igel oder Kröten, selbst flinke Kaninchen oder Eichhörnchen werden von Autos erfasst. Auch die schnellen Tiere können einfach die Geschwindigkeiten der Wagen nicht abschätzen und werden dann beim Überqueren der Straße überfahren. Kindern kann man wenigstens lehren, sich entsprechend zu verhalten, bei wilden Tieren kann man das leider nicht."

Er dachte einige Augenblicke nach während sie auf ihr Haus zugingen. „Sind die armen Geschöpfe nachdem sie angefahren wurden schlagartig tot oder müssen die qualvoll sterben? Das erstere wäre eher zu verkraften als das langsame Siechtum."

„Normalerweise, wenn du die Tiere frontal triffst, sind sie sofort tot. Wenn du sie natürlich nur seitlich triffst oder nur streifst, kann es sein, dass sie eine mehr oder weniger schwere Verletzung haben, dann musst du den Jagdaufseher rufen, der entscheidet, ob das Tier schnellstens getötet werden muss oder gegebenenfalls von einem Tierarzt noch gerettet werden kann."

Er blickte ihr in die Augen. „Hast du auch schonmal auf diese Weise ein Tier getötet oder verletzt?"

„Ja, das muss ich gestehen. Vor ein paar Wochen noch habe ich unabsichtlich einen Vogel getötet. Ich konnte nichts machen, ich hatte keine Chance zu bremsen oder ihm auszuweichen. Er kam von der Seite angeflogen, genau vor meinen Kühlergrill, mir flatterten ein paar Federn auf die Windschutzscheibe und das wars. Ich bin dann rechts auf die Bankette gefahren und habe das Tier gesucht, mir war klar, dass das Tier nicht überleben konnte, aber ich hatte einen riesigen Schreck bekommen. Ich fand den Vogel neben der Fahrbahn, leblos, ohne Beine. Es war ein winziges Tier, vielleicht eine Schwalbe oder ein Mauersegler, ich kenne mich da nicht so gut aus. Am schlimmsten war aber ein Beinchen, das noch in einem Zwischenraum des Kühlergrills steckte, der Fuß sah aus als wolle er mit seinen Krallen nach mir greifen. Ich fand es sehr traurig. Anschließend habe ich ein Taschentuch genommen, das Füßchen aus dem Kühlergrill gezogen, es war kein Blut oder sonst eine Spur zu sehen. Hinterher habe ich das Vögelchen zusammen mit dem Fuß in meinem Garten begraben und hatte tagelang ein schlechtes Gewissen. Ich fühlte mich irgendwie als Mörderin. Ich stellte mir Fragen wie: War ich zu schnell gefahren? Hätte ich vielleicht doch noch bremsen oder ausweichen können? Das Ergebnis blieb aber in jedem Fall das gleiche, der Vogel war tot, wenigstens hatte er nicht gelitten."

Sie standen immer noch vor dem Haus und er guckte traurig den Vögeln hinterher, die ihre weiten Kreise zogen, auf der Suche nach Nahrung in Form von kleinen Lebewesen. Sie hatte den Eindruck, ihn hätte die Geschichte mit ihrem Vogelmord ziemlich mitgenommen. Sie beobachtete, dass er sich mit dem Handrücken sogar eine Träne aus den Augenwinkeln wischte.

Diese Reaktion erschien ihr denn doch ziemlich übertrieben. Sie setzte sich auf eine schattige Bank vor dem Haus, forderte ihn auf sich neben sie zu setzen und sagte tröstend: „So schlimm ist es eigentlich nicht. Das Leben birgt nun einmal das Risiko des Todes, ob man will oder nicht. In diesem Werdegang sind sich alle Lebewesen gleich. Alles ist nur noch eine Frage des Zeitpunktes. Andererseits dürfe man auch nicht vergessen, dass die niedlichen kleinen Vögel auch andere Lebewesen fressen, die auch ein Recht auf Leben haben. Auch wenn dieses Getier in unseren Augen hässlich ist und uns stört oder sticht. Sie sind in jedem Fall schützenswerte Bestandteile der Natur, genau wie wir Menschen oder possierliche Tiere wie beispielsweise der Koala Bär. Viele Vögel fressen auch Fische und andere Meerestiere. Bekannterweise vertilgt der Mensch während seines Lebens Berge von Tieren, sie sind nur in Form von Fleisch in der Metzgerei und als Lebewesen nicht mehr erkennbar. Der Vorteil der Menschen besteht doch letztlich nur in der etwas üppigeren Ausstattung durch die natürliche Evolution."

Manchot sah etwas betroffen vor sich hin, bei dem Hinweis auf die fischfressenden Vögel war er sichtlich zusammengezuckt und wollte diesen Teil des Gespräches nicht vertiefen. „Denkst du, dass diese bessere Ausstattung des Menschen, wie du es nennst, zu deren Vorteil ist? Ich habe da manchmal meine Zweifel. Was nützt uns unser Gehirn, was nützt uns unser Wissen, was nützt uns unsere Intelligenz oder das Denkvermögen? Wir benutzen diese Werkzeuge, die unser größtes Vermögen darstellen, in erster Linie, um anderen Menschen ein Leid zuzufügen. Wir ersinnen Kriege, Waffen, wir morden, nützen andere Leute aus und bereiten dem Rest körperlichen oder seelischen Schmerz. Im Tierreich wird ein Wesen gefressen, weil das stärkere Tier Nahrung braucht, es wird nie getötet, um des Tötens willen und nur wenige Tiere quälen andere aus reiner Lust. Wie wir aber wissen, ist die Menschheit völlig anders. Seit tausenden von Jahren mordet der Mensch. Da nützen auch die religiösen Gesetze nichts. Man kann ja hinterher sein Gewissen wieder erleichtern, indem man seinen Gott um Vergebung bittet. In dieser Beziehung machen es die Religionen ihren Gläubigen und sogar den schlimmsten Kapitalverbrechern unglaublich leicht."

Heidi stand schwerfällig auf und wandte sich Richtung Haustüre. „Höre ich da eventuell von einem angehenden Mönch Kritik an der Kirche heraus? Das dürfte deinem Prior, wie verschroben oder liberal er auch sein mag, überhaupt nicht gefallen."

„Pah, die Religionen können mir gestohlen bleiben, ich werde auch nicht mehr ins Kloster zurückgehen. Ich habe von diesem bigotten Getue die Nase gestrichen voll. Niemand tut in diesen alten Mauern etwas Produktives, den ganzen Tag nur beten und frömmeln, wenn es hochkommt, darfst du im Kräutergarten Unkraut jäten. Ich betrachte es als ehrenwert, um Frieden zu beten, sehe aber auch die Unsinnigkeit des Vorgehens, ich würde viel lieber verhandeln. Es ist immer möglich, wenn auch äußerst mühsam, zwei verfeindete Parteien mit Verhandlungsgeschick an einen Tisch zu bringen und ihnen klar zu machen, wie sinnlos Massenmorden oder mit anderen Worten Krieg ist. Es gibt immer einen Weg, den man beschreiten kann. Ich bin sogar davon überzeugt, wenn sich die Priesterschaften aller Religionen einig wären und Druck auf die Politiker oder Regenten ausüben würden, könnte jede Staatsfehde relativ schnell beigelegt werden. Die Kirchen zusammen genommen haben eine unvorstellbare Macht und könnten gemeinsam mit ihren Gläubigen alle Armeen dieser Welt neutralisieren. Aber solange die Katholiken und die Protestanten verfeindet sind, werden sie auch nicht heilsbringend auf die anderen Glaubensrichtungen zugehen. Aber damit will ich nicht nur mit dem Finger auf die Christen zeigen, sondern genauso anklagend auf die Mohammedaner mit ihren verfeindeten Sunniten und Schiiten zugehen. Das Perverseste an der ganzen Angelegenheit ist doch, dass diese ganzen Glaubensrichtungen den gleichen Gott anbeten, wenn auch auf andere Art und Weise und der jeweils einen anderen Namen hat."

Heidi war während seines Monologs einige Male zustimmend genickt und um das Haus in den hinteren Garten gegangen. Eine kleine Rasenfläche breitete sich aus an deren Ende eine alte mächtige Linde mit Handteller großen Blättern stand. Der Stamm hatte einen Durchmesser von dem des Tisches der unter dem überbordenden Laubwerk zusammen mit vier weißen Gartenstühlen stand. Zwei erwachsene Menschen hätten den zerfurchten Schaft nicht umfassen können. Unter der riesigen Baumkrone war der Rasen mangels Sonneneinstrahlung etwas schütter. Der Garten wurde umrandet von üppig wachsendem

Kirschlorbeerhecken und vor dem Gebäude lagen Natursteine auf denen eine leicht verwitterte Teakholz Sitzgruppe zur Rast einlud.

Hierauf hatte sich Heidi erschöpft niedergelassen. Sie hatte die Wolken geprüft und orakelt, es werde ein Gewitter geben, es sei ziemlich schwül und sie sei während solcher Wetterlagen jeweils unglaublich träge. Sie war nicht in der Lage, etwas Trinkbares aus dem Kühlschrank zu holen und hörte nicht wenig gespannt seinen Ausführungen zu.

Indessen war Manchot in einiger Entfernung von ihr auf und ab gegangen, hatte auf sie eingeredet und sich dabei in der Umgebung schon ziemlich heimisch gefühlt. Er erzählte von seinen friedvollen Träumen, einer bedauernswerterweise utopischen Welt ohne kriegerische Konflikte. Er blickte auf die Hecke, die einen Drahtzaun überwucherte und den Garten zum Nachbargrundstück abgrenzte.

„Ich bin der Ansicht, es gibt zu viele Grenzen in der Welt. Zu welchem Zweck muss ich mein Land durch Grenzen schützen, wo es doch unendlich viele Schlupflöcher gibt, die ein Überschreiten möglich machen? Das gilt im Kleinen wie im Großen. Jeder Hausbesitzer achtet strengstens auf den Schutz seines Eigentums. Niemand darf sein Grundstück ohne dessen Einwilligung betreten, aber den Zutritt kann er nur durch eine gigantische Befestigung verwehren, ein Zaun von einem Meter Höhe lädt höchsten zum Überschreiten und zur Verletzung des Eigentumsrechts ein. Warum braucht man diese künstliche Abschottung?

Viele Tiere markieren ihr Jagdrevier und kaum ein Nebenbuhler oder tierischer Wilderer verletzt das Eigentumsrecht, er betritt das Revier nicht, obwohl kein Zaun sie davon abhält. Die Grenzen werden in den Köpfen der Menschen produziert und sie haben das von der Vorgeneration gelernt und die wiederum von deren Vätern.

Übertragen auf die größeren sozialen Einheiten, wie Städte, Länder oder Staaten, gibt es seit langer Zeit eine Unzahl von unnützen Grenzen. Warum musste sich der Katholizismus vor dem Protestantismus schützen, warum der Kommunismus oder

Sozialismus vor dem Kapitalismus? Diese Beispiele könnten fast endlos weitergeführt werden. Wäre es nicht viel einfacher und friedlicher den Nachbarn und dessen Errungenschaften zu tolerieren und anzuerkennen? Jeder Mensch will sein Eigentum bewahren, weil er schon als kleines Kind eingetrichtert bekommen hat, das Spielzeug gehört dir und keinem anderen. Wie soll sich in diesem Umfeld ein soziales Gewissen entwickeln oder sogar ein grenzübergreifendes soziales Gewissen? Die Geschichte hat bewiesen, dass sowohl Kommunisten als auch Sozialisten und andere ...isten zunächst nur ihr eigenes Wohl im Auge hatten und immer noch haben. Sie haben sich nie darum geschert, wie es dem Nachbarn geht. Diese Möchtegern Idealisten, auch gerne Politiker genannt, geben leidenschaftlich Staatsgelder an Bedürftige aus, solange sie selber ausreichend Profit aus den Maßnahmen schlagen können und dabei lassen sich diese Profiteure der Systeme auch noch als Gutmenschen feiern. Wie viele sozialistische Amtsträger sind während ihrer Amtszeit zu Millionären geworden? Ich spreche nicht von den Erfindern und Initiatoren der Sozialgesetzgebung, ich spreche von den korrupten machtbesessenen Amtsinhabern. Warum wollen die an die Macht? Sicherlich nicht, um dafür zu sorgen, dass es den Menschen bessergeht, sondern ausschließlich um ihre eigene Pfründe in Sicherheit zu bringen und geachtet zu werden, also aus Eitelkeit und Geldgier. Und damit wollen sie sich von der Allgemeinheit abgrenzen."

Heidi hatte Manchot schweigend zugehört, sie hatte ihn einige Male unterbrechen wollen und bereits mit erhobener Hand angesetzt, sie fand den Blickwinkel seiner Auslassungen interessant und erwägenswert. Zumal wollte sie ihn nicht einer profanen Frage wie nach dem Abendessen aus dem Konzept bringen. Jetzt hatte sie endlich Gelegenheit dazu, da er eine Gedankenpause machte.

„Was möchtest du heute Abend essen? Ich habe keine große Lust zu kochen, könnte aber eine Pizza in den Backofen schieben, wenn dir das recht wäre. Alternativ könnten wir aber auch irgendwo eine Kleinigkeit essen gehen, es gibt hier in der

Nähe eine Reihe von netten kleinen Restaurants." Manchot war mal wieder nicht klar, was eine Pizza war, wollte aber nicht schon wieder eine Erklärung erbitten. Mittlerweile kam er sich unendlich dumm vor, da er nichts, aber auch gar nichts vom heutigen Leben wusste. Die Streifenzeit war so völlig unterschiedlich zu seinen bisherigen Lebensetappen, alles war anders, er vermied bewusst das Wort Fortschritt, da er das Gefühl hatte, in einigen Bereichen solle man eher von Rückschritt sprechen, wobei er zunächst an das soziale Verhalten der Familien und Nachbarn dachte.

Da er kein Geld hatte, wollte er die finanzielle Belastung seiner Chefin möglichst geringhalten und nicht ein teures Restaurant aufsuchen. Ihm war auch unklar, ob er in seiner stinkenden Hose angemessen bekleidet war und er sich in zunehmendem Maße in seiner schmuddeligen muffelnden Kleidung unwohl fühlte. Somit entschied er sich für die unbekannte Pizza, in froher Erwartung, welche Überraschung wohl auf seinem Teller landen würde. Heidi stellte Pizza Salami oder Pizza Tonno zur Auswahl, er entschied sich für Thunfisch, er liebte Meeresfrüchte und zwar in jeglicher Form und Farbe, obwohl er sich nicht erinnern konnte, jemals Thunfisch verkostet zu haben. Die Tiere waren seinen Rassegenossen stets zu groß gewesen. Nach ein paar Minuten erschien Heidi wieder und stellte zwei Flaschen Bier auf den verwitterten Tisch. „Du magst doch Bier?" fragte sie.

Ohne zu antworten griff er nach der Flasche, prostete ihr zu und setzte zu einem kräftigen Schluck an. Er wusste nicht, warum man auf die zivilisatorische Errungenschaft des Bierglases verzichtete, aber der Durst war stärker als Etikette. Er war nicht gewohnt aus der Flasche zu trinken, schaffte es aber auf Anhieb, indem er Heidi die Technik abschaute. Der Geschmack erinnerte ihn an Früher, sehr viel früher.

Heidi setzte die Flasche mit einem Ruck auf den Tisch, der Schaum stieg im Flaschenhals auf. „In welchem Kloster lebst Du eigentlich? Du erzählst überhaupt nichts von Dir. Ich würde gerne mehr über dich wissen. In der Tankstelle hatten wir keine Zeit über private Angelegenheiten zu sprechen und wenn wir dazu Gelegenheit gehabt hätten, warst du lobenswerterweise in deine Zeitschriften vertieft. Da wollte ich nicht unterbrechen, es war ja auch wichtig genug, sich auf die neuen Aufgaben zu konzentrieren."

Zu seinem Glück ertönte in diesem Moment ein klingelndes Signal vom Backofen aus der Küche und Heidi sprang auf, um die Pizzen zu holen. Dies gab ihm Gelegenheit, kurz nachzudenken. Er fühlte sich mal wieder ertappt, es war viel zu früh, ihr die Wahrheit zu gestehen. Er kannte sie erst einen Arbeitstag lang. Sein Bauchgefühl signalisierte ihm, er könne der Frau vertrauen und sein Gehirn sagte ihm, die Frau sei zwar sympathisch, aber Vernunft und eine gewisse Skepsis seien angebracht. Mit seiner kaum glaubhaften persönlichen Historie sollte er klugerweise warten bis sie Freunde waren, um sicher zu sein, dass sie seine Geschichte nicht sofort einem Pressevertreter preisgab und damit eine riesige Sensation entfachte. Er hoffte, dass sich zwischen Heidi und ihm eine wirkliche Freundschaft entwickeln würde. Somit war er also zunächst gezwungen, sein Lügengebäude weiter auszubauen.

Sie kam mit zwei Tellern zurück, auf denen ihm unbekannte Fladen lagen, die in acht gleiche Segmente geteilt waren. Sie reichte ihm Besteck und Serviette, während sie ein Pizzastück zwischen Daumen und Zeigefinger nahm und das weiche Ende mit dem Ringfinger unterstützte. Er war überrascht, wie würzig und doch mild das knusprige Teil auf seinem Teller schmeckte, das könnte man wohl öfter essen. Heidi erwähnte, man dürfe der Werbung nicht trauen und dass eine Pizza in einer guten Pizzeria wesentlich besser schmecken würde als die tiefgekühlten, es aber eine gute Alternative sei, wenn man mal keine Lust habe zu kochen.

Manchot war mittlerweile derart hungrig, dass er sich ein viel zu großes Stück abschnitt und sich gierig in den Mund stopfte, wobei er die Temperatur des Käses unterschätzt hatte und sich den Gaumen verbrannte. Mit dem kühlen Bier löschte er den wunden Mund.

„Du wolltest mir von deinem klösterlichen Werdegang erzählen, ich bin nämlich sehr neugierig. Man sagte mir mal, das seien alles Frauen in der Abtei."

Manchot lächelte verlegen, derart selbstkritisch gab sich die Damenwelt selten, wer hatte denn schon seine Neugier zugegeben. „Ich war in der Abtei Michelsberg gewesen und offiziell bin ich es wohl immer noch. Das ist ein Benediktinerorden. Ich hatte die ganze Zeit die Aufgabe im Restaurant zu arbeiten, aber ansonsten in der restlichen Zeit den ganzen Tag nichts als zu beten. Das war nicht meine Intention. Das begann täglich um viertel vor sechs mit dem so genannten Morgenlob, dann um viertel nach zwölf mussten wir das Mittagsgebet abhalten und um siebzehn Uhr dreißig mussten wir am Gottesdienst teilnehmen, natürlich wurde dabei gebetet. Schließlich gab es um neunzehn Uhr fünfzehn die schweigsam eingenommene Vesper mit anschließendem Gebet, zu der Mahlzeit wurde die Bibel verlesen. Vor dem zu Bett gehen wartete dann das Komplet auf uns, das Nachtgebet. Die meisten Brüder beten dann noch im Bett, sofern sie dort nichts Besseres zu tun haben. Viele Brüder gehen ihren eigenen Gedanken nach und träumen während der Messe und der Bibellesungen von etwas völlig Anderem. Mir reichte dieses Frömmeln meist bereits mittags völlig. Ich wusste nie, was ich denn überhaupt noch in den Gebeten erzählen sollte, das ist wie zwischen alten Ehepartnern, alles ist bereits gesagt worden. Angeblich weiß Gott ohnehin schon alles, denn er ist ja allwissend. Vor lauter Beten, konnte ich oft keinen klaren Gedanken mehr fassen, vielleicht ist das auch der Sinn und Zweck dieser ständigen Beterei."

Heidi war sichtlich amüsiert. „Ich stelle mir das auch schrecklich vor. Aber hier hast du es dann wesentlich besser, erstens brauchst du nicht zu beten, wenn du nicht willst und zweitens kannst du beim Essen so viel reden, bis dir die Lippen in Fetzen runterhängen."

Heidi biss ihre Pizza von den Segmenten ab, Manchot hasste fettige Finger und benutzte deshalb geschickt Messer und Gabel. Ihm schmeckte dieser Neapolitanische Fladen und er ließ keinen Krümel auf seinem Teller. Sie hatte noch zwei achtel von ihrer Pizza Salami übrig und schob ihm den Teller mit einem Nicken über den Tisch. Er bedankte sich mit einem herzerweichenden Lächeln und nahm das stille Angebot mit großem Appetit an.

Heidi spülte den restlichen Salamigeschmack mit einem Schluck Bier herunter und wandte sich gesättigt an ihr Gegenüber: „Ich war des Glaubens, die Abtei Michelsberg in Siegburg sei vor ein paar Jahren geschlossen worden. Die hatten doch laut der Lokalzeitung finanzielle Schwierigkeiten und auch nicht mehr genügend Nachwuchs für ihr Kloster. Das Restaurant dort oben ist doch aus Personalmangel schon länger geschlossen. Oder habe ich das in falscher Erinnerung?"

Er fühlte sich erneut auf dem falschen Fuß erwischt, er hatte nicht mit solchen Detailkenntnissen über das Kloster gerechnet. Er sah einer Krähe nach, die mit ihrem Unheil verkündenden Schreien, das an ein Knarzen einer verrosteten Stalltür erinnerte und alle anderen Geräusche übertönte. Aber auch der Vogel konnte ihn nicht inspirieren und er antwortete erst nach einer längeren Pause: „Das ist grundsätzlich richtig, aber ein reduzierter Personalbestand der Abtei war noch notwendig, um die erforderlichen Aufräumarbeiten und die Restabwicklung zu bewältigen. Man kann sich gar nicht vorstellen, was sich im Laufe von eintausend Jahren im Keller und auf dem Dachboden an Gerümpel ansammelt. Nicht dass du glaubst, wertvolle Antiquitäten oder wichtige Dokumente und Unterlagen, nein, wirklich nur wertloser Schutt und Schrott. Die kostbare Bibliothek ist schon seit längerer Zeit ausgeräumt, keine alte Urkunde war mehr aufzutreiben. Alles was nach Wert aussah, war bereits entfernt worden und die dort noch lagernden Möbel waren total vom immer hungrigen Holzbock total zerfressen. Ich habe mich einmal auf eine Kirchenbank stellen müssen, um eine Beleuchtung aufzuhängen, da brach das morsche Möbel in der Mitte entzwei und war nur noch Sägemehl. Beim Sturz suchte meine Hand Halt an einem Schrank und der fiel ebenfalls in sich zusammen. Er war völlig leer gewesen nur Staub und Ausscheidungen der Holzwürmer rieselten auf mich herab. Glaub mir, alles nur unbrauchbarer Unrat, nicht mal zum Verbrennen geeignet. Hinterher waren nur noch kleine Holzmehlhaufen übrig, nur gelbliche Verrottung des Holzes als Jahrhunderte alter Staub auf dem Speicher."

Heidi schien mit dieser Antwort zufrieden zu sein, obwohl Manchot immer noch ein schlechtes Gewissen plagte. Er wollte seine Gönnerin nicht belügen und ihr diese erfundene Geschichte mit dem Kloster auftischen, jedoch sah er keine Alternative. Er musste lügen, die Wahrheit hätte ihm erst recht kein Mensch geglaubt. Um einen Wahrheitsgehalt vorzutäuschen, hatte er die angeblichen Aufräumungsarbeiten mit Details ausgeschmückt, die im eigentlichen Sinne nur jemand wissen konnte, der tatsächlich dort gearbeitet hatte. Nachprüfbar waren diese Einzelheiten ohnehin nicht – oder kaum.

Akklimatisierung

Heidi war mittlerweile müde und wollte, wie sie sagte, aus ihren Klamotten raus. Ihm lag auf der Zunge, zu diesem Behuf brauche sie nicht auf ihr Zimmer zu gehen, hielt sich aber gerade noch rechtzeitig zurück.

Sie zeigte ihm sein Zimmer im ersten Stockwerk, das in erster Linie mit einem riesigen mit schmiedeeisernen Weinblättern geschmückten Metallbett versehen war. Dann gab es noch einen schlichten Nussbaumfurnierschrank mit dazu passender Kommode. Über dem Bett hing ein gerahmtes Plakat des Filmklassikers Casablanca, ansonsten waren weder Schmuck, noch Wohnaccessoires auszumachen. Das Gästebad mit Dusche und Toilette befand sich gleich nebenan. Sie deckte das Bett auf und fragte, ob eine Wolldecke ausreiche, legte ihm ein Handtuch bereit, einen gestreiften Schlafanzug sowie eine Reisezahnbürste. Der Schlafanzug stamme von ihrem ehemaligen Gatten und sie hoffe, dass er halbwegs passe, bemerkte sie beifällig. Falls er noch etwas essen oder trinken wolle, stünde ihm der zugegeben wenig gefüllte Kühlschrank zur Verfügung, er solle sich nicht genieren davon Gebrauch zu machen.

Sie setzten sich nochmals gemeinsam auf die Terrasse, tranken ein weiteres Bier und rauchten, wobei er mehr paffte wie eine Dampflokomotive bei der Abfahrt. Heidi hatte es sich in einem längeren gelben T-Shirt mit einem verwaschenen Aufdruck gemütlich gemacht, die Beine untergeschlagen. Manchot konnte zwischen ihren Oberschenkeln ein winziges blütenweißes Dreieck entdecken. Er wunderte sich, dass die heute lebenden Männer bei diesem Anblick nicht rasend wurden. Im Laufe des Tages waren etliche Frauen mit unglaublich kurzen Röcken und weit aufgeknöpften Blusen in der Servicestation erschienen. Das erotischste war allerdings eine junge Frau gewesen, die eine kurze hautenge Shorts trug, die mehr freilegte als verdeckte. Die Männer in dieser

Streifenzeit mussten durch diese Reizüberflutung abgestumpft sein, denn er konnte nicht beobachten, dass seine Geschlechtsgenossen diesen weiblichen Signalen auch nur die Spur von Aufmerksamkeit schenkten. Früher, als die Damenwelt noch bodenlange Röcke trug, galt es bereits als erotischer Höhepunkt, wenn ein Mann einen Blick auf einen Knöchel oder sogar die Wade einer schönen Frau erhaschen durfte. In dieser Stimmung hätte er sich gerne Heidi etwas genähert, wollte aber sein durch die Zeitschriften und sein Lernen überquellendes Gehirn nicht auch noch mit erotischen Erfahrungen überbeanspruchen.

Seine Gedanken schwirrten immer noch um die kaum bezifferbare Anzahl von Autotypen, deren Technik und was er über Computer erfahren hatte. Die Möglichkeiten dieser mit Elektronik vollgestopften Kästen waren einfach unvorstellbar. Die kurze Spielerei in Heidis Büro mit diesen Informationsdinos hatte ihn an den Rand der Verzweiflung gebracht, er hatte dem Ding die abstrusesten Fragen gestellt und auf jede eine umfassende Auskunft erhalten. Mit keiner seiner Fragen hatte er es in Verlegenheit bringen können. Er nahm sich vor, in den nächsten Tagen, das Wissenslimit dieser Wunderdinge auszutesten oder ihm wenigstens in seinen Spezialgebieten Fehler nachzuweisen. Allwissend dürften diese von Menschen gemachten Informationsdepots auch nicht sein. Das Nächste, was er sich für den nächsten Tag vornahm zu lesen, waren die Magazine mit den fast unbekleideten Damen auf dem Deckblatt, an die er sich an seinem ersten Tag noch gar nicht herangetraut hatte.

Nach der extrem langen Schlafenszeit hatte ihn noch keine Müdigkeit gefangen genommen und deshalb fragte er Heidi, ob er sich das Bücherregal einverleiben dürfe, er sagte wirklich einverleiben. Sie meinte nur mit ausholender Handbewegung, er könne sich unbegrenzt bedienen, sofern er die schwarzen Buchstaben in den gesammelten Werken bestehen ließe.

Verwundert fragte sie ihn: „Hast du denn heute noch nicht genug gelesen? Wenn ich das richtig in Erinnerung habe, hast du doch mindestens zehn Zeitschriften studiert und dann noch das Internet durchstöbert. Mein Gehirn wäre längst mit Informationen überflutet und ich wäre garantiert nicht mehr aufnahmebereit nach dieser Menge Lesestoff und jetzt willst du dich auch noch über die Bibliothek hermachen? Aber bitte, wenn du das willst, steht es dir frei. Ich für meinen Teil lege mich ins Bett, gucke mir vielleicht noch einen Film im Fernsehen an, obwohl, das ermüdet mich immer recht schnell und ich oft noch während des Films einschlafe. Das Fernsehprogramm ist ohnehin meist nur zum Einschlafen."

Er schaute betroffen an sich herunter und dann hob er den Blick. „Ich muss dich mal wieder fragen, was verstehst du unter Fernsehen? Meinst du damit, die Landschaft mit einem Fernglas abzusuchen oder Rehen beim Äsen zu beobachten?"

Heidi lachte trocken auf: „Du hast wirklich hinter dem Mond gelebt. Ich kann dir die Technik aber nur sehr laienhaft erklären. Also da gibt es eine Kamera, die wie ein Auge ein bestimmtes Geschehen aufnimmt. Diese Kamera wandelt dann das Bild in elektromechanische oder elektromagnetische Impulse um und speichert diese Impulse auf ein Medium."

„Ach dann könnte das so ähnlich wie bei den Computern funktionieren?"

„Das weiß ich auch nicht so genau, aber ich denke mal, dass es wirklich ähnlich funktioniert. Diese Impulse werden dann in Ultrakurzwellen umgewandelt und in den Äther geschickt. du hast dann auf der anderen Seite eine Empfangsantenne, die die Wellen aufnimmt und zurückverwandelt in das Bild, das die Kamera aufgenommen hat. Dieses Bild erscheint dann auf deinem Bildschirm des Fernsehgerätes. So oder ähnlich habe ich das mal verstanden, ich weiß es auch nicht richtig. Wenn du es genau wissen willst, solltest du einen Physiker befragen oder im Internet die prinzipielle Technik nachlesen."

„Ich glaube, ich verstehe das Prinzip im Groben, das ist wohl vergleichbar wie bei einer Radioübertragung, bloß mit Bildern zusätzlich ausgestattet. Ich muss mir das wirklich einmal genauer anschauen, ich habe nämlich nicht die geringste Idee, wie das letztlich funktionieren soll, die Kamera scheint ja ein wahres Wunderding zu sein. Das mit der Wellenübertragung habe ich sogar verstanden."

„Ich sage einfach mal, dass du recht hast, wie gesagt so ungefähr hatte ich das gehört oder gelesen. Ich bin absoluter Laie und kann für meine Erklärung nicht die Hand ins Feuer legen."

Manchot drehte sich um die eigene Achse und begutachtete die Örtlichkeit, das Haus hatte geschätzte fünf oder sechs Zimmer.

„Wohnst du in diesem geräumigen Haus alleine oder hast du ein paar Kinder und einen Ehegatten?"

„Zugegeben, ich hätte gerne Kinder gehabt, leider war es mir aber aus medizinischen Gründen nicht vergönnt. Ich habe deshalb verschiedene Ärzte aufgesucht, die erzählen einem ohnehin immer das Blaue vom Himmel und hinterher bist du genau so klug wie vorher. Helfen können sie aber höchstens bei einem Knochenbruch. Wegen der Kinderlosigkeit bin ich seit knapp einem Jahr geschieden. Wir hatten drei Tankstellen, eine wurde gemäß Scheidungsurteil mir und zwei wurden meinem Ex überschrieben. Dafür habe ich dann noch die Hälfte des Hauses mit lebenslangem Wohnrecht bekommen. Ich überlege aber das Haus zu verkaufen, was soll ich mit sieben Zimmern alleine anfangen? Selbst wenn ich eine neue Liaison eingehen sollte, wäre es für zwei Personen ohne Kinder zu groß. Meinen Kinderwunsch habe ich begraben und in dem Haus Nachlaufen spielen macht absolut keinen Sinn."

„Du könntest doch eine Etage vermieten, dann wärst du nicht mehr alleine in dem Haus und hättest noch eine zusätzliche Einnahmequelle."

Heidi machte eine wegwerfende Handbewegung. „Ach, man weiß doch nie, wen man sich dann ins Haus holt und wenn du denen dann kündigen willst, hast du jede Menge Probleme und vielleicht sogar noch einen Räumungsprozess. Außerdem müssten vor einer Vermietung erhebliche Umbaumaßnahmen vorgenommen werden. Es war ja nie vorgesehen, mehr als eine Familie hier unterzubringen. Nein, das wäre für mich keine Option. Aber ich bin es auch leid, das Haus und den Garten zu pflegen und zu reinigen. Mit der Tankstelle habe ich schon genug Arbeit. Heutzutage findest du auch keine zuverlässige Haushaltshilfe, die du alleine hier wirken lassen kannst, also muss ich nach meiner Arbeit auch noch Putzfrau spielen. Obwohl ich hier gerne wohne, werde ich mir wohl eine zwei bis drei Zimmerwohnung suchen, in einer ruhigen Lage, dann kann ich es mir gutgehen lassen und habe dann auch noch eine kleine Rücklage aus dem Verkauf, obwohl ich dann meinem Ex noch die Hälfte von dem Erlös abtreten müsste."

„Wieso ist es denn so schwierig eine Zugehfrau zu finden? Es gibt doch sicherlich eine Menge Frauen, die sich gerne etwas verdienen möchten. Meist ist es doch enorm schwierig eine Familie zu ernähren, wenn nur der Mann arbeitet. Wären denn nicht viele Familien froh, wenn eines der größeren Kinder das Elternhaus verlassen würden und auf eigenen Beinen stehen kann? Das bedeutet doch für viele Familien, ein Maul weniger zu stopfen."

Heidi konnte sich mal wieder ein hämisches Grinsen nicht verkneifen. „Deine Kenntnisse des sozialen Umfeldes hast du wohl aus uralter Literatur entnommen. Im neunzehnten Jahrhundert ist das wohl so gewesen. Heutzutage findest du keine solche Familie im weiteren Umkreis. Wenn du tatsächlich eine Haushaltshilfe findest, ist es im Normalfall eine Ausländerin, die kaum ein deutsches Wort beherrscht und meine Kenntnisse der türkischen Sprache sind nicht existent."

Manchot kräuselte die Stirn als Zeichen der Verwunderung. „Wieso kommen denn Dienstmädchen aus dem Orient hierher? Gibt es nicht genügend hiesige Frauen, die eine haushaltliche einfache Beschäftigung suchen?"

Heidi gähnte raubtierhaft ausgiebig, hielt sich erst im letzten Moment die Hand vor den Mund und verhinderte damit, dass er ihre Zähne und ihren Rachen genauer in Augenschein nehmen konnte. „Du musst noch sehr viel lernen, man muss bei dir wie bei einem kleinen Kind vorgehen, Selbstverständlichkeiten erklären, alle Technik erläutern, Zusammenhänge darlegen und dich schließlich an die Hand nehmen und anleiten. Du weißt wirklich nichts. Die deutschen Frauen suchen sich bessere Jobs, im Büro, als Verkäuferin, Arzthelferin oder was auch immer. Für die türkischen Frauen bleibt dank ihrer mangelnden Sprachkenntnisse nur der Bodensatz des Arbeitsmarktes, nämlich die Knochenjobs übrig. So, und jetzt kannst Du deine Fragen für morgen aufsparen, ich gehe jetzt endgültig schlafen. Morgen ist auch noch ein Tag. Das Wetter soll ja angenehm bleiben. Gute Nacht."

Manchot sah seiner Chefin und Gönnerin nachdenklich nach, während sie noch auf der Treppe ihre Bluse begann aufzuknöpfen und ihm ihre schlanken Beine präsentierte. Zu gerne wäre er ihr nachgestiegen und hätte sie beim Auskleiden betrachtet. Er stellte sich schließlich ihre nackten Rundungen vor, die wohl im Laufe ihrer Jahre etwas an Spannkraft verloren haben mochten, die ihm aber vor seinem geistigen Auge immer noch sehr attraktiv erschien. Er ging davon aus, dass das was man von ihrem Körper im bekleideten Zustand sah, ebenso erotisch war, wie das ihres unbekleideten Zustands. Ihre Bekleidung ließ unendlich viele Einblicke und Phantasien zu.

Er dachte einen Moment an das, was er seit dem frühen Morgengrauen gesehen, erlebt und gelesen hatte, in Summe war das nicht wenig gewesen. Sein großer Vorteil an solchen Tagen war sein außergewöhnliches Gedächtnis, mit dem er völlig zufrieden war. Obwohl, sein Gedächtnis hatte er oft genug verflucht. Gut, diese Weichmasse in seinem Kopf war unendlich aufnahmebereit und er hatte die Gabe deren Kapazität weitgehend zu nutzen, hatte aber auch einen riesigen Nachteil, er konnte nicht vergessen oder verzeihen. Hatte jemals jemand geglaubt, sich eine abfällige Bemerkung in seine Richtung erlauben zu dürfen, so war dies unauslöschlich in Manchots Gedächtnis eingemeißelt, ganz wie auf einem Grabstein. Die Erinnerung an diese vielleicht nur unbedacht gemachte Äußerung drängte sich an seine gedankliche Oberfläche, sobald er diesen Beleidiger sah oder etwas von ihm las oder hörte.

Als er einmal eine diplomatische Note verfasst hatte und der Empfänger in seinem Beisein, ohne Manchot als Schöpfer des Schriftstückes identifiziert zu haben, den Absender als Autor einer debilen Philippika bezeichnet hatte und die Tinte sowie das Papier auf dem es geschrieben reine Verschwendung seien, hatte der Gegenspieler von diesem Moment an sich selbst abqualifiziert. Derjenige hatte nicht einmal mehr die Spur einer Chance seine Beleidigung zurückzunehmen. Immer wenn dieser Diplomat nach seiner Äußerung auftauchte, schwoll Manchots Kamm, seine Denkfähigkeit wurde auf ein absolutes Mindestmaß heruntergesetzt und er grübelte nur darüber nach, wie er der Person seine Bemerkung heimzahlen konnte. Ein Brief dieses Mannes wurde sofort als Affront angesehen und entsprechend ablehnend fiel dann auch die Antwort aus. Dies ging sogar so weit, dass er von einem gewissen Zeitpunkt an dessen Noten erst gar nicht mehr las, sondern sie zur Beantwortung an seinen Sekretär weitergab, dessen Antworten Manchot aber dann meist zu höflich oder zu diplomatisch abgefasst waren und er verlangte, einen schärferen Ton anzuschlagen. Selbst bei Konsultationen oder auch nur informellen Treffen ließ er sich, falls es irgendwie möglich war, verleugnen und schickte einen Vertreter. Auch eine offizielle Entschuldigung oder Zurücknahme der Beleidigung erfüllte selten ihren Zweck. Noch Jahre nach der Verbalattacke konnte er diese wörtlich zitieren, wie fast alles, was er einmal gehört oder insbesondere gelesen hatte, er konnte gewisse Wörter nicht aus seinem Gedächtnis löschen. Die einmal geäußerte Schmähung konnte nur im Lauf der Zeit durch eine Vielzahl von Gegenbeweisen, nicht nur in Form von ehrlich gemeinten Komplimenten, in seinem Gedächtnis übertüncht werden. Aber diese Komplimente mussten absolut glaubhaft vorgetragen werden und durften keinesfalls in Ironie verpackt sein. Demzufolge hatte er in der Vergangenheit eine Vielzahl von handverlesenen Feinden angesammelt, auf die er nicht gut zu sprechen war und die er nach Möglichkeit mied wie der Teufel das Weihwasser.

Zugegebenermaßen hatte er mit dem deckungsgleichen Mechanismus Freunde gesammelt, die ihn allerdings ohne ursächliche Beleidigung mit dann ehrlichen bewundernden Komplimenten versorgt hatten.

Durch die Kategorisierung in Gut und Böse entstand ein neues individuelles Problem. Er wusste nie, ob ein Feind ein wirklicher Feind und ein Freund ein wirklicher Freund sein konnte. Für ihn zählten Emotionen und das Bauchgefühl mehr als Tatsachen. Ihm fehlte einfach die Unterscheidungsfähigkeit und somit waren Irrtümer und Enttäuschungen, sowohl positiver als auch negativer Art, vorprogrammiert. Er ging zwar aktiv auf Menschen zu und ließ sich durch ein Lächeln oder eine freundliche Begrüßungsfloskel beeindrucken. Es zählte, was gesagt worden war und zwar glaubhaft gesagt worden war und er ignorierte das Beiwerk, wie Gestik oder Mimik des Gesprächspartners völlig.

Ironie verstand er überhaupt nicht oder mit erheblicher Verzögerung und dann musste die versteckte Pointe schon überdeutlich sein und durfte im eigentlichen Sinn überhaupt nicht versteckt sein. Er konnte einfach keine Witze erzählen, er fand sie auch nicht lustig, sondern höchstens abstrus, fast nie verspürte er einen Lachreiz, eher wunderte er sich über die Dummheit der Anekdote. Wenn er jemanden herzhaft lachen sah, zweifelte er regelmäßig an dessen Verstand, obwohl er den Lachenden um die befreiende Wirkung beneidete. Er verstand die Wörter, er verstand die Widersinnigkeit des Witzes, tat sie aber als kindische Albernheit ab und sah darin lediglich die Infantilität die sich der Lacher und auch der Erzähler bewahrt hatten. Vielleicht lag es daran, dass er sich an seine eigene Kindheit nicht erinnern konnte, manchmal zweifelte er daran, ob er jemals Kind gewesen war. Er hatte Schwierigkeiten einen Sinn darin zu sehen, derartigen Nonsens zu erzählen oder zu hören. Am meisten wunderte er sich jeweils über die Leute, die eine Anekdote oder einen Witz erzählten und selber schenkelklopfend darüber lachen mussten, obwohl sie die Geschichte sicherlich schon etliche Male einem Publikum dargeboten hatten. Er hatte schon eher Verständnis für die Leute, die Lachtränen vergossen, er bildete sich dann ein, es seien Tränen der Trauer wegen des lahmenden Witzes und dafür konnte er noch eine gewisse Sympathie aufbringen.

Völlig fassungslos betrachtete er die Leute, die an bestimmten Festtagen zusammen sangen, dabei noch lachten und offensichtlich dabei unbeschreibliche Freude empfanden. Was war einem Lied noch schön, wenn es von ausgelassen feiernden Betrunkenen laut und nicht melodisch gegrölt wurde. Nach Ende des Liedes lagen sich die Sänger lachend in den Armen und prosteten sich so lange zu, bis einer der Chormitglieder ein neues Lied intonierte, in das dann die Mitglieder des Kreises einstimmten. Es störte dabei nicht im Mindesten, dass Außenstehende Mühe hatten das Opus überhaupt zu erkennen. Besondere Ekelgefühle kamen in ihm hoch, wenn er an seine früheren Aufenthalte in Köln zur Karnevalszeit dachte. Dort standen die Einheimischen beiderlei Geschlechts im wahrsten Sinne des Wortes an jeder Ecke und sangen und lachten, tranken Unmengen verschiedenster Alkoholika durcheinander und küssten sich nach jedem Lied ab, als seien sie in die ganze Welt verliebt und obendrein glücklich, dass der Nebenmann oder die Nebenfrau wenigstens einen richtigen Ton des Liedes getroffen hatten. Um nicht erkennen zu müssen, ob die Person, bei der man sich untergehakt hatte, abgrundtief hässlich oder unattraktiv war, hatten sich alle der Sänger bis zur Unkenntlichkeit verkleidet. Somit war es gleichgültig, wen man ständig abküsste, der herumgereichte Schnaps desinfizierte die Lippen von den aus sabbernden und wahrscheinlich stinkenden Mündern tropfenden Speichel des potentiell hässlichen Kusspartners. Auch die Sexualregionen der Körper wurden von grapschenden Händen keineswegs verschont, obwohl zu seiner Überraschung die zugreifenden Hände nicht nur von männlichen Personen stammten, sondern auch von weiblichen. Während die männlichen Hände sich vorzugsweise an den hervorstehenden Eigenschaften der Damen zu schaffen machten, wärmten sich die weiblichen Greifwerkzeuge gerne zwischen den Oberschenkeln der Männer. Die Leute, die sich mit den Gepflogenheiten des Rheinlandes nicht vertraut waren, standen diesem Treiben fassungslos gegenüber oder versuchten es zu imitieren, wobei sie dann auch noch oft übers Ziel hinausschossen.

Er hatte oft davon geträumt, mit hübschen Mädchen oder Damen zu flirten oder sogar intime Gespräche zu führen. Er wollte sich durch weibliche Zuneigung geschmeichelt fühlen, sich durch ihren Charme anregen lassen, durch ihre Komplimente begehrlich erscheinen, durch ihr Wesen und ihre Erscheinung bezaubert werden. Das alleszusammen war seine altertümliche Vorstellung von Erotik und nicht das dumpfe Betatschen von weiblichen Attributen oder das Küssen von Frauen, die einen im Vorfeld nie erregt hätten. Ein gehauchter Kuss auf eine Hand oder eine Wange konnte viel eher seine Sehnsucht nach Weiblichkeit mit all ihren Schattierungen schüren. Das Erstrebenswerte an der zwischenmenschlichen Beziehung war die knisternde Luft, die durch Blicke und Gefühle statisch aufgeladen zu sein schien. Ihn erinnerte diese atmosphärische Störung an die kleinen Blitze, die sich entladen beim Anziehen eines Wollpullovers oder beim Kämmen frisch gewaschener Haare mit einem Hirschhornkamm.

Während dieser gedanklichen Eskapaden hatte er den Garten mit langen Schritten abgemessen und wie auf höheren Befehl und Ergänzung zu seinen Gedanken, entdeckte er im Obergeschoss des Hauses ein hell erleuchtetes Fenster hinter dem Heidi werkelte und sich offensichtlich für die Nacht vorbereitete. Er konnte nicht sehen, ob sie völlig nackt war, aber ihr Oberkörper war entblößt. Einem ersten Impuls folgend, wollte er sich verschämt abwenden, widerstand dieser Eingebung erfolgreich. Er beobachtete sie dabei, wie sie eine Salbe oder Lotion in ihrem Gesicht verteilte, anschließend eine Flüssigkeit in ihre immer noch straffen Brüste einmassierte und auch ihren Bauch nicht ausließ. Er hatte kein erotisches Gefühl bei diesem Anblick, es war mehr Neugier, die seine Blicke festhielt. Schließlich streifte sie ein Hemd über ihren Kopf, löschte das Licht, trotzdem verharrte sein Blick auf dem schwarzen Fenster. Er hatte lange, sehr lange keinen entblößten Busen mehr bewundert und das Bild hatte einen Nachhall vor seinem geistigen Auge.

Er ging langsam zurück ins Wohnzimmer mit dem ausladenden Bücherregal, er suchte nach einer passenden Lektüre für die

Nacht. Die wenigsten Bücher erregten sein Interesse, ihm war nicht nach moderner Literatur, die dort in großer Anzahl vertreten war, er wollte keine Bücher über unglückliche Liebe, Morde oder sonstige Kapitalverbrechen lesen, ihm stand eher der Sinn nach einer historischen Lebensbeschreibung einer Biographie auch Autobiographie, vielleicht sogar die Geschichte einer Dynastie. Sein Blick fiel auf „Die Buddenbrooks" von Thomas Mann, er blätterte in dem recht voluminösen Werk und befand es als lesenswert. Die Sprache gefiel ihm, hier kannte er sich aus, das war eine seiner Lebenszeiten, er konnte die Zusammenhänge in die Zeitgeschichte einordnen. Er machte es sich auf der weißen Ledercouch vor dem Bücherregal bequem, testete zunächst Schreibstil und Satzbau des ihm noch unbekannten Autors und las dann mit steigendem Interesse. Er fühlte sich gleich mit den Personen verwandt und auch von deren Sprache sowie von der Handlung gebannt.

Am Morgen fand Heidi ihn in seine Lektüre vertieft vor, das Licht brannte noch, obwohl die Sonne durch das große Fenster schien. Einige seitenstarke Wälzer der Mann Brüder lagen neben ihm auf der Couch. Er hatte sie nicht die Treppe herunterkommen hören und sah deshalb erschrocken auf, als sie ihn begrüßte. „Warst du überhaupt nicht im Bett? Es sieht aus, als hättest du die ganze Nacht gelesen."

Sie blickte auf die Bücherauswahl. „Und dann auch noch den überholten Kram von dem Thomas Mann und seinem Bruder Heinrich, ich bekomme immer die Krise, wenn ich seine Bandwurmsätze, die sich manchmal über eine ganze Seite hinziehen, lesen muss. Die Bücher sind noch von meinem Verflossenen, der hat sich sogar für das langatmige Mammutwerk „Joseph und seine Brüder" begeistert, das hat doch fast zweitausend Seiten."

„Das habe ich mir auch ausgesucht, das wollte ich als nächstes lesen. Ich habe diese Nacht „Die Buddenbrooks" verinnerlicht und auch im „Doktor Faustus" gelesen. Der Herr Mann hat meines Erachtens sehr treffend die Epoche beschrieben und anspruchsvoll geschrieben, das ist der Stil, den ich mag. Die Familiengeschichte hat mir aber wesentlich besser gefallen, als die des Einzelgängers Faustus, darin wird mir zu viel philosophiert. Die Beschreibung der Lübecker Familie gefällt mir sehr, das kann ich alles nachvollziehen, das Umfeld und das Gebaren der Familie ist mir gut vertraut."

Heidi sah ihn ungläubig an. „Du willst doch wohl nicht ernsthaft behaupten, du hättest den ganzen Wälzer, wieviel Seiten sind es, neunhundert oder mehr, komplett gelesen? Und dazu noch den anderen Schmöker Doktor Faustus? Für die Bewältigung der Werke würde ich mindestens eine Woche intensiv lesen müssen. Aber dann dürfte ich schon nicht viel anderes zu tun haben."

Manchot streichelte zärtlich über den Buchdeckel. „Ach, weißt du, ich kann sehr schnell lesen, ich habe dafür eine besondere Gabe, man kann es Talent nennen. Ich sehe eine Seite und kann sie komplett abspeichern, wie Eure modernen Apparate, die Computer oder Scanner, im Unterschied zu der elektronischen Datenerfassung verstehe ich den Sinn und könnte zusätzlich die Seiten wörtlich zitieren. Wenn du so willst, lese ich die Seite nicht Zeile für Zeile, sondern kopiere sie in mein Gedächtnis und kann sie jederzeit wieder abrufen. Wenn es dir Freude bereiten würde, können wir einen Test machen. Du liest mir eine Passage des Buches vor und ich komplettiere das ganze Kapitel, ohne jede Hilfe von deiner Seite."

Heidi sah ihn mehr belustigt als zweifelnd an, sie zog den Gürtel ihres Morgenmantels fester um ihre Taille, sie hatte bemerkt, dass er ihr in den Ausschnitt starrte. „Du erstaunst mich immer wieder. Also, du behauptest, eine lebende Festplatte in deinem Kopf zu haben, vergleichbar eines Computers? Welche Kapazität hat denn dein Gehirn?"

Er sah sie leicht irritiert an, musste dann aber lächeln. „Ich habe nicht die geringste Ahnung, das kann man nicht messen, soviel ich weiß. Ich kann dir höchstens versichern, dass ich nichts von dem vergesse, was ich einmal gespeichert habe. Bisher jedenfalls weiß ich noch alles, was ich jemals Wichtiges gelesen habe oder was mir besonders gefallen hat. Gleichgültig, ob Interessantes oder Banales. Ich kann ein Dokument oder ein Buch in meinem Gedächtnis aufrufen und sehe die Seite, auf die ich mich beziehen will, vor meinem geistigen Auge. Handelt es sich um ein mehrseitiges Papier, nehmen wir ein Buch, brauche ich nur gedanklich umzublättern und kann dir dann sogar die Seitenangabe benennen. Somit ist es für mich recht einfach eine gesuchte Stelle zu finden."

Heidi wandte sich ab und ging in die Küche, sie setzte die Kaffeemaschine in Gang, steckte ein paar Scheiben Brot in den Toaster und stellte sich provozierend vor ihn. „Ich schließe aus deiner Bemerkung, dass du noch nicht viele Bücher gelesen hast, sonst könntest du dir das nicht alles gemerkt haben."

Manchot runzelte die Stirn und hob belehrend den rechten Zeigefinger, zögerlich antwortete er: „Wieso sagst du das? Ich behaupte alle wichtigen literarischen Klassiker zu kennen. Ich habe von Voltaire bis Balzac, von William Shakespeare bis Charles Dickens, von Johann Wolfgang von Goethe bis Friedrich Schiller alle bekannten Werke gelesen, selbst Dantes Göttliche Komödie oder Edgar Ellen Poe mit seinen Mordritualen kenne ich im Original. Ich bin mir nicht sicher, ob das so wenig ist. Außerdem ist das nur ein kleiner Auszug dessen, was ich gespeichert habe. Wenn du das allerdings wenig nennst, bin ich ganz deiner Meinung."

Heidi hatte während dieser stockend vorgetragenen Sätze den Frühstückstisch gedeckt und er war ihr in die Küche gefolgt. Sie schüttelte den Kopf und meinte, dass Flaumer sie mit jeder Aussage erneut frappiere. „Wenn du sagst, Dante im Original gelesen zu haben, bedeutet das eventuell, dass du auch noch italienisch als Fremdsprache beherrschst?"

Kleinlaut gestand er: „Ja, die gängigen Sprachen beherrsche ich rudimentär. Wenn ich ein Wörterbuch in die Hände bekomme, lese ich es genau wie einen Roman oder einen längeren Bericht. Dann brauche ich nur noch die Grammatik zu lernen, ein Gefühl für die Phonetik zu erlangen und schon kann ich mich in dem speziellen Sprachraum bewegen, wenn auch ziemlich holprig. Das Vokabular bereitet mir dann keine Probleme, lediglich die Umsetzung der Grammatik während des Sprechens bereitet mir dann noch gewisse Schwierigkeiten, dazu benötigt man eine Menge Übung, vorzugsweise mit

Muttersprachlern. Du musst wissen, die Regeln zu kennen und diese entsprechend den Wörtern zuzuordnen ist gar nicht so einfach. Zur bloßen Verständigung reicht das im Allgemeinen aus, auch um ein Buch zu lesen, aber das Sprechen ist dann doch ungleich schwieriger. Ich habe also die Regeln gespeichert, diese aber fließend während eines Gespräches abzurufen und anzuwenden ist nicht möglich. Das Gespräch wäre ein wildes Gestammele und Gestottere. Demzufolge behaupte ich, keine Fremdsprache zu beherrschen. Ich finde es manchmal recht kurios, wenn ich einen beispielsweise italienischen Text lese, denke ich oft, den Satzbau hättest du ganz anders konstruiert, muss mir dann aber eingestehen, der Autor wird es wohl besser wissen, er schreibt immerhin in seiner Muttersprache."

Heidi unterbrach seinen Monolog und forderte ihn barsch aber eher humorvoll auf, sich endlich an den Tisch zu setzen. Der Kaffee würde kalt und er könne bei seiner Intelligenz sicherlich parallel reden und frühstücken. Sie hatte ihn nicht gefragt, was er morgens gerne essen oder trinken würde, sie hatte die Zusammenstellung der ersten Mahlzeit des Tages wie selbstverständlich genauso vorgenommen, wie sie es für ihren geschiedenen Ehemann praktiziert hatte. Sie hatte keinen Gedanken an eine Alternative verschwendet. Selbst die Zubereitung des Eis hatte sie wie gewohnt vorgenommen. Somit standen auf dem Tisch neben Filterkaffee und Vollkorntoast ein vier Minuten Ei, ein spärliches Sortiment von Belag, sowie Marmelade, sie hatte sich in England an die dort beliebte Orangenmarmelade gewöhnt und keine andere Sorte im Haus. Manchot betrachtete das Ei mit einem gewissen Widerwillen, wollte aber nicht meckern. Er entschloss sich, das tote präembryonale Huhn einfach zu ignorieren und nicht anzurühren. Hätte er diesen, einer Legehenne gestohlenen Nachkommen gegessen, wäre er das Gefühl eines vollzogenen Kannibalismus längere Zeit nicht losgeworden, zu verwandt fühlte er sich mit dem Geflügel. Erst später, viel später, wenn er seiner Gastgeberin und Arbeitgeberin in Personalunion völlig vertrauen konnte, würde er die Hintergründe seines Denkens, seines Fühlens und seine ihm weitgehend unbekannten Historie erläutern. Hierfür war es aber immer noch viel zu früh und wahrscheinlich würde sie ihm ohnehin nicht glauben, zu unwahrscheinlich war seine Geschichte, er glaubte sie ja selbst kaum.

Er langte kräftig zu und Heidi hatte Schwierigkeiten, den Toast Nachschub zu besorgen, zu schnell verschlang er die knusprigen Scheiben, die er mit allem Verfügbaren bestrich oder belegte. Sie war bereits nach zwei Scheiben Brot fertig und beobachtete ihn Kaffee schlürfend, wie er das Frühstück einfuhr, es erinnerte sie an das bäuerliche Einbringen der Heuernte vor einem Gewitter. Er kaute nur wenig und schluckte umso öfter, den Kaffee goss er ohne zu schlucken die Kehle herunter, sobald dessen Temperatur ohne Verbrühungsgefahr auf akzeptables Niveau gesunken war.

Heidi senkte die Stimme bedrohlich und sah ihm prüfend in die Augen. „Du hast mir gestern Abend zugesehen, wie ich mich für die Nacht fertig gemacht habe? Hat dir wenigstens gefallen, was du gesehen hast?"

Manchot wurde rot, senkte den Blick und stammelte etwas Unverständliches aus dem man ein „Ja" entnehmen konnte.

„Wie lange hast du mich denn beobachtet? Als ich dich bemerkte war mir das doch ziemlich peinlich. Hast du nie gelernt, dass Voyeurismus unanständig ist? Das ist sogar ein Straftatbestand."

Manchot hatte sich wieder halbwegs gefangen. „Ich habe dich zufällig gesehen, als ich mir im Garten die Beine vertreten habe. Ein paar viel zu kurze Minuten habe ich dir zugesehen und es hat mir sehr gut gefallen. Ich habe noch nie in meinem Leben eine nackte Frau gesehen – für mich war es etwas Besonderes – ich war einfach fasziniert. Vor Allem habe ich festgestellt, dass du noch eine wunderschöne Figur hast, wie ich mir ein junges Mädchen vorstelle. Ich hatte zunächst den Impuls, mich abzuwenden, aber mein Blick war wie von einem Magneten angezogen worden. Es tut mir ehrlich gesagt, kein bisschen leid, dich bewundert zu haben. Ich wollte aber auch nicht dein Schamgefühl verletzen, das allerdings bedauere ich und bitte um Nachsicht."

Heidi lachte trocken auf, nahm einen Schluck des mittlerweile kalten Kaffees und musterte ihn mit aufkommender Neugier. „Du hast mein Schamgefühl nicht verletzt, ich mag nur keine Heimlichkeiten. Ich hatte zudem den Verdacht, es sei kein Zufall, sondern Absicht gewesen. Außerdem war ich erschrocken, jemanden im Garten zu sehen, den ich dort nicht erwartet hatte. Ich habe am Strand schon oft oben ohne gelegen und meinen Busen den Blicken fremder Männer ausgesetzt. Ich fühlte mich manchmal sogar geschmeichelt, wenn bewundernde Blicke gutaussehender Männer meinem welkenden Körper Komplimente signalisieren. Ich gehe auch oft in die Sauna, wo man sich bekanntermaßen völlig unbekleidet bewegt. Ich bin selbstbewusst genug, zu wissen, dass ich mich nicht zu verstecken brauche. Als junges Mädchen habe ich immer sorgsam darauf geachtet, gewisse Stellen meines Körpers bedeckt zu halten. Niemand durfte mir in den Ausschnitt oder unter den Rock gucken, ich wäre dann auf der Stelle vor Scham gestorben aber spätestens in einer Ehe legt sich das zumindest teilweise. Diese Scham ist eben nur das Produkt einer prüden Erziehung."

„Wieso kann sich denn die Scham von selbst legen? Ich hätte geglaubt, Frauen könnten sich in ihre übertriebene Züchtigkeit hineinsteigern."

„Natürlich ist das möglich, aber ich glaube das war früher schlimmer als heutzutage. Wenn du als Frau regelmäßig zum Gynäkologen gehst und ihm dein Intimstes präsentierst, wenn du verheiratet bist und der Mann dich täglich nackt sieht, dann wirst du im Lauf der Zeit immer freizügiger, das ist ein gewisser Automatismus. Vor ein paar Jahren war ich mal mit Freundinnen auf einer Nordseeinsel am Nacktbadestrand, von meinen Geschlechtsteilen hat da kein Mensch Notiz genommen und nach einer halben Stunde merkst du gar nichts mehr von deiner Nacktheit. Ich gebe zu, als ich das erste Mal eine Sauna betrat, glaubte ich jeder würde mich von oben bis unten anstarren und ich habe versucht, mit meinem Handtuch die wichtigsten Stellen zu bedecken. Bald habe ich aber dann begriffen, dass es kaum etwas Unerotischeres gibt, als eine Sauna."

Manchot nickte verständnisvoll. Ich kenne keine Sauna, davon habe ich noch nie gehört. Und da gehen Männer und Frauen völlig nackt hinein? Ich kenne nur das türkische Dampfbad, aber da herrscht strikte Geschlechtertrennung. Ich glaube, ich würde mich anfangs genauso genieren, wie du."

Heidi breitete die Arme aus und blickte zur Decke. „Ich liebe Sauna, Dampfbad finde ich nicht so gut. Ich mag die Hitze, ich mag das Schwitzen. Dann das erfrischende Abkühlen, danach nochmals in die Hitze. Hinterher fühle ich mich wieder wie neu geboren."

„Also, dann macht dir das Nacktsein überhaupt nichts mehr aus?"

Sie sah nachdenklich auf den mittlerweile verwüsteten Tisch, goss sich den Rest des Kaffees in ihre Tasse, tröpfelte etwas Kondensmilch hinein und rührte gedankenverloren in ihrer Tasse. „Es gibt bekanntermaßen noch eine andere Art von Nacktsein. Nämlich dann, wenn du verliebt bist. Ich weiß auch nicht genau, wie ihr Männer so gestrickt seid. Ich für meinen Teil habe Spaß daran mit einem Mann, in den ich verliebt bin, zu schlafen. Zwischen Mann und Frau scheint das aufkommende Gefühl sowohl beim Verliebtsein, als auch beim Geschlechtsverkehr völlig unterschiedlich zu sein. Wenn ihr Männer Euer Sperma verteilt habt, ist jedes weitere Interesse erloschen. Ich muss für meinen Teil gestehen, ich liebe dieses Machtgefühl über Männer, wenn man seine Attribute geschickt einsetzt. Vor dem Orgasmus sind sie wie eine Knetmasse in der weiblichen Hand."

Manchot musste lachen und schlug sich klatschend auf den Schenkel. „Ihr Frauen seid so raffiniert, da können wir Männer nicht mithalten und wären total überfordert. Wir sind eben nur viel direkter und auch harmloser. Wir denken, von den Juristen und Diplomaten vielleicht abgesehen, nicht um drei Ecken. Um derart quer denken zu können, benötigten diese Berufsgruppen wahrscheinlich eine große Menge weiblicher Hormone. In der

Evolution hat der Mann gelernt in die Ferne zu blicken, um einen Feind oder ein Tier sei es ein Mammut oder einen rasenden Säbelzahntiger auszumachen, das erlegt werden müsste. Ihr Frauen kennt diesen Fernblick erst gar nicht und habt euch lediglich mit der unmittelbaren Umgebung beschäftigt, Heim und Familie. Während der Abwesenheit der Männer hattet ihr genug Muße, Taktiken und Finten auszudenken, wie ihr eure Wünsche verwirklichen konntet. Daher stammt auch das Bedürfnis die Männer zu beherrschen und gefügig zu machen, sobald sie das Heim bevölkern."

Heidi lächelte hintergründig als sie aufstand, um sich für den Tag anzukleiden, das Eis auf dem sie standen war ihr zu dünn, sie wollte das schlüpfrige Thema nicht weiter vertiefen, drehte sich aber auf dem Weg zum Obergeschoss nochmals um. „Ich beurteile die Macht der Frauen in sexuellen Dingen als faszinierend, solange sie ihren Partner hinhalten. Man darf ihnen nicht zu schnell nachgeben und muss ihnen immer das Gefühl einimpfen, immer noch steigerungsfähig zu sein. Das ist meine Devise für eine funktionierende Beziehung. So, und jetzt gehe ich duschen."

Bereits auf der Treppe sprach sie für ihn kaum noch hörbar: „Wegen der Dampfschwaden lasse ich bei diesem Wetter das Badezimmerfenster immer geöffnet. Du kannst also deinen Voyeuristischen Gelüsten, mich zu beobachten, freien Lauf lassen."

Er rief ihr nach: „Ich würde viel lieber mit ins Badezimmer kommen und dir direkt dabei zusehen."

Im Obergeschoss angekommen rief sie ihm mit strenger Stimme zu: „Nicht so stürmisch junger Mann. Ich habe dir einen Logenplatz im Garten angeboten, der sollte dir reichen, ansonsten schließe ich das Fenster und lasse die Jalousie herunter."

Manchot räumte den Frühstückstisch ab, nicht ohne alle Reste, die noch auf den Tellern waren, wahllos in sich hineinzustopfen. Selbst Heidis halb gegessene Toastscheibe mit wenig Butter und Orangenmarmelade schob er zusammen mit einer Scheibe Zungenwurst in seinen Mund. Er besah sein unangetastetes

Frühstücksei, setzte eine Trauermiene auf, ging in den Garten und vergrub es mit bloßen Händen in der lockeren Erde zwischen je einem blühenden Rondell Vergissmeinnicht und Stiefmütterchen.

Als er den Tisch abgewischt hatte und das Geschirr in der für ihn sonderbaren Spülmaschine verstaut hatte, nahm er sich die Küche genauer unter die Lupe. Er wunderte sich über die Vielzahl von Maschinen und Apparaturen als Helferlein für die Hausfrau. Die Dinger, so sagte er sich, nehmen den Frauen aber heutzutage jegliche Arbeit ab, die brauchen eigentlich nichts mehr zu tun, außer einer anschließenden Spülorgie. Er dachte an die Frauen, die früher alles mühsam von Hand erledigen mussten und dabei den ganzen Tag beschäftigt waren. Auf die Idee eine Spülmaschine in einem normalen Haushalt vorzufinden, wäre er in seinen kühnsten Träumen nicht gekommen. Also räumte er die Spülmaschine, die ihm nicht geheuer erschien, wieder aus und spülte das Geschirr mit der Hand. Es war ja so unendlich praktisch, sogar warmes, nein heißes Wasser ständig zur Verfügung zu haben. Er trocknete es mit einem nach längerer Suche gefundenen Handtuch brav ab, genauso, wie früher.

Er wischte den Tisch mit einem zu diesem Zweck nie vermuteten Schwammtuch ab und stellte das saubere Geschirr wieder auf den Tisch, wobei er die Tassen mit der Öffnung nach unten auf die Untertassen stellte.

Heidi hatte sich in eine knappsitzende Jeansshorts gezwängt und eine blassgrün karierte Bluse angezogen, die stellenweise unordentlich aus den Shorts heraushing. An den Füßen hatte sie kaum existente Sandalen, die mit schmalen blauen Lederbändern an den Füßen gehalten wurden. Sie sah betörend aus, wie ein junges Mädchen. Nur aus der Nähe konnte man ihre Krähenfüßchen an den Augenwinkeln erkennen. Ein atemberaubend exotischer Duft, den er nicht definieren konnte, wehte dezent zu ihm herüber.

„Ich bin begeistert, wie attraktiv du aussiehst und wie du duftest. Ich werde dich heute weniger als meine Chefin, sondern eher wie eine Liebesgöttin verehren, wenn Du gestattest."

Für das schmeichelnde Kompliment, das sie mit großer Freude entgegennahm, drückte sie ihm einen freundschaftlichen Kuss auf die Wange.

„Was ist mit dem Geschirr passiert? Hast du das etwa mit der Hand gespült? Warum hast du es nicht in die Spülmaschine geräumt, wenn du schon etwas erledigen wolltest?"

„Das ist schon wieder so eine Neuheit für mich. Ich hatte schon vermutet, dass das Gerät zum Spülen vorgesehen ist, ich wusste aber nicht, wie man es befüllen sollte, also habe ich kurzerhand mit der Hand gespült, wie ich es von früher kenne. Obwohl ich seinerzeit so ein Ding gerne besessen hätte, ich hasse nämlich eigentlich zu spülen, aber es war nur wenig Geschirr."

Heidi erklärte ihm geduldig den Mechanismus des Gerätes und wie man es möglichst platzsparend befüllt. Er war begeistert von dem neuen Apparat und von der relativ simplen Technik, die ihm das verhasste Spülen und Abtrocknen zukünftig ersparen könnte.

Heidi stand dicht neben ihm, rümpfte die Nase und meinte, er solle noch kurz unter die Dusche gehen, bevor sie zur Arbeit gehen würden. Wieder sah er sie an wie der Raumfahrer den Mann im Mond. „Ich habe noch nie geduscht, bade aber einmal die Woche und zwar samstags und das seitdem ich denken kann. Das Aufheizen des Badewassers ist so unendlich mühsam."

Diesmal war die Reihe wieder an Heidi, ihn verdutzt anzusehen.

„Heißt das etwa, heute ist Freitag, dass du eine Woche nicht geduscht hast? Dafür riechst du allerdings wie eine Frühlingswiese. Bedeutet das jetzt, dass du erst morgen baden willst oder versuchst du mal eine schnelle Dusche?"

„Wenn es dir nichts ausmacht, dusche ich auch mal gerne, dann gestatte mir fünf Minuten, danach können wir dann gehen."

Wenige Augenblicke später erschien er tatsächlich frisch geduscht im Wohnzimmer, sein Körperflaum glänzte, als sei er mit Haarfett bearbeitet worden.

Sie strich über den noch feuchten duftenden Flaum. „Ich weiß schon, warum ich dich Flaumer nenne, das sind anscheinend gar keine echten Haare, es fühlt sich an wie Kükenfedern oder ganz feine Daunen."

Sie näherte sich ihm wieder und gab ihm einen kurzen Kuss auf seine glänzende Wange und forderte ihn resolut auf jetzt nach dieser Verzögerung endlich das Auto zu besteigen. Über die gestreifte Landstraße zu fahren, machte ihm mittlerweile riesigen Spaß und auch die Angst vor der Geschwindigkeit hatte er weitestgehend abgelegt, nun ja, es gab noch genügend Situationen, die ihn verstörten.

Alltag

Bei der Ankunft an der Tankstelle erlebten sie eine unangenehme Überraschung. Vor der gläsernen Eingangstür lag ein großer Pflasterstein, das Glas der Tür war sternförmig um ein pfenniggroßes Loch gesprungen ansonsten hatte das Sicherheitsglas dem Steinschlag erfolgreich Widerstand geleistet.

Heidi war entsetzt und schimpfte wie ein Rohrspatz, das sei nunmehr der dritte Einbruchsversuch in diesem Jahr und langsam würde sie wohl Ärger mit der Versicherung bekommen, weil sie sich vor den Kosten einer besseren Alarmanlage und Modernisierung der Videoanlage gescheut habe. Es könnte passieren, dass die die Prämien erhöhen oder sogar den Versicherungsvertrag kündigen. Nun müsse sie schon wieder die Polizei rufen, die dann wie üblich unverrichteter Dinge abziehen. Sie könne sich vorstellen, dass den Einbruchsversuch Jugendliche aus der Nachbarschaft verübt haben, um an Alkohol und Tabakwaren für eine wilde Party heran zu kommen. Vielleicht stünde dahinter aber auch Beschaffungskriminalität von Junkies, um deren Drogensucht zu befriedigen.

Manchot war betroffen, aber eine Glasscheibe, die einem derart großen Stein widerstand, kannte er nicht. „Vielleicht wäre es besser gewesen, ich hätte letzte Nacht hier im Geschäft geschlafen. Ein Nachtwächter wäre sicherlich abschreckender als eine Videoüberwachung, die nur ein paar schlechte Fotos von den Tätern liefert."

Beide sahen sich die Videoaufzeichnung an, konnten aber nichts außer drei dunkel gekleideten Kapuzenmännern sehen. Heidi setzte ihre unterbrochene Schimpftirade fort. Da werde vom Gesetzgeber ein Vermummungsverbot erlassen und die dubiosen Gestalten hätten nichts Eiligeres zu tun als sich diese Kapuzen an allen billigen Pullovern oder vergammelten Jacken anzubringen und keiner greift ein und setzt das Verbot durch.

Mit diesen Klamotten sähen die Typen auch noch unglaublich doof aus, aber das wäre diesen Asozialen wahrscheinlich auch egal, sicherlich hätten sie nicht einmal einen Spiegel zu Hause, sonst würden sie diese modischen Todsünden nicht tragen. Überhaupt fände sie diese Mode abartig, wenn sie alleine die zerrissenen Jeans sähe, die die jungen Leute trügen, würde sie liebend gerne ihren Beitrag leisten, um eine anständige Hose für die Teens oder Twens zu kaufen.

Manchot griff das Stichwort auf und fragte, wo er wohl am besten eine preiswerte Kluft für sich kaufen könne und ob sie ihm einen kleinen Vorschuss auf seinen Lohn geben könne.

Sie sah ihn nachdenklich an und meinte, es sei eigentlich zu früh für einen Vorschuss, der würde unter normalen Umständen erst nach einigen Tagen oder Wochen gewährt werden. Nach einigem Zögern gab sie sich einen Ruck und klaubte für ihn zwei Fünfziger aus der Kasse, ließ sich den Betrag quittieren und erklärte den Weg zu einem Bekleidungsgeschäft.

„Ein paar hundert Meter die Straße entlang sind einige Läden für preiswerte Klamotten, dort kannst du versuchen, etwas Passendes zu finden. Außerdem musst du ohnehin verschwinden, wenn die Polizei gleich kommt würden sie dich garantiert nach deinem Personalausweis fragen und auch nach deinem Beschäftigungsverhältnis. Beides sollten wir vermeiden. Sonst werden nur unnötige Fragen gestellt, von dem bürokratischen Aufwand will ich erst gar nicht reden. Weißt du, vor den deutschen Behörden existieren überhaupt keine Menschen ohne Ausweispapiere, es sei denn, es handelt sich um Asylanten, die ihre Papiere bewusst entsorgt haben."

Sie wurde wieder nachdenklich, als sei ihr soeben eine Idee gekommen. „Ich weiß gar nicht was in deutschen Amtsstuben vor sich geht, wenn Leute eine Amnesie oder hochgradig Demenz haben, ihres Gedächtnisses total verlustig geworden sind und nicht wissen, wo ihre Unterlagen geblieben sind. Diese Leute müssten bürokratisch als nicht existent entsorgt werden. Keine Papiere – Kein Mensch. Dem Gedanken sollten wir einmal nachgehen, ich werde mich mal in der Stadtverwaltung anonym danach erkundigen, vielleicht gibt es sogar ein

Schlupfloch in den Verwaltungsvorschriften. Jedenfalls kannst du nicht als Illegaler bei mir arbeiten. Und jetzt mach dich vom Acker, ich regele das erst mal mit dem Einbruchsversuch und der Polizei, es wird zwar nichts bringen, aber für die Versicherung muss ich den Schaden dokumentiert haben. Du gehst am besten sofort, in drei Stundendürfte hier die Luft wieder rein sein."

Manchot schlenderte die Straße entlang, in seinem Kopf schwirrten unendlich viele unverarbeitete Gedanken herum, was hatte er in dem einen Tag schon alles Unbekanntes gesehen und gelernt. Er genoss die wärmende Sonne, die seine Gehirntätigkeit angenehm anregte. Nach ein paar hundert Metern erreichte er, wie von Monika prophezeit, ein vorstädtisches Einkaufszentrum, das sich auf beide Seiten der Straße erstreckte. Hier fand er einige Bekleidungsgeschäfte vor, die ein beschränktes Sortiment anboten, was ihm jedoch vorkam wie die Auswahl in den paradiesisch anmuteten riesigen Geschäften des vorigen Jahrhunderts in Berlin. Die Schaufenster quollen über von der überwältigenden Auswahl, obwohl die meisten Geschäfte noch geschlossen waren, was Heidi wohl nicht bedacht hatte.

Ein wundervoller Duft von frisch gebackenem Brot lockte ihn an und er betrachtete die Auslage im Schaufenster. Vor der Bäckerei standen einige Tische mit Stühlen, er setzte sich und wartete auf die Bedienung. Währenddessen beobachtete er das geschäftige Treiben hinter der Theke. Verwundert stellte er fest, dass viele Kunden sich frische Brötchen belegen ließen und auf jedes dieser appetitlich aussehenden Brote wurden Salatblätter, Tomatenscheiben und auf einige sogar Eierscheiben gelegt. Ihm lief das Wasser im Mund zusammen, obwohl sein opulentes Frühstück kaum mehr als eine halbe Stunde zurücklag.

Er sah ein Schild mit der Aufschrift coffee togo und wunderte sich erneut, seines Wissens wurde in Togo überhaupt kein Kaffee geerntet. Er wartete vergebens auf eine Bedienung und nach einer Viertelstunde ging er selbst an den Tresen, er hatte begriffen, dass Niemand am Tisch bedient wurde und die anderen Kunden sich mit ihrer dampfenden Beute an die kleinen runden Tischchen setzten.

Eine kleine blonde junge Frau lächelte ihn freundlich an und er bestellte einen togolesischen Kaffee.

Die großbusige Verkäuferin starrte ihn mit weit aufgerissenen Augen, die ihre blaue Iris besser zur Geltung brachte an, sie schien sich vorzustellen, einem Menschen von einem anderen Stern gegenüberzustehen, was auch nicht völlig von der Hand zu weisen war. Sie fragte gedehnt und überlaut, wie sie sonst wahrscheinlich nur Ausländer ansprach: „Wat hätten Sie denn jerne?"

Jetzt verstand Manchot nichts mehr, er hatte doch laut und deutlich gesprochen. Er deutete auf die Tafel mit der Kaffeewerbung. „Wie ich bereits ausführte, einen togolesischen Kaffee bitte, wie es dort angeboten wird."

„Wat soll dat denn sein? Oder meinen Sie einen Coffee to go?"

„Nun gut, wenn Sie die Herkunftsbezeichnung nachstellen wollen, bitte schön, also einen Kaffee Togo bitte."

Sie stellte einen Pappbecher unter die Tülle der Kaffeemaschine, drückte einen Knopf und eine schwarze Brühe ergoss sich in das Behältnis.

„Warum bekomme ich keine Tasse wie die anderen Kunden?"

„Sie wollten doch to go und das bedeutet Pappbecher!"

„Ich wollte mich aber gerne setzen und das Getränk in Ruhe genießen."

„Ach jetzt versteh ich sie, sie können kein Englisch, to go bedeutet zum Mitnehmen."

Die kleine Dralle mit einem Namensschildchen Susanne auf ihrem linken Busen verdrehte ihre riesigen Augäpfel zum Himmel, goss den Kaffee vom Papp- in einen Porzellanbecher und stellte ihn auf den Tresen. „Wir erfüllen alle Wünsche unserer Kunden gerne und ohne Verzug, sofern wir sie erfüllen können. Milch und Zucker stehen auf dem Buffet. Haben Sie sonst noch einen exotischen Wunsch?"

„Ja gerne, ein Croissant mit Butter bitte."

„Butter ist aber schon jede Menge drin, sie heißen bei uns nicht umsonst Buttercroissants."

„Ich weiß, trotzdem hätte ich gerne noch separat Butter dazu."

„Aber gerne, macht zusammen zweineunzig, lassen Sie es sich schmecken."

Er legte einen fünfzig Euro Schein auf den Tresen und veranlasste sie damit, erneut die Augen zu verdrehen. „Heute kommen wieder alle Kunden mit großen Scheinen, haben Sie es nicht etwas kleiner, ich habe nicht mehr viel Kleingeld?"

Er schüttelte bedauernd den Kopf und sie legte das Wechselgeld in fünf und zehn Euro Scheinen auf den Geldteller dann wandte sich einer älteren Kundin zu.

Er begab sich nach draußen in die Sonne und setzte sich mit übergeschlagenen Beinen bequem hin. Die Wärme empfand er im Gegensatz zu der schnell schmelzenden Butter als angenehm und verteilte auf einem abgerissenen Stück des Gebäcks etwas Streichfett und schob sich den Happen genüsslich in den Mund. So lässt es sich gut aushalten, sagte er sich.

Etliche Leute gingen in die Bäckerei und erschienen kurz darauf mit mehr oder weniger großen Tüten auf dem Trottoir. Oftmals hielten sie auch einen dampfenden togolesischen Kaffee in der Hand, als Ergänzung zu ihren Brötchentüten.

Die meisten Passanten eilten hastigen Schrittes an ihm vorbei, ein reger Autoverkehr schoss in beiden Richtungen über den schwarz belegten Weg. Gleich vor ihm hoben sich breite weiße Streifen von dem Schwarz des Weges ab – schon wieder Streifen -, zu welchem Zweck auch immer. Wozu hatte man die Streifen wohl als Bezeichnung für ein Erdzeitalter kreiert? Jedenfalls war er sich sicher in einer Streifenzeit wiedererwacht zu sein.

Manchot staunte über die Unzahl von Schwerhörigen, die Ohrenstöpsel mit einem mit Draht verbundenen Täfelchen trugen. Er hatte gestern eine Werbung für Hörgeräte gesehen, die wohl die lästigen unhandlichen Hörrohre seines letzten Wachzyklus ersetzten und nun benutzten viele Mitmenschen diese Hörverstärker, damit sie miteinander problemlos kommunizieren konnten. Die Ursache für die Häufung der Hörschäden blieb ihm verschlossen. Er vermutete ehemalige Haubitzen Explosionen bei Truppenübungen als Ursache.

Etliche Passanten hatten erst gar keine Ohrstöpsel, sondern hielten sich das Täfelchen direkt ans Ohr, was er als unpraktisch einstufte. Wiederum Andere brüllten irgendwelche sinnlosen Parolen in das platte Teil, somit waren sie wohl schwachsinnig indem sie mit sich selbst sprachen? Oder waren es vielleicht nur fromme Menschen, die zu ihrem Gott beteten.

Eines hatte er bereits begriffen, die Technik hatte unglaubliche Fortschritte gemacht, insbesondere als Hilfe für Behinderte, Schwerhörigkeit war ein großes Übel für die Betroffenen, wie bereits der geniale Ludwig van Beethoven äußerst leidvoll erfahren musste.

Warum allerdings vornehmlich jüngere Menschen sich das Ding vor das Gesicht hielten und wild darauf herum tippten, blieb ihm unerklärlich. Viele Jugendliche liefen mit Bandscheiben gefährdendem nach vorne abgeknicktem Kopf blind durch die Weltgeschichte und starrten gebannt auf das kleine schwarze Täfelchen und deren Daumen zuckte beängstigend schnell auf dem Gerät herum. Manchot wurde bereits nervös vom alleinigen Zusehen. Er empfand Mitleid mit der geplagten Rheinischen Bevölkerung und lobte im Stillen die Sozialgesetzgebung, die solch bedauernswerten Geschöpfe nicht alleine ließ. Das bloße Betrachten der jungen Leute beiderlei Geschlechts verursachte ihm bereits Nackenbeschwerden. Wie konnte man ununterbrochen den Kopf gesenkt halten, selbst beim Überqueren der Straße wurde die Haltung nicht verändert – äußerst sonderbar.

Diejenigen, die in die Geräte brüllten, liefen wohl den ganzen Tag mit angewinkeltem Arm und die Hand am Kopf durch die Gegend, auch gut für das Schultergelenk und die Sehnenscheiden. Diese unnatürlichen Bewegungen, die gekünzelte Körperstellung, das verhaltene Gehen mussten unweigerlich zu späteren Haltungsschäden führen. Das ununterbrochene Stieren auf diese Täfelchen ließ zudem spätere Sehfehler vorausahnen.

Von geregelten gesunden Mahlzeiten schienen die jungen Leute beiderlei Geschlechts auch wenig zu halten. Ihm fiel auf, dass die Mehrzahl der Passanten Speisen und Getränke mit sich führte. Das Essen bestand aus kleinen Happen, die in buntes Papier eingepackt waren und die dunkelbraunen Getränke befanden sich in gestreiften Flaschen, ähnlich der, die er im Straßengraben gefunden hatte und auf der er so unsanft gelandet war. Dass dieser Konsum nicht gerade gesund zu nennen war, bezeugten die übergewichtigen Figuren der Konsumenten. Er staunte ohnehin über die Vielzahl ständig essender Übergewichtige und Fettleibige. Diese Leute hatten stets ein gezuckertes Getränk oder etwas Fettes in der feisten Hand.

Diejenigen, die die größten Flaschen mitführten, waren die übergewichtigsten. Er fragte sich, wie ein nicht einmal achtzehn jähriges Mädchen bereits einen Hüftumfang eines kaltblütigen Bierkutscherpferdes haben konnte. Dass es für solche dicken Oberschenkel überhaupt noch Hosen gab, verwunderte ihn im höchsten Maße, wie geschickt war doch die Mode vor etlichen Jahrzehnten gewesen, als die Damenwelt ausschließlich lange weite Röcke trug. Wenn diese dicken Kinder eine Ausnahme gewesen wären, hätte er sich wahrscheinlich überhaupt keine Gedanken darüber gemacht, da sie jedoch gehäuft vorkamen, war er doch bestürzt. Auch die Feststellung, dass nicht nur dicke Mädchen ein ausladendes Hinterteil hatten, sondern auch die männlichen Pendants trug zu seiner Verwunderung bei. Ihm wollte einfach nicht einleuchten, woher diese Körperfülle stammte. Er mutmaßte, an Mangel an Bewegung.

Am Nachbartisch saß ein älterer zeitunglesender Herr, Manchot entschuldigte sich für die Störung. Er sei von auswärts und frage sich, warum hier so viele Jugendliche derart dick wären. Der Mann, von stattlich schlanker Statur lachte und meinte, Fastfood, nichts als Fastfood und dazu jede Menge Cola, dieses Zuckerzeug. Leute, die viel frisches Gemüse und Salate äßen, seien wesentlich schlanker. „Die Dicken ernähren sich hauptsächlich von weißem Mehl mit übermäßig vielen Kohlehydraten, wenn man bedenkt, wieviel Zucker die damit zu sich nehmen, könnte man die Hände über dem Kopf zusammenschlagen. Und wenn man dann noch berücksichtigt, wieviel Zucker alleine in diesen Limonaden ist und wieviel Fett und auch wieder Zucker im Fastfood sind, könnte man verzweifeln. Man braucht sich nicht über diese Fettleibigkeit und die Folgekrankheiten zu wundern."

„Warum essen die Leute denn solch einen ungesunden Kram, wo man doch, wie ich gesehen habe, ausreichend gesundes Essen kochen kann, es gibt doch jetzt in der Sommersaison vermutlich ein ausreichendes Angebot in den Geschäften."

„Nach meiner Einschätzung entspringt das alles der Faulheit oder Bequemlichkeit. Es ist doch wesentlich aufwändiger, täglich die komplette Mahlzeit zu kochen als alles fertig zu kaufen. Eine Tiefkühlpizza brauchst du nur in den Backofen zu schieben und du hast ein Abendessen, Gemüse müsste geputzt und gewaschen werden, dazu musst du noch die Beilagen vorbereiten, wenn man etwas Einfaches kocht, braucht die Hausfrau locker eine halbe, wenn nicht sogar eine ganze Stunde Zubereitung. Das ist den meisten Leuten einfach zu viel Arbeit."

„Ich sehe das Problem auch in der Konservierung der Nahrungsmittel, wie soll man sie frisch halten, ohne täglich einkaufen zu müssen."

Der Alte entrüstete sich. „Mann, wo kommen sie denn her? Dafür gibt es doch schließlich Tiefkühltruhen und Kühlschränke. Gesundes Gemüse kann man fertig geputzt kaufen oder für mehrere Mahlzeiten vorbereiten. Hinterher schmeißt man den Krempel einfach in die Mikrowelle und nach einer Minute ist die Mahlzeit fertig. Aber sagen Sie mal, wieso kennen Sie die tollen Errungenschaften der modernen Technik nicht? Kommen sie etwa als Yeti aus dem Himalaya?"

Manchot blickte etwas verlegen in seinen leeren Kaffeebecher, er hatte keinen Anlass, einem Fremden seine befremdliche Entstehungsgeschichte zu erzählen, dafür würde er anderen Personen gegenüber noch ausgiebig Gelegenheit haben. „Ich habe viele Jahre im Ausland gelebt, um konkreter zu sein, in Afrika und da habe ich diesen technischen Fortschritt nicht kennen gelernt. Ich bin gestern erst wieder in diesem Land angekommen und muss wohl noch eine Menge lernen. Es ist aber gut, dass Sie diesen neumodischen Kram erwähnen, ich werde mich damit beschäftigen. Nicht, dass ich mir diese Geräte kaufen möchte aber ich würde gerne wissen, wie sie funktionieren. Insbesondere zu wissen, warum ich sie nicht gebrauchen werde ist auch schon etwas wert."

Der Sitznachbar nickte heftig zustimmend mit dem Kopf. „Da gebe ich Ihnen völlig recht, man muss nicht alles haben. Kühlung der Nahrungsmittel ist wichtig, damit sie sich länger halten, aber eine Mikrowelle haben wir auch nicht zu Hause. Meine Frau kocht konventionell, so wie sie es früher gelernt hat. Das schmeckt frisch immer noch am besten, wenn ich diese ganzen Fertiggerichte im Supermarkt sehe, könnte ich kotzen, das schmeckt doch alles wie Einheitsbrei. Wenn ich alleine sehe, wie viele Tonnen Pizza pro Jahr in Deutschland verkauft werden, kann ich nur staunen. Und die Tiefkühlpizzen schmecken mir überhaupt nicht. Es ist schon schwer genug, eine gute Pizzeria ausfindig zu machen, selbst in Italien kommt das einem faustgroßen Nugget Fund gleich. Das Wichtigste für einen Pizzabäcker, der sein Handwerk versteht, ist der Teig und natürlich die Backtemperatur. In einem herkömmlichen Backofen mit zweihundert oder zweihundertfünfzig Grad maximal, kann keine gute Pizza gelingen. Im Steinofen herrscht die doppelte Temperatur oder sogar mehr. Wissen Sie, ich habe Bäcker gelernt, der Teig ist das Wesentliche, dann kommt die Temperatur und die Lagerung, Hefeteig muss aufgehen. Was schließlich als Belag gewählt wird, ist für die Qualität der Pizza sekundär. Die tiefgekühlten Fladen haben nicht den richtigen Teig, er schmeckt süßlich und diese elendiglichen Gaumenbeleidigungen werden nur mit künstlichen Hilfsmitteln als Pizza verkaufbar gemacht."

Manchot hätte sich jetzt geschämt, zuzugeben, dass er vor einigen Stunden solch eine Gaumenbeleidigung, wie der Alte sie genannt hatte, gegessen und sie ihm geschmeckt hatte. Schließlich war es seine erste Pizza gewesen und er hatte keine Ahnung, wie sie idealerweise schmecken konnten. Das

Ding, das Heidi zubereitet hatte, war gar nicht schlecht gewesen und er hatte es mit großem Appetit verschlungen. Er nahm sich vor, bei nächster Gelegenheit eine richtige Pizza zu probieren. „Wo kann man denn hier in der Nähe eine gute Pizza essen? Ich meine eine, die nach Vorschrift hergestellt wird."

„Da fällt mir spontan die Pizzeria Napoli ein, etwa tausend Meter die Straße entlang. Der Chef ist Bäcker und hat dort einen richtigen Steinofen. Der Laden ist äußerst ungemütlich mit entsetzlichen Stühlen als Bandscheibenkiller, aber das Wichtigste ist, dass die Pizzen gut sind. Wenn Sie bei schönem Wetter dorthin gehen sollten, empfehle ich die Terrasse, dort sind die Stühle besser, wenn auch der Platz begrenzt ist und als Nebeneffekt ist die Lautstärke draußen geringer. Man kennt ja das italienische Temperament."

Manchot stand auf, nahm Teller und Becher, stellte beides auf den Tresen der Bäckerei und bekam prompt zu hören, er solle das Geschirr in den dafür vorgesehenen Container räumen. Nach dem Gesichtsausdruck der Verkäuferin zu urteilen, lag ihr noch eine Bemerkung auf den Lippen wie: „Ich bin nicht dazu hier, ihnen den Krempel nachzutragen." Aber eine solche Bemerkung unterblieb, ebenso wie die Erwiderung seines Grußes als er den Laden verließ.

Die Bekleidungsgeschäfte hatten immer noch nicht geöffnet, er musste noch eine halbe Stunde überbrücken und so ging er in einen Supermarkt und schlenderte an den hochgetürmt vollen Regalen entlang. Er kam aus dem Staunen nicht mehr heraus, das überreiche Angebot überwältigte ihn. Er kannte viele der zum Verkauf ausliegenden Früchte überhaupt nicht, hatte nicht einmal eine Idee, wie diese fremdartigen Obstsorten gegessen werden sollten, dazu gehörten Papaya, Granatäpfel, Mango, Kiwi, Passionsfrüchte oder Drachenfrüchte. Er hatte keine Vorstellung, ob man diese Dinge schälen musste, ob man in sie wie in einen Apfel hineinbeißen konnte oder ob sie zunächst gekocht werden mussten.

Er stellte fest, dass die Herkunftsländer der angeblich erntefrischen Ware oftmals aus Übersee waren. Ananas und Bananen aus Südamerika, Weintrauben aus Südafrika und

Italien, Äpfel aus Australien, Kiwis aus Neuseeland und sogar Radieschen aus Kanada waren einige Produkte, die eine unvorstellbar weite Reise hinter sich hatten. Von den südeuropäischen Ernteländern war er weniger beeindruckt, das konnte er sich noch vorstellen, aber einen Transportweg per Schiff über den halben Erdball, empfand er schlichtweg als utopisch. Eine Frachtroute über die Weltmeere müsste monatelang unterwegs sein und die Früchte wären nach kurzer Zeit garantiert verfault. Er hatte geglaubt, bereits in seinen vergangenen Leben, eine große Anzahl an Früchten gekostet zu haben, aber diese Palette an Verschiedenartigkeit übertraf seine kühnsten Vorstellungen.

Er sprach eine sympathische Verkäuferin an, die gerade in gebückter Stellung rote Paprika auffüllte, er verkniff sich das Bedürfnis, sie auf den Po zu klopfen, sie wiederum verblüffte ihn zunächst als sie sich auseinanderfaltete und ihn um Haupteslänge übertraf. Auf seine Frage erläuterte sie geduldig den Zusammenhang zwischen Anbau, Erntezeiten und Herkunft der Obstsorten. Bei der Erklärung der verschiedenen Geschmacksrichtungen hatte sie Schwierigkeiten, die richtigen Wörter zu finden. Als sie krampfhaft versuchte, ihm stockend den Geschmack einer Mango analytisch darzulegen unterbrach er sie verständnisvoll: „Wenn man jemandem, der nie Erdbeeren gegessen hat, genau beschreiben will wie sie schmecken, dann versagt unser Wortschatz kläglich. Das betrifft aber nicht nur Früchte, sondern auch Fisch, Fleisch oder andere Geschmacksspezifika. Nicht umsonst wird Käse häufig als nussig beschrieben oder vergleicht das Aroma eines Welses mit Kalbfleisch, dann könnte man ja gleich Nüsse oder Kalbfleisch essen. Besonders erfinderisch sind immer noch die Winzer, die beschreiben den Abgang des Weins gerne mit anderen Beeren oder sogar Hölzern."

Er nahm sich fest vor, in den nächsten Tagen die Früchte nach und nach zu probieren, er musste seine Neugier befriedigt wissen. Bei diesem Vorsatz wurde ihm schwindlig, was wollte er denn noch alles in den nächsten Tagen kennen lernen. Vorrang in seinem Wissensdurst hatte die erstaunliche Technik, aber auch Lebenshaltung und die Palette der anderen Nahrungsmittel wollte er verinnerlichen. Bisher hatte er sich auf die Obsttheke beschränkt, wenn er aber an die vielen vollgepackten Regalreihen mit ihren bunt verpackten Artikeln dachte, war er kurz davor, seinen Plan aufzugeben. Was hatte er nicht alles in den letzten Jahren verpasst? Der Fortschritt in fast allen Gebieten war mit exponentieller Geschwindigkeit in diesen Jahren vorgeschnellt wie die Zunge eines Chamäleons. Obwohl er letzte Nacht nicht geschlafen hatte, hielt sich seine Müdigkeit in Grenzen, er hatte lange genug Zeit gehabt, auf Vorrat zu schlafen. Er würde in den nächsten Nächten und in jeder freien Minute Bücher wälzen, um seine unglaublich vielen Wissenslücken zu stopfen. Seine Lernkapazität war bei weitem noch nicht erschöpft und er wollte sie nach Möglichkeit zum Überlaufen bringen. Seine Festplatte, wie er sein Gehirn mittlerweile nannte, hatte noch ausreichend verfügbaren Speicherplatz, wie er sich selbst amüsiert eingestand. Das war ein Vorteil gegenüber der inflexiblen Technik, das Gehirn funktionierte bei Lebewesen wie ein Muskel, durch ständiges Training wurde es zunehmend leistungsfähiger. Und er war bereit, diese Leistungsfähigkeit bis an die physische Grenze auszudehnen. Ohnehin war er brennend daran interessiert, wie weit seine Aufnahmefähigkeit reicht und wie belastungsfähig sein Großhirn wohl sein mochte. Bisher hatte er nie das Gefühl gehabt, sein Denkvermögen sei erschöpflich, jedoch mit der Flut an Informationen (ob wertvoll oder sinnlos wollte er noch nicht bewerten), die nunmehr auf dem Markt war, hatte er zugegebenermaßen die Chance, an diese unbekannte Grenze zu stoßen.

Gestern hatte er gelesen, dass alleine in Deutschland jährlich mehr als achtzigtausend Bücher (auch hier wollte er nicht bewerten, ob alle lesenswert waren) erschienen. Wenn er jedes Buch mit durchschnittlich dreihundert Seiten veranschlagte, wären das in Summe rund vierundzwanzig Millionen Seiten die gelesen werden wollten. Zusätzlich erschienen in Deutschland etliche Tageszeitungen und Periodika, die wöchentlich, vierzehntägig oder monatlich gedruckt wurden, jeweils mit geschätzten einhundert Seiten. Unterstellt man, vorsichtig geschätzt, dass monatlich nur zehntausend Seiten von Interesse für ihn wären, würde damit das Informationsvolumen um weitere einhundertzwanzigtausend pro Jahr ansteigen. Die Tageszeitungen hatte er bewusst in diese Kalkulation nicht mit einbezogen, da sie nur selektiv gelesen wurden, zumal viele Artikel von Nachrichtenagenturen stammten und somit in vielen Publikationen identisch waren, dies zum ewigen Thema Meinungsvielfalt. Selbst wenn er die gesamte verfügbare für ihn interessante Lektüre auf eine Million Seiten reduzieren könnte, würde er hierfür bereits Jahre benötigen, ohne zu berücksichtigen, dass in der Zwischenzeit wieder Millionen von Seiten an neuen Publikationen hinzugekommen wären. Es war, so lautete sein Fazit, ein aussichtsloses Unterfangen, das einzig Positive war, dass er die vergangenen hundert Jahre Informationslücke nicht durch lesen der zwischenzeitlich gedruckten Presseerzeugnisse mit etlichen Millionen oder Milliarden Seiten füllen musste, hierfür gab es ausreichend Bücher, die das Geschehen in der Zwischenzeit auf das Wesentliche zusammenschmolzen. Und auch die Informationen des Internets, die vielleicht segensreichste Erfindung seit der Buchdruckerkunst. Ihm war jetzt klar, er musste sich auf das Wesentliche und zeitlich machbare konzentrieren, wollte er auf einen anerkennenswerten Wissensstand kommen. Die weniger lesenswerten Publikationen könnten zwar relativ schnell ausgesondert oder verworfen werden, mussten aber zumindest gesichtet werden, ob eine wertvolle Information enthalten war. Zudem benötigte er auch einen Mut zur Lücke, es war ein Ding der Unmöglichkeit zusätzliche Millionen von Seiten zu speichern, er konnte sich schon eher auf diese neumodischen Computer oder andere zusammenfassende Literatur verlassen. Sorgen bereitete ihm weniger die Anzahl der zu lernenden Seiten als vielmehr die Beschaffung der wichtigsten Lektüre. Wahrscheinlich würde er nur dann sein Ziel erreichen können, wenn er sich in einer Universitätsbibliothek eingraben würde, sofern sie ihn dort studieren ließen, was ohne Ausweispapiere nur theoretisch möglich wäre.

Das eigentliche Problem war ein individuelles, das er gerne beseitigen würde. Wenn genügend Wissen gespeichert war, musste es auch angewandt werden. Was nützte das massenhaft gespeicherte Wissen, wenn man es nicht punktgenau abrufen konnte, wenn man nicht rechtzeitig Querverbindungen schalten konnte? Das eine war Gedächtnis oder auch Wissensspeicher, das andere war Intelligenz oder auch Umsetzung und Anwendung. Man konnte sich trefflich streiten, was wichtiger wäre, seine Theorie war simpel: Wissen ohne Intelligenz ist wertlos; Intelligenz ohne Wissen hat wenigstens die Chance sich Wissen anzueignen. Um diese Theorie zu bestätigen zu können, wollte er die Anwendung von Intelligenz trainieren mit der Voraussetzung, das Gehirn sei tatsächlich ein Muskel, der durch entsprechende Übung stärker würde. Er war sich sicher, dass es mit entsprechender Übung möglich war, Wissen, das in einer Kammer seines Gedächtnisses abgespeichert war, mit dem Wissen, das in einer anderen Region versteckt war, augenblicklich verknüpfen zu können.

Er durfte nicht dazu verleitet werden, Gespeichertes einfach nur zu zitieren, nein, er musste es bewerten und komplexe Zusammenhänge erkennen und die Schlussfolgerung daraus erläutern können. Widersprüchliches Wissen musste verarbeitet und abgewogen werden und nicht nur widergespiegelt werden. Auch musste er Geschmacksrichtungen oder polemische Darstellungen herausfiltern können.

Er konstruierte sich ein Beispiel: Es gibt Leute, die gerne weißfleischige Pfirsiche essen und es gibt Leute, die gelbfleischige bevorzugen. Keiner von beiden hat recht oder unrecht, die einen sind aromatischer, die anderen süßer, beide differierende Geschmacksrichtungen müssen uneingeschränkt gelten.

Ähnlich sah es bei modischen Dingen aus. War die Mode vor hundert Jahren schöner als die von heute oder vor fünfzig Jahren? Hier spielt der Zeitgeist eine Rolle. Man kann lediglich festhalten, dass die heutige entblößende Mode viel brutaler die Makel der Leute, insbesondere Frauen, aufdeckt. Heutzutage wird alles offen getragen, ein kurzer Rock oder eine hautenge Hose kann nichts mehr verbergen. Eine Frau mit dicken Oberschenkeln offenbart diese, früher wurden die Beine komplett unter bodenlangen Röcken verborgen und die Zeitgenossen beurteilten lediglich Gesicht, Charme, Intelligenz und Grazie als weibliche Anziehungskraft. Mögliche körperliche Makel konnten frühestens in der Hochzeitsnacht entdeckt werden, obwohl dort meist auf eine entblößende Lichtquelle verzichtet wurde. Somit fühlte sich der Ehemann gegebenenfalls als Betrogener, wenn ihm doppelt so viel Fleisch geliefert wurde wie bestellt.

Er fand die heutige Mode zu aufreizend, er konnte seinen Blick kaum von den weiblichen Attributen losreißen, er musste sich zwingen, den Gesprächspartnerinnen ins Gesicht zu blicken. Manche Frauen, insbesondere junge Frauen, hatten weniger Kleidungsstücke an, als die Frauen früher als Dessous trugen. Die aufreizend herumlaufenden Damen wären zu seiner letzten Lebenszeit als nackt bezeichnet worden. Er fragte sich, wie die Mädels wohl im Winter herumlaufen würden, die müssten doch alle Blasen- oder Lungenentzündungen einladen.

Auch die Werbung auf Plakatwänden und Litfaßsäulen irritierte ihn, einige völlig entblößte Busen hatte er bereits bestaunen dürfen. Er konnte sich nicht vorstellen, dass es sich bei den abgebildeten Damen nur um Prostituierte handelte, die ihren Körper in allen Posen präsentierten und ablichten ließen. Nein, die Schamschwelle der Damen hatte sich um einige wichtige Dimensionen verschoben.

Er musste dringend akzeptieren, dass sich die Zeiten geändert hatten. In fast jeder Beziehung hielt die Streifenzeit nicht mit der streng moralischen Biedermeier- oder sogar der freizügigeren Jugendstilzeit stand, aber auch nicht umgekehrt. Er musste in jeder, aber wirklich in jeder Beziehung umlernen und anders denken, seine in vergangenen Epochen angeeignete Erfahrung konnte er größtenteils über Bord werfen, seine Philosophie komplett überdenken, seine ethischen Grundsätze aufweichen und liberalisieren und lernen, wie man heutzutage dachte und handelte. Auch wenn der Fortschritt, wie man ihn heute nannte, nur eine Weiterentwicklung dessen war, was er bereits kannte, von Ausnahmen abgesehen, aber zu viele Jahre Weiterentwicklung waren ins Land gegangen. Obwohl etwas wirklich Neues gab es nur in der Physik, der Chemie und der Elektrotechnik, soweit er das beurteilen konnte. Diese Wissenschaften hatten die anderen Wissenschaften enorm befruchtet. Entsetzt war er über die Mediziner, ohne die Pharmaindustrie, die wichtigen Erkenntnisse der Hygiene und die elektronische Diagnosetechnik würden die wahrscheinlich immer noch durch Aderlass versuchen, das verseuchte Blut abzuzapfen.

Ähnliches galt für die Juristen, die immer noch vom römischen Recht zehrten, ohne einen wirklichen Fortschritt erzielt zu haben, einmal abgesehen von deren monetären Erfolgen.

Er dachte mit gemischten Gefühlen zurück an seine Erfahrungen mit der Juristenkommission, die er auf Bitte des ehemaligen Reichskanzlers Otto von Bismarck angewiesen hatte, ein Bürgerliches Gesetzbuch zusammenzutragen. Stolz erfüllte ihn, als er gesehen hatte, dass das Werk heute noch Bestand hatte. Welche immensen Widerstände hatte man damals überwinden müssen, der Tenor der Behörden und deren Vertreter, sowie der meisten Politiker war gewesen: Wir leben schon so viele Jahre ohne dieses allumfassende Regelwerk des täglichen Lebens, warum solle man also das Recht neu erfinden oder auch nur den Bestand aufschreiben?
Es hatte ihn unglaublich viel Überzeugungskraft gekostet, nachdem das für den Normalverbraucher lesbare Werk in der Schaffensphase war, den Politikern und Parlamentariern der unterschiedlichen Richtungen die allgemeine Nutzanwendung nahezubringen. Die bestehenden einzelnen ungeschriebenen Regelungen des täglichen Lebens sollten einfach nur in eine Form gebracht worden, die für den Laien wie für den professionellen Juristen ein lesbares Handbuch darstellte. Den, den es anging sollten diese Gesetze zusammenfassend aufklären und im Zweifel als einfaches Nachschlagewerk dem Interessierten Klarheit verschaffen.

Die arroganten Advokaten stellten den größten Widerstand dar, sie sahen sich der komplizierten Interpretationsmöglichkeiten der vielen verschiedenen existierenden Gesetze beraubt. Die komplizierten Unterfangen der alten Gesetze hatten die Juristen viele vergangene Dekaden den Broterwerb gesichert und jetzt sollten auch noch dazu die Frauen im Zivilrecht mit den Männern gleichgestellt werden. Man sprach doch nicht umsonst von der Dämlichkeit im Gegensatz zur Herrlichkeit. Es gab nicht wenige Juristen, die diese Gleichstellung der Geschlechter als Pervertierung ablehnten, nicht beachtend, dass diese Widerstände einen unglaublichen Zynismus darstellten. Das Hauptargument bestand darin, dass diese Gleichstellung am Ende auch noch zum Wahlrecht für Frauen führen könnte. Mit dem neuen Regelwerk wurden die privaten Rechtsstreitigkeiten wesentlich vermindert und die Erfahrung zeigte, dass die Streitigkeiten um Bagatellen wesentlich abnahmen, die Juristen aber trotzdem nicht erwerbslos wurden. Dafür gab es immer noch genügend Fälle, die Juristen benötigten, lediglich die Gerichte wurden zunächst nennenswert entlastet.

Seine Anpassung an die Moderne war unabdingbar. Was er damals schon einige Male geschafft hatte, musste er unter allen Umständen auch dieses Mal wieder schaffen, dies war überlebenswichtig. Der göttliche Poseidon hätte garantiert noch mehr Anpassungsschwierigkeiten als er selbst gehabt, er grüßte diesen verehrten Imaginären indem er militärisch mit dem Zeigefinger an seine nicht vorhandene Mütze tippte.

Noch etwas musste er ändern, er konnte unmöglich auf Dauer von dem Wohlwollen und der Unterstützung Heidis leben, selbst wenn sie dazu bereit wäre und es ihm anböte. Er würde also nicht nur arbeiten, sondern ihr Entgegenkommen mehr als kompensieren. Sie sollte ihre Menschlichkeit und Güte nicht bereuen.

Er erkundigte sich bei einem Passanten, der nach seinem Dafürhalten nicht sehr elegant, sondern eher rustikal gekleidet war, nach einem preiswerten Bekleidungsgeschäft. Der Mann, etwa Mitte vierzig mit schütterem Haar, musterte ihn langsam von oben bis unten, als wolle er sagen: „Du hast es aber auch wirklich nötig, dich neu einzukleiden." Nach einer kurzen Denkpause verwies er Manchot an einen Billigladen ein paar Meter weiter auf der gleichen Straße, dort könne er so ziemlich alles bekommen, was man für das deutsche Wetter benötigte. Nachdem Manchot sich bedankt hatte, wandte er sich nochmals um und stellte fest, dass der freundliche Herr ihm kopfschüttelnd nachsah. Er wunderte sich höchstwahrscheinlich über seine schmutzige verblichene Kleidung mit den Streifen und hatte volles Verständnis für Manchots Entscheidung, sich neu einzukleiden. Die Bemerkung zu dem Wetter stieß ihm unangenehm auf, es war doch gar nicht schlecht, keine Wolke am Himmel, dafür hatte wohl Poseidon gesorgt. Manchen Leuten kann man es mit dem Wetter einfach nicht recht machen. Könnten die Menschen das Wetter mehrheitlich wählen, gäbe es in Europa entweder nur Feuchtgebiete oder Wüsten. Für Bauern konnte es nie genug regnen und für Schwimmbadfanatiker müsste das ganze Jahr die Sonne brennen.

Er ging zögerlich in den empfohlenen Laden, alles sah mal wieder fremd aus, es war unglaublich hell und weiträumig. Auf endlos erscheinenden Kleiderständern hingen Anziehsachen aller Farben für alle Zwecke und in allen Größen. Die Auswahl war verwirrend, an einigen Ständern hing ein knallrotes Schild mit der Aufschrift „SALE", warum stand dort auf Italienisch Salz, sollte das „gesalzene Preise" bedeuten? Wohl kaum! Er sprach eine mürrische korpulente Dame, die gerade volljährig geworden sein musste an, ob sie ihn beraten könne. Die junge Frau war über diese Störung keineswegs begeistert und fuhr fort in ihrer anspruchsvollen Tätigkeit, Socken aus einem riesigen Karton auf einen Tisch zu schaufeln.

In einem sächsisch klingenden Ton fragte Sie: „Was wollen Sie denn wissen?"

„Ich brauche neue Hosen und Hemden, kenne aber meine Größe nicht genau und preiswert sollten die Kleidungsstücke auch sein."

Die Verkäuferin musterte ihn von oben bis unten und schloss sich offensichtlich seiner Meinung an, dass er neue Kleidung benötigte. Bei dieser Kopfbewegung präsentierte sie ihren drei Zentimeter breiten dunklen Haaransatz, der einer neuen Blondierung bedurfte. Der breite schwarze Streifen auf ihrem Kopf schien den Schädel in zwei Hälften zu spalten, zusätzlich rundeten dicke Schweißperlen und eine glänzende Stirn ihre Attraktivität ab. „Herrenkleidung ist weiter hinten im Laden und die Größe müssen Sie selbst probieren, da sind auch einige Umkleidekabinen."

Mit dieser Bemerkung glaubte sie offensichtlich ihrer Beratungsaufgabe gerecht worden zu sein, denn sie versenkte ihren Oberkörper wieder in dem Karton und stöhnte über ihre anstrengende Aufgabe des Sockensortierens.

Als er zögerte erschöpfte sie ihre Beratung völlig durch eine Kopfbewegung, die ihm die Richtung weisen sollte.

Manchot wollte nicht die Geduld und Auskunftsbereitschaft der Frau noch weiter strapazieren und begab sich in die besagte Herrenabteilung. Das Angebot war verblüffend preiswert, laut Etiketten in China und Bangladesch (wo immer sich das befinden sollte) hergestellt. Er probierte einige Hosen, Jacken und Schuhe in einer schmucklosen mit Neonlicht abstoßend erhellten Kabine an. Schließlich hatte er die seinen Vorstellungen entsprechenden Kleidungsstücke gefunden und begab sich mit zwei Hosen, zwei gestreiften (!) Hemden, einer Wetterjacke mit Streifen auf den Ärmeln, etwas Unterwäsche und einem Paar Turnschuhe mit zwei Streifen zur Kasse, nicht ohne sich noch von der Sockentheke bedient zu haben. Die Dienstbeflissene Verkäuferin war mittlerweile von ihrer Rolle als Socken-Nachladerin in die einer Kassiererin geschlüpft, was ihrer Unfreundlichkeit aber keinen Abbruch tat. Nachdem er gezahlt hatte, waren immer noch mehr als die Hälfte seines Vorschusses von hundert Euro in der Tasche. Er stapfte nach Genehmigung durch die Vielbeschäftigte zurück zur Kabine und zog gleich eine dunkelblaue Sommerhose und ein maisgelbes T-Shirt an, er stopfte den Rest und seine alten stinkenden Klamotten vom Bauernhof in eine Plastiktüte, die ihm die knubbelige Dame widerstrebend gegen ein geringes Entgelt überreicht hatte.

Er stapfte in bester Laune die Strecke zur Tankstelle zurück, er hatte alles, was er wollte, kaufen können und hatte immer noch die Tasche voller Geld, wie er glaubte, ein kleines Vermögen.

Die Polizei hatte offensichtlich bereits ihre Arbeit erledigt und Heidi erwartete ihn mit gesteigerter Ungeduld. „Heute Vormittag habe ich dich sehnsüchtig vermisst, hier war der Teufel los. Die Polizei hat mich mit ihren ständigen Fragen genervt, dann wollten etliche Kunden von dem gesunkenen Benzinpreis profitieren und dazu kauften fast alle Leute belegte Brötchen, Kaffee oder Zigaretten, selbst Würstchen wurden bestellt. Ich hatte keine Zeit zum Durchatmen. Zeitweise standen die Kunden Schlange, sogar bis zur Eingangstüre hinaus. Wenn man dann alleine bedienen muss, erreicht man schnell seine Kapazitätsgrenze. Und diese Polizeibeamten waren auch nicht abzuschütteln, sie haben mich derart mit Fragen gelöchert, dass ich den Eindruck hatte, ich hätte das Glas eingeschlagen. Gebracht hat es natürlich überhaupt nichts, nach einer geschlagenen Stunde sind sie unverrichteter Dinge wieder abgezogen. Als ich dann mal weniger Andrang hatte, rief ich die Versicherung an und die drohten mir doch tatsächlich mit einer Vertragskündigung, wenn ich nicht sofort eine bessere Alarmanlage mit Videoaufzeichnung, etlichen Kameras und allem Pipapo installieren lasse. Das würde mich ein Heidengeld kosten und der Erfolg wäre äußerst zweifelhaft. Ich habe einen Bekannten, bei dem haben sie schon öfter als bei mir eingebrochen, der hat eine top moderne Anlage und die Bilder waren gestochen scharf und trotzdem hat die Polizei die Verbrecher nicht dingfest machen können."

„Wieso können die denn so ohne Weiteres den bestehenden Versicherungsvertrag kündigen? Wäre solch ein Vorgehen überhaupt rechtens?"

„Leider ja, im Vertrag ist das Versicherungsrisiko definiert und wenn es dann zu einer Häufung der Schadensfälle kommen sollte, haben die das Recht zur Kündigung. Die bieten dem

Versicherungsnehmer zwar einen neuen Vertrag an, jedoch zu erhöhten Prämien. Außerdem hat mir mal ein Jurist gesagt, Versicherungsverträge wären juristisch derart wasserdicht formuliert, dass man kaum eine Anfechtungsmöglichkeit habe. Generationen von Juristen hätten die Bedingungen nach allen Seiten abgeklopft. Keine Chance!"

„Was ist denn mit deiner Idee eines Nachtwächters? Wenn ich mich als solcher hier regelmäßig betätige, müsste das wesentlich effizienter sein als so eine zweitklassige Aufzeichnungstechnik. Wie du schon gesagt hast, könnte ich hier in dem Büro schlafen, mir würde es nicht das Geringste ausmachen. Da ich ohnehin bei jedem noch so leisen Geräusch aufwache, dürfte ich besser sein als ein Wachhund. Nebenbei wäre das für dich die günstigste Lösung, zumindest für den Übergang und bis du eine bessere Alternative gefunden hast. Ich würde dich allerdings bitten, mir gelegentlich ein Bad bei dir zu ermöglichen."

Heidi sah ihn nachdenklich an, nickte dann langsam zustimmend. „Diese Übergangslösung wäre wirklich nicht schlecht. Du kannst bei mir essen, meine Waschmaschine benutzen und natürlich für deine Körperhygiene sorgen. Abends würdest du mit dem Fahrrad hierherkommen und Wache schieben. Du kannst doch Rad fahren?"

Er sah sie belustigt an. „Sofern du nicht von mir erwartest, deinen Wagen mit der Kraft von über hundert Pferden zu steuern, habe ich mit den herkömmlichen Transportmitteln kein Problem. Ich finde deinen Vorschlag gut, will dir aber nicht ungebührlich zur Last fallen, andererseits bin ich froh, mich bei dir für die Fürsorge zu revanchieren. Ich kann mich natürlich auch hier alleine verköstigen, es gibt eine Unmenge von Lebensmitteln zu kaufen, die man nicht kochen muss und ich würde auch gerne die exotischen Früchte aus dem Supermarkt ausprobieren. Ich kenne die meisten davon überhaupt nicht."

Heidi hob abwehrend die Hände. „Kommt überhaupt nicht in Frage. Du isst bei mir und damit basta. Ich bin auch froh, nicht alleine essen zu müssen, ein wenig Gesellschaft außerhalb der

Tankstelle würde mir auch guttun. Bist du nun mit meinem Vorschlag einverstanden?"

Er zuckte die Schultern und nickte dann. „Wie könnte ich dir widersprechen? Aber wenn ich dir auf die Nerven gehe oder dir lästig bin, musst du mir versprechen, offen darüber zu reden."

Er nahm die Einkaufstüte, holte die neuen Kleidungsstücke heraus und präsentierte sie ihr. „Was hältst du von meinen neuen Anziehsachen? Meinst du damit komme ich zurecht? Gemäß den Fotos, die ich gesehen habe, trägt man das jetzt in der Streifenzeit."

Heidi sah ihn jetzt belustigt an und schüttelte kaum merklich den Kopf. „Na ja, der neuesten Mode entsprechen die Sachen nicht, dafür dass es keine Markenware ist, sind sie aber ganz in Ordnung. Ich bin schon froh, dass du dir keinen schwarzen Anzug zugelegt hast, damit wärst du als Servicekraft in einer Tankstelle nicht angemessen ausgestattet. Ich muss zugeben, dass ich dir zugetraut hätte, einen Anzug zu kaufen, weil du so konservativ denkst. Was ist mit deinen alten Sachen? Soll ich sie entsorgen oder in die Wäsche geben?"

Manchot hob abwehrend die Hände. „Ich habe mir die Sachen ausgeliehen und möchte sie zurückgeben, wenn sie gewaschen sind."

„Wer hat dir denn die alten verdreckten Klamotten geliehen? Wo sind denn deine eigenen Sachen?"

„Ich werde dir später in Ruhe alles erklären, es handelt sich um eine lange Geschichte. Die Kleidung habe ich mir ohne sein Einverständnis von einem Bauern geliehen. Ich hoffe, der liefert mich nicht sofort der Polizei aus, wenn ich sie zurückbringe. Auf keinen Fall beabsichtige ich, die Leihe in einen Diebstahl umzuwandeln. Ich muss mir nur noch eine gute Ausrede einfallen lassen, warum ich mir die Kleidung angeeignet habe."

Heidi runzelte die Stirn und sah ihn prüfend an. „Wie warst du denn überhaupt bekleidet, als du die total vergammelten schmutzigen Sachen genommen hattest? Du kannst ja nur noch schlimmere Lumpen gehabt haben, wenn du diese abgewetzten Klamotten gestohlen, pardon, geliehen hast. Oder hattest du eine dieser Mönchskutten für Novizen an?"

Ungeduldig und gleichzeitig beschämt sah er zur Seite, als wolle er sagen, sei doch nicht wieder so insistierend und begriffsstutzig. „Ich sagte dir doch schon, ich erkläre dir das später, es ist eine lange Geschichte. Aber um deine weibliche Neugier zu befriedigen, ich war zu dem Zeitpunkt nackt, splitterfasernackt. Ich musste irgendetwas zum Anziehen haben, bevor ich mich unter die Leute wagen konnte. Ansonsten hätte es wahrscheinlich einen Aufruhr gegeben, falls deine Vorstellungskraft so weit reicht."

Heidi war jetzt hellwach. „Wie in Dreiteufelsnamen kommt bitteschön ein nackter Mönch hier in diese Gegend ohne Aufsehen zu erregen? Das muss doch einen Volksauflauf verursacht haben."

„Wie ich dir schon gesagt habe, ich bin kein Mönch, du scheinst mir nicht zuzuhören. Nochmals, ich erzähle dir meine Geschichte später in allen Einzelheiten, wenn du dafür die Geduld aufbringst. Ich will hier nicht die Geschichte beginnen und nach dem Anfang wegen des Trubels hier unterbrechen müssen. Wir müssen schon etwas Ruhe dafür haben. Zügele doch noch ein bisschen deine Neugier. Dass ihr Frauen immer alles sofort wissen wollt... Fürchterlich!"

Heidi lachte über seinen Vorwurf. „Wir Frauen sind im negativen Sinn des Wortes gar nicht neugierig, sondern nur verstärkt wissensdurstig. Und da ich eben extrem wissensdurstig bin, schlage ich dir vor, du kommst heute zum Abendessen, währenddessen könntest du mir die komplette Geistergeschichte erzählen. Ich will nämlich nicht nur aus privaten Gründen, auch aus geschäftlichen, endlich wissen, woran ich mit dir bin. Du hast in meinem Kopf unendlich viele Fragezeichen produziert, die beseitigt werden wollen, wenigstens zum großen Teil. Einverstanden?"

Manchot nickte freudig und lächelte. „Ich bedanke mich für die Einladung, aber ich will nicht immer auf deine Kosten leben. Ich habe schon meine Kleidung von dir bezahlt bekommen, ich bin gestern und heute von dir versorgt worden und jetzt möchte ich gerne eine Revanche fahren."

Heidi wischte, bevor er fortfahren konnte, seinen Einwand mit einer unwirschen Handbewegung beiseite. „Wovon willst du das denn bezahlen? Ich nehme deine Dienste in Anspruch und als Gegenleistung bekommst du eben Kost und Logis mit einem Taschengeld in noch zu bestimmender Höhe von mir und damit ist niemand dem anderen etwas schuldig."

„Ich fürchte, ich bin in deinen Händen. Du kannst über mich bestimmen."

„So liebe ich das. In ein paar Wochen setzen wir uns zusammen und machen eine Abrechnung, dann bekommst du den von mir geschuldeten Lohn abzüglich der geleisteten Vorauszahlungen. Wenn dann die Sache mit deinen Papieren erledigt ist, machen wir einen Anstellungsvertrag. In der Zwischenzeit kann ich dich kaum verhungern lassen. Also stell dich nicht so an und akzeptiere meine Konditionen ohne jeweils zu zetern. Wenn dir das nicht passt, kannst du auch verschwinden."

Er schaute betroffen und nachdenklich vor sich hin und meinte ihr Vorschlag sei äußerst gerecht und sie wisse, dass er ihn nicht ausschlagen könne. Somit wurde das Abkommen mit einem kräftigen Händedruck besiegelt.

Monika Buschhaus traf ein, um Heidi abzulösen. Die Kasse musste ordnungsgemäß abgerechnet und übergeben werden. Manchot wollte schon den Verkaufsraum verlassen, entschloss sich aber stattdessen, die Damen bei ihrer konzentrierten Tätigkeit zu beobachten. Bisher hatte er mit Monika außer Grußformeln nur wenige Worte gewechselt. Sie war nicht unsympathisch, wie sie aufmerksam den Anweisungen Heidis lauschte und Zwischenfragen stellte. Er hatte das erste Mal Muße, sie genauer zu betrachten. Ihre Gestik war im Gegensatz zu ihrem Äußeren sehr elegant. Die Piercings, den Begriff hatte er aus einer Jugendzeitschrift entlehnt, erinnerten ihn an die Urwaldkrieger aus Papua-Neuguinea mit ihrem Nasenschmuck, der quer durch die Riechorgane gebohrten Grillstäbchen oder Raubtierzähnen. Monikas Zungen Piercing war ebenfalls so überflüssig wie ein Kropf, zumal es sie zu einem leicht zischenden Lispeln zwang. Er betrachtete diese Modeerscheinung nicht nur als störend und absolut verzichtbar, sondern sogar als unattraktiv und hinderlich. Dazu kamen zu allem Überfluss auch noch die Tätowierungen, die den Gesamteindruck weiter zum Negativen beeinflussten.

Die in die Haut gestochenen Symbole oder Bilder waren nicht zu erkennen, da nur einige Ränder oder Reste aus der Bluse hervorlugten, er hätte sich die Darstellungen nur zu gerne genauer angesehen, scheute sich aber die ihm noch nicht so vertraute Monika um Lüftung dieser Geheimnisse zu fragen. Wenn sie dies rein theoretisch ihm zu gefallen getan hätte, wäre sein Blick sicherlich nicht nur auf den Abbildungen fixiert geblieben. Weibliche Attribute übten sicherlich einen wesentlich größeren Reiz auf ihn aus, als schwarze Symbolik auf weißer Haut. So verunstaltet in seinen Augen ihr Äußeres war, so begeistert war er von ihrem freundlichen Wesen und ihrem Charme. Sie war nicht hübsch, aber als sehr apart zu bezeichnen. Alles in Allem war sie attraktiv und entsprach seinem Geschmack.

Sie irritierte ihn immerzu, wenn er mit ihr sprach, sie scheute keinen Körperkontakt und berührte ihn oftmals während eines Gesprächs, indem sie ihre Hand auf seinen Arm legte, um ihre Aussage zu unterstreichen oder sie stieß ihn mit der Schulter an, wenn sie Zweifel an seinen Worten hatte. Sie legte vertraulich ihre Hand auf seine Schulter, wenn sie sich gegenseitig etwas erklärten und sie scheute sich auch nicht ihm dann ihre Brust an den Körper zu schmiegen. Ihm war nicht klar, was sie damit bezweckte oder ob es rein zufällig geschah, jedenfalls beschloss er zunächst diese nicht unangenehmen vermeintlichen Annäherungsversuche zu ignorieren.

Über Allem schwebte ein betörender leicht herber Duft, der sie umhüllte, nicht diese süßen Jasmin-, Maiglöckchen- oder Lavendelaromen, die er aus seiner Historie kannte, sondern ein leicht würziger, für ihn undefinierbarer Geruch, der ihn magisch anzog wie Lavendelblüten die Hummeln.

Das Gespräch zwischen den beiden weiblichen Geschöpfen war beendet und Heidi bat ihn mit einer keinen Widerspruch zulassenden Geste, den Raum zu verlassen. Er winkte Monika zum Abschied zu und sie lächelte wissend, dass sie ihn in wenigen Stunden wiedersehen würde, wobei sie den Mund einen Spalt weit öffnete, dass der metallene Fremdkörper zwischen ihren Zähnen im Sonnenlicht aufblitzte. Eine Geste, die sie vermutlich vor dem Spiegel einstudiert hatte.

Heidi fragte, ob sie zu Fuß gehen sollten, die Pizzeria Napoli sei nur zehn Gehminuten entfernt oder ob er müde sei und er lieber fahren wolle. Er entschied sich für den Fußweg. Offenbar brannte sie vor Neugier, endlich die Geschichte, die um ihn rankte, zu erfahren, er vertröstete sie auf das Lokal, dann habe man die nötige Ruhe und Zeit.

Er bestellte für sich eine Pizza Quattro Stagioni, von der er begeistert war, dazu ließ er sich ein großes Bier schmecken. Er aß mit großem Appetit und steckte mit seiner Euphorie auch Heidi an, die das erste Mal, soweit sie sich erinnerte, ihre Pizza Frutti di Mare komplett aufaß. Manchot verglich die Preise und war bestürzt, wie teuer die einzelnen Gerichte und vor allem die Getränke in der Speisenkarte gelistet waren, er hatte geglaubt, der Vorschuss von hundert Euro sei ein kleines Vermögen gewesen, aber die Preise relativierten seine Vorstellungen. Mit einem Hunderter wäre man zu seiner letzten Lebensepoche sehr weit gekommen, man hätte eine Familie den ganzen Monat unterhalten können.

Wahrheit

Der Unsterbliche erlebt die Plagen aller Zeiten.
(Karl Kraus)

Als die Teller abgeräumt waren, er noch ein Bier und sie ein Glas Rotwein, zu dem sie gewechselt war, vor sich stehen hatten, war Heidis Geduld erschöpft und forderte ihn auf, mit seiner Erzählung endlich zu beginnen.

Er nippte an seinem Bier, hypnotisierte das Glas, der Schaum fiel langsam in sich zusammen. Schließlich blickte er sich um, ob unerbetene Zuhörer in der Nähe waren, sah Heidi in die Augen und sagte langsam: „Es ist schwer, mit meiner Vergangenheit zu beginnen und ich muss dich bitten, mit keinem Menschen darüber zu reden, man würde dir ohnehin nichts glauben. Wenn ich sage keinem Menschen das weiterzutragen, dann meine ich auch nicht der besten Freundin oder einem Verwandten oder sonst jemandem. Ich muss gestehen, dass ich dich bisher belogen habe.

Zunächst: Ich bin kein Mensch, beziehungsweise kein richtiger Mensch. Ich sehe zwar fast so aus, wurde aber nicht von einer Mutter lebend geboren, sondern ich bin aus einem Ei oder etwas Ähnlichem geschlüpft. Frage mich bitte nicht warum, ich weiß es nämlich nicht. Ich lebe bereits seit vielen hundert Jahren, verpuppe mich irgendwann wie ein Schmetterling und schlüpfe dann zu einem mir nicht bekannten Zeitpunkt wieder aus meiner festen Hülle und lebe dann wiederholt eine unbestimmte Zeit."

Heidi hob zweifelnd den Zeigefinger und wollte etwas fragen.

„Bitte unterbrich mich noch nicht, ich will erst das Wichtigste erzählen. Ich war auch nie Novize in einem Siegburger Kloster und bin erst wiedergeboren worden, kurz bevor du mich aufgelesen hast. Ich war frisch aus einem Ei oder einem Kokon geschlüpft, ich weiß bis jetzt noch nicht, was es genau für eine Hülle war, obwohl ich das Material schon vielfach in Augenschein genommen habe."

Heidi sah ihn ungläubig stirnrunzelnd an, sie nahm langsam einen winzigen Schluck ihres stark gerbsäurehaltigen Rotweins der Hausmarke. „Machst du dich etwa über mich lustig? Du behauptest also allen Ernstes gar keine menschliche Mutter im herkömmlichen Sinn zu haben, sondern seist aus einem Ei geschlüpft? Dafür hast du aber wenig Ähnlichkeit mit einem Huhn respektive Hahn."

„Ich schwöre dir, dass ich meine Herkunft nicht kenne, ich bin in dieser Beziehung nur auf vage Vermutungen und Indizien angewiesen. Woher soll ein Ei kommen? Irgendwann hat Irgendwer das Ding gelegt und irgendwann bin ich dann das erste Mal geschlüpft. Ich kenne meine Vorgänger genau so wenig wie ein Insekt, das eines Tages aus der Eihülle bricht und dann ab sofort auf sich alleine gestellt ist. Ich war jeweils erwachsen und habe mich alleine durch die Welt geschlagen, so gut ich es konnte. Ich weiß auch nicht wann das alles seinen Anfang genommen hatte. Mein größtes Problem nach dem Schlüpfen war immer meine Nacktheit gewesen, während alle anderen Menschen mehr oder weniger bekleidet waren. Ich musste mir dann etwas Adäquates zum Anziehen besorgen, was manchmal schwer und einige wenige Male einfach war. Ganz früher wurde als Kleidung schon akzeptiert, wenn man sich ein Tuch um die Hüften gewunden hatte, so etwas fand man immer relativ leicht. Seit ein paar Jahrhunderten ist es ungleich schwieriger geworden. Heute zum Beispiel muss man sich schon als Mindestausstattung ein gestreiftes Hemd, dazu gestreifte Hose und ein Paar Schuhe, ebenfalls mit Streifen besorgen."

Heidi konnte immer noch nicht glauben, was sie jetzt von Flaumer vernahm, es war einfach zu unwahrscheinlich. Sie kam sich vor, wie in einem schlechten Science-Fiction-Film. „Ich kann mir gar nicht vorstellen, wie das alles zusammenhängen soll. Ich habe auch niemals von etwas Ähnlichem gelesen. Na ja, vielleicht die unwahrscheinliche Geschichte von Franz Kafka, die Verwandlung, aber das war eine rein erfundene Geschichte, ohne jeglichen Realitätsbezug. Bist du sicher, dass du mir keinen Bären aufbinden willst? Nach dem, was du behauptest, müsstest du ja tausend Jahre alt sein. Aber dafür hast du dich gut gehalten. Wenn ich deine Haut sehe und dein Alter schätzen müsste, käme ich auf eine Zahl zwischen zwanzig und dreißig Jahren. Alle Achtung, du hast dich in der Tat gut konserviert. Vielleicht liegt es aber auch an deinen langen Ruhephasen, die du einlegen kannst, ohne jeden Stress und ohne ungesunde Nahrung. Fasten soll angeblich auch gut für die Haut sein."

„Was meine Herkunft betrifft, hast du doch selbst festgestellt, ich habe keine menschlichen Haare, sondern eine Art schwarze Daunenfedern. Aus einiger Entfernung sehen sie tatsächlich aus wie schwarze Haare, wenn man aber darüberstreicht, stellt sich schnell heraus, dass es weiche Federn sind. Wenn du eine Feder ausreißt und untersuchst kannst du es mit bloßem Auge ganz deutlich sehen."

Heidi leerte ihren Wein und bestellte mit erhobener Hand einen weiteren und ein Bier. „Was du mir auftischst kann ich nur mit Alkohol ertragen, das schlägt einem regelrecht auf den Magen. Es hört sich tatsächlich an, wie ein Märchen von den Brüdern Grimm oder aus 1001er Nacht."

Manchot nickte zustimmend und grinste dabei verhalten. „Es geht mir nicht wesentlich anders. Vielleicht verstehst du mittlerweile mein sonderbares Verhalten. Ich habe schon unendlich viele Studien betrieben, aber in der Literatur gibt es keinerlei Anhaltspunkte zu meiner Rasse. Ich war schon in den exotischsten Ländern und habe keinen Hinweis finden können. Selbst die Bibliothek von Alexandria konnte in dieser Beziehung meinen Wissensdurst nicht stillen."

„Moment mal," unterbrach ihn Heidi, „ich dachte die Bibliothek sei nicht mehr existent und du willst dort Studien betrieben haben? Wann soll das denn bitte stattgefunden haben?"

„Es ist völlig richtig, was du sagst. Das ist zugegebenermaßen mehr als tausend Jahre her, ich behaupte sogar bereits fast zweitausend, aber bei Poseidon, ich sage die Wahrheit. Vielleicht kannst du meine Verzweiflung verstehen. Ich bin möglicherweise ein Prototyp oder ein Unikat und habe nicht Meinesgleichen. So etwas wie mich kennt die Wissenschaft nicht und trotzdem gibt es mich. Ich gehe davon aus, dass es noch mehrere Wesen wie mich gibt, es ist nur nie beschrieben worden. Natürlich kennt man den Vorgang der Verpuppung und er wird auch genauestens in der Fachliteratur beschrieben. Dort findet man alles über holometabole Insekten, auch über die Metamorphose, aber das trifft alles nur zu einem kleinen Teil auf mich zu. Bei den Insekten, zum Beispiel den Bienen oder Schmetterlingen findet die Umwandlung vom Ei über die Made und über das Verpuppungsstadium zum fertigen Insekt statt. Bei mir ist die Verpuppung aber eher wie ein Winterschlaf, eine lange Ruhephase. Nachdem ich geschlüpft bin, empfinde ich zunächst über Wochen und Monate keine Müdigkeit. Allerdings habe ich nach meiner Ruhephase einen unstillbaren Hunger und Durst. Mir ist auch unerklärlich, warum ich keine Haare habe, obwohl ich menschlich aussehe. Meine weichen Federn muss ich regelmäßig ganz kurz trimmen, damit sie eher wie Haare aussehen. Du hast aber völlig recht, wenn du mich Flaumer nennst, ein treffender Spitzname. Aber jetzt weißt du auch, warum du keinem Menschen von meinem Erdendasein erzählen solltest. Ich möchte auf keinen Fall von einem wissenschaftlichen Institut zum nächsten gereicht werden. Ich wäre bestimmt ein begehrtes Studienobjekt für die Zoologen oder Mediziner."

„Was du mir erzählt hast, klingt so absolut unglaublich, dermaßen unwahrscheinlich, dass ich es kaum fassen kann. Hast du dich denn noch nie mit einem Biologen oder Zoologen über dein Phänomen unterhalten? Es muss doch eine logische Erklärung für deine Existenz und dein Leben mit allen Eigentümlichkeiten geben. Ein Unikat zu sein, erscheint mir einerseits ganz witzig, aber der einzige Flaumer auf der Welt zu sein, kann auch in Einsamkeit enden."

„Ich fühle mich überhaupt nicht einsam, ich empfinde alles sehr menschenähnlich, wie mir gesagt wurde, ich kann mich absolut vergleichbar zu den Menschen bewegen und denke nur wenig anders. Ich bin kontaktfreudig, jedoch sind meine Emotionen eher in den Hintergrund getreten und deshalb entscheide ich eher rational. Meine privaten Forschungen über mein Dasein haben ergeben, dass ich wohl eine interessante Mischung aus unterschiedlichen Genesen darstelle. Wie du sicherlich weißt, geht die hinduistische Religion von der Reinkarnation als einer Wiedergeburt verschiedener Wesen aus, ich jedoch werde immer als das gleiche Wesen wiedergeboren, mit dem gleichen Wissen, meine Erfahrungen sind nahezu unauslöschlich, was für mich manchmal eine erhebliche Belastung darstellt. Mein Leben scheint eine besondere Art der Athanasie, kombiniert mit der Reinkarnation zu sein oder einfach ein Wesen mit einem extrem langen Winterschlaf, das sich zu seinem eigenen Schutz verpuppt."

Heidi schüttelte ungläubig den Kopf. „Dann weißt du nie, was während deines Winterschlafs, wie du es nennst, weltweit vor sich geht? Hast du denn während dieser Zeit Empfindungen wie Hunger oder auch Durst, Verdauung oder Ähnliches? Hast du Träume, an die du dich hinterher erinnerst?"

„Nein, die Zeit ist traumlos, beziehungsweise ich weiß nichts mehr davon, wenn ich aufwache. Ich weiß nichts von dem, was um mich herum passiert. Ich habe nichts an Verpflegung dabei, auch keine Getränke. Wenn ich aus meinem Kokon schlüpfe, nennen wir es einmal so, habe ich keine Kleidung an, nichts von den weltlichen Gütern, die ich bei meiner Verpuppung dabeihatte, sind noch vorhanden. In der Schale gibt es immer eine kleine eingetrocknete Lache von einem undefinierbaren Rückstand, was das aber sein soll, weiß ich nicht. Jedenfalls riecht es nicht nach Verdauung. Ich vermute, dass ich immer dann aufwache, wenn ich Hunger oder Durst habe. Genaueres weiß höchstens Poseidon. Sieh mal, es gibt auch etliche Pflanzenkeime, die viele Jahre oder sogar Jahrzehnte irgendwo in der Erde schlummern und aus unerklärlichen Gründen plötzlich keimen. Es gibt auch Lebewesen, denk mal an den Maikäfer, die nur alle fünf Jahre ihre Metamorphose vom Engerling zum Käfer vollziehen. Warum soll es denn bei mir nicht auch eine Laune der Natur geben, obwohl sie den meisten Wissenschaftlern nach ihrem und auch nach meinem heutigen Kenntnisstand unerklärlich wäre? Ich jedenfalls kann damit leben und fühle mich gut dabei, wenn ich auch manchmal trübsinnig werde, wenn ich sehe, wie wenig die Menschen bereit sind zu lernen. Seit ich mich erinnere hat es immer wieder Kriege und Fehden gegeben, obwohl der Grund dafür fast immer der gleiche war. Ich sehe das insbesondere, wenn ich nach einer Ruhephase auftauchen darf und die Entwicklung der Menschheit teils mit Staunen, teils mit Bewunderung, aber auch teils mit Abscheu oder Verachtung erfahren muss. Eigentlich könnte das eine sehr beneidenswerte Situation sein, findest du nicht?"

Heidi konnte ein trockenes Lachen nicht unterdrücken. „Wie man es nimmt, ich für meinen Teil stelle mir dies eingeschränkt beneidenswert vor. Wenn ich Geschichtsbücher lese, kann ich mir keine Periode vorstellen, in der ich lieber gelebt hätte als heute. Ich habe nie einen Krieg direkt erlebt, ich hatte nie wirklichen Hunger und von bedeutenden Krankheiten wurde ich bisher auch verschont. In der Geschichte wimmelt es nur von ständigen kriegerischen Auseinandersetzungen mit perversen Waffen, Vergewaltigungen der Frauen durch Sieger, brutalen Gewaltanwendungen durch Willkürherrschaft, Unterdrückung, oder Naturkatastrophen und Epidemien.

Selbst die Tatsache, als Frau ein Geschäft alleine zu führen war doch nie uneingeschränkt möglich. Mir geht es grundsätzlich gut, trotzdem muss man manchmal meckern, wie etwas schiefläuft, ich glaube der Mensch ist nie zufrieden, er gewöhnt sich zu schnell an die angenehmen Seiten des Lebens."

„Das kann ich aus meiner Erfahrung nur bestätigen. Selbst gekrönte Häupter, die wirklich alles hatten was das Herz begehrte, waren unzufrieden. Einen wirklich zufriedenen und glücklichen Menschen habe ich sehr selten kennen gelernt, wobei ich unterstelle, dass diese Leute damals die Wahrheit hierüber gesagt haben."

„Was mich aber noch interessieren würde, wie stellt sich eigentlich der genaue Zyklus dar, in dem du dich verpuppst? Gibt es da feste Zeiträume oder ist das unterschiedlich?"

Manchot betrachtete eine kleine vorbeiziehende Wolke, die in ihrer Form an einen fliegenden Adler erinnerte. „Ich habe aus meinen Entwicklungsphasen die Erkenntnis gewonnen, mein

Erdendasein findet zu sehr unterschiedlichen Zeiten statt. Auch die Dauer war jeweils verschieden. Ich habe bis heute nicht herausgefunden, was die Verpuppung einläutet. Ich gehe mal davon aus, dass ich keine Wachphase vergessen habe, was ich aber nicht mit Gewissheit behaupten kann, einige waren sehr unbedeutend und nicht Wert im Gedächtnis zu bleiben. Ich habe aber auch bewusst manche Perioden aus meinem Gedächtnis gelöscht, das kann ich ähnlich machen, wie das Einlesen von Informationen. Also, ich denke zehnmal habe ich bewusst an dem irdischen Leben teilgenommen. Vielleicht hat sich aber meine Erinnerungsfähigkeit im Laufe der Jahre weiterentwickelt und über früheren Aufenthalten liegt ein Grauschleier des Vergessens. Die Wachzustände im Mittelalter waren für mich nicht anregend oder interessant, eher deprimierend. Die einfache Bevölkerung kannte damals nichts als Hunger, Krankheiten, Schmutz und Gewaltherrschaften. Das Volk wurde tyrannisiert und die herrschende Klasse presste Steuern und Abgaben aus den Untergebenen, so dass sie kaum genug hatten, um ihr einfaches Leben zu fristen. Es war einfach schrecklich, unvorstellbar schrecklich, dies mit anzusehen. Während sich die Fürsten die Bäuche mit den erlesensten Delikatessen vollschlugen, musste das Volk zeitlebens Arbeiten und darben und sehr häufig starben die Kinder an Hunger und Mangelerscheinungen.

Das Hauptnahrungsmittel waren die Feldfrüchte, falls vorhanden und im Winter Brot. Die meisten Krankheiten entstanden aus der schlechten einseitigen Ernährung und natürlich aus mangelnder Hygiene. Ich habe aus diesen Missständen gelernt und Ende des neunzehnten Jahrhunderts an der Sozialgesetzgebung mitgearbeitet, damit diese unhaltbaren Zustände zumindest gemildert werden konnten."

Schwierige Aufgaben

Heidi hatte gezahlt und beide schlenderten über die Straße Richtung Tankstelle. Manchot kratzte sich am Kopf, als würde dies sein Denkvermögen im positiven Sinn beeinflussen. „Es war ein unglaublich langer und schwieriger Weg bis zu diesen neuartigen Sozialgesetzen. Und nur durch die Androhung der Gefahr eines Volksaufstandes oder einer Revolution waren die verantwortlichen Politiker und die herrschende Klasse davon zu überzeugen, von ihrem Leben im Überfluss ein Jota abzuzweigen.

Die einfachen Menschen wurden seit jeher als Besitz des Adels angesehen und niemand wollte sich um das Wohlergehen der Bauern und dienstbaren Geister kümmern. Selbst das Leben und Schicksal der höhergestellten Nichtadeligen lag in der Hand der Führungsschicht und nicht selten wurde einem Menschen aus einem nichtigen Grund oder sogar aus reiner Willkür das Leben genommen. Wenn man bei einer kleinen Verfehlung nur im Kerker landete, hatte man noch Glück gehabt, obwohl die Zustände dort als unmenschlich zu bezeichnen waren. Schmutz, Ratten, Hunger herrschten dort. Es waren einfach schreckliche Zeiten, ich will gar nicht daran zurückdenken, ohne einen Kloß im Hals zu haben. Und dann wunderten sich die Regenten zum Beispiel über die Französische Revolution und deren Massaker.“

Ohne es zu merken waren beide an einer Bushaltestelle stehen geblieben, Heidi setzte sich auf die mit sinnlosen Sprüchen verunstaltete Bank. Manchot blieb stehen und fuhr wild gestikulierend in seinem Monolog fort: „Damals hatten die kleinen Leute ein immerwährendes freudloses Dasein. Häufig flohen sie vor der Willkürherrschaft in entlegene Gegenden, wo der Boden zwar nicht sonderlich fruchtbar war, sie sich aber vermeintlich fernab von dem Terror der Herrschenden befanden. Oft kamen sie aber vom Regen in die Traufe. Die wenigen halbwegs menschlich denkenden Fürsten waren dünn gesät und werden in erster Linie in den Märchenbüchern und nicht in den meisten Geschichtsbüchern erwähnt. Konkret, die humanen und gutmütigen Könige und Herrscher findet man ausschließlich in den Märchen der Gebrüder Grimm und vielleicht noch in rosig gefärbten heroisierenden Berichten von Zeitgenossen, die Profiteure an den Höfen waren. Und die Repräsentanten der Kirche haben noch ihr Übriges zu dem Leid der ohnehin Elenden beigetragen, ich nenne nur das Stichwort Inquisition. Angeblich folgten die Priester den Anweisungen ihres Gottes. Aber wer hatte jemals mehr Morde, Krankheiten und Elend verursacht als die Werkzeuge dieses Gottes. Wenn das, was im Alten Testament der Bibel als Überlieferung steht, halbwegs den Tatsachen entsprechen sollte, war dieses christliche Überwesen das Grausamste und Brutalste, was man sich vorstellen konnte. Wenn er wirklich, was ich nicht glaube, die Welt und alle Lebewesen erschaffen haben sollte, dann hat er nicht nur die Menschen, Tiere und Pflanzen, sondern auch Krankheiten, Naturkatastrophen und abartige menschliche Gehirne ersonnen und implementiert. Damit aber nicht genug, nach christlicher Lehre hat er auch alles geplant und gewusst, was geschehen würde, er hätte von Kriegen, Massenmorden, Foltern und Genoziden gewusst, sie toleriert oder bewusst eingesetzt. Ich bin froh, dass ich nicht an dieses höhere Wesen glaube, denn den Gewissenskonflikt, ein Wesen anzubeten, das diese vielen unvorstellbaren Grausamkeiten ursächlich verschuldet hat, möchte ich nicht permanent in meinem Bewusstsein geistern haben. Da lobe ich mir doch eher meinen Poseidon, der wenigstens nicht als Weltenschöpfer angesehen wird und immer dafür gesorgt hat, dass wir ausreichend Nahrung hatten."

Heidi hatte ihn die ganze Zeit mit weit aufgerissenen Augen angestarrt. Ihr Mund war trocken, sie hatte nichts Trinkbares zur Hand und hätte jetzt eine große Flasche Mineralwasser mit Kohlensäure durch ihre Kehle hinunterspülen können. „Es ist schon etwas Wahres an dem, was du gesagt hast, ein Körnchen Wahrheit entdecke ich in dem, was du über Gott sagst. Aber so recht kann ich einfach nicht glauben, was ich so höre, das klingt einfach zu utopisch, so irrational. Ich weiß überhaupt nicht, was ich davon halten soll. Ich bin mir auch nicht sicher, ob deine persönliche Geschichte so stimmen kann."

Gedankenverloren stand sie auf und ging langsam weiter in Richtung Tankstelle, sie konnte ihre Gedanken zu diesem Zeitpunkt nicht in Worte fassen. Sie betrat den Verkaufskiosk der Tankstelle, nahm sich eine Flasche Sprudelwasser aus dem Kühlregal und trank einen kräftigen kalten Schluck. Die Kohlensäure stieg ihr in die Nase und ihre Augen wurden wässrig. Sie kramte ein Papiertaschentuch aus ihrer Handtasche und betupfte vorsichtig die Augenwinkel, um ihr Augenmakeup nicht zu verwischen. Sie trat mit einer Abschiedsgeste in Richtung Monika wieder auf die Straße und ging auf ihren Wagen zu. „Was hast du denn im Mittelalter gemacht? Hattest du einen Adelstitel oder warst du Handwerker oder Bauer?"

Manchot musste lächeln, als ihn die Erinnerung einholte. „Ich schlage vor, wir setzen uns zu einem Glas Wein auf die Terrasse und ich erzähle dir die Geschichte vom Mittelalter, wenn du mir nicht darüber einschläfst."

Die kurze Autofahrt lebten beide schweigend zurück. Sie steuerten beide auf den Garten zu, da sie dort den kühlsten Ort des Hauses vermuteten, vom Keller einmal abgesehen.

Heidi holte eine Flasche Wein, setzte sich mit angezogenen Beinen auf die mit einem weichen Kissen ausgepolsterte Bank aus Teakholz, Manchot lag mehr, als dass er saß auf einem Stuhl gegenüber. Sie prosteten sich zu und er setzte seine Erzählung nach einem Schluck Rotwein aus der Toskana fort: „Ich könnte sagen, ich hätte in einem Schloss gelebt, was noch nicht einmal gelogen wäre. Ich war damals von Johann von Eltz als eine Art Hofnarr oder besser als Unterhalter auf seine Burg berufen worden, weil ich nach seinem Geschmack interessante und spannende Geschichten erzählen konnte. Er und seine Brüder, aber auch andere Edelleute des Hofes, haben mir stundenlang zugehört. Ich musste aus meinem überreichen Erfahrungsschatz berichten, habe aber auch oft Geschichten erfunden. Ich nannte die Zusammenkünfte Hermanns Märchenstunde. Ich konnte mich völlig frei bewegen, war also nicht an die Burg gebunden. Ich habe fast täglich Ausritte unternommen, das war eine nicht nur friedliche, aber auch idyllische Gegend. Häufig habe ich mit zwei oder drei befreundeten Angehörigen des Hofes oder dem Stallmeister mehrtägige Ausritte die Mosel stromaufwärts oder den Rhein entlang unternommen. Es war eine malerische Landschaft und bei gutem Wetter haben wir das sehr genossen. Ich war von der hauptsächlichen Freizeitbeschäftigung der Burgherren, nämlich der Jagd, nicht begeistert, ich wollte keine Tiere grundlos töten. Ich bevorzugte sie beim Grasen oder der Futtersuche zu beobachten. Wir sahen Niederwild, aber auch Hochwild, mächtige Hirsche und auch Wildschweinrotten. Wenn ein Wolfsrudel diese friedvollen Tiere angriff, machten wir jeweils einen Höllenlärm, damit sich die Raubtiere wieder verzogen, allerdings auch die Pflanzenfresser verschwanden dann.

In der Umgebung der Burg waren die Bauern relativ wohlhabend, weil es in diesem landwirtschaftlich bergigen Gebiet einen jahrelangen Frieden gegeben hatte. Der Boden war wegen des vulkanischen Ursprungs zwar nicht so fruchtbar, wie in anderen Gebieten der Eifel, aber die Felderträge konnten sich trotzdem sehen lassen. Das Wetter der Region war ziemlich rau und nicht sehr einladend, aber man konnte dort gut leben. Solange bis, ja solange bis der Erzbischof von Trier, der auch gleichzeitig Kurfürst war, versuchte, sich die Brüder von Eltz zu unterwerfen. Es handelte sich bei den drei Brüdern um eine so genannte Gaubengemeinschaft, das bedeutete, die Burg und die Ländereien waren kein Eigentum eines Einzelnen, sondern der drei Familien als Gesamteinheit. Keiner konnte somit als Einzelner über die Besitztümer autark verfügen, ganz so wie es heutzutage bei juristischen Gesellschaften gesetzlich vorgesehen ist."

Heidi stand kommentarlos auf und kam kurz darauf mit zwei Espressi aus dem Haus, sie hatte erst gar nicht gefragt, ob er auch das kräftige Gebräu mochte. Sie setzte sich wieder auf die Bank, beugte sich vor und stützte ihren Kopf auf den linken

Handballen. Mit der freien Hand schaufelte sie Zucker in ihren Kaffee, rührte nicht endend darin herum und hob ihren Blick.

„Du konntest nicht nur bei Hof spannend erzählen, auch hier fesselst du mich mit deiner Geschichte. Wie hieß denn eigentlich der Erzbischof und was wollte er erreichen?"

Manchot nippte am Espresso und verzog das Gesicht, es war nicht zu erkennen, ob das Zustimmung oder Ablehnung bedeuten sollte. „Das war der Erzbischof Balduin von Trier, der aus fiskalischen Gründen Zugriff auf das Vermögen der Brüder von Eltz haben wollte. Er war weniger an der Burg selbst interessiert und suchte sie nicht zu erobern, er wollte die Unterwerfung der kompletten Familien, um seine abnehmenden Einnahmequellen zu erweitern und seinen Einfluss auf deren Besitztümer auszudehnen. Ganz genau, wie das heute in der Politik ist. Macht und Geld treiben die Mächtigen an. Du brauchst nur die Zeitungen aufzuschlagen, immer das gleiche widerwärtige Muster."

Heidi stellte das Rühren in ihrem Espresso ein und schüttete ihn endlich im Ganzen herunter, nahm ihren kleinen Löffel und kratzte den aufgeweichten Zuckerrest zusammen, den sie sich genüsslich zuführte.

„Der Angriff auf Burg Eltz resultierte schließlich in einer jahrelangen Belagerung der Burg. Die Zeitgenossen nannten den erzbischöflichen Angriff und die Belagerung, die Eltzer Fehde. Die Belagerung dauerte mehr als zwei ganze Jahre und die Verpflegung musste derart rationiert werden, dass der Hunger die Bewohner dazu trieb, Ratten und Baumrinden zu kochen. Zusammen mit einem Alchemisten hatte ich seit geraumer Zeit an einem in Europa noch unbekannten Stoff experimentiert, später nannte man es Schwarzpulver. Ich habe dann überlegt, wie ich meinem Freund und Gönner dem Grafen Eltz helfen könnte und kam auf die Idee, die Sprengwirkung des Pulvers für ein Geschoss zu nutzen. Zunächst baute ich aus dickem Rindsleder eine Büchse, die der Form einer Birne ähnelte. In die Spitze steckte ich einen Pfeil und entzündete das Pulver durch eine schmale Lunte, die neben dem Pfeil aus der Büchse herausragte. Um von dem zu erwartenden

Rückstoß nicht durch die ganze Burg geschleudert zu werden, hatte ich die Büchse in ein stabiles Holzgestell eingebaut, das ich fest an den Burgzinnen verankert hatte. Der Erfolg des Geschützes war verblüffend, es gab einen ohrenbetäubenden Knall und der Büchsenpfeil, damals nannten wir die Pfeile Springel, flog grob in die gewünschte Richtung, aber weit über den Gegner weg. Wir erkannten natürlich sofort das Hauptproblem an der Büchse, die Zielgenauigkeit war kaum vorhanden. Ein Treffer war Glücksache. Ich habe dann mit erhöhter Intensität an einer Verbesserung der Konstruktion getüftelt. Die Springel hatte ich dann mit einer Ledermanschette versehen, was die Reichweite und auch die Treffsicherheit erhöhte, aber immer noch nicht das gewünschte Ergebnis brachten. Die Büchse, so überlegte ich, müsste ein ledernes Rohr haben, um die Springel zu führen und die Schussrichtung besser führen zu können. Die Springel hatten aber mit ihrer Pfeilspitze nicht durch ein Rohr geführt werden können, die Spitzen mussten aus dem Rohr herausragen und damit war die Führung fast wirkungslos.

Um die Geschichte abzukürzen, der Schmied fertigte schließlich ein Rohr und die Büchse aus Eisen her und ich ersetzte die Springel durch Kugeln, was endlich die Treffsicherheit erheblich verbesserte. Die Reichweite war mit fast dreihundert Metern auch befriedigend. Somit konnten mehre Büchsen gefertigt und an den Schießscharten installiert werden. Der Donner der Explosionen beeindruckte nach meiner Einschätzung den Gegner mehr als die Geschosse selbst. Gegen die Übermacht des Feindes halfen letztlich die Geschosse nur wenig gegen die Belagerung und den daraus resultierenden Hunger. Zumal der Erzbischof neben Burg Eltz noch eine Trutzburg gebaut hatte, um gegen die todbringenden Kugeln besser geschützt zu sein.

Letztendlich überredete ich meinen Grafen Eltz einem faulen Kompromiss zuzustimmen, der zumindest einen temporären Waffenstillstand hervorbringen könnte. Nach endlosen Verhandlungen und unermüdlichen Gesprächen mit beiden Seiten konnte letztendlich ein so genannter Sühnevertrag unterzeichnet werden, der Grafen Eltz zwar nicht mehr als freie

Ritter walten ließ, aber ihnen wenigstens den Status als Burggrafen garantierte, zudem herrschte dann endlich Frieden. Die Friedensverhandlungen waren sehr langwierig und zäh gewesen und zunächst weigerte sich der Graf Eltz, einem persönlichen Treffen mit dem Erzbischof zuzustimmen. Letztendlich wurden meine Vermittlungsbemühungen von Erfolg gekrönt und der so genannte Sühnevertrag konnte unterzeichnet werden. Mein Graf hatte ständig mit den Zähnen geknirscht, wenn er Balduin von Trier sah oder nur sein Name im Gespräch erwähnt wurde, aber unter dem Druck der Belagerung und der Aussichtslosigkeit eines erkämpften Sieges, machte er gute Miene zum bösen Spiel. Der Druck auf den Grafen war durch die Belagerung und deren Folgen, das bedeutet Hunger und Krankheiten, zu groß geworden und er sah keinen Ausweg mehr. Freunde wurden die Kontraenden nie mehr und getroffen haben sie sich äußerst selten, nur noch dann, wenn es unvermeidbar war."

Über die lange Erzählung Manchots war die Dämmerung eingetreten und beide sagten lange nichts, blickten nur auf die Maserung des Holztisches und hingen ihren Gedanken oder Erinnerungen nach. Heidi fuhr mit einem Fingernagel der Zeichnung nach und hinterließ tiefe Spuren im Holz.

Schließlich hob Manchot den Kopf. „Bitte denk daran, sage keinem Menschen, was ich Dir anvertraut habe. Falls jemand plaudern sollte und zu den Behörden etwas durchsickert, könnte ich mir vorstellen, dass mir niemand auch nur ein Wort von der Geschichte glauben wird. Außerdem, wie sollte ich das alles beweisen? Das Ganze existiert nur in meiner Erinnerung und nirgendwo sonst, ich stelle mir eine Befragung von tumben Verwaltungsangestellten äußerst langwierig und nervend vor. Und ob ich dann Papiere bekäme, wäre zweifelhaft. Diese Leute glauben doch nur das, was sie schriftlich vor sich sehen. Ich kann mir auch nicht vorstellen, dass sich die Beamten in den letzten Jahrzehnten erheblich geändert haben, sie kennen nur Vorschriften und Anweisungen. Meinen Fall würden sie vergeblich in ihren Papieren suchen. Vielleicht gibt es irgendwo noch mehrere Lebewesen, die den gleichen Ursprung wie ich haben, aber wie sollte ich die finden, sie sind auf den ersten Blick nicht zu erkennen. Außerdem würden sie genau wie ich ein Geheimnis aus ihrem Werdegang machen."

Heidi hatte sich einen kleinen Splitter unter den Fingernagel gerammt und versuchte nun mit den Fingern der anderen Hand, dieses kleine Etwas zu entfernen. „Wie du selbst sagst, ist deine Geschichte unglaubhaft und für mich schwer zu verdauen. Prinzipiell kannst du viel erzählen, ich muss es glauben oder nicht, eine Überprüfbarkeit ist nicht gegeben. Einerseits habe ich erhebliche Zweifel, andererseits klingt die Sache zu unwahrscheinlich, als dass du sie erfunden haben könntest. Das einzige Indiz für die Wahrhaftigkeit ist die unleugbare Tatsache deiner Federn auf dem Kopf, die ein wirklicher Mensch wohl nie hätte."

„Diesen Flaum habe ich nicht nur auf dem Kopf, auch mein restlicher Körper hat kleine schwarze Federn. Als Beweis schob er seinen Hemdärmel hoch und präsentierte ihr die weiche Hautbedeckung. Dieser Bewuchs ist je nach Körperpartie unterschiedlich dicht. Ich werde ihn aber komplett abrasieren, damit die Leute keine dummen Fragen stellen können."

Heidi grinste ihn hämisch an. „Wenn du willst, ich habe noch eine Menge alter nicht gebrauchter Rasierer von meinem Ex-Ehemann im Badezimmerschrank, die kannst du benutzen, da müsste auch noch Rasierseife und ein Pinsel sein. Nach deiner Behandlung hast du dann eine Haut wie ein Kinderpopo."

„Danke für das Angebot, ich werde gerne davon Gebrauch machen. Mir fällt aber gerade ein, dass es einen Beweis für die Wahrhaftigkeit meiner Geschichte gibt. Ich weiß noch in etwa wo mein aufgebrochenes Gefängnis liegen müsste. Wenn du willst, zeige ich es dir gerne, dann kannst du es untersuchen und zumindest meine Wiedergeburt beweiskräftig bestätigt sehen."

„Heidi hatte den winzigen Splitter aus der Haut gezogen und besah ihn sich von allen Seiten. „So klein und doch unangenehm unter dem Nagel. Ich glaube nicht, dass es notwendig wäre, einen Beweis zu suchen. Ich bin auch ohne ihn von dem Wahrheitsgehalt deiner Geschichte überzeugt. Ich bin sicher, du belügst mich nicht.

Ich denke, ich räume jetzt ein wenig auf und werde mich dann für die Nacht fertigmachen. Morgen um sieben Uhr stehe ich wieder in der Tankstelle."

„Vielen Dank nochmals für die Einladung. Ich werde mich irgendwann revanchieren. Wie verabredet, fahre ich jetzt zur Tankstelle und schlafe dort im Büro, wenn Monika Feierabend oder besser Feiernacht hat. Ich werde alle Räuber, Diebe, Mörder und Vandalen verscheuchen. Versprochen."

Manchot stellte fest, dass das Fahrrad zu wenig Luft in den Reifen hatte, seit Monaten war es wohl nicht mehr benutzt worden. Er fand auch auf Anhieb eine verstaubte Luftpumpe und pumpte die Reifen prall auf.

Heidi war ihm gefolgt und lehnte am Garagentor. Sie sah müde aus. „Bring die Reifen nicht zum Platzen, ich weiß nicht, ob das Gummi nicht schon spröde ist, sonst musst du auch noch den Schlauch flicken. Ich bin übrigens neugierig auf deine nächste Wiedergeburt."

Er vertröstete sie auf die nächste Gelegenheit, wenn sie wieder etwas mehr Zeit hätten.

Heidi lachte müde auf. „Gut, dann spar dir die Geschichte auf, bis ich dich das nächste Mal wieder zum Essen einlade, so lange muss ich mich also gedulden. Aber damit habe ich die Sache wenigstens in der Hand. Falls ich meine Neugier nicht zügeln kann, muss ich dich also morgen wieder in ein Restaurant einladen."

„Das dürfte dir über kurz oder lang zu teuer werden, ich habe noch einen ziemlichen Fundus an Geschichten und wenn der erschöpft sein sollte, erfinde ich einfach weitere."

„Mach dir darüber keine Sorgen, ich setze die Einladungen als Betriebsausgaben der Tankstelle von der Steuer ab, du bist dann einer meiner virtuellen Kunden gewesen."

„Wäre das nicht Steuerhinterziehung?"

„Zugegeben, aber ich möchte nicht wissen, was bei solchen angeblichen Betriebsausgaben alles im Großen gepfuscht wird. Mein Steuerberater sagt mir immer wieder, ich würde zu wenig

Kosten haben, obwohl ich manchmal den Eindruck habe, sie wachsen mir über den Kopf. Ich bin doch nur ein ganz kleines Licht und meine Steuerprüfer haben höchstens Mitleid mit meiner Bilanz und meinen Einkünften."

Manchot radelte mit dem klapprigen Fahrrad und prall gefüllten Reifen Richtung Tankstelle. Er fühlte sich frei, so unbeschwert, er wäre gerne noch ein paar Kilometer über Feldwege oder durch den Wald geradelt. Aber er hatte Heidi versprochen, den Nachtwächter zu spielen und ein Versprechen war ihm heilig. Zudem wollte er seine Arbeitgeberin und mittlerweile beste und einzige Freundin keineswegs enttäuschen. Nebenbei fühlte er sich auch von ihr angezogen, es war mehr als reine Sympathie, jedoch weniger als Liebe, hierzu müssten sie nach seiner Gefühlslage noch eine längere Wegstrecke gemeinsam hinter sich bringen.

Monika nahm ihre Spätschicht ernst, sie saß auf einem Barhocker hinter der Kasse und las in einer politischen Zeitschrift, weit und breit war kein Kunde zu entdecken. Vor ihr lagen ein Stapel weiterer Magazine und eine gestreifte Flasche mit einer braunen Flüssigkeit. Sie begrüßte Manchot mit einem freundlichen Lächeln und diesem modernen unpersönlichen Grußwort „Hallo". Er trat neben sie und blätterte durch den Zeitschriftenstapel und stellte erstaunt fest, dass es sich ausschließlich um politische Literatur handelte, zuunterst lag noch eine Sportpublikation.

„Du liest keine Frauenzeitschriften? Ich dachte Sport und Politik seien Männerangelegenheiten."

„Diese verdummenden so genannten Frauenzeitschriften öden mich an. Du findest doch nur Modeberatung und Kochrezepte darin, beides interessiert mich nicht im Geringsten. Du scheinst aber ziemliche Vorurteile zu haben, wenn du einer Frau mangelndes Interesse an der Politik unterstellst. Ich bin ein emanzipiertes Weib und genau so ein Bürger wie du. Nebenbei finde ich Wirtschaft und Politik ähnlich spannend wie Sport."

„Verzeihung, ich wollte dir nicht zu nahetreten. Es sollte auch keine Abwertung deiner Intelligenz sein, ich habe nur unterstellt, dass Frauen Frauenzeitschriften lesen, es gibt doch eine unendliche Auswahl von diesen Magazinen." Manchot deutete mit dem Finger auf das vielfarbige überquellende Zeitschriftenregal.

„Es war heute kaum Betrieb und bevor ich mich langweile, lese ich doch lieber die längeren Artikel aus Spiegel, Fokus oder Umweltmagazinen und wissensvermittelnden Publikationen. Ich verstehe zwar nicht alle Zusammenhänge, aber das ist wohl ein Schicksal, das ich mit der weitaus größten Majorität meiner Mitbürger teile. Was liest du denn so?"

„Nun, ich muss gestehen, dass ich lange Zeit keine Politik verfolgt habe, im Kloster gab es keine Zeitungen, nur erbauliche Literatur aus uralten Büchern und dafür konnte ich mich nie sonderlich begeistern. Interessiert bin ich schon, mein Wissensdurst ist ähnlich unstillbar wie mein Nachholbedarf. Die Hintergründe erzähle ich dir bei nächster Gelegenheit, falls du interessiert sein solltest."

„Das interessiert mich ungemein, man hat schon viel über das Klosterleben gelesen, aber den täglichen Ablauf kennt man nicht. Ich stelle es mir fürchterlich reglementiert vor. Ich glaube der Tag ist zu jeder Stunde durchprogrammiert. Hat man da überhaupt etwas Freizeit, um seine Interessen neben der Religion wahrzunehmen? Oder ist da Freizeit und Hobby ein Fremdwort?"

„Ich glaube, du hast den Nagel auf den Kopf getroffen. Es gibt dort schon einige Stunden zur freien Verfügung, aber dann setzt du dich mit einem der befreundeten Brüder zusammen und diskutierst über verschiedene Themen, wobei oft genug die Sexualität eines der Hauptthemen war. Aber lass uns jetzt nicht über Religion oder Klöster reden, es gibt so viel, was ich noch lernen will. Ich habe gestern versucht, mich in der Technik über den neuesten Stand zu informieren und würde das gerne heute fortsetzen. Das Internet ist ein phantastisches Medium, das ich noch nicht kannte und für meinen Wissensdurst ideal ist. Das zum Beispiel ist eine Neuerung, die mich fasziniert. Das dort gespeicherte Wissen will ich anzapfen und so viel wie möglich nutzen. Ich werde wohl heute Nacht viel darin stöbern, wenn ich hier den Nachtwächter spielen werde. Aber wieso war denn heute so wenig Betrieb hier in der Tankstelle?"

Monika machte eine wegwerfende Handbewegung. „Ich nehme an, dass die heutige Fußballübertragung schuld daran ist. Heute spielt Borussia Dortmund im Viertelfinale der Champions League gegen eine italienische Mannschaft. Ich hatte auch eine Verabredung mit einem Freund für den späteren Abend gehabt. Der treulose Kerl hat mit einer fadenscheinigen Begründung abgesagt. Aber der miese Bursche hat wahrscheinlich das Spiel im Fernsehen verfolgen wollen. Ich hätte das verstehen können, wenn er mit offenen Karten gespielt und seine Präferenz zugegeben hätte. Aber die Krankheit seiner Großmutter vorzuschieben, die er pflegen müsse, war ein starkes Stück. Auf solche Freunde kann ich verzichten."

Ohne zu fragen, nahm sie zwei Flaschen Kölsch aus der Kühlung, legte ein paar Münzen auf die Kasse und bedeutete ihm, sich zu ihr auf die Bank zu setzen, die draußen neben der Eingangstür stand. Er nahm dankend eine der Flaschen und saugte sich beim Trinken an dem Flaschenhals fest, sie lachte und demonstrierte ihm, wie man aus einer Flasche mit engem Hals trinkt.

„Ich dachte, nur Frauen würden sich dabei so ungeschickt anstellen. Du musst die Flasche nicht als Ganzes verschlucken, du musst am oberen Rand etwas Luft lassen, damit das Bier fließen kann."

Er beobachtete sie genau bei der für ihn neuartigen Trinktechnik und schaffte beim zweiten Versuch einen wesentlich effizienteren Schluck. Lernfähig war er schließlich. Jetzt jedoch schäumte das Bier aus dem Flaschenhals und lief ihm über die Hand auf seine Hose. Monika konnte sich vor Lachen kaum halten.

„Du musst die Flasche nicht so abrupt absetzen, sonst hast du immer so ein Schaumbad. In der Ruhe liegt die Kunst des Biertrinkens."

Trotz ihres fröhlichen Wesens schien Monika ziemlich lustlos zu sein, frustriert war vielleicht der treffendere Ausdruck. Das lag nicht an der geplatzten Verabredung, nein, es saß viel tiefer.

Manchot hatte sie gefragt, was sie neben der beruflichen Tankstellenbeschäftigung noch mache.

Als Antwort brach es aus ihr heraus: „Nach dem Abitur habe ich zuerst Kunstgeschichte studiert. Nach drei Semestern habe ich erkannt, es ist eine brotlose Kunst und habe abgebrochen, obwohl es mir eigentlich Spaß gemacht hat. Danach habe ich ein halbes Jahr gegammelt beziehungsweise in den Tag gelebt. Europa ohne Geld bereist und mich einfach nur treiben lassen, Freunde kennen gelernt, Party gemacht, gekifft, also das volle Programm."

Er merkte sich die unbekannten Wörter und nahm sich vor solche Begriffe wie: gekifft, gegammelt oder Party, im Internet nachzuschlagen.

„Als ich irgendwann wieder zu Hause auftauchte und mein Vater mich sah und meine Ambitionen analysiert hatte, entschied er, ich solle mich zu einem Jura Studium anmelden. Weißt du, mein Vater ist selbst Rechtsanwalt, sogar ein namhafter, und ich sollte nach Abschluss in seine Kanzlei einsteigen. Finanziell wäre das sicherlich reizvoll gewesen, aber Jura war nicht mein Ding gewesen. Nach drei Semestern, das scheint meine magische Zahl zu sein, habe ich auch das wieder aufgegeben. Daraufhin stellte Vater das Sponsoring seiner missratenen Tochter ein, bis sie wieder etwas Vernünftiges studieren würde, wie er sagte. Also suchte ich mir eine kleine Bude, zog bei den Eltern aus, ließ mich aus Protest gegen seine Konventionen tätowieren und piercen, womit ich die Trennung von ihm festschreiben wollte, denn er hasste diese Modeerscheinungen und brach nach einem Riesenkrach den Kontakt zu ihm ab. Nur mit meiner Mutter telefoniere ich gelegentlich und zu Feiertagen wie Geburtstagen besucht mich die alte Dame, sie steckt mir auch immer etwas zu. Nach ein paar Wochen übernahm ich dann den Tankstellenjob. Siehst du, so schnell kann ich mein bisheriges Leben herunterbeten."

„Ich bräuchte für die Erzählung meines Lebensweges ein Vielfaches dieser Zeit. Aber Kontakt zu meinen Eltern habe ich auch nicht, ich weiß nicht einmal, ob sie noch leben."

„Das ist traurig. Aber ich bin auch weitestgehend auf mich alleine gestellt. Ich habe keine Beste Freundin, sondern nur ein paar Mädels aus meiner alten Clique, die ich manchmal treffe, nicht regelmäßig. Mit Männern ist es bei mir auch nicht zum Besten bestellt. Der junge Mann, in den ich seit meiner Gymnasialzeit unsterblich verliebt war, hatte immer ein zweites Mädchen neben mir und irgendwann hat er so eine affektierte Ziege geheiratet, die ihm zwei Kinder geboren hat, mit der er aber nicht glücklich war und sie eines Tages verlassen hat. Gut so. Nach ihm habe ich dann noch ein paar gelegentliche Affären gehabt, aber nichts Dauerhaftes. Seitdem bin ich auf die Männerwelt nicht allzu gut zu sprechen."

Freimütig erzählte Monika dann von einigen verflossenen Disco-Bekanntschaften, Internet-Dates und Enttäuschungen, die sie in den letzten Jahren abgehakt hatte. Zum Abschluss ihres Berichtes kam noch das scherzhafte Fazit, sie habe erwogen lesbisch zu werden, sei aber zu dem Schluss gekommen, das wäre auch nicht der Weisheit letzter Schluss gewesen.

Zwei junge Frauen fuhren rasant vor eine Zapfsäule und kletterten umständlich aus dem dunkelroten Ford Fiesta, älterer Bauart mit stumpfem Lack. Die eine füllte das Benzin in den Tankstutzen und die andere machte sich unter der aufgeklappten Motorhaube zu schaffen. Beide waren schlank und langhaarig. Ihre kurzen Jeans waren total verschlissen, im Gegensatz dazu sahen ihre Blusen chic und neu aus. Manchot sagte im Anblick der Damenshorts eine geflüsterte Bemerkung zu Monika, dass er sich neue Hosen gekauft habe, die gar nicht teuer gewesen wären, somit sei das Tragen von Lumpen eigentlich gar nicht notwendig.

Monika lachte laut auf. „Du Depp, das ist Mode, das trägt man heutzutage, ob es schön ist, will ich gar nicht bewerten. Aber junge Frauen und Mädchen laufen nun mal so rum."

Monika sprang auf und fragte, ob sie ihnen helfen könne und steckte auf ein Nicken hin auch ihren Kopf unter die Abdeckhaube. Manchot bewegte sich wie in Trance Richtung der beiden Damen und besichtigte ebenfalls ohne jeglichen

Sachverstand das Gewirr im noch warmen Motorraum. Er bestaunte die vielen Plastik- und Metallteile, Leitungen und Kabel unterstellend, dass die Konstrukteure wussten was sie dort alles eingebaut hatten und alles auch seinen Sinn hatte. Die Armaturen unter der Motorhaube waren total verschmutzt, Massen von vertrocknetem Laub lagen in allen freien Ecken und versteckten den freien Blick auf das Nützliche. Die Fahrerin des Wagens meinte, ein Lämpchen am Armaturenbrett habe angezeigt, dass nicht mehr ausreichend Motorenöl in dem Motor sei. Sie wüssten aber nicht, wo der Einfüllstutzen und der Kontrollstab sei. Manchot hielt sich zurück, er war sicher, dass er noch viel weniger Wissen von dem Aufbau und der Funktionsweise eines Automobils hatte, als die rudimentären Kenntnisse Monikas. Auf seine Bitte hin händigte ihm eine der Damen das bisher offensichtlich unbenutzte Bedienerhandbuch aus. Nach einigem Blättern in dem Papier ging er weltmännisch auf den Wagen zu, zog den Füllstands-Messstab heraus, als sei es seine tägliche Arbeit und stellte fest, dass nur die Spitze des Stabes Ölspuren aufwies. Monika erschien mit einer grauen Plastikflasche, diesmal erstaunlicherweise ohne Streifen und Manchot füllte die Schmierflüssigkeit in den Einfüllstutzen ein. Eine neuerliche Prüfung des Füllstands-Messstabs ergab nunmehr eine ausreichende Befüllung des Öltanks. Die Frauen bezahlten und bedankten sich überschwänglich. Die Fahrerin hielt ihm einen fünf Euroschein unter die Nase. Er wollte dankend ablehnen, aber Monika hatte geistesgegenwärtig die Banknote aus der Hand der Chauffeuse gepflückt und sich freundlich bedankt.

Als der klapprige Ford-Fiesta in die Tankstellenausfahrt rollte, meinte seine Kollegin, er sei wohl übergeschnappt. Das Gehalt als Tankstellenhilfskraft sei bescheiden genug, da könne man kein Trinkgeld ablehnen, egal um welchen Betrag es sich handele. Manchot bezog sich auf die zerrissenen Lumpen, die die Frauen als Hosen trugen, deshalb seien sie sicherlich bedürftig und könnten neue gebrauchen. Aus diesem Grunde habe er das üppige Trinkgeld nicht annehmen wollen. Ihm sei wohl bekannt, dass im Kassenraum ein Sparschwein für das

Personal stehe, er auch gerne von wohlhabenden Kunden eine Gratifikation angenommen hätte. Monika lachte ihn mal wieder aus und wies auf den Preis der Jeans hin, die seien nämlich künstlich in diesen abgetragenen Zustand versetzt worden und lägen preislich wesentlich über denen herkömmlicher Jeans. Aber das will halt die Mode.

„Wenn du solche Klamotten als Designerjeans in einer chicen Boutique kaufst, zahlst du ein Vermögen und ich bin sicher, die Fetzen waren extrem teuer. Ich habe den Hersteller der Jeans der Beifahrerin erkannt, nämlich J. Brand und die Dinger kosten locker dreihundert Euro. Für den Preis kaufe ich vier oder fünf Jeans in bestimmten Kaufhäusern, sogar Markenware."

Manchot schüttelte verständnislos den Kopf und bemerkte, das seien die Dinger der Damen aber nicht wert.

Monika musste wieder ihr sympathisches Lächeln in ihrem Gesicht erscheinen lassen. „Es kommt nicht auf den Wert einer Ware an, es kommt darauf an, wieviel die Leute bereit sind, für diesen Artikel zu bezahlen. Nehmen wir einmal an, ein Gemälde soll verkauft werden, wie wird der Preis bestimmt? Materialwert der Farbe und der Leinwand sind ein paar Euro, dazu kommt der Stundenlohn des Malers, dann hast du je nach Aufwand Kosten von vielleicht zweitausend Euro. Wenn es ein bekannter Maler ist, wird das Werk in einer Auktion vielleicht mit geschätzten hunderttausend Euro angeboten. Wenn in der Versteigerung einige Bieter sind, die das Bild unbedingt haben wollen, schaukeln sich wohlhabende Bieter möglicherweise hoch und überbieten sich gegenseitig immer mehr, bis jemand schließlich den Zuschlag für sagen wir Zweimillionen Euro bekommt. Solche Fälle hat es zu Hauf gegeben, das wäre nichts Neues. Wenn der Käufer irgendwann das Kunstwerk wieder veräußern will, kann es durchaus sein, dass er nicht mehr als den ursprünglich taxierten Wert erlöst. Jetzt muss man natürlich hinzufügen, dass für ein paar Leute dieses Landes ein solcher Betrag nicht mehr als ein Taschengeld darstellt und die verdienen pro Jahr an Kapitalverzinsung so viel, dass sie es nicht verbrauchen können. Für diese Leute ist eine Million im

Verhältnis zu ihrem Einkommen so, als müsste ich hundert Euro ausgeben."

„Gibt es denn wirklich so viele Leute, die derart im Geld schwimmen? Das sind eigentlich unvorstellbare Summen, die man sich nicht mehr vorstellen kann. Da fragt man sich spontan, ob das Geld ehrlich erworben wurde."

„Die Frage ist absolut berechtigt. Man muss sich aber den Reichtum bildlich vorstellen. Es gibt in Deutschland etliche Multimilliardäre, wenn also jemand, mal unterstellt, zehn Milliarden besitzt und die mit sehr konservativ angesetzten ein Prozent verzinst bekommt, so werden ihm jährlich Einhundertmillionen Euro auf sein Konto überwiesen. Solche Beträge kannst du gar nicht mehr ausgeben, wenn du halbwegs normal lebst und nicht gerade Unternehmen sammelst. Ich habe aber eine Verzinsung von einem Prozent unterstellt, mit einem geschickten Vermögensberater kannst du aber auch in der heutigen Zeit mit ihrer Niedrigzinspolitik vier oder fünf Prozent auf dein Kapital herausschlagen. Man sagt ja nicht zu Unrecht: Der Teufel scheißt immer auf den gleichen Haufen."

Sie schwiegen eine Weile und starrten vor sich hin. Sie hatte die Beine übergeschlagen und wippte mit dem Fuß, während er immer mehr lag als saß. Irgendwann wandte Manchot sich an Monika mit der Frage, ob sie nicht schon längst Feierabend habe und sie jetzt die Kasse abschließen könne. Sie nickte nur verhalten, ohne ihren Blick zu heben und meinte nach wiederum einer kurzen Pause, sie würde sich lieber unterhalten, als alleine zu Hause zu sitzen. Sie habe keine Lust mehr zu lesen und Fernsehen würde sie unendlich langweilen, wenn nicht gerade eine besondere Sendung liefe.

Er taxierte sie von der Seite etwas genauer. Sein Urteil über ihr Aussehen fiel mittlerweile recht positiv aus. Ihr Gesicht war ebenmäßig, ihre Nase war ein wenig nach oben gebogen, jedoch von einer Stubsnase noch weit entfernt, sie hatte große Augen und ihre braunen Augenbrauen verrieten, dass das Violett ihrer halblangen getönten Kopfhaare nicht ihre natürliche Haarfarbe war. Was ihn störte, waren diese Metallersatzteile in Nase, Braue, Zunge, Lippe und um die Ohren herum und insbesondere die abstoßenden Tätowierungen auf den Ober- und Unterarmen und möglicherweise auch noch an anderen nicht sichtbaren Körperstellen.

„Was machst du gerne in deiner Freizeit? Hast du ein Steckenpferd?"

Monika grinste ihn breit an. „Das Wort Steckenpferd habe ich viele Jahre nicht mehr gehört, ich glaube, es nur aus einem uralten Schmöker zu kennen, den ich mal in die Finger bekommen hatte. Ich gehe gerne und regelmäßig schwimmen. Als ich noch Teenager war, bin ich fast täglich im Schwimmbad gewesen, habe fast wie ein Professioneller trainiert. Ich bin inzwischen nahezu fünfzehn Jahre Mitglied im Schwimmverein. Trotz meines Fleißes und meiner Anstrengungen war ich immer nur die ewige Dritte geblieben, nie habe ich es geschafft, einen Wettkampf zu gewinnen. Mir fehlte es an dem notwendigen Talent. Ich konnte versuchen was ich wollte, ich wurde nicht nennenswert schneller."

Manchot sah sie begeistert an. „Ich fühle mich im Wasser unglaublich wohl, ich schwimme für mein Leben gerne, obwohl ich noch nie an einer Schulung teilgenommen habe. Ich fühle mich dort eher in meinem Element als an Land. Vielleicht können wir einmal gemeinsam in ein Schwimmbad oder noch lieber ans Meer gehen. Das würde uns bestimmt Spaß machen."

Monika sah ihn entgeistert, wie aufgeschreckt an. „Das Meer dürfte ein wenig zu weit sein, um da einfach mal hinzufahren um ein paar Runden zu schwimmen."

Sie sah auf ihre lila Armbanduhr. „Heute ist unser Schwimmbad bis dreiundzwanzig Uhr geöffnet. Wenn du Lust hast, können wir jetzt noch hingehen und ein paar Bahnen schwimmen. Es könnte uns zwar passieren, dass in einem der Becken der hiesige Schwimmverein trainiert, aber das braucht uns nicht weiter zu stören, ansonsten dürfte jetzt wenig Publikum dort sein und wir weichen auf das offene Becken aus."

„Ich hätte schon Lust dazu, aber ich habe keine Badesachen dabei und ohne Hose darf ich wohl nicht dort schwimmen."

Monika musste grinsen. „Das wäre vielleicht nicht ganz angemessen, wenn auch lustig, die Reaktion der anderen Badegäste würde mich interessieren. Das wäre aber kein Problem, ich habe immer noch die Badehose meines Freundes in der Sporttasche, die müsste dir passen und zwei Handtücher sind da auch immer da drinnen. Also was ist, gehen wir?"

Manchot stand abrupt auf, er freute sich über diesen unerwarteten Vorschlag, zu lange war er nicht mehr in seinem geliebten Element gewesen. Er bevorzugte zwar kühles Salzwasser, aber Süßwasser war immer noch besser, als gar nicht zu schwimmen.

Das öffentliche Schwimmbad war nicht weit entfernt, mit dem Fahrrad mal gerade eine Viertelstunde gemütliche Fahrzeit. Da der Tag recht schwül gewesen war, hatten sich wohl noch etliche, vornehmlich junge Leute nach Feierabend zu einem Bad entschlossen. Trotz der vorgerückten Stunde war bereits von weitem fröhliches Kindergeschrei zu hören. Er hatte sich schon immer gefragt, warum Kinder sich nicht in einer gedämpften Lautstärke unterhalten konnten, sie schrien sich immer mit voller heller Stimme an, hätte er jemals so laut kommuniziert, hätte seine Stimme mit Sicherheit nach einiger Zeit versagt und er wäre heiser geworden.

Nach wenigen Minuten stand das ungleiche Paar am Beckenrand, beide hatten unter der kalten Dusche den Schweiß und den Staub des Tages abgespült.

Monika ließ ihren Blick an Manchots Körper heruntergleiten. Er hatte ein ungewöhnlich breites Becken, kräftige Pobacken und Oberschenkel, die fast dem Umfang ihrer Taille entsprechen konnten. Seine Waden waren im Verhältnis relativ dünn, aber immer noch als kräftig zu bezeichnen. Der Oberkörper war nicht außergewöhnlich muskulös und bildete nicht das begehrte Athletendreieck, eher entsprach seine gesamte Figur einem hochstehenden Rechteck mit zwei Armen und stämmigen kurzen Beinen. Auch die Halsmuskulatur war ausgeprägt und erschien breiter als sein Kopf, der schon fast verkümmert wirkte. Alles in Allem kein Vorzeigeathlet.

Ohne ein Wort zu sagen machte er zwei Schritte auf den Beckenrand zu und sprang, die Arme seitlich am Körper angelegt, mit dem Kopf voran ins kühle Nass. Er empfand das Wasser als etwas zu warm, obwohl die gemäßigte Abkühlung immer noch willkommen war. Monika starrte ihm nach, nicht nur, dass er beim Eintauchen nahezu keinen Spritzer verursacht hatte, er schwamm dazu noch mit einer unglaublichen Geschwindigkeit unter Wasser bis zum gegenüberliegenden Beckenrand. Er tauchte dort nicht auf, stieß sich auch nicht erkennbar ab, wendete mit einem Beinschlag und kam die Strecke in unvermindertem Tempo zurück. Sein Schwimmstil war völlig unorthodox. Er hatte die Arme eng am Körper anliegen und gewann seine Geschwindigkeit ausschließlich durch seine Beinbewegungen, die wie eine Wellenbewegung durch seinen Unterkörper abwärts flossen. Ohne aufzutauchen wendete er unterhalb Monikas Standort abermals und gewann nach der Kehre erneut an Fahrt. Als er das nächste Mal auf sie zuschoss, schnellte er ohne sichtbare Anstrengung aus dem Wasser, stützte sich dabei nur unauffällig mit einer Hand am Beckenrand ab und stand triefend neben ihr.

Sie hatte vor Staunen den Mund geöffnet. Solch einen Schwimmstil hatte sie noch nie gesehen und fragte ihn völlig perplex: „Wo hast du eigentlich Schwimmen gelernt? So schnell und behände habe ich noch nie einen Menschen durch das Wasser gleiten gesehen. Ich hatte den Eindruck, ein Delphin mit Badehose sei im Becken gewesen. Du hast nicht einmal Luft geholt und bist jetzt nicht einmal außer Atem. Nebenbei bemerkt, deine Geschwindigkeit war bemerkenswert, nahezu rekordverdächtig."

Manchot schaute sie irritiert an, konnte sich aber eines Lächelns nicht erwehren. „Das waren ziemlich viele Fragen auf einmal. Erstens, ich habe nie Schwimmen gelernt. Zweitens, mich mit einem Delphin zu vergleichen, ist ziemlich uncharmant, allerdings immer noch besser als mit einem Seeelefanten. Drittens, Luft hole ich immer erst dann, wenn ich ein Atembedürfnis verspüre. Ein paar Minuten kann ich schon tauchen ohne Luft zu holen. Und was die Geschwindigkeit betrifft, so habe ich mich nicht sonderlich angestrengt, ich könnte noch wesentlich schneller schwimmen, wenn man mir nur einen Anreiz gibt. Wenn du mir einen Kuss versprochen hättest, wäre ich schneller gewesen, viel schneller."

„Na gut, das nächste Mal kannst du einen Kuss abholen. Dauer je nach Geschwindigkeit."

Manchot ließ seinen Blick über ihren Körper streifen, von oben bis unten und wieder zurück. Ihre Figur kam in dem hautengen Badeanzug hervorragend zur Geltung. Sie war schlank, ohne dürr zu erscheinen, hatte lange Beine, die durch den Beinausschnitt noch länger wirkten. Ihr Busen war gar nicht so klein, wie man es unter den modernen abgerissenen Lumpen, die sie sonst trug, gar nicht vermutet hätte. Als Nebeneffekt betonte der sich wie eine zweite Haut anschmiegende rote Badeanzug ihre extrem schmale Wespentaille. Alles in Allem sah sie blendend aus, ihre nassen Haare klebten an ihrem Kopf und ließen den rückgewölbten Hinterkopf erst recht gut zur Geltung bringen. Selbst die das Bild störenden Tätowierungen und das durch Weichteile gebohrte Altmetall waren jetzt weniger auffällig. Sie war zwar nicht der Frauentyp nach dem sich alle Männer umsahen, jedoch gewann sie jetzt durch ihre Erscheinung sein ungebremstes Wohlgefallen und in ihm kam wieder der Wunsch auf, sie zu küssen. In diesem Wunsch schwang aber auch eine Portion Neugier mit, zu testen, wie sich wohl dieser Zungennagel anfühlen möge. Diese Vorstellung veranlasste ihn zu einer provozierenden Bemerkung. „Ich weiß nicht was ich jetzt lieber anstellen würde, dich zu küssen oder deinen Badeanzug auszuziehen. Aber vielleicht wäre beides in Kombination besser. Du hast eine phantastische Figur und ich würde sie gerne einmal ohne diesen zugegebenermaßen sehr kleidsamen Badeanzug bewundern. Ich bin mir absolut sicher, ich wäre begeistert."

Sie lächelte hintersinnig statt einer Antwort und ging somit über sein Kompliment – oder war es ein unsittlicher Antrag - hinweg.

Sie machte einen Schritt auf den Beckenrand zu, wandte sich nochmals mit überaus ernstem Gesicht um: „Du erstaunst mich immer wieder auf ein Neues, manchmal zum Guten, manchmal zum Schlechten. Ich empfinde solche Bemerkungen als Belästigung, wenn ich zehn Jahre verheiratet wäre, würde ich vielleicht solche Bemerkungen stillschweigend akzeptieren oder sogar begrüßen."

Sie sprang mit einem eleganten Startsprung ins Wasser und schwamm in vorschriftskonformem Kraulstil wettkampfmäßig die mittlere Bahn entlang. Manchot machte wieder seinen für ihn üblichen Kopfsprung und überholte in Bodennähe schwimmend mit einem robbenähnlichen Schwimmstil auf der gleichen Bahn seine neue Freundin. Obwohl Monika mit einer halben Bahnlänge Vorsprung schwamm, hatte er sie bereits nach kurzer Zeit eingeholt. Unbeeinflusst zog sie ihre Bahnen und ihr Kollege schaffte mehr als die doppelte Anzahl. Als sie nach zehn Bahnen und zweihundertfünfzig Metern Schwimmstrecke schwer atmend am Beckenrand anschlug, stand ihr alter Trainer, Jörg Breuer dort und wartete auf sie.

„Hallo Monika, hast du den Kerl gesehen, der jetzt mindestens zehn Bahnen geschwommen ist, ohne auch nur einmal zum Atmen aufzutauchen? Der schwimmt ja in einer unglaublichen Geschwindigkeit. Den muss ich auf jeden Fall kennenlernen. Der muss mir unbedingt seine Technik verraten."

„Nichts leichter als das, ich kann ihn Dir gerne vorstellen, er ist ein neuer Kollege von mir. Du hast völlig recht, ich habe nie einen Menschen schneller schwimmen gesehen. Mein Tempo ist auch nicht gerade schlecht, aber Manchot schwimmt mindestens doppelt so schnell. Er gleitet fast bewegungslos durch die Bahnen. Es ist schlichtweg faszinierend."

Jörg nickte gedankenverloren. „Aus dem könnte man jedenfalls etwas ganz Besonderes machen. Wenn man an seinem undefinierbaren Stil arbeitet und seinen Startsprung verbessert, könnte er ein unschlagbarer Schwimmstar werden. Gegen den wären Mark Spitz oder Michael Phelps unbedeutende Flaschen."

„Das mag sein, aber ich weiß nicht, ob er sich so anstandslos vereinnahmen lassen würde. Er hat ziemlich eigene Ideen, wenn es um seine Ziele und Zukunft geht. Einen Versuch wäre es sicherlich wert, ich kann Dir dabei nur viel Glück wünschen, aber du solltest behutsam vorgehen. Er ist nach meiner Einschätzung nicht mit Geld oder Ruhm zu ködern."

Manchot kam mit seiner unnachahmlichen Manier von seinem Tauchgang an den Beckenrand, es war wiederum kein kraftvolles Klettern oder aus dem Wasser steigen, sondern ein Gleiten mit leichter Unterstützung durch seine linke Hand. Und wieder stand er ohne schwer zu atmen neben den beiden Wartenden.

Monika legte eine Hand auf seine nasse Schulter. „Manchot, darf ich dir Jörg vorstellen? Er ist mein Schwimmtrainer hier im Verein und er möchte dich gerne kennenlernen."

Die Männer gaben sich die Hand und musterten sich gegenseitig von oben bis unten, wobei Jörg für Manchots Geschmack den Handschlag zu sehr ausdehnte und nicht aufhörte sie zu schütteln. Jörg war etwa Mitte Vierzig und hatte eine satte Sonnenbräune auf seinen muskulösen Armen, er trug ein verwaschenes knautschiges ehemals orangefarbenes T-Shirt und eine ehemals weiße, mittlerweile gräuliche Shorts. Um den Hals lag ein rotes Band, an dem eine schwarze Trillerpfeife baumelte, die am Mundansatz durch häufigen Gebrauch abgenutzt war. Seine Füße steckten in dunkelblauen Gummilatschen, die jeweils drei weiße Streifen mit gezackten Rändern verzierten. Entsprechend der Streifenzeit dachte Manchot. Die Gesichtshaut des Trainers war gespannt und sonnengegerbt, sein Schädel wurde durch keine Haare verunstaltet und offensichtlich täglich mit Öl poliert, wobei blonde Stoppeln an seinem Kinn darauf hinwiesen, dass er mal hellhaarig gewesen war. Ein ewiges angedeutetes Grinsen störte den Gesamteindruck, das auch dann nicht eingestellt wurde, wenn es überhaupt nichts mehr zu Grinsen gab.

Jörg stellte sich als leitender Trainer des örtlichen Schwimmvereins vor, der immer Ausschau nach talentiertem Nachwuchs halte. Diese Vorstellung hatte er mit einer Gestik untermalt, als sei er Bundestrainer oder zumindest Leiter eines Leistungszentrums. Er hob hervor, dass er durch die enorme

Geschwindigkeit des Schwimmers auf ihn aufmerksam geworden sei.

„Wo haben sie, oder darf ich du sagen? Also, wo hast du schwimmen gelernt? Ich habe noch nie einen Athleten gesehen, der einen solch eigenartigen Stil anwendet und der damit etliche Bahnen ohne aufzutauchen hinter sich bringt. Ich bin sehr beeindruckt."

Manchot sah den Trainer erstaunt an. „Man braucht doch nur eine wenig die Luft anzuhalten. Ich verstehe überhaupt nicht, worüber du so erstaunt bist. Ich schwimme immer unter Wasser und die kurzen Strecken, die ich tauche, brauche ich keinen Sauerstoffnachschub. Nebenbei bemerkt, ich habe noch nie Schwimmunterricht gehabt, soweit ich mich erinnere."

Jörg schaute verständnislos von Manchot zu Monika und wieder zurück. „Dann bist du eben ein Naturtalent, so etwas soll es ja auch geben. Autodidakten sind in vielen Disziplinen Spitzenkräfte und das nicht nur im Sport. Ich erinnere mich an afrikanische Marathonläufer, die alle Rekorde gebrochen haben und dabei nie unter professionellen Bedingungen trainiert haben. Würdest du mir den Gefallen tun und mal vier Bahnen schwimmen, ich stoppe derweil die Zeit, um einen Vergleich zu den regionalen Rekordhaltern zu haben?"

Manchot stimmte spontan zu: „Wenn ich dir und Monika damit einen Gefallen erweisen kann, bitteschön."

Jörg kramte aus seiner Hosentasche eine abgegriffene ehemals silbrige Stoppuhr, hängte sie sich zur Gesellschaft der Trillerpfeife um den Hals. Das rote Halteband war im Nacken vom Schweiß total verblichen und sah auch nicht mehr sehr widerstandsfähig aus, sondern eher fadenscheinig.

Ohne Ankündigung sprang Manchot auf seine unnachahmlich elegante Weise ins Becken und schwamm wie vorher in Beckenbodennähe. Er strengte sich nicht sonderlich an, glitt wie ein dunkler Schatten durch das Nass und schnellte nach vier Bahnen triefend auf den Beckenrand. Er schüttelte kurz den Kopf und seine Begleiter wurden von dicken Wassertropfen getroffen. Als er zwischen den beiden stand, klopfte der Trainer klatschend auf seine Schulter. Er schüttelte seine Stoppuhr mit der Bemerkung, das Ding sei wohl defekt, sie zeige unter dreißig Sekunden, der Weltrekord auf der Kurzbahn liege aber knapp unter fünfundvierzig Sekunden, das könne doch nicht wahr sein.

Als ginge ihn das Gespräch nichts an, trocknete sich Manchot den Kopfflaum und den Oberkörper, nachdem er sich abermals geschüttelt und ein paar Tropfenfontänen auf seine Nebenleute verteilt hatte. Jörg war sichtlich das Blut in den Kopf gestiegen, wahrscheinlich stellte er sich schon vor, wie er dieses Naturphänomen vermarkten könnte.

Jörg tippte mit seinem rechten Zeigefinger auf die Brust seines hoffentlich zukünftigen Schützlings, der Körperkontakte immer verabscheute, sofern sie keine Zärtlichkeiten waren und vor dieser unangenehmen Berührung einen Schritt zurücktrat. „Du musst unbedingt zu mir zum Training kommen, ich mache aus dir einen Weltstar. Wir scheißen dich mit Geld zu, du wirst dich vor Ruhm und Ehre nicht mehr zu retten wissen. Wie alt bist du eigentlich?"

Während dieser Rede Jörgs war Monika hinter Manchots Rücken getreten und versuchte mit Gestik den Trainer zu bremsen, der sich aber nicht beirren ließ, er war zu sehr in Fahrt geraten.

Manchot druckste herum, ihm war anzumerken, dass ihm die Aufdringlichkeit des Trainers unangenehm war. Er scheute den Aufwand und die Bürokratie, er wusste um seine Problematik bezüglich der nicht vorhandenen Papiere und seine nicht verfügbaren Daten. Es begann damit, dass er nicht wusste, wann er geboren war und er mit Sicherheit Daten an den Schwimmverband übermitteln musste und diese Angaben überprüft werden würden.

„Ich mache mir nichts aus Geld und auch nicht aus Trubel um meine Person. Den Starkult der Regenbogenpresse finde ich zudem ausgesprochen abstoßend. Ich bin mit meinem Leben und meinem Umfeld zufrieden, ich habe auch alles, was ich brauche und mir wünsche. Ich benötige Nahrung, einen Schlafplatz, etwas zum Leben und Taschengeld für Literatur, na gut, massenweise Literatur und das habe ich alles. Deshalb wünsche ich mir nur Ruhe, um das alles zu genießen."

Jörg wog den Kopf hin und her, er war mit dieser Antwort überhaupt nicht zufrieden. Er wollte diesen Fremden unter seine Fittiche nehmen, sich in seinem Ruhm sonnen und endlich einmal die Chance zu haben, aus seinem eigenen Schatten herauszutreten und als Erfolgstrainer zu gelten, nicht nur als Provinz Schwimmmeister verlacht zu werden.

Er änderte seine Taktik. „Wir sind eine eingeschworene Truppe von talentierten Schwimmern, wir haben unerhört viel Spaß und sind Freunde, nicht nur eine Interessengemeinschaft. Monika kann das sicherlich bestätigen. Wir gehen nicht nur nach Leistungskriterien vor, sondern vernachlässigen den Spaßfaktor keineswegs. Überleg es dir gut, meine Einladung steht, wann immer du dich auch entscheiden solltest. Dein Schwimmstil entspricht nicht den vorgeschriebenen Regeln, aber wir können ihn verbessern und andererseits bestimmt auch von dir lernen."

Jörg machte eine kurze Pause, um zu sehen, wie seine Worte gewirkt hatten. „Du hast nicht gesagt, wie alt du bist – oder ist das ein Geheimnis wie bei einer Filmdiva?"

Manchot log ungerne, nichts war ihm unangenehmer als das Lügen. Wie schnell konnten kunstvolle Lügengebäude in sich zusammenbrechen und es bedeutete jedes Mal einen enormen Gesichtsverlust und endlose Erklärungen, warum und wieso man zu einer Unwahrheit greifen wollte oder musste. In dieser Situation wollte oder konnte er vor dem Trainer nicht die volle Wahrheit ausbreiten, also log er, ohne rot zu werden: „Ich bin Mitte zwanzig."

Jörg nickte verständnisvoll, das war ein Alter, in dem seine Schützlinge und insbesondere Leistungssportler über das Ende ihrer Sportkarriere nachdachten und nicht über deren Beginn. Zwanzig Jahre intensiven Trainings hatten bei den meisten Sportlern im Allgemeinen spürbare Schäden hinterlassen und der Körper wollte nicht mehr so, wie der Kopf es befahl. Andererseits hatte er in den vielen Jahren seiner Tätigkeit ein solches Talentjuwel nie gesichtet. Ihm war klar, den Mann musste er betreuen, das war seine Chance, die er ergreifen musste. Ein Schwimmer, der ohne jegliches Training einen Weltrekord mit einer Fabelzeit unterbieten konnte, war eine solche Sensation, dass er sich noch Jahre in dessen Glanz sonnen konnte.

„Was kann ich dir anbieten, damit du an meiner nächsten Trainingseinheit des Vereins teilnimmst? Du kannst irgendeinen Wunsch äußern, ich werde versuchen ihn zu erfüllen. Wünsch dir was, keine Scheu!"

Jörg sah Manchot provozierend ins Gesicht, der Anflug eines Lächelns umspielte seine Miene, er war sich seiner Sache absolut sicher. Welcher Mensch würde ein solches Angebot ausschlagen? Aber genau das war die Fehleinschätzung des Übungsleiters.

„Wenn es dir ein so wichtiges Bedürfnis ist, tue ich dir gerne den Gefallen und komme zum nächsten Training des Vereins. Aber ich will keinen Rummel um meine Person und Bezahlung lehne ich strikt ab. Ich komme lediglich, um Monika zu begleiten und nicht um irgendeiner Vergütung willen."

Jörg war mit dieser Zusage nicht zufrieden. Er wollte diesen noch ungeschliffenen Diamanten gerne in der Hand haben, er wollte Einfluss auf ihn haben. Andererseits war die Zukunft noch völlig offen und Macht konnte er immer noch über den jungen Mann gewinnen, er müsste sich nur die Exklusivität des Schülers sichern. Insofern war ihm die freundlich gemeinte Zusage nicht verbindlich genug. Was wäre, wenn ein anderer Schwimmverein Wind von diesem Talent bekäme?

Ein ungeplanter Angriff kam über seine Lippen: „Sei ehrlich, du bist schon bei einem anderen Verein unter Vertrag. Bitte belüge mich nicht."

Manchot war jetzt derjenige, der die Geduld verlor, leicht gereizt zeigte er mit dem Finger auf die orangefarbene Brust des Vereinstrainers und betonte jede einzelne Silbe: „Erstens bezichtige mich bitte nicht der Lüge. Ich hasse Lügen. Zweitens habe ich keinerlei Kontakt zu einem Trainer oder Verein und drittens haben Reichtum und Ruhm für mich keine Bedeutung. Beides ist letztlich wertlos, weil es zu vergänglich ist. Wohlstand sollte nicht aus irdischen Gütern bestehen, sondern aus

Charakter und Wissen. Wie bereits zum Ausdruck gebracht, ich komme, um Monika zu begleiten und ihr einen Gefallen zu tun. Und aus keinem anderen Grund. Ich hoffe, das ist jetzt in deine Gehirnwindungen eingedrungen."

Monika konnte sich ein hämisches Grinsen nicht verkneifen. Die beiden Kollegen von der Tankstelle nickten Jörg überheblich zu und sprangen wie verabredet gleichzeitig in das gechlorte Wasser.

Obwohl Monika längst Feierabend hatte, begleitete sie ihren neuen Freund zurück zur Tankstelle. Sie setzten sich wieder auf die Bank und tranken eine Cola, obwohl Manchot das Getränk als viel zu süß empfand, wenigstens war es erfrischend kalt. Sie hatte wieder ein paar Münzen auf die verschlossene Kasse gelegt, die sie mit ziemlicher Sicherheit am nächsten Arbeitstag von Heidi zurückerhalten würde. Aber sie wollte korrekt sein und sich nicht ungefragt etwas aneignen, obwohl die Chefin zugestanden hatte, dass sich das Personal während der Dienstzeiten jederzeit im angemessenen Rahmen kostenlos am Warenangebot bedienen durfte. Aber jetzt war keine Dienstzeit mehr, zumindest nicht offiziell. Zudem wollte sie die Großzügigkeit Heidis nicht ausnutzen, oft genug musste sie Wolfgang, den Autowäscher, ermahnen, nicht zu viel Gebrauch von Heidis Angebot und Großzügigkeit zu machen.

Monika sah Manchot prüfend in die Augen. „Warum bist du nicht auf das Angebot Jörgs eingegangen, der Kerl hat eine Menge Geld aus einer Erbschaft erhalten und dazu noch eine Menge Beziehungen. Der Mann könnte dir tatsächlich eine glänzende Karriere als Schwimmer verschaffen, wenn du mitspielen würdest."

Manchot betrachtete seine halbleere Colaflasche, endlich einmal ein moderner Gegenstand ohne Streifen, obwohl die Längsrillen auch als Streifen interpretiert werden könnten. „Du warst doch anwesend, als ich ihm meine Einstellung erläutert habe. Reichtum und Popularität bedeuten mir nichts. Ich betrachte das ewige Streben nach Reichtum und Mehrung der Besitztümer als abstoßend. Zu viel Leid und zu viele Kriege sind dadurch entstanden, nie sind die Menschen zufrieden mit dem was sie haben, auch wenn es ihnen gut geht. Aber neben dieser Abscheu vor monetären Dingen habe ich ein Geheimnis, das ich ihm keinesfalls auf die Nase binden wollte, ich weiß nicht, was er daraus machen würde. Ich kann dieses Geheimnis wirklich nur wenigen absolut vertrauten Leuten gegenüber lüften. Je weniger Eingeweihte, desto besser."

Leicht amüsiert blickte sie ihn mit einem virtuellen Fragezeichen auf der Stirn an. Seine Augen waren vom Chlorwasser noch leicht gerötet. „Ich gehöre also nicht zu diesen absolut vertrauten Leuten?"

Manchot war irritiert. „Nein, so meine ich das gar nicht, wir kennen uns zwar erst einen Tag, aber ich würde dich trotzdem als vertrauenswürdig klassifizieren. Mein Problem besteht hauptsächlich in der Unglaubwürdigkeit meiner Geschichte. Wenn ich diese Geschichte jemandem erzähle, benötige ich außerdem recht viel Zeit und muss unterstellen, dass mir die Person auch glaubt was ich erkläre, da ich es nicht beweisen kann."

„Jetzt hast du mich unendlich neugierig gemacht, was kann denn so Schlimmes an deiner Biographie sein, dass du es keinem Menschen erzählen willst und dass du so ein Geheimnis darum ranken lässt?"

Manchot sah einem Flugzeug nach, das wenig später über den aufgekommenen Wolken verschwand. Er hatte schon darüber gelesen, trotzdem erstaunte ihn der geringe Geräuschpegel dieser fliegenden Kolosse. „Wenn du noch Zeit hast, lüfte ich dir gegenüber mein Geheimnis, sofern du mir hoch und heilig versprichst, niemandem, ich meine wirklich niemandem davon zu erzählen und keinen Gebrauch davon machen wirst."

Nachdem sie ihm bestätigt hatte, falls notwendig, die ganze Nacht noch auf der Bank zubringen könnte und ihm auch das gewünschte Versprechen gegeben hatte, zu schweigen, wollte sie dennoch wissen, was es heißen soll, Gebrauch von seiner Geschichte zu machen.

„Wenn du zum Beispiel ein Interview für ein Sensationsmagazin geben würdest oder im Fernsehen mit meiner Geschichte aufträtest, würde ich alles ableugnen und dich als Lügnerin bloßstellen. Schon alleine, weil es unserer Absprache widerspräche. Und sei es nur aus Rache. Ich will keinen Rummel um meine Person!"

Manchot prüfte ihre Mimik. Ich habe dir versprochen, den Mund zu halten und dabei bleibt es. Ich breche nie ein Versprechen."

Er nickte nur und sah auf den Asphalt vor sich. Er begann langsam und akzentuiert mit dem Satz: „Ich bin kein normaler Mensch."

Monika lachte auf. „Wer ist denn schon ein normaler Mensch? Gibt es den normalen Menschen überhaupt? Mir sind keine Normen bekannt, nach denen die Menschen ausgerichtet sein sollten. Manchmal habe ich den Eindruck, es gebe nur noch Idioten und das sollte dann die Normalität sein?"

„Nein, ich meine im eigentlichen Sinne bin ich physisch gesehen gar kein Mensch oder besser gesagt, Mensch nur zu einem gewissen Prozentsatz. Hast du schon mal etwas von Athanasie gehört?"

„Nein, da klingelt in meinem Gehirn überhaupt keine Glocke. Das musst du mir bitte erklären. Ich verstehe auch noch nicht deine Behauptung, du seist nur zu einem gewissen Prozentsatz ein Mensch."

„Dazu komme ich gleich. Also, Athanasie bedeutet soviel wie Unsterblichkeit. Ich will nicht behaupten, dass ich unsterblich wäre, ich muss allerdings gestehen, dass ich gar nicht weiß wie alt ich bin. Ich kann mich an ein paar Jahrhunderte meines Lebens erinnern, aber ob jenseits meiner Erinnerung bereits ein Dasein auf Erden bestand, weiß ich nicht. An die ersten Lebensjahre eines Wesens kann sich ohnehin niemand erinnern, als seien sie nicht existent. Ich schlafe immer wieder für viele Jahre oder Jahrzehnte ein wie ein verpupptes Insekt, ich bilde dann auch eine Art Kokon als meine Schutzhülle. Diese Phase kann sogar Generationen andauern, ich kenne aber nicht die Wach- oder Schlafperioden im Voraus und warum ich einschlafe oder erwache, ich vermute, sie unterliegen nicht einer festen Regel. Irgendwann wache ich wieder auf und nehme für eine unbestimmte Anzahl von Jahren am menschlichen Leben teil. Wie aus heiterem Himmel verspüre ich dann eine lähmende Müdigkeit, sowohl physisch als auch psychisch und merke wie ich immer mehr versteife und unbeweglicher werde. In dieser Zeit suche ich mir eine einsame Stelle zum Beispiel in einem dichten Wald, grabe eine Kuhle, bedecke mich mit Laub oder Geäst und bin plötzlich bewusstlos."

Monika hatte ihn während seiner Erzählung ungläubig angesehen und immer wieder zweifelnd den Kopf geschüttelt. Jetzt lächelte sie zaghaft. „Du willst mir einen Bären aufbinden. Das kann es doch gar nicht geben. Es hört sich aber lustig an. Vielleicht willst du mir auch weismachen, du seist ein Außerirdischer. Jedenfalls glaube ich dir kein Wort. Wie alt willst du denn nach deiner Erinnerung sein? Tausend oder nur ein paar Hundert Jahre? Dafür hast du dich aber gut gehalten, keine Falten im Gesicht, keine grauen Haare auf dem Kopf, keine Gebrechlichkeit und schwimmen kannst du besser als ein achtzehn jähriger Profisportler. Das alles kannst du deiner verleugneten Großmutter erzählen, aber nicht mir."

„Ich weiß, dass das äußerst unwahrscheinlich klingt, aber es ist die reine Wahrheit. Meine Herkunft kenne ich nicht. Meine Eltern habe ich nie gesehen. Vielleicht bin ich wirklich ein Außerirdischer, vielleicht gibt es sogar etliche meiner Spezies, ich weiß es einfach nicht. Ich behaupte immer, ich sei eine genetische Laune der Evolution, nicht wie eine Mutation, sondern eine Mischung verschiedener Lebewesen. Aus diesem Grund sind meine Bewegungsabläufe auch nicht so fließend, wie bei einem gesunden Menschen. Lustigerweise habe ich auch gar keine Haare, sondern eine Art feiner Federn auf dem Kopf und am Körper, deshalb nennt mich Heidi immer Flaumer. Mein alter Spitzname ist auch nicht umsonst Manchot, das kommt aus dem Französischen und heißt so viel wie Tölpel, so wird aber auch oft ein Pinguin genannt, wegen seiner ungelenken Bewegungen an Land, aber im Wasser sind sie unglaublich elegant und gelenk. Meine Namensgeber wussten damals schon warum sie mich so nannten. Den einzigen Beweis für meine Geschichte könnte ich dir zeigen, meine Kokonreste werden wohl noch an der Stelle liegen, wo ich ihnen entschlüpft bin, dann müsstest du mir glauben. Und was meinen Alterungsprozess betrifft, nehme ich einfach an, dass meine Zellteilung anders verläuft als bei dir beispielsweise. Ich glaube auch nicht an eine Regeneration während meiner Ruhephasen, das würde wahrscheinlich zu viel Energie erfordern."

Monika war nachdenklich geworden, ihre Zweifel spielten in ihrem Kopf ein Feuerwerk ab. Sie ließ ihren Blick an den gegenüber liegenden Häusern orientierungslos vorbei schweifen, als suche sie dort eine Antwort auf ihre ungestellten Fragen, die in ihrem Kopf herumschwirrten. „Wenn deine Eltern genau solche Zyklen durchfahren wie du, müssten sie auch noch leben und vielleicht existierten auch noch Geschwister und andere Verwandte, sofern ich das alles richtig verstehe und glauben darf."

„Wie ich schon gesagt habe, kenne ich meine Eltern nicht und habe auch keine Spur von meinen möglichen Verwandten gefunden, obwohl ich schon oft danach gesucht habe. Ich bin davon überzeugt, dass ich sie an ihrem Geruch erkannt hätte. Ich habe weder sie, noch ein ähnliches Wesen bisher ausfindig machen können. Ich habe deren Gesellschaft sehr vermisst, ich war alleine auf der Welt, was ein unglaublich leeres Gefühl hinterlässt. Da ich also nie einen gleichartigen Freund oder Freundin gefunden hatte, habe ich Freundschaften unter den Menschen gesucht und glücklicherweise auch gefunden. Ich hatte immer ziemliche Probleme, mich mit den Menschen zu identifizieren, sie waren mir im Allgemeinen zu gewalttätig und zu militant. Darüber hinaus hat mich immer dieses Streben nach Macht und Reichtum angewidert. So lange ich mich erinnern kann, hat es nur Kriege und Fehden gegeben, ob im Kleinen oder im Großen. Der Mensch ist von Grund auf nicht friedlich gesinnt, sein Wesen ist auf Aggressivität begründet. Liebe unter den Menschen gibt es doch nur innerhalb einer kleinen Gruppe oder zu Einzelpersonen. Ich habe nur wenige Menschen kennen gelernt, die die Menschheit als Ganzes geliebt haben, obgleich in eurer Bibel steht, dass ihr die Menschen lieben sollt. Wenn ich mir aber insbesondere das

Alte Testament ansehe, gab es doch selbst laut diesem heiligen Buch nur abgrundtiefen Hass, grundlose Morde, anarchistische Zerstörung und immerwährende Intrigen. Es war stets zum Verzweifeln, mir ist diese Lebensart total fremd, vielleicht ist das auch der Grund, warum meine Spezies so selten ist, ich könnte mir sogar vorstellen, dass ich der letzte meiner Art bin. Ich kann mir einfach das Gefühl von Hass nicht vorstellen, warum sollte ich einen Menschen hassen? Ich habe viel darüber gelesen, das Gefühl selbst aber nie kennen gelernt."

Monika hatte Tränen in den Augen, ihr leerer Blick wechselte irritierend die Richtung. Sie näherte sich ihm, zog seinen Kopf an ihre Wange, wandte sich dann ihm zu und küsste ihn voll auf den Mund. Sie legte die Hand in seinen Nacken und drückte ihn fest an sich, ohne den Kuss zu beenden. Er spürte ihre weichen Lippen und seine Zunge ertastete den lockeren Nagel in ihrem Mund und die störenden Metallringe, die aus ihren Lippen ragten. Er war froh, selber nicht solche eisernen Beschläge als Verunstaltungen im Gesicht zu haben und versuchte sich vorzustellen, wie es wohl wäre, wenn sich seine mit ihren verhakten – auf ewig verbunden – hoffentlich auch unlösbar.

So weit war es noch nicht, mühelos konnten sie sich voneinander trennen, tranken anschließend nur noch schweigend Stirn an Stirn den Atem des Kusspartners. Beide kamen in eine Art Rausch und küssten sich immer wieder.

Monika flüsterte ihm zu, sie hasse Gewalt, sie hasse Krieg, jeglichen Unfrieden, sie sei völlig konfliktscheu und bevorzuge es nach Möglichkeit jeder Auseinandersetzung aus dem Wege zu gehen. Mit anderen Worten, sie liebe die Liebe und den Frieden, von ihrer Einstellung her sei sie eher eine Pazifistin und könne sich mit der Philosophie der Hippies anfreunden. Auf seine Bitte hin erläuterte sie den ihm unbekannten Begriff des Hippies.

„Du bist von deiner Gesinnung her der friedlichste Mensch den ich kenne. Oder darf ich dich nicht Mensch nennen, und wenn nein, wie soll ich dich sonst nennen?"

„Nenne mich so wie du willst. Auch wenn du nur einen kleinen undefinierten Prozentsatz von mir ansprechen willst. Ich habe damit nicht das geringste Problem, selbst wenn du mich Mutant oder Außerirdischer rufen möchtest. Von manchen Leuten möchte ich allerdings nicht gerne Mensch genannt werden, damit ich mich von ihnen besser abgrenzen kann. Ich opponiere aber nie lautstark, es wäre sinnlos, denn dann müsste ich meine Herkunft oder mein Geheimnis lüften, also ist es nur eine schweigende Opposition gegen deren Ansichten. Das ist übrigens einer der Hauptgründe, weshalb ich nicht offiziell in den Schwimmverein eintreten möchte. Ich habe keine Papiere oder anders gesagt überhaupt keine behördliche Existenz. Selbst alle meine Namen sind frei erfunden, sei es von mir oder Freunden. Wie gesagt, für die Gesetze habe ich keine Identität. Theoretisch könnte ich aus Beamtensicht maximal eine Art Ersatzpapiere beantragen, wenn ich behaupte ich sei dement oder leide unter einer Amnesie. Ich möchte es aber nicht darauf ankommen lassen, was meinst du, wie viele ärztliche Untersuchungen und juristische Verhöre ich über mich ergehen lassen müsste. Dazu hätte ich nun wirklich keine Lust, da bleibe ich lieber nicht existent. Ich wäre noch bereit, ein solches Procedere über mich ergehen zu lassen, wenn es einen besonderen Anreiz dafür gäbe, zum Beispiel eine Liebesheirat."

Monika leckte sich über die Lippen. „Für ein nicht existierendes Menschenkind sind deine Küsse enorm erotisierend. Deine Haare fühlen sich unendlich weich an, wirklich wie feine Daunen eines Kükens, Heidi hat dir den Namen Flaumer zurecht gegeben, treffender geht es kaum noch. Der Spitznamen hätte von mir stammen können." Um ihre Wörter zu unterstreichen kraulte sie seinen Nacken und streichelte seinen Kopf gegen den Strich.

Sie küsste ihn erneut, es war keine Liebe, eine gewisse Zuneigung sicherlich. Sie empfand eine große Lust, diese warmen weichen Lippen zu spüren und seine ungeübte Zunge, die tastend ihren Mund erforschte, zu erfahren. Offensichtlich versuchte er ihr Zungenpiercing und dessen Zweck zu erkunden, wiederholt drückte er darauf, um zu sehen, ob er es durch das kleine Loch entfernen könnte. Sie atmete durch die

Nase, während er die Luft anhielt, ob vor Anspannung oder nur um den Moment besser genießen zu können, blieb ihr verborgen.

Er löste sich von ihr, küsste sie auf die Nasenspitze und fragte mit einfühlsamer Stimme: „Kann man diese Baubeschläge eigentlich aus deinem Gesicht entfernen? Oder sind die auf ewig fest verankert?"

Die Frage amüsierte sie. „Die Baubeschläge kann man ganz leicht abnehmen, wie einen Ohrring. Überhaupt kein Problem. Warum, stören sie dich etwa?"

„Wenn ich ehrlich sein darf, würde ich dich lieber küssen ohne diese Metallteile. Vielleicht bin ich einfach zu konservativ oder wie ihr heute sagen würdet zu spießig. Wäre es von mir unverschämt, dich zu bitten, das Eisenzeug zu entfernen? Ansonsten würde ich einen Handwerker beauftragen, mir einen Magneten durch die Zunge zu stechen, damit du nicht mehr von mir loskommst."

Wieder musste sie lachen, warf dabei den Kopf kokett in den Nacken und nahm mit wenigen geübten Handgriffen den so genannten Schmuck ab. Dann näherte sie sich ihm bewusst langsam und hauchte einen Kuss auf seine Lippen. „Ist das jetzt besser?"

Er bedankte sich mit einem weiteren Kuss, schmeckte dann auf seiner Zunge ihren Duft, als würde er Wein kosten. „Viel besser, jetzt schmecke ich dich und nur dich, ohne dieses säuerliche Eisenaroma. Einfach köstlich."

Monika stand auf, strich ihre Jeans gewohnheitsmäßig glatt, als trüge sie ein edles Seidenkleid. „Es ist spät geworden. Ich fahre jetzt besser nach Hause, sonst habe ich morgen Schwierigkeiten aus dem Bett zu krabbeln und komme unausgeschlafen zur Arbeit. Ich habe Heidi so verstanden, dass du hier im Büro übernachtest und über die Tankstelle wachst. Übrigens, du hast Heidis Fahrrad geliehen, wenn du Ersatz benötigst, in der Garage neben dem Reifenlager steht noch so ein altes Vehikel, das zur allgemeinen Benutzung zur Verfügung steht. Wenn du Bedarf hast, kannst du es jederzeit benutzen."

Mit dem geschätzt hundertsten Kuss wünschte sie ihm eine gute Nacht und hauchte ihm augenzwinkernd zu, er solle alle Banditen und dunkle Gestalten fernhalten. Am nächsten Tag könnten beide gemeinsam zum Schwimmtraining fahren und Jörg schikanieren.

Manchot wusste nicht genau, was er von Monika halten sollte. Verliebt war er nicht, zumindest noch nicht, jedenfalls konnte sie ihn sexuell erregen, liebend gern hätte er sie einmal nackt gesehen, nicht nur wegen der Bilder, die ein lüsterner Künstler in ihre Haut gestochen hatte. Er wollte seine Bedürfnisse und Wünsche in dieser Beziehung hintanstellen, noch war es nicht an der Zeit sie mit seinen Lüsten und Begehrlichkeiten zu konfrontieren. Dies könnte exakt das Gegenteil bewirken und genau das wollte er um jeden Preis vermeiden. Nach der kurzen Kennenlernphase schätzte er bereits die junge Frau, er bewunderte ihren pazifistischen Charakter, dazu sah sie gut aus, war intelligent und hatte eine gute Portion Humor, so wie er ihn mochte. Eine Dauerbeziehung kam schon alleine wegen der natürlichen Gegebenheiten nicht in Frage, manche Leute würden eine sexuelle Beziehung zu ihm als Sodomie bezeichnen. Daneben war seine Gefühlswelt anders gelagert als bei den richtigen Menschen, obwohl er durchaus lieben konnte. Aber anders. Viel intensiver, so glaubte er zumindest.

Das Gefühl von Vertrautheit, das sich nach dem langen Gespräch mit ihr eingestellt hatte, erstaunte ihn. Normal war das genau so wenig wie er selber normal war. Vertrautheit, obwohl sie nichts, aber auch gar nichts von sich preisgegeben hatte. Er kannte ihre Gefühlswelt nicht, er kannte weder etwas von ihrem Umfeld, noch ihre Lebensziele, Phantasien oder Wünsche. Gab es überhaupt Frauen, die keine Träume hatten? Gab es Frauen, die keinen Kinderwunsch hatten und von einer glücklichen Familie schwärmten?

Jedenfalls machte sie einen formbaren Eindruck. Anstandslos hatte sie seiner Bitte, um Entfernung einiger Metallbeschläge, die ihn so störten, entsprochen.

Sie erschien mit ihrem Fahrrad zwischen den Zapfsäulen, hatte den linken Fuß bereits auf dem Pedal stehen. Ihre Sachen, eine abgegriffene Handtasche aus Lederimitat und einen Jutesack eines Kaufhauses waren im Korb ihres Zweirades verstaut und sie drehte sich ihm abschließend zu. „Ich wollte noch fragen, ob deine Lebenszyklen einer Metamorphose entsprechen oder ob es sich eher um eine Reinkarnation handelt. Beides wäre bei deinem Äußeren absonderlich genug."

Er schüttelte langsam den Kopf, er machte einen ratlosen Eindruck. „Ich habe versucht in der Literatur einen Hinweis für mein Dasein oder mein Leben zu finden. Weder in der Avifauna, noch in der Entomofauna gibt es Anknüpfungspunkte für meine Entwicklung. Ich bin davon überzeugt, nicht das einzige Exemplar meines Appellativs bin, habe aber niemanden gefunden, der ähnlich geartet wäre, ich hätte denjenigen auf fünfzig Meter oder mehr gewittert. Wir haben einen speziellen Geruch, den nur Wesen mit einem besser ausgestatteten Riechorgan als die Menschen erschnüffeln können."

Er schaute nachdenklich auf ihre Hände, die den Fahrradlenker bereits fest umschlossen hielten, ihre Knöchel traten weiß hervor. „Es ist nicht einfach zu verkraften, der Einzige zu sein, alleine zu sein, man fühlt sich einsam, auch in einer größeren Menschenmenge. An meiner Gattung gibt es kein offensichtliches Erkennungsmerkmal außer dem Bewuchs, ansonsten sehen wir doch durchaus menschlich aus. Wenn jemand wie ich sich den Kopf rasiert, ganz kurze Federn trägt oder eine Mütze trägt, kannst du ihn nicht mehr als etwas Außergewöhnliches identifizieren. Ich bin ein Unikat, vielleicht, aber ich werde die Suche nach meiner Familie nie aufgeben. Ich hoffe, eines Tages, möglicherweise durch einen dummen Zufall, Glück zu haben. Eine erfolglose intensive Suche ist unglaublich frustrierend, eine frustrierende Aneinanderreihung von Enttäuschungen. Nur ein unerschöpflicher Optimismus hilft bei der Bewältigung meines Seelenzustandes – sofern ich überhaupt eine Seele habe. Ich habe schon oft Poseidon gebeten, mir bei meiner Suche zu helfen, aber er hat mich nicht erhört und mir auch nicht den kleinsten Hinweis gegeben. Ich bin mir nicht klar, ob mein Gott es auch nicht weiß oder ob er einen anderen Zweck verfolgt. Vielleicht ist es auch einfach ein

Zeichen, dass ich ein Unikat bin. Sonst hat er mir schon oft geholfen."

Monika kniff mitfühlend die baubeschlagsfreien Lippen aufeinander, setzte ihren linken Fuß auf das obere Pedal, wobei ihr hellblauer Rock erfreulich hoch die Beine herauf kroch. „Das musst du mir morgen erklären, ich meine mit deinem Gott Poseidon, das war doch ein Griechischer Meeresgott, wenn ich mich recht erinnere, sehr sonderbar, du scheinst wirklich schon uralt zu sein. Bis morgen und häng die Badehose zum Trocknen auf."

Sie trat das höhere Pedal durch und radelte gedankenverloren langsam davon.

Manchot ging zum Zeitschriftenregal und nahm sich behutsam eine Auswahl der druckfrisch gelieferten Magazine und begab sich in sein behelfsmäßig zum Schlafzimmer umgebautes Büro Er löschte alle Lichter bis auf die Leselampe über dem winzigen Schreibtisch, an den er sich setzte. Vorsichtig, um keine Zeitschrift zu zerknittern, blätterte er durch die glänzenden Postillen.

Bald langweilten ihn die Autozeitschriften, nur Monster mit hunderten von Pferden unter der Motorhaube, auch die Politmagazine wärmten nur ewig Gestriges auf oder jagten vergeblich hinter einem künstlich aufgebauschten Skandal her. Es ödete ihn an, dass alles was von den Regierungsvertretern vorgeschlagen wurde, von den Oppositionsparteien nicht nur abgelehnt, sondern auch akribisch zerpflückt und in den Schmutz gezogen wurde. Dies wurde zum Prinzip fast aller Parteien erhoben, unabhängig davon, ob die Vorlage schlecht, gut oder nur etwas verbesserungswürdig war. Alles aber auch wirklich alles wurde von Grund aus schlecht geredet, ohne jemals einen besseren Vorschlag zu unterbreiten oder sachlich zu argumentieren.

Im politischen Wesen zu seiner Zeit, als er noch beratend für die Machthaber tätig war, ging es um Weltanschauungen, es ging um Zukunftsperspekiven, wirklich wichtige Dinge. Kleinigkeiten wurden fraglos umgesetzt und erst gar nicht diskutiert, Lamentieren wurde nicht beachtet. Musste denn jedes noch so kleine Detail von den Journalisten und als Folge daraus von der Bevölkerung beleuchtet und in Frage gestellt werden? Jeder hatte zu jeder Einzelheit etwas zu sagen, obwohl für die Zeitungsschreiberlinge, wie auch für die meisten Zeitungskonsumenten, wie er aus den Leserbriefen entnehmen konnte, Fachwissen ein Fremdwort war. Die Majorität der Zeitungskonsumenten glaubte offensichtlich, dass wenn sie einmal ein Buch oder auch nur einen Artikel über ein Thema gelesen hatten, seien sie bereits Fachleute und kompetent genug, mitzureden und das Wort zu führen. Halbwissen war aber immer schon Nichtwissen gewesen.

Er konnte die Presseerzeugnisse willkürlich aufschlagen, er fand in fast jedem Beitrag sachliche Fehler. Oft wurde sogar die auf Seite drei gedruckte Meldung durch einen Beitrag auf Seite fünf nicht nur in Frage gestellt, sondern inhaltlich widerrufen. Als Quellen wurden dann die Nachrichtenagenturen benannt, somit waren die die Ursache des Übels? Manchots Problem bei solch widersprüchlichen Meldungen und nicht nur für ihn, war es herauszufinden, welche Meldung nun den Tatsachen entsprach. Es war leider nicht möglich daraus eine fünfzig prozentige Wahrheit herauszufiltern, einer von beiden Artikeln war zu einhundert Prozent falsch und der andere, wenn man Glück hatte zu der gleichen Prozentzahl richtig, oder beinhalteten beide ein Körnchen des tatsächlichen Geschehens? Dann war der Prozentsatz der Realität vielleicht sechzig zu vierzig oder dreißig zu siebzig und man wusste gar nicht mehr was man glauben sollte. Kurz gesagt, beide Artikel neutralisierten sich.

Bald war er müde, sich durch die Zeitschriften zu quälen und legte sie wieder in das Regal, ein prüfender Blick bestätigte ihm, dass kein Knick und keine Spur verrieten, dass die Magazine bereits von jemandem gelesen worden waren. Ein Beilagen Prospekt eines Reiseveranstalters war beim Einsortieren in das Regal zu Boden gefallen, er wusste aber nicht aus welcher der Zeitschriften es stammen konnte, auch wollte er vermeiden alle Hefte durchzusehen, wo das Flugblatt beheimatet war. Kurzentschlossen steckte er es in ein willkürlich gewähltes Presseorgan und bat den zukünftigen Zeitschriftenkunden mit einem frommen Blick zum Himmel um Verzeihung.

Er empfand die Tatsache der Anzahl der verschiedenen Publikationen erstaunlich und wieviel Geld die Leute für diesen konzentrierten Schwachsinn auszugeben bereit waren. Autozeitschriften verherrlichten die errechneten Pferdestärken, Sportmagazine schwärmten von ihm unbekannten Heroen, die eine Menge von Toren geschossen hatten und dafür etliche Millionen kassierten, oder von Leuten, die eine frei gewählte Strecke in erstaunlich kurzer Zeit zurückgelegt hatten. Frauenzeitschriften, die Schminkanleitungen empfahlen oder Modetrends verherrlichten und Kochrezepte empfahlen, die keine Frau jemals nachkochte, weil sie unglaublich aufwändig wären und über das anschließende Spülen oder Aufräumen kein Augenmerk legten. Politmagazine, die ihre Beiträge von amerikanischen oder englischen Publikationen fehlerhaft übersetzt hatten. Umweltmagazinen, die die Apokalypse seit Jahren vorausahnten und Unmögliches von der Politik verlangten. Jugendmagazinen, die drittklassige, so genannte Popstars verherrlichten und Empfehlungen zu pubertären Sexpraktiken abgaben. Zugegeben, nicht alles war Schund, aber die Mehrheit des Nichtssagenden war erschreckend hoch. Letztlich wurden diese Dinge gekauft, unabhängig von der Aussage des Gedruckten. Er besah sich die Publikationen mit einem unbeschreiblichen Widerwillen und Abscheu in den Regalen und wandte sich angeekelt ab. Die Verdummung des Volkes schritt in seinen Augen mittlerweile in einem mehr und mehr ansteigenden Tempo voran.

Überfall

Er setzte sich wieder an seinen Schreibtisch und suchte nach einem lesenswerten Buch aus denen, die er sich von Heidi ausgeliehen hatte. Ein halber Meter teilweise vergilbtem Papier stand vor ihm. Obenauf lag Stefan Zweigs „Die Welt von gestern", darunter lag Vladimir Nabokovs „Erinnerung sprich", diese Werke von Zeitzeugen, so versprach er sich, könnten seine Wissenslücken der letzten Schlafphase wenigstens teilweise schließen. Die anderen voluminösen Elaborate wie Solschenizyns „Der Archipel Gulag" und solche über das Dritte Reich waren ihm noch zu speziell, da die beschriebenen Epochen einen zu kurzen Zeitabschnitt umfassten. Auch die mit großem Interesse ausgesuchte Tetralogie Thomas Manns, „Josef und seine Brüder" mit fast zweitausend Seiten stellte er zunächst zurück, obwohl er sich beim Durchblättern von der brillanten Sprache und der bildreichen Formulierungen begeistert gab.

Draußen herrschte fast völlige Stille, nur unterbrochen von dem gelegentlichen Vorbeirauschen eines Automobils und untermalt von dem ständigen leisen Rascheln des Windes im Blätterwerk der Bäume. Er entschied sich zunächst für Stefan Zweig, er wollte das hervorragende Buch nicht nur in seinem Gehirn speichern, sondern es sich regelrecht einverleiben, denn guter Schreibstil gepaart mit ausschmückender Phantasie ergaben letztendlich den Lesegenuss. Er las tief in die Lektüre versunken die Beschreibung der Wiener Gesellschaft des ausgehenden neunzehnten Jahrhunderts und verharrte ohne aufzublicken stundenlang in einer Wirbelsäule quälenden Position, er war gepackt von dem Schreibgenie und der beschriebenen Zeit, die er glaubte atmosphärisch zu kennen. Er wurde nicht müde, trotz des spärlichen Lichts, das die kleine Schreibtischleuchte spendete.

Er witterte plötzlich einen unbekannten menschlichen Geruch und ein kaum hörbares Kratzen und Schürfen, Sekunden nachdem er seine Sinnesorgane gesammelt hatte, verlosch das Licht und es wurde schwarz in dem kleinen Raum. Orientierung war nur noch mit seinem geschärften Gehör und seinem ausgeprägten Geruchssinn möglich.

Zunächst glaubte er, die Schreibtischleuchte habe ihren Geist aufgegeben, die fremden Geräusche erhöhte jedoch seinen Verdacht auf etwas Außergewöhnliches. Behutsam öffnete er die Bürotür und lugte in den Verkaufsbereich hinaus, der spärlich von der gelblichen Straßenbeleuchtung in ein dämmriges Licht getaucht war. Vor der Eingangstür machten sich zwei schemenhaft erkennbare Gestalten an dem Schloss zu schaffen. Das in Bodennähe befindliche Türschloss schien den Schatten jedoch nicht allzu viel Schwierigkeiten zu bereiten, denn das Kratzen und Scharren durch Metall auf Metall verursacht, wurde plötzlich von einem lauten Klacken beendet.

Manchot versuchte sich in der ungewohnt schwachen Beleuchtung zu orientieren, er hatte während des Tages in einem Regal unter der Theke zufällig eine Taschenlampe gesehen. Sein Gehirn hatte zwar die Stelle genauestens registriert, ohne Licht fiel es ihm jedoch schwer, die genaue Position nachzuvollziehen. Den Blick stets auf die beiden Schatten gerichtet, tastete er unter der Theke geräuschlos nach der langen Stablampe und spürte kurz darauf das kühle Metall in seiner Hand. Das Gewicht des gesuchten Gegenstandes erstaunte ihn, er hätte aber vorzugsweise eine Waffe in Form einer Pistole gefunden. Zur Not konnte er auch die Lampe als Schlagwaffe entarten.

Vorsichtig schlich er durch den hinteren Bereich im Schatten der Regale hinter die Tür, die sich nach einem weiteren Klacken langsam öffnete. Behutsam wurde sie aufgeschoben und auf leisen Sohlen bewegten sich die beiden Gestalten in den Ausstellungsraum Richtung Kasse. Manchot hatte zwar mitbekommen, dass der Kasseninhalt bis auf eine größere Anzahl verschiedener Münzen in dem Tresor verstaut worden waren, jedoch befanden sich noch ausreichend Wertsachen in Form von Tabakwaren und Alkoholika in dem Verkaufsraum.

Das eigentliche Problem der Einbrüche war für Heidi, wie sie ihm erläutert hatte, weniger die Entwendung von Waren im Wert von ein paar hundert Euro, sondern die Drohung der Versicherung, den Vertrag mit ihr zu kündigen, wenn weitere Einbrüche oder Überfälle auf das Geschäft vorkämen. Das Versicherungsrisiko würde dann neu eingeschätzt werden, wenn keine Verhütungsmaßnahmen ergriffen würden, das Ergebnis wären dann mal wieder die Prämienerhöhungen. Im unmittelbaren Sichtbereich des Geschäftes befanden sich keine größeren Wohnhäuser, was die Versicherung als „Grüne Wiese" ohne nachbarschaftliche Aufmerksamkeit klassifizierte und als Folge nahezu monetär unerfüllbare Objektsicherungen gefordert hatte.

Manchot konnte in den Händen der obskuren Gestalten keine Waffe ausmachen, diese Erkenntnis machte ihn mutiger. Hinter der Kasse auf die die Eindringlinge zuschlichen, befand sich ein Reklamespiegel. Er wollte die Einbrecher blenden. Er richtete den Scheinwerfer ein, oder besser, er betätigte den Schieber, um die Lampe einzuschalten. Kein grelles Licht erschien, der Schalter der Stableuchte gab lediglich ein leises Quietschen von sich. Das staubige Ding war wohl Monate oder sogar Jahre nicht mehr benutzt worden, die Batterien hatten sich im Lauf der Monate entladen, vielleicht waren sie auch ausgelaufen, was jetzt auch einerlei war.

Die beiden Ganoven fuhren herum und starrten in seine Richtung. Geistesgegenwärtig zog Manchot dem am nächsten stehenden Kerl den schweren metallenen Stab mit aller Kraft über den Schädel, hoffend, dass er damit wenigstens eine Person kampfunfähig geschlagen hatte. Der Gegner sank in sich zusammen wie ein halbleerer Sack Muscheln. Der Kumpan hatte in dem Moment ein dunkles Metallteil in der Hand. Manchot vermutete, dass eine Pistole auf ihn gerichtet war. Er schlug mit der Lampe, die ihn so kläglich im Stich gelassen hatte, nach der vermeintlichen Pistolenhand. Seine Vermutung wurde schlagartig Gewissheit als ein peitschender Knall auf eine kleine Stichflamme folgte. Ein stechender Schmerz an der Schläfe ließ tausend Sterne vor seinen Augen tanzen und er wurde durch die Wucht des Projektils und seine Abwehrreaktion mit dem Rücken gegen ein Regal geschleudert, bevor er das Bewusstsein verlor.

Als er aufwachte, sah er in das besorgte Gesicht Heidis, neben ihr ein junger Mann, der sich über ihn beugte und sich an seiner Schläfe zu schaffen machte. Manchots Schädel brummte als habe sich ein Bienenschwarm dort eingenistet, ein stechender Schmerz strömte von seinem Haaransatz aus und verbreitete sich wie schmelzendes Wachs in seiner oberen Kopfhälfte bis sich der Schädel anfühlte wie ein zu bersten drohender Dampfkessel.

Heidi legte ihre kühle Hand auf seine Wange und sah ihm aufmerksam in die Augen. „Du hast unglaubliches Glück gehabt. Das Projektil ist an deinem Schädelknochen abgeprallt und hat keine größeren Schäden verursacht. Letztlich hast du nur einen Streifschuss zu verkraften. Der Arzt meint, du hättest eine Gehirnerschütterung und eine Wunde am Kopf, die allerdings genäht werden muss, obwohl die Blutung nicht allzu gravierend ist. Nichts Schlimmes, in kürzester Zeit wirst du wieder geheilt aus der Klinik entlassen werden können."

Manchot antwortete nicht, schloss nur zustimmend die Augenlider. Der Sanitäter oder Arzt setzte ihm eine Spritze mit einer farblosen Flüssigkeit. „Gleich werden ihre Kopfschmerzen verschwunden sein und Sie werden ein paar Stunden schlafen. Danach werden Sie sich wieder besser fühlen, das verspreche ich Ihnen. Ein gewisses Unwohlsein werden Sie aber noch ein bis zwei Tage verspüren, aber nichts weiter Schlimmes."

Er spürte als Folge der Injektion eine Hitzewelle durch seinen Körper strömen und danach fiel er in ein unendlich tiefes schwarzes Loch in dessen Mitte ihn eine Spirale immer tiefer sog. Er hatte noch Heidi fragen wollen, wer sie gerufen, wer ihn gefunden hatte und was mit den Einbrechern passiert war, aber der Sog des schwarzen Lochs war stärker.

Er schlug die Augen auf, das schwarze Loch und die Spirale in denen er versunken war, waren verschwunden. Jetzt war alles weiß um ihn herum. Das Mobiliar und die Wände waren einfallslos weiß, wie in den meisten Krankenhäusern. In seinem Schädel hatte er ein dumpfes Gefühl, jedoch war er, Poseidon sei Dank, vom Schmerz befreit. Er tastete seinen Kopf ab und konnte einen Turban ertasten, der sich anfühlte als sei er ein orientalischer Großwesir aus einem Märchen von 1001 Nacht. Neben ihm war ein Menschenauflauf ausschließlich bestehend aus Frauen in langen grauen oder schwarzen Mänteln, sie hatten Kopftücher eng um die voluminösen Frisuren gebunden und schnatterten in einer fremden Sprache als sei ein Fuchs im Gänsestall. Sollte das ein Test sein? Wenn er diesen Lärm ohne weitere Kopfschmerzen ertragen konnte, war er geheilt? Oder hatten die Frauen auch Kopfschüsse und wollten aus Eitelkeit ihre Mullbinden unter Seidentüchern verbergen? Er kam zu dem Schluss, dass das Lachen und Geschnatter in dem Fall wohl etwas gedämpfter gewesen wären.

Ein beißender Geruch schwebte über den Tüchern der bemantelten Damen aus deren Mitte ein genüssliches Schmatzen ertönte, konnte aber nicht herausfinden woher das Essgeräusch stammte. Der beißende Geruch störte ihn, trieb ihm Tränen in die Augen. Er stieß einen vorstehenden Hintern an und bat, das Fenster einen Spalt zu öffnen, was dann auch nach einem zunächst verständnislosen Blick auch geschah, eine der Damen hatte ihn wohl verstehen können. Durch die für die Zeit des Fensteröffnens entstandene Lücke, konnte er sehen, dass dort ein bärtiges altes Ungetüm die Ursache des Menschenauflaufs war. Ein weiterer Patient wurde dort von der Menschenmenge gemästet, auf dessen Bett sich Unmengen von silbriger Folie, durchsichtigen Folien und Schüsselchen befanden. Eine Kompanie Soldaten sollte dort wohl noch beköstigt werden. Die Frauen aßen nichts, redeten nur unvermindert in unverständlichen laut vorgetragenen mit Rachenlauten gespickten Umlautwörtern auf das im Bett schmatzende Opfer ein. Der Co-Patient konnte vermutlich die Worte der Damen verstehen, obwohl alle gleichzeitig redeten und er gelegentlich einige Grunzlaute von sich gab, die wohl

Zustimmung bedeuten sollten. An Ruhe oder gar Schlafen war zunächst einmal nicht zu denken.

Er hatte Durst, er hatte Wüstendurst und sehnte sich eine Oase herbei. Er musste etwas Trinkbares ergattern, sonst würde seine Zunge an seinem Gaumen festkleben oder er müsste sogar vertrocknen. Er schwang seine Beine aus dem Bett und stellte fest, dass er ein geblümtes Hemd trug, das im Rücken offen war. Die kühle Luft zog ihm den Rücken empor, er hatte weder Bademantel, noch sah er etwas anderes Kleidsames um sich herum. Seine Kleidung, die er gestern trug, konnte er auch nirgends ausmachen. Er hielt das Hemd mit einer Hand am Po zusammen und öffnete einen Schrank, die Damen ließen sich in ihrem Palaver nicht stören. Der schmale Schrank war leer, in dem nächsten Spind befanden sich Kleidungsstücke, die vermutlich dem anderen Patienten gehörten. In dem winzigen Badezimmer nahm er ein Handtuch vom Haken, band es sich unter dem Hemd um die Hüfte und verließ das Zimmer. So bekleidet konnte er auf dem langen Spitalflur wenigstens nicht als Exhibitionist beschimpft werden. Bei einer vermeintlichen Krankenschwester, die sich als Ärztin entpuppte, erbat er Wasser und erhielt auch sofort eine warme grüne Flasche und ein dickwandiges gestreiftes Glas. Die Frage nach seinen Kleidungsstücken beantwortete die hilfsbereite Krankenhaus Angestellte mit dem Hinweis, sie seien blutverschmiert gewesen und die Dame, die ihn begleitet hatte, habe sie reinigen wollen und mitgenommen. Er war also gefangen. Er erwog die Möglichkeit, sich irgendwie leihweise auszustatten, wie er es bei seiner Wiedergeburt praktiziert hatte, verwarf aber einen neuerlichen Diebstahl als zu riskant. Sicherlich würde ein Pförtner des Hauses, eine Schwester oder ein anderer Krankenhausangestellter ihn am Verlassen des Spitals hindern und den Diebstahl auffliegen lassen. Auch auf der Straße würde er vermutlich mit nicht passender Kleidung als Flüchtling aus einer Therapie oder als Irrer identifiziert werden können. Obwohl, ohne Kleidung konnte er das Hospital unmöglich verlassen. Wenn er sich schon auf kriminelle Weise ausstatten wollte, so musste es wenigstens unauffällig sein.

Aber in diesem Gebäude bleiben wollte er auch nicht. Er zermarterte sich das Hirn, was geschehen würde, wenn man ihn nach seinem Namen, Papieren und Geburtsdaten fragen sollte und das würde unter Garantie von der Verwaltung oder der Polizei gefragt werden, befürchtete er. Eine Identifizierung seiner Person würde gefordert werden, die Polizei müsste seine Personalien aufnehmen, um ihn als Zeugen vernehmen zu können. Die Krankenanstalten wollten seine nicht vorhandenen Versicherungsdaten wissen, um die bereits entstandenen Krankenkosten in Rechnung stellen zu können. Geld hatte er auch keines, um die Leistungen der Ärzte und die Spitalkosten in bar zu begleichen, sie würden sich keinesfalls mit einer banalen Ausrede zufriedengeben und seiner Entlassung zustimmen.

Es stand nur noch eine Lösung im Raum, er musste fliehen, aber wie? Ganz nebenbei fiel ihm noch ein, dass er mit Monika zum Schwimmtraining verabredet war, er wollte sie nur sehr ungerne enttäuschen. Sein Prinzip lautete: Versprochen ist versprochen. Davon wollte er keine Ausnahme gelten lassen. Er ging den sterilen Gang auf und ab und dachte nach, er lugte in die einzelnen Zimmer in der Hoffnung auf eine Eingebung. Poseidon müsste ihm doch in seiner Notlage helfen müssen.

Die Eingebung oder Poseidons Hilfe hing an einem Haken eines Zimmers für die Belegschaft, die Tür war nur einen Spalt weit offen, er stieß sie vorsichtig auf. Dank des Personalmangels im Gesundheitswesen war dort niemand anwesend. Wie extra für ihn bestellt, hingen ein Ärztekittel, Hemd und Hose an besagtem Garderobenhaken, sogar ein Paar Gummilatschen stand unter den Kleidungsstücken. Manchot überlegte nicht lange, sprang in die Hose, zog sich das Hemd über den Kopf ohne die Knöpfe zeitraubend zu öffnen, warf sich den Kittel über die Schultern und schlüpfte in die Schuhe, alles passte halbwegs. Sein Krankenhemd und das Handtuch ersetzten nun die Kleidung am Haken.

Er lugte in den Flur, nur ein alter Mann führte seinen Rollator spazieren. Er ging noch einmal zurück, sah in einem Spiegel über dem Waschbecken mit Erschrecken seinen voluminösen

Kopfverband. Mit dem Teil konnte er sich unmöglich als Arzt ausgeben, er riss sich den verräterischen Mullturban vom Kopf, darunter war nur ein kleines Stück Gaze auf der Wunde, sein Blut hatte den Stoff an seinen Kopf geschweißt, er wollte sich jetzt nicht von dem Restmull befreien, er befürchtete erneutes Bluten. Er warf das Verbandszeug in den bereitstehenden Mülleimer und sah eine Kleberolle, riss zwei Stücke ab und verklebte die Wunde über dem Stoffstückchen. Ein Blick in den Spiegel überzeugte ihn davon, dass er nun wie ein Arzt aussah, der sich an der Schläfe gestoßen hatte. Er nahm einen kräftigen Schluck warmes Mineralwasser aus einer halbvollen Flasche und verließ das Zimmer ohne Eile.

Aufrechten Ganges stapfte er in eiligem Ärzteschritt Richtung Ausgang. Wenn er ertappt werden sollte, wäre es wenigstens ein mutiger Fluchtversuch gewesen, was hatte er schon zu verlieren? Seine erste Herausforderung eilte gleich auf ihn zu. Eine junge dickliche Dame hob den Zeigefinger, lächelte ihn an und grüßte: „Guten Morgen Doktor Deppe."

Manchot war perplex, sah er möglicherweise diesem Arzt ähnlich oder woher wusste die Korpulente seinen Namen?

Trägt man einen weißen Kittel, wird man von jedem, der einem über den Weg läuft, mit Herr Doktor angesprochen. Patienten und Besucher grüßten ihn ausnahmslos und er nickte den Leuten überlegen zu, professionell, wie in Gedanken verloren. Als Arzt brauchte man auch nicht die Namen der Patienten oder Schwestern zu kennen. In solch einem Kittel umgibt den Träger eine Aura von Arroganz, man kann gar nicht anders, es kommt wie angeflogen.

Auch im Fahrstuhl wurde er freundlich namentlich gegrüßt und der Pförtner des Hauses verneigte sich schon von weitem devot, klappmessergleich und wünschte dem Herrn Doktor noch einen schönen Tag. Also sah er zufälligerweise jemandem täuschend ähnlich, auch nicht schlimm, jedenfalls war er dadurch unbehelligt aus dem Krankensilo entkommen, resümierte er.

Er kramte in den Taschen des Kittels und der Hose und fand entgegen seiner Erwartung etwas Kleingeld, nicht viel, aber genug für einen Kaffee, ein Glas Mineralwasser und einen Happen Essbares. Er ging in das Café eines Supermarktes, bestellte sich ein belegtes Brötchen und einen großen Kaffee, zählte die Münzen auf den Tresen, sie reichten gerade aus, und setzte sich auf einen Barhocker ans Fenster. Erst jetzt bemerkte er, wie hungrig er war, er hätte mindestens drei von diesen knackigen Backwaren vertilgen können.

Er wusste nicht, wie weit es bis zur Tankstelle war, er hatte kein Gefühl für die Entfernung, es hätten zehn Minuten, aber genauso gut zwei Stunden Fußweg sein können, so fragte er einen jungen Mann im blauen Anzug, wie weit es wohl bis zu der Tankstelle in der Luisenstraße sein mochte, da er dort seinen Wagen zum Ölwechsel abgegeben habe. Zu seiner Freude erfuhr er, dass es von dem Café bis zur Tankstelle nur einen Spaziergang von einer knappen halben Stunde benötigen würde.

Als er den Kassenraum betrat, fielen Heidi beinahe die Augen aus dem Kopf. „Wie kommst du denn her? Du solltest dich doch auskurieren Doktor Deppe!"

Manchot war irritiert, wieso kannte Heidi seinen Doppelgänger, diesen Doktor Deppe? „Woher kennst du den Arzt denn, warst du mal bei dem in Behandlung? Ich bin schon erstaunt, dass ich ihm zum Verwechseln ähnlichsehe. Einige Leute haben mich mit dem gleichen Namen angesprochen."

„Das braucht dich überhaupt nicht zu wundern. Du läufst mit einem auf Entfernung leicht erkennbaren Namensschildchen in Großbuchstaben auf der Brust herum, das dich als diesen Mediziner ausweist. Aber was machst du denn hier, wieso bist du schon entlassen worden? Ich habe es noch nicht einmal geschafft, deine Sachen zu trocknen, die waren total mit Blut beschmiert. Du gehörst noch ins Krankenhaus, du hast eine Gehirnerschütterung, mit der ist nicht zu spaßen."

Manchot wusste nicht, wie er mit diesem Redeschwall, dieser Menge an Fragen umgehen sollte, somit beantwortete er in Männerart keine davon. Er betastete seine Brust und bemerkte ein bisher nicht wahrgenommenes Namensschild auf dem seine Scheinidentität stand: „Dr. FRANK DEPPE". Mahlzeit, das hatte er in der Hektik des Diebstahls völlig übersehen. Jetzt ging ihm erst auf, welches Risiko er eingegangen war, er hatte keinen Doppelgänger gehabt und niemand hatte ihn erkannt, sondern nur das Schildchen gelesen. Nur gut, dass kein alter Bekannter des Arztes ihm über den Weg gelaufen war und jeder hatte ihn deshalb gegrüßt und der Pförtner muss wohl vor jedem Kittel einen Kotau vollführen. Er atmete tief durch, Poseidon sei Dank, das war noch einmal gutgegangen.

Er zog endlich den Kittel aus und merkte, dass das Hemd darunter nach Schweiß roch, was er in der Eile im Krankenhaus nicht bemerkt hatte. Da er selber nicht geschwitzt hatte, musste der Geruch von dem Bestohlenen stammen, entweder von der Hektik seines Berufes oder vielleicht war ihm auch ein Kunstfehler unterlaufen, der ihm den Angstschweiß vor juristischen Konsequenzen aus den Poren getrieben hatte.

Er wandte sich an Heidi, die gerade einen Kunden abgefertigt hatte. „Mir geht es wieder gut, ich habe doch nur eine Schramme am Kopf, damit bleibt man doch nicht im Krankenhaus. Außerdem hatte ich nicht die geringste Lust, mich mit der Verwaltung über meine Identität zu streiten. Stell dir vor, die fragen mich nach meinem Geburtsdatum oder Geburtsort und ich antworte, dass ich weder das eine noch das andere kenne."

Heidi schüttelte genervt den Kopf. „Es ist gefährlich mit einer Gehirnerschütterung herumzulaufen. Obendrein klaust du noch die Kleidung eines im Krankenhaus beschäftigten Arztes. Ich habe der Krankenhausverwaltung bei der Einlieferung deinen weltlichen Namen genannt, Hermann Buschdorf und die Rechnung wird an meine Geschäftsadresse gesandt. Die Polizei wird dich ohnehin noch befragen, denen habe ich auch deinen Namen genannt. Du hast ein wahnsinniges Glück gehabt, ein paar Millimeter weiter links und die Kugel wäre dir in den Schädel eingedrungen. Die Folgen wären ewige Behinderung oder Tod gewesen."

Manchot grinste vielsagend: „Viel Schaden hätte das Geschoss nicht anrichten können, für eine Gehirnverletzung brauchst du ein Gehirn und das würden Sie bei mir vergeblich suchen.

Nebenbei bemerkt, das ganze wäre anders verlaufen, wenn die vermaledeite Taschenlampe frische Batterien gehabt hätte, ich wollte die beiden blenden. Geleuchtet hat sie nicht mehr, ich konnte sie nur noch als Schlagwaffe benutzen, aber da hat sie nicht versagt. Hat der Kerl noch hier gelegen als die Polizei kam? Ich habe die Lampe einem von diesen Einbrechern mit aller Kraft auf den Schädel geknallt. So schnell dürfte der nicht wieder aufgestanden sein. Die Taschenlampe war schwer und ein heftiger Schlag mit dem Ding hat ihm wahrscheinlich eine schwerwiegendere Gehirnerschütterung verpasst als das lächerlich kleine Geschoss bei mir. Alleine, ohne Hilfe ist der bestimmt nicht geflüchtet."

Heidi sah Manchot nachdenklich an. „Als die Polizei eintraf, warst du alleine im Verkaufsraum, allerdings führte eine Blutspur die Ecke herum. Der Komplize wird ihn irgendwie harausgeschleift haben, das Blut war teilweise verwischt. Ein zufälliger Passant hat die Blutspur und die offene Tür entdeckt. Er wollte mit seinem Hund noch eine Runde drehen und plötzlich hat das Tier angeschlagen, ist der Blutspur in entgegengesetzter Richtung gefolgt und in den Kassenraum gestürmt und dort wurdest du dann entdeckt. Du lagst in einer Blutlache und zwei Meter weiter war eine zweite. Der Passant hat dann geistesgegenwärtig sofort die Polizei gerufen und die haben mich und einen Krankenwagen gerufen."

Manchot lachte triumphierend auf. „Sag ich doch, der Kerl konnte nicht mehr alleine gehen. Ich habe ihn voll erwischt. Wieso gab es einen Stromausfall? Ich saß friedlich im Büro und las als plötzlich das Licht ausging. Dann habe ich ein kratzendes Geräusch gehört und nachgesehen was passiert war. Ich sah zwei Gestalten, die sich an der verschlossenen Tür zu schaffen machten. Ich habe mich dann mit der Stablampe bewaffnet, die aber leider nicht funktionierte. Ich hatte geplant, den beiden damit in die Augen zu leuchten und dabei zu überwältigen. Das mit dem Blenden war eine Fehlplanung, also habe ich das Ding entartet. Da es sehr dunkel war, hatte ich die Pistole nicht schnell genug gesehen, sonst wäre ich in Deckung gegangen. Den Rest der Geschichte kennst du besser als ich."

„Die Räuber haben den metallenen Sicherungskasten hinter der Waschanlage geknackt, wie die Polizei festgestellt hatte und dann die Sicherungen ausgeschaltet, damit die Alarmanlage und die Videoüberwachung nicht funktionierten. Ich werde jetzt wohl endgültig von der Versicherung gezwungen werden, die Tankstelle besser abzusichern und zwar mit einem unabhängigen Stromkreislauf. Das wird mich eine Stange Geld kosten, ohne eine Kreditaufnahme werde ich das wohl nicht bewältigen können."

„Weißt du denn was so etwas kosten kann? Ein Kredit kostet dich doch noch zusätzlich Zinsen."

„Ich weiß es nicht so genau, aber ein paar tausend Euro werde ich wohl hinblättern müssen. Bei den Handwerkern heutzutage ist die Anreise schon so teuer als würden sie mit einer Sänfte hierhergetragen. Übrigens, gestohlen wurde nichts, soweit ich das auf den ersten Blick feststellen konnte. Aber jetzt zu dir, wie fühlst du dich? Hast du noch Kopfschmerzen? Schmerzt die Wunde noch? Hast du Medikamente bekommen?"

Heidi streichelte zärtlich seinen Nacken und die weichen Kopffedern. „Mein armer Flaumer."

Er lächelte sie an. „Bei solchen Zuneigungsbekundungen fühle ich nichts mehr von der kleinen Verletzung. Das könntest du stundenlang fortführen, ob mit oder ohne Kopfschuss. Nein, im Ernst, die Wunde ist noch etwas druckempfindlich, aber sonst geht es mir recht gut. Ich habe lediglich riesigen Hunger und einen anscheinend unstillbaren Durst. Wenn ich was zu mir genommen habe, werde ich die Kleidung dem Doktor Deppe zurückbringen, er wird sie schon vermisst haben, wenn er jetzt Dienst haben sollte."

Das Telefon klingelte schrill und ein Klingelecho von der Basisstation nervte zusätzlich. Heidi meldete sich ohne Gruß, sie sagte nur, es bestünde kein Grund zur Sorge, er sei hier. Dann meinte sie noch, er würde warten, auch wenn sie ihn festbinden müsse. Sie legte auf und lächelte ihn an, strich wieder über seinen Kopfflaum. „Jetzt brauchst du eine gute Portion Geduld, das war die Polizei, die kommen jetzt und werden dich zum Tathergang befragen. Was deine Identität betrifft, so habe ich denen schon gesagt, wie du heißt und dass deine Papiere gestohlen wurden. Du brauchst das nur zu bestätigen. Behaupte einfach, die Einbrecher hätten dein Portemonnaie gestohlen, alle Ausweise und auch Bargeld seien darin gewesen. Denk dir einen Betrag aus und bleibe dann konstant bei deiner Aussage. Es reicht, wenn du behauptest, es wären rund zweihundert Euro gewesen, die ich dir gestern gegeben habe. Dann kann ich das auch mit einer Kassenquittung belegen, ich habe mir nämlich gestern den Betrag aus der Kasse genommen und verbucht. Du brauchst erst gar nicht zu erklären, du hättest bereits einen Teil des Geldes bereits ausgegeben."

Manchot konnte sich ein Grinsen nicht verkneifen: „Du hast mal wieder an alles gedacht, du bist wie eine fürsorgliche Mutter zu ihrem Sohn."

„Themawechsel, möchtest du einen Hotdog mit Cola oder lieber etwas Handfestes?"

„Egal, Hauptsache mein Magen hört auf zu grummeln wie ein singender Tanzbär. Aber, meinst du, die Polizei wird mich wegen meiner Identität weiter befragen? Ich fürchte die werden bohren und recherchieren und trotzdem nichts über meine Herkunft erfahren. Ich denke, die werden dann mein Innerstes nach außen kehren. Es gibt nirgendwo eine Geburtsurkunde, ich weiß nicht wo ich geboren wurde oder meine Eltern hießen. Somit bin ich aus bürokratischer Sicht nicht existent."

Heidi machte eine nachdenkliche Miene. „Ich habe da eine Idee, ich werde im Internet forschen, ob hier in der Nähe eine Familie mit deinem Nachnamen lebt und wir werden einfach behaupten, du wärst dort geboren worden. Deine Eltern kennst du nicht und wir werden ein Geburtsdatum erfinden, das stimmen könnte. Über den Tatbestand warum und wieso du nirgendwo registriert bist, sollen sich die Beamten Gedanken machen, das soll uns völlig gleichgültig sein, daraus kann man dir auch keinen Vorwurf machen. Wir müssen nur immer sehen, dass sich der Ball im gegnerischen Feld befindet und nicht in unserer Spielhälfte."

Er dachte kurz nach, was Heidi mit der Spielhälfte gemeint haben könnte, begriff aber schließlich, dass es sich um eine ihm nicht bekannte Sportart handeln musste. Er war durch Heidis Gedankenkonstrukt nicht wirklich beruhigt, gab sich aber mit Heidis Rat zunächst zufrieden. Was sollte er auch anderes tun? Die deutsche Bürokratie war ihm nur zu gut bekannt und das schon seit langer Zeit. Die Beamten waren hartnäckig, stur und vor allem humorlos. Er ging in seine Kammer, wie er das zum Schlafzimmer umfunktionierte Mini-Büro nannte und fand das Klappbett säuberlich zusammengefaltet an der Wand stehen. Seine noch sauberen Anziehsachen lagen ordentlich zusammengelegt in einem Regal, genau wie die vom Bauernhof entliehenen, jetzt gereinigten und gebügelten Sachen. Er zog sich die weiße Krankenhauskluft aus und faltete sie zu einem kleinen Bündel zusammen.

Er rief Heidi zu, er würde schnell die Sachen zurückbringen, sowohl ins Krankenhaus, als auch in den Bauernhof, er werde das Fahrrad nehmen. Heidi protestierte zwar zunächst, die Polizei werde bald eintreffen und er solle sich noch schonen, aber er wischte den Einwand weg mit der Bemerkung, er sei wieder fit und er würde nur ein paar Minuten benötigen. Außerdem werde er schon aufpassen, damit ihm nichts passiere. Er stellte sich vor den fleckigen Spiegel im Büro und löste vorsichtig das Mullstück von der Wunde, es zwickte als er an dem Verband zog, aber nach einigen sachten Versuchen ließ sich der Stoff von der Verletzung trennen. Es gab einige Stichstellen und auch ein paar Fadenenden ragten aus der Wunde, aber der Schmerz war erträglich. Er nahm aus dem Erste Hilfe Kasten, der neben dem Spiegel hing, ein Heftpflaster, schnitt es so klein wie möglich ab und klebte es auf die Naht. Nunmehr würde niemand mehr einen Kopfschuss vermuten und die Verletzung konnte als minimale Blessur eingeschätzt werden. Er packte die Kleidung, die er zurückgeben wollte in eine alte ALDI-Tüte, sympathischer Weise ohne jeden Streifen und ging durch den Kassenraum. Heidi war beschäftigt und so winkte er ihr nur zu und verließ die Tankstelle.

„Ich bin bald zurück," rief er.

Heidi unterbrach ihren Kassier Vorgang. „Die Polizei kann jeden Moment kommen, um dich zu verhören, warte doch noch so lange. Ich habe den Beamten schon bestätigt, dass du anwesend bist, also bitte bleibe noch hier."

Widerwillig zögerte er und wie auf Kommando fuhr ein Streifenwagen vor. Zwei geschäftig erscheinende Männer in Zivil kamen auf den gläsernen Verkaufsraum zu. Heidi begrüßte die ihr bereits bekannten Beamten und deutete auf Manchot, das sei der Überfallene.

Die beiden Männer stellten sich vor als Polizeihauptkommissar Thomas Koslowski und Oberkommissar Stefan Brahschoss vom Siegburger Einbruchsdezernat und zeigten für einen Sekundenbruchteil ihre Ausweise. Sie verzogen keine Miene, als säßen sie in einer Pokerrunde, hielten sich nicht lange mit der Vorrede auf und fragten nach einem separaten Raum, in dem man sich in aller Ruhe unterhalten könne. Manchot bat sie in das winzige Büro, in dem aber nur zwei Stühle standen. Der Hauptkommissar bestand darauf, stehen zu bleiben und drängte den Zeugen und seinen Untergebenen, Platz zu nehmen. Der Oberkommissar zückte einen Din A6 Block und fragte mit sonorer Stimme, die zu seinem roten Gesicht passte, nach den Personalien. Manchot nannte Namen, erfand eine Geburtsdatum, den 19. März 1980, geriet jedoch bei der Nennung des Geburtsortes ins Stottern, sagte aber als er sich besonnen hatte, er sei in Eitorf zur Welt gekommen. Heidi hatte in der offenen Türe an der Zarge gelehnt diese Angaben mitgehört und bekam einen roten Kopf, begleitet von einem Hustenanfall. Sie wusste, er hatte sich etwas zu weit aus dem Fenster gelehnt. Sie war noch nicht dazu gekommen, im Internet nach der Familie gleichen Nachnamens „Buschdorf" zu forschen, der man dann eventuell den Bankert insgeheim unterjubeln konnte. Jetzt blieb nur noch die Hoffnung, dass es in der Umgebung eine Familie mit diesem Namen gab, warum hatte sie auch nicht einfach Müller oder Meier genannt, Schmitz wäre auch noch gut gewesen.

Hauptkommissar Koslowski gehörte offensichtlich zu der Gruppe von Menschen, die nicht alt werden konnten. Er trug einen schwarzen zerknitterten Anzug mit einem weißen Hemd ohne Krawatte. Seine Haare waren dunkelblond und in der Mitte gescheitelt, sie peitschten bei jeder Bewegung den Kopf, er war schlank und anscheinend, sofern man das unter der Anzugjacke beurteilen konnte, recht muskulös. Das war der jugendlich anmutende Teil seiner äußeren Erscheinung. An den Schläfen wucherten graue Haare, die sich strähnenweise in Richtung Kopfmitte ausdehnten. Das hätte man wohlwollend noch seiner jugendlichen Ausstrahlung zurechnen können, stand aber im Kontrast zu seinem Sonnenstudio gebräunten Gesicht, das von einer Unmenge von Falten und Furchen übersät, ältlich aussah, als wären sie von einem Minipflug aufgeworfen wären. Seine Tränensäcke waren das einzig glatte in seinem voluminösen Gesicht. Die offensichtlich künstlichen Zähne stachen blendendweiß aus seinem gebräunten Teint hervor, zumal sie so ebenmäßig vorgewölbt waren, dass sie unmöglich als echt gelten konnten. Zudem hörte man bei seinem Sprechen ein leichtes Klackern, das auf den geringen Preis des Zahnersatzes schließen ließ. Offenbar hatte er sich an den Gebrauch seiner Dritten noch nicht so richtig gewöhnt, da man im Sonnenlicht eine nicht enden wollende Speichel Fontaine wahrnehmen musste, die ein gewisses Ekelgefühl verursachte, wenn man sich vorstellte, dass man in weniger als Armeslänge vor ihm stand. Dieser Spuckfaktor hatte das Ergebnis, dass jeder automatisch einen Abstand zu dem Sprecher sicherstellte. Diese Entfernung wäre normalerweise sprinklertechnisch gesehen als sicher einzustufen gewesen, der Polizist gehörte aber zu den Leuten, die ständig diese Distanz verringern wollten. Dies führte im Ergebnis dazu, dass der jeweilige Gesprächspartner mangels Raumangebot wenigstens körperlich in die Enge getrieben wurde.

Der Oberkommissar war ein unauffällig erscheinender wesentlich jünger aussehender rotblonder Mann ohne Bartwuchs, er war mit Jeans, T-Shirt und abgewetzter brauner Lederjacke bekleidet, der zumindest spucktechnisch zurückhaltend war. Um einen Sicherheitsabstand zu dem sprudelnden Hauptkommissar zu haben, rückte Manchot seinen Stuhl in die Nähe des Untergebenen, was ihm aber wenig nützte, da der Vorgesetzte Polizist rastlos aus Platzmangel wenige Schritte auf und ab ging und dabei sprühte. Manchot wandte sich bei jeder Annäherung des Speichel-Streuers ab, um wenigstens ein feuchtes Gesicht zu vermeiden.

Der Tatzeuge schilderte in allen Einzelheiten die Vorkommnisse der vergangenen Nacht und der Oberkommissar notierte eifrig die Aussage in seinen taschentauglichen Block mit einem winzigen Drehbleistift, der komplett in seiner Hand verschwand. Der Bleistift brach oftmals ab, den er jeweils fluchend nachjustieren musste.

Die Täterbeschreibung fiel erwartungsgemäß äußerst mager aus. Obwohl Manchot mehrmals betonte, dass lediglich eine geringe Resthelligkeit von der Straßenbeleuchtung gegeben habe, wollten die Polizisten, in erster Linie der Spucker, die Kleiderfrage der Täter wissen. Bis auf dunkle Hose und helle Kapuzenoberteile mit einer weißen Aufschrift, konnten die Polizisten nichts aus Manchot herauskitzeln. Die Beamten fragten sogar nach der Haarfarbe der Einbrecher, woraufhin der Befragte die Augen derart himmelwärts drehte, dass Heidi glaubte, nur noch das Weiße zu sehen.

Mit erstaunlicher Beherrschung sagte er den Kommissaren: „Wie ich bereits berichtet habe, hatten die Leute Kapuzen über dem Kopf, ich habe sie auch kaum von vorne gesehen. Ich habe sie auch nicht gebeten, die Köpfe zu zeigen. Bei Helligkeit hätte ich wahrscheinlich auch nicht mehr von den Haaren gesehen. Ich gebe aber zu, dass ich versäumte, sie zu bitten, ihre Kapuzen abzustreifen."

Auch bei der Frage nach der Uhrzeit musste Manchot passen, mit seiner Aussage, es müsse nach Mitternacht gewesen sein, ließen die beiden sich nicht abspeisen, sie wollten genauere Angaben hören. Zu präziseren Angaben als zwischen null und zwei Uhr ließ er sich aber nicht drängen. Er habe stundenlang gelesen, darüber die Zeit aus den Augen verloren und als das Licht verlosch, keine Möglichkeit mehr gehabt, auf eine Uhr zu sehen. Abgesehen davon hätte er aber auch keine Zeit und keinerlei Interesse gehabt die Uhrzeit zu erfahren, wenn ein Einbruch erfolgt, er habe das Objekt schützen wollen, sonst nichts. Grummelnd gaben sich die Polizisten mit der vagen Zeitangabe zufrieden, meinten bei der Verabschiedung noch, man habe wenig Hoffnung, die Täter zu finden. Es gäbe zu viele Einbrüche und da der Polizei nicht genügend Personal zur Verfügung stünde, die Täter zu jagen, zumal kein monetärer oder gravierender körperlicher Schaden entstanden sei, wären die Erfolgsaussichten der Ergreifung gering.

Hierauf protestierte Heidi, die sich bisher völlig zurückgehalten hatte, vehement. Sie erklärte die zusätzlichen Forderungen der Versicherung, den Sachschaden wie das zerstörte Türschloss und dass dies der zweite Einbruch innerhalb einer Woche sei und die Schäden des ersten kriminellen Aktes noch nicht behoben und verkraftet seien. Außerdem bedeute die Entwendung des Portemonnaies mit zweihundert Euro und allen Papieren für Herrn Buschdorf einen herben Verlust.

Die Polizisten horchten auf, von dem Verlust der Brieftasche hätten sie bisher nichts gehört. Heidi strafte beide mit einem ärgerlichen Blick, selbstverständlich habe sie am Morgen noch von dem Diebstahl gesprochen. Für die Kasse, die ohnehin leer gewesen sei, bis auf Wechselgeld, haben die Räuber wohl keine Zeit mehr gehabt, die Geldbörse des Bewusstlosen sei aber eine leichte Beute gewesen.

In der Tür drehte sich Oberkommissar Brahschoss nochmals um und trat ein paar Schritte auf Manchot zu. „Etwas Sonderbares haben wir noch festgestellt. Als wir am Tatort eintrafen, gab es zwei Blutlachen auf dem Boden. Natürlich haben wir Proben genommen und zur Untersuchung ins Labor gegeben. Seltsamerweise ist eine davon, wie die KTU analysiert hat, kein menschliches Blut, während die andere Probe eine ganz normale Blutgruppe ist. War hier ein Tier, das verletzt wurde oder hat vielleicht jemand ein Behältnis mit Tierblut ausgeschüttet? Ich habe allerdings angeordnet, dass das Ergebnis noch einmal überprüft werden soll, ob es sich wirklich um tierisches Blut handelt, ich hatte Zweifel, ob das überhaupt stimmen könnte. Wissen Sie, welche Blutgruppe Sie haben?"

Manchot sah den Polizisten ratlos an. Er konnte sich nicht erinnern, jemals Blut abgezapft bekommen zu haben, es war ihm nicht einmal bekannt, dass es verschiedene Blutgruppen gab. Im Gegenteil, er hatte immer schon die Ärzte gemieden, nach seiner Erfahrung war dieser Berufsgruppe gleichgültig, ob sie jemanden heilen konnten, ihr Ziel war schon immer nur das Wachstum ihres Wohlstandes gewesen, von einigen Ausnahmen sicherlich abgesehen. Sie hatten die Gesundheit seit je her als Handelsware betrachtet, ansonsten hätten sie nicht Jahrhunderte lang an diesem sinnlosen Aderlass festgehalten. Nein, an seinem Körper hatte nie ein Mediziner seine Experimente ausüben dürfen. „Ich weiß nicht, mein Blut ist noch nie untersucht worden, da bin ich mir sehr sicher. Es könnte aber sein, dass ich kein Blut auf dem Boden hinterlassen habe, denn meine Kleidung war getränkt davon und wurde bereits gewaschen. Möglicherweise war aber gestern ein Kunde hier gewesen, der dieses Blut hinterlassen hat, vielleicht kam er vom Metzger und hatte ein Huhn in einer Tüte, das frisch geschlachtet worden war. Wie das letztlich passiert sein soll überlasse ich ihrer Phantasie und Erfahrung, es gäbe da sicherlich viele Möglichkeiten."

Brahschoss starrte Manchot ungläubig an, während sein Vorgesetzter sich gelangweilt versuchte imaginäre Flusen von den Jackenärmeln zu zupfen. Man sah deutlich, dass das Gehirn des Oberkommissars arbeitete wie ein überstrapazierter Muskel kurz vor der Verkrampfung.

„Aber," fragte Manchot, „um das Thema zu wechseln, was ich bisher nicht verstanden habe, die beiden Kriminellen haben den Stromkreislauf unterbrochen, um mit der Alarmanlage keine unangenehme Überraschung zu erleben, auch wenn sie antiquiert sein soll, wie die Versicherungsgesellschaft behauptet. Ich frage mich, woher die Kerle wussten, wo und wie sie die richtigen Drähte überbrücken sollten. Der Sicherungskasten befindet sich im Kassenraum und nicht außerhalb des Gebäudes. Somit mussten die Täter die

Örtlichkeiten genauestens kennen und auch mit der Elektrotechnik bestens vertraut sein."

Der Oberkommissar trat weiter grübelnd auf Manchot zu und zeigte auf Kabelstränge, die an der Wand entlang verlegt waren. „Ich denke, man braucht lediglich einen Metalldraht über an den Anschlüssen blank liegende Kabel zu legen, die hier irgendwo verlaufen und schon hat man einen Kurzschluss verursacht und nichts geht mehr in dem Laden."

„Ich glaube, so einfach wird es nicht funktionieren, wo wollen Sie denn den Kurzschluss verursachen? Die Stromanschlüsse befinden sich draußen unterirdisch. Ich will ja auch nur beweisen, dass sich die Ganoven hier bestens ausgekannt haben müssen. Sie wussten mit absoluter Sicherheit, wo sie ohne großen Aufwand die Überspannung herbeiführen konnten."

Ohne weitere Erläuterung ging Manchot aus dem Verkaufsraum und sah sich aufmerksam um. Er untersuchte die Beleuchtung, die kleine Werkstatt mit der Hebebühne und die wenigen Kabelanschlüsse, die frei zugänglich waren, ohne fündig zu werden. Erst bei der Waschanlage sah er Kratzspuren am Schloss und der Deckel des Impulsgebers saß nicht in der vorgesehenen Position. Er hob die Verschlusskappe ohne Werkzeug problemlos ab, sie war nur provisorisch eingesetzt worden, wahrscheinlich weil die Täter kein Licht mehr hatten und in die Tankstelle schnellstmöglich eindringen wollten. Sie mussten auch gewusst haben, dass die Alarmanlage, nicht wie seit einiger Zeit üblich eine unabhängige Stromversorgung hatte, sondern wie früher installiert wurde, an dem allgemeinen Stromkreis der Tankstellenversorgung hing.

Manchot winkte die Polizisten herbei. „Sehen Sie, hier wurde der Kurzschluss verursacht, die Kabelisolation ist verschmort und hier sind auch Spuren von geschmolzenem Metall, wahrscheinlich haben sie nur einen isolierten Schraubendreher auf die beiden Kontakte gelegt und PENG war die Stromversorgung unterbrochen."

Der Oberkommissar kratzte sich an seinem im Sonnenlicht eher rötlich wirkenden Kopf und starrte staunend in die geöffnete

Bedienungssäule. Der Hauptkommissar war hinter seinen Mitarbeiter getreten und flüsterte diesem etwas zu. Manchot machte unwillkürlich einen Schritt nach hinten, wenn der Herr Koslowski etwas Feuchtes sagen wollte, war ein weiterer Kurzschluss nicht ausgeschlossen. Der Spucker versuchte sogar seinen Kopf in die geöffnete Klappe zu stecken, gab aber bald seine Bemühungen erfolglos auf. Er hatte erkannt, dass sein Schädel den Lichteinfall erheblich hemmte und zudem sein Kopf zu groß für die Öffnung war. Das Ergebnis seiner amateurhaften Untersuchung konnte man in seinem Gesicht ablesen in Form von einigen Schmierölspuren, die sein clowneskes Aussehen noch verstärkten.

Wie erwartet, führten die Untersuchungen der Polizisten zu keinem Ergebnis, hätte es wider Erwarten Fingerabdrücke gegeben, wären sie nunmehr mit Sicherheit verwischt.

Die beiden verabschiedeten sich mit einem grimmigen Kopfnicken und bestiegen ihren silbergrauen Volkswagen Passat. Ihnen war anzusehen, dass sie mit dem Ergebnis des Aufenthaltes nicht zufrieden waren. Wer lässt sich schon gerne nachlässige Arbeit beweisen, sie hatten die Ursache des Stromausfalls schlichtweg nicht untersucht.

Heidi beugte sich zu Manchot: „Wenn die beiden Herren die Einbrecher dingfest machen, fresse ich einen Besen. Ich kann mir nicht vorstellen, dass die jemals einen Täter gefasst haben. Kein Wunder, dass die Aufklärungsquote bei Einbrüchen so gering ist. Wenn du erschossen worden wärst, käme ein ganz anderes Kaliber von Polizisten, dann würden die Täter garantiert gefasst werden. Bei Mord oder Totschlag ist die Aufklärungsquote nahezu bei Hundert Prozent."

„Also wäre es dir lieber gewesen, der Schuss hätte sein Ziel nicht nur gestreift und besser gesessen? Vielleicht hätte ich eine schöne Leiche abgegeben."

„Rede doch keinen Unsinn, immerhin könnte man den Schuss als Mordversuch werten. Ich würde es bevorzugen, dass die Mordkommission den Fall übernimmt, dann wären wir diese debilen Beamten los und etwas qualifiziertere Polizisten würden sich mit dem Überfall befassen."

Nach einer Pause fuhr Heidi fort. „Ich war allerdings sehr verwundert, dass die Kriminalpolizei nur die Fingerabdrücke, falls vorhanden, an der Eingangstüre genommen haben und nicht an allen Stellen, die die Räuber möglicherweise berührt haben könnten. Wir wissen ja auch nicht, ob sie Handschuhe trugen. Falls Spuren an der Bedienungssäule der Waschanlage gewesen wären, haben sie die beiden Idioten erfolgreich vernichtet. Ich muss mal beim Polizeichef intervenieren."

„Jedenfalls haben sie die Blutproben eines Täters festgehalten, damit hätten sie einen eindeutigen Beweis, falls sie den Kerl überhaupt jemals ausfindig machen können. Das andere Blut ist dann wohl von mir."

„Wie kann es denn sein, dass du tierisches Blut hast? Du redest wie ein Mensch, siehst aus wie ein Mensch und hast Gefühle wie ein Mensch."

„Ich habe dir doch schon erklärt, dass ich eine Laune der Natur bin, eine Mischung von allerlei Wesen, ich bin im wahrsten Sinne des Wortes einmalig. Es kann also durchaus sein, dass mein Blut dem eines Tieres ähnlich ist. Ein Pilz ist auch weder eine Pflanze, noch ein Tier, so ein Zwischending. Und was meine Gefühle betrifft, glaube ich nicht, wie ein Mensch zu empfinden. Ich glaube nüchterner denken zu können und bin mit weniger Emotionen ausgestattet. Angst, Liebe und auch Hass brauchen wesentlich länger, um in meinem Gehirn verankert zu werden und dann in meine Gefühlswelt einzudringen als bei euch normalen Menschen. Davon bin ich zumindest auf Grund meiner langjährigen Erfahrung überzeugt."

Heidi nickte geistesabwesend. „Manchmal wünsche ich mir, ich könnte das auch auf mich beziehen, aber wenn der Adrenalinspiegel das Denkvermögen lahmlegt, ist das nicht mehr so einfach."

„So, und jetzt bringe ich die ungefragt entliehenen Kleidungsstücke den rechtmäßigen Eigentümern zurück."

Manchot gelangte unbehelligt in die dritte Etage des Krankenhauses. Er klopfte an die Tür mit der Aufschrift

Ärztezimmer, niemand antwortete. Er öffnete vorsichtig die Tür und sah zu seinem Erschrecken einen weiß bekittelten Mann, der in ein kleines anthrazit farbiges Gerät sprach. Der Mann, vermutlich ein Arzt, kümmerte sich überhaupt nicht um den Eindringling, sprach nur hastig wie ein Getriebener unentwegt unverständliches Medizinerkauderwelsch in das kleine Ding in seiner Hand. Der vermeintliche Arzt würdigte den ungebetenen Gast keines Blickes, auch der Gruß blieb unerwidert oder war in den gesprochenen Wortschwall eingebettet. Manchot murmelte etwas wie, er wolle nur die Kleidung aufhängen, was den Arzt aber nicht davon abhielt, seine Arbeit fortzusetzen. Manchot nahm die entliehene Kleidung Stück für Stück aus der von Heidi bereitgestellten ALDI-Tüte und hängte sie an den Haken, von dem er sie genommen hatte. Mit einem hastigen Winken verabschiedete er sich von dem Arbeitsamen und verließ das Gebäude dann erleichtert. Wenn alle hier Beschäftigten so teilnahmslos ihrer Arbeit nachkamen, so sagte er sich, könnte man wohl die wertvollsten der vorhandenen Apparate und Geräte abtransportieren, ohne dass es jemandem auffiel oder dagegen Einwand erhob.

Jetzt nahm er radelnd die Route zum Bauernhof in Angriff, um seine restliche Schuld zu begleichen. Er vermied die Hauptstraßen, um als Radfahrer möglichst wenige Autofahrer zu behindern. Er fuhr parallel zur Zeithstraße entlang, stellte aber zu seinem Erstaunen fest, dass diese Route zu dieser Zeit auch sehr belebt war. Zu spät, um eine alternative Strecke zu wählen, also quälte er sich durch den Feierabendverkehr und behinderte die drängelnden nervösen Autofahrer, die vereinzelt mit einem geringen Abstand an ihm vorbeifuhren. Er versuchte dann über Seitenstraßen und Feldwege oder Wanderrouten auszuweichen, befürchtete aber, sich in der unübersichtlichen unbekannten Gegend zu verirren und trotz seines natürlichen Instinkts die Orientierung zu verlieren. Er wusste nicht einmal, wie die Straße hieß oder wie weit entfernt der Bauernhof von der Tankstelle entfernt lag. Er hatte nur einen eingebauten Sensor, der die Himmelsrichtungen perfekt registrieren konnte, aber das galt nur bedingt für Entfernungen. Bei Fußmärschen wusste er fast auf wenige Hundert Meter, wie weit er gegangen war. Mit dem Auto war die Strecke in wenigen Augenblicken zurückgelegt worden, außerdem konnte er sich nicht mehr erinnern, wie viele Stunden er in der Dunkelheit zu Fuß unterwegs gewesen war. Die Strecke kam ihm vor ein paar Tagen ziemlich lang vor. Jedenfalls war er überzeugt, sich in die richtige Himmelsrichtung zu bewegen. Er versuchte krampfhaft, die mögliche Entfernung zu errechnen, kam auch bald zu der Erkenntnis, dass bei seiner Fahrgeschwindigkeit mindestens zwei, maximal drei Stunden benötigt würden. Die Umwege auf dem Weg bis Heidi ihn aufgelesen hatte waren mannigfaltig gewesen, da er damals keine Idee hatte, wo die nächste Zivilisation anzutreffen war.

Obwohl ihm einige Male die Umgebung bekannt vorkam, erlitt er kurz darauf eine Enttäuschung, da er plötzlich wieder in unbekanntes Terrain vorgedrungen war.

Sahen auf dem Land nicht die meisten Häuser ziemlich gleich aus, dank der Einfallslosigkeit der Baumeister, die im Allgemeinen wenig Meisterliches zustande gebracht haben? Und wieder glaubte er das silbrig glänzende Stallgebäude erkannt zu haben, musste aber beim Näherkommen seinen Irrtum mit wachsender Enttäuschung erkennen.

Er radelte die unbekannte Strecke mit recht hoher Geschwindigkeit, wobei er ständig die anfangs für ihn noch neuartige Gangschaltung ausprobierte und war von deren Effizienz vollauf begeistert. Über diesen Schaltübungen wäre er fast an seinem Zielobjekt vorbeigefahren.

Die Nachmittagssonne fand ihren Widerschein in der glänzenden Fassade und blendete ihn stark, wobei er fast sicher war, ohne diese Reflektion das Haus nicht bemerkt zu haben. Er fuhr langsamer, glaubte den Zaun zu erkennen, er sah die grüne Bank vor dem Haus, bisher alles nur allgemeine Indizien. Endliche Gewissheit erlangte er erst, als er das hellbeige Vieh seitlich vor der Eingangstür liegen sah. Das war das Anwesen, das er suchte, er verglich das Erscheinungsbild mit der Darstellung, die er vor seinem geistigen Auge aufgerufen hatte. Heidi würde jetzt Bingo rufen, er musste unwillkürlich schmunzeln. Seine scheinbar wenig zielführende Fahrweise hatte ihn dank seiner instinktiven Orientierung doch noch zu dem Ziel geführt, an dem er harmlose Bürger bestohlen hatte. Nun konnte er sein Verbrechen zwar nicht ungeschehen machen, aber wenigstens seine Schuld begleichen.

Das Flügeltor in der Grundstückumrandung stand offen, er stellte sein Rad an den Metallzaun und ging langsam auf den Hof zu. Er sah niemanden, den er hätte ansprechen können. Der Hund lag faul in der Sonne, wedelte mit dem Schwanz, hob nichteinmal den Kopf, obwohl seine Augen jede Bewegung des Eindringlings verfolgten und seine Ohren gespitzt waren. Manchot führte die Duldung des Passierens auf die Spendierung des Knochens vor ein paar Tagen zurück. Er trat an die Eingangstür und klopfte zaghaft. Nichts rührte sich im Haus. Er klopfte nochmals, diesmal lauter aber mit dem gleichen Erfolg, dann trat er vorsichtig in den engen Flur und rief in das Haus, ob jemand dort sei. Statt einer Antwort hörte er schlurfende Schritte und plötzlich tauchte eine ältere Dame mit einer Kittelschürze, Filzpantoffeln und einem kleinen graumelierten Dutt im Flur auf.

„Sind Sie die Bäuerin?" fragte Manchot nach einer kurzen Begrüßung.

„Wir kaufen nichts an der Türe!" sagte die Alte mürrisch.

An dem Kleiderhaken neben dem Bauernschrank entdeckte er wieder einen Satz Arbeitskleidung. Somit wäre sein eigentlicher Plan, genau wie im Ärztezimmer einfach die Sachen wieder aufzuhängen hinfällig gewesen.

„Wissen Sie, ich habe mir vor ein paar Tagen ohne zu fragen etwas ausgeliehen und würde es gerne zurückbringen."

Er hielt ihr die Tüte entgegen. Misstrauisch nahm sie das Dargebotene und lugte hinein. „Das sind alte Kleidungsstücke meines Sohnes, wie in Gottes Namen sind sie denn darangekommen?"

Manchot brauchte nicht lange zu überlegen. „Ach, das war eine dumme Geschichte. Ich habe mich vor ein paar Tagen unten am Bach erfrischt und mich anschließend in der Sonne getrocknet, da ich kein Handtuch dabeihatte. Ich bin dann wohl eingeschlafen. Als ich aufwachte, war meine Kleidung weg. Selbst die Unterwäsche hat man mir entwendet. Was sollte ich machen, ich konnte schlecht nackend wie ich war in die Stadt laufen. Ich kam dann hier am Haus vorbei und wollte fragen, ob Sie ein paar Lumpen für mich hätten, aber niemand war anwesend. Die Tür stand offen und dort am Haken hingen einige Kleidungsstücke. Die habe ich dann einfach genommen und hier bringe ich sie mit Dank zurück, natürlich frisch gewaschen und gebügelt."

Die Bäuerin musste sich schütteln vor Lachen, sie konnte überhaupt nicht mehr aufhören. Von Prusten unterbrochen sagte sie: „Das habe ich noch nie gehört, dass jemandem die Kleidung im Beisein des Besitzers gestohlen wurde. Und ich hatte schon gedacht, mein Sohn hätte die alten Lumpen endlich in den Müll geworfen. Sie hätten aber auch bessere Kleidung von mir bekommen können, wenn sie mich gefragt hätten. Wahrscheinlich war ich irgendwo im Haus und habe sie nur nicht gehört, seit ein paar Jahren bin ich etwas schwerhörig. Wenn ich nicht gerade in der Nähe bin, höre ich kein Rufen oder Klopfen. Nur den Hund höre ich, wenn er anschlägt. Aber wieso hat er nicht gebellt, normalerweise bellt der die ganze Nachbarschaft zusammen und das für jede Kleinigkeit. Haben sie ihn etwa bestochen? Oder kannte er sie bereits? Bei Fremden kläfft er sonst immer so infernalisch, dass man glaubt, eine Infanterie greift den Hof an."

„Ich muss gestehen," sagte Manchot mit einem Schmunzeln, „ich hatte einen Knochen gefunden, den er vermutlich für magere Zeiten versteckt hatte und ihm gebracht. Danach hatte er nur noch den Knochen im Visier und war handzahm, nicht einmal geknurrt hatte er. Wenn sie so wollen, war es eine Bestechung. Er hat mich beschnüffelt, als Willkommen eingestuft und sich nur noch um das Geschenk gekümmert. Ich war ihm gleichgültig. Dann bin ich an die Tür getreten, habe geklopft und gerufen, niemand hat reagiert. Als ich die Kleidung am Haken sah, probierte ich sie an und bin wieder verschwunden. Da ich außer in diesem Notfall kein Dieb bin, wollte ich sie in jedem Fall zurückbringen und mich für die Leihe bedanken."

„Ja, es gibt noch ehrliche Menschen. Ich habe gerade einen Kaffee aufgegossen, haben Sie Lust, eine Tasse mit mir zu trinken, sozusagen als Finderlohn?"

„Das ist aber nett von Ihnen, ich nehme die Einladung gerne an. Ich hatte damit gerechnet, dass Sie die Polizei rufen, mich anzeigen oder wenigstens wüst beschimpfen würden. Stattdessen werde ich noch zu einem Kaffee eingeladen. Ich bin Ihnen zu großem Dank verpflichtet. Was den Finderlohn betrifft, muss ich allerdings anmerken, im Mittelalter hätte man mir eine Hand abgehackt oder mich zumindest an den Pranger gestellt. Damals wurde kaum unterschieden, ob es sich bei dem Diebesgut um wertvolles oder wertloses Zeug gehandelt hatte. Diebstahl war eben Diebstahl. Auch die Hintergründe für den Diebstahl wurden nicht untersucht, ob es Mundraub oder ein anderer Notstand war, wurde bei der Strafe nicht beachtet. Fast die gesamte Bevölkerung war irgendwann irgendwie in einer Notsituation, somit wurden keine strafmindernden Umstände in Betracht gezogen. Ich kann nur froh sein, dass diese Zeiten der Vergangenheit angehören."

Die Alte führte ihn in eine Art von Wohnküche, vollgestopft mit altem und neuem Mobiliar. Über einem großen Holztisch war eine Wachstuchdecke mit rot-weiß-gelbem Blumenmuster ausgebreitet, die eine Unzahl von Knitterfalten aufwies. Sie versuchte vergeblich die Falten glattzustreichen, zog einen Stuhl unter dem Tisch hervor, prüfte ob sich Krumen oder Flecken auf der Sitzfläche befanden und bot ihm danach an, sich zu setzen. Der würzige Kaffeeduft zog in Schwaden an seiner Nase vorbei, der Raum wurde zunehmend von dem Aroma erfüllt.

An der Längswand befand sich eine überraschend moderne Einbauküche aus Ahornimitat, die aber weder stilistisch, noch farblich zu dem Haus und den anderen eher rustikalen Eichenmöbeln passte. Manchot erblickte einige schöne alte Eichenmöbel, wie die geschnitzte Eckbank unter dem Fenster, die aber durch die zusammen gewürfelten Stilarten an

Attraktivität verloren. Der Raum erschien zudem einfach überladen, da er vielfältige Bedürfnisse der Bewohner erfüllen sollte, Aufenthaltsraum, Esszimmer, Wohnzimmer und nicht zuletzt Kochküche. Zwei verschiedene Blumentapeten widersprachen sich geschmacklich und trugen ihren Beitrag zu dem Engegefühl in dem Zimmer bei. Manchot saß mit Blick auf ein hohes massives Eichenregal in das Delfter Kacheln mit Fischermotiven schmückend eingearbeitet waren. Ein sehr schönes altes Stück, dessen Wirkung aber durch die Tapeten und die in dem Möbel ausgestellten Kitschteller und Sammeltassen nicht die ihm angemessene Wirkung erzielte. Schade dachte er, etwas mehr Geschmack und die Einrichtung hätte gemütlich wirken können. Zu allem Überfluss waren um dieses Regal vergilbte Kalenderbilder ohne Rahmen mit Blumenmotiven drapiert. Der Raum war nicht klein, wirkte jedoch mit seinen im Übermaß vollgestopften Dekorationen bedrückend. Er wollte sich erst gar nicht ausmalen, wie die gute Stube des Hauses möglicherweise aussehen mochte, er erahnte Nippes und alte Spitzendeckchen in allen Ecken.

Zur Feier des Tages nahm die Gastgeberin zwei rostrote mit Gold verzierte Sammeltassen in der Form von Teeschalen aus dem Regal, pustete den Staub der letzten Monate heraus und setzte sie auf den Wachstuchtisch, stellte dann eine dritte Tasse dazu, diesmal mit blau-grüner Bemalung, füllte sie mit einigen Keksen aus einer mit Blumen verzierten Blechdose, schlurfte in ihren Filzpantoffeln zur Küchenzeile und brachte die bauchige blumenverzierte Kaffeekanne zum Tisch. Sie füllte die Tassen mit dem schwarzen Gebräu und forderte ihren Gast auf, sich an dem Gebäck zu bedienen. Die Kekse aus einer Discounter Gebäckmischung schmeckten leicht ranzig, da sie wohl schon längere Zeit auf einen Konsumenten warteten, zusammen mit dem Kaffee heruntergespült, aber noch genießbar erschienen. Er lobte sogar die angebotenen Antiquitäten und griff mehrmals zu, worauf die Alte mit einer zur Fratze verzerrten Lächeln ihren zahnlosen Unterkiefer zeigte, jedoch ganz zahnlos war er nicht, zwei Eckzähne hatte sie noch erhalten können, die bei jedem Wort zwischen den Lippen neugierig blitzten. Ob der Oberkiefer ähnlich entzahnt war, konnte Manchot nicht feststellen, da ihre Oberlippe sich bei dem Gespräch nicht merklich bewegte.

Nachdem sich die hexenhafte Bäuerin herzzerreißend stöhnend gesetzt hatte, nahm sie eine alte Emailleschüssel von der ein Großteil der Glasur bereits abgeplatzt war und stellte sie auf ihren Schoß. Er wusste, dass von den alten Leuten selten etwas weggeworfen wurde, solange es noch irgendwie verwendbar war. Unter dem Tisch angelte sie einen Jutesack hervor und schüttete einen Teil davon auf den Tisch, begann Erbsenschoten geschickt zu pulen und ließ die Erbsen mit vielen dezenten Gongschlägen in das Behältnis fallen. Er kannte das aus alten Zeiten, tatenloses Herumsitzen war insbesondere beim weiblichen Teil der Landbevölkerung verpönt. Etwas gab es immer zu tun, insofern war es erstaunlich genug, wenn sich die Alte die Zeit nahm, Kaffee für einen Gast aufzugießen.

Sie blinzelte kurzsichtig und fixierte Manchots Gesicht. „Der Bach ist doch viel zu klein, als dass ein erwachsener Bursche wie Sie, darin baden könnte. Und dann auch noch nackend." Sie schüttelte verständnislos den Kopf.

„Nun, ich habe letztlich nicht richtig gebadet. Ich war total verschwitzt von einem langen Marsch in der Hitze, habe dann von dem klaren Wasser getrunken und mich von Kopf bis Fuß abgekühlt. Das war ein unglaublich gutes Gefühl, wenn das Wasser auch recht kühl war. Dann habe ich mich etwas ausgeruht und bin dabei eingeschlafen. Da ich kein Handtuch bei mir hatte, musste ich mich in der Sonne trocknen. Als ich aufwachte, waren alle meine Sachen weg."

Die alte Bäuerin hatte während seines kurzen Berichts nicht aufgehört, mit dem Kopf zu wackeln, als habe sie die Parkinson-Krankheit. Sie sah ihn verwundert an. „In dieser Gegend wird eigentlich nie etwas gestohlen und wer sollte schon verschwitzte getragene Kleidung stehlen? Nebenbei bemerkt, der Bach, der so klares kühles Wasser führt, kommt von den Kuhweiden weiter oben. Wahrscheinlich fließt da ein

Gemisch aus Wasser und zu gleichen Teilen Kuhpisse bergab. Ich würde auf keinen Fall darin baden oder davon trinken."

Manchot lachte trocken auf. „Was meinen Sie, aus wieviel Prozent Tierharn die Brunnenwässer bestehen? Durch zwei oder drei Meter Filtration durch Kies oder normaler Erde wird kein Wasser wirklich sauber, nur die Feststoffe werden hierbei herausgefiltert. In früheren Jahren hatte man gerne die Friedhöfe auf Hügeln über dem Dorf gebaut und im Tal waren dann die Brunnen gebohrt worden. Dabei haben sich damals die Mediziner gewundert, wieso verschiedene Seuchen sich nicht eindämmen ließen, aber abgesehen von Krankheiten, könnte ich mich nur schütteln, wenn ich mir vorstelle, was da alles in das Brunnenwasser gelangt war. Dagegen ist doch vermischte Kuhpisse das reinste Labsal."

„Ja, ja, man darf sich wirklich nicht vorstellen, was man im Laufe seines Lebens so zu sich nimmt. Aber, was ich nicht weiß, macht mich nicht heiß. Solange man von dem Zeug nicht krank wird, ist letztlich alles in Ordnung. Man liest ja auch häufig von der Überdüngung der Felder. Wenn das alles in das Grundwasser gelangt, kann ich mir vorstellen, was man für eine Sauerei zu sich nimmt. Man kann nur hoffen, dass unser Herrgott schützend seine Hände über uns hält. Bisher bin ich von Krankheiten weitestgehend verschont geblieben, wollen wir hoffen, dass das noch eine Weile anhält, trotz meines Alters."

„Sie haben eben gesagt, hier in der Gegend würde nichts gestohlen, ich arbeite in einer Tankstelle und gestern wurden wir überfallen. Es gibt also doch eine gewisse Kriminalitätsrate hier im Ort."

„Ja, ja, wir haben schon schlimme Zeiten. Die Jugend von heute hat keine Werte mehr. Die kennen nur noch Vergnügungen und Partys, Verpflichtungen wollen sie erst gar nicht mehr übernehmen."

Manchot stand auf, bedankte sich für die Bewirtung und entschuldigte sich nochmals für sein Verbrechen. Er trat vor die Tür und streichelte den beigen Hund, der es sich wohlig knurrend gefallen ließ.

Die Bäuerin, die ihm zur Tür gefolgt war, schüttelte ungläubig den Kopf: „Für einen Wachhund ist er mittlerweile äußerst zahm geworden. Lässt sich von Fremden streicheln, ohne zu knurren oder zu bellen. Vielleicht sollten wir ihn einschläfern lassen, wenn er zum Wachdienst nicht mehr taugt."

Manchot nahm den Kopf des Hundes in beide Hände und kraulte ihn dabei hinter den Ohren, der schloss wonnig die Augen halb und ließ ein genussvolles Katzenschnurren hören.

„Vielleicht habe ich bei meinem Eindringen nicht menschlich gerochen, nach ihrer Behauptung habe ich schließlich in Kuhpisse gebadet und gegenüber Kühen hat das Tier sicher keine Aggressionen, nur gegen Menschen. Außerdem hat er sicherlich gemerkt, dass ich völlig harmlos bin, also sollten Sie ihn leben lassen, er ist ansonsten bestimmt ein vorzüglicher Wachhund."

Er schwang sich auf sein Fahrrad und fuhr langsam in Richtung Tankstelle, er genoss dabei die gute Luft, den kühlen Wald und die Wiesenlandschaft mit ihren bunten Kühen, in deren Urin er so gerne badete.

In der Tankstelle war reger Betrieb, sowohl Heidi, als auch Monika hatten alle Hände voll zu tun. Selbst der ansonsten unsichtbare Wolfgang schlappte zwischen den tankenden Autos herum und spielte den Arbeitsamen. Manchot zirkelte sein Fahrrad noch relativ ungeübt zwischen den tankenden Autos hindurch auf die Werkstatt zu, um sein Gefährt abzustellen. Monika unterbrach ihre Arbeit spontan und kam auf ihn zugestürmt, sie fiel ihm wie einem Kriegsheimkehrer um den Hals und bedeckte sein Gesicht mit Küssen. Sie untersuchte sorgsam seinen mickrigen Restverband und fragte ihn mit Tränen in den Augenwinkeln, ob er noch Schmerzen habe, ob er viel Blut verloren habe, ob er sich nicht lieber schonen wolle, ob er noch bei Sinnen sei, eine Fahrradtour in seinem Zustand zu unternehmen. Für ihn kam diese peinliche Vorstellung überraschend, er hätte nie geglaubt, sie sorge sich derart um ihn, dass sie sogar Tränen um ihn vergießen könnte. Bisher war er von einer kollegialen Freundschaft ausgegangen, das was sie aber jetzt veranstaltete, hatte bereits den

Geschmack einer Verliebtheit. Auch er mochte sie gerne, aber seine Empfindungen waren noch im Stadium der verhaltenen Zuneigung, zu mehr war er nach so kurzer Zeit noch nicht in der Lage.

Sie zog ihn an der Hand in den Verkaufsraum und plapperte unentwegt: „Heidi und ich sind einer Meinung, dass du unglaubliches Glück gehabt hast. Nur ein paar Millimeter weiter und du wärst erschossen worden. Stell dir das doch nur mal vor. Was würden wir denn jetzt machen, ohne dich?"

Mittlerweile empfand er die Groteske amüsant. „So schnell kann ein dahergelaufener Rüpel einen gestandenen alten Baum nicht fällen und ich fühle mich wie eine meterdicke deutsche Eiche, der man schon mit schwererem Geschütz zu Leibe rücken muss und nicht mit einer Spielzeugpistole."

Jetzt war Heidi auch vor die Tür getreten, sie hatte die Kundenwünsche erfüllt. „Mit der Vermutung, es handele sich um eine Spielzeugpistole, liegst du gar nicht so falsch. Brahschoss, dieser Polizist, hat angerufen. Die haben das Projektil untersucht. Die Vermutung liegt nahe, dass es sich bei der angewendeten Schusswaffe um eine im Lauf aufgebohrte kleinkalibrige Schreckschusspistole handelte, mit der man nur unter unglücklichen Umständen einen Menschen töten könne. Insofern können wir wahrscheinlich keine Anklage wegen versuchtem Totschlag oder Mordversuch erwarten. Die Staatsanwaltschaft sprach angeblich nur von schwerer Körperverletzung. So wie ich das sehe, müsste man schon von einem gravierenderen Delikt ausgehen. Wenn die Kugel ins Auge oder in die Schläfe eingedrungen wäre, hättest du auch tot oder für dein restliches Leben behindert sein können. So wie sich die Sache entwickelt, müssen wir uns weiterhin mit den beiden Blödmännern vom Einbruchsdezernat herumschlagen. Ich fürchte, wir haben nunmehr keine Chance mehr, die Mordkommission würde sich um unseren Fall kümmern."

Manchot blickte versonnen vor sich auf den mit Betonplatten ausgelegten Boden. „Mir wäre eigentlich völlig egal, ob sie die beiden Täter fassen oder nicht. Ich will denen nur nicht mehr begegnen. Auf der anderen Seite, ich könnte die beiden sofort erkennen, wenn sie in meiner Nähe wären."

Heidi stutzte und runzelte verwundert die Stirn. „Wenn ich mich recht erinnere, hast du gesagt, die zwei Kerle nicht richtig gesehen zu haben, es sei zu dunkel gewesen. Wie willst du sie denn erkennen? Oder hast du sie doch gesehen?"

„Am Geruch, liebe Heidi, am Geruch. Du darfst bitte nicht vergessen, ich habe die Sinne eines Tieres. Nicht nur tierisches Blut fließt in meinen Adern, ich habe auch einen tierischen Geruchssinn. Ich kann die Ausdünstungen der Ganoven nicht beschreiben, aber sie waren ganz spezifisch. Ich habe immer noch diesen Geruch in der Nase. Es war eine Mischung aus menschlichem Angstschweiß und Zedernholz, wahrscheinlich nahm jeder ein anderes Duftwasser, aber auch ohne dieses Parfüm würde ich sie erschnüffeln."

„Hm, ja," begann Heidi, „das hätte ich fast vergessen. Überleg doch mal, wonach die genau gerochen haben könnten, wenn du das exakt beschreiben könntest, wäre das enorm hilfreich."

„Genauer als ich es eben beschrieben habe, kann ich es leider nicht. Erkläre einem Menschen, der noch nie eine Banane gegessen hat, wie die schmeckt. Wenn er sie aber einmal gegessen hat, wird er sich immer an den spezifischen Geschmack erinnern, ohne ihn genau beschreiben zu können. So ähnlich ergeht es mir mit dem Geruch der Verbrecher. Für mich hat jedes Wesen einen unverwechselbaren Geruch oder Duft. Auch du Heidi, du könntest deinen angenehmen natürlichen Duft auch mit einem intensiven Parfüm nicht überdecken, den darunter liegenden Geruch erkenne ich trotzdem. Es ist wie bei einem gekochten Gericht, selbst wenn Gewürze den Geschmack abrunden oder unterstreichen, bleibt das Aroma immer noch identifizierbar. Ein anderes Beispiel, das ist genau so, als wolle eine Frau ihr Gesicht mit einem Tüllschleier bedecken um unerkannt zu bleiben, du wirst sie auch sofort trotz der Vermummung erkennen. Es gehört schon viel dazu, nicht mehr erkannt zu werden, dazu bräuchtest du dann eine Burka, eine Nikab oder eine andere undurchsichtige Verschleierung. Im Extremfall ist es mit dem Geruch genauso, wenn ein Mensch ein stark duftendes Schaumbad nimmt, sich danach pudert und extrem parfümiert, fällt es schwer, die Person noch an dem Geruch zu erkennen, erst eine oder zwei Stunden später ist man sich dann sicher, wenn die natürliche Körperausdünstung wieder Oberhand gewonnen hat."

Heidi war wieder offensichtlich verwirrt. „Das waren nach deiner Aussage zwei Burschen gewesen und angeblich warst du ihnen auch nicht allzu nahegekommen, wie willst du dann die beiden Gerüche noch auseinanderhalten können? Oder bist du doch auf Körperkontakt zu den beiden gewesen?"

„Nein, ich hatte keinen Körperkontakt, aber als ich dem ersten die Taschenlampe über den Schädel gezogen habe, war ich weniger als einen Meter von ihm entfernt und zu dem zweiten war der Abstand weniger als drei Meter. Offenbar hatten die beiden vorher geschwitzt oder sich vielleicht auch nur nicht gut gewaschen, jedenfalls konnte ich deren Gerüche sehr gut wahrnehmen. Anhand der Duftmarken der beiden, könnte ich sogar grob ihr Alter schätzen. Der, den ich geschlagen habe, hatte den typisch aggressiven hormonell bedingten Schweißgeruch eines Spätpubertierenden. Der Schütze muss älter gewesen sein, wie ich denke, über dreißig Jahre. Er roch zwar auch nach Schweiß, aber anders, weniger aggressiv, eher an Moder erinnernd, außerdem hatte er wohl etwas geraucht, etwas was ich nicht kenne, etwas Süßliches. Vielleicht sogar eine Droge mit wenig Tabak, obwohl ein typischer Pilzgeruch in der Luft hing."

Monika, die bisher still der Konversation gefolgt war, mischte sich nun ein. „Es gibt neuerdings verschiedene Pilzsorten zu kaufen, die als Droge konsumiert werden, so genannte halluzinogene Pilze. Am häufigsten wird bei uns der spitzkegelige Kahlkopf angeboten, die kann man roh essen, man kann Tee davon aufbrühen, aber auch rauchen, wenn man sie getrocknet hat, jedenfalls sind sie wesentlich billiger als die meisten anderen Drogen. Man spricht in Konsumentenkreisen auch gerne von LSD für Arme, weil sie so kostengünstig sind."

Heidi ignorierte Monikas fachliche Ausführung und legte Manchot die Hand auf die Schulter, nicht ohne bei der

Ausholbewegung seine Nackenfedern zu streicheln. „Es ist ja wirklich unglaublich, was du für besondere Fähigkeiten hast. du schwimmst wie ein Fisch, wie mir Monika berichtet hat, du lernst so schnell wie andere Leute nicht mal lesen können, du hast ein Gedächtnis wie ein Rechenzentrum, du kannst riechen wie ein abgerichteter Polizeihund, was kannst du denn sonst noch alles Ungewöhnliches?"

„Ich weiß nicht, für mich ist das doch alles völlig normal. Es kommt alles nur auf die Sichtweise an. Ein Fisch schwimmt garantiert schneller als ich. Ich habe keine Ahnung, wie schnell andere Leute lernen können. Mein Gedächtnis ist garantiert nicht besser als das eines Durchschnittsbürgers, vielleicht kann ich es nur effektiver nutzen. Riechen kann ich auch ganz gut, was aber auch unangenehm sein kann, was meinst du, wie unangenehm einige Dinge stinken, ich kann mir doch nicht permanent die Nase zuhalten, obwohl heute stinken die Leute wesentlich weniger als noch vor hundert Jahren."

„Sei doch bitte nicht so bescheiden. Du läufst selbst nachts ohne jede Jacke herum und ich habe noch nie festgestellt, dass Du müde bist."

„Zugegeben, ich friere nicht schnell und brauche auch nicht viel Schlaf. Ich finde aber auch das ziemlich normal. Ich habe Leute kennen gelernt, die regelmäßig neun Stunden Schlaf benötigten und andere, die mit drei oder vier Stunden auskamen. Ähnlich ist es mit den Fähigkeiten, ich wurde schon etliche Male überrascht, wie schnell einige Leute denken können, wie gut ihr Gedächtnis war, wie hervorragend sie in sportlichen Disziplinen waren. Ich habe immer einige Wissenschaftler bewundert, die ihr Wissen auch umsetzen und anwenden konnten, die also dreidimensional oder in noch mehr Dimensionen denken konnten. Was nützt all das Gelernte, das Wissen, alle Daten, die du gespeichert hast, wenn du sie nicht umsetzen kannst, wenn du nicht in der Lage bist, sie zu verknüpfen. Diese Anwendung und die damit verbundene Anwendungsgeschwindigkeit nennt man Intelligenz. Und ich kannte viele Menschen, die wesentlich intelligenter waren als ich."

„Aber ohne Wissen kannst du auch nichts anwenden. Was nützt einem intelligenten Menschen sein Hirn, wenn er nichts weiß?"

„Nun, da kommt es auf eine gewisse Ausgeglichenheit von Intelligenz und Wissen an. Es ist richtig, wenn du das behauptest, ohne Wissen geht nichts, aber Intelligenz kann Wissen anhäufen, umgekehrt würdest du ein Fiasko erleben. Das Problem liegt nach meiner Ansicht und zu meinem Bedauern in den Schulsystemen, die wesentlich mehr Wert legen auf das Pauken von Wissen, als auf die Anwendung des Gelernten. Konntest du auswendig gelerntes, ohne es begriffen zu haben, vor der Klasse herunterplappern, erhieltest du eine gute Schulnote und galtst womöglich noch als besonders intelligenter Schüler. Das betraf aber nur die Merkfähigkeit des Schülers und hat mit Intelligenz nichts, aber auch gar nichts zu tun. Nicht umsonst sind viele namhafte Wissenschaftler angeblich schlechte Schüler gewesen – zumindest nach der Aussage der Schulnoten. Dagegen sind die guten Schüler häufig als Beamte ruhiggestellt worden, bei den Behörden gilt kreatives Denken wenig, wenn nicht sogar überhaupt nichts. Diese Leute müssen sich nur zwischen den Paragraphen bewegen können und dürfen niemals unangenehm auffallen."

Heidi meinte ein wenig kleinlaut, sie müsse sich zuerst daran gewöhnen, dass er kein reinrassiger Mensch sei und er Fähigkeiten und Unfähigkeiten habe, die sie nur schwerlich einschätzen könne.

Monika war lautlos neben ihn getreten, zupfte an seinem Ärmel und wechselte das für sie weniger interessante Thema. „Hast du Lust, heute Abend zu mir zum Essen zu kommen? Meine Spezialität ist Spaghetti al Carbonara nach einem ererbten alten Rezept einer italienischen Bäuerin aus Latium. Das magst du bestimmt, das ist schnell gekocht und einfach lecker."

„Wenn ich ehrlich sein soll, das habe ich noch nie gegessen, wenn das aber deine Empfehlung ist, kann ich mir nicht vorstellen, sie würden mir nicht schmecken. Ich nehme die Einladung gerne an."

Er drehte sich zu Heidi um. „Bin ich eventuell für etwas Anderes eingeplant? Ich kann nach dem Essen wieder die Nachtwache übernehmen."

Heidi antwortete empört und lauter als sie wollte: „Auf gar keinen Fall, hat dir letzte Nacht nicht gereicht? Sollen die Kerle doch meinetwegen den ganzen Laden ausräumen, jedenfalls setze ich weder dein Leben, noch deine Gesundheit aufs Spiel. Du schläfst wo du willst, dein Zimmer in meinem Haus steht dir zur Verfügung, da kannst du dich jederzeit zu Hause fühlen. Die Tankstelle ist nachts jedenfalls bis auf Weiteres ein Tabu für meine Angestellten. Ich habe gleich heute Morgen ein Angebot für ein hypermodernes solides Alarmsystem mit vernünftiger Videoüberwachung und Direktleitung zum Polizeirevier und sonst allem Schnickschnack angefordert. Ich werde nicht nochmals das Risiko eines bewaffneten Überfalls eingehen. Geld ist eine Sache, aber Gesundheit und Unversehrtheit sind mir wichtiger."

Manchot musste lachen, er sah belustigt ihre roten Flecken im Gesicht und ihre ernste Miene, so erregt hatte er die Unternehmerin noch nicht gesehen. Er mochte Leute, die sich für eine Sache echauffierten und für eine Sache einsetzten, auch wenn er den Grund ablehnte. Genauso, wie er diejenigen nicht mochte, denen alles gleichgültig war und an denen alles Gefühlsmäßige abprallte, auch wenn er selbst oft genug zu letzteren gehörte. „Du hättest nur für eine funktionstüchtige Stablampe und vielleicht eine Pistolenattrappe sorgen müssen und alles wäre letzte Nacht zu unserem Vorteil verlaufen. Die Krux an der Geschichte war doch nur, dass die Batterien leer waren, ansonsten wäre mein Plan aufgegangen."

„Erinnere mich nicht daran. Paradoxerweise habe ich hier die Batterien im Sonderangebot, aber vergessen, die Lampe neu zu befüllen. Ich habe die Lampe schon mindestens ein Jahr, wenn nicht sogar zwei Jahre nicht mehr benutzt. Ich könnte mich selber für meine Nachlässigkeit ohrfeigen, auch wenn das jetzt überhaupt nichts mehr nützen würde."

Manchot wollte die Schuldzuweisungen in Richtung seiner Chefin nicht auf die Spitze treiben und sprach wieder Monika an: „Ich komme natürlich gerne heute zu dir, aber sind wir denn nicht zum Schwimmen verabredet? Dein Trainer, Jörg glaube ich heißt er, wartet doch vielleicht auf uns. Normalerweise bemühe ich mich meine Verabredungen einzuhalten."

„Nein, das war keine feste Verabredung, das können wir in den nächsten Tagen nachholen. Ich möchte nicht, dass du mit deiner frischen Verletzung ins Wasser steigst und dir möglicherweise eine Infektion einhandelst. Wir können Übermorgen auch noch zum Training gehen, das läuft uns nicht weg. Ich werde ihn nur kurz telefonisch verständigen, sonst wartet er wirklich noch auf uns. Also abgemacht, du kommst um zwanzig Uhr zum Essen. Ich warte auf dich bis ich koche."

Heidi hatte einige Kunden bedient, während Monika in der Zwischenzeit Manchot den Weg zu ihrer Wohnung erklärte.

Als das junge Paar, jung bezog sich auf den optischen Eindruck und nicht auf das tatsächliche Alter, aufbrechen wollte, hielt Heidi ihn zurück und versuchte trotz ihrer lackierten Fingernägel einen Schlüssel aus dem Schlüsselring zu entfernen. Unter Fluchen gelang ihr das Manöver und sie überreichte ihm das kleine Etwas, das er wegen der Größe bestaunte. Das sei ihr Hausschlüssel, erklärte sie ihm, damit er sie nicht wecken müsse, falls es spät werde, er habe einen anderen Schlafrhythmus als sie. Lärm könne er getrost machen, sie werde nicht schnell wach, selbst ein Fanfarencorps habe Schwierigkeiten sie nachts zu wecken. Voriges Jahr sei einer ihrer Nachbarn Karnevalsprinz geworden, der dann um sechs Uhr von dem besagten Fanfarenzug abgeholt wurde, sie habe nichts gehört und weitergeschlafen, obwohl das Fenster offen gestanden hatte. „Also, keine Hemmungen, wenn du nach Hause kommst. Du weißt wo du duschen kannst und wie du an Kaffee kommst. Der Kühlschrank ist ganz gut gefüllt, falls die Spaghetti deinen Hunger nicht stillen konnten, was ich aber bezweifele."

Die letzte Bemerkung hatte sie mit einem anzüglichen Grinsen in Monikas Richtung geäußert, die aber die Spitze kommentarlos schluckte oder einfach ignorierte. War da ein Anflug von Eifersucht zu spüren, dachte sich Manchot, er war sich nicht sicher, ob er seine Gönnerin hätte fragen müssen, ob das mit der Einladung in Ordnung ginge.

Am Abend, eine viertel Stunde zu früh, stand er vor Monikas Haus. Die Radtour war nicht lang und die Beschreibung des Weges nahezu perfekt gewesen, wenn auch etwas umständlich erklärt, damit es auch ein weltfremdes Wesen wie er kapierte. In der Nähe ihrer Wohnung hatte er sich nach einem Blumengeschäft erkundigt, er wollte nicht mit völlig leeren Händen bei seinem ersten Besuch bei Monika erscheinen, obwohl, wie er erschreckt feststellte, sein Vorschuss dahinschmolz wie Schnee im Backofen. In dem Floristikatelier, wie sich der Laden nannte, war er von der Vielfalt der angebotenen Blumen und Pflanzen geradezu erschlagen, er dachte an rosa Nelken, die immer gut bei Damen ankamen und dazu noch unverfänglich waren. Als Alternative hatte er noch rote Gladiolen erwogen. Sein Wunsch rief bei der ältlichen Verkäuferin, einer dicken humpelnden Blondine, ein unverständliches mit einer gewissen Häme untermaltes Lächeln hervor. „Wo denken Sie hin Junger Mann, Sie sind der erste Kunde seit zwanzig Jahren, der Nelken verlangt und Gladiolen gehören in Omas Garten, keinesfalls mehr in die Vase auf der Kommode. Sollte ich Ihnen nicht einen moderneren Strauß binden? Falls Sie auf einem traditionellen Bukett bestehen sollten, würde ich Ihnen noch Teerosen empfehlen, die wären von der Aussage gegenüber der Beschenkten neutral."

Manchot stellte mal wieder fest, dass seine Vorstellungen nicht zeitgemäß waren und bat dann um einen modernen Strauß, den man einer jungen Frau schenken könne. Das Ergebnis fiel nach seinen Vorstellungen minimalistisch aus, um nicht zu sagen dürftig. Das Gebinde bestand aus einer einsamen Anthurie umgeben von einer Unmenge verschiedener Unkräuter und großen Blättern. Er konnte sich noch sehr gut an die früher verschenkten Blumen erinnern, das waren in aller Regel drei bis fünf zartrosa Nelken aus Frankreich mit etwas Schleierkraut gebunden, aber auch tiefrote Gladiolen aus einheimischen Gärten riefen bei den Beschenkten im Allgemeinen Jubelschreie hervor. Früher waren das die

Türöffner gewesen, jede Frau steckte sofort ihre Nase in die nicht oder wenig duftenden Blumen und warf dabei dem Gönner einen dankbaren Blick zu. Nun ja, der Geschmack hat sich denn wohl überlebt. Er tröstete sich damit, dass er die billig verpackten vorgefertigten Sträuße der Tankstelle ignoriert hatte, mit denen er nur Mitleid hatte. Diese Blumen wurden vorzugsweide nur von betrunkenen Ehemännern gekauft, die zu spät nach Hause kamen.

Das Wetter war trotz der späten Stunde immer noch ziemlich warm, anreichernd kam noch die typische Luftfeuchtigkeit der Rheinischen Tiefebene hinzu. Eigentlich wäre er jetzt viel lieber mit Monika ins Schwimmbad geradelt und die Schwüle abgewaschen, als in einer heißen Küche auf ein warmes Abendessen zu warten. Aber versprochen ist versprochen.

Er wollte keinesfalls zu früh an der Türe läuten, ihm war als eiserne Regel bekannt, nie zu früh bei einem Gastgeber aufzutauchen, insbesondere wenn die Person noch mit Vorbereitungen beschäftigt sein würde, vielleicht in einer Endphase der Essenszubereitung stand und die Gäste, in diesem Fall Singular, schon auf Bewirtung warteten. Bei einem Haushalt mit Bediensteten war das alles unproblematischer, aber Monika würde garantiert keine Köchin engagiert haben. Dann lieber ein paar Minuten verstreichen lassen und einen Hauch zu spät auftauchen. Er ging im Schatten vor dem Haus einige Male auf und ab, mangels einer Uhr immer auf sein inneres Zeitgefühl achtend. Er hatte zwar die Uhrzeit auf dem Weg von einer Kirchturmuhr ablesen können, aber das war nunmehr etliche Minuten her und somit war er hier ohne Uhr nur auf seinen gedanklichen Taktgeber angewiesen. Monikas Wohngebäude stammte wohl aus einer architektonisch spartanischen Epoche und war völlig schmucklos von einem unterbemittelten Bauherrn vor etlichen Jahren aus dem Boden gestampft worden. Die Fassade war grau oder in einem schmuddeligen Beige angestrichen worden und nun von Staub und Regen zu einer undefinierbaren Farbe verblichen worden. Neben der wie die Stallungen des Bauernhofs silbrig glänzenden Haustür waren acht Klingeln und ebenso viele

Briefschlitze aufgereiht, die auf ihre sinnvolle Benutzung warteten. Nach den Namensschildern und der Etagengröße zu urteilen, wohnten ausschließlich Alleinstehende in dem schmalen Haus.

Er hätte jetzt gerne eine Zigarette geraucht, um die Zeit angenehmer zu überbrücken, hatte aber als Gelegenheitsraucher keine Tabakwaren in der Tasche. Die Zeit kroch dahin, fast minütlich schaute er auf eine mittlerweile entdeckte Apothekenuhr, er fragte einen Passanten nach der Uhrzeit, da er befürchtete, die Uhr wäre stehengeblieben, der Mann bestätigte aber die Schneckenzeit der Apothekenuhr. Er prüfte, ob der Blumenstrauß vielleicht schon verwelkt sei, zu seiner Erleichterung waren noch keine Zeichen von einem pflanzlichen Alterungsprozess zu erkennen. Also durchmaß er noch einige Male die kurze Strecke vor der Häuserfront bis seine innere Uhr ihm signalisierte es sei nunmehr fünf Minuten über der verabredeten Zeit. Auf sein Klingeln schnarrte der Türöffner und er brauchte einige Sekunden, um zu begreifen, dass dieses unangenehme Geräusch ihm signalisieren sollte, er könne versuchen, die Haustür aufzustoßen. Wenn er früher zu Besuch in einem größeren Stadthaus erwartet wurde, kam ihn immer ein dienstbarer Geist an der Haustür abholen, aber er hatte gelernt, dass nunmehr Personal teuer und relativ selten war. Nach Anordnung der Namensschilder vor dem Haus musste er wohl bis in die dritte Etage laufen. Auch innen machte das Gebäude einen einfachen aber sauberen Eindruck, es roch nach Seifenlauge oder einem ähnlichen Reiniger. Die Wohnungstür stand offen und Monika kam ihm zeitgleich entgegen, als habe sie seine Schritte gezählt. Sie lächelte ihm als Willkommensgruß zu und legte ihren Kopf kokett zur Seite. Sie war eine andere Person als in der Tankstelle in ihrem karmesinroten nicht anliegenden Hängerchen mit einem weiten Halsausschnitt, es war atemberaubend kurz. Ihre mehr als schulterlangen Haare waren an einer Seite vor und auf der anderen Seite hinter die Schulter gelegt. Sie sah einfach hinreißend aus. Nicht zu vergleichen mit der grauen Maus in saloppen Jeans und verwaschenem T-Shirt, ihrer üblichen

Arbeitskleidung, nun gut, sie arbeitete auch nicht in einer Modeboutique oder in einem Kosmetikstudio. Des Öfteren musste sie einem Kunden an der Waschanlage helfen und dabei waren Berührungen mit beschmutzten Autos nicht zu vermeiden. Sie hatte sogar offene Pumps an den Füßen, die ihre Beine in Verbindung mit dem kurzen Rock optisch bis ins Unendliche verlängerten. Er stellte sich die Reaktion eines prüden Bürgers vor hundert Jahren vor, wie er nicht mehr an sich halten konnte, bei diesen geballten sexuellen Reizen, die die Damen heutzutage ausstrahlten. Selbst ihre Tätowierungen sahen nunmehr eher ein wenig schmückend als entstellend aus. Kurzum, er war von ihrer Erscheinung begeistert und sparte nicht mit bewundernden Blicken und verbalen Komplimenten. Als Höhepunkt stellte er fest, dass selbst die Baubeschläge entfernt worden waren.

Er reichte ihr die Blume einschließlich der transparenten Verpackung, die er nicht zügig genug entfernen konnte, die Verkäuferin hatte nicht mit dem Klebeband gespart, und entschuldigte sich für den Fauxpas, aber Monika klärte ihn auf, dass Folien nicht entfernt werden brauchen. Dann folgte natürlich die überflüssigste Geste der Welt begleitet von der überflüssigsten Bemerkung der Welt, sie roch nämlich an dem nicht duftenden Gebinde und meinte, das sei doch nicht nötig gewesen. Bevor er diese Bemerkung abwertend kommentieren konnte, beugte sie sich vor und küsste ihn voll auf den Mund. Er hatte diesen spontanen Kuss nicht erwartet und hätte sich beinahe verschluckt, konnte aber rechtzeitig ein Husten unterdrücken, das wäre ihm doch allzu peinlich gewesen. Der Kuss war sehr feucht gewesen und mit ihrer Zunge hatte sie seine Lippen andeutungsweise abgetastet. Er war benommen von diesem unerwarteten erotischen Überfall.

Mit dem Kommentar, sie habe überhaupt keine Blumenvase, es gäbe zu wenig Kavaliere, die Blumen verschenkten, sie selber habe noch nie Blumen als Mitbringsel erhalten, nahm sie eine gläserne Kaffeekanne, füllte sie mit Wasser und steckte den Strauß ohne die Folie zu entfernen in das entartete Behältnis.

Sie hatte eine Flasche Rotwein entkorkt und goss zwei langstielige hauchdünne Gläser halbvoll. „Ich hoffe, du magst Rotwein, ich bin kein Weinkenner, aber ich dachte, das passt am besten zu Spaghetti al Carbonara, wegen des Käses darin. Ich brauche nur noch ein paar Minuten, dann ist das Essen fertig. Ich wusste auch nicht, wie pünktlich du sein würdest. Du hast ja schließlich keine Uhr und machst dich nicht zum Sklaven dieser mechanischen grausamen Antreiber."

Sie prosteten sich zu und er schaute sich in der kleinen gemütlichen Wohnung um, während sie in der Küche herumwuselte. Soweit er es nach der Anzahl der Türen beurteilen konnte, war es eine Zweizimmerwohnung, die aber offensichtlich mit viel Liebe zum Detail eingerichtet wurde. Die Wände des Wohnzimmers, das eher wie ein Esszimmer wirkte, da keine Couchgarnitur oder Sessel sichtbar waren, hatten einen lindgrünen Anstrich und das Mobiliar älteren Datums war mit weißer Lackfarbe auf zeitlos getrimmt worden. In einer Ecke stand ein Esstisch mit vier Stühlen, den man wohl ausziehen konnte und dann bis zu sechs oder sogar acht Personen Platz bot. Es gab in einem weißen Bücherregal eine Unmenge von Dekorationsgegenständen, aber fast keine Bücher. Ins Auge stachen die zahlreichen weißen Orchideen, die in vielen Winkeln des Raumes in kleinen Plastiktöpfen ihre Pracht entfalteten, obwohl einige der Pflanzen keine Blüten mehr aufwiesen und wohl auf den nächsten Frühling warteten. In einigen Ecken des Raums hingen Bildmotive mit verschiedenen Schwerpunkten.

An einer Stelle sah man gerahmte alte Postkarten, die teilweise blass coloriert waren. Vorwiegend handelte es sich um engelhafte Wesen, die Grüße zu einem kirchlichen Feiertag übermitteln sollten, die verklärten Blicke der Damen waren ausnahmslos in die Ferne gerichtet und ein zartes Lächeln der Da Vinci Ära umspielte ihre überschminkten Lippen.

Eine andere Stelle war asymmetrisch mit alten Portraitfotos geschmückt, wahrscheinlich präsentierten sich hier Jugendfotos der Familienmitglieder wie Omas und Opas. Die meisten Männer waren in Uniformen abgelichtet worden mit martialischem Blick der dem Feind einen Schrecken einjagen sollte. Eine Aufnahme reizte ihn zum Lachen, fast zwanzig Uniformierte standen oder lagen in Positur, vor ihnen ein Schild mit der Aufschrift „Die Lustigen Rheinländer von Stube sechs", aber keiner der fotografierten lachte oder lächelte. Oder sollte das vom Fotografen absichtlich humorig inszeniert worden sein?

Die nächste Abteilung bestand aus bunten exotischen Schmetterlingen in Goldrahmen, in der Mitte befand sich eine Postkarte mit einem menschlichen erotischen Schmetterling. Eine nackte füllige Dame, der man einen Rock aufgeklebt hatte, posierte himmelwärts blickend mit einem Federwedel, wenn man nun unter das winzige Röckchen pustete, flatterte es hoch und entblößte das überaus üppige Schamhaar der seit mindestens hundert Jahren verflossenen Schönheit. Nein, die Dame war keine hundert Jahre alt, sondern die dunkelbraune Ablichtung der Dame. Er wunderte sich über die unglaubliche Schambehaarung, deren Echtheit er anzweifelte, jedenfalls erweckte sie den Eindruck beim Lüften des Röckchens, sie trüge ein schwarzes Höschen unter dem Rock. Das Foto war sicherlich ursprünglich dazu ausersehen, den Frontsoldaten irgendeines Krieges die Enthaltsamkeit und das Heimweh erträglicher zu machen. Auf ihn hatte die Abbildung keine erotisierende Wirkung, er fand die Idee dahinter nur belustigend, aber er war auch kein Soldat, der seit Monaten im Schlamm auf seinen Einsatz wartete.

Er trat zum Bücherregal mit ein paar Taschenbüchern, einigen Wörterbüchern und gerade mal drei gebundenen Werken. Er nahm den Roman von einem Haruki Murakami mit dem Titel „Gefährliche Geliebte", blätterte darin und wurde neugierig, das Buch gefiel ihm auf Anhieb. Erstaunt stellte er fest, dass der ursprüngliche englische Titel „South of the border, west of the sun" ins Deutsche übersetzte er den Satz mit „Südlich der Grenze, westlich der Sonne" völlig entstellt wiedergegeben war. Vielleicht war der Übersetzer oder der übereifrige Verleger zur titelgebenden Zeit betrunken oder aus sonstigem Grund nicht

Herr seiner Sinne gewesen, sonst wäre die wörtliche Übersetzung gewählt worden.

Monika erschien mit wippendem Röckchen und der Bemerkung auf den Lippen, es würde nur noch einen Augenblick dauern, dann könnten sie endlich essen, er müsse ja schon vor Hunger Bauchweh haben. Sie nahm einen Schluck Wein und küsste ihn anschließend wieder voll auf den Mund, sie schmeckte stark nach Rotwein, sie drängte ihre Zunge zwischen seine Lippen und ließ sie in seiner Mundhöhle wie das Paddel eines Wildwasserkanuten kreisen. Dann änderte sie ihre Technik, knabberte an seinen Lippen und hielt seine Arme wie in einem Schraubstock umschlungen, aus dem er sich nur mit großer Kraftanstrengung hätte befreien können. Aber befreien wollte er sich gar nicht, er genoss und ergab sich, erwiderte ihre Küsse nur recht unbeholfen. Er war leicht verwirrt, er kannte die heutige Praxis der Damen nicht, die anstandslos die Initiative ergriffen und keinen Widerspruch und erst recht keine Auflehnung gelten ließen. Die Situation gefiel ihm, ihn störte auch dieses Metallteil durch ihre Zunge nicht, das sie noch nicht für ihn abgelegt hatte. Er betrachtete den Kuss weniger als erotischen Angriff, sondern eher als angenehme Sympathie- oder Freundschaftsbezeugung.

Er wunderte sich erneut über die Wandelbarkeit der weiblichen Bevölkerungshälfte heutzutage. Die offenen Haare standen ihr wesentlich besser als der übliche Schwanz am Hinterkopf. Das frisch gewaschene Haar hatte einen leichten rötlichen Schimmer und wenn sie den Kopf senkte, verschwand ihr Gesicht hinter einem zarten Schleier von spinnwebendünnen glänzenden Haaren. Sie war nicht im klassischen Sinn schön, eher apart, ihre großen Augen und ihr voller Mund dienten nicht nur als Blickfang, ihre Nase war ein wenig zu groß und auch eine Spur zur Seite geneigt. Die Nase nahm dem Gesicht das Makellose, das Unberührbare. Ihre liebenswerten Schönheitsfehler störten ihn weniger als diese Tätowierungen, die er sich mit zunehmendem Alter formverändernd vorstellte und zwar nicht gerade zu ihrem Vorteil. Einem jungen Mädchen verzieh man eher diese Dummheiten, als einer gestandenen

Frau. Zusammen mit ihrem offenen Wesen scheute man sich nicht das museale Bild, das sie bot, zu berühren, ob mit Händen oder Lippen. Er spürte etwas in seiner Brust, ein Gefühl, an das er sich kaum noch erinnern konnte, es klemmte ihm die Eingeweide zusammen, obwohl es letztlich eine wohlige Empfindung darstellte. Er nahm seinen Mut zusammen, um ihr eins seiner seltenen Komplimente zuzuflüstern und legte seinen Zeigefinger quer auf ihre kühlen Lippen, damit sie ihn nicht unterbrach. Ein schrilles Klingeln aus der Küche übernahm die Rolle des Unterbrechens und riss ihn aus seiner Konzentration auf den vorformulierten Satz. Sie drehte sich abrupt um und verschwand wie ein schwebender Geist in der vernebelten Küche. Er trauerte seiner verpassten Chance nach und folgte ihr zögernd.

Sie goss aus einem großen Topf ein dampfendes Etwas in ein Küchensieb und ließ einen Guss kalten Wassers darüber laufen. „Weißt du eigentlich, wie man feststellen kann, ob die Spaghetti genug gegart sind?"

Sie nahm eine Nudel aus dem Sieb, warf sie gegen die Wand über der Spüle, wo sie kleben blieb. „Siehst du? Wenn sie kleben bleibt, ist sie gut, wenn nicht, fällt sie runter und ist nicht fertig."

Sie warf die immer noch dampfenden Nudeln zurück in den Topf, gab ein Stück Butter dazu, rührte um und schüttete dann eine weiße zähfließende Sauce zu den Teigwaren, rührte nochmals kräftig in dem Topf herum und verteilte schließlich die köstlich duftenden Spaghetti zu zwei ansehnlichen Bergen auf Teller, rieb noch ein wenig Parmesankäse über die Portionen, mahlte etwas schwarzen Pfeffer darüber und brachte die Teller in die Essecke.

Er entfaltete seine an ein Bettlaken erinnernde große Serviette und steckte sie sich in den Halsausschnitt seines Hemdes. Sie lächelte und klärte ihn auf, dass die Sauce an den Spaghetti kleben bleibt, wenn sie die richtige Konsistenz haben, somit bräuchte er keine Sorge um Flecken zu haben. Er überging ihre Bemerkung, zupfte aber gleich das Laken von seinem Hals und breitete es auf seinem Schoß aus. Er wickelte die erste Ladung um seine Gabel und schaffte es sie unfallfrei zum Mund zu führen. Er kaute genüsslich, es schmeckte hervorragend. Er ignorierte sein Gewissen, das ihm Kannibalismus signalisierte, da Eier in der Sauce waren."

„Das ist wirklich ein tolles Rezept, das dir die italienische Mama da vererbt hat. Ich bin schlichtweg begeistert."

Er drehte und schaufelte in den Mund, kaute kaum, auch in den kleingeschnittenen Speck biss er nur wenig, er schluckte und genoss.

Als sein Teller halbwegs leer war, stellte er mit einer unverhohlenen Schadenfreude fest, dass sie einen Saucenspritzer auf ihrem Kleid hatte, genau zwischen den leichten Ausbuchtungen, die ihre Brüste verursachten. Er machte sie uncharmanter Weise darauf aufmerksam und sie fluchte leise vor sich hin, wegen ihrer Unaufmerksamkeit, da das Hängerchen angeblich gerade aus der Reinigung abgeholt worden war. Sie versuchte vergeblich diesen winzigen aber gut sichtbaren Fettfleck mit der Serviette zu beseitigen. Zu seiner Überraschung entdeckte er auf seiner eigenen Serviette einen kleinen Spritzer, aber da hatte sich der Sinn und Zweck des Lakens erfüllt.

„Wärst du bereit, mir das Rezept dieser Delikatesse zu verraten oder soll es ein vererbbares Geheimnis bleiben?"

Monika musste trotz des ärgerlichen Flecks lachen. „Gut, dann vererbe ich dir jetzt die Rezeptur. Es ist ganz einfach:

Du brätst etwas durchwachsenen Speck an, ich bevorzuge den geräucherten und vorgegarten Katenspeck,

dann schüttest du das Fett ab und lässt den Speck abkühlen,

separat verrührst du während dessen drei Eidotter mit geriebenem Parmesankäse und gibst einen guten Schuss Sahne dazu.

Den Speck und die Sauce gießt du einfach über die gekochten Nudeln vermengst alles und fertig ist das Gericht. Ratsam wäre noch ein wenig schwarzen Pfeffer zum Schluss darüber mahlen, et voilà. Ich mache das gerne als Hauptgericht, weil es mir als Vorspeise zu sättigend wäre. Dazu serviere ich oft noch einen grünen Salat oder Gurke."

„Das klingt ja wirklich sehr einfach, aber es ist trotzdem äußerst lecker."

Manchot setzte sich schräg vor den Tisch, streckte seine Beine aus, nahm die Gabel und kratzte auf dem Teller die gestockten Saucenreste zusammen und hielt die Gabel hoch. „Ich habe immer ein Schuldgefühl, wenn mir bewusstwird, dass ich Eier gegessen habe. Ich kann es einfach nicht verdrängen, ich fühle mich dann wie ein Kannibale, der seine eigene Sippe verspeist. Ein gewisses Verwandtschaftsverhältnis zu Vögeln oder vielleicht auch Reptilien kann ich nicht leugnen und könnte sicherlich auch bewiesen werden. Ich bin nun mal aus einem eiförmigen Gebilde geschlüpft. Und im Unterbewusstsein bilde ich mir immer beim Konsum von Eiern ein, ich verspeiste soeben einen Verwandten, möglicherweise Vater, Mutter, Schwester oder Bruder. Übrigens, an Onkel, Tanten, deren Nachkommen oder noch entfernteren Familienmitgliedern denke ich dabei nie. Ich weiß, ich muss mich unbedingt von dieser Assoziation freimachen, aber es fällt mir unglaublich schwer, letztlich sind in so vielen Gerichten Eier verarbeitet, ich müsste dann auf die meisten Backwaren und viele Saucen verzichten, sogar in einigen Getränken oder Cocktails sind Eier verarbeitet, von Fertiggerichten ganz zu schweigen."

Sie nahm seine Hand, streichelte sie und blickte tief in seine Augen. „Tut mir leid, ich hätte daran denken sollen, habe ich aber nicht. Eier sind so etwas Selbstverständliches in einer Küche wie Butter oder Kartoffeln. Wenn du das nächste Mal zum Essen kommst, koche ich etwas Passenderes, vielleicht Fisch, Fleisch oder sogar eine vegetarische Spezialität, wenn dir das lieber wäre."

Er schüttelte vehement den Kopf. „Nein, nein, das ist überhaupt nicht notwendig, ich esse doch fast alles, auch Eier. Es geht letztlich nur um meinen Spleen in dieser Beziehung. Ich weiß, dass es Unsinn ist, aber ich muss meine ewigen Bedenken besiegen, deshalb habe ich dich auch nur eingeweiht, ich glaube, man muss offen über seine Bedenken reden, sonst kannst du sie nicht bekämpfen. Ich habe gelesen, dass Leute mit einer Arachnophobie therapiert werden, indem sie eine riesige Tarantel auf die Hand gesetzt bekommen und sie sich daran gewöhnen müssen. Genau so will ich es mit Eiern machen, so viele davon essen bis es zu meiner Gewohnheit wird. Wenn du allerdings eine genetische Absonderlichkeit wie mich zum Essen einlädst, musst du mit Überraschungen rechnen. So und jetzt vergiss bitte meine Spinnerei und wenden wir uns angenehmeren Themen zu."

Er prostete ihr zu und sie erwiderte lächelnd seine Geste. Monika sprang auf und begann den Tisch abzuräumen, auch er quälte sich von seiner Sitzposition auf und folgte ihr mit den leeren Tellern. In der Küche nahm er sie in die Arme und bedankte sich für die Bewirtung mit einem langen Kuss, wobei sie ihre frühere Kusstechnik wiederholte und er versuchte es ihr gleichzutun. Er fuhr mit beiden Händen an ihren Seiten entlang, an ihrer schlanken Taille machte er keinen Halt und er spürte ihre festen vollen Pobacken. Ohne den Kuss zu unterbrechen, streifte er ihr Kleid hoch und stellte verwundert fest, dass sie nichts Verbergendes unter dem roten Stoff trug. Sie bemerkte sein Zögern und musste lächeln.

„Im Schwimmbad hast du zu mir gesagt, du wolltest mich küssen und auch nackt sehen. Den ersten Wunsch habe ich dir schon einige Male erfüllt und die Erfüllung des zweiten Wunsches habe ich mir für später aufheben wollen. Mach dir aber bitte keine falschen Hoffnungen, ich will nicht mit dir schlafen. Zumindest noch nicht. Dazu müssen wir uns erst einmal besser kennenlernen. Das könnte man sich dann eventuell für einen späteren Zeitpunkt aufheben, falls sich zwischen uns etwas entwickeln sollte. Zunächst hatte ich die Idee, mit dir zusammen in die Sauna zu gehen, aber das war mir dann doch zu unpersönlich."

Mit einem unnachahmlich geschickten Griff hatte sie das Kleidchen über den Kopf gezogen und stand nun völlig nackt bis auf die halbhohen roten Schuhe vor ihm. „Du kannst mich ansehen, aber bitte nicht berühren, das darfst du erst dann, wenn ich wieder angezogen bin."

Manchot ließ seinen mittlerweile gierigen Blick von ihrem Kopf bis zu den Füßen gleiten und unendlich langsam wieder zurück.

Im Geiste streichelte er ihre bleiche, fast weiße, von einigen Sommersprossen besprenkelte Haut, sein Blick verweilte auf ihren kleinen aber schönen Brüsten, um dann ihr kurz getrimmtes Schamhaar zu bewundern. Die Wespentaille begeisterte ihn am meisten, die ganze Erscheinung war einfach festhaltenswert und er prägte sich jedes Detail und jede Feinheit ein. In diesem Moment wäre er gerne das erste Mal in seinem Leben ein Maler gewesen, nicht Fotograf, er hätte den Anblick des Schönen interpretiert, versucht seine Gedanken mit ihrem Anblick zu vereinen. So wie eine besonders schöne Landschaft auf einem Foto unrealistisch oder kitschig erscheint und erst als Aquarell oder Ölgemälde ihre wirkliche Schönheit entfaltet. Er musste sich zurückhalten, nicht jedes noch so kleine Muttermal zu küssen, ein winziges war neben dem Bauchnabel, ein etwas größeres Hautpigment hatte sie unter der linken Brust und ein weiteres schimmerte durch die schüttere Schambehaarung. Ihre linke Brust schien eine Nuance kleiner als die rechte zu sein. Die Hautfleckchen hätte er liebend gerne genauer untersucht, nicht nur mit den Händen, er stellte sich den Duft ihrer Haut in Verbindung mit seinen Küssen vor, aber sie hatte sich seine Berührungen verbeten und er wollte sie keinesfalls enttäuschen.

Er merkte, dass sie etwas ungeduldig unter seinen Blicken wurde, sie fühlte sich wohl etwas zu nackt und wollte sich wieder unter ihrem Kleid verstecken. Er bat sie noch um ein wenig Geduld, sie solle sich doch bitte noch umdrehen, damit er auch noch ihre Rückseite bewundern wollte. Sie folgte widerstrebend seiner Bitte und bedeckte kurioserweise ihre nunmehr abgewendeten Brüste mit dem rechten Arm. Er verkniff sich eine Bemerkung, er wollte die knisternde Atmosphäre nicht durch einen dummen Scherz zerstören. Aus dem gleichen Grund untersagte er sich die Bitte, sie möge sich nach vorne beugen, damit er noch mehr von ihren intimen Zonen ergötzend betrachten konnte, obwohl dies instinktiv seine Position bei der Kopulation war. Stattdessen bekannte er: „Ich werde mich ganz ehrlich von diesem Bild nie satt sehen können. Ich bin davon überzeugt, würden wir darauf warten, bis ich genug gesehen habe, hätte uns der Hungertod ereilt und müssten elendiglich krepieren."

Sie lachte und hatte das Kleid mit einem ebenso geschickten Griff wieder übergestreift, wie sie es vor ein paar Minuten abgestreift hatte. „Ich fühle mich bei dir unendlich geborgen, als würden wir uns schon etliche Jahre kennen. Ich vertraue dir blind. So etwas Ähnliches habe ich noch nie in meinem Leben gemacht, aber ich wollte dir den im Schwimmbad geäußerten Wunsch erfüllen."

Irgendetwas war plötzlich anders. Er konnte sie in ihrem roten Kleid nicht mehr ansehen, ohne sie nackt wahrzunehmen, als sei ihr Kleid nicht existent oder völlig durchsichtig. Er musste unwillkürlich an das uralte Märchen von „des Kaisers neuen Kleidern" denken. Er wusste nun genau wo ihre Muttermale saßen, er glaubte die Kontur ihrer Schambehaarung durch den dünnen Stoff nachzeichnen zu können und er sah ihre Taille über ihren vorstehenden Hüftknochen. Ihr bekleideter Anblick wirkte auf ihn überraschenderweise erotisierender als ihre Nacktheit. Vielleicht, dachte er, weil er ihren Zustand von ein paar Minuten zuvor gerne wiederhergestellt hätte.

Sie setzte sich nun, um ihm näher zu sein, an die Stirnseite des Tisches und prosteten sich mit dem Wein zu. Sie küsste ihn immer wieder. Sie streichelte die Stellen um seine Schussverletzung herum, küsste dann seine Stirn sowie die Umgebung des Pflasters. Sie wollte wissen, ob er noch Schmerzen empfinde. Schließlich erkundigte sie sich nach seiner Erinnerung vor und nach dem Überfall. Unwillig kramte er die Erlebnisse wieder in den Vordergrund seines Bewusstseins, es waren bereits derart viele Ereignisse und Erfahrungen abgespeichert worden, dass die Geschehnisse, denen er wenig Wichtigkeit beigemessen hatte, völlig in den Hintergrund gedrängt worden waren. Er berichtete seine Wahrnehmungen im Stil eines Polizeiprotokolls und ließ kein Detail aus, auch nicht die Gerüche der beiden Einbrecher und deren Wiedererkennungswert. Erstmals teilte er auch jemandem mit, dass es ein störendes Aroma bei dem Schützen gegeben habe, als habe der Kerl kurz vor dem Überfall mit einem Dritten die Kleider getauscht. Auch berichtete er, dass er diesen anderen Geruch bereits an einem anderen Ort wahrgenommen habe, aber wo und unter welchen Umständen wusste er nicht mehr. Er bedauerte, dass sein Gedächtnis nur auf visuellem Gebiet besonders ausgeprägt war, sein Erinnerungsvermögen für Gesichter, Geräusche oder Gerüche weniger, selbst seine auditive Merkfähigkeit war wenig belastbar.

„Jedenfalls bin ich davon überzeugt, die Polizei wird die Verbrecher nicht aufspüren, es sei denn, der den ich verletzt habe muss sich zur Behandlung in ärztliche Hände begeben und der Mediziner schöpft Verdacht. Aber eine Schlagverletzung durch eine Stablampe könnte auch von einem Sturz herrühren. Ergo, sehe ich die Chancen der Aufklärung gleich Null. Höchstens der Zufall könnte der Polizei helfen."

Beide schwiegen einen Moment, eine weitere Diskussion über Unabänderliches wäre so sinnvoll gewesen wie ein Heftpflaster gegen Bauchschmerzen.

Bismarck

Monika sah ihm in die Augen. „Ich fühle mich so sehr mit dir verbunden, weiß aber noch so wenig von dir. Was hast du in deiner letzten Aufwachphase erlebt?"
„Nun, wie du dir denken kannst, habe ich viele interessante und herausragende Erlebnisse gehabt. Eines der herausragenden und der bemerkenswertesten kann ich dir erzählen. Willst du die ausführliche oder die Kurzversion hören? Aber ich warne dich, die Langversion zu berichten, würde etliche Stunden dauern, dabei würdest du auf deinen Schlaf verzichten und ich könnte nicht garantieren, morgen früh fertig zu sein."
„Vielleicht beschränken wir uns auf die Kurzversion und ich stelle einfach Fragen, wenn ich zum Verständnis einige weitere Details wissen will. Einverstanden?"
„Ich bin in deinen Händen und ich werde wie eine Knetmasse tun was du willst."
Sie schaute ihn an und musste lächeln, sie war unsicher, was sie von solchen Demutsbekundungen halten sollte, solche Sätze waren wohl völlig neu für sie. Als Dank küsste sie ihn erneut, er griff zärtlich nach ihrer Brust, um zu verifizieren, dass noch alles an seinem vorbestimmten Platz war. Die Tastsinne signalisierten ihm, dass seine Befürchtungen unbegründet waren. Er begann seine Erzählung, nachdem sie ihn von seinen Lippen entlassen hatte und er sich einen Moment besonnen hatte.
„Also, in meiner letzten interessanten Daseinsperiode habe ich in der zweiten Hälfte des neunzehnten Jahrhunderts am Leben teilgenommen. Ich hatte durch glückliche Fügungen, Poseidon sei Dank, einen gewissen Einfluss auf die politische Führung in Person Otto von Bismarcks haben dürfen und konnte in mancher Beziehung auf seine oftmals zu spontanen Entscheidungen dämpfend einwirken. Ich hatte damals eine Anstellung als Sekretär bei Salomon Oppenheimer, dem Inhaber eines bekannten Bankhauses in Köln.

Trotz meiner untergeordneten Tätigkeit habe ich eines Tages während einer Verhandlungspause den Bankier Bleichröder, Gerson Bleichröder, persönlich kennen gelernt, der mich gerne als seine rechte Hand engagieren wollte. Ihm hatte imponiert, wie ich meinem Chef ständig die Bälle, sprich Argumente zuspielte. Ich hatte zwar keine große Lust gehabt, nach Berlin umzusiedeln, aber ich versprach mir von der Position in der Hauptstadt eine äußerst interessante Perspektive und die Möglichkeit dicht an der Macht zu arbeiten. Ich sollte recht behalten. Jedenfalls hatte ich einen nachhaltigen Eindruck auf diesen damals sehr wichtigen mächtigen Mann gemacht und hatte auch nach kurzer Zeit sein Vertrauen gewonnen. Er nahm mich zu all seinen Besprechungen und Verhandlungen nicht nur als seinen Kofferträger mit und fragte mich oftmals nach meiner Einschätzung der Dinge. Nicht, dass er meine Meinung immer geteilt hätte, aber er wollte sichergehen, keinen Aspekt übersehen zu haben. Manchmal änderte er sogar nach unseren Gesprächen seine Entscheidungen. Er bewunderte oftmals mein Gedächtnis und lobte mich wegen meiner Übersicht und Zitatsicherheit. Schon recht bald wollte er, dass ich in seine Villa zog, damit ich jederzeit für ihn verfügbar war, ich hatte dort zwei luxuriöse Zimmer mit allem, was man sich wünschen konnte. Ich nahm die Mahlzeiten zusammen mit ihm und seiner Familie ein und war auch bei allen Festlichkeiten zugegen. Er mochte nicht mehr auf mich verzichten und in Verhandlungen stimmte er keinem Kompromiss mehr zu, ohne vorherigen Blickkontakt mit mir. In einigen Fällen bat er um eine kleine Besprechungspause, um die Machbarkeit des Verhandlungsstatus zu erörtern.

Ich habe nie große Reden während der Besprechungen geschwungen, unsere Position wurde ausschließlich in den Vorbesprechungen festgezurrt, natürlich gab es ständig maximale und minimale Vorstellungen, zwischen denen das Verhandlungsergebnis liegen musste. Wir haben uns jedenfalls blind verstanden, ein fast unmerkliches Nicken oder Kopfschütteln reichte aus, um Einverständnis oder Ablehnung zu signalisieren."

Manchot trank einen kleinen Schluck Wein und fragte Monika, ob sie bisher bereits Fragen habe, sie schüttelte nur kurz den Kopf und er fuhr fort. „In Finanzierungsangelegenheiten waren wir des Öfteren bei dem damaligen Reichskanzler Graf Otto von Bismarck zur Beratung geladen. Nein, ich muss mich korrigieren, er war damals noch kein Graf, der Titel wurde ihm erst viel später verliehen."

„Du meinst doch den Bismarck, der so viele Kriege angezettelt hat und der später beim Kaiser in Ungnade gefallen war und unehrenhaft entlassen wurde?"

„Genau von dem rede ich, aber ich glaube, wenn wir ihn nicht gebremst hätten, wäre er in die eine oder andere Schlacht noch zusätzlich gezogen. Kriege waren für ihn nicht Menschenverlust und unendliches Leid, sondern ein legitimes Mittel zum Zweck und dieser Zweck war schlichtweg politischer Machtgewinn und zusätzliche Einflussnahme in Europa."

„Wie hattet ihr Bismarck denn bremsen können, er war doch so mächtig."

„Ganz einfach, Kriege kosten Geld, sehr viel Geld und das war nicht ausreichend vorhanden, also mussten Kredite aufgenommen oder Anleihen aufgelegt werden. Wenn dann die Bankiers zu dem Ergebnis kamen, die Kreditaufnahme würde in keinem Verhältnis zu den Vermögenswerten des Kaiserreichs stehen, wurde dieser Kredit versagt. Kein Geld, kein Krieg, so einfach ist das Geschäft."

„Wie ist denn dein Bankier gerade an den Eisernen Kanzler geraten, der galt doch, soviel ich weiß, als absolut unnahbar? Und soviel ich gelesen habe, war er nicht gerade als umgänglich und menschenfreundlich verschrien."

Monika war aufgestanden und während sie sprach ging sie aus dem Zimmer, die letzten Worte hatte sie im Türrahmen gesprochen. Manchot war ebenfalls aufgestanden und folgte ihr wie ein treuer Hund. Sie zögerte, öffnete die Badezimmertüre und hielt erneut inne, als er ihr auch dahin folgte und weitersprach. Sie sah ihn fragend an, zuckte dann mit den Schultern, raffte ihren Rock und setzte sich mit einer Pobacke auf die Kloschüssel. Erst jetzt bemerkte er was sie vorhatte und stammelte ein „Oh, Verzeihung" und wollte sich abwenden, sie aber meinte nur, „jetzt ist es auch gleichgültig" und öffnete ihre Schleuse. Er betrachtete sie in der schrägen Position und fragte, warum sie so schief sitze.

„Ich mag nicht, wenn es laut plätschert und jeder Nachbar nachvollziehen kann, wieviel Urin ich abschlage. Das ist ein ziemlich hellhöriges Haus, Baujahr neunzehnhundertsiebzig, Fertigbeton Bauweise. Man hört einfach alles in den so genannten Nasszellen. Wenn in Parterre der Kettenrauchende Mieter im Bad hustet, schließt die Nachbarin das Fenster, weil sie es als Donnergrollen identifiziert und nicht will, dass es in die Wohnung regnet."

Sie schlang sich eine gehörige Portion Toilettenpapier um die Hand, er hatte den Eindruck, sie wolle eine Wunde verbinden, aber sie trocknete sich nur damit ab. Nach dem Händewaschen nahm sie kommentarlos seinen Arm, legte ihn um ihre Taille und küsste ihn begehrend. Sie zog ihn zurück in den Wohnbereich, ließ sich wieder auf ihren Stuhl plumpsen und bat ihn, er möge doch weitererzählen, sie höre ihm gerne zu.

„Deine letzte Frage war gewesen, wie sich der Bankier und der Reichskanzler zusammengefunden hätten. Das war recht simpel und logisch. Bleichröder war ein schwerreicher und einflussreicher Bankier mit den besten Verbindungen in der Finanzbranche und Bismarck brauchte unvorstellbare Summen, man sprach damals von dem für damalige Verhältnisse gigantischen Betrag von rund fünfundzwanzig Millionen Talern. Um dir eine Vorstellung von der Summe zu geben, ich erinnere mich noch, dass um die Jahrhundertwende das Kilo Kartoffeln etwa fünf Pfennige kostete. Bismarck brauchte das Geld, um den Krieg gegen Dänemark finanzieren zu können, ich weiß allerdings nicht, wieviel Taler das Deutsche Königshaus dazu gelegt hatte, ich denke, mindestens das Gleiche noch einmal."

Monika runzelte die Stirn. „Ich kann mich gar nicht erinnern, dass ich in der Schule von einem Krieg gegen Dänemark gehört habe. Der einzige Krieg von dem ich weiß, war der gegen Frankreich."

„Das war schon eine besondere Situation damals. Du musst dir vorstellen, in achtzehnhundertzweiundsechzig wurde Bismarck nach langem Zögern vom damaligen König Wilhelm zunächst zum Ministerpräsidenten berufen. Bereits zwei Jahre später zieht er in den Krieg gegen Dänemark."

„Warum wollte er denn unbedingt einen Krieg anzetteln, das ist doch jeweils mit unsäglichem Leid für die Bevölkerung verbunden."

„Manche Politiker haben seinerzeit behauptet, der eigentliche Aggressor sei Dänemark gewesen, aber Bismarck hatte auf diplomatischem Wege bewirkt, dass die Dänen im politischen Abseits standen, denn sie hatten ständig versucht, das Herzogtum Schleswig einzugliedern. Dadurch sah der Ministerpräsident die Möglichkeit, ohne nennenswerten diplomatischen Gesichtsverlust auf dem Kontinent, Dänemark mit seinem Verbündeten Österreich, anzugreifen, nach Norden zu marschieren und zu besiegen. Der Kampf dauerte nur ein paar Monate und durch die Besetzung Dänemarks wurden schließlich sowohl Schleswig, als auch Holstein dem preußischen Reich einverleibt. Das Problem Bismarcks war aber gewesen, dass das Parlament die Geldmittel für diesen Krieg verweigerte und er deshalb auf den Staatsschatz Kredite aufnehmen musste, damit er diesen Angriff finanzieren konnte. Dadurch kamen der Bankier Bleichröder und ich ins Spiel. Wir haben den Ministerpräsidenten damals bekniet, statt eines Angriffskriegs, die Angelegenheit auf diplomatischem Weg zu lösen, was er aber damals strikt ablehnte, mit der Begründung, Diplomatie sei zu langfristig und würde viele Jahre dauern, während ein Krieg in nur wenigen Wochen erledigt sein müsste."

„Das zeugt aber von einer unglaublichen Ignoranz dieses Herren, konnte dem denn niemand Einhalt gebieten?"

„Wir haben alles versucht, wir haben ihn auf den Verlust an Menschenleben, auf die vielen Verletzungen, oder gravierende Verstümmelungen und das unendliche Leid der Hinterbliebenen hingewiesen, nichts hat ihn von seinem Vorhaben abgebracht. Auch die monetären Risiken hatte er mit einer wegwerfenden

Handbewegung vom Verhandlungstisch gewischt. Er hatte seinen Entschluss gefasst und nichts konnte ihn mehr davon abbringen."

Monika war entrüstet. „Also war er auch noch stur, nicht nur uneinsichtig. Ich kann das einfach nicht begreifen. So ein alter Dickschädel."

„Mich hat damals grundsätzlich entsetzt, wie wenig den Herrschenden ein Soldatenleben wert war. Und damit meine ich nicht nur deutsche Herrscher, sondern alle, bedenke doch mal, wieviel Menschen ein Napoleon Bonaparte vernichtet hat, denk mal an die Zarendynastie der Romanows oder auch die Briten in ihren Kolonien, nichts als Mord und Todschlag. Fairerweise muss man aber konstatieren, dass kein Land hinter diesen Beispielen zurücksteht, alle aber wirklich alle haben eine Menge Dreck am Stecken, es ist nur eine Frage, wieviel Morde auf einen Schlag begangen wurden. Aber nicht nur der Verlust eines Soldaten schmerzte die Regenten kaum, die Mütter, die ihren Sohn oder vielleicht auch mehrere verloren haben, waren ihnen völlig gleichgültig. Die Aussicht auf territorialen Gewinn wurde skrupellos mit dem Blut tausender unschuldiger junger Männer erkauft."

„Also nicht nur Landzuwachs, sondern auch Vermehrung der Untergebenen und damit zusätzliche Macht und höhere Steuereinnahmen, von Reparationszahlungen wollen wir erst gar nicht reden."

„Zurück zum dänischen Krieg, natürlich hat es zu allen Zeiten größere, blutigere und grausamere Auseinandersetzungen als diese gegeben, dieser Feldzug war in der Weltgeschichte relativ unbedeutend gewesen. Was sagt aber eine Mutter oder ein Vater, die ihren Sohn verloren haben? Denen ist doch nahezu gleichgültig, ob Tausende oder Zehntausende das gleiche Schicksal erleiden mussten. Was zählt ist der eigene Sohn und erst mit großem Abstand zweitrangig ist der Abkömmling des Nachbarn."

Monika schüttelte ablehnend den Kopf. „Ich habe mich immer gefragt, warum die Leute nicht in Frieden leben können. Gibt es denn kein anderes Mittel, seine Aggressionen abzubauen als mit Kriegen, Gewalt und Toten – ob im Kleinen oder im Großen? Das beginnt doch schon mit der Abgrenzung zum Nachbarn, warum brauchen die Leute einen Zaun, eine Mauer um ihr Grundstück? Es wäre doch viel schöner, einen gemeinsamen großflächigen Garten mit den Anrainern zu teilen. Und wenn es einmal Probleme geben sollte, setzt man sich zusammen und bespricht die Angelegenheit mit vernünftigen Argumenten bei einer guten Flasche Wein. Genau so sollten Konflikte zwischen Staaten gelöst werden. Ich würde das auf politischer Ebene so ähnlich wie die Papstwahl organisieren, die Verhandlungsparteien werden eingemauert und dürfen erst wieder aus dem Versammlungsraum kommen, wenn die Streitigkeit beseitigt wäre. Der einzige Vorteil der Europäischen Union war, nach meinem Empfinden, die Öffnung der Grenzen. Dadurch, also durch die freie und ungehinderte Ausnutzung der Reisemöglichkeit, lernen sich die Bürger der verschiedenen Nationalitäten besser kennen und verstehen. Sie stellen dann fest, dass sich die Normalbürger in den meisten Nationen kaum in ihren Vorstellungen und Wünschen unterscheiden, wenn man mal von der Sprache und den ethnologischen Besonderheiten absieht. Die Menschen jenseits der Grenzen haben die gleichen Grundbedürfnisse und Leidenschaften, ich mag auch den so genannten multikulturellen Gedanken, dass sich die Völker durch Vermischung besser verstehen."

Manchot nickte sinnierend. „Ich kenne die Gesetzgebung der Europäischen Union noch nicht, aber wenn Reisefreiheit eine Regel ist, die die ewigen Visaprobleme abschafft, ist das definitiv eine gute Sache. Ich finde es heutzutage toll, wie vielen Ausländern man auf der Straße begegnet. Ich glaube in den letzten Tagen habe ich mehr dunkelhäutige Menschen gesehen als in all meinen früheren Lebenszeiten zusammen. Und wie selbstverständlich sich die verschiedenartigsten Geschäfte in Nachbarschaft aneinanderreihen, vor hundertfünfzig Jahren gab es weder einen türkischen Gemüsehändler, noch ein italienisches, spanisches oder chinesisches Restaurant."

Nach einer Atempause griff Monika den roten Faden wieder auf. „Man hat schon so viel über Bismarck gelesen, er hat immer noch viele Anhänger und Befürworter, wie war der Mensch Bismarck denn so im Umgang mit seinen Untergebenen oder den Normalbürgern? War er freundlich und gerecht?"

Manchot musste lachen, er wollte sich gar nicht mehr beruhigen. „Er war weder freundlich, noch umgänglich oder gerecht. Er war ein extrem arroganter Sturkopf, der das Befehlen als Junker gewohnt war. Wenn er etwas Besonderes durchsetzen wollte, konnte er allerdings auch nett und charmant sein, genau wie alle anderen Opportunisten. In unseren Besprechungen war er zu Bleichröder und mir immer freundlich, er wollte letztlich etwas von uns und in meiner Person hatte er einen gewissen Einfluss auf meinen Chef erkannt. Er nannte Bleichröder seinen Freund, sofern ein herrischer Mann wie Bismarck überhaupt Freunde haben konnte. Er nannte meinen Chef einmal „Mein Hilfsarbeiter für auswärtige Angelegenheiten", diese Bemerkung hat der Bankier als Kompliment empfunden, während ich diesen fragwürdigen Titel negativ aufgefasst habe. Vielleicht war er als Jude andere Schmähungen gewohnt, mich hätte der Ministerpräsident nicht widerspruchslos so titulieren dürfen. Ich hätte vehement protestiert. Seine Zuarbeiter behandelte er wie Sklaven, es fehlte eigentlich nur noch die Peitsche, um sie gefügig zu machen. Die meisten seiner Leute wagten sich nicht einmal während der Verhandlungen einen Ton zu sagen. Wenn ihm etwas nicht passte, genügte meist ein vernichtender Blick oder eine abwertende Geste, um seine Untergebenen zu maßregeln. Oft genug ließ er aber auch eine abfällige Bemerkung fallen, die seine Beamten dann wie ein Peitschenhieb traf."

Monika hatte mittlerweile gerötete Wangen und zischte: „Also ein wahrhaftiger Stinkstiefel, ein Marodeur wie er im Buche steht."

„Jedenfalls hat die Bank einen sehr ordentlichen Gewinn aus dem Dänenkrieg gezogen und Bismarck wurde daraufhin vom damaligen König Wilhelm in den Grafenstand erhoben, und das gegen den Widerstand seiner Familie, insbesondere seiner Frau, der Bismarck nicht geheuer war."

„Hast du denn auch mit dem König an einem Tisch gesessen?" Fragte Monika und setzte statt eines Satzzeichens einen Kuss auf Manchots Mund.

„Wenn man es wohlwollend betrachtet, ja. Ich habe Bleichröder einmal zu einem Festessen am Hof begleitet. Ich weiß nicht, wie lang damals die Tafel war, jedenfalls war für geschätzte fünfzig Gäste gedeckt und ich saß so ziemlich am Ende der langen Reihe. Die erlauchten Herrschaften saßen in der Mitte des Raumes und die weniger wichtigen Leute saßen an den jeweiligen Enden. Der König hatte die herausgehobenen Personen wie Bleichröder mit ein paar freundlichen Worten bedacht, wir als niedriges Volk, bekamen eine Hand gereicht, was für die Majorität der Anwesenden bereits eine unglaubliche Ehrung darstellte. Ich für meinen Teil muss gestehen, empfand es als eher lästig in einer langen Reihe von Gratulanten zum erfolgreichen Feldzug zu warten. Der König hatte vor kurzer Zeit Geburtstag gehabt und jeder meinte ihm noch viele ruhmreiche Jahre und erfolgreiche Schlachten zu wünschen, wenn man dann endlich an der Reihe war, dem Staatsoberhaupt die behandschuhte Hand sanft zu drücken. Man war vorher angewiesen worden, nur dann ein Wort zu sagen, wenn die Majestät geruhte etwas zu fragen und es wurde gezeigt, wann und wie man seine Hand zu ergreifen hatte, nämlich nur dann, wenn sie einem hingehalten wurde. Kein kräftiges männliches Händeschütteln war geboten. Nach dem Handschlag oder genauer Handstreifen, denn mehr war es nicht, gingen die meisten Gäste, wohl Royalisten, mit stolz geschwellter Brust durch die Empfangshalle, das Kinn emporgereckt, als wollten sie damit jemandem, insbesondere Konkurrenten, die Augen ausstechen. Die Pose erinnerte an balzende Truthähne. Ich habe nicht begriffen, was an den kraftlosen, völlig schlaffen Händehinhalten so toll gewesen sein soll, der Monarch hat mich keines Blickes gewürdigt und auch kein Wort gesagt und diese drei Sekunden hätten für mich eine

Ehre darstellen sollen? Ich war von der ganzen Inszenierung und diesem schleimenden Getue der Untertanen eher angewidert als geehrt. Ich habe nie mehr bedingungslosere Unterwürfigkeit von Speichelleckern erlebt, als anlässlich dieses Empfangs. Der König wurde mit Geschenken überhäuft, die er nicht beachtete oder gar in die Hand nahm, sein Adjutant stapelte den wahrscheinlich unnützen noch verpackten Krempel kommentarlos auf einen großen Tisch hinter dem König. Ich habe den Monarchen nicht ein einziges Mal lächeln sehen, für ihn war das sicherlich eine unendlich lästige Pflichtübung."

Monika hatte ihre Hand auf seinen Oberschenkel gelegt, zupfte imaginierte Flusen weg und malte mit dem Fingernagel abstrakte Zeichnungen auf den Stoff. Er spürte die Wärme ihrer Hand und das Kitzeln ihres Gravierens, es fühlte sich erregend an. Er hätte gerne gehabt, dass sie Flusen weiter oben suchen würde, war aber gleichzeitig dankbar, dass sie sich auf die Schenkelmitte beschränkte, um nicht in Versuchung zu geraten, ihre Bedingung, heute noch keine Liebesnacht zu veranstalten, zu verletzen, obwohl er den Grenzbereich zwischen Reizausübung und Praktizieren nicht genau zu benennen wusste. Zumal ihm sehr bewusst war, dass sie unter ihrem roten Kleidchen nichts als ihre nackte Haut trug. Das, was die beiden nun veranstalteten, war mehr als nebeneinander zu sitzen und auch die vielen nassen Küsse konnte man nicht mehr als nur freundschaftlich bezeichnen. Obwohl der Wunsch in dem Paar stärker wurde, mehr als nur die Lippen und die neutralen Bereiche der Extremitäten zu streicheln, erinnerten sie sich im letzten Moment an das freiwillige Enthaltsamkeitsgelübde. Die ständige Abwehr männlicher Angriffe entsprachen einem Prinzip, das ihre Mutter und fast alle weiblichen Ratgeber ihr eingeimpft hatten und das ihr mittlerweile in Fleisch und Blut übergegangen war. Leider war in diesen Ratschlägen nie die Rede davon gewesen, wo die Grenze zwischen Küssen und Liebesakt verlief und wie dicht man einen männlichen Partner, den man kaum kennt, an diese Grenze heranlassen durfte. Zu diesen Ermahnungen gehörte ebenso das Gebot, niemals beim ersten Treffen alles zu offenbaren, besser noch, den Auserwählten so lange schmoren zu lassen, bis die zwischenmenschliche Spannung unerträglich wurde. Zu dieser Taktik gehörte auch dem Mann so viel zu erlauben, dass er davon überzeugt sein würde, beim nächsten Treffen mehr naschen zu dürfen. Immer bei solchen Gelegenheiten schwirrte ihr der Kopf in Abwägung der Gebote, Verbote und Wünschen. Obwohl, ja, obwohl sie selbst nichts dagegen gehabt hätte, jetzt sofort eine exzessive Liebesnacht zu erleben, zu lange kämpfte sie jetzt bereits gegen das Kribbeln im Unterleib an. Ihr wurde bei Abwägung der Gegebenheiten klar, welche innere Kraft obsiegen würde.

Sie verschob ihre Hand wieder in Richtung seines Knies, lächelte ihn an und bat ihn mehr über Bismarck preiszugeben: „War der Ministerpräsident nur dienstlich unausstehlich oder auch privat? Manche bärbeißge Leute sind im Familienkreis überraschend freundlich und nett."

„Ich war mit meinem Chef des Öfteren auf seinem Landsitz und er verhielt sich in dieser privaten Atmosphäre stets wie ausgewechselt. Er behandelte seine Frau und seine drei Kinder, ein Mädchen und zwei Jungen, äußerst liebevoll. Ich habe ihn ein paar Mal zusammen mit seiner Familie erlebt. Seine Frau sagte nie viel, lächelte aber umso öfter. Die Kinder waren gut erzogen und trotzdem sehr lebhaft. Immer wenn das Mädchen, sie war das ältere Kind, in seiner Nähe war, wurde sie gestreichelt oder bekam einen Kuss auf die Stirn und sie schien das zu mögen. Die Buben bekamen meist einen freundlichen väterlichen Klaps oder Knuff. Nein, ich bin sicher, dass er seine Frau und die Kinder abgöttisch liebte. Bismarck war vielleicht im Inneren gar nicht so unnahbar, möglicherweise hatte er nur zum Schutz eine Fassade aufgebaut, hinter der er sich stets verstecken konnte. Wie bereits gesagt, er war freundlich, solange man ihm nützlich sein konnte oder ihn als Freund behandelte. Er konnte aber seinen beißenden Spott oder seinen Zynismus über diejenigen ausgießen, die er als seine politischen Gegner ausgemacht hatte, oder auch wenn er glaubte, sich aus einem für Außenstehende unerkennbaren Grund, verteidigen zu müssen. Ich erinnere mich an eine

Episode, als der Professor für Pathologie und preußische Abgeordnete der deutschen Freiheitspartei Doktor Rudolf Virchow, ein hoch geachteter Mann, ihm einmal die Wahrhaftigkeit abgesprochen hatte, woraufhin Bismarck ihn zum Duell herausgefordert hatte. Virchow lehnte dieses Vorhaben brüsk ab mit der Bemerkung, er würde sich höchstens mit dem Operationsmesser schlagen. Auch das stellte wieder in den Augen der Öffentlichkeit eine bittere Niederlage des unvorstellbar ehrgeizigen Ministerpräsidenten dar.

Überhaupt hatte er im Parlament kaum Freunde, die Parlamentarier fast aller Parteien warfen ihm, wo immer sie konnten, Knüppel zwischen die Beine. Er war im Volk schlichtweg verhasst. Es wurde sogar im Jahre achtzehnhundertsechsundsechzig ein Attentat eines jungen Gegners auf ihn verübt, das er glücklich überlebte. Er hatte es aber auch nicht leicht, er musste im Parlament gegen die Sozialisten, gegen einen Teil der Liberalen und sogar partiell gegen die Konservativen kämpfen. Der Einzige, der stets zu ihm hielt, war König Wilhelm, obwohl es auch zwischen den beiden etliche harte Disputationen gegeben hatte. Selbst Königin Augusta war von Anbeginn eine erklärte Feindin des Streitbaren und versuchte vergeblich, ihren Ehegatten gegen Bismarck aufzuwiegeln. Selbst die damalige britische Kronprinzessin Viktoria versuchte Einfluss auf ihre Schwiegermutter Augusta auszuüben und den schwelenden Krieg zwischen Deutschland und Österreich zu verhindern."

„Das ist meines Erachtens hoch interessant, von einem Augenzeugen die jüngere Historie erzählt zu bekommen. Die Geschichtsbücher berichten selten genug von den Akteuren selbst, sondern nur von Errungenschaften, den Entscheidungen und Kriegen. Von dem Leid der Menschen und den Hintergründen liest man höchstens noch in statistischen Berechnungen über die Anzahl der Gefallenen oder Verletzten. Wann hat man schon mal die Gelegenheit, zu solch einem hautnahen Erlebnisbericht. Was man heutzutage erzählt bekommt, von dem Großvater oder Onkel, bezieht sich höchstens auf die Schrecknisse des zweiten Weltkriegs, dass Niemand aus dem Bekanntenkreis ein Freund des Führers war und diese Leute auch nicht der Nazipartei angehörten. Dann wird von heroischen Kämpfen an der Ostfront, von den barbarischen russischen Soldaten, der Kälte und von den Vergewaltigungen durch die Rote Armee berichtet. Dann erhält man noch Auskunft über den Schwarzmarkt nach dem Krieg, über die fünfziger Jahre mit Wiederaufbau und Wirtschaftswachstum und den Fleiß der Bevölkerung. Diese Erzählungen sind auch hoch spannend, aber über das neunzehnte Jahrhundert, die damalige Politik und Personen wie Bismarck, der vor zweihundert Jahren geboren wurde, konnte man aus biologischen Gründen keinen zeitgenössischen Bericht hören. Aber sag mal, mir ist aufgefallen, dass du ziemliche Erinnerungslücken hast und ich dachte, du hast ein phänomenales Gedächtnis, diese Diskrepanz verstehe ich nicht ganz."

Monika lächelte ihn verschmitzt an und drückte ihm einen Kuss auf die Lippen.

„Das ist vom Prinzip her ganz einfach, ich kann mir Dokumente einprägen, ähnlich wie diese neumodischen Festplatten in den Computern, ich kann diese Schriftstücke eins zu eins in mein Gedächtnis kopieren und dort abspeichern. Bei gesprochenen Wörtern oder Vorträgen ist das völlig anders, da kann ich nichts kopieren und vieles von dem, was ich gehört oder gewusst habe, ist nicht mehr präsent, wenn dann jemand auf ein bestimmtes Thema hindeutet, erinnere ich mich wieder mehr oder weniger genau. Mir ist nicht bewusst, ob mein Gehirn mit den ganzen gespeicherten Daten aus Dokumenten überladen ist, aber mein Gedächtnis funktioniert nicht annähernd so gut wie meine Speicherkapazität für optisch wahrgenommene Information. Manchmal wünsche ich mir, ich könnte einen Teil meiner Erinnerungen an unwichtigen Daten einfach löschen, um wieder Platz zu schaffen für Essentielles. Es fällt mir nach wie vor nicht schwer, neue Informationen zu speichern, aber mein Kopf kommt mir gelegentlich überlastet vor und verursacht einen ständigen Druck, der nicht nachlässt. Mir ist aber nicht bekannt, wie ich meine Speicherkapazität optimieren kann. Ich habe auch keine Idee, wer mir helfen könnte und was derjenige machen müsste."

Monika nahm seinen Kopf in beide Hände und küsste sein Gesicht, seine Stirn, seine Schläfen und begleitete ihre Liebkosungen mit der hervorgehauchten Bemerkung, was für ein bedauernswerter Mann er sei, ständig mit Kopfschmerzen kämpfen zu müssen sei ja fürchterlich und sie würde ihm so gerne helfen. Er ließ sich die Streicheleinheiten gerne gefallen und gab zu, dass sie ihm gerne häufiger auf diese Art helfen solle, seine Beschwerden seien immer noch vorhanden, er werde aber angenehm abgelenkt und somit des Drucks im Kopf vorübergehend nicht bewusst. Sie küsste ihn leidenschaftlich und setzte dabei ihre Zunge wieder als Paddel ein. Sie fragte ihn, ob das ihm nun nennenswert helfen würde und er versuchte mit vollem Mund seine Zustimmung zu bekunden. Es gelang ihm halbwegs.

„Weißt du, wenn wir so traut beieinandersitzen, wünsche ich nichts mehr, als ein ganz normaler Mann zu sein und nicht so eine genetische Perversion zwischen Menschen, Vögeln und Insekten, was immer auch zutreffen mag. Ich möchte gerne Kinder haben können, die Möglichkeit haben, eine geliebte Frau zu schwängern und mit ihr und den Kindern alt zu werden. Genauso, wie es Millionen Paare auf dieser schönen Welt erleben."

Sie strich über seinen haarigen Flaum. „Ist es eine Erkenntnis, dass du keine Kinder zeugen kannst oder ist es eine bloße Vermutung?"

„Da ich bereits einige Jahrhunderte lebe, hat sich die eine oder andere Gelegenheit ergeben, meine Zeugungsunfähigkeit mit menschlichen Wesen zu beweisen. Ich war schon oftmals verliebt und einmal sogar verheiratet. Johann van Elst hatte mich einmal mit einer seiner Mätressen verkuppelt, die er loswerden wollte. Es hatte sich herausgestellt, dass sie von ihm schwanger war und er das seiner Frau verheimlichen wollte, also hatte er mich als lediger Gefolgsmann gebeten, die Dame zu ehelichen. Er hatte mit keinem Wort ihren Zustand offenbart.

Er hatte lediglich beobachtet, dass wir uns beide sehr gut verstanden hatten. Er war ein Weiberheld gewesen und hatte sie gezwungen, für ihn die Röcke zu heben, was damals für eine Hofdame nicht unüblich, wenn auch meist unwillkommen war. Die Fürsten haben sich die jungen hübschen Mädchen genommen, ganz nach ihrer Willkür und die Frauen durften sich nicht verweigern, wenn sie das Wohlwollen des Fürsten nicht verspielen wollten. Kurz vor der Hochzeit hatte sie dann eine Fehlgeburt, der Fötus war noch nicht groß gewesen, aber so fortgeschritten in seiner Entwicklung, dass er unmöglich von mir stammen konnte. Wir haben trotzdem geheiratet, weil wir uns liebten und sie hatte mir vorher auch von der fürstlichen Vergewaltigung erzählt. Während der Ehe haben wir wieder und wieder versucht, ein Kind zu zeugen, aber ergebnislos. Wir haben dann bis zu ihrem Tode glücklich zusammengelebt, ohne Nachwuchs und ohne weitere Schwangerschaften."

Monika knuffte ihn in die Rippen. „He, wir sind nicht einmal richtig zusammen und du machst mich schon eifersüchtig."

Er lachte trocken auf: „He Mädchen, das ist fast siebenhundert Jahre her und du willst heute noch eifersüchtig werden? Ich konnte dir doch gar nicht fremdgehen, selbst deine Ururgroßeltern waren noch nicht geplant, das ist jetzt fast dreißig Generationen her. Wer will denn nachvollziehen, wer und wo deine Urahnen sind und herkamen. Wo, also bitte, ist der Grund für eine Eifersucht? Natürlich habe ich lange vor dir Frauen geliebt, das ist völlig normal, wenn du so lange lebst wie ich."

„Monika war sofort aufmerksam geworden, nahm sein Kinn in die Hand und sah ihm streng in die Augen. „Habe ich dich eben richtig verstanden? Hast du gesagt, du hättest vor mir auch schon Frauen geliebt? Soll das etwa bedeuten, dass du mich liebst?"

„Nun ja, wenn ich ehrlich sein soll, ich fühle mich wie von einem starken Magneten zu dir hingezogen, ich habe einen imaginären Eisenring um die Brust, der mir das Atmen schwermacht, ich kämpfe seit Stunden, dass mich meine Gefühle nicht übermannen und ich noch halbwegs klar denken kann, ich will dich nicht alleine lassen. Kurz zusammengefasst: Ja, ja, ja, ich liebe dich."

Als Besiegelung seines Bekenntnisses küssten sie sich mit aller Leidenschaft, der sie fähig waren.

„Ich liebe dich auch, das war wohl Liebe auf den ersten Blick. Bevor wir unseren Gefühlen füreinander weiter die Sporen geben, solltest du vielleicht besser mit der Geschichte von Viktoria und ihren Friedensbemühungen fortfahren. Wenn ich mich richtig an meinen Geschichtsunterricht erinnere, waren ihre diplomatischen Winkelzüge nicht gerade von Erfolg gekrönt."

„Du erinnerst dich richtig. Bismarck wollte partout den Einfluss Preußens nördlich der Alpen vergrößern. Die Habsburger hatten großen Einfluss auf etliche deutsche Kleinstaaten, die allesamt die wachsende Macht der Preußen mit großer Sorge betrachteten, dazu gehörten Sachsen, Hannover und Hessen, sowie Württemberg. Diese Kleinstaaten hatten Bündnisverträge abgeschlossen, die die Preußen nicht anerkannten und dies verkündeten. Daraufhin erklärte der Ministerpräsident Bismarck den Königreichen Sachsen und Hannover und dem Kurfürstentum Hessen den Krieg. Damit hatte er automatisch auch allen Bündnispartnern den Krieg erklärt. Nach nur zwei Wochen findet bereits die Entscheidungsschlacht bei Königgrätz statt, ein fürchterliches Gemetzel, und das Habsburger Bündnis wird entscheidend geschlagen. Fast dreißigtausend Soldaten ließen in der Schlacht ihr Leben, aber Bismarck war zufrieden, er verzichtete sogar gegen den Widerstand Wilhelms auf eine sonst übliche Gebietsabtretung des unterlegenen Kriegsgegners und es wurde Frieden geschlossen. Dies war zur allgemeinen Überraschung, sein Ziel war es gewesen, auf ein vergrößertes Preußen Einfluss zu haben und damit gab er sich zufrieden. Jetzt wurde auch und das war eine besondere Anekdote der damaligen Situation in Deutschland, nachträglich die Mittel für den Feldzug vom Parlament gebilligt und mein Chef Bleichröder hatte sein Vermögen in wenigen Wochen erheblich vermehrt, da der Darlehensvertrag eine Mindestverzinsung beinhaltete. Das von uns ausgeklügelte System war ganz einfach und wir konnten die Vertragsbedingungen fast widerspruchslos diktieren, drei Monate beispielsweise galten vertragsgemäß als ein Jahr, dreizehn Monate als zwei Jahre und so weiter, das angefangene Jahr galt für die Verzinsung als volles Jahr. Bismarck hatte sich auf dieses System einlassen müssen, da er ohne Zustimmung des Parlamentes so gut wie keine Sicherheiten in den Vertrag einbringen konnte, außer seinem und des Königs Wort. Bei einem verlorenen Krieg wäre es für den Bankier problematisch geworden, er hätte erhebliche monetäre Einbußen gehabt, da er das für den Feldzug benötigte Geld nicht alleine aufbrachte, sondern andere Banken mit ins Boot nahm, denen gegenüber er gewisse Garantien zusichern musste. Ich hatte von dem Kredit ohne Sicherheiten sogar abgeraten, mir erschien das Risiko zu groß, auch wenn Bismarck das Wagnis herunterspielte und den Waffengag als Lappalie darstellte."

„War das das berühmte Glück des Tüchtigen oder war dieser Krieg blinder Ehrgeiz des Ministerpräsidenten, der auf sein Glück gehofft hatte?"

„Ich würde es als Machtbesessenheit bezeichnen. Natürlich war die allgemeine Zustimmung zu seinen Erfolgen auf dem Schlachtfeld im deutschen Reich euphorisch. Der Sieg war weniger glücklich als das Ergebnis blanken Kalküls. Zu Bismarcks Charakter passt auch die Tatsache, dass er nur ein paar Jahre später erneut die Säbel rasseln ließ. Er nahm einen Streit um den spanischen Thron und einen Fauxpas eines französischen Diplomaten zum Anlass, eine gepfefferte Depesche auf diplomatischem Kanal nach Frankreich zu senden. Die Preußen wollten nämlich einen Hohenzollern Prinz auf dem Thron sehen, während die Franzosen diesen Machtzuwachs in Europa nicht billigten und einen Verzicht der Preußen auf den spanischen Thron verlangten. Die Franzosen waren über die barsche Zurückweisung ihrer Politik entrüstet, das Volk wollte Krieg gegen Deutschland und demonstrierte dafür auf den Straßen von Paris. Jedenfalls fühlten sich die Franzosen durch die Note des Deutschen derart provoziert, dass Napoleon der III. den Preußen den Krieg erklärte. Durch diese Kriegserklärung von außen, mussten die süddeutschen Länder gemäß Bündnisvertrag den norddeutschen Ländern zur Seite stehen und dem Norddeutschen Bund beitreten.

Diesmal hatte zum Leidwesen des Bankiers Bleichröder das Parlament die Kriegskasse ordentlich gefüllt, wobei wir als Pazifisten ständig versucht hatten, dem Ministerpräsidenten den Krieg auszureden, aber der war wie fast immer beratungsresistent. Trotz alledem haben wir auch wieder nennenswerte Darlehensverträge abschließen können, nicht für den Bankier zu so günstigen Konditionen wie vorher, aber letztlich auch profitabel.

Aber auch dieser Krieg hat nicht lange gedauert, die deutschen Truppen überrollten die Franzosen und drangen fast ungehindert weiter vor, nachdem sie nach ein paar Wochen Krieg die Entscheidungsschlacht bei Sedan glorreich gewonnen hatten. Dann marschierten die preußischen Truppen in einem westlichen Bogen Richtung Paris und belagerten die Stadt mehrere Monate bis zu der Kapitulation der Franzosen. Noch während der Belagerung überredete Bismarck König Wilhelm, sich in Versailles zum Kaiser krönen zu lassen, um die Franzosen zu demütigen. Die Einwohner waren, so lange die Belagerung andauerte und die Lebensmittellieferungen abgeschnitten waren, gezwungen aus Hunger sämtliche Tiere der Stadt zu vertilgen, einschließlich der Zooinsassen. Hunden und Katzen wurde aufgelauert, Ratten und Vögel wurden gefangen und verspeist. Da es ein bitterkalter Winter war, wurden die Bäume der Parks und Grünanlagen zu Brandholz verarbeitet. Die Not der Bevölkerung war unbeschreiblich."

Monika war entrüstet. „Das ist doch unmenschlich, warum haben die deutschen Besatzer denn nicht wenigstens die Grundnahrungsmittel nach Paris gebracht? Es sind doch wahrscheinlich viele Menschen verhungert."

„Ein Krieg ist immer unmenschlich und im Allgemeinen trifft es primär die Unschuldigen, die dann einen langsamen Tod erleiden müssen. Genauere Zahlen habe ich nie zur Kenntnis bekommen, die eine Seite wollte die große Schmach nicht eingestehen und der anderen Seite war es völlig gleichgültig, wie die Franzosen litten.

Nach der Unterzeichnung des Friedensvertrages mit den Franzosen war Bismarcks Renommee bei den Deutschen auf dem Höhepunkt, er wurde bejubelt, wo immer er auftauchte. Auch die Generäle und Heerführer wurden verehrt; insbesondere Graf von Moltke erntete üppig Lorbeeren. Die Kriegsentschädigung, die die Franzosen laut Friedensvertrag zahlen mussten, war die ungeheure Summe von Fünfmilliarden Franc. Durch die recht gut gefüllte Staatskasse der Franzosen konnte diese Summe zu einem erheblichen Teil bar bezahlt werden. Es wird dich sicherlich nicht wundern, dass mein Chef Bleichröder wieder einen erheblichen Anteil von dem Kuchen abbekam, dafür sorgte schon sein mutmaßlicher Freund der Ministerpräsident, der für zukünftige Fälle vorsorgen wollte. Aber noch viel mehr Geld floss in die Taschen der Bankiers und Entrepreneurs in den folgenden friedlichen Gründerjahren, es gab einen sensationellen fiskalischen, wirtschaftlichen und gesellschaftlichen Aufschwung, wobei der Antriebsmotor der Eisenbahnbau und die Rüstungsindustrie waren. Die Eisen- und Stahlschmelzen erlebten einen nie dagewesenen Boom. Es gab Wochen und Monate, in denen wir von Verhandlung zu Verhandlung hetzten, obwohl wir nur die Großtransaktionen finanzierten und seine Angestellten die kleineren Verträge abschlossen. Bleichröder hatte seine Finger in unendlich vielen Transaktionen, er ging bei allen Honoratioren ein und aus, er gab Feste, zu denen die Leute von Stand strömten, es waren gesellschaftliche Ereignisse. Er war geachtet, was für einen Juden nicht selbstverständlich war. Der Kaiser persönlich erhob ihn in den Adelsstand. Der neu ernannte „Freiherr" lief mit stolz geschwellter Brust durch seine Bank und empfing die höchsten Beamten und Staatsträger in seinem dunklen Mahagoni getäfelten Büro und ich musste immer an seiner Seite sein. Mittlerweile hatte ich eine Schar von Sekretären, die für mich die Verträge detailliert aushandelten, ausfertigten und auch abwickelten. Ich muss gestehen, dass ich mittlerweile auch ein ansehnliches Vermögen angehäuft hatte. Jedoch wusste ich wie schnell Reichtum vergehen konnte und aus diesem Grund mein Geld nicht wie die meisten Leute in dubiose Aktiengesellschaften gesteckt, sondern in solidere Werte wie Immobilien und Edelmetalle.

Zu meinem Glück fehlte mir nur noch eine Frau, die zu mir passen würde. Ich hatte seinerzeit eine enge Vertraute, die als Schauspielerin eine Karriere aufbauen wollte, sie musste sich aber wegen mangelnden Talents mit kleinen Rollen zufriedengeben. Ihr Aussehen war allerdings atemberaubend, nur deshalb fand sie überhaupt ein paar ihrer kurzfristigen Engagements. Ich hatte ihr eine Wohnung eingerichtet und oft spielte sie mir Szenen aus ihrem Theateralltag vor. Meist waren es Rollen als Nebendarstellerin, die sie mir schmalzig und unbeholfen vorführte, nicht selten hatte ich Mühe, mir das Lachen zu verkneifen, obwohl sie fast ausschließlich ernste Rollen bekam. Zunächst hatte ich sie durch meine Beziehungen an einem kleinen Theater untergebracht und sie glaubte aus der Rolle eines Dienstmädchens mit wenigen Sätzen theatralischer zu wirken als die Hauptdarstellerin. Abgesehen von diesen amüsanten Vorführungen war sie sehr umgänglich und einfühlsam. Sie war in ihren eigenen vier Wänden recht freizügig mit ihren Reizen und ließ mir kaum Wünsche offen. Ich hatte das Glück, dass sie aufwändige Miederwaren hasste und privat gerne in einem verführerischen transparenten Negligé durch ihre Wohnung tanzte. Sie wollte sogar ein Kind von mir und mich heiraten, was ich allerdings erfolgreich herauszögerte. Ich mochte ihre Art zwar gerne, aber von Liebe konnte ich nicht sprechen. Der wirtschaftliche Boom dauerte nicht allzu lange und nach nur wenigen Jahren brach die Börse total ein. Über Nacht hatten unvorhergesehener Weise etliche Unternehmer, Investoren und auch die Banken mit erheblichen Schwierigkeiten zu kämpfen, was nicht selten zu Insolvenzen führte. Auch das Bankhaus Bleichröder geriet in den Sog des Niedergangs, konnte sich aber noch gerade mal retten, wobei die Verbindung des Chefs zu Bismarck wieder einmal halfen. Jedenfalls waren das äußerst betriebsame und unsichere

Zeiten, in denen viele wohlhabende Investoren aus Gier vor dem Ruin standen."

Monika gähnte und räkelte sich wohlig auf ihrem bequemen Stuhl, schlürfte ihren letzten kleinen Rest Rotwein aus dem Glas und fragte ihren Gesprächspartner, ob er mit seiner Erzählung über Bismarck abgeschlossen habe oder ob es noch weiterging, sie sei jetzt müde und wolle noch ein paar Stunden ihr Kopfkissen abhorchen.

Der selten schläfrige Manchot meinte, es gehöre zu der Geschichte mit Bismarck noch ein wichtiges Kapitel dazu, er könne die Erzählung aber auch zu einem späteren Zeitpunkt fortführen, falls Monika dies wünsche. Die Regierungszeit des Ministerpräsidenten habe einige Jahrzehnte gedauert, nämlich insgesamt rund dreißig Jahre und diese Periode könne man nicht in ein paar Stunden ausbreiten.

„Wenn du müde bist, gehe ich jetzt in unsere Tankstelle die Wachschicht versehen und verlasse dich schweren Herzens."

Monika stand umständlich auf, reckte sich, strich ihr verknittertes Kleid glatt. „Ich kann dir alternativ anbieten, auf einer Luftmatratze zu schlafen. Ich hatte bereits angemerkt, dass mein Bett noch ein Tabu für dich ist. Du hast einen Schlüssel zu Heidis Haus und kannst dein Zimmer jederzeit wieder bevölkern. In der Tankstelle sollst du laut Heidi nachts nicht mehr erscheinen bis die neue Alarmanlage installiert sein wird. Ihr Wunsch sollte dir Befehl sein. Also, welche Option wählst du jetzt?"

„Wenn ich Ärger vermeiden will, sollte ich wohl nicht meinen Wachdient antreten. Also fahre ich zu Heidi, die Versuchung, wenn ich dir beim Schlafen zuschaue, würde wohl meine Kräfte übersteigen, obwohl ich jetzt nichts lieber machen würde."

In der Wohnungstür drehte er sich nochmals um. „Du wolltest morgen schwimmen gehen? Ich freue mich schon darauf. Ich werde dann versuchen, Jörg zu schockieren, ich bin gespannt, ob es gelingen wird."

„Kannst du das mit deiner Verletzung? Du solltest keinen Infekt riskieren, die Wunde war ziemlich tief und musste genäht werden, wenn du jetzt einen Krankheitserreger in die Naht bekommst, kannst du eine Blutvergiftung bekommen. Man sagt doch immer, mit Verletzungen am Kopf dürfe man nicht spaßen."

„Ach die Kleinigkeit, zu früheren Zeiten sind wir mit anderen Blessuren ins Wasser gegangen und haben es auch überlebt, obwohl die Wasserqualität manchmal absolut fragwürdig war. Wir hatten aber oft keine Alternative uns zu waschen. Wir waren damals nicht so verweichlicht wie die Leute heutzutage. Wir hatten sicherlich bessere Abwehrkräfte als die Leute heute mit ihrem Hygienefimmel. Zugegeben, die Menschen sind viel früher gestorben, auch an Blutvergiftungen oder Entzündungen. Aber eine kleine Verletzung bringt einen gesunden widerstandsfähigen Menschen nicht gleich um. Ich werde mit dir ins Schwimmbad gehen und dann werden wir ja sehen, ob ich hinterher noch lebend aus dem Wasser steige. Ich bin absolut optimistisch. Mein Optimismus ist bisher selten enttäuscht worden. Wenn du darauf bestehst, werde ich mir prophylaktisch eins von diesen modernen wasserabweisenden Pflastern auf die Schramme kleben, damit du beruhigt schlafen kannst und dir keine Sorgen machst."

„Du solltest unbedingt nochmal zu einem Arzt gehen, mit solchen Wunden oder Kleinigkeiten, wie du es nennst, sollte man keinesfalls spaßen. Eine Freundin von mir hatte mal eine kleine Verletzung am Finger, sie hatte das auch als Kleinigkeit abgetan und hinterher mussten die Ärzte ihr ein Fingerglied amputieren, sie hatte eine schlimme Infektion in der Wunde gehabt."

Manchot lachte laut auf. „Wenn die Ärzte mir den Kopf amputierten, was wäre dann schon Wichtiges verloren? Ein genetisches Experiment wäre fehlgeschlagen, das wäre alles. Ich nehme mich nicht so wichtig, als dass ich unverzichtbar wäre."

Monika nahm seinen Kopf zwischen ihre Handflächen und küsste ihn. „Ich will dich nicht verlieren. Auch wenn ich dich noch nicht lange kenne, wäre es für mich ein großer Verlust, ich habe Vertrauen zu dir und fühle mich auch ansonsten magisch von dir angezogen. Ich bitte dich, geh zum Arzt oder in die

Klinik und lass kontrollieren, ob sich die Wunde geschlossen hat und keine Entzündung aufgetreten ist. Wenn du meine Bitte erfüllst, habe ich für dich eine Überraschung bereit."

Manchot war neugierig geworden. „Welche Überraschung wartet denn als Belohnung auf mich?"

„Es heißt Überraschung, weil es jemanden überraschen soll, wenn ich es dir jetzt schon verrate, ist es logischerweise keine Überraschung mehr. Also bitte tue, worum ich dich gebeten habe. Ansonsten: keine Überraschung!"

Sie schlang zum Abschied ihre Arme um seinen Hals und er ließ ihre rötlichen Haare Strähne für Strähne durch seine Finger gleiten. Er riss sich von ihr los und ging langsam die Treppe herunter, wobei er sich ständig nach ihr umsah, er konnte seinen Blick noch nicht von ihr losreißen und wäre bei seiner Blindheit für die Stufen beinahe die Treppe heruntergefallen. Im letzten Augenblick bekam er den Handlauf zu fassen und konnte den Sturz verhindern. Vor der Haustüre schloss er gemächlich sein Fahrrad auf und schwang sich auf den Sattel, seine Gedanken befanden sich noch in Monikas Wohnung und er spürte noch lebendig ihre Umarmung. Er hatte noch keine Lust, den Abend in seinem Bett zu beenden. Er hatte keine Idee, wieviel Uhr es sein mochte, er vermutete, die Mitternacht lag bereits hinter ihm, es war stockfinster und er war der modernen Technik dankbar, die es schaffte, die Straßen gut auszuleuchten. Nach einigen vergeblichen Versuchen schaffte er es endlich, die Fahrradbeleuchtung in Gang zu bringen.

Der Weg an der Tankstelle vorbei war menschenleer, ein einziges Auto hatte ihn überholt und seine Silhouette in gleißendes Licht getaucht. Er hätte jetzt lieber die Nacht in der Tankstelle verbracht, folgte aber treu der Anweisung seiner Chefin und schlug den Weg nach ihrem Reihenhaus ein. In Heidis Schlafzimmer brannte noch Licht, das durch die untere Türritze den Fußboden beleuchtete. Trotzdem ging er auf Zehenspitzen, um möglichst jedes Geräusch zu vermeiden, er wollte sie nicht aufschrecken, falls sie bereits im Halbschlaf vor sich hindämmerte. Er schlich ins Wohnzimmer und suchte ein Buch, das ihm für die restlichen Stunden der Nacht eine angenehme Lektüre sein sollte. Sein Interesse wurde durch Mark Twains „Ein Connecticut Yankee an König Arthurs Hof" geweckt. Das Exposee erinnerte ihn entfernt an seine eigenen Zeitsprünge, die er alle paar Generationen erleben durfte. Er ließ sich in der angrenzenden Küche ein Glas mit Leitungswasser volllaufen und leerte es in einem Zug. Als er noch am Spülbecken stand, hörte er die Wasserspülung rauschen. Kurz danach taumelte Heidi, mehr als sie ging, die Treppe herunter. Sie trug einen schwarzen Morgenrock – oder nannte man solch einen Hauch von Textilie einen Abendmantel – der gegen das Flurlicht mehr ent- als verhüllte. Sie trug scheinbar nichts unter dem schwarzen Nichts und er bewunderte ihre anscheinend immer noch makellose Figur, die trotz ihres fortgeschrittenen Alters immer noch keine Konkurrenz zu fürchten hatte. Sie hielt das verhüllende Kleidungsstück mit der linken Hand unter dem Busen zusammen, der Gürtel hing lose bis zum Boden.

Sie wirkte verschlafen und Manchot fragte bestürzt: „Habe ich dich geweckt? Tut mir leid, das wollte ich nicht."

„Nein, kein Problem, ich konnte ohnehin nicht schlafen und hatte noch gelesen. Meine Blase hatte mich eher dazu veranlasst aufzustehen, als die Tatsache deiner Ankunft. Du warst sehr rücksichtsvoll, im Tiefschlaf hätten mich die Geräusche niemals aufgeweckt. Ich wollte dir aber mitteilen, dass ich heute Nachmittag einen Anruf der Polizei hatte. Die haben angeblich einen jungen Mann mit einer Kopfverletzung aufgetan, der nicht redet und auch die Herkunft seiner Blessur verheimlicht. Der Kerl liegt mit einer schweren Gehirnerschütterung im Krankenhaus und dein Freund, der Polizeihauptkommissar Thomas Koslowski bittet dich, ihn einmal anzuschauen, ob es theoretisch einer der beiden Kriminellen von vorgestern sein könnte. Da der Patient gestern Nacht von einem anderen jungen Mann in einem Kapuzensweatshirt gebracht wurde, glaubt Koslowski, es sei mit einer gewissen Wahrscheinlichkeit einer der beiden Täter. Angeblich sei der Patient auf einer Treppe gestürzt, die Ärzte behaupten allerdings die Verletzung stamme eher von einem runden rohrförmigen Gegenstand und nicht von der scharfen Kante einer Stufe. Du sollst ihn anrufen und einen Besuchstermin im Krankenhaus mit ihm verabreden. Ich denke, gegen zehn Uhr wäre die günstigste Zeit, dann ist der morgentliche Kundenansturm in der Tankstelle vorüber und auch im Krankenhaus dürften die meisten Patienten versorgt sein."

Heidi war auf der Mitte der Treppe stehen geblieben, ganz so, als wolle sie die Transparenz ihres Überwurfs voll zur Geltung bringen. Er empfand die Situation erotischer als Monikas Präsentation ihres völlig entblößten Körpers. Erotik lebt von der Phantasie, sagte er sich, sie lässt Platz für Wünsche und Perspektiven, wohingegen unverhüllte Nacktheit plump und zu direkt wirkt. Wieso ist eine Sauna oder ein Badehaus letztlich unerotisch?

„Gut, dann werde ich morgen gleich den Kommissar anrufen und den mutmaßlichen Täter in Augenschein nehmen, oder besser, beschnüffeln. Gesehen habe ich wenig von dem Komplizen, aber sein Geruch dürfte ihn verraten. Ich wollte noch etwas lesen, bevor ich zu Bett gehe, wird dich das stören?"

„Nein, überhaupt nicht, ich frage mich nur, wann du überhaupt einmal schläfst. Wenn du irgendetwas möchtest, der Kühlschrank ist voll, bediene dich. Gute Nacht."

Sie drehte sich abrupt um und ging mit einem für männliche Wesen unnachahmlichen und über Jahrzehnte geübten Hüftschwung aufreizend langsam die Treppe herauf. Er bewunderte ihre graziöse tänzerische Bewegung und ihren durchscheinenden Po.

Als Heidi am nächsten Morgen, diesmal vollständig bekleidet und arbeitsmäßig zurechtgemacht, die Treppe herunterstieg, saß Manchot lang gestreckt immer noch auf der Couch und las. Neben sich hatte er einen Stapel Bücher aufgeschichtet, die er offensichtlich nächtens verinnerlicht hatte. Die Literaturauswahl schien eher willkürlich getroffen worden zu sein, denn neben Mark Twain entnahm man den Buchrücken auch thematisch gefächerte Werke wie „Die Blechtrommel" von Gunther Grass oder „Ansichten eines Clowns" von Heinrich Böll, obenauf lag mit einem Lesezeichen versehen „Die Schlafwandler" des britischen Historikers Christopher Clark.

Heidi bestaunte die Bücher. „Hast du die Literatur diese Nacht in dein Gehirn kopiert? Irgendwann muss doch deine Hirnkapazität völlig erschöpft sein. Auch weiß ich nicht, ob es gesund ist, nächtelang zu lesen. Du hast nach meiner Einschätzung mindestens drei Nächte nicht geschlafen. Du solltest keinen Raubbau mit deiner Gesundheit treiben, irgendwann wird sich das sicher rächen. Jedenfalls habe ich dich gewarnt. Zunächst mache ich jetzt ein ordentliches Frühstück."

„Ich habe dir doch schon gesagt, dass ich nicht viel Schlaf brauche, außerdem mache ich von Zeit zu Zeit eine kurze Lesepause und schließe die Augen, das reicht mir aus. Ich habe die meisten Bücher nur auszugsweise gelesen, sie waren ganz amüsant oder interessant, aber „Die Schlafwandler" habe ich regelrecht verschlungen, es ist ein phantastisches Buch. Ich mag es, wenn die Historie detailliert zerpflückt wird und man Hintergründe und Ursachen aufgearbeitet bekommt. Die dort beschriebene Geschichte über den großen Krieg knüpft an meine eigene Lebenserfahrung an und die Wirrnisse in Europa vor mehr als hundert Jahren. Es ist aus heutiger Sicht unglaublich, wie damals regiert wurde und warum ein dermaßen großer Krieg begonnen wurde. Einfach kaum vorstellbar, was die so genannte Diplomatie seinerzeit an Animositäten angehäuft hatte, die der eigentliche Grund für die Auseinandersetzungen in Europa waren. Da brauchen sich weder die Briten, noch die Franzosen oder auch die Russen und die Deutschen zu rühmen, sie seien an der Katastrophe unschuldig gewesen. Wenn man bedenkt, wieviel Menschenleben die Idioten an den Regierungen geopfert haben, fragt man sich, ob die damaligen Herrscher nicht rational handeln konnten."

Flaumer war Heidi gestikulierend in die Küche gefolgt, setzte dort seinen Monolog fort. „Was aber noch viel schlimmer ist, heutzutage gibt es immer noch Regierungsmitglieder oder so genannte Volksvertreter, die auch nur von ihrer Macht besessen sind und das Gleiche wie damals in Kauf nähmen, nur um ihre Ziele zu verwirklichen. Volksvertreter, die nicht das Volk vertreten, sondern es verhöhnen. Ich glaube, ein solcher Krieg wie damals könnte auch heute noch angezettelt werden, vielleicht in etwas anderer Form, aber auf jeden Fall wieder volksverachtend. Sobald in einer Ecke der Welt ein Krieg, eine Rebellion oder ein Aufstand beigelegt wurde, beginnt an anderer Stelle der gleiche Zwist nur mit anderen Hauptdarstellern. Ich habe schon gar keine Lust mehr Zeitungen oder Nachrichtenmagazine zu lesen, es passiert doch immer nur das Gleiche. Am schlimmsten sind nach meiner Ansicht die Religionskriege. Der gleiche Gott wird mit etwas abgeänderten Ritualen von Christen, Mohammedanern und Juden angebetet und trotzdem bekriegen sich die Glaubensbrüder aufs Messer. Sogar innerhalb der Religionen wird sich mit Waffengewalt bekriegt, Sunniten gegen Schiiten, Katholiken gegen Protestanten orthodoxe Juden gegen liberale. Ich hatte geglaubt, die Sektiererfehden des Mittelalters oder des dreißigjährigen Krieges gehörten der Geschichte an. Wenn ich aber heute von den Konflikten zwischen Sunniten und Schiiten lese, fühle ich mich wieder ins siebzehnte Jahrhundert zurückversetzt. In diesen vierhundert Jahren haben demnach die Regenten der arabischen Welt nichts dazu gelernt. Es ist sehr traurig, aber entspricht den Tatsachen."

Nach dem Frühstück machte sich Manchot, nachdem er sich mit dem Hauptkommissar verabredet hatte, auf den Weg ins Krankenhaus. Nach wenigen Minuten traf er dort ein und ließ sich von einem klapprigen Fahrstuhl in die Station befördern, die er vorzeitig verlassen hatte. Ihm war bewusst, ein Patient, der ohne Abmeldung die Klinik verließ, war das nächste Mal dort nicht willkommen. Demzufolge wich er den Ärzten aus und suchte eine der netten überbeschäftigten Schwestern zu konsultieren, damit er sein Versprechen gegenüber Monika einlösen konnte, den Verband erneuert zu bekommen. Er war auch gleich mit seiner Suche erfolgreich und fand einen der besonders freundlichen guten Geister, die nette dickliche schwitzende, offenbar gestresste bugsierte ihn in einen winzigen Behandlungsraum. Sie war sichtlich froh, ein paar Minuten ohne Stress in sitzender Position verbringen zu können. Sie riss das vom Duschen noch feuchte Mullgebilde erbarmungslos mit einem Ruck von der Wunde. Sie wunderte sich über sein gutes Heilfleisch und klebte auf seinen Wunsch hin ein überdimensioniertes Plastikpflaster auf die bereits verkrustete Nahtstelle. Er gestand ihr, dass er gerne nachmittags schwimmen würde und dafür etwas Wasserdichtes als Wundschutz bevorzugen würde, falls verfügbar. Sie hatte energisch abgewunken und gemeint, so schnell würde er sich wohl nicht infizieren, die Wunde sei bereits geschlossen. Fäden wollte sie allerdings noch keine ziehen. Nunmehr hatte er zwar die Schläfe und die halbe Stirn unter dem Pflaster verborgen, aber er wusste auch, dass ihn nichts entstellen könne.

Er hatte sich für zehn Uhr vor der Portiersloge mit dem Kommissar verabredet. Beide trafen unpünktlich mit leichter Verspätung, aber fast gleichzeitig ein. Beide entschuldigten sich für die Verspätung. Als Manchot den Polizisten mit Herr Kommissar anredete, wurde er gleich mit entrüstetem Gesichtsausdruck korrigiert: „Hauptkommissar Koslowski, wenn ich bitten darf."

Der Beamte seinerseits hatte nur mit einem gemurmelten „Hallo" ohne Namensnennung gegrüßt. Manchot erwog eine billige Retourkutsche wie Herr Buschdorf, wenn ich bitten darf, verwarf diesen Satz wieder und überließ dem Polizisten das Erfolgsgefühl der Überlegenheit, wenn er es denn so nötig hatte und war sich sicher, bei nächster Gelegenheit eine treffendere oder belehrende Bemerkung landen zu können. Sie gingen durch das kahle Treppenhaus gemeinsam in die erste Etage, den altersschwachen Fahrstuhl meidend. Der erregte Beamte schimpfte während der Fahrt über seinen kranken Kollegen Brahschoss, der wegen eines nicht nennenswerten Schnupfens eine Krankmeldung eingereicht habe und er nun die ganze Arbeit alleine erledigen müsse. Manchot bezweifelte insgeheim die Menge an Arbeit, die die beiden Polizisten zu erledigen hatten, schluckte aber jede despektierliche Äußerung herunter. Sie gingen mit forschem Schritt den langen türgesäumten Krankenhausflur entlang, in dem es penetrant nach einem Desinfektionsmittel stank, Manchots überaus empfindlicher Geruchssinn verwehrte ihm, tief zu atmen. Der Polizist öffnete eine breite blau gestrichene Tür und ließ seinen Begleiter kommentarlos zuerst eintreten. Im Bett lag ein junger Mann mit einem Knabengesicht ohne Bartwuchs. Auf seinem Kopf thronte ein blütenweißer Mullturban und eine Tropfinjektion lenkte ständig schmerzstillende Flüssigkeit über einen transparenten Schlauch in die Vene an seiner rechten Handwurzel. Der Patient war wach und fixierte misstrauisch mit halb geschlossenen Augenlidern die Ankömmlinge. Keiner grüßte, ein Kopfnicken der Ankömmlinge in dieser Situation musste reichen.

„Nun," fragte der Hauptkommissar, „erkennen Sie den Mann?"
Manchot antwortete nicht gleich, ging aber langsam bis dicht an das Bett und schnupperte, beugte sich leicht vor und schnupperte erneut, wie ein fährtensuchender Jagdhund.
„Was wollen Sie hier?" fragte der Turbanmensch, erhielt aber keine Antwort.
Manchot schnupperte weiter und nach einer Weile sprach er den Bettlägerigen an: „Haben Sie starke Schmerzen?"
Der Patient verdrehte die Augen und hatte einen hasserfüllten Gesichtsausdruck. „Natürlich habe ich Schmerzen, was glauben Sie, warum ich hier liege? Meinen Sie ich wäre hier, um mich mit den Delikatessen der Krankenhausküche verwöhnen zu lassen?"
„Gut, dass es ihnen nicht gut geht, das freut mich. Die Verletzung habe ich Ihnen beigefügt, damit Sie ein bisschen an mich denken. Zugegeben, ich wusste nicht, mit welcher Kraft ich zugeschlagen habe. Man hat mir gesagt, Sie hätten einen Schädelbruch."
Manchot wandte sich dem Polizisten zu und ignorierte ein paar hervorgepresste Flüche des Patienten. „Ich habe nicht den

geringsten Zweifel an der Identifizierung. Er war zweifelsfrei an dem Überfall beteiligt."

Koslowski verließ grußlos wie er gekommen war das Krankenzimmer, Manchot folgte ihm ebenfalls ohne den Kranken noch eines Blickes oder Wortes zu würdigen.

„Ich bin zu einhundert Prozent sicher, dass Sie den Richtigen ermittelt haben, jetzt müssen Sie nur noch den Komplizen ausfindig machen und der Fall wäre gelöst."

Nach einer kurzen Pause, in der beide ihre Schuhspitzen mit Blicken durchlöchert hatten, schaute der Hauptkommissar seinem gegenüber in die Augen, als wolle er jede Regung des Zeugen aufsaugen. „Da ist etwas, das ich nicht verstehe. Sie haben behauptet, es sei völlig finster im Kassenraum gewesen, als Sie den Tätern gegenüberstanden, nur das spärliche Licht der Straßenbeleuchtung hätte eine Resthelligkeit gespendet. Dann haben Sie behauptet, den zweiten Täter nur von hinten gesehen zu haben. Wieso wollen Sie dann so sicher sein, den Patienten als Täter erkannt zu haben? Ach ja, dann haben Sie zusätzlich zu Protokoll gegeben, die beiden hätten die Kapuzen ihrer Sweatshirts über ihren Kopf gezogen. Also, wieso sind Sie so sicher bei der Identifizierung des mutmaßlichen Einbrechers?"

„Ich habe ihn an seinem Geruch erkannt."

Koslowski lachte laut auf, schlug mit der flachen Hand gegen die pastellfarbige Wand, er lachte weiter. Selten so einen guten Witz gehört. Wollen Sie mich verarschen? Sie wollen also allen Ernstes behaupten, Sie hätten trotz des widerlich penetranten Desinfektionsmittelgestanks gerochen, wer da im Bett lag? Das können Sie ihrer Großmutter erzählen, aber nicht mir. Ich glaube ihnen mittlerweile kein einziges Wort mehr. Wahrscheinlich haben Sie mir von Beginn an nur Märchen erzählt, sind Sie vielleicht ein Urenkel einer der Gebrüder Grimm?"

Manchot war von dem anhaltenden Gelächter und von den Zweifeln an seiner Glaubwürdigkeit seitens des Polizisten völlig unbeeindruckt. Er lächelte überlegen, ihm war klar, dass man an dem Gelächter nur die mangelnde Intelligenz des Beamten herauslesen konnte.

„Ich kann ihnen beweisen, dass ich den Kerl aus Tausenden von Menschen herausriechen kann. Ich habe eine sehr feine Nase, mein Geruchssinn ist extrem ausgeprägt. Sie können mich testen, halten sie mir so viele Gegenstände unter die Nase wie Sie wollen und nur einer gehört dem Kerl, ich werde den Gegenstand garantiert mit verbundenen Augen erriechen. Das könnten Sie auch mit anderen Personen versuchen, wenn ich eine Referenz habe, kann ich sie jederzeit an ihrem spezifischen Geruch erkennen. Versuchen sie es, ich würde jede Wette eingehen, dass es mir gelingt."

Koslowski sah ihn verunsichert und zweifelnd an. „Ich kann mir das nicht vorstellen, das würde bedeuten, dass sie einen ähnlich guten Geruchssinn haben, wie ein abgerichteter Polizeihund? Zugegebenermaßen haben sie mich schon einige Male verblüfft, insofern bin ich mir schon gar nicht mehr so sicher, ob sie mich belügen. Es hat mich schon verwundert, mit welch einer ungeheuren Wucht sie die Taschenlampe auf den Kopf des Einbrechers geschlagen haben. Der Kerl hat einen Schädelbruch, nicht richtig eingedellt, wie bei einem schweren Verkehrsunfall, aber klar an der Stelle gebrochen. Zunächst hatten die Ärzte nur eine Gehirnerschütterung diagnostiziert, aber die Röntgenaufnahme ergab eindeutig einen Knochenbruch. Die Mediziner sind sogar davon ausgegangen, er sei aus einem Fenster gefallen und mit dem Kopf zuerst aufgeschlagen, sie konnten kaum glauben, dass die Verletzung von einem Schlag herrührte und die Behauptung des Verletzten, er sei gefallen, wurde gleich als Lüge entlarvt. Aus diesem Grund hatte ich auch zunächst Zweifel, ob der Verletzte einer der Täter gewesen sein konnte. Aber er passte zu Ihrer Beschreibung, er hat kein Alibi und der Komplize, der ihn eingeliefert hatte, war ebenfalls dubios."

„Ich versichere Ihnen, er war es. Ich hatte ihnen aber auch gesagt, ich habe mit voller Kraft zugeschlagen. Übrigens, wie heißt der Kerl eigentlich?"

„Der Patient heißt angeblich Mahmut Özkan, wie mir die Stationsschwester mitteilte, sie brauchte seinen Namen, sonst hätten sie ihn erst gar nicht aufgenommen, da er zunächst nicht als akuter Notfall eingestuft wurde. Der Kerl, der ihn eingeliefert hatte, ist noch nicht identifiziert, er hatte seinen Kumpan abgeladen und dann fluchtartig das Haus verlassen. Wir dürfen aber den Patienten noch nicht verhören, wegen seiner schweren Verwundung. Erst wenn sicher ist, dass er kein Schädeltrauma hat und seine Gehirnerschütterung abgeklungen ist, dürfen wir ihn in die Mangel nehmen. Ich würde ihn zwar lieber heute als morgen ausquetschen, aber der Tag wird kommen, bis dahin muss ich mich in Geduld üben, auch wenn es mir schwerfällt. Was aber ihre Schnüffelfähigkeit betrifft, sollten wir vielleicht wirklich ihr Angebot annehmen und zur Erhärtung ihrer Aussage einen Test durchführen, ansonsten würde wohl jeder ihre Fähigkeit anzweifeln."

„Ich könnte mir vorstellen, dass wie bei einem normalen visuellen Erkennungstest, einige Leute in einer Reihe stehen und ich mit verbundenen Augen die Front abschreite und den Mahmut erschnüffele. Aber auch Gegenstände des Täters könnte ich ohne weiteres herausfinden."

„Ja, wie ich bereits sagte, ich werde mir einen Test ausdenken und werde mich telefonisch melden, wenn wir etwas vorbereitet haben. Ich hoffe, dass dies schon morgen Vormittag sein wird, falls mein lieber Kollege bis dann seine fast tödliche Krankheit überwunden haben wird."

Manchot verabschiedete sich von dem Hauptkommissar mit einer tiefen Verbeugung und vor Ironie triefender Stimme: „Auf Wiedersehen verehrter Herr Polizeihauptkommissar Thomas Koslowski, beehren Sie uns recht bald wieder."

Der Angesprochene lächelte süffisant, nickte aber nur. Humor, Spontaneität und Schlagfertigkeit schienen auch nicht zu seinen Stärken zu gehören.

Schwimmen

In der Tankstelle hatte Monika längst ihre Schicht angetreten. Manchot sah sie seit dem vergangenen Abend in einem anderen Licht, ihn störten das Piercing und die Tätowierungen weniger. Er verspürte bei ihrem Anblick einige Stiche in der Magengegend, das andere Leute vielleicht als Schmetterlinge im Bauch bezeichnen würden. Ihm war jetzt klar, dass dies mehr war als bloße Zuneigung. Hatte er sich etwa verliebt? Er fand, dass sie bezaubernd aussah. Sie hatte ihre Haare am Hinterkopf zu einem Schwanz zusammengebunden, der bei jeder Kopfbewegung nachschwang und dann bis zum Stillstand wippte. Sie trug heute eine blaue Bluse und ein paar sehr knappsitzende Shorts, die ihre Beine unendlich lang erscheinen ließen, dazu Sandalen mit winzigen weißen Riemchen. Sie war beschäftigt und beachtete ihn nicht offensichtlich, kam jedoch, sobald kein Kunde mehr im Laden war, auf ihn zugeeilt und drückte ihm einen satten Kuss auf den Mund. Das sollte nach der Missachtung bei seinem Eintreffen nun die komplette Begrüßung sein. Er hatte wohl bemerkt, dass sie während des nicht gerade flüchtigen Kusses, seinen Po streichelte.

Heidi hatte Monika eine Aufgabenliste für Flaumer aufgetragen, er sollte die Zeitungen und Zeitschriften in den Regalen sortieren und die nicht mehr aktuellen durch die neu erschienenen ersetzen. Die Retouren sollten gebündelt und zur Abholung bereitgelegt werden. Während dieser wenig anstrengenden Arbeit, die aber mit einigem Hin- und Hergelaufe verbunden war, gab es immer wieder Momente, in denen das Liebespaar Gelegenheit hatte, sich durch scheinbar unbeabsichtigte Berührungen, Streicheln, Küssen oder anderen Liebkosungen, die Zuneigung immer wieder zu bestätigen.

Bei einer passenden Gelegenheit fragte sie ihn, ob er das immense Pflaster selber geklebt habe oder ein Arzt. Er berichtete, dass die Größe von der Krankenschwester gewählt worden war, damit die Wunde während des Schwimmens weitgehend wasserdicht geschützt sei. Sie lobte ihn überschwänglich wegen seiner Folgsamkeit und erwähnte erneut die versprochene Überraschung, die damit fällig würde. Er meinte, es sei jetzt wohl Zeit den Vorhang zu lüften, sie widersprach, er habe jetzt das Recht erworben, benennen wolle sie die Überraschung aber noch nicht, sonst wäre es keine solche. Unabhängig davon, lade sie ihn aber erneut zum Essen ein, sie könne nach dem Schwimmen nicht mehr kochen und deshalb müsse er mit einer Pizza beim Italiener vorliebnehmen. Eine gute Pizzeria sei bei ihr zu Hause gleich um die Ecke. Anschließend könnten sie wieder zu ihr nach Hause gehen und ein Glas trinken, aber dann käme auch die versprochene Überraschung. Er fühlte sich wie ein kleines Kind an Heiligabend.

„Ich habe übrigens heute Jörg angerufen und ihm angekündigt, dass wir zum Training kämen. Er war ganz aus dem Häuschen und wollte sofort die feste Zusage haben, dass wir auch ganz bestimmt kämen. Ich gewann den ersten Eindruck, er freue sich wirklich auf dich, beziehungsweise dein schwimmerisches Können. Weniger auf mich, mich kennt er mit den mäßigen Leistungen schon lange genug.“

Sie hatte die letzte Bemerkung mit einer gespielten Pikiertheit gesagt, als wolle sie um diesen Mann werben und sei von ihm abgelehnt worden.

Tatsächlich begrüßte Jörg Breuer Manchot wie einen alten Freund aus dem Sandkasten. Er hatte seinen potentiellen Schüler bereits auf den Stufen des gläsernen Portals erwartet. Der Trainer konnte überhaupt nicht aufhören, lachend die Schultern des Neuankömmlings zu malträtieren. Monika bemerkte, wenn er weiter so zuschlage, werde Manchot invalide und an ein Schwimmtraining sei nicht mehr zu denken. Jörg führte sie wie Touristen zu den Umkleidekabinen für das Personal, die geräumig waren und in denen man seine Wertsachen, falls man welche besaß, unbeaufsichtigt deponieren konnte, da Jörg diese Räume abschließen konnte. Die Personalkabinen hatten den weiteren Vorteil, dass sie eine separate und zudem saubere Dusche hatten. Noch erhitzt und dampfend von der warmen Dusche trat Manchot an den Schwimmbeckenrand, wo Monika und Jörg ihn bereits ungeduldig erwarteten. Der Trainer, der sich nicht mehr um seine angestammten Schützlinge kümmerte und sie einem Mitarbeiter überlassen hatte, wollte sich nur noch auf seinen designierten Star konzentrieren. Er bat ihn gleich nach Ankunft, die Strecke von hundert Metern so schnell zu schwimmen, wie er könne, er wolle zunächst die Zeit stoppen. Jörg hatte ein Klemmbrett in der Hand und seine Stoppuhr griffbereit um den Hals hängen. Kommentarlos stieg Manchot auf einen Startblock und sprang in das kaum bevölkerte Becken, wie immer ohne die Arme auszustrecken, kein klassischer Hechtsprung im üblichen Sinne, sondern ein Sprung wie ein Hecht mangels Armen ins Wasser spränge. In seiner gewohnten Manier schwamm er mit angelegten Armen am Boden des Beckens, nur indem er die Beine parallel wellenförmig bewegte. Diese Wellenbewegung zogen sich durch seinen ganzen Körper und gaben ihm einen kraftvollen Schub. Er war die ganze Strecke über nicht ein einziges Mal aufgetaucht und nach Bewältigung der vier Bahnen glitt er aus dem Wasser und stand mühelos, ohne erkennbares Schnaufen oder schweres Atmen am Beckenrand und wartete auf den heraneilenden Trainer, der Mühe hatte seine Badeschlappen nicht zu verlieren. „Nun, zufrieden?"

„Phänomenal! Unglaublich! Das ist die beste Zeit, die ich jemals gestoppt habe, nein, die jemals ein Zeitnehmer weltweit gestoppt hat! Wie lange kannst du mit dieser phantastischen Geschwindigkeit schwimmen?"

Manchot schürzte seine Lippen vor. „Ich weiß nicht, beim Schwimmen vergeht die Zeit so schnell und gewöhnlich habe ich auch keine Uhr bei mir. Ich könnte mir denken, dass ich zwanzig Minuten oder eine halbe Stunde vielleicht durchhalten kann, dann müsste ich allerdings unterwegs ein paarmal Luft schnappen. Ob ich die Geschwindigkeit über diese Zeit beibehalten könnte, weiß ich auch nicht. Normalerweise schwimme ich nicht auf Zeit, sondern intervallartig mit

Zwischenspurts. Aber ich glaube schon, dass ich keine Schwierigkeiten hätte auch längere Strecken zu schwimmen."

„Ich hätte das nicht geglaubt, wenn ich es nicht persönlich gesehen hätte." Der Trainer strahlte über das ganze Gesicht. Seine Stirnader war dick hervorgetreten und sein ganzer Oberkörper schien vom Blutandrang gerötet.

Monika trat zu den beiden, küsste Manchot freundschaftlich und trat auf die Euphorie Bremse mit der lapidaren Bemerkung, er habe es hervorragend gemacht. Er sah an ihrem schlanken Körper herunter, der einteilige schmucklose schwarze Badeanzug stand ihr ausgezeichnet.

„Schwarz steht dir aber auch wirklich besonders gut," stellte er anerkennend fest.

Sie lächelte dankbar und zufrieden. Ihre kokett vorgetragene Antwort war ein kurzes: „Liebe macht blind."

Er bemerkte ihren trockenen Badeanzug. „Du warst ja noch gar nicht im Wasser, komm, wir schwimmen eine Runde."

Sie nickte und kühlte sich den Puls in gebückter Haltung im Wasser.

Jörg war mit der Entwicklung noch nicht ganz zufrieden, er brummte mehr, als dass er mit seiner durchdringenden Schwimmhallenstimme sprach. „Du musst nachher unbedingt mit mir einen Kaffee trinken, ich muss dringend mit dir reden. Ich will dich fördern, dazu müsstest du deinen Schwimmstil etwas verändern, aber ungeachtet dessen, will ich einen Star aus dir machen. Du hast jedenfalls das Zeug dazu. Ich bin nach dem Training in der Cafeteria und warte auf dich. Einverstanden?"

Manchot nickte gedankenverloren, wieso sollte er ein Star werden wollen? Er sah keinen Vorteil dadurch. Er war mit dem zufrieden, was er gegenwärtig hatte. Er hatte Nahrung, Unterkunft und Menschen, die er liebte oder zumindest achtete. Er ließe sich höchstens von Monika überreden, wenn sie einen Star als Freund haben wollte, so würde er den Trubel mitmachen. Er hatte mit einer gewissen Abscheu gelesen, welchen Rummel die Presse um Sportler ab einer gewissen Erfolgsquote bereiteten. Er selbst machte sich nichts aus Ruhm und Geld, das war ihm alles viel zu vergänglich. Er konnte das durch seine persönliche Erfahrung beurteilen. Er lebte heute und er wollte heute leben und zwar mit Monika, wenn sie es denn auch wollte. Er sah sie immer noch Wasser schöpfend vor sich knien.

Er sprang. Sie sprang ebenfalls. Sie schwamm Brust. Er schwamm einen an Delphin erinnernden Stil. Er umkreiste sie tauchend. Kurz vor ihr tauchte plötzlich sein Kopf aus dem Wasser auf, er drückte einen begierigen Kuss auf ihre Lippen und war sofort wieder verschwunden. Er schwamm von hinten auf sie auf und drückte sie unter Wasser. Sie wollte ihn rachelüstern fassen, aber er war zu schnell wieder weg. Er fasste von unten ihre Beine und zog sie rückwärts, sie wehrte sich vergeblich. Er fasste von hinten ihre Taille und hob sie ein Stück aus dem Wasser, um sie dann einen unfreiwilligen Salto vollführen zu sehen. Sie lachte und verschluckte sich. Sie versuchte sich spielerisch zu rächen, hatte aber nicht die geringste Chance, ihn zu fassen, zumal sie ihn mit ihren Fingernägeln nicht verletzen wollte. Nur wenn er sie umfasste hatte sie die bescheidene Gelegenheit der Gegenwehr, wenn sie seine Ohren fasste und ihn unter Wasser tauchte oder ihm die Nase zuhielt, zu ihrem Bedauern machte ihm aber weder das eine noch das andere etwas aus. Die Zeit verging wie im Flug. Sie waren die einzigen, die spielend im Wasser tobten, während die anderen Sportler unwillig ihre Bahnen zogen, häufig unterbrochen durch einen schrillen Pfiff des Trainingsbeauftragten, um sie anzuspornen, noch mehr aus sich herauszugehen und schneller oder technisch besser zu werden. Am Beckenrand standen ein paar bereits ausgelaugte Schüler, die sich über die Wellenbildung der Spielenden beschwerten und dies als Grund für ihre mäßigen Leistungen angaben.

Verhandlung

Nach dem Bad und einer gemütlichen Umziehpause hatten Monika und Manchot es nicht eilig in der Cafeteria den ehrgeizigen Trainer zu treffen, Monika hatte wegen ihrer langen Haare eine längere Föhnpause benötigt. Trotz seiner grundsätzlich ablehnenden Haltung war Manchot neugierig, was Jörg ihm unterbreiten wollte. Ihm war immer noch nicht klar, was Jörgs nebulöse Andeutungen an Konsequenzen für ihn bereithalten sollten. Was sollte es bedeuten, ein Schwimmstar zu werden? Was war überhaupt ein Schwimmstar und was hatte er an Aufgaben zu erledigen? Sein potentieller Trainer saß mit zwei weiteren Männern in Freizeitkleidung an einem abseitsstehenden Tisch, die Unbekannten waren älteren Semesters, sicherlich nicht unter sechzig Jahre alt. Jeder der Herren hatte ein Glas Weißwein vor sich stehen, aber es konnte auch Apfelschorle oder ein anderes helles Getränk sein. Alle drei Herren sprangen auf, als Manchot an den Tisch trat.

Jörg stellte vor: „Doktor Peter Neuwarth aus Essen vom Deutschen Schwimmverband und Arnold Kammer von der Sporthochschule in Köln. Beide Herren sind zudem im Vorstand von renommierten Schwimmvereinen und sind gekommen, deine außerordentlichen Schwimmleistungen zu beurteilen."

Manchot reichte beiden lustlos die Hand zum Gruß und stellte sich als Hermann Buschdorf vor, was Jörg nicht mehr als notwendig erachtet hatte, er war wohl im Vorfeld bereits ausgiebig beschrieben worden. Die Einladung, ebenfalls ein Glas Wein zu trinken, lehnte er ab, er bestellte einen Kaffee, schwarz wie seine Haare.

Der ältere der beiden Funktionäre, derjenige aus Essen, kam gleich zur Sache. „Wir möchten Sie gerne betreuen. Wir haben die Möglichkeit, Sie zu einem stilistisch sauberen Schwimmer auszubilden. Sie brauchen sich um nichts zu kümmern und ab sofort würden wir ihnen ein Gehalt bezahlen. Für ihren kompletten Lebenswandel werden wir aufkommen, natürlich nur im absolut begrenzten Rahmen. Wir besorgen ihnen eine angemessene Wohnung in Essen und Sie brauchen auch nicht mehr zu arbeiten. Na, was halten Sie von dem Angebot?" Selbstzufrieden lehnte sich Neuwarth in seinem Stuhl zurück und grinste den zukünftigen Starschwimmer herausfordernd an. „Erstens will ich nicht von hier weg, zweitens scheue ich mich nicht vor einer Arbeit und außerdem benötige ich nicht viel zum Leben. Ich bin rundum zufrieden mit dem, was ich habe. Wenn Sie mich unbedingt trainieren wollen, können Sie das auch hier."

Monika war mittlerweile an den Tisch getreten, wurde aber erst von den ihr unbekannten beachtet, als sie besitzergreifend ihre Hand auf Manchots Schulter gelegt hatte. Dann sprangen wie auf Kommando die Funktionäre von ihren Stühlen auf und begrüßten sie devot. Der Mann von der Kölner Sporthochschule holte eilfertig einen weiteren Stuhl herbei und fragte, was sie trinken wolle. Monika bat um eine Latte Macchiato und ein Glas Wasser, als sie sah, dass ihr Freund seinen Kaffee bereits geleert hatte, bestellte sie ihm einen weiteren. Manchot berichtete in kurzen Sätzen, was bisher besprochen worden war. Monika war zu seiner Überraschung nicht so ablehnend gegenüber den Vorschlägen der drei eifrigen Schwimm Verbands Funktionären wie er, sie führte sich auf wie seine jahrelange Managerin. Sie verhandelte nicht wirklich, sie fragte nur einfach mehrfach nach, als wollte sie die Männer aus ihrer Angriffslinie heraussprengen. Kategorisch schloss sie aus, den Bonner Raum zu verlassen. Trainingseinheiten an der Sporthochschule in Köln wären noch für ihren Schützling akzeptabel, sofern er von einem Wagen mit Chauffeur abgeholt würde. Eine eigene Wohnung war für sie selbstverständlich, ebenso wie das entsprechende Mobiliar. Das von dem Essener Doktor angebotene Gehalt wurde nach mehrmaligem Nachhören schließlich verdreifacht.

Manchot wunderte sich über das Verhandlungsgeschick seiner geliebten Managerin (In Gedanken hatte er sie wirklich schon als seinen Besitz vereinnahmt.). Seine historischen Erfahrungen der Verhandlungen waren bestimmt von Taktik und geschickter Rollenverteilung, eine klare Strategie war in stundenlangem Tüfteln herausgearbeitet worden. Man hatte seinen Standpunkt in einer Argumenten Sammlung ausgebreitet und dann gab es Ähnliches von der Gegenseite, die kontroversen Punkte wurden dann diskutiert und gegebenenfalls abgewogen. Diese Methode war enorm zeitaufwändig und führte meist erst nach Tagen oder Wochen zu einem Ergebnis. Umso genialer sah er die simple Taktik seiner Monika. Als monatliches Taschengeld hatte Dr. Neuwarth zunächst zweitausend Euro angeboten, Monika spielte die Schwerhörige und fragte nach kurzer Pause indem sie die hohle Hand hinter die Ohrmuschel legte, „ich habe Sie nicht verstanden, was hatten Sie gesagt?"

Daraufhin nannte er viertausend Euro. Monika sagte daraufhin, sie habe ihn wohl nicht recht verstanden, woraufhin der Vereinsboss schwitzend auf fünftausend Euro erhöhte. Diesmal hatte Monika den Betrag endlich verstanden und nickte zustimmend ließ sich aber nicht von der Bemerkung abhalten, das Taschengeld verstünde sich ja wohl als Nettobetrag und sei vor Auszahlung bereits versteuert, wie das bei dieser Art von Zuwendung üblich sei. Dr. Neuwarth wartete, ob die beiden Kollegen eine Reaktion zeigten, dann fuhr er mit der Hand waagerecht durch die Luft, als wolle er einen Schlussstrich ziehen und stammelte mit Scheißperlen auf der Stirn: „Meinetwegen, aber damit sind wir oberhalb der Schmerzgrenze. Im Gegenzug dafür kassieren wir fünfzig Prozent der Preisgelder."

Monika stimmte zögernd zu, verlangte aber bezüglich der Siegprämien eine Staffelung. „Falls die Preisgelder in einem Jahr einhunderttausend Euro überschreiten sollten, vermindere sich der Vereinsanteil um jeweils zehn Prozent. Sie malte dann auf eine Serviette eine Staffelung:

Bis zu den ersten 100.000 Euro – Vereinsanteil 50%
Bis zu den zweiten 100.000 Euro – Vereinsanteil 40 %
Bis zu den dritten 100.000 Euro – Vereinsanteil 30 %
Ab den vierten 100.000 Euro – Vereinsanteil 25 %.

Auch hier knickte der Vereinsvorstand schwitzend ein. Dann schritt Monika erst richtig zur Tat, sie verlangte einen Strauß von Versicherungen, die Manchots Zukunft absichern sollten. Hierzu gehörten insbesondere eine gute Krankenversicherung und eine ausreichende Invaliditätsversicherung. Man wolle schließlich abgesichert sein, falls ihr Schützling infolge der extremen Belastung eines Tages nicht mehr an Schwimmwettkämpfen teilnehmen könne.

Als nun der Kölner Sporthochschulen Vertreter vor Vertragsunterzeichnung eine gewissenhafte Eignungsprüfung verlangte, wehrte Monika vehement ab, das könne man sich getrost ersparen, Manchot sei absolut fit, ein Kranker könne ja wohl kaum in solcher Zeit den Weltrekord unterbieten. Es gehe nicht um Krankheiten, sondern um Drogen beziehungsweise um Doping, eine solche Untersuchung sei unverzichtbar. Murrend akzeptierte Monika diese Bedingung, obwohl damit die Gefahr bestand, dass die Sportmediziner Manchots fragwürdige Herkunft entdecken könnten, aber dieses Risiko musste wohl eingegangen werden. Nachdem sie ihre Adresse genannt hatte und darauf verwiesen hatte, dass sie den Vertrag in den nächsten Tagen in mindestens dreifacher Ausfertigung erwarte, stand sie auf und nickte den drei perplexen Männern zu. Manchot folgte ihr. Solch ein Vorgehen hatte keiner erwartet.

Im Gehen drehte sich Monika nochmals um: „Ach übrigens, bitte machen Sie keine Spielchen. Wenn der Vertrag nicht unserer Verabredung entspricht, telefoniere ich nicht, sondern werde gleich den Vertrag mit einer anderen Organisation anstreben."

Und nach einer kurzen Pause fügte sie noch an: „Die Vereine stehen Schlange und selbst Ausländer sind bereits vorstellig geworden."

Im selben Moment musste sie sich auf die Lippe beißen, das hätte sie besser nicht gesagt, was sollte ein ausländischer Verein mit einem deutschen Schwimmer? Manchmal sollte man beim Pokern doch ein wenig überlegen, was man sagt.

Noch auf der Treppe des Schwimmbads wandte sich Manchot ziemlich genervt an Monika: „Ich wollte dir nicht vor den

Männern während der Verhandlung widersprechen, aber warum soll ich mit denen einen Vertrag machen? Ich will kein Star werden, wie sie es mir angetragen haben. Ich will einfach nur leben und dieses Leben genießen. Ich will meine Freiheit und wirklich frei bist du nur dann, wenn du nichts zu verlieren hast. Was nützt mir Geld und Ruhm in meinem kurzen Dasein? Jetzt habe ich einen Vertrag und bin damit Sklave von diesen geldgierigen Funktionären, wozu ich keine Lust habe."

Als Manchot sah, wie Monika seine Vorwürfe zu Herzen gingen und sie nichts sagte, außer, dass sie mit enttäuschtem Gesicht still vor sich die Pflastersteine fixierte, bereute er seinen Ausbruch, er wollte sie nicht vor den Kopf stoßen. Sie hatte sich immerhin große Mühe gegeben und mit viel Geschick verhandelt. So schlimm war das Ganze nun auch wieder nicht. Der Vertrag dürfte auch sicherlich eine Kündigungsklausel enthalten.

„Andererseits, wenn mir der Vertrag nicht passen sollte oder mir das ganze Getue auf die Nerven gehen sollte, schmeiße ich den Kram einfach hin und damit fertig. Dann werde ich meine heißersehnte Freiheit zurückgewinnen. Aber wenn ich mir das recht überlege, so investieren die Vereinsbosse eine Menge Geld in mich und in die Zukunft. Ob sie dafür eine Gegenleistung erhalten, wissen sie nicht."

Monika sah ihn nachdenklich an. „Natürlich haben die vom Verein ein gewisses Risiko. Wenn man ein Riesentalent an der Angel hat, heißt das für die, so schnell wie möglich zuzuschlagen. Im Geschäftsbereich des Sports gibt es mehr Haie als in allen Ozeanen zusammen. Wenn du so einschlägst, wie die sich das vorstellen, hat der Verein einen riesigen Zuwachs an Renommee, es werden viele neue Talente wie von einem Magneten angezogen. Der oder die Trainer dürften ebenfalls ihren Ruf enorm verbessern und damit sprudeln die Zuschüsse der Verbände und der öffentlichen Hand. Und letztlich darfst du nicht vergessen, sie haben die Chance an deinen Preisgeldern zu partizipieren, also ist eine Gegenleistung direkt oder indirekt vorhanden. Das Schlimmste, was denen passieren könnte, wäre wenn du keine

Startberechtigung erhältst oder die Brocken frühzeitig einfach hinwirfst. Ich werde bei möglichem Vertragsabschluss in jedem Fall darauf achten, dass das Risiko für dich möglichst geringgehalten wird."

Sie waren am Ristorante Napoli angekommen, er hielt ihr die Türe auf, rückte ihr den Stuhl zurecht und wartete mit dem Hinsetzen, bis sie Platz genommen hatte, ganz so wie ein Kavalier alter Schule. Monika machte gleich nach der Ankunft klar, dass es sich um ihre Einladung handelte und dass sie nicht nur die Rechnung, sondern auch die Menueauswahl treffen würde. Da er sich mit italienischen Speisen nicht auskannte, protestierte er nicht einmal und was die Bezahlung betraf, war er auch nicht unglücklich von ihr eingeladen worden zu sein, da seine Barschaft wohl mal gerade für Pane e Coperto gereicht hätte. Sie bestellte eine Flasche Orvieto Classico, eine große Flasche Wasser, als Vorspeise einen Meeresfrüchtesalat und Dorade vom Grill als Hauptgang.

„Du musst wissen, dieses Restaurant ist bekannt für seine Fischgerichte und da ich weiß, dass du Fisch in jeder Form liebst, sollte dies die richtige Lokalität für deinen Geschmack sein. Ich hoffe, meine Wahl wird dich zufriedenstellen und die Tiere sind nicht an Altersschwäche gestorben. Ach übrigens, ich hatte dir zwar eine Pizza angekündigt, aber die haben hier überhaupt keine Teigfladen, ich hoffe, du verzeihst mir die Lüge."

Manchot lächelte verliebt, nahm ihre Hand, die auf dem Tisch gelegen hatte, in seine, drückte einen unendlich zarten Kuss auf ihre Knöchel, betrachtete eindringlich ihre Gesichtszüge und landete schließlich bei ihren Augen, wo er endlich verharrte. „Ich liebe deine Augen, sie scheinen so tief zu sein wie ein bodenloser Kratersee, sie erscheinen mir genau so geheimnisvoll und tiefgründig zu sein. Aber wenn du lachst, senden deine Augen die ersten Anzeichen aus an denen man Fröhlichkeit ablesen kann. Dein Mund ist ebenso begehrenswert, wenn du mir bei meinen langen Monologen aufmerksam zuhörst und meine Mimik suchst, dann stülpst du die Lippen vor, als wolltest du für mich die Wörter formulieren.

In diesen Momenten muss ich mich extrem im Zaum halten, um dich nicht wieder und wieder zu küssen."

„Warum tust du es denn nicht einfach? Mir würde das gefallen."

Manchot musste lachen: „Ich habe Angst dich zu verletzen. Wenn ich dich jedes Mal küssen würde, wenn ich Lust dazu hätte, hättest du bald ganz wunde Lippen und möglicherweise würden wir auch noch zusammenwachsen. Dann könnten wir als siamesische Zwillinge durch die Weltgeschichte stolpern, wir könnten anschließend weder essen noch trinken und wir würden in unserer Liebe sterbend dahinsinken. Ich denke, das wollen wir beide nicht, nie und nimmer. Also halte ich mich mit den Küssen so lange zurück und berühre deine Lippen nur noch dann, wenn ich es ohne gar nicht mehr auszuhalten kann."

„Schade, das ist so eine wunderschöne Vorstellung, mit dir verwachsen zu sein und nichts könnte uns mehr trennen."

Der Kellner servierte wortreich die Vorspeise und erklärte in Italienisch die Ingredienzien des Salates, was er sich hätte sparen können, denn die Gäste verstanden diese Sprache nicht, aber es hörte sich gut an.

Sie begannen mit dem Essen und versuchten die Bestandteile des Salates zu identifizieren, trotz dieser Anstrengung und des Kauens erlosch das Lächeln in Monikas Gesicht nicht. Das Lächeln stand ihr ausgesprochen gut und sie schien das auch zu wissen, viele Stunden Übung vor dem Spiegel sollten nicht umsonst gewesen sein. Sie war offenbar froh, mit einem zukünftigen Schwimmstar zu flirten und dazu gesellte sich Zufriedenheit über das gute Verhandlungsergebnis, auch wenn ihr Freund hierüber nicht ganz so glücklich war. Letztlich war es eine Stufe mehr als flirten, denn sie machte einige Bemerkungen, die über das züchtige Küssen hinausgingen. Um es deutlicher zu berichten, sie benannte Körperteile, die sie von ihm gerne geküsst bekommen hätte.

Er war in dieser Beziehung wesentlich zurückhaltender, was verständlich ist, wenn man bedenkt, dass seine letzte Beziehung vor einigen Generationen stattgefunden hatte.

Zu einer Zeit, als es wesentlich züchtiger zugegangen war, als ein männliches Wesen bereits in Verzückung geriet, wenn er den Unterschenkel einer Dame sehen durfte, die den bodenlangen Rock beim Sitzen etwas hochrutschen ließ. Als in einem Gespräch alle unsichtbaren Körperteile der Frau und erst recht des Mannes allenfalls in einer Arztpraxis benannt werden durften, alles andere wäre unschicklich, wenn nicht sogar skandalös gewesen. Als ein Handkuss noch die höchste zulässige Ehrerbietung darstellte. Als ein Mund Kuss in der Öffentlichkeit vom Betrachter bereits einer Verlobung oder sogar einem vollzogenen Geschlechtsakt gleichkam. Als die voreheliche Geschlechterbeziehung unehrlich oder verlogen war, weil niemand seine Gefühle oder Meinung preisgab. Als Empfängnisverhütung oder gar Abtreibung fast unbekannt beziehungsweise illegal war und strengstens bestraft wurden.

Unter diesen Voraussetzungen kam es ihm ungeheuerlich vor, was er bereits zu ihr gesagt hatte und was er ihr gerne noch gesagt hätte. Er wunderte sich jetzt noch über seinen Mut, sie zu bitten, nackt vor ihm zu posieren.

Beischlaf war vor hundert Jahren eine Sache der Ehe gewesen, ohne Trauschein nahezu undenkbar, hierzu hatte man ein Bordell aufzusuchen oder ein leichtfertiges Mädchen aufzutreiben. Eine Frau, die etwas auf sich hielt, hätte sich nie zu einer solchen Leibesübung herabgelassen, selbst in der Ehe wurde vor Entkleidung das Licht gelöscht. Dementsprechend war die Mutter eines unehelichen Kindes als Hure beschimpft worden, auch wenn Aufklärung selten erfolgte und manche junge Frau glaubte, von einem Kuss geschwängert werden zu können. Trotz alledem wurden unwissende naive Mädchen oft genug Opfer der männlichen Überredungskünste und wurden geschwängert. Diese Naiven mussten dann versuchen, von einem schmuddeligen Engelmacher die Frucht illegal entfernen zu lassen, die Adressen dieser amateurhaften Abtreiber kursierten hinter vorgehaltener Hand. Seriöse Ärzte ließen sich so gut wie nie zu einer solchen Tat überreden. Unabhängig von Schuld, die weibliche Bevölkerung hatte in jedem Fall unter der ungewollten Schwangerschaft zu leiden.

Das perfide daran war, dass Vergewaltigungen an der Tagesordnung waren, oftmals in Dienstverhältnissen. Die Dienstherren vergingen sich gerne an jungen dienstbaren Geistern, die ihnen zu Willen sein mussten. Eine Weigerung gegen die Sexwünsche des Hausherrn wären einer fristlosen Kündigung gleichgekommen, die Damen waren aber auf die Einkünfte ihrer Arbeit angewiesen, oft waren sie die einzigen Ernährer der Familie. Häufig wurden solche Praktiken des Hausherrn von den Damen des Hauses toleriert, konnten sie sich doch damit des lästigen nächtlichen Werbens der Ehemänner entledigen. Niemand, nicht einmal die Kirchenvertreter prangerten solches Unrecht öffentlich an, zu viele der Mächtigen und Einflussreichen Bürger machten bei diesen Spielchen mit. Das Ergebnis dieser Übergriffe landeten oftmals in Waisenhäusern, bei den illegalen Engelmachern und nicht wenige Opfer suchten eine Lösung der Probleme im Selbstmord, aus Angst vor der Ächtung durch die bigotte Gesellschaft und der Konsequenzen.

Hier prallten nun zwei Welten aufeinander, für beide kam dies einem Kulturschock gleich. Sie wertete seine Zurückhaltung und Schüchternheit als Prüderie und er betrachtete ihre Offenheit und Liberalität in sexuellen Dingen insgeheim als Grenzverhalten zur Nymphomanie. Aus seinem vieljährigen Erfahrungsschatz konnte er die Vermutung schöpfen, verzehrende Liebe wollte keine Körperlichkeit, sondern bliebe nahezu immer platonisch. Er war sich nicht ganz klar, ob diese Gefühle und Wünsche eventuell einer Liebe zu ihm entsprangen, man hatte sehr schnell „Ich liebe dich" gesagt, aber zwischen diesem Satz und der Wirklichkeit standen Dimensionen. Als Liebesindiz wertete er ihren Verzicht auf alle Piercings, die Metallteile hatte sie verschämt in einem kleinen schwarz lackierten Schmuckkasten verstaut.

Obwohl, das musste er sich eingestehen, äußerte sich Liebe von Epoche zu Epoche unterschiedlich. Die Prüderie des neunzehnten Jahrhunderts war in der Geschichte einmalig gewesen und die Freizügigkeit des Mittelalters hatte sich wesentlich länger in den Köpfen der Leute eingenistet. Erst

Seuchen wie die Pest und die Angst vor Ansteckung, verstärkt durch die Reaktionen der Kirchen hatten zu einem Umdenken und einer gewissen Enthaltsamkeit geführt. Die jahrelange ständige Gehirnwäsche des Klerus hatte letztlich dazu geführt, dass sich die Prüderie nach und nach durchsetzte, wobei das in etlichen Folgegenerationen wieder nicht so streng gesehen wurde. Wer hörte schon auf die sonntäglichen Predigten der Pfaffen. Wobei nicht alle Kirchen oder Religionen das Sexuelle gleichsam ablehnten. Mitteleuropa jedoch wurde durch den Einfluss des Christentums zu einer Insel der Glückseligkeit und Keuschheit, wie die Kirchenfürsten glauben machen wollten.

In ruhigen Momenten konnte Manchot gewisse Zweifel an Monikas Liebe nie richtig ablegen. Trotzdem genoss er ihre verbalen und körperlichen Zuneigungsbezeugungen. Er liebte es, wenn sie ihn mit leicht gesenktem Kopf aus ihren dunklen Augen ansah, diese Kopfstellung vergrößerten Ihre Augen nochmals, egal ob sie sich dabei einen Bissen in den Mund schob oder ihn nur einfach anlächelte. In diesen Momenten hatte er nur das unstillbare Bedürfnis sie in die Arme zu nehmen und festzuhalten. Um nicht auf diese Blicke und auch ihr Lächeln verzichten zu müssen, entschloss er sich, ihre Zuneigung so lange als Liebe zu definieren, bis er vom Gegenteil überzeugt würde. Er hielt lediglich eine gewisse Wachsamkeit für angemessen, obwohl er es zutiefst hassen würde, seine unbegründeten Zweifel bestätigt zu finden.

Endlich wurde der Fisch serviert, der Kellner entschuldigte sich wortreich und kaum verständlich in seinem italienischen Dialekt für die Verspätung. Irgendetwas muss in der Küche verpatzt worden sein, vermutlich waren die ersten Tiere zu Holzkohle verwandelt worden. Das Wort „bruciato" tauchte zu häufig in seinem Redeschwall auf. Dessen ungeachtet, sah das jetzige Kochergebnis ungemein appetitlich aus und roch einfach köstlich. Monika setzte geschickt an, das Fleisch von den Gräten zu trennen, indem sie mit einem Längsschnitt zunächst die Mittelgräte freilegte. Manchot dagegen säbelte mit unmanierlicher Brutalität den Kopf ab und stopfte ihn zur Gänze in seinen Mund. Ihr blieb staunend der Mund offenstehen. Ohne zu kauen schluckte er das knochige Teil herunter und schnitt mit ähnlicher Gewalt wie er den Kopf von dem Leib getrennt hatte, ein Stück des Fischkörpers quer ab und wollte es zum Mund führen, hielt aber inne als Monika ihn verblüfft fragte, ob er noch nie einen Fisch gegessen habe. Die Teile, die er verschlingen wolle seien doch ungenießbar.

Manchot lachte: „Es hat viele Lebensepochen von mir gegeben in denen ich mich ausschließlich von den Meeresbewohnern ernährt habe. Ich liebe Fisch und habe sie immer unzerkaut verschlungen. Wieso soll denn das Innenleben eines solchen Tieres ungenießbar sein? Bis heute sind sie mir immer gut bekommen."

„Aber du kannst doch einen Fischkopf nicht unzerkaut herunterschlucken. Du könntest daran ersticken. Außerdem habe ich gelesen, dass Kiemen zuerst verderben und man sie keinesfalls essen sollte."

„Siehst Du, das ist einfach eine Frage der Unkenntnis. Ich esse immer den Kopf zuerst. Vorzugsweise würde ich sogar den ganzen Fisch roh in einem verschlingen, wie wir es immer gemacht haben. Poseidon sei mein Zeuge."

„Auf jeden Fall schmeckst du gar nichts, wenn du diese Delikatessen einfach nur herunterschlingst. Ich esse immer möglichst langsam und kann so besser den Geschmack genießen. Ich habe nie verstanden, wie die Leute mit großer Geschwindigkeit ohne zu schmecken das Essen in sich hinein schaufeln, als würde der Bauer sein Heu vor einem Gewitter in Sicherheit bringen wollen. Dann kommt mir deren Mund wie das Scheunentor vor. Wenn ich, was selten genug vorkommt, in einem dieser Schnellrestaurants esse, wo es ohnehin nicht schmeckt, sehe ich zu, dass ich den nach verbranntem Öl stinkenden Laden schnellstmöglich wieder verlasse und vorher genusslos esse."

„Weißt du, für mich ist Essen mit Sättigung gleichzusetzen. Ich habe ausgeprägte Geruchsnerven, aber meine angeborene Geschmackswahrnehmung ist verkümmert oder war nie vorhanden. Ich bin sicher, dass das genetisch bedingt ist. Deshalb ist mir auch meist gleichgültig was ich esse. Ein

Gericht, das stark duftet, esse ich mit großem Vergnügen, aber Fleisch oder Fisch, oft auch Gemüse oder Salat, sind für mich vom Geschmack her nicht wichtig oder unterscheidbar, erst der Geruch unterscheidet sie. Ich liebe zum Beispiel Rotwein und Käse, da riecht man gleich was man hat. Die Spaghetti al Carbonara, die du gekocht hattest, haben mir ausgezeichnet gemundet und zwar wegen des herrlichen Dufts, im Mund dagegen war das Aroma für mich verloren. Denk bitte daran, ich bin kein Mensch, oder besser, nur teilweise."

Monika hatte sich nicht zu viel versprochen, die Dorade schmeckte ausgezeichnet und hatte durch den Orvieto Classico eine perfekte Abrundung gefunden. Es erübrigt sich zu erwähnen, dass Manchot seinen Teller bereits leergefegt hatte, als Monika noch genüsslich die Reste der Dorade von den Gräten pulte. Auf seinem Teller befand sich keine Gräte, keine Flosse und keine Haut, was der Kellner stirnrunzelnd aber kommentarlos feststellte, wahrscheinlich fehlte ihm aber zu einer passenden oder überflüssigen Bemerkung das deutsche Vokabular.

Beide konnten der Versuchung nicht widerstehen, als Dessert noch eine Panna Cotta, die Spezialität des Hauses, zu probieren. Hiervon war Manchot nicht im Geringsten begeistert, er roch zwar die Früchte auf dem Sahnegelee, konnte aber an der Masse selbst wenig Geschmack entdecken, während Monika die Nachspeise in höchsten Tönen lobte. Der nach dem Essen auf Kosten des Hauses offerierte Grappa zusammen mit einem Espresso, rundeten das romantische Abendessen zu ihrer vollen Zufriedenheit ab. Auch Manchot lobte entgegen seiner Überzeugung das Lokal und das Menü, wohl wissend, dass das mehr ein Kompliment zur Wahl des Restaurants sein sollte, als Ehrung für den Küchenchef.

Monika zahlte den recht ansehnlichen Rechnungsbetrag mit einer Plastikkarte, ohne mit der Wimper zu zucken.

„Woher hast du eigentlich deine Barschaft? Ich kann mir nicht vorstellen, dass du in der Tankstelle mit deiner Aushilfstätigkeit allzu viel verdienst."

„Ach weißt du, ich habe dir doch erzählt, wie ich mich mit meinem Vater entzweit habe und zu Hause ausgezogen war. Mit einem Rest von Vaterliebe oder schlechtem Gewissen hat er meine jetzige Wohnung gekauft. Das war eine tolle Geschichte, wie ich an die Wohnung kam. Ich hatte mich bei einer Freundin einquartiert und suchte eine passende Bleibe. Über seine Beziehungen mit einem Wohnungsmakler hat er dann ein Angebot über meine Freundin an mich übermitteln lassen. Die Wohnung entsprach zu hundert Prozent meinen Vorlieben für das richtige Stadtviertel und die Größe. Angeblich sollte das Appartement für drei Jahre von einem Beamten, der vorübergehend nach Brüssel versetzt wurde, voll möbliert vermietet werden. Meine finanziellen Möglichkeiten waren bescheiden und der Mietzins entsprach genau dem, was ich aufbringen konnte. Ich glaubte damals, dass ich unglaubliches Glück gehabt hatte, vom Makler diese günstige Wohnung angeboten zu bekommen, bevor sie offiziell im Internet oder in der Zeitung angeboten wurde. Sie war einfach perfekt für mich. Ich hatte damals nicht die geringste Ahnung, dass sie mir exklusiv angeboten wurde. Nach meinem Einzug hatte ich dann die erste Miete zusammen mit der Kaution überwiesen und dann gab der Makler zu, dass das Konto ihm gehörte und mich aufgeklärt, dass die Wohnung bald mir gehören und demnächst notariell übertragen würde. Er gestand auch die näheren Zusammenhänge, dass das Ganze ein Geschenk meines Vaters darstellte und ich somit keine Miete schuldig sei. Mein Vater hatte zwar im Hintergrund bleiben wollen, aber er die rechtliche Situation mit Grundbucheintrag und so weiter falsch eingeschätzt habe. Er ist zwar Jurist, hat sich aber hauptsächlich mit Strafrecht befasst und offensichtlich weniger mit den Verwaltungsvorgängen eines Notariats.

Im ersten Moment war ich wütend, ich wollte einerseits auf eigenen Beinen stehen und nicht auf Almosen des Alten angewiesen sein, andererseits wollte ich auch nicht so ohne weiteres auf die Wohnung verzichten. Also habe ich ihm einen frechen Brief geschrieben, ich wolle seine milden Gaben nicht, er hätte mich lieber umsorgt, als ich ein kleines Mädchen war, heute könne ich für mich selbst sorgen und wolle eine angemessene Miete zahlen. Daraufhin erhielt ich eine kurze Mitteilung, dass er wisse, was er versäumt hatte und er seine Vernachlässigung seiner Vaterpflichten bedauere. Er wolle mich nur darum bitten, nicht noch sturer zu sein als er selbst und das Geschenk annehmen. Er wolle die Wohnung keinesfalls zurück und auch Mietzahlungen werde er nicht akzeptieren, sie solle die Wohnung als Entschädigung für entgangene Zuneigung betrachten und nicht danke sagen."

„Ich finde das sehr großzügig von ihm. Damit zeigt er aber auch, dass er dich immer noch liebt, auch wenn ihr euch entzweit habt. Ich betrachte einen Streit nie als etwas Endgültiges und versuche immer wieder die Konflikte auszuräumen. Vielleicht war ich deshalb früher so erfolgreich als diplomatischer Vermittler. Es gibt häufig Leute, die ihre Gefühle nicht zeigen können. Dein Vater scheint zu diesen Menschen zu gehören."

„Zugegebenermaßen habe ich schließlich klein beigegeben. Meine Mutter hatte die Vermittlerin gespielt und mich bekniet, das Geschenk zu akzeptieren. Sie hatte gemeint, ich sei verrückt und mein Stolz solle mich nicht ins Abseits laufen lassen. Wenn ich konsequent sein wolle, müsse ich ihm alle Zuwendungen seit meiner Kindheit erstatten, auch die Scheine, die er mir während meines Studiums ständig zugesteckt hatte. Außerdem stünde mir ohnehin ein Teil seines Vermögens zu, spätestens als Erbteil."

„So einen Vorschlag habe ich noch nie vernommen. Ein Kind kostet nun einmal Geld und eine Rückerstattung erscheint mir grotesk. Ich habe einmal gehört, dass ein Kind bis es erwachsen ist, soviel kostet wie ein kleines Haus."

„Ach, eigentlich bin ich ihm auch gar nicht mehr böse, ich hatte mich damals nur wahnsinnig geärgert, dass er mir meinen Lebensweg vorschreiben und keinen Widerspruch akzeptieren wollte. Ich war schon alt genug, selber mein Leben in die von mir gewünschten Bahnen zu lenken. Ich habe auch vor, mein Studium fortzusetzen oder an eine andere Fakultät zu wechseln, ich dachte daran, entweder Pharmazie oder vielleicht auch Veterinärmedizin zu studieren, wobei Fortsetzung des Studiums ein Witz wäre, ich habe mal gerade drei Monate lang eine paar Vorlesungen für das Jurastudium gehört, das gerade genug um ein permanentes Ekelgefühl in mir zu erzeugen. Ich will etwas Naturwissenschaftliches lernen, das ist doch viel spannender als diese ewigen Paragraphen zu pauken. Vielleicht auch beides zusammen, mal sehen. Auf jeden Fall lass ich meinen Alten zunächst einmal schmoren, irgendwann wird sich das Zerwürfnis wohl irgendwie beilegen lassen. Die Zeit wird es vielleicht richten, meine Mutter arbeitet intensiv an einer Lösung. Nebenbei bemerkt, sie steckt mir auch jeweils bei unseren Treffen einen Schein von ihrem Haushaltsgeld zu. Wenn es sein müsste, bräuchte ich nicht einmal zu arbeiten, ich könnte theoretisch davon leben, was ich in die Hand gedrückt bekomme. Als deine selbsternannte Managerin werde ich ohnehin im Geld schwimmen."

Sie lachte selbst über ihre Äußerung laut auf. „Nebenbei, du bist ziemlich weltfremd, woher willst du das auch anders gelernt haben und ich könnte mir vorstellen, dass du die Reibungswärme, wenn du über den Tisch gezogen wirst, als Nestwärme empfindest. Hättest du etwas dagegen, wenn ich Deine Finanzen in die Hand nähme? Auch wenn ich keine entsprechende Ausbildung habe, könnte ich dich zunächst beraten. Wenn ich dann später den Anforderungen nicht mehr gewachsen sein sollte, können wir dann weitersehen. Zunächst brauchst du noch keine professionelle Beratung denke ich."

Sie verlangte die Rechnung von dem Kellner, Manchot hatte zu allem, was sie vorgeschlagen hatte, zustimmend genickt. Sie hatte in allem Recht, er war weltfremd. Woher sollte er auch in ein paar Tagen so viel Wissen angehäuft haben, dass er auf alle Alltagsfragen eine Antwort hatte? Sein Interesse hatte sich auf technische Dinge konzentriert. Es hatte ihn verblüfft, welche Entwicklungen seit seinem letzten Erdendasein auf technischen Gebieten das Leben der Menschen maßgeblich beeinflusst haben. Die Elektronik war eines von diesen Dingen, mit denen ein winziges Gerät wie ein Mobiltelefon überhaupt funktionieren konnte, welche Masse an Informationen durch den Äther geschickt werden konnten. Autos, Züge und vor allem die Fliegerei faszinierten ihn. Dass Menschen auf dem Mond spazieren, oder sollte man genauer sagen hüpfen konnten, begeisterten ihn. Diese Dinge waren früher einfach unvorstellbar und gehörten ins Reich der Fabel. Wie hatte er die Romane des Jules Verne damals verschlungen, sie aber als unerreichbare Utopie abgetan, und heute soll das alles möglich sein?

Sein größtes Fragezeichen stand aber immer noch hinter dem sozialen Verhalten seiner jetzigen Mitbürger. Sprache und Gepflogenheiten hatten sich grundlegend gewandelt. Er konnte nicht einmal beurteilen, ob das Essen, das sie soeben genossen hatten, billig oder teuer war. Darüber gab es in dem phantastischen Internet keinerlei Orientierungshilfen. Die Speisen hatten hervorragend geschmeckt beziehungsweise gerochen, aber ob der Rechnungsbetrag angemessen war oder nicht, entzog sich völlig seinem Urteilsvermögen. Sein Gefühl für Preise bestand in der Überlegung, ob er noch genügend Geld in der Tasche hatte, um den geforderten Rechnungsbetrag zu bezahlen. Noch verdiente er kein festes Geld, Heidi gab ihm je nach Aufgabenstellung einen Schein, den er dankbar und meist kommentarlos in seine Tasche steckte, obwohl er zunächst nicht wusste, was er sich davon leisten konnte, da sein Gefühl für die Preise verschiedener Artikel völlig unterentwickelt war. Er kam sich in dieser Beziehung vor wie ein Kleinkind. Rational war der Preisgestaltung nicht beizukommen, für den Preis zweier Bratwürstchen gab es gerade mal eine Packung Zigaretten; für den Preis mancher Zeitschriften bekam man etliche Tüten mit Essbarem wie Kartoffelchips, Gebäck oder Süßigkeiten. Offensichtlich waren die Kunden bereit, für alles mehr auszugeben als für Lebensmittel. Warum kostete ein Becher Kaffee fast genau so viel wie ein belegtes Brötchen? Oder anders gefragt, warum kostete ein Beutel Bonbons mehr als ein Brötchen und eine Flasche Wasser? Er wusste genau, er musste noch unendlich viel lernen, um sich in der Jetztzeit zurecht finden zu können. Sein Gehirn war bis zum Bersten mit

Fragezeichen gefüllt. In Relation zu einem Kleinkind hatte er wie bei einem Kaltstart unendlich viel zu lernen, die Kleinen waren in das System hinein geboren worden und hatten sehr früh das System mit all seinen unlogischen Tatsachen hinnehmen müssen und ohne darüber nachzudenken verinnerlicht. In seinem Fall war die Gedankenwelt bereits fertig ausgefüllt und musste durch neue Informationen oder Gefühle ersetzt werden. Erst wenn sich eine gedankliche Konstruktion als falsch oder überholt herausstellte, musste die bessere an Stelle der schlechteren treten, nicht nur in Einzelfällen war das neue sogar schlechter als das alte.

Die Erkenntnisse der alten Welt wollten ständig mit denen der neuen verglichen werden. Solche Situationen hatte er bereits mehrmals erlebt, wenn auch bei weitem nicht derart extrem wie diesmal. Der Wandel schritt nie schneller voran als heutzutage. Die neue Welt war so schnelllebig, dass eigentlich nichts mehr mit seinen gewachsenen Erfahrungen verglichen werden konnte, somit blieb ihm nichts anderes übrig, als sich mit Bemerkungen und Urteilen zurückzuhalten.

Völlig revolutioniert und ihm unverständlich war die Denkweise der Menschen oder besser gesagt, das kritiklose Übernehmen von vorgedachten Meinungen aus den Medien. Die Medienwelt war unvorstellbar schnell mit denen Informationen, Halbwahrheiten und subjektive Sichtweisen veröffentlicht wurden. Manchot bezweifelte, dass der normale Mensch oder Durchschnittskonsument beurteilen konnte, wieviel Lügen und wieviel Wahrheitsgehalt in den Berichten enthalten war. Was ihm gleich am ersten Tag aufgefallen war, unglaublich viele Überschriften in den Printmedien endeten mit einem Fragezeichen, waren somit nicht bewiesen, sondern wahrscheinlich reine Spekulation. Es wurden mit dicken Lettern die unglaublichsten Behauptungen in die Welt gesetzt, die im Artikel selbst jedoch meist nicht untermauert wurden, somit war der Artikel völlig überflüssig und diente ausschließlich der Auflagenerhöhung des Mediums.

Was ihn ebenso unglaublich störte, war die moderne Musik, sofern man das noch als Musik bezeichnen konnte. Die blödesten Texte wurden in unerträglicher Lautstärke in die Welt gebrüllt, nur gut, dass das meiste davon unverständlich war. Die reinen Melodien waren im Vorfeld ausgemerzt und durch wummernde und dröhnende Bassrhythmen ersetzt worden.

Die Mode, insbesondere die Damenmode, hatte schon zu allen Zeiten erstaunliche Kapriolen geschlagen, aber so vielseitig und schillernd wie heute war sie nie gewesen. Wenn die Damenwelt heute nicht bunt gekleidet war, dann eben in schwarz, offensichtlich eine absolute Modefarbe. In seiner Erinnerung waren alte Frauen in schwarze Kleider gehüllt und auf Beerdigungen dominierte auch diese Unfarbe.

Und dann Hosen, eine Frau in Hosen existierte gar nicht, es galt als unschicklich, wenn man von wenigen Ausnahmen absah, wie zum Beispiel bei George Sand, die mit ihren männlichen Beinkleidern nur provozieren wollte. Wie einige Frauen heute voll bekleidet herumliefen, luden sie zu anatomischen Studien ein, alles war abgemalt und nur wirklich schlanke Frauen sahen in dieser zweiten Haut vorteilhaft aus. Man konnte viel weniger kaschieren, jeder Makel wurde erbarmungslos präsentiert. Erst gestern hatte er einen Pickel oder eine Warze an dem Po einer jungen Frau zu identifizieren geglaubt, der sich als Blickfang auf der prallen Backe präsentierte.

Die Zeitschriften oder Magazine waren immer noch das, was ihn neben dem Internet am meisten befremdete. Es gab nichts, aber auch gar nichts, was ein Tabuthema darstellte, alles wurde mitleidlos in die Öffentlichkeit gezerrt. Selbst die intimsten Details wurde ausführlich beschrieben und visuell dargestellt. Für jemanden, der diese Freizügigkeit nicht kannte, waren diese Enthüllungen einfach nur schockierend. Man hatte früher Sexuelles verschwiegen und eine Menstruation ging nur Frauen etwas an, Männer waren von diesem Themenkreis absolut ausgeschlossen.

In der Politik, dieser heute so genannten Demokratie, wurden die wenigsten Probleme gelöst, sondern nur endlos zerredet in tagelangen Debatten. In einer Demokratie regiert nicht das Volk, wie man von der Wortbedeutung her unterstellen sollte, sondern es ist die einzige Staatsform, die einen Regimewechsel unblutig vollziehen lässt. Aber auch hier, keine Regel ohne Ausnahme. Früher gab es Fürsten und andere Adlige, die vom Volk finanziert wurden, heutzutage stopften eine Unzahl von Parlamentariern, seien sie regionaler oder staatlicher Bestimmung, ihre Taschen voll und ließen es sich wohlergehen. Diätenerhöhungen waren die einzigen Gesetze, die einstimmig beschlossen wurden. Er traute sich gar nicht an die Frage heran, die Anzahl der besoldeten Parlamentarier zu schätzen. Jede Stadt und jedes Dorf, jeder Kreis und jedes Land und auch der Staat hatten ihre Debattierclubs, darüber hinaus auch noch das zahlenmäßig überlegene Europaparlament. Alle diese Leute wurden mit fürstlichen Zuwendungen bedacht, von einigen wenigen ehrenamtlichen Mitgliedern einmal abgesehen. Was diese Menschen den ganzen Tag über machten, war ihm ohnehin unklar, er hoffte lediglich, dass die selber wenigstens wussten, was sie veranstalteten. Als Zuarbeiter gab es immerhin noch das unübersehbare Heer von nützlichen und unnützlichen Beamten, die an irgendetwas herumwerkelten oder formulierten, was größtenteils ohnehin im Papierkorb landete. Er war sich sicher, dass ein erheblicher Prozentsatz der Staatsbediensteten selbst nicht wusste, welchen Sinn und Zweck ihre Elaborate hatten. Auch war er davon überzeugt, dass dieser aufgeblähte Staatsapparat in Summe mehr Kosten verursachte als der des pompösen Hofstaates Ludwig des XVI. mit seiner ausgabenfreudigen Marie-Antoinette. Bekanntlich führte die Schuldenpolitik des Hofes zur Französischen Revolution.

Er wurde abrupt aus seinen Gedanken gerissen, da Monika ihn fragte, ob sie noch ein Glas als Absacker in ihrer Wohnung trinken sollten. Er musste überlegen, was wohl ein Absacker sein sollte, begriff aber unterstützt durch ihre Mimik, was das wohl bedeutete und zögerte dann nicht mit seiner zustimmenden Antwort. Sie hatte ihm schließlich eine Überraschung versprochen, die er sich keinesfalls entgehen lassen wollte.

Er hatte es sich auf einem der Lehnstühle bequem gemacht, während Monika eine Flasche Rotwein öffnete. Sie lehnte sein Hilfsangebot lächelnd ab, die Frauen seien nur halb so unbeholfen wie die Männer es gerne sähen. Sie betrachte entgegen der Volksmeinung das allgemein abwertende Attribut „dämlich" als Kompliment und als genau so positiv wie das Gegenstück „herrlich".

Nachdem sie den ersten Schluck genossen hatten, sprach sie ihn auf seine Kleidung an: „Seit ich dich kenne, läufst du immer in den gleichen Klamotten herum. Hast du denn gar nichts zum Wechseln?"

Der ach so erfahrene Manchot errötete wie ein ertappter Pennäler und verschob verlegen ein paar Utensilien wie Aschenbecher und leere Blumenvase auf dem Esstisch wie Schachfiguren. „Stinke ich denn sehr? Ich selber rieche nichts Unangenehmes."

„Ach, stinken kann man vielleicht nicht unbedingt behaupten, aber frisch riechen wäre anders. Du erinnerst mich geruchsmäßig an einen jungen Hund mit nassem Fell. Das riecht nicht unangenehm aber es riecht penetrant."

„Das tut mir leid, Heidi hatte mir etwas Geld gegeben und ich habe davon zwei Hosen und zwei Hemden gekauft. Du hast aber recht, ich könnte noch ein paar Sachen zum Wechseln gebrauchen. Meine zweite Garnitur liegt bei Heidi, ich könnte schnell hinfahren und die Sachen wechseln."

„Ich hatte dir doch eine Überraschung versprochen und das wäre gewesen, dass ich dich einlade, die Nacht bei mir zu verbringen. Ich schlage vor, du ziehst dich aus, ich werfe die Sachen in die Waschmaschine und in ein paar Stunden sind sie wieder sauber und trocken. Dann riechst du wie der Tau einer Frühlingswiese."

Ihre Stimme hatte fordernd geklungen, als würde sie keinen Widerspruch zulassen. Sie sah, dass er zögerte. „Wenn du dich genierst, kannst du meinen Bademantel anziehen, der könnte dir sogar fast passen, für mich ist er eine Nummer zu groß, aber ich liebe ihn, weil man sich so schön hineinkuscheln kann."

Sie beobachtete ihn, während er seine Kleidung ablegte und war überrascht und dann amüsiert, als sie sah, wie klein sein Penis und seine Hoden waren. Seltsam kam ihr insbesondere die Relation der Genitalien zu seinen breiten Hüften vor. Das Schamhaar oder besser der Schamflaum verdeckten das von anderen Männern mit Stolz präsentierte Gehänge weitgehend. Sein Penis und auch seine Hoden waren fast völlig in seinem Unterleib versenkt. Nur bei genauerem Hinsehen konnte man eine rosige Spitze ausmachen. Sie hatte nicht viel Erfahrung mit Männern und hatte sie auch nie so eingehend betrachtet, trotzdem wusste sie, dass dies als ungewöhnlich unscheinbar einzuordnen war. Jedenfalls sah es wesentlich ästhetischer aus als bei den normalen Säugetieren. Die Gehänge, die sie bisher kannte, waren auf den ersten Blick allesamt als nicht erotisierend zu bezeichnen. Sie hatte sich schon immer gefragt, ob das Zeug bei Bewegungen nicht lästig war und störte. Was sie jetzt betrachtete war ansprechend, weil es sich dezent versteckte. Als pubertierendes Mädchen hatte sie einmal mit einem Handspiegel ihre Vagina untersucht und war von der mangelnden Attraktivität dieses Geschlechtsteils enttäuscht. Sie hatte überhaupt nicht verstehen können, dass Männer sich diese Wülste so gerne betrachteten und sich dabei auch noch sexuell erregten. Was ihr nunmehr von ihrem potentiellen Sexualpartner dargeboten wurde, gefiel ihr gar nicht schlecht. Auf die Funktionsweise war sie mittlerweile neugierig.

Meinetwegen, sagte sie sich, während sie seine Kleidung in die Waschmaschine stopfte, es wird eine gemeinsame Testnacht geben, eine Entscheidung über eine gemeinsame Zukunft würde morgen oder in den nächsten Tagen getroffen werden. Außerdem hieß es doch immer, es komme nicht auf die Größe des Teils an, sondern auf die Technik, mit der man das Ding bewegte. Sie musste über sich selbst lächeln, solche obszönen Gedanken waren ihr bisher fremd geblieben. Sie bemerkte, dass sie durch ihr Lächeln Manchot verlegen gemacht hatte, der ansonsten überlegene und selbstsichere Mann zitterte merklich als er nur mit dem Bademantel bekleidet sein Rotweinglas an die Lippen führte. Dabei fiel natürlich prompt ein Tropfen auf den weißen Frotteemantel, sie sprang auf und holte einen Salzstreuer, in der Hoffnung mit dem Salz dem Flecken zu Leibe rücken zu können, bevor sich die Gerbsäure im Gewebe festsetzen konnte.

Seine Selbstsicherheit war in wenigen Minuten wie mit einem Staubwedel zerstoben worden und auf ein Minimum geschrumpft. Welcher Mann konnte solche gewollten oder ungewollten Schmähungen in solch kurzer Zeitspanne schon verkraften. Monika hatte sich nun neben ihn gesetzt, lachte ihn fröhlich an und prostete ihm zu. Sie war nun Herrin des Geschehens und das schien ihr extrem zu gefallen.

„Ist mein Gestank wirklich so unangenehm für dich? Und sehe ich wirklich so unmännlich aus, dass du lachen musstest, als du mich nackt sahst?"

Sie hatte gehofft, er habe ihr Lächeln beim Anblick seines Geschlechts nicht bemerkt, sie hatte keine Anzüglichkeit beabsichtigt. „Ich empfinde deinen Körpergeruch nicht als unangenehm und meine Belustigung bezog sich auf eine Situation, die mir in diesem Moment in den Sinn kam. Ich liebe dich, egal ob du etwas verschwitzt riechst oder nicht. Aber was mir aufgefallen ist, hast du überhaupt keine Unterwäsche?"

Wieder lief er rot an. „Ich hatte geglaubt, das könne ich mir sparen, die Unterhosen in dem Laden waren so winzig gewesen, dass ich nicht wusste, ob es wirklich normale Unterhosen sein sollten. Ich kenne nur solche, die bis an die Knie herabreichten. Und dann gab es noch welche mit aufgedruckten Bildern, das waren dann wohl Badehosen."

„Ich sehe schon, als deine Managerin muss ich auch das in die Hand nehmen. Morgen früh gehen wir beide in ein Bekleidungsgeschäft und staffieren dich mit dem Nötigsten für alle Gelegenheiten aus. Du hast ja so gut wie gar nichts zum Anziehen. Wenn ich es recht überblicke, besitzt du gerade mal ein Paar Schuhe und jeweils nur zwei Hemden und Hosen, keine Jacke gegen Regen oder Kälte, rein gar nichts, Ich strecke dir das Geld vor und von deinem ersten Honorar kannst du mir es zurückzahlen. Dann brauchst du noch nicht einmal Danke zu sagen."

Während der Nacht konnte sich Monika von der Richtigkeit des Gerüchts überzeugen, ob Technik und Ausdauer die Größe überragen.

Sie hatte Frühschicht. Als der Wecker klingelte, lagen sie in der Löffelposition aneinandergeschmiegt und Manchot hatte seine Arme um sie geschlungen. Ein Entkommen für sie war nicht möglich. Sie hatte sich in Ruhe fertig machen und ihn beim Verlassen des Hauses wecken wollen, jetzt aber war sie gezwungen, sich aus seiner Umklammerung zu befreien und ihren Geliebten dabei zu wecken. Als er merkte, dass sie das Bett verlassen wollte, hielt er sie fest und küsste sie stürmisch.

„Ich habe die ganze Nacht von dir geträumt und bin nun begeistert zu sehen, es war kein Traum."

„Ich muss jetzt raus, sonst komme ich zu spät, Heidi ist, was Zuverlässigkeit und Pünktlichkeit betrifft ziemlich penibel und ich will sie nicht verärgern."

Monika bereitete Frühstück und bügelte zwischendurch in Eile Manchots spärliche Kleidung, die sie dann zum Ausdünsten auf dem Fußende des Bettes drapierte. Er wälzte sich verschlafen aus den Federn und verschwand in der Dusche. Als er mit einem Handtuch um die Hüften aus dem Badezimmer wiederauftauchte, war sie bereits vollständig angezogen und auf dem Sprung die Wohnung zu verlassen. Er war enttäuscht, das gemeinsame Frühstück versäumt zu haben, an terminliche Verpflichtungen musste er sich erst wieder gewöhnen.

Als Manchot zu Monika in der Tankstelle stieß, war eine Schlange vor der Kasse und sie war froh, dass sie endlich Unterstützung bekam. Die Backwaren seien heute mit Verspätung eingetroffen und er solle zunächst einmal die Leute am Büffet bedienen. Er teilte und schmierte linkisch Brötchen, dunkle, helle, mit und ohne verschiedene Körner, Croissants und Laugenstangen, er belegte sie nach den Wünschen der Kunden mit Schinken, Wurst, Käse oder Ei, jeweils mit einer Tomatenscheibe und einem Salatblatt. Letzteres nur, um den Leuten vorzugaukeln, es handele sich um ein gesundes Frühstück. Er wunderte sich über einige Kundenwünsche, die Wurst und zusätzlich Käse auf den süßen Croissants haben wollten. Abscheulich, dachte er sich, aber wenn die Kunden das mögen...

Er erinnerte sich an die so genannte „Bergische Kaffeetafel" unter anderem mit süßem Stuten, belegt mit Gouda Käse, was ihm bereits damals ein Greul gewesen war. Zu dieser Kaffeetafel gehörte auch der Kaffee aus der so genannten Dröppelminna, einer Art von Samowar für Kaffee.

Gemeinsam schafften es die Verliebten den Kundenandrang in angemessener Zeit zu bedienen, wobei er feststellte, dass ihm die ungewohnte Aufgabe immer leichter von der Hand ging.

Monika hatte bereits ein Telefonat mit der Polizei gehabt, PHK Koslowski hatte gefragt, ob der geplante Riechtest heute um zehn Uhr stattfinden könne. Manchot rief zurück und bestätigte den Termin. Der Beamte bat ihn ins Polizeipräsidium zu kommen, man habe mittlerweile auch den zweiten Komplizen gefasst, einen Rainer Wohlfarth, der von dem ersten Tankstellenräuber in einem lichten Moment als Mittäter benannt worden war. Manchot wunderte sich, den Namen des mutmaßlichen Mittäters zu nennen, war sicherlich ein Versehen des Polizisten, er konnte sich nicht vorstellen, dass das heutzutage üblich war, den Namen eines nicht Verurteilten preiszugeben.

Kaum hatte er das Gespräch beendet, kam bereits der nächste Anruf auf Monikas Handy für ihn an. Sie reichte es kommentarlos an ihn weiter, es meldete sich Arnold Kammer von der Sporthochschule in Köln. „Ich würde Sie gerne um elf Uhr zum Training nach Köln abholen lassen. Wäre Ihnen das recht? Ich habe auch einen Termin mit einem Sportmediziner verabredet, der Sie untersuchen soll, ob Sie der körperlichen Belastung des Leistungssports gewachsen sein würden. Wissen Sie, Belastungs-Elektrokardiogramm, Laktattest und so weiter, also das volle Programm. Das ist alles kein Problem und geht auch recht schnell."

„Danke für den Anruf, aber ich habe bereits um zehn Uhr einen Termin bei der Kriminalpolizei, ich bin vor ein paar Tagen überfallen worden und soll nun den oder die Täter identifizieren.

Ich fürchte, es wird länger dauern. Vermutlich könnte ich somit erst heute Nachmittag zu ihrer Verfügung stehen."

„Was, Sie sind überfallen worden? Sind Sie dabei verletzt worden?"

„Nicht nennenswert, nur ein harmloser Streifschuss an der Schläfe, nichts weiter."

„Ein Schuss? Auf Ihren Kopf? Das ist ja schrecklich. Sie hätten schlimm verletzt oder sogar getötet werden können."

„Ach, es war ja nur ein Streifschuss, ich habe einen harten Schädel und dazu noch Glück gehabt, so etwas braucht man im Leben."

„Haben Sie denn noch Schmerzen? Können Sie trainieren oder müssen Sie sich zunächst noch schonen?"

„Doch, doch, ich kann mich sportlich betätigen. Ich spüre die Verletzung gar nicht mehr. Außerdem ist die Wunde bereits geschlossen. Ich verdecke sie nur noch aus reiner Eitelkeit. Nebenher bemerkt, ich hatte die Verletzung bereits, als wir uns getroffen haben, vielleicht erinnern Sie sich an das Pflaster an meiner Stirn? Sollen wir die Untersuchungen noch heute oder, wenn es ihnen lieber wäre, morgen durchführen lassen?"

„Wenn es ihnen zeitlich passt, schlage ich heute Nachmittag um vierzehn Uhr vor. Ich möchte nicht wieder einen Tag verlieren."

Manchot diktierte die Adresse der Tankstelle und beide verabschiedeten sich mit besonders floskelreicher Höflichkeit.

Die Polizisten Koslowski und Brahschoss begrüßten Manchot diesmal mit angemessener sachlicher Freundlichkeit und führten ihn in einen kahlen Raum, in dem ein älterer uniformierter Polizist ohne viel Lametta stand. Die einzigen Möbel bestanden aus ein paar einfachen Tischen mit brauner gemaserter Kunststoffplatte. Auf der Tischreihe lagen nebeneinander Hemden, T-Shirts, Schals und Mützen, vor jedem Textil gab es kleine gelbe Karteikarten, die mit einer Nummer versehen waren. Die Kleidungsstücke schienen ungewaschen und nicht gebügelt zu sein und lagen unordentlich aufgehäuft.

Die meisten der auf den Tischen liegenden Textilien hatten einige weiße Längsstreifen, entsprechend der Streifenzeit.

Koslowski wandte sich an Manchot: „Also das sind alles Kleidungsstücke von verschiedenen Untersuchungshäftlingen, unter anderem von den beiden Tatverdächtigen, natürlich auch von dem, den Sie krankenhausreif geschlagen haben. Sie hatten behauptet, es sei kein Problem, per Geruchsprobe den oder die Verdächtigen zu identifizieren. Wir sind gespannt, schreiten sie zur Tat!"

Polizeioberkommissar Brahschoss grinste höhnisch, er hielt wohl nichts von Manchots außergewöhnlichen Fähigkeiten und meinte hämisch: „Nun, dann schnüffeln Sie mal an den stinkenden Klamotten drauflos. Ich werde jeweils die Nummer der Kleidungsstücke nennen und Sie sagen uns, ob sie den Geruch kennen. Wir nehmen das Gespräch auf, ihr Einverständnis voraussetzend. Möglicherweise wird der Test später vor Gericht als Beweis anerkannt werden."

Der Zeuge Manchot stellte sich vor den ersten Tisch, beugte sich vor, er hatte wohl eine gewisse Abscheu, diese total schmuddeligen und extrem verschwitzten Bekleidungsstücke anzufassen. Am dritten Tisch verharrte er vor einem verwaschenen ehemals roten Sweatshirt mit der Aufschrift „Oklahoma City", er faltete es auseinander und bedeutete den Polizisten, er erkenne den Geruch, es stamme nicht von dem Krankenhauspatienten, sondern von dessen Komplizen, dem Pistolenschützen. Die Beamten sahen sich vielsagend mit gerunzelter Stirn an, kommentierten die Behauptung Manchots nicht, und nannten nur laut und deutlich die Nummer des Kleidungsstücks. Der Zeuge setzte seine Schnüffelarbeit fort. Bei dem vorletzten Tisch stockte er wieder, deutete mit dem Finger auf eine Mütze und sagte nur: „Unzweifelhaft stammt diese Mütze von dem Verletzten, Mahmut Özkan."

Den noch nicht beschnüffelten Schal beachtete er gar nicht mehr. Koslowski nannte wieder die Nummer der Mütze.

„Nun, was halte Sie von meinen Geruchsnerven? Ich bin zu hundert Prozent sicher, dass ich die richtigen Besitzer identifiziert habe."

Koslowski nahm eine Computertabelle und verglich die ausgewählten Nummern mit den aufgelisteten Namen. Das erste von Ihnen genannte Hemd, Nummer drei, stammt in der Tat von dem Schützen. Das zweite von Ihnen erkannte Teil, eine Baseballkappe mit der Nummer fünfzehn, gehört tatsächlich Mahmut Özkan."

An Manchot gewandt meinte er, seine Fähigkeiten seien höchst erstaunlich, man habe nicht glauben wollen, dass dieser ausgeprägte Geruchssinn für einen Menschen möglich sei. Bei einem abgerichteten Hund wäre das durchaus nicht unwahrscheinlich. Er selbst habe an einigen Teilen gerochen und keinen oder fast keinen Unterschied feststellen können. Das Zeug stinkt doch einfach nur nach Schweiß und was weiß ich wonach."

Manchot bemerkte grinsend, dass er froh gewesen sei, keine verschmutzte Unterwäsche vorgefunden zu haben. Brahschoss konterte, dann hätte man wohl die Kleidungsstücke mit Zangen auf den Tischen ausbreiten müssen und nicht nur mit Gummihandschuhen, anschließend müsse dann der komplette Raum desinfiziert werden.

Die beiden Kommissare hatten Manchot flankiert und gingen langsam in Richtung Koslowskis Büro, der aber bereits auf dem langen schmucklosen Flur, der an ein Krankenhaus erinnerte, mit seinen Ausführungen und Schlussfolgerungen begann. „Wir hatten Ihnen versprochen, Sie über unsere Fahndungserfolge zu informieren, sofern wir dabei nicht unsere Beweisführung gefährden. Nachdem Özkan halbwegs vernehmungsfähig war, haben wir ihn ein wenig in die Mangel genommen und er hat uns unbeabsichtigt Anhaltspunkte über den Komplizen gegeben. Er hatte sich zwar beständig geweigert dessen Namen zu nennen, hat sich aber wegen seines niedrigen Intelligenzquotienten x-mal verplappert und uns dabei Hinweise auf dessen Wohnung und Fahrzeug preisgegeben. Der Rest war reine Routine, wir fanden seinen blutbefleckten Kapuzenpulli in seiner Mülltonne und damit den fehlenden Beweis für seine Mittäterschaft. Natürlich kommt nun Ihre erschnüffelte Identifikation hinzu. Ich kann mir zwar nicht erklären, wie das möglich sein soll, aber zu meinem großen Erstaunen haben Sie beide Täter erschnuppert. Ich hoffe lediglich, dass der Richter diese Beweisführung anerkennt, man weiß ja nie, was diesen Juristen durch den Kopf geht. War es nicht Bismarck, der gesagt hatte „Vor Gericht und auf Hoher See ist man in Gottes Hand"? Also, falls der Richter den Schnüffeltest anerkennt, müssten Sie es nochmals durchführen. Dann würden Sie aber als Zeuge vorgeladen."

Manchots Augen pendelten zwischen den beiden Beamten hin und her. „Stellen Sie sich vor, Sie hätten irgendwo eine Ihnen unbekannte einprägsame Melodie gehört oder Sie hätten eine besonders markante Person gesehen, nicht in einer Menschenmenge, sondern Sie hätten ihr gegenübergesessen, würden Sie diese Melodie oder die Person nicht spontan wiedererkennen? Es gibt Leute mit außergewöhnlich guten Augen, andere haben ausgeprägte Geschmacksnerven oder das absolute Gehör und ich habe eine sehr sensible Nase. Vergleichbar vielleicht mit der eines Hundes, dazu kommt ein denkbar gutes Geruchsgedächtnis, somit kann ich auch noch nach Jahren genau sagen, wie bestimmte Personen gerochen haben, auch wenn sie keinen spezifischen Geruch hatten. Selbst ein Deodorant oder ein Parfüm, egal wie intensiv man sich damit eingesprüht hat, kann den spezifischen Körpergeruch der Person nicht überdecken. Sagen Sie jetzt bitte nicht, diese Begabung sei beneidenswert, da müsste ich ihnen vehement widersprechen, es gibt wesentlich mehr unangenehme Gerüche als ansprechende Düfte. Manche Leute, insbesondere Frauen, benutzen ein Parfüm, das ich als ausgesprochen übelriechend empfinde, vor allem dann, wenn es nur einen Schweißgeruch überdecken sollte. Um Ihre nächste Frage vorweg zu beantworten, selbst wenn Sie die ganzen Geruchsproben in einen Sack stecken und den Test in ein paar Monaten wiederholen wollten, könnte ich die von den Verdächtigen getragenen Sachen noch herausriechen."

Koslowski fixierte erst seine Schuhspitzen, dann lenkte er seinen Blick auf Manchots Gesicht. „Was Sie sagen, klingt sehr fremd für mich, aber Sie haben letztlich bewiesen, was Sie für außergewöhnliche Fähigkeiten haben. Ich habe mit der Staatsanwaltschaft gesprochen, die beiden werden morgen dem Haftrichter vorgeführt und wahrscheinlich wegen eines bewaffneten räuberischen Überfalls und versuchten Totschlags angeklagt werden. Damit geben wir den Fall auch sofort an die Staatsanwaltschaft ab. Sie werden dann von der zuständigen Anklagebehörde oder vom Gericht selbst hören. Ich denke, das wird noch ein paar Monate dauern bis es zur eigentlichen Verhandlung kommen wird. Bei der Überlastung der Gerichte, würde mich das nicht wundern. Nochmals, vielen Dank für Ihre Kooperation, es war eine Freude, mit Ihnen zusammen-zuarbeiten."

Manchot war total perplex, so freundlich und zuvorkommend waren die Beamten bisher nie gewesen, das war ihm neu. Er schwang sich auf sein Fahrrad und radelte seelenruhig, einen Umweg über die ins Sonnenlicht getauchten Wiesen machend, zurück zur Tankstelle. Er dachte dabei nochmals über das Schicksal der beiden Untersuchungshäftlinge nach. Er kannte keine Hintergründe und kein Motiv für den Überfall. Geld war keins in der Kasse gewesen, außer ein paar Münzen und um Tabakwaren oder Alkoholika zu entwenden, hätte es sicherlich lohnendere Objekte gegeben. Vielleicht waren die beiden in einer besonderen Zwangslage gewesen und hatten unter allen Umständen schnellstens ein wenig Geld beschaffen müssen. Möglicherweise war die Mutter krank geworden oder ein Unfall hatte sofortige finanzielle Mittel erfordert. Es mussten nicht in jedem Fall niedere Beweggründe vorliegen. Er hoffte, dass das Gericht eine eventuelle Notlage strafmindernd berücksichtigen würde.

Meisterschwimmer

In der Tankstelle hatte Heidi mittlerweile wieder ihren Dienst angetreten. Er teilte ihr seine Bedenken bezüglich einer möglichen Notlage der Täter mit, ihre Reaktion verstörte ihn jedoch. Sie lachte trocken auf.

„Den Rainer Wohlfarth kenne ich zur Genüge, das ist ein ganz dreister dummer Kerl. Der hat bis zum vorigen Jahr für mich gearbeitet. Er hatte Kleinreparaturen durchgeführt, Autos gewaschen, Glühbirnen und Reifen gewechselt, alles, was hier so anfällt. Ich musste ihn aber dann vor die Türe setzen. Anfangs hat er sich ohne zu fragen an den Brötchen bedient oder mal ein Päckchen Kaugummi genommen. Als er aber dann im größeren Stil Alkoholika und Zigaretten geklaut hatte, habe ich ihm ein Ultimatum gestellt und ihn genauer beobachtet. Nach vielleicht sechs Wochen habe ich dann festgestellt, dass er wieder mit seinen kriminellen Machenschaften fortfuhr, er hatte einen größeren Schein aus der Kasse genommen, daraufhin habe ich ihn endgültig gefeuert. Das verrückte an der Geschichte war, dass er fleißig und im Prinzip zuverlässig war, er war nie krank, er war freundlich und einsatzbereit. Hätte er mir gesagt, dass er Geld bräuchte, hätten wir sicherlich gemeinsam eine Lösung gefunden, aber Diebstahl geht gar nicht, das konnte ich nie und nimmer akzeptieren. Es waren auch keine riesigen Beträge, lediglich um die Hundert Euro pro Monat, die er entwendet hatte. Aber vielleicht hätte er seinen Durst auf Bargeld irgendwann gesteigert, man kann es nicht wissen, aber jetzt haben wir ja seine Skrupellosigkeit erlebt. Seine Gier hat sich aus mir unbekannten Gründen immer mehr gesteigert und letztlich hätte er nicht einmal vor einem Mord zurückgeschreckt. Soweit kann es kommen. Das hätte ich ihm niemals zugetraut. Nun ja, eine Enttäuschung mehr in meinem Leben."

Manchot nickte verständnisvoll. „Jetzt wissen wir wieso sich die Verbrecher so gut ausgekannt haben und genau wussten, wo die Schwachstellen der Sicherung waren und wie man den Stromkreislauf unterbrechen konnte."

„Ja genau, aber wer rechnet denn schon mit so etwas. Aber mal etwas anderes, ich habe im Internet ein paar Familien in Eitorf gefunden, die Buschdorf heißen. Du kannst also getrost behaupten, du kämst aus Eitorf, das klingt plausibel und kann dann auch von den Behörden nachvollzogen werden. Ich werde dich aber weiterhin Flaumer nennen, wenn du erlaubst."

„Wo liegt denn eigentlich dieses Dorf?"

„Dorf ist wohl untertrieben, das ist eine Gemeinde mit fast zwanzigtausend Einwohnern und liegt knapp dreißig Kilometer östlich von Siegburg. Das macht Sinn und es dürfte schwierig sein, dir zu beweisen, dass du nicht daher stammst."

Jetzt erzählte Manchot in groben Zügen, was auf ihn als Schwimmer zukommen dürfte und dass er als Tankstellenhelfer nur noch eingeschränkt zur Verfügung stehen würde. Er erzählte die Schnüffelgeschichte bei der Polizei detailliert und gestand schließlich sogar, dass er eine Beziehung zu ihrer Angestellten Monika hatte. Heidi schien von alledem nicht gerade begeistert zu sein, gratulierte aber mit gut gespielter Herzlichkeit und gab ihm einen Freundschaftskuss. Manchot wurde das Gefühl nicht los, er habe einen Anflug von Eifersucht in Heidis Mimik entdeckt. Vielleicht hatte er sich ein wenig zu vertraulich ihr gegenüber verhalten, als sie ihn einsam auf der Straße aufgelesen hatte.

Letztendlich handelte es sich bei Heidi um eine seit Jahren unbemannte attraktive Frau, die auf Grund ihrer Trennung vom Ehemann auch Einschnitte im Freundeskreis hinnehmen musste. Es war ein häufig auftretendes Phänomen, bei Scheidungen brach der Bekannten- und Freundeskreis nicht selten radikal auseinander, man wollte von glücklich scheinenden Paaren umgeben sein und nicht von unbefriedigten und depressiven Singles, obwohl Paare auch oft genug unbefriedigt waren. Aber so wurde wenigstens der Schein gewahrt.

Monika hatte Manchot eine alte Lufthansatasche aus blauem Plastik mit den notwendigen Badeutensilien mitgebracht. Diese Fürsorge rührte ihn. Er prüfte den Inhalt und fand Handtuch, alte Badelatschen, Seife, Shampoo mit Apfelgeruch und natürlich der unabdingbaren Badehose, die er bereits kannte, selbst ein Päckchen Papiertaschentücher und eine winzige Dose Hautcreme entdeckte er.

Sie beobachtete belustigt, mit welcher Verwunderung er die Sachen bestaunte. „So wie ich dich kenne, wärst du ohne jede Ausrüstung nach Köln gefahren und hättest dich dann gewundert, dass du nackend hättest schwimmen müssen. Ich hoffe, die Schuhe passen halbwegs, aber besser ist, man zieht sie als Schutz vor Bakterien an. Mit Fußpilz ist nicht zu spaßen, den kriegt man so schnell nicht wieder los. Außerdem solltest du rechtzeitig etwas essen, mit leerem Magen ist genau so schlecht Sport zu treiben, wie mit zu vollem Magen. Vielleicht solltest du noch etwas Obst kaufen, eine Banane oder auch ein Apfel wirken oft Wunder gegen Hunger."

Manchot antwortete langsam und stockend, als wäre er erst jetzt auf eine neue Theorie gestoßen worden. „Früher bin ich immer nur dann ins Meer gehüpft, wenn ich hungrig war. Ich bin nie mit vollem Magen geschwommen. Aber du wirst schon recht haben, im Schwimmbad ist wenig Essbares im Wasser."

„Aber damit du dich in der zivilisierten Welt angemessen bewegen kannst, gehen wir erst einmal einkaufen. Wir haben ja bereits festgestellt, dass du so gut wie nichts zum Anziehen hast. Bei Hitze mag es noch angehen, dass du ohne Socken und ohne Jacke herumläufst, aber wenn es kühler wird, brauchst du unbedingt einen kompletten Satz Kleidung."

Monika hatte sich offensichtlich bereits mit Heidi abgestimmt, dass beide zunächst einmal den Arbeitsplatz verlassen durften, um einzukaufen.

Er kam sich vor wie ein kleiner Junge, der zu allem ja und Amen sagen musste und erst gar nicht gefragt wurde, ob ihm etwas gefiel, oder nicht. Er hatte geduldig und folgsam die weiblichen Befehle zu befolgen. Das Paar fuhr mit den Fahrrädern zu einem Billigkaufhaus in der Innenstadt. Manchot war erschlagen, was es alles in solchen Läden auf engstem Raum zu kaufen gab. Natürlich hatte Monika das Heft in der Hand, sie beorderte ihn in eine Umkleidekabine mit einem gestreiften Vorhang (natürlich!) und schleppte mit Unterstützung einer kleinen rundlichen Verkäuferin Hosen, Hemden, Pullis, Jacken, Socken und Unterwäsche heran und reichte ihm die Kleidungsstücke zum Anprobieren. Er sorgte für den Ausbruch von Heiterkeit, als er mit einem Paar Socken, die er anprobiert hatte, vor die Kabine trat und bemerkte, sie passten perfekt. Monika hatte Mühe, ihren Lachanfall zu unterdrücken, die Verkäuferin versteckte sich hinter einem Kleiderständer, wo sie sich die Lachtränen verstohlen wegwischte.

„Du bist wirklich nicht von dieser Welt, Socken und Unterwäsche brauchst du nicht zu probieren, die passen eigentlich immer, wenn man die Größe nach Augenschein ermittelt. Die Verkäuferin hat ausreichend Erfahrung, dir die richtige Größe anzubieten."

Das größte Problem stellten die Hosen dar, sie mögen einem Normalbürger gepasst haben, ihm jedoch wollten sie einfach nicht über das muskulöse Hinterteil rutschen, auch waren seine Oberschenkel dermaßen kräftig gewachsen, dass die Hosen spannten und er beim Bücken Bedenken katte, sie könnten bei der kleinsten Belastung bersten. Falls dann endlich Beine und Po in der Textilie verstaut waren, schlackerte die Taille und die Beine mussten mehrfach umgekrempelt werden, da er sie wie getrocknete Feuerwehrschläuche hinter sich herschleppte. Schließlich führte Monikas Verzweiflung sie zu den weiter geschnittenen Cargo-Hosen, die dann auch halbwegs passten, zumindest sah er darin nicht wie eine Comicfigur aus. Die Hosen gestatteten ihm Bewegungsfreiheit, obwohl auch sie recht eng saßen. Selbst die passende Badehose war gar nicht so einfach zu finden, entweder sie kniffen im Schritt oder er drohte seine Genitalien bei Bewegung zu verlieren. Für Wettkämpfe waren die weiten Bermuda Shorts, wie die von Monikas Ex-Freund geliehene, nicht angemessen. Die Badehose, die schließlich ausgesucht wurde, saß zwar halbwegs, malte jedoch seine bescheidene Ausstattung im

Schritt derart ab, dass Monika verträumt an die letzte Nacht dachte. Für das Geschäft schickten sich solche Gedanken nicht, obwohl in einschlägiger Literatur Sex in der Öffentlichkeit geradezu propagiert wurde. Also kühlte sie sich gedanklich ab, indem sie an Eisberge und die Titanic Havarie dachte.

Sie erinnerte sich an eine alte Broschüre der katholischen Kirche, die ihr Vater eines Tages ausgegraben und ihr belustigt zum Studium überlassen hatte. Dort war es jungen Frauen, die aufsteigende Lust verspürten, angeraten worden, sich mit besonders anstrengenden körperlichen Hausfrauenarbeiten zu beschäftigen. Namentlich war dort genannt worden, die Frau solle mit einer Wurzelbürste den Boden schrubben und hatten dazu noch eine Zeichnung einer blonden Frau abgebildet, die kniend und lächelnd den Fußboden bearbeitete. Warum sie bei solch nervtötender Tätigkeit auch noch lächelte, hatte Monika dem Gefühl im Unterleib zugeschrieben. Sie hatte damals die Broschüre auch ihren besten Freundinnen gezeigt, die genauso erheitert darauf reagiert hatten, wie sie selbst.

Sie verließen den Laden mit einigen prall gefüllten Tüten und dem Zweifel, ob sie noch einige Waren zum Verkauf in dem Geschäft belassen zu haben.

Das Paar hatte Schwierigkeiten, die Vielzahl von Tüten auf den Fahrrädern verkehrssicher zu verstauen. Manchot ging kurzentschlossen in den Laden zurück und ließ sich ein langes Stück Schnur aushändigen, mit der er das Gepäck durch die Haltegriffe zusammenband und es sich wie einen Rucksack auf dem Rücken verschnürte. Monika protestierte, sie hatte auch einen Teil des Gepäcks übernehmen wollen, aber der Kavalier der alten Schule, einer sehr alten Schule, ließ sich solch ein Ansinnen nicht bieten und trug alles mit dem Argument, es sei nicht schwer, sondern nur voluminös. Mit dem Packen auf dem Rücken erinnerte er an den eifrigen Piloten einer ostasiatische Fahrradrikscha, der einen Umzug zu bewältigen hatten.

Monika hatte einen kleinen Teil ihres Kleiderschranks für seine Sachen leergeräumt, in dem sie seine nach Imprägnierung riechenden Errungenschaften säuberlich aufhängte. Ihm wurde erst jetzt bewusst, dass er mit diesem Akt vereinnahmt worden war, ohne auch nur gefragt worden zu sein. Ihr Auftritt als seine Managerin war demnach nur eine Einführung gewesen. Er hatte seinen eigenen Willen aufgegeben und er kam sich vor wie eine Marionette, die an Fäden hing und von dem Bediener befehligt wurde. Noch war ihm das nicht sonderlich unangenehm, da er keinerlei Plan für die Zukunft entworfen und seine Geliebte wohl alles bereits im Voraus entworfen hatte. Vielleicht war ihm bisher nur nicht ins Bewusstsein vorgedrungen, wie sehr sie bereits Besitz von ihm ergriffen hatte. Im Prinzip war das schon immer in der Menschheitsgeschichte so gewesen bis die Männer schließlich aufwachten, aber dann war es meistens schon zu spät. Dieses Erwachen konnte fürchterlich sein. Und dann reden die Frauen seit hundert Jahren von Emanzipation, wer hatte denn nun das Sagen? Innerhalb der Familienverbände mit absoluter Sicherheit die Frauen.

An der Tankstelle fuhr ein Kleinbus vor, dem ein Baum von einem Kerl entstieg, einer der vor lauter Muskeln die Arme gar nicht am Körper anlegen konnte. Der Mann dürfte an die zwei Meter groß gewachsen sein, hatte kurze schwarze Haare und ein eingefrorenes Lächeln um den Mund. Manchot schätzte ihn auf Mitte Zwanzig, obwohl sein Gesicht im krassen Gegensatz zu seiner Statur stand, es wirkte jungenhaft, womit er das Schätzen seines Alters erschwerte. Er trug ein rotes T-Shirt mit der Aufschrift „Colonia" und eine kurze Hose, die bis an die Knie reichte. Diese überragende Gestalt stapfte linkisch, als hätte er mit seinen Muskeln zu kämpfen, auf den Kassenbereich der Tankstelle zu. Manchot kam ihm bereits entgegen, die Aufschrift auf der Wagentüre „Sporthochschule Köln" hatte ihn als den avisierten Chauffeur verraten, wer sonst würde hier mit dieser verräterischen Aufschrift herumfahren? Der Hüne schien über hellseherische Kräfte zu verfügen, denn er sprach Manchot gleich an, ob er der Herr Buschdorf sei, er selber heiße Robert Lauterbach, er solle ihn abholen und zu Herrn Kammer bringen. Die beiden begrüßten sich freundlich zurückhaltend, wie sich zukünftige Kollegen üblicherweise begrüßen. Manchot suchte die am Wagen nicht vorhandene Türklinke, aber der Hüne half ihm servil und bereitwillig. Der Muskelprotz zeigte seinem Schützling erstaunt, wie man einen Sicherheitsgurt anlegt, dann gab er Gas und der Wagen fuhr mit ohrenbetäubendem Röhren los. Die senkrechte und erhöhte Sitzposition erschien Manchot fremd, er betrachtete von oben herab mit Neugier die Leute in den niedrigen Autos, die sie überholten. Obwohl die Autobahnstrecke relativ langweilig war, konnte er nicht genug von seinen Eindrücken aufsaugen. Manchot war gespannt, was die Fahrt an Neuem zu bieten haben mochte, bisher hatte er außer Siegburg und näherer Umgebung nicht viel gesehen. Alles war fremd, in Flughafennähe befand sich ein Airbus im Landeanflug und er zog automatisch den Kopf ein, ein fliegendes Monstrum derart dicht über seinem Kopf flößte ihm eine gehörige Portion Respekt ein.

„Wie lange dauert die Fahrt nach Köln? Wissen sie, ich bin noch nie mit einem Auto die Strecke gefahren."

Der Hüne ließ sich durch die Frage sein Lächeln nicht vertreiben. „Ich denke, eine gute halbe Stunde reicht, vielleicht auch dreiviertel Stunden, es sei denn, wir kämen in einen dicken Stau, dann kann es auch gut und gerne doppelt so lange dauern. Aber du kannst mich getrost duzen, Sportler duzen sich untereinander. Mein Name ist Robert, aber meine Freunde nennen mich Twiggy."

„Wer oder was ist ein Twiggy?"

Robert lachte. „In den sechziger Jahren gab es einmal eine Dame, die als Model sehr erfolgreich war, sie war unheimlich dünn und hatte wenige weibliche Attribute, das einzige bemerkenswerte waren ihre riesigen Augen mit ihrem traurigen Blick. Weil ich als Kind eine ähnlich schmächtige Figur hatte wie diese Twiggy, nannten mich meine Freunde nach ihr. Damals konnte auch niemand wissen, wie ich mich durch den Sport körperlich entwickeln würde."

Robert lachte weiter, er schien seinen eigenen Spitznamen immer noch ungeheuer lustig zu finden, obwohl er ihn seit

Jahren schon viele tausende Male gehört und erläutert haben musste.

Manchot wunderte sich über die unübersehbare Menge an Autos, die Farbenvielfalt und die atemberaubende Geschwindigkeit der Blechkarossen. Er krallte sich an dem Türgriff fest, dass seine Knöchel weiß hervortraten. Twiggy hatte es aus den Augenwinkeln bemerkt, wechselte auf die rechte Fahrspur und passte seine Geschwindigkeit an die dort dröhnenden Lastwagen an, die knapp über der für sie erlaubten Höchstgeschwindigkeit lag. Trotzdem verkrallten sich Manchots Hände an den Haltegriffen, als könne ihn dies bei einem Unfall vor Schäden schützen.

Er nahm all seinen Mut zusammen und versuchte durch Konversation von der Geschwindigkeit abzulenken. „Also, mein richtiger Name ist Hermann, meine Chefin nennt mich Flaumer und meine Freundin ruft mich Manchot und seltener Flaumer."

„Woher kommen die Namen? Sind das Spitznamen? Ich kann sie nicht zuordnen."

„Nun ja, Flaumer kommt von den extrem weichen Haaren, die ich habe und an den Flaum eines Kükens erinnern. Manchot kommt aus dem Französischen und wird für jemanden benutzt, der sich tölpelhaft bewegt, beispielsweise auch Pinguine. Den Namen habe ich schon sehr lange. Du kannst mich nennen wie du willst, ich habe keine Präferenz und höre auf alle diese Namen."

Twiggy lugte aus seinen Augenwinkeln zu seinem Beifahrer. „Du redest etwas anders als die Leute aus der Region, kommst du aus dem Ausland?"

Manchot war also zum wiederholten Mal gezwungen, seine Lügengeschichte über seine Vergangenheit auszugraben, langsam schien er selbst daran zu glauben. „Ich bin in einem Kloster aufgewachsen und erzogen worden und vor wenigen Tagen bin ich erst entlassen worden. Man lebt dort derart abgeschottet, dass man nicht das Geringste von dem mitbekommt, was draußen geschieht. Wenn du dann das Kloster verlässt, kommst du dir vor wie ein Neugeborener. Es ist unglaublich schwer sich dann zurechtzufinden. Es gibt unvorstellbar viel Unbekanntes. Nicht nur die Technik ist dir fremd, die Sprechweise, die Vielzahl der Medien, das soziale Gefüge mit seinen Umgangsformen, alles ist neu und du musst enorm viel lernen."

Twiggy war sichtlich schockiert, schaute seinen Beifahrer aus den Augenwinkeln an und stammelte ungläubig: „Willst du damit sagen, du kennst keinen Computer, kein Fernsehen, kein Telefon, keine Supermärkte, Autos oder Flugzeuge?"

„Ja, ganz genau, wir hatten nicht einmal eure bunten Zeitschriften oder Radio, allerdings kannte ich Telefone, nur die winzigen schnurlosen Dinger, mit denen ihr ständig herumlauft und enorm wichtige Mitteilungen in die Welt aussendet, kannte ich nicht. Es stürzen unvorstellbar viele neue Informationen auf mich ein. Ich fühle mich oft nicht sehr wohl, weil alles, aber auch wirklich alles um mich herum fremd für mich ist. Bloß die Bibel, die kenne ich auswendig, auch die Werke von Goethe oder Schiller kann ich dir runterbeten, einschließlich der antiquierten Interpunktion."

Twiggy schielte wieder mit gerunzelter Stirn zu ihm herüber.

„Als Schüler mussten wir einmal die erste Strophe von Schillers Glocke auswendig lernen, du kannst dir nicht vorstellen, wie schwer ich mich getan habe, aber alle Werke von den beiden zu kennen ist schlichtweg Wahnsinn."

Nach einer kurzen Denkpause fuhr er fort: „Bedeutet das etwa auch, dass du keine Frauen kanntest, bevor du entlassen wurdest?"

Manchot wurde rot. Die Lügerei war ihm zutiefst zuwider und das Thema an sich war ihm äußerst unangenehm. „Fast. Mein Umfeld war von Männern geprägt, ich hatte nie eine Frau persönlich getroffen, da ich keine Ausgangserlaubnis hatte und innerhalb der Klostermauern keine Frauen erlaubt waren, auch nicht zu Besuch. Meine Kenntnis von allem Weiblichen schöpfte ich ausschließlich aus Büchern. Es gab Bilder von der Jungfrau Maria und anderen Heiligen, aber diese Damen waren total verhüllt."

Twiggy stand der Mund offen, er sah mit dieser Grimasse ziemlich blöde aus. Er schlug mehrmals mit der Hand auf das

Lenkrad, als könne er damit die Situation nachträglich verändern. „Hast du eigentlich eine Ahnung, was du bis heute alles verpasst hast? Oder bist du schwul?"

„Was bitte soll das denn sein?"

„Schwul ist man, wenn man auf Sex mit Männern steht."

„Nein, dann bin ich nicht schwul. Ich liebe Frauen."

„Ich jedenfalls, kann mir ein Leben ohne Frauen gar nicht vorstellen. Nicht nur wegen der Fortpflanzungsaufgabe der Frauen. Ich meine auch nicht das rein sexuelle. Alleine die Gegenwart und der Anblick von Frauen begeistert mich. Neben Sport sind die Mädels mein Hobby, sich mit einem weiblichen Wesen zu unterhalten ist einfach anders als mit Männern. Alles zu seiner Zeit. Wahnsinn. Unfassbar. Das glaubt mir kein Mensch. Was empfindest du denn, wenn du jetzt auf der Straße ein hübsches Mädchen siehst?"

„Ich bin befangen und eingeschüchtert. Außerdem bin ich neugierig, ich möchte sie näher kennenlernen und ihre Meinung erfahren. Natürlich würde ich auch gerne ihren Körper explorieren. Poseidon sei Dank, dass ich bereits die Gelegenheit hatte, meinen Wissensdurst in dieser Beziehung wenigstens teilweise zu löschen."

Twiggys Lächeln war zurückgekehrt. „Dann hattest du schon die Gelegenheit mit einer Frau zu schlafen?"

Manchot stutzte. „Ich glaube, das Gespräch wird mir jetzt zu intim. Ich denke dir schon genug Einblick in mein Seelenleben offenbart zu haben."

„Ist schon okay, ich wollte auch nicht zu sehr in dich dringen. Aber mal ein Themawechsel. Kammer schwärmte von deinen Schwimmkünsten und lobte sie in höchsten Tönen. Habt ihr im Kloster ein Schwimmbecken gehabt, in dem du ständig trainieren konntest?"

Jetzt war es an Manchot, der lachen musste. „Wo denkst du hin? Du hast wohl keine Vorstellung, wie es in einem Mönchskloster zugeht. Von einem Schwimmbad haben wir nicht einmal gewagt zu träumen. In einem Kloster betet man, lernt man, arbeitet man. Wenn du wie ich in einem Kräutergarten an der frischen Luft arbeiten durftest, hattest du das große Los gezogen. Ich war vorige Woche das erste Mal in meinem Leben in einem Schwimmbad gewesen. Ich glaube, das Schwimmen habe ich einfach auf Grund meiner Physis in die Wiege gelegt bekommen. Ich habe sehr kräftige Beine und eine extrem starke Rückenmuskulatur. Da ich meine Geschwindigkeit in erster Linie aus dem Beinschlag schöpfe, ist meine Körperbauweise sehr nützlich."

„Das kann man ja kaum glauben, du bist nie im Wasser gewesen und kannst angeblich schwimmen wie ein Fisch? So etwas von Naturtalent kann man kaum für möglich halten. Ich bin darauf gespannt, dich im Wasser zu sehen."

Manchot war abgelenkt, sie passierten soeben den Flughafen Köln-Bonn und ein Riesenvogel setzte zur Landung an. Das Bild faszinierte ihn. Wie soll ein solches massives Metallgebilde überhaupt fliegen können? Er hatte schon über Flugzeuge gelesen, in der Literatur las man metrische Abmessungen, man las über die unvorstellbare Schubkraft der Triebwerke, man las eine Menge Angaben über Kapazitäten für Gepäck, Passagiere oder Besatzung, in der Wirklichkeit erschienen diese imposanten Geschöpfe der Ingenieurskunst wesentlich massiver und größer, aber auch langsamer als er sich das vorgestellt hatte.

Das mit den Propellern oder den Turbinen und dem Auftrieb durch die speziell geformten Flügel hatte er ja noch verstanden. Er konnte sich auch vorstellen, dass ein entsprechend starker Antrieb die Erdanziehung überlisten konnte. Letztlich war es nichts anderes als ein geworfener Stein, der jedoch ab einem gewissen Punkt die ballistische Kurve vollendete, weil keine neue Energie den Schub fortsetzte. Aber dass ein solcher Koloss so langsam fliegen konnte, war schon eine riesige Überraschung für ihn. Bei dieser geringen Geschwindigkeit hätte er mit einer Thermikausnutzung wie bei einer Montgolfiere gerechnet, zudem war das Flugzeug laut technischer Beschreibung nicht mit einem leichten Gas gefüllt, um diesen Auftrieb zu erreichen. Das Ding war mittlerweile derart nah und groß, dass man glauben konnte, es mit der Hand berühren zu können. Er hatte früher mal in Frankreich eine Fahrt mit einer Weiterentwicklung der Montgolfiere als Abenteuer erlebt. Er hatte Angst bekommen, höher und höher hatte sich das riesige Gefährt von der sicheren Erde entfernt. Es gab letztlich keine Steuermöglichkeit, man war ein Spielball der Natur, der Wind trieb den Ballon vor sich her. Der Pilot war äußerst konzentriert gewesen. Höhe konnte gewonnen werden, indem man Sandsäcke entleerte. In den Sinkflug kam man nur durch Ablassen des Gases, das üppig über dem Passagierkorb in den Ballon gefüllt war. Ein Desaster konnte geschehen, wenn ein Vogelschwarm seine Schnäbel in die dünne Außenhaut bohrte, ob mit Abwehrabsichten oder als Unfall. Noch schlimmere Folgen konnte ein Gewitter verursachen, speziell wenn ein Blitzschlag den Ballon in Brand setzte. Er war damals sehr zufrieden gewesen, irgendwann unversehrt wieder sicheren Boden unter den Füßen zu spüren. Reizvoll war der Blick von oben allemal gewesen. Eine phantastische, nie erlebte Perspektive war ihm eröffnet worden. Nach diesem Erlebnis betrat er nie mehr den Korb, der ihn in die Lüfte schweben lassen sollte, zu viele Risiken hatte der Himmel für ihn bereit gehabt. Fester Boden und Wasser, das waren seine Elemente. Zum Fliegen fehlten ihm die Flügel. Dagegen war die Fahrt mit dem Auto eher ein Gleiten mit ungeheurer Geschwindigkeit.

Twiggy schaute mal wieder zu seinem Beifahrer herüber. „Du bist derart fasziniert von dem Flieger, dass ich kaum zu fragen wage, ob du schon mal geflogen bist."

„Nein, in der Tat, ich habe noch nie in einem Flugzeug gesessen. Ich war schon mal mit einem Fesselballon in der Luft, das hat mir damals schon gereicht. In solch einer Blechdose würde ich wahrscheinlich Panikattacken bekommen. Mir reicht schon absolut dieses Herumgerase mit dem Auto. Ich habe mich mit der Draisine oder dem modernen Fahrrad angefreundet. Die Geschwindigkeit mit diesen Fahrzeugen reicht mir absolut. Ich finde, die Leute sind immer so in Eile, sie wirken so gehetzt, sie haben kaum Muße, sich einmal in Ruhe irgendwo hinzusetzen und über belanglose Erlebnisse zu reden oder wenigstens nachzudenken."

„Ja, das stimmt. Ich kann dir nur zu hundert Prozent zustimmen, die unbegründete Hektik von der Mehrheit unserer Mitbürger ist nicht mehr zu verstehen. Die blinde Jagd nach Geld und Macht ist bei zu vielen Leuten bereits ins Blut übergegangen. Sie wollen ein immer dickeres Bankkonto und merken gar nicht, wie wenig sie am Leben teilhaben. Ich habe mir fest vorgenommen, zu leben, Spaß zu haben und nur so viel Geld zu verdienen, dass ich meinen Lebensunterhalt bestreiten kann. Ich werde auch nie in Versuchung kommen, mit teuren Designerklamotten rumzulaufen oder nach einem dicken Wagen zu streben. Meine Boutique ist eine Billigkette, in der ich bedarfsgerechte Kleidung kaufe und fertig. Mein Auto ist eine alte Rostlaube, Hauptsache sie fährt. Ob auf meinen Textilien ein Markenname steht, ist mir völlig gleichgültig. Wichtig ist doch nur, dass die Fummel mich wärmen. Basta!"

„Du argumentierst sehr klug. Ich finde auch, dass Mode nur eine Momentaufnahme darstellt und deshalb keinen Wert hat, außer für die Leute, die damit Vermögen anhäufen."

Auf der Rheinbrücke Richtung Innenstadt blieb Manchot der Mund offenstehen. Er glaubte eine Fata Morgana zu sehen. Der Kölner Dom, den er so gerne und so oft besucht hatte, war fertiggestellt worden. Die Domtürme waren wahrscheinlich von den Heinzelmännchen hochgezogen worden. Der Baukran, den er etliche Jahrhunderte auf dem Südturm der Kathedrale bewundern durfte, war verschwunden und die Türme waren komplettiert worden. Wie kolossal sah das Monument schon von weitem aus.

Er stupste seinen Chauffeur mit dem Ellenbogen an. „Könnten wir einen kleinen Abstecher zum Dom machen? Ich möchte ihn gerne von nahem sehen, das wäre für mich ein Erlebnis von besonderem Rang."

Twiggy blickte kurz auf die Uhr am Armaturenbrett und nickte. „Wir sind nicht in Eile. Wenn du nicht gerade eine Domführung haben willst und den Turm nicht besteigen willst, können wir einen kleinen Zwischenstopp einlegen. Ich warne dich nur vorab, ich bin ein miserabler Fremdenführer und könnte dir keinerlei Details nennen. Ich weiß lediglich, dass er bei seiner

Fertigstellung im Jahr achtzehnhundertachtzig mit seinen einhundertsiebenundfünfzig Metern das höchste Gebäude der Welt war und dass das Ding irgendwann im dreizehnten Jahrhundert begonnen worden war. Eine lange Zeit bis das Monstrum fertiggestellt worden war. Es musste eine unvorstellbare Menge an Steinen herangekarrt werden, das halbe Siebengebirge musste dran glauben. Man kann sich kaum vorstellen, wieviel Steine behauen und aufeinandergestapelt werden mussten. Die alten Ägypter, die die Pyramiden aufgehäuft hatten, brauchten nur die Steinquader quadratisch zu formen, während hier von den Steinmetzen jeder Stein auch noch zu dem Teil einer Heiligenfigur oder eines Ornaments herauszuarbeiten war, die hinterher zusammenpassen mussten. Eine Wahnsinnsarbeit! Dann muss man sich auch noch vorstellen, wie die einzelnen Steinblöcke ohne Motorkraft in die Höhe geschafft wurden. Da muss eine Unzahl von Arbeitern eine noch wesentlich größere Unzahl von Blasen an ihren Händen davongetragen haben. Es stand den Baumeistern damals ausschließlich Muskelkraft zur Verfügung. Durch die Übersetzung der Flaschenzüge wurde das Hochhieven etwas erleichtert, dennoch wogen die einzelnen Quader auch schnell mal eine Tonne oder sogar mehr."

Twiggy steuerte den Wagen in eine Tiefgarage unter der Domplatte und Manchot stieg zögerlich aus. „Diese riesige Halle mit einer unüberschaubaren Menge an Autos lässt mir den Atem stocken, aber nicht, dass du glaubst, die Ursache hierzu sei der ekelhafte Uringestank."

„Ja es ist schlimm, manche Leute scheinen ein Parkhaus mit einer Bedürfnisanstalt zu verwechseln. Falls du öfter hier aussteigen solltest, würdest du dich daran gewöhnen. Der Grund liegt in den vielen Kneipen und Bars hier in der Altstadt, die Leute können ihren Harndrang bis hier hin beherrschen, bis zu ihrem Haus schaffen sie das nicht mehr."

Manchot ließ sich durch das rege Treiben auf dem Domvorplatz und den überfüllten Straßencafés nicht ablenken, sein Blick war in die Höhe gerichtet zu den wolkenkratzenden Domtürmen. Er konnte seinen Blick von diesen imposanten Heiligtümern für lange Zeit nicht losreißen. Er hatte den Kopf nur noch in den Nacken gelegt und hatte nach wenigen Augenblicken bereits den Eindruck, die Türme würden schwanken. Oder schunkelten sie sogar? Die Wolken zogen mit einer erstaunlichen Geschwindigkeit über das Gotteshaus hinweg.

„Die Kaiserglocke hängt im Südturm, wenn ich mich recht an das Gelesene erinnere."

Twiggy zuckte die Schultern. „Kaiserglocke kenne ich nicht, ich weiß nur, dass der Decke Pitter einmal im Jahr geläutet wird, ich habe diese riesige Glocke einmal gesehen, das war schon ein imposantes Schauspiel und ist die größte Glocke hier weit und breit."

„Stammen die neueren Steine für die Türme auch aus dem Siebengebirge?"

Twiggy zuckte die Schultern.

„Wann wurde der der Bau des Doms genau begonnen?"

Twiggy zuckte die Schultern.

„Wer hatte denn die enormen Kosten für die Fertigstellung bezahlt?"

Twiggy zuckte die Schultern.

Manchot stellte etliche Fragen zu dem Bauwerk, er schien einen unstillbaren Wissensdurst zu haben. Twiggy zuckte statt einer Antwort jeweils nur die Schultern.

Er schob die Unterlippe vor, ähnlich eines Kindes das gleich weinen würde. „Ich habe dir doch gesagt, dass ich ein miserabler Reiseführer bin. Ich habe mir die Angaben nicht gemerkt, ich weiß vieles lediglich bruchstückhaft, aber für die Beantwortung deiner Fragen müsste ich mit Nachnamen Lexikon heißen. Ich schlage einfach vor, du schaust im Internet nach, da wirst du garantiert so viele Daten und Zahlen finden, dass dir der Kopf schwirrt."

„Auch wenn du meine Fragen nicht beantworten kannst, es ist ein phantastisches Gebäude und ich kann den alten Baumeistern wirklich nur ein großes Lob zollen. Ich fühle mich schon alleine vom Anblick erhaben. Es ist für mich persönlich ein Erfolgserlebnis den Dom endlich fertig zu sehen, ich hatte schon geglaubt, ich könne ihn nie in diesem Zustand sehen. Es muss unglaubliche Anstrengungen gekostet haben, den Bau weiterzuführen, sowohl organisatorisch, als auch finanziell."

Manchot sah Twiggy wieder von der Seite an, als sie wieder im Auto saßen. „Kannst Du mir sagen, was mich heute erwartet? Soll ich wieder vorgeführt werden wie ein Zirkuspferd? Soll ich wieder zeigen wie schnell ich schwimmen kann?"

Der junge Chauffeur lachte: „Ich unterstelle mal, dass die Leistungsdiagnostiker zunächst eine Herzfrequenzprüfung unter Belastung durchführen werden, dann kommt natürlich ein Laktattest um zu bestimmen, ab wann du in den anaeroben Bereich kommst. Schließlich kannst du erwarten, dass du eine ergospirometrische Untersuchung über dich ergehen lassen musst, bei der die Atemgase analysiert werden. Diese ganze Prozedur wird eigentlich nur in Angriff genommen, um sicher zu sein, dass du nicht über deine Leistungsgrenze hinausgehst und unter ihrer Obhut kollabierst. Wenn du so willst, ist es letztlich eine Absicherung der Funktionäre, die Angst haben, dass ein Leistungssportler spontan die Gesundheitsschäden davonträgt, für die sie im Nachhinein verantwortlich gemacht werden könnten. Mit Fürsorge hat das im eigentlichen Sinne nichts zu tun. Wenn du dann das ganze Procedere hinter dir hast, darfst du vielleicht auch noch ins Wasser, um ihnen zu zeigen, dass du noch unter den Lebenden weilst."

Manchot war mehr verwirrt als informiert. „Wie lange sollen denn diese ganzen Untersuchungen dauern? Ich weiß überhaupt nicht, ob das für mich sinnvoll ist, mir scheint das der reine Aktionismus zu sein."

„Du kannst davon ausgehen, dass du nach zwei bis drei Stunden erlöst sein wirst. Aber wie ich bereits sagte, es geht überhaupt nicht um dich, das Ganze dient der Absicherung der Funktionäre, um nicht hinterher in Haftung genommen zu werden. Es hat vor nicht allzu langer Zeit einen Fußballer gegeben, der war während des Spiels auf dem Platz tot umgefallen. Was meinst du, was das für einen Wirbel gegeben hat. Die Sportverbände und die Polizei haben hinterher alles genauestens untersucht und sowohl den Medizinern als auch der Vereinsleitung die tollsten Vorwürfe gemacht. Man kam hinterher zu dem Schluss, dass nicht alle vorgeschriebenen Untersuchungen mit der notwendigen Sorgfalt ausgeführt worden waren, um die Belastungsfähigkeit des Sportlers zu bestimmen. Letztendlich musste der Verein ganz schön in die Tasche greifen, um die Hinterbliebenen mit einer lebenslangen Rente zu entschädigen. Aber auch die Mediziner wurden zu Regresszahlungen verpflichtet. Die Verantwortlichen wurden seinerzeit nicht persönlich belangt, weil sie nachweisen konnten, dass der Sportler zu irgendeiner angeordneten Untersuchung nicht erschienen war."

„Das ist sicherlich ein Extremfall. Ich kann mir nicht vorstellen, dass der Körper im Vorfeld keine Signale aussendet. Wenn man natürlich solche Anzeichen ignoriert, dann kann solch ein Fall eintreten. Der menschliche Körper hat glücklicherweise den Schmerz als Alarmzeichen zur Verfügung."

„Wenn ich sehe, welche Summen heutzutage im Profisport zur Verfügung stehen, kann ich schon glauben, dass manche Aktive nur das Geld sehen und ihre Gesundheit erst an die zweite Stelle setzen. So ganz nach dem Motto, es wird schon gut gehen. Wie viele Sportler dopen sich mit verbotenen Drogen oder Therapien sogar bewusst gesundheitsschädigend, nur um etwas mehr Leistungsfähigkeit aus ihren Muskeln und ihrem Kreislauf herauszukitzeln. Und das obwohl sie genau wissen, dass das Zeug absolut gefährlich ist und oftmals unerwartete und unkalkulierbare Risiken birgt. Wobei die meisten Fälle des Dopings oft genug nicht publiziert werden, weil das die Privatsphäre der Athleten verletzen würde und unter die ärztliche Schweigepflicht fällt."

Die Untersuchungen wollten nicht enden, eine Armee von weiß bekittelten geschäftigen und wortkargen Menschen schwirrten um Manchot herum und stellten seine Geduld auf eine harte Probe. Twiggy sollte von Manchot nach Ende der Prozedur auf seinem Handy angerufen werden. Der studentische Chauffeur hatte ein ungläubiges Gesicht geschnitten, das sein kantiges

Gesicht noch eckiger erscheinen ließ, als er hörte, dass Manchot überhaupt kein Handy besaß. Trotzdem hatte er insistiert ihm seine Nummer zu übergeben, damit er angerufen werden konnte, wenn die Rückfahrt nach Siegburg anstand. Er hatte betont, er habe keine Lust stundenlang in der Cafeteria zu warten, in der Zeit würde er wahrscheinlich zwanzig Kaffee und ebenso viele Cola getrunken haben. Irgendwo würde Manchot wohl einen Telefonapparat finden, er wohne im benachbarten Studentenheim und könne in zwei Minuten bei ihm sein. Er wolle in der Zwischenzeit noch ein paar Stunden an seiner Diplomarbeit schreiben, die sei nämlich demnächst fällig und er hinke hinter seinem Zeitplan ein wenig zurück.

Manchot war wider Erwarten ziemlich erschöpft als er aus der Praxis der Leistungsdiagnostik heraustorkelte. Er hatte gefühlte hundert Kilometer Radfahren und einen ähnlich langen Dauerlauf auf einem elektrisch angetriebenen Förderband hinter sich, ständig unterbrochen von Blutentnahmen und Atemluftmessungen. Es waren ihm ungewohnte Bewegungen, die er verdrahtet hinter sich bringen sollte. Er freute sich nunmehr auf ein erfrischendes Bad. Am Beckenrand wartete schon ein Übungsleiter, der auf Grund seines Alters kein aktiver Sportler mehr sein konnte, aber doch ziemlich drahtig und durchtrainiert wirkte. Er trug eine bis an die Knie reichende weite Badehose mit Orchideenmuster und ein orangefarbenes Baumwollhemd, das farblich nicht unbedingt zu der geblümten Badehose passte, sowie der Streifenzeit angepasste quergestreifte Badelatschen. Er stellte sich als Phillip Decker vor, der ihm einen leistungssteigernden und regelkonformen Schwimmstil beibringen sollte. Er musterte seinen Schützling von oben bis unten und meinte, er habe noch nie einen Athleten gesehen, der annähernd muskulös in der unteren Körperhälfte ausgebildet sei. Er bat seinen Schüler, zwei Bahnen zu schwimmen, um seinen Stil kennenzulernen. Außerdem wolle er die Zeit stoppen, um seine Leistungsfähigkeit besser einschätzen zu können. Wie bereits die Funktionäre bei ihrem Besuch ein paar Tage vorher konnte sich Philip kaum halten vor Begeisterung über Manchots Zeit, in der er die vorgegebene Strecke zurückgelegt hatte. Er holte seinen Schützling aber auch gleich auf den Boden der Realität zurück, er bemerkte, dass der Schwimmstil im Sinne der Wettkämpfer überhaupt nicht einzuordnen sei. Nach dem Startsprung sei es erlaubt, eine gewisse Strecke zu tauchen, um Geschwindigkeit aufzunehmen, er habe jedoch die ganze Strecke unter Wasser verbracht. Manchot blickte den Experten verblüfft an und fragte, ob es denn verboten sei, die ganze Strecke zu tauchen, wenn man es schaffe. Phillip schaute etwas ratlos aus. Verboten sei es nicht, im Prinzip habe er recht, was nicht ausdrücklich verboten sei, müsse im Analogieschluss demnach erlaubt sein. „Du schwimmst wie ein Delphin, tauchst nicht auf, bewegst die Beine wie der Tümmler seine Schwanzflosse, somit wäre es kein Wunder, deine Geschwindigkeit zu erklären."

Er besah sich nochmals Manchots Beine und meinte wieder, es sei ihm ein Rätsel, wie er die Muskeln im unteren Körperbereich antrainiert habe. Nichtsdestotrotz bestand Philip darauf, seinem Schüler die Grundzüge des Kraul- und Schmetterlingsstils beizubringen. Phillip zeigte in einem Hinterraum die filmische Aufzeichnung einer Lektion der angeblich besten Spezialisten des Fachs, die verlangsamt genauestens aufzeigten, worauf beim Leistungsschwimmen zu achten sei. Insbesondere zielten die einzelnen demonstrierten Übungen auf eine Erhöhung der Schwimmgeschwindigkeit hin, dazu gehörten die korrekten Bewegungsabläufe und die optimale Atmung. Manchot verstand gar nicht was der Trainer von ihm wollte er war doch jetzt schon schneller als die Konkurrenten.

Er fragte ihn verstört: „Wozu soll ich eigentlich auf solch einer kurzen Strecke atmen, wenn ich es nicht brauche? Bin ich laut Reglement verpflichtet zu atmen und nach jeweils zwei oder drei Armschlägen aufzutauchen? Dieses ewige Auftauchen bremst doch ungemein den Bewegungsablauf."

Phillip verdrehte die Augen und machte eine Geste, als wolle er einen Gott anbeten. „Aber welcher Mensch wäre denn schon in der Lage hundert oder noch mehr Meter mit enormem Kraftaufwand zu schwimmen ohne zu atmen?"

Manchot verstand den Übungsleiter überhaupt nicht mehr. „Wieso eigentlich nicht? Ich bin mir absolut sicher, dass ich auch längere Strecken tauchen kann, ich weiß nicht genau wie lange, aber zwanzig bis dreißig Minuten ohne Atmung würde ich mir schon zutrauen."

Phillip verschluckte sich und wollte nicht mehr aufhören zu husten. Als er endlich den Hustenreiz unterdrücken konnte und wieder halbwegs zu Atem gekommen war, entgegnete er seinem Schüler stockend und schluckend: „Du willst mir doch wohl nicht ernsthaft erzählen, dass du unter Belastung eine halbe Stunde unter Wasser bleiben kannst, ohne Luft zu holen."

„Doch, genau das will ich dir erzählen. Der springende Punkt bei dem Demonstrationsfilm ist doch, dass die Schwimmer viel zu viel Kraft aufwenden bei ihren Bemühungen. Das ständige Auftauchen konsumiert einen großen Prozentsatz ihrer Reserven. Die Leute sind einfach nicht geschmeidig genug. Sie müssten Wellen durch den Körper fließen lassen, ähnlich einem schwimmenden Tümmler, dann kann man mit wenig Kraftaufwand schneller schwimmen. Stell dir mal einen Manta vor, der nur an den äußeren Flügeln Wellenbewegungen ausführt und damit enormes Tempo erzeugen kann. Das macht das Tier stundenlang ohne zu ermüden. Gut, der Mensch ist auf Grund seines Körperbaus anders veranlagt, ich wollte nur aufzeigen, dass Wellenbewegungen, die durch den Körper gehen, die Krux sind. Wenn die Schwimmer beispielsweise vom Bewegungsablauf her die Delphine imitierten, würden sie schnell ihr Ziel erreichen, sofern das Ziel darin besteht, höhere Geschwindigkeiten zu erlangen. Nebenbei bemerkt, der Schmetterlingsstil ist vom Körpereinsatz her nicht schlecht, die Beinbewegung ist ein guter Ansatz, aber die Armbewegungen bremsen den Schwimmer enorm ab. Ich kopiere auch die Wellenbewegung im Wasser, letztlich ist es ganz einfach. Du solltest mal die Unterwasserwelt genauer unter die Lupe nehmen, vielleicht nicht gerade die Quallen oder Schalentiere, wie mühelos können Fische, aber auch Robben und Pinguine tauchen und schwimmen. Ich habe davon gelernt und ich bin durch diese Beobachtung schnell, sehr schnell geworden."

Der Trainer schüttelte vehement den nahezu haarlosen Kopf. „Die Physis des Menschen ist für diese Bewegungen nicht geschaffen, wir können den Bewegungsablauf eines Fischs nicht kopieren. Unser Knochengerüst ist doch viel zu grob aufgebaut, als dass wir ein Wesen aus dem Wasser, das nur schwimmen kann, nachahmen könnten. Ein Fisch hat Gräten, viel mehr als ein Landsäugetier Knochen hat. Schon alleine deshalb ist das Imitieren der tierischen Bewegungsabläufe nicht möglich."

Jetzt schüttelte Manchot den Kopf. „Es steht fest, dass auch die Vorläufer der Menschen ursprünglich aus dem Wasser stammen, zugegeben, das ist bereits ein paar Generationen her, aber damals hat er sich in seinem heimischen Revier ganz natürlich bewegt und war auch in der Lage vor anderen gefährlichen Kreaturen zu flüchten oder sich anderweitig zu verteidigen. Es gibt bekanntermaßen immer noch Tiere, die im Wasser heimisch sind und keine Kiemen haben. Ich will hier nur Wale, Robben oder Pinguine nennen, aber nicht zuletzt Eisbären erwähnen. Diese Raubtiere bewegen sich zum Teil schneller als andere Meeresbewohner. Sie leben alle von der Jagd auf andere Spezies. Sie haben auch nur ein Knochengerüst und keine Gräten. Ich bin nach wie vor davon überzeugt, dass es einfach eine Frage des Trainings ist, wenn solch ein jagendes Tier etliche Minuten ohne zu atmen unter Wasser schwimmen kann. Der Schwimmstil all dieser Tiere hat mit dem von Sportlern bevorzugten Schwimmstil, des Kraul, nichts, aber auch gar nichts zu tun. Und dann kommt noch das Eintauchen, bei Tieren ausschließlich mit dem Kopf voran. Wenn du ohne Wasserspritzen eintauchen willst, kommt es nicht auf die Position der Hände an, sondern nur auf den Eintauchwinkel."

Phillip sah nachdenklich auf seine gelben verkrumpelten Zehennägel oder auch auf die schlammfarbigen Fliesen knapp davor, jedenfalls hoffte er dort eine Denkhilfe zu finden. „Vielleicht hast du recht. Möglicherweise sind wir in unserem Denken auf einer falschen Bahn, so dass wir überhaupt nicht auf die Idee kommen, wie es anders gehen könnte. Wenn du bereit bist, nochmals deine Künste zu demonstrieren, hole ich meine Tauchbrille und die Kamera und beobachte deinen Stil. Am besten filme ich dich dabei, damit ich es mir später nochmals zu Gemüte führen und gegebenenfalls mit einem Kollegen diskutieren kann. Weißt du, als Sportwissenschaftler musst du immer lernbereit sein. Ich war vor etlichen Jahren eine gewisse Zeit vom Hochsprung fasziniert. Zunächst sprang jeder mehr schlecht als recht den so genannten Scherensprung, irgendwann wurde er dann vom „Straddle" abgelöst Techniker und Sportwissenschaftler haben dann getüftelt und versucht diese Technik zu verbessern, lange Zeit ohne Ergebnis. Eines Tages tauchte ein junger unbedarfter Amerikaner auf, Dick Fosbury, der einen neuen Sprungstil entwickelt hatte, der sprang rückwärts über die Latte. Damit war der „Fosbury-Flop" erfunden und setzte seinen Erfolgszug um die Welt in Gang. Heute gibt es meines Wissens keinen Weltklassespringer mehr, der eine andere Technik ausübt. Obwohl ich ergänzen muss, dass der Erfinder dieses Sprungs ein Österreicher war, ein Fritz Pingl hat den Sprung bereits in den 1950er Jahren angewandt, Fosbury hat die Technik nur weiterentwickelt und war damit auch erfolgreicher als Pingl."

Kurz darauf erschien der Trainer mit Taucherbrille, Schnorchel und einer Unterwasserkamera. Er bedeutete, wenn er im Wasser sei, solle Manchot einige Bahnen schwimmen und er selbst werde Aufnahmen von ihm machen. Phillip legte nach etlichen Minuten seine Utensilien am Beckenrand ab und versuchte vergeblich neben seinem Schützling auf gleicher Höhe zu schwimmen. Völlig außer Puste schlug der Trainer nach zweihundert Metern an Start- und Zielblock an und gab auf. In gewohnter Manier sprang der Schüler mit der Unterstützung einer Hand aus dem Becken. Triefend stand er dort und reichte seinem Kontrahenten eine Hand, um ihm aus dem Wasser zu helfen. Phillip atmete schwer, obwohl Manchot einige Bahnen mehr hinter sich gebracht hatte, war ihm keine Anstrengung anzumerken, sein Atem ging gleichmäßig.

Als Phillip wieder halbwegs flach atmete, stieß er hervor: „Junge, du bist ein Juwel, kein Rohdiamant mehr, du brauchst nicht einmal mehr geschliffen zu werden. So etwas habe ich bisher noch nicht erlebt. Wer hat dich eigentlich bisher trainiert?"

„Niemand! Ich bin wohl ein Naturtalent im wahrsten Sinne des Wortes. Ich hatte noch nie in meinem Leben Schwimmunterricht von einem bekannten Lehrmeister. Ich habe mir das alles von den Meerestieren abgeschaut."

Phillip sah nicht sonderlich intelligent aus, als er diese Botschaft vernahm. „Du willst mir also erzählen, diese Schwimmtechnik hast du dir alleine ausgedacht und eingeübt?"

„Ja, ganz genau. Wobei ich gestehen muss, geübt habe ich nie, ich habe diesen Stil immer nur angewendet, wenn ich im Meer schwamm. Stell dir doch einfach mal vor, wie ein Fisch schwimmen lernt, nie, er kann es einfach so. Es ist in seinen Erbanlagen enthalten. Ein Vogel könnte wahrscheinlich auch sofort nach dem Schlüpfen fliegen, wenn er schon ausgebildete Federn hätte. Ein Menschenbaby kann auch sofort nach der Geburt im Wasser planschen, ohne zu ersaufen. Ein Pinguin zum Beispiel wird so lange von seinen Eltern gefüttert, bis seine Federn gewachsen sind. Dann springt er ins Wasser und schwimmt. Im Wesentlichen ist der Mensch eine Ausnahme, er muss etliche Jahre betütert werden, bis er sich selbständig bewegen kann."

Manchot scheute sich, sein Geheimnis preiszugeben. Er wusste nicht, wie weit er dem Trainer vertrauen und wie sehr er auf dessen Verschwiegenheit bauen konnte. Aus diesem Grund hatte er seinen Monolog abgebrochen, sonst hätte er sich möglicherweise in noch gefährlicheres Fahrwasser begeben und verplappert. Seine Zunge hatte er des Öfteren nicht im Zaum gehalten. Er wollte auf jeden Fall vermeiden, wie ein seltenes Geschöpf, das er nun einmal war, betrachtet und überall wie in einem Kabinett ausgestellt zu werden. Über seine Schwimmkünste würde man sich ohnehin ausreichend Gedanken machen und ihn bewundern wie das achte Weltwunder.

Phillip wandte sich wieder Manchot zu: „Ich wollte dir noch verkünden, dass ich dich zu einem internationalen Schwimmwettbewerb in Freiburg anmelden möchte. Dort würde ich gerne sehen, wie du dich in einer ernsten Konkurrenz schlägst."

„Von dem Dorf habe ich noch nie etwas gehört, wo soll das denn sein?"

„Nicht weit von der Schweizer Grenze entfernt, im ruhigen Schwabenländle, eine ziemlich gemütliche alte Stadt, vor tausend Jahren erstmals erwähnt, mit einem schönen alten Münster, hat Zweihundertfünfzigtausend Einwohner und spielte in der Geschichte keine unerhebliche Rolle. Wenn du die Stadt nicht kennst, hast du etwas versäumt. Dort findet jährlich ein internationales Schwimmfest statt, das Fest ist über die deutschen Grenzen hinaus bekannt. Also wirklich, ich bin erstaunt, die haben sogar einen bekannten Bundesliga Verein und so ziemlich das mildeste Klima nördlich der Alpen. Wir als Verein nehmen dort an einigen verschiedenartigen Schwimm Wettbewerben teil. Wir fahren mit einem gecharterten Bus gemeinsam dorthin und übernachten in einem einfachen aber sauberen Hotel. Ich würde mich freuen, auch auf dich zählen zu dürfen."

Etwas mürrisch stimmte Manchot zu, eigentlich hatte er keine sonderliche Lust, sich bei einer solchen Gelegenheit als Wunderkind präsentieren zu lassen. Er nahm sich vor, so langsam zu schwimmen, dass er zwar als erster am Ziel anschlagen, jedoch seine Geschwindigkeit derart zu drosseln, dass er nur knapp seine Konkurrenten schlagen würde. Er musste Phillip das Versprechen geben, ab sofort täglich zu trainieren, damit er aus stilistischen Gründen nicht disqualifiziert würde. Auch dieses Versprechen gab er nur mit leisem Murren. Diese Maßnahmen nahmen ihn dann wohl derart in Anspruch, dass er kaum noch Zeit hätte, seine anderweitigen Interessen zu befriedigen. Er wollte Monika fragen, was sie wohl von diesem Plan und der neuen Zeiteinteilung hielte.

Der Trainer rief Twiggy an, damit er abgeholt würde. Der kantige Sportstudent erschien auch wirklich innerhalb der versprochenen wenigen Minuten und lud seinen gestresst erscheinenden Fahrgast ein. Es war mittlerweile Berufsverkehr und Manchot wunderte sich über die für ihn unglaublich hohe

Zahl an fahrbaren Untersetzern. Am meisten erstaunte ihn aber, dass die vielen Autos auf den breiten Straßen nur standen und nur sehr langsam und stockend vorankamen. Der Verkehrsstau erlaubte es Manchot sich bei Twiggy zu erkundigen, welchen Charakter Phillip wohl habe und wie man am besten mit ihm umgehe.

Twiggys Mimik ließ keinen Zweifel über seine Meinung zu. „Der Kerl ist ein Sklaventreiber, du kannst dir gar nicht vorstellen, wie er seine Schützlinge drangsaliert, um sie zu seinen gewünschten Leistungssteigerungen anzutreiben. Das sind ja teilweise noch Kinder, wobei die Eltern manchmal noch ehrgeiziger sind und den Trainer sogar noch anstacheln, härtere Methoden anzuwenden. Ich habe oft genug gesehen, wie die Kleinen vor Kälte schlotternd und weinend am Beckenrand standen und vor Erschöpfung kaum noch laufen konnten. Trotzdem schickte er sie immer nochmals ins Wasser, um noch ein paar Bahnen zu absolvieren. Ich habe ihn wiederholt darauf angesprochen, aber er ist ein solcher Sadist, er hat mir nur geantwortet, ohne Tränen gebe es keinen Leistungssport. Das war aber nur die Spitze des Eisberges, die Jungen und Mädchen mit Talent, für das er ein sicheres Gespür hatte, mussten morgens vor der Schule schon eine Trainingseinheit einlegen. Morgens waren für mein Empfinden die Tränen am schlimmsten, vielleicht weil sie noch die angenehme Bettwärme opfern mussten. Ich habe aber auch die Eltern nie verstanden, die ihre Kinder einer solchen Tortur aussetzten, nur um die geringe Chance wahrzunehmen, vielleicht irgendwann einmal einen Pokal in den Händen zu halten, den ihr Kind erkämpft hatte. Die Leute machen sich einfach nicht klar, dass eine äußerst geringe Wahrscheinlichkeit besteht in die deutsche Leistungsspitze vorzudringen. Es gibt Hunderttausende Mitglieder von Schwimmvereinen in ganz Deutschland, aber pro Jahr vielleicht zehn oder zwanzig Deutsche Meister in den verschiedenen Disziplinen. Von Rekorden, Europa- oder Weltmeistern wollen wir hier gar nicht reden, erst recht nicht von Olympiamedaillen. Die Aussichten, von diesem Sport leben zu können, sind verschwindend gering.

Reich werden kannst du nur mit geschätzten zehn Olympiamedaillen, mindestens genau so vielen Weltrekorden und dann musst du noch gut aussehen, damit du Werbeverträge sammeln kannst. Dazu brauchst du auch noch einen cleveren Manager, der dein Geld gut anlegt. Ich kenne namentlich ein paar Weltstars, die durch das Schwimmen reich geworden sind, aber nicht durch Preisgelder im Schwimmsport, sondern durch Fernsehen, Film und Werbung. Ruhm kannst du im Idealfall kassieren, aber keine Reichtümer."

Manchot, in seiner naiven Art, erläuterte seinem Chauffeur in groben Zügen den ausgehandelten Vertrag mit dem Essener Schwimmverein unter Mitwirkung der Sporthochschule, wobei er einige Tatsachen und Zahlen verwechselte, da er das mehrseitige Abkommen nie gelesen hatte, weil es ihn nicht im Geringsten interessierte.

Twiggy pfiff durch die Zähne: „Dann setzen die aber große Stücke auf dich, von so viel Vorschusslorbeeren für jemanden, der noch nie einen Wettbewerb gewonnen hat, habe ich noch nie gehört. Du scheinst wohl ein sensationeller Kracher zu sein, wenn die diese phantastischen Summen in dich investieren. Hattest du denn schon einen erfahrenen Manager dabei oder hast du die Funktionäre der Vereinsführung alleine über den Tisch gezogen?"

Manchot hob abwehrend die Hände. „Nein, überhaupt nicht, dafür fehlt mir die Erfahrung und der Blick für das finanziell mögliche. Ich habe zwar schon viele Verträge verhandelt, aber was arbeitsrechtliche Angelegenheiten betrifft, bin ich ein unbeschriebenes Blatt. Meine Freundin hat die Details des Vertrages für mich übernommen. Die ist zwar keine Managerin im eigentlichen Sinne, ist aber sehr belesen und kennt die Interna von ihrer Mitgliedschaft im Siegburger Schwimmverein. Das war der erste Vertrag bei dem sie beratende Funktion hatte. Wenngleich sie in jeder Beziehung viel mehr Erfahrung hat als ich. Aber nichtsdestoweniger hat sie ihre Sache meines Erachtens sehr gut gemacht. Unabhängig von dem Vertrag, muss ich zunächst einmal zeigen, was ich kann, ich muss erst einmal Wettbewerbe gewinnen und die Erwartungen, die in mich gesetzt werden erfüllen."

Twiggy wiegte seinen Kopf hin und her. „Das wird schwer. Wie schnell bist du denn auf einhundert Meter Kraul?"

„Das weiß ich gar nicht, Jörg Breuer, der Siegburger Schwimmtrainer, hatte meine Zeit gestoppt und davon geschwärmt, das sei ein neuer Rekord gewesen. Ich weiß allerdings nicht, ob er einen Vereinsrekord oder einen Deutschen Rekord meinte, jedenfalls war er total begeistert und hatte dann auch gleich die beiden Funktionäre aus Köln und Essen auf mich angesetzt, damit sie sich von meinem Tempo überzeugen konnten. Die beiden waren ein Dr. Neuwarth und ein Herr Kammer, mit denen dann meine Freundin auch die Vertragsmodalitäten ausgehandelt hat."

„Donnerwetter, dann waren ja gleich die Lichtgestalten des deutschen Schwimmsports anwesend. Wenn du die beiden aus ihren Palästen gelockt hast, muss es sich bei den gestoppten Zeiten um ziemliche Sensationen gehandelt haben. Danach würde ich unterstellen, dass es sich mindestens um europäische Bestmarken gehandelt haben muss. Kompliment! Ich denke, wenn ich dich morgen zum Training abgeliefert habe, gucke ich mir mal den neuen Star am deutschen Schwimmhimmel an und werde mir selbst ein Bild von deinen Künsten machen. Während du trainierst, werden die Türen zur Schwimmhalle verschlossen, darüber hatte ich mich schon sehr gewundert, aber jetzt verstehe ich das. Die wollen ihren Goldschatz gegen neugierige Blicke der Konkurrenz abschotten. Als langjähriger Sportstudent weiß ich allerdings auch so, wie ich in die Halle ohne Schlüssel und Zugangsberechtigung reinkomme."

Monika und Heidi erwarteten Manchot schon ungeduldig in der Tankstelle. Monika hatte vor lauter Aufregung bereits großflächige rote Flecken im Gesicht. Heidi unterbrach ihre Buchhaltungsarbeit und sah ihn prüfend an. „Mein lieber Flaumer, wo warst du denn so lange, wir sitzen hier auf heißen Kohlen. Stell dir vor, dein Fast-Mörder ist wieder auf freiem

Fuß. Der Haftrichter hat die Beweislage auf Basis deines Schnüffeltests als nicht ausreichend für eine Inhaftierung erachtet und die sofortige Freilassung verfügt, auch sei die Identifizierung der Täter zweifelhaft wegen des spärlichen Lichts. Außerdem bestünde keine Fluchtgefahr, weil Wohlfarth einen festen Wohnsitz hat. Sein Komplize hat auch von seinem Geständnis einen Rückzieher gemacht, er sei auf Grund seiner Verletzung nicht bei vollem Bewusstsein gewesen, als er seine Aussage machte. Von einem Schuss auf dich will er nichts wissen und habe auch keine Ahnung, woher deine Verletzung stamme. Er habe lediglich einen Schlag auf den Kopf gespürt und dann nichts mehr wahrgenommen. Die Polizei müsste die Tatwaffe finden, um etwas beweisen zu können, die ist nämlich unauffindbar. Die Begründung zur Ablehnung des Schnüffeltests durch den Richter war angeblich, dass er bei Anerkennung einen Präzedenzfall schaffen würde und zukünftig auch Polizeihunde vor Gericht als Zeugen zulassen müsste. Stell dir nur einmal diese Unverschämtheit vor, jetzt läuft der Kerl wieder frei herum und sinnt vielleicht auf Rache oder er will dich als Zeuge aus dem Weg räumen."

Manchot blieb ruhig, er lächelte sogar über die Aufgeregtheit der beiden Damen. „Warum sollte mich dieser Gauner wieder belästigen? Erstens wäre das Risiko für ihn zu groß, mich erneut anzugreifen und zweitens hätte er doch keinen Nutzen davon, bei mir ist nichts zu holen. Nein, ich glaube nicht an einen weiteren Überfall."

Jetzt meldete sich Monika auch zu Wort: „Ich weiß nicht, ob du die Lage richtig einschätzt, ich glaube der Rainer Wohlfarth ist ziemlich hinterlistig und skrupellos, er könnte dir durchaus gefährlich werden. Du solltest dir in jedem Fall eine Waffe besorgen, wenn die Polizei schon einen Personenschutz ablehnt. Ich habe gehört, dass man lediglich einen Taxifahrer fragen muss, ob er eine Pistole besorgen kann und schon hat man für eine geringe Gebühr die tollsten Mordinstrumente. Angeblich kann man solche noch funktionierenden Teile aus alten russischen Armeebeständen günstig erwerben und der Schwarzmarkt soll florieren."

„Ach was, mir wird schon nichts passieren, ich werde mir zu helfen wissen, wenn der Kerl mich wirklich angreifen sollte, was ich nicht glaube."

Monika hatte Feierabend und packte ihre Utensilien in einen schwarzen Lederbeutel. Sie sah heute wieder besonders reizvoll aus in ihrem kurzen Rock und ihrer rosa Bluse. Seit er ihr Piercing kritisiert hatte, verzichtete sie freiwillig völlig auf diese Metallbeschläge und trug auch keine ärmlich wirkenden zerrissenen Jeans. Er wunderte sich, wie schnell sie auf seine Wünsche eingegangen war und wie sie sich zu ihrem Vorteil gewandelt hatte. Wie Liebe einen Menschen verändern kann, sagte er sich. Auch trug sie jetzt immer ein dezentes Make-up. Die Tätowierungen auf ihren Oberarmen konnte sie nicht rückgängig machen, aber wenigstens durch ihre Blusenärmel verdecken. In seinen Augen war sie nunmehr zu einer äußerst attraktiven Erscheinung mutiert. Er musste sich eingestehen, dass er sie nicht betrachten konnte, ohne einen unerklärlichen starken Druck in seiner Brust zu verspüren. Er hatte von Schmetterlingen im Bauch gelesen, für ihn war das absoluter Unsinn, denn er spürte das Kribbeln in wesentlich höheren Körperregionen. Er liebte sie, das wurde ihm immer klarer. Er konnte sich jetzt schon nicht mehr vorstellen, ohne sie zu sein. Sie beschlossen, einen ausgedehnten Spaziergang zu machen, nachdem ihm klar geworden war, dass er jetzt schon etliche Tage in Siegburg lebte und er noch nicht einmal den teilweise historischen Stadtkern kennen gelernt hatte. In einer neuen Heimat, und sei der Aufenthalt noch so kurz, gehörte es zum Wohlfühlen dazu, wenigstens einen Teil dieser Gegend zu kennen. Er wollte sich natürlich auch zurechtfinden können, um nicht immer fragen zu müssen, wie man zu einem bestimmten Ort kommen könne und wo er sei. Als nächstes wollte er dann das nahe liegende Bonn explorieren, das er zwar flüchtig in Erinnerung hatte, aber die zwischenzeitliche Entwicklung erfahren wollte. Viel mehr als das Beethovenhaus und die Lindenwirtin in Bad Godesberg waren nicht mehr in seinem Gedächtnis abgespeichert.

Viele Gebäude und Sehenswürdigkeiten fanden Manchots Zustimmung, es störte ihn jedoch gewaltig, dass an jeder Ecke Unmengen von sinnlosen Schmierereien an den Gebäuden und Häuserwänden prangten. Monika erklärte ihm in groben Zügen die Geschichte des Graffito und dessen Entartung, was dann nur noch als Vandalismus zu begreifen war. Monika zeigte ihm auch einige großflächige künstlerische Darstellungen von gelungenen Motiven, die ihn ansprachen. Im Gegensatz dazu empfand er die unverständlichen einfallslosen Buchstaben-kombinationen, die vielleicht Initialen waren, auf den meisten verunzierten Hauswänden ausgesprochen hässlich und verunstaltend.

Die Innenstadt mit ihrem ausladenden betriebsamen Marktplatz, die in dessen Mitte aufragende Siegessäule und die vielen vollbesetzten Straßencafés gefielen ihm ausnehmend gut. Er schaffte es mit besonderer Anstrengung seinen linken Arm von Monikas Hüfte zu lösen und sich so dicht es möglich war neben sie an den kleinen runden Tisch eines Straßencafés zu zwängen. Sie bestellte zwei Eisbecher mit einem italienischen Namen. Zu seiner Überraschung sprach die adrette Kellnerin kein Wort italienisch und nur gebrochen deutsch. Auf seine Frage, wo sie herkomme, sagte sie von ganz nah bei Italien, nämlich Šibenik, gleich gegenüber von Ancona, auf der anderen Seite des adriatischen Meers. Manchot musste lachen, so konnte man die Welt nach Gutdünken zusammenrücken oder dehnen, je nachdem welchen Blickwinkel man gerne haben möchte. Wie schnell wurden somit aus einer Kroatin eine Fast-Italienerin und wunschgemäß eine Dame aus Liverpool eine Fast-Amerikanerin. Mit der gleichen Berechtigung hätte Monika sich als Fast-Belgierin bezeichnen können, schließlich lag Siegburg mindestens hundert Kilometer näher an Belgien als Kroatien an Ancona. Nun gut, jedem das seine.

Manchot versuchte sich bewusst von den unendlich zahlreichen neuen Eindrücken, die auf ihn einstürzten, zu schützen. Er deckte über alles was auf ihn eindrang einen undurchlässigen virtuellen Nebelschleier, damit konnte er die Einzelheiten weniger wahrnehmen, somit wurde das Gesamtbild weniger deutlich und die unendlich vielen unwichtigen Details traten in den Hintergrund. Er konnte unmöglich über alles und jeden nachdenken, damit wäre er wahnsinnig geworden. Schriftstücke konnte er ohne sie zu verstehen auf seiner „Festplatte" abspeichern. Visuelle Eindrücke musste er aber verarbeiten bevor er sie abspeicherte und an dieser Verarbeitung haperte es infolge der limitierten Zeit und Gehirnkapazität. Es war für ihn selbst schon immer ein Phänomen gewesen, dass er Schriftliches fotografisch in sein Gedächtnis abspeichern konnte, mit Bildern jedoch seine Schwierigkeiten hatte, vor allem mit beweglichen Bildern. Wenn er einen Handlungsablauf sah, war er in der Lage sich einzelne Standbilder einzuprägen, die er jederzeit wieder abrufen konnte. Wollte er aber ein zweites Bild sofort danach verinnerlichten, spürte er eine Blockade im Erinnerungsvermögen. Er konnte während er sich die Darstellung des ersten Bildes merkte, für einige Sekunden keine zweite in sein Hirn hineinpressen. Wenn er es trotzdem versuchte, konnte es sein, dass keins der Bilder in seinem Gedächtnis abrufbar war oder beide überlagernd unscharf waren. Den Ursprung dieser Gedächtnisbeschränkung schrieb er der Tatsache zu, dass er ursprünglich ein Jäger war und sich auf sein Jagdopfer fokussieren musste. Auch die Farben schienen ihm dann nicht mehr authentisch Es konnte sein, dass dann gelb und blau zu grün verschmolzen, rot und blau zu violett und gelb und rot zu orange, entsprechend dem sechsteiligen Farbkreis. Dieser Tatbestand erschien ihm nicht ganz unlogisch zu sein, ärgerte ihn aber dennoch. Wenn jemand schon besondere Fähigkeiten besaß, so wollte er sie auch in jeder Beziehung haben. Er erklärte sich diesen Widerspruch beispielhaft, indem er sich ein von Geburt an sehbehindertes Kind mit einer Brille ausgerüstet vorstellte, dieses Kind wird sich über die Sehhilfe freuen, da es endlich einmal klare Konturen seiner Umwelt erkennt; ein Mensch, der sein Leben lang gut sehen konnte, ärgert sich über seine erste Brille im fortgeschrittenen Alter, das lästige Ding stört bei jeder Bewegung und schränkt dazu den Blickwinkel ein, solch ein Mensch wird nie glücklich mit Brille werden.

Monika riss ihn aus seinen naiven Philosophien. Sie wollte von ihm, nachdem sie ihm einen saftigen Kuss auf seine trockenen Lippen gepflanzt hatte, der noch nach Schokoladeneis geschmeckt hatte, genauestens den Ablauf der Untersuchung und des anschließenden Trainings erfahren. Insbesondere war sie beruhigt, dass sein Blut nicht als das eines Nicht-Menschen erkannt worden war. Glücklich über seine täglichen Übungsstunden in Köln war sie keineswegs, auch nicht über seinen bald anstehenden Wettkampf im Süddeutschen, was nach ihrer Einschätzung, und damit lag sie sicherlich nicht falsch, nur der erste einer ganzen Serie von auswärtigen Veranstaltungen sein sollte. Sie wollte sich einfach nicht für Tage oder Wochen von ihm trennen. Sie beschwerte sich schon insgeheim über die Stunden, die sie am Tag alleine zubringen musste. Sie hatte es mit ihrer Zuneigung ähnlich ernsthaft erwischt wie ihn.

Mit ihren Bedenken konfrontiert, sah Manchot sie erstaunt an und meinte lapidar, er würde sich freuen, wenn sie ihn auf seinen Reisen ständig begleiten würde. Sie könne ihre Beschäftigung in der Tankstelle aufgeben, zumal sie keinen festen Anstellungsvertrag und somit keine Kündigungsfrist habe. Wenn der Vertrag mit Dr. Neuwarth mit Leben gefüllt würde, wäre das finanzielle kein Problem, außerdem würde er sich freuen, wann immer sie es einrichten wolle, ihn zum Training zu chauffieren, obwohl die Wartezeit für sie ziemlich langweilig sein dürfte.

Von nun an entlastete Monika Twiggy, indem sie mehrfach wöchentlich Heidis Auto lieh und ihn zum Training nach Köln-Müngersdorf kutschierte, wobei an jeder Ampel eine Kusspause eingelegt wurde. Die meisten aufgehaltenen Autofahrer waren diskret genug, nicht zu hupen. Man musste letztlich auch gönnen können, auch wenn man auf den Vordermann ein wenig neidisch war. Lediglich Männer mit Migrationshintergrund waren zu ungeduldig auf das Knutschende zu warten und auch Frauen hatten dafür weniger Verständnis.

Sie hatte immer eine größere Auswahl an Literatur im Gepäck und versuchte während der Wartezeit die Kaffeevorräte der Cafeteria zu eliminieren.

Der erste Vertragsentwurf war aus Essen eingetroffen, in dem nur noch seine Kontonummer einzutragen war.

Problemstellung: Wo nahm er jetzt eine Kontonummer her? Ohne Personalausweis wollte keine der konsultierten Banken oder Sparkassen ein Konto auf seinen Namen eröffnen.

Woher sollte er kurzfristig Personalpapiere herbekommen? Problemlösung: Er setzte einfach Monikas Kontonummer ein, sie sollte ohnehin seine kompletten Finanzen verwalten.

Bekanntermaßen waren Manchot monetäre Güter gleichgültig, er verachtete sogar das Geld und die Plutokraten und deren Streben danach. Wenn man die Jahrhunderte zu überblicken vermochte, wusste man wie profan und vergänglich diese weltlichen Güter waren.

Geld war notwendig, um Nahrungsmittel zu kaufen, aber dafür wurde im Allgemeinen noch am wenigsten aufgewendet. Für irgendwelchen überflüssigen Schnickschnack, sei es modischer oder technischer Art, wurde das meiste ausgegeben. Und dann gab es noch die überteuerten unbefriedigenden Urlaubsreisen, für die Unsummen bezahlt wurden, nur um in ungemütlichen Hotelzimmern auf das Ende des Regens zu warten und mit lieblos gepanschten Getränken am schmutzigen Pool das nahende Ende des herrlichen Urlaubs zu begießen. Wer kam denn schon zufrieden von seiner Urlaubsreise zurück, wobei allen Bekannten versichert wurde, es sei schön bis phantastisch gewesen.

Ungeachtet dieser Lügen war im Urlaubsort fast ausschließlich über den vermasselten Urlaub, den bescheidenen Service und das schmutzige Hotelzimmer geschimpft wurde.

Es hatte immer wieder Reiseziele gegeben, die er gerne einmal besichtigt hätte, die er sich aber wegen der Beschwerlichkeiten und der vielen kriegerische Konflikte in den früheren Zeiten seines Erdendaseins verkniffen hatte. Amerika war eines dieser Wunschziele gewesen, wenn er aber an die wochenlange Seereise mit den hölzernen Nussschalen dachte, die ein Spiel der Wellen waren, wurde ihm bereits an Land unwohl und der Verzicht fiel ihm nicht mehr schwer. Zudem war er meist derart beschäftigt gewesen, dass monatelange Abwesenheit ihm oder seinen Dienstherren unmöglich erschienen war. Manche Leute scheinen heutzutage Reiseziele nur als weißen Fleck auf ihrer persönlichen Landkarte zu betrachten, der nach Reiseende abgehakt werden konnte. Die Erinnerung wurde durch eine Unzahl von Fotographien ersetzt, die in einem Schrank oder einem Computer dauerlagerten und nie mehr geweckt wurden. Es galt als chic zu bemerken, dass man da und dort bereits gewesen sei, wenn die Sprache auf eine Stadt oder ein Land gelenkt wurde, auch wenn man nur noch sehr spärliche Erinnerungen an den kurzen Aufenthalt hatte.

Somit waren irdische Güter von keiner Wichtigkeit, Wissen und Erfahrung waren das einzige das dauerhaft zählte, zumindest bis zum Tod. Geld war nichts, dessen Wert befand sich meist nur in den Köpfen der Besitzer, die daraus eine Portion Selbstsicherheit schöpfen konnten oder wollten.

Manchot unterbrach die Gedankenkette und sah Monika einen Moment in ihren unendlich tiefen Pupillensee. „Ich habe viele mit weltlichen Schätzen gesegnete Menschen sterben sehen, nicht nur in Kriegen, sondern auch an Krankheiten oder durch Totschlag, im Allgemeinen haben sich die angeblich Trauernden über die Erbschaft gefreut. Es gab natürlich auch Ausnahmen, die waren aber dünn gesät. Was hat den Sterbenden ihr Wohlstand genützt? Nichts, vielleicht noch dem behandelnden Arzt. Wie heißt es so schön, das letzte Hemd hat keine Taschen."

Monika stimmte ihm zu, musste aber einräumen, dass ganz ohne Geld das Leben nicht möglich wäre. „Wo willst du wohnen, was willst du essen und trinken, von Kleidung und anderen notwendigen Ausgaben will ich gar nicht reden. Ich gebe dir absolut recht, viele Leute geben das meiste Geld für Unnötiges aus. Es gibt auch Einsiedler, die ohne Geld auskommen. Die leben dann von der Jagd und vom Beerensammeln, bauen Häuser aus Holz, verzichten völlig auf die Errungenschaften der Zivilisation und sind damit zufrieden –

oder bilden es sich zumindest ein. Diese Leute brauchen nicht einmal Kleidung, die sie sich selber aus Tierfellen schneidern. Ich bin mir allerdings nicht ganz klar darüber, ob sie nicht auch gekauftes Werkzeug und Küchenutensilien benutzen, also leben sie nicht völlig, aber dann weitestgehend abseits der Zivilisation. Ich weiß auch nicht, ob sie auf alle Zuwendungen des Staates oder der Wohlfahrtsorganisationen verzichten und was wäre im Krankheitsfall, trotzdem kann man diese Leute bewundern. Die so genannten Umweltschützer haben solche Lebensweisen zum Ideal erhoben, leben aber keineswegs danach. Ich habe mal irgendwo gelesen, Deutschland könne auf diese Weise mal gerade Hunderttausend Menschen ernähren, was würde man mit dem Rest machen, wenn alle Deutschen diesem Ideal folgten? Ich kenne ein paar Spinner von den so genannten Umweltschützern, die propagieren diese Lebensweise sogar, vergessen aber die Größe der Population in unserem Land. Der industrielle Anbau von Getreide und Gemüse, sowie die Massentierhaltung ermöglicht doch erst, dass bei uns niemand mehr hungern muss. Aber diese Idiologen wollen und können die Fakten nicht begreifen. Die würden bevorzugt doch die Zeit zurückdrehen bis in die Steinzeit, für sich aber alle Privilegien beibehalten. Letztlich sind das die Schmarotzer auf Kosten der Allgemeinheit. Die einzige Lösung dieses Konfliktes wäre eine drastische Reduzierung der Weltbevölkerung."

Manchot schaute nachdenklich auf den Zuckerstreuer. „Ich kann mich noch sehr gut erinnern, wie die Welt damals aussah. Es gab ein kaum überschaubares Heer von bitterarmen Leuten. Es gab ständig Hunger. Es gab keine ausreichende medizinische Versorgung, höchstens durch eine Kräuterhexe. Es gab keine Hygiene, waschen war so selten wie eine Sonnenfinsternis. Es gab schreckliche Strafen für die kleinsten Vergehen. Es gab keine Schulen für das Volk und keine Bildung. Es gab politische Unterdrückung. Es herrschte Rechtslosigkeit. Und am weitaus schlimmsten war die latente Hoffnungslosigkeit. Ein paar Adelige herrschten über das Land und plünderten es regelrecht aus. Diese Handvoll Privilegierter lebten in Luxus und Pomp. Zusätzlich kam dann noch die Willkürherrschaft dazu. Ein Adliger der herrschenden Klasse konnte strafen, foltern, morden, vergewaltigen ohne jede Rücksicht auf das Volk und ohne Strafe zu erwarten. Das Land wurde in weiten Teilen von Terror, Hunger, Dreck und Epidemien beherrscht, es gab so gut wie keine Chance, aus dem System auszubrechen."

Manchot versuchte vergeblich noch einen Rest aus seinem Eisbecher zu kratzen. „Was meinst du, warum die Aufstände und Revolutionen immer mehr zunahmen? Wenn ich mir die heutige Situation im Vergleich zu damals verinnerliche, komme ich zu der Schlussfolgerung, dass es so gut wie keine wirklich Armen mehr gibt. Ich meine arm im Sinne von hungern müssen und absolut hilflos sein und in der Gosse verrecken. Heutzutage, soweit ich das bisher mitbekommen habe, gibt es ein soziales Netzwerk, das jeden auffängt und mit dem Notwendigsten versorgt."

Monika schüttelte verneinend den Kopf. „Es gibt laut der Medienberichte noch eine Menge Leute, die hungern und arm sind. Man hört des Öfteren von Kindern, die ohne Frühstück in die Schule gehen müssen, weil sie von zu Hause nichts bekommen."

„Das mag ja richtig sein, aber ich habe auch gelesen, dass die Eltern eine ganze Menge öffentlicher Gelder kassieren. Wenn die natürlich die gesamten Zuwendungen in Tabakwaren, Drogen oder Alkoholika investieren, kann ich mir das schon vorstellen. Aber es geht doch darum, dass letztlich niemand hungern muss, die Betonung liegt auf dem Wort: Muss. Man kann mit ein bisschen Einsatz von Mühe und bei Vernachlässigung der Bequemlichkeit mit wenig Geld ein schmackhaftes und nahrhaftes Essen zubereiten. Faulheit konsumiert dieses teure ungesunde und ekelhafte industriell gepanschte Fertigessen und setzt es dann auch noch den angeblich geliebten Kindern vor."

Monika stimmte ihm lachend und nickend zu. „Von dem Preis für einen unserer Eisbecher kannst du ein vernünftiges Essen für eine vierköpfige Familie auf den Tisch bringen. Einige Leute nennen diese Fertiggerichte auch Fortschritt, aber ich nenne sie relativ teure und vitaminlose Dickmacher. Trotzdem muss man konstatieren, man hat nie gesünder gelebt als heutzutage, als Beweis nenne ich nur die ständig steigenden Zahlen des Durchschnittsalters. In Deutschland haben die Menschen eine durchschnittliche Lebenserwartung von rund achtzig Jahren, obwohl das in einigen unterentwickelten Ländern der Erde unter vierzig Jahren liegt. Auch bei uns lag zu Zeiten Bismarcks, also vor fast einhundertfünfzig Jahren, die durchschnittliche Lebenserwartung unter vierzig Jahren und erreichte dann bis in die dreißiger Jahre des vergangenen Jahrhunderts sechzig Jahre. Und das trotz der verheerenden Kriege und sonstiger Katastrophen. Allerdings war diese Statistik in erster Linie durch die enorme Säuglingssterblichkeit beeinflusst worden. Die Probleme der Demographie werden von den Politikern oft genug laienhaft diskutiert, deshalb sinken die Renten in inflationsbereinigten Zahlen auch kontinuierlich. Das ist die einzige Lösung, die unseren so genannten Volksvertretern einfällt. Leider denken die Politiker der Regierungsparteien in Legislaturperioden von wenigen Jahren, was sie davon abhält, weitreichende Probleme anzugehen. Nebenbei bemerkt, du würdest die Statistiken mit deinem Alter völlig ad absurdum führen. Stell dir nur mal vor, du würdest theoretisch bereits seit tausend Jahren Rente beziehen, die leere Rentenkasse würde von dir alleine gesprengt werden."

Beide mussten lachen. „Dann müsste ich also spontan etwas unternehmen, um die Statistik nicht zu verfälschen. Vielleicht würde in diesem Fall ein Selbstmord helfen. Damit könnte ich zumindest dieses Problem für den Fiskus nachhaltig lösen."

Monika sah ihn skeptisch an. „Unterstehe dich, ich will dich noch ein paar Jahre an meiner Seite wissen. Ich schlage dir vor, dass du mir Bescheid gibst, wenn es soweit ist."

„Abgemacht. Selbstmord erst nach Zuruf von Monika! Ich bin mit deinem Vorschlag einverstanden. Versprochen!"

Als sie an Monikas Wohnhaus angekommen waren öffnete sie widerwillig den Briefkasten, normalerweise schaute sie nur so selten wie möglich in dieses Wohnsilo für Spinnen, um die

Werbebotschaften ungelesen mit Fingerspitzen anfassend in den dafür vorgesehenen Papierkorb zu stopfen. Seit ein paar Monaten hatte sich hinter dem Blechschlitz eine dicke Spinne eingenistet, vor der sich Monika unendlich ekelte, aber jetzt hatte sie Verstärkung in Form von Manchot als Begleitung und sie brachte den Mut auf, das Tor zum Ungeheuer zu öffnen. Wieso sollte sie auch öfter in den Blechkasten schauen, wer schrieb schon einer jungen Frau, die zurzeit nicht einmal mehr aktiv studierte und sich mit dem Tankstellen-Gelegenheitsjob den Lebensunterhalt verdiente. Sie fand ein großes Couvert mit Papprücken vor, das als aufgedruckten Absender den Essener Schwimmverein auswies und seit mehr als einem Jahr sogar einen zweiten Briefumschlag mit der Sporthochschule Köln als Versender. Sie riss als erstes die Kölner Mitteilung auf, da sie im Essener Umschlag den erst einseitig unterschriebenen Vertragsentwurf erwartete, dessen Inhalt sie zu kennen glaubte. Der Kölner Brief enthielt völlig unverständliche Tabellen und Zahlenwerke der Untersuchungsergebnisse, das Ärzteteam der Sporthochschule hatte anscheinend gute Arbeit geleistet, wenn auch die Zahlen einer gewissen Interpretation bedurft hätten. Die Tabellen gaben zur besseren Verständlichkeit eine Marge an, innerhalb derer die Ergebnisse als gut zu betrachten waren, Bei jeder einzelnen Angabe lag der Untersuchte besser als die Normwerte, das war das einzige, das beide verstanden, was ihnen als Information auch ausreichte. Die einzige Position, die mit einem roten Fragezeichen am Rand versehen und in Stichworten kommentiert war, lautete Sauerstoffgehalt des Blutes. Dazu war handschriftlich auf einem gelben Klebe-Zettelchen angemerkt, es müsse sich wohl um einen Messfehler handeln, dass die Werte nach einer körperlichen Anstrengung nicht derart hoch sein könnten, die bisher ermittelten Messergebnisse müssten verifiziert werden, er solle sich an einem der nächsten Tage im Labor einfinden, vorher jedoch einen Termin absprechen.

Manchot wusste keine Erklärung für diese angeblich falschen Werte, während Monika glaubte, den Grund zu kennen. Wahrscheinlich könne sein Blut stärker als beim Menschen mit

Sauerstoff gesättigt werden, deshalb könne er auch so lange tauchen, ohne Luft zu holen. Diese Werte seien demnach beim normalen Sportler nicht möglich und deshalb glauben die Mediziner wohl an einen Messfehler.

In einem Telefongespräch bestätigte die Ärzteschaft Monikas Vermutung vollinhaltlich, stellten aber in Zweifel, dass diese Werte menschlich seien. Von solcher Sauerstoffsättigung hätten sie noch nie etwas gehört, dies sei nur bei einigen Tieren gemessen worden, niemals bei einem Menschen. Der Mediziner stockte und betonte nochmals, es sei bei fast allen Säugetieren unmöglich, solch hohe Werte messen zu können.

Manchot ließ am nächsten Tag die Blutentnahmeprozedur nochmals geduldig über sich ergehen, obwohl Monika ihm geraten hatte, einfach den Aufruf zur Verifizierung der Werte zu ignorieren. Einerseits wollte er die Untersuchungsunterlagen lückenlos haben, andererseits bestand das Risiko, einer Bestätigung der offenen Fragen, die die Ärzte haben würden in Richtung seiner genetischen Herkunft. Er wollte keinesfalls mit offenen Karten spielen, diese Mediziner würden ihn dann der Öffentlichkeit vorstellen wie einen dreiköpfigen Elefanten. Nein, da sollten sich die Anatomen und andere Wissenschaftler ruhig den Kopf zerbrechen, ihm wäre das gleichgültig. Er für seinen Teil bräuchte nur den Unwissenden zu spielen, die Wissenschaftler würden die Werte anderen Spezialisten mit einem riesigen Fragezeichen versehen präsentieren und zu keinem Ergebnis kommen können. Er würde ohnehin von etlichen rätselnden Medizinern begutachtet werden, weil sie den Laborwerten der Sporthochschule nicht trauen würden und dann genau so ratlos wie die Kollegen irgendeine abstruse Theorie entwickeln und diese gegebenenfalls auf einem der häufigen medizinischen Fachkongresse wiederum noch viel ratloseren Kollegen präsentieren. Das Interesse an diesem sonderbaren Wesen würde immens sein und jeder einzelne Medizinmann könnte eine Reihe von Theorien entwickeln, die aber alle unsinnig sein würden, solange sie nicht die wirkliche Ursache, nämlich die personifizierte genetische Laune der

Natur, entdeckt hätten. Er tüftelte sogar an einem System, das Blut und den Urin zu vertauschen, um die Wissenschaftler noch weiter zu verwirren.

Das Training verlief mittlerweile etwas besser, er hatte sich dem vielseitigen Regelwerk der internationalen Vereinigung unterwerfen müssen. Die Arme legte er nicht mehr an, was seine Geschwindigkeit zwar verminderte, aber das Reglement schreibt es nun mal vor, sondern pflügte mit seinem kräftigen Armschlag vorschriftsgemäß durch das Becken. Sein Tempo schöpfte er in erster Linie aus der Vermeidung des Atmens während des Wettkampfes und natürlich bei seinem spritzfreien Startsprung mit den anschließenden starken Beinbewegungen. Schon nach wenigen Metern hatte er mehrere Längen Vorsprung vor seinen Konkurrenten. Die Beinschläge nach dem Start seien seine größte Waffe, wie der Trainer sagte, sie katapultierten ihn uneinholbar vorwärts. Seine Wettbewerber waren Sieger regionaler Meisterschaften gewesen und sogar ein Landesmeister war unter ihnen, alle hatte irgendwann einmal eine Bestzeit aufgestellt, sie waren zwar nie in die Nähe der Weltrekordzeiten herangereicht, aber nach ihrer Arroganz zu urteilen, fehlte nur noch ein Quäntchen und ein wenig Training, um dies zu erreichen. Er schlug diese selbst ernannten Koryphäen um Längen und die Unterlegenen taumelten anschließend schwer atmend und kleinlaut auf ihn zu und gratulierten verhalten. Philip, der heimlich die Zeit gestoppt hatte, konnte sich vor Freude kaum beherrschen, die Zeit habe der Weltjahresbestleistung entsprochen und schob die Frage nach, ob er noch ein wenig Reserven habe, um die gestoppten Werte noch zu unterbieten. Manchots Antwort verblüffte den Sportlehrer, er habe nur erster werden wollen und nicht alles aus sich herausgeholt.

Die Spannung bis zu seinem ersten offiziellen Leistungs-vergleich stieg von Tag zu Tag. Manchot wollte endlich mal Gegner haben, die ihm wenigstens halbwegs gewachsen waren. Sein Trainer Philip Decker fieberte noch wesentlich mehr seinem ersten Erfolgserlebnis entgegen. Zu oft war er während seiner aktiven Zeit hinter einem internationalen Erfolg hergeschwommen, gut, er war einmal dritter bei den Deutschen Meisterschaften gewesen und als Belohnung hatte er bei den folgenden Europameisterschaften hinterherschwimmen dürfen, als Konsequenz schied er bereits im Vorlauf aus. Dann hatte er nach seiner aktiven Zeit die Trainingsleitung in der Kölner Sporthochschule übernommen und einige achtbare Erfolge seiner Schützlinge verbuchen dürfen, der große Wurf war ihm aber nie gelungen. Die sportliche Konkurrenz aus dem benachbarten Leverkusen mit der finanzstarken Sportförderung durch den Chemiekonzern hatte stets vielversprechende Sportler wie ein Magnet angezogen und er musste neidvoll mitansehen, wie erfolgreich seine ehemaligen Schäfchen wurden, die den Verein gewechselt hatten. Und dann hatte sich auch noch einer der erfolgreichsten Schwimmstars, nämlich Gerhard Hetz, genannt der Schleifer von seinen ehemaligen Förderern abgewandt und eine private Schwimmschule nur wenige Kilometer von der Sportschule entfernt in Köln erfolgreich eröffnet. In Summe zwei übermächtige Konkurrenten in der unmittelbaren Nachbarschaft waren erdrückend.

Nach jeder Übungsstunde kam er auf Manchot zu, klopfte ihm kumpelhaft auf die Schulter und sagte dann etwas wie: „Du schaffst das, du rollst das Feld von hinten auf, auch wenn du den Startsprung mal verschlafen hast. Du musst nur aufpassen, dass du nicht schon am Ziel bist, wenn die anderen noch beim Startsprung sind."

Dann lachte er dröhnend und vermittelte den Eindruck, als wolle er Manchot vor glückseligen Gefühlen abküssen, ganz so, wie ein Kind ein wiedergefundenes Kuscheltier begrüßt.

Nach dem Training traf man sich in der Cafeteria, in der Monika bereits auf ihn wartete und sich von ihrem Geliebten gerne einen Wiedersehenskuss von den Lippen zupfen ließ. Philip stieß jedes Mal zu ihnen und schwärmte ihr dann in allen Farben von Manchots Aussichten und Leistungen vor. Dem so gelobten Starschwimmer war das meist unangenehm und er drohte sogar manchmal zu erröten, nur etwas, nur ein Anflug von weichender Blässe, aber für ihn doch sehr ungewohnt.

In Siegburg wollte Monika kochen, er hatte einen Geschmack von rohen frischen Heringen oder Sardinen vorzugsweise lebenden im Mund, hatte aber diesen Menüwunsch nicht offen äußern wollen, die junge Frau wäre wahrscheinlich entsetzt zurückgeschreckt, außerdem wäre die Verfügbarkeit in der Fischabteilung des Supermarktes sehr fraglich gewesen. Er ließ sie alleine in ihrer Wohnung werkeln, um noch die letzten Sonnenstrahlen des Tages zu genießen. Er flanierte durch die Fußgängerzone, schaute sich Geschäftsauslagen rund um den Marktplatz und auf der Holzgasse an. Er ergatterte einen der raren freien Plätze auf einer Bank, die noch von der Sonne erwärmt wurde und träumte vor sich hin. Sein Traum hatte nichts mit Wasser oder Meer zu tun, vor seinem geistigen Auge öffnete Monika die Wohnungstür in ihrem erotisierenden roten Kleid, das sie das erste Mal getragen hatte, sie küsste ihn dann leidenschaftlich wie nach einer langen Abwesenheit und er konnte seinen Händen über dem anschmiegsamen Stoff freien Lauf lassen. Überflüssig zu erwähnen, dass Monika es ihm in seinem Tagtraum gleichtat (allerdings ohne rotes Kleid).

Er schreckte aus seinen anregenden Gedanken hoch. Den Geruch kannte er. Er schnüffelte, verrenkte sich den Hals und heftete seinen Blick auf einen jungen Mann in einem grünen verwaschenen T-Shirt über seinen ebenfalls verwaschenen und löchrigen Jeans. Der Kerl trug eine riesige verspiegelte Sonnenbrille und hatte sich den Schädel kahl rasieren lassen. Manchot war sich absolut sicher, nein, mehr als das er wusste, das war der Kerl, der auf ihn geschossen hatte und den der Richter nicht festsetzen wollte. Was für ein Richter und was für ein Rechtssystem sollten das sein, wenn ein Krimineller mit einem Mordversuch frei herumlaufen durfte? Er stand auf und heftete sich an die Fersen des Verbrechers, der sich mit forschen Schritten durch die Kaufwilligen mit Plastiktüten hindurch schlängelte.

Manchot passte seine Schrittgeschwindigkeit dem Verfolgten an und ließ nicht mehr als zehn Meter Abstand entstehen. Sein Blick war an den Rücken des Räubers geheftet. Sie gingen die Bahnhofstraße ein Stück entlang und bogen dann in die Neue

Poststraße ab. Ohne sich umzusehen ging der mutmaßliche Herr Wohlfarth in einen Laden mit bunter blinkender Auslage. Manchot hatte keine Ahnung, was man in diesem abgedunkelten Raum wohl kaufen könnte, trat aber mutig durch die metallenen Türen des Etablissements. An den Wänden entlang standen unentwegt blinkende und leuchtende Apparaturen, die in Fensterchen sich ständig bewegende Bildkombinationen anzeigten. Einige dieser Blinker gaben seltsame Geräusche von sich oder klingelten schrill. Einige Leute saßen vor diesen Apparaten auf hohen Hockern mit unbewegten Gesichtern und glotzten stumpfsinnig auf die stetig wechselnden Bildkombinationen und stießen wütend ihren Daumen auf beleuchtete Tasten. Im Hintergrund lief eine nervende Musik, die die Flüche der Automatenhocker kaum überspielen konnte.

Rainer Wohlfarth wechselte einen Schein in eine Handvoll Münzen, ließ sich eine Flasche Cola ohne Glas aushändigen und setzte sich zielstrebig vor zwei der blinkenden Geräte und fütterte sie mit den gewechselten Münzen. Manchot schlenderte durch den geräumigen Saal und stellte fest, dass es noch einige kleinere Nebenräume mit ähnlicher Aktivität gab, auch hier konnten die Geräusche der Apparate die nervige Musik kaum übertönen.

Manchot stellte sich an einen anderen Automaten in etwa vier Meter Abstand hinter den Pistolenschützen und sah ihm eine geschlagene halbe Stunde schweigend bei dessen sinnloser Beschäftigung aufmerksam zu. Plötzlich blinkte die Maschine noch mehr als vorher und sie sonderte eine seltsame Melodie ab. Mehrere Symbole waren in einer Reihe identisch. Eine Leiter erschien auf dem Bildschirm und der Spieler drückte einen Knopf der die Sprossen immer weiter erleuchtete, abrupt erloschen die beleuchteten Sprossen und der Spieler fluchte laut vor sich hin. Der Beobachter hatte nicht so schnell begriffen, wie hoch der mögliche Gewinn gewesen wäre, wenn das Risiko des Mehrgewinns beschränkt worden wäre.

An dem zweiten Apparat wiederholte sich die Melodie und in einem kleinen Fenster wurde ein Betrag aufgezählt, Wohlfarth hatte wohl hier einen Gewinn verbucht. Die vielen Lichter des Raums spiegelten sich auf dem geschorenen Schädel, als wollten sie ihn streicheln. Manchot war näher an das für ihn wunderliche Geschehen herangetreten. Der Geruch, der in der Luft schwebte, war unverkennbar, er hätte ihn aus Tausenden herausgespürt, er war leicht scharf und säuerlich, er sollte wohl mit einem seifigen Duft überdeckt werden, jedoch war dieser Versuch für die empfindsamen Geruchsnerven vergeblich. Es war so, als ob ein Koch versuchte Kohlgeruch mit einem Tannennadelspray zu übertünchen. Es röche immer noch nach Kohl, aber jetzt als stünde die Küche mitten im Tannenwald.

Der Apparat zählte von seinem Einsatzguthaben bei jeder Umdrehung einen gewissen Betrag ab und sein Geldvorrat schmolz im Sekundentakt. In der gleichen Geschwindigkeit sank auch die ohnehin schon schlechte Laune des Spielers. Manchot kannte das Gefühl des Verlierens.

Das war wahrscheinlich so alt wie die Menschheit selbst, auch er hatte vor vielen Jahren die Erfahrung machen müssen. Die Atmosphäre an den Roulette-Tischen in Baden-Baden war zwar mit dieser hier an den stummen Automaten nicht zu vergleichen, dort herrschte vornehme Spannung der eleganten Leute und er wollte einmal dieses besondere Flair der großen Welt genießen. Er hatte einen überschaubaren Betrag in Jetons gewechselt und sich hinter die erste Sitzreihe gestellt, um einen besseren Überblick zu haben. Wie fast jeder Anfänger hatte er mit dem Einsatz der größeren Beträge begonnen und wie die meisten Anfänger auch enormes Glück gehabt. Der Croupier hatte ihm einen hohen Stapel wertvoller Jetons hingeschoben, die seine gegenwärtige Barschaft vervielfachte. Im Irrglauben der immerwährenden Glückssträhne hatte er nun begonnen waghalsig zu spielen, nach einer knappen Stunde waren nicht nur sein beträchtlicher Gewinn, sondern auch die Hälfte seiner bescheidenen Ersparnisse verloren. Seit diesem Tag hatte er alle Arten von Glücksspielen gemieden und diese Lehre des Schicksals begriffen. Er war zudem zu der Erkenntnis gelangt, nicht das Verlieren, sondern das Gewinnen verleitet einen Spieler dazu, die Vernunft auszuschalten.

Manchot hatte der Schrumpfung des Wohlfarth-Guthabens, das durch gelegentliche minimale Gewinne aufgestockt wurde, mit Interesse eine Weile verfolgt. Er stellte sich dann neben den zweiten Automaten, der soeben mit weiterem Spielgeld gefüttert wurde, er ließ nur einen Barhocker zwischen sich und seinem Feind als Sicherheitsabstand und sprach ihn an: „Wir kennen uns doch."

Der Angesprochene blickte kaum auf und ließ sich in seiner stumpfsinnigen Beschäftigung nicht stören. Er grummelte mehr als er sprach: „Wüsste nicht woher."

„Du hast doch nachts die Tankstelle überfallen und mich dabei angeschossen."

Der Schütze blickte kurz auf. „Verpiss dich, sonst lass ich dich hier rauswerfen. Das geht ganz schnell. Ich kenne das Aufsichtspersonal ganz gut, die machen kurzen Prozess mit ungebetenen Gästen."

Manchot verzog das Gesicht zu einem abfälligen Grinsen. „Mit einer Pistole in der Hand oder ein paar Komplizen im Hintergrund hast du eine große Klappe. Ich würde dich gerne mal alleine treffen, so von Mann zu Mann, dann würde dir wahrscheinlich deine Überheblichkeit vergehen. Ich habe dich bei dem Tankstellenüberfall gesehen und du hast auf mich geschossen. Du scheinst ein lausiger Schütze zu sein, sonst wäre ich nicht mit einem Streifschuss davongekommen. Aus drei oder maximal vier Metern Entfernung hast du noch danebengeschossen. Hier, sieh dir die Narbe an, das ist dein Werk. Um ein Haar wärst du ein Mörder geworden."

Wohlfarths Blick streifte Manchots Gesicht, dann starrte er wieder geistesabwesend auf den geldschluckenden Automaten. „Wie willst du mich denn dort erkannt haben, es war doch stockdunkel. Und jetzt hau ab, sonst gibt es Ärger."

Der Kerl wandte sich nunmehr um und winkte einen Aufseher der Spielhalle zu sich heran. Schon von weitem rief er, er werde belästigt. Der Angesprochene baute sich neben Manchot auf und sagte schroff mit einer eindeutigen zur Türe weisenden Drohgebärde, er solle spielen oder das Casino verlassen und die friedlichen Gäste nicht belästigen. Andernfalls werde er die Polizei rufen, die ihm dann einen Platzverweis erteilen würde.

Manchot sah sich nach allen Seiten um, Hilfe war hier nicht zu erwarten. Einige Spieler hatten in Erwartung einer Sensation, ihre Aufmerksamkeit von den Geräten abgewandt und hofften wohl auf eine gewaltsame Entfernung des ihnen unbekannten Gastes.

Manchot wollte eine körperliche Auseinandersetzung vermeiden und bemerkte im zögerlichen Gehen in Richtung des brutalen Pistolenhelden: „Wir sehen uns wieder, aber dann wirst du nicht sonderlich glimpflich davonkommen. Ich werde keine Ruhe geben bis du hinter Gittern sitzt."

Ohne sich noch einmal umzusehen, ging er dann zügig Richtung Ausgang, froh, dass ihm niemand folgte.

Er war sich nicht sicher, ob es bereits Zeit war zu essen, er hatte keine Uhr und konnte sich nur nach dem Stand der Sonne orientieren, die sich hinter einem hier üblichen rheinischen Dunstschleier versteckte. Um zu vermeiden, unpünktlich zum Essen zu erscheinen, schlug er den direkten Weg zu Monikas Wohnung ein. Er war immer noch extrem aufgewühlt von der Begegnung mit seinem Übeltäter, obwohl er äußerlich ruhig gewirkt hatte. Er fragte sich, was er letztlich von dem Gespräch erwartet hatte. Gut, der Kerl hatte indirekt zugegeben, dass er der Täter gewesen war, da er bemerkt hatte, es sei stockfinster gewesen. Nur die Beteiligten hatten das gewusst. Aber auch ohne dieses Geständnis hatte Manchot keine Zweifel an dessen Täterschaft gehabt. Hatte er vielleicht erwartet, dass der skrupellose Mensch erneut infolge der Provokation seine Pistole zog und vor Augenzeugen den versuchten Mord in einen ausgeführten zu verwandeln? Ihn selbst hätte eine solche Aktion das Leben gekostet, aber diesem Scheusal die Freiheit. Er musste sich selbst zugeben, dass er ohne nachzudenken gehandelt, ihn erfolglos in die Enge getrieben und sich jetzt einen Todfeind geschaffen hatte. Bisher hatte der Täter ihn kaum oder nicht wirklich identifizieren können, das hatte sich mittlerweile gewandelt. Wahrscheinlich hatte der Kerl gar keine

Waffe getragen, eine Pistole konnte man kaum in einer Jeans verstecken, höchstens ein Messer, aber dann nur ein kleines. Man hatte in der leichten Sommerkleidung ein Portemonnaie, Zigaretten und ein Mobiltelefon erkennen können, damit waren die Taschenkapazität aber auch schon erkennbar erschöpft gewesen. Er entschied, Monika nichts von seiner Dummheit zu erzählen, sie würde garantiert mit einem Sack voller Vorwürfen aufwarten. Zu Recht. So wie das Angehörige des weiblichen Geschlechts im Allgemeinen von sich geben. Er war aber immer auf der Suche nach Harmonie und nicht nach Konflikt oder sogar Streit.

Sie öffnete die Türe und hatte sein blau-grün kariertes Holzfällerhemd an, das ihren Po nur knapp bedeckte, in der Knopfleiste waren gerade zwei Knöpfe der Zweckentsprechung zugeführt worden und auf einen BH schien auch verzichtet worden zu sein. Unter dem Hemd blitzte bei Bewegung ein weißes Etwas hervor, er liebte diesen erotisierenden Anblick, er empfand diese Bekleidung erotischer als völlig nackt. Er wollte sie mit Leidenschaft umarmen und küssen, sie akzeptierte aber nur einen flüchtigen Kuss und entwand sich seinen Armen. Jetzt war die Zeit zum Essen und das ohne Ablenkung, keine Zeit für Abschweifungen. Er setzte sich an den Esstisch und beobachtete ihr Gewusel und Hantieren in der Küche. Er genoss diesen Anblick, er genoss den Essensduft und er fühlte sich einfach wohl in ihrer Umgebung. Im Himmel könnte es nicht schöner sein, es sei denn, Monika wäre einer der Engel und abkommandiert, ihn zu versorgen.

Er musste lächeln, er fand diese Vorstellung ansprechend und traumhaft schön. Monika würde ihn dann mit Po-langem Hemdchen Harfe spielend verwöhnen, ganz wie die Putten des Barocks oder Rokoko, vielleicht nicht so wohl genährt, aber auf jeden Fall mit kleinen Flügeln. Sie wäre den ganzen Tag und auch nachts um ihn herum, man läge auf Wolken, natürlich keine Gewitterwolken, viel weicher als Daunen. Sie würde mit schwirrenden Flügelbewegungen wie ein Kolibri auf ihn zufliegen, die Lippen schürzen und ihn sooft küssen wie er wollte. Sie würde ihm jede erdenkliche Leckerei besorgen und ihn von Mund zu Mund damit füttern.

Sie rief aus der Küche, er möge doch schnell den Tisch decken und sein Traum fiel wie eine überreife Tomate auf den Boden und zerplatzte.

„Wir müssen jetzt essen, sonst war alle Mühe umsonst."

Er hatte sich nun um die irdischen Pflichten zu kümmern, im Himmel war wohl doch alles viel einfacher. Welche himmlische Darstellung hatte jemals einen Koch mit seinen Utensilien abgebildet? Dort wurde nichts zubereitet, es war alles einfach nur da, es war da und für jeden frei verfügbar. Das zeigte einfach nur, wie wenig Phantasie die Menschen in die Beschreibung des Himmels gelegt hatten. Der Gott, den er seit vielen Generationen anbetete, den Gott des Meeres, bewahrte ihn vor größerer Unbill und versprach kein ewiges Leben aber auch keine Haiattacken, die so fürchterlich ungesund für andere Meeresbewohner sein konnten.

Poseidon versprach keine himmlischen Freuden nach dem Tod, er sagte einfach, der Himmel (er benutzte ein anderes Wort, bezog sich aber auf die anderen Religionen) sei das Leben und der Tod das Ende. Schluss.

Und doch, wenn es wirklich einen Himmel gäbe, was würde ihm dort serviert werden? Er trank beispielsweise gerne einmal ein Glas gehaltvollen Rotwein oder auch schon einmal ein frisches Bier, je nach Durststatus, würde er das dort genießen dürfen? Gab es dort wirklich nur Manna, das Himmelsbrot? Und im eigentlichen Sinne war Leben mit einer Sünde, Definition der Christen, erst wirklich schön, na ja, mit den kleinen Sünden. Er hatte Schwierigkeiten, sich vorzustellen, dass es dort oben Abwechslung gab, man konnte da sicherlich nicht viel erleben. Bestand das biblische ewige Leben vielleicht ausschließlich aus Langeweile? Gut, dass er nicht christlich war, der islamische Himmel schien aber auch nicht wesentlich attraktiver zu sein, seinetwegen waren siebzehn (oder waren es siebzig?) Jungfrauen, die ihn umgarnen würden ein gewisser Ansporn oder auch Abwechslung, aber wer konnte nach irdischen Vorstellungen schon siebzehn Frauen befriedigen, zumal sie nachher gar keine Jungfrauen mehr waren. Um das schaffen zu können, müsste man schon ständig rammeln wie ein notgeiles Kaninchen und das wiederum wäre dann auch nicht mehr schön. Dann bevorzugte er denn doch, wie er es sein vielen Jahrzehnten praktizierte, die Metamorphose oder Wiedergeburt, je nach Definition. Das Schöne daran war ja auch, dass er sein Wissen konservieren konnte und auch keine Kindheitsphase mehr durchleben musste. Das ganze Lernen und Erfahrungen sammeln war für ihn ein Berg, den er nicht nochmals zu erklimmen gedachte. Er hieß auch nicht Sisiphos. Der Mensch ist so eingestellt, dass er nur immer das erreichen will, was er nicht erreichen kann und immer das haben will, das die anderen besitzen.

Monika hatte in einem Fischladen angeblich frische Sardinen aufgetrieben. Der Bratenduft ließ Manchot das Wasser im Mund zusammenlaufen, obwohl er vom Geruch her feststellen musste, dass der Fisch schon vor ein paar Tagen das Leben gelassen hatte. Wieder bedauerte er, dass der Fisch nicht absolut frisch und nicht zum rohen Verzehr geeignet war, der Geschmack und die Vorliebe war ererbt worden von seinen Urgroßvätern oder deren Urgroßvätern, er hatte keine Ahnung, wie viele Ur-Vorsilben er hätte anfügen müssen, um den ursprünglichen Urgroßvater benennen zu können. Er konnte die Anzahl der Vorgenerationen nicht einmal abschätzen, es mochten fünfzig oder vielleicht auch hundert Generationen gewesen sein. Er spürte seine Wurzeln mehr oder weniger stark, wie das so ist mit der Heimat oder auch Abstammung. Er wusste zwar nicht, wie er entstanden war. Er kannte weder Vater noch Mutter und auch keine Geschwister, Onkel oder Tanten. Seine Familie war für ihn eine Grauzone ohne Erinnerungen. Er spürte eine gewisse Verwandtschaft zu den Menschen, wie eine Stammwurzel, eine geringere Affinität zu den Pinguinen und manchmal auch zu den Schmetterlingen, aber wie das genau zusammenspielte, konnte er nicht erahnen. Er wusste nur eins, seine Wurzeln waren lang, sehr lang und unendlich verzweigt. Er fühlte, dass seine Wurzeln lebten, es floss ein Lebenssaft durch die Kapillare. So richtig fühlte er sich doch nicht als Mensch, auch nicht, wenn er fast so aussah. Das Unbekannte reizte ihn am meisten, was sollte es aber sein? Eine lange aber nur haardicke Wurzel bestimmte immer noch den Zeitpunkt seiner Verpuppung. Diese Wurzel konnte doch unmöglich von einem Insekt stammen. Er erklärte sich das Phänomen immer wieder mit der unbefriedigenden Antwort einer genetischen oder polyphyletischen Laune der Natur. Was seine Heimat betraf, fühlte er sich sehr mit den kalten südlichen Regionen der Antarktis verbunden, wärmere Länder mied er und an heißen Sommertagen litt er wie ein Fisch im warmen Wasser.

Er bereute mal wieder, dass die Speicherkapazität seines Gehirns hauptsächlich auf Geschriebenes beschränkt war. Er hatte zwar auch irgendwelche unleserlichen Hieroglyphen abgespeichert, die er irgendwann einmal entziffern gewollt hatte, es aber nie dazu kommen lassen. Somit handelte es sich um vergrabenes Wissen.

Die kurzgebratenen Sardinen, mit etwas Olivenöl und Kräutern geschmacklich abgerundet, häuften sich auf der Servierplatte in der Mitte des Tisches. Er unterdrückte seinen Instinkt, die Fische ganz in seinen Rachen zu stopfen und unzerkaut seine Speiseröhre heruntergleiten zu lassen. Monika hätte ein solches Verhalten sicherlich nicht gutgeheißen und ihn kritisiert. In diesen Momenten fühlte er die Gene eines Pinguins in sich hochkommen, sie beherrschten das eine oder andere Mal seine Instinkte, dann musste er sich mit aller seiner Gewalt zusammenreißen, um nicht diese alten, uralten Gewohnheiten und diesem unbewussten latenten Drang nachzugeben. Seine Beherrschung gewann wieder Oberhand und er zerteilte die Fische, wie er es von zivilisierten Menschen gelernt hatte, vorschriftsmäßig. Er aß lediglich das Fleisch, Kopf, Schwanz und die Hauptgräten ließ er auf dem Tellerrand liegen. Er aß nur etwas Brot und von dem griechischen Salat, den es als Beilage gab, dafür tat er sich gütlich an mindestens fünfundsiebzig Prozent der Sardinen. Er hatte sogar versäumt, von dem Chablis zu kosten, der sich langsam in seinem Glas der Zimmertemperatur anpasste, erst als ihm Monika zuprostete, genoss er einen winzigen Schluck, genauer gesagt, er hatte nur seine Lippen benässt, zu groß war seine Gier auf die älteren, aber immer noch duftenden Fische gewesen. Er lehnte sich in seinem Stuhl zurück, nachdem er mit Brot den öligen Saft von der Servierplatte aufgenommen hatte, er rieb sich seinen wohlgefüllten Wanst und spülte jetzt mit dem Wein die Speisereste aus seinen Zähnen die Kehle herunter. Beide verzichteten auf das Eis, das Monika als Dessert vorgesehen hatte. Die Kapazitätsgrenze des Verdauungstraktes war überschritten. Er hatte lange nicht mehr so viel mit so großem Appetit in sich hineingestopft. Er bedankte sich bei Monika für das Festmahl ohne Fest mit einem innigen Kuss.

Er half ihr beim Abwasch, anschließend bat sie ihn, die Abfälle in den Müll zu tragen, die Fischabfälle würden sonst in der schwül-warmen Luft der Wohnung beginnen zu stinken. Er war überhaupt nicht damit einverstanden, Fisch könne nicht stinken, nur seinen Geruch verändern, er empfände den Geruch als aromatischen Duft. Am Meer würde man verwesenden Fisch und modrigen Tang auch nur als wohltuende Meeresluft bezeichnen. Monika erlaubte keinen Widerspruch und meinte nur ironisch, wie er denn den Geruch auf der Toilette bezeichne, nachdem er ein größeres Geschäft erledigt habe, das seien letztlich auch nur verweste Lebensmittel. Er knurrte, manche Lebewesen würden das auch nicht als Gestank empfinden, sie solle nur mal an Hunde denken, die mit Wonne daran röchen. Aber er fügte sich der weiblichen Übermacht und ging knurrend die Treppe herunter, vor den Abfalltonnen verglich er den Gestank der Biotonne mit dem der Fischabfälle und hatte eine Bestätigung seiner subjektiven Meinung, Fisch stinkt nicht. So unterschiedlich konnten die Signale, die auf die Sinne ausgeübt werden, interpretiert werden.

So unterschiedlich konnten die Geschmäcker sein.

Für ihn waren die Moleküle, ständig ausgeströmt von verwesenden Lebensmitteln, die er gerne aß, angenehm, selbst die von Käse. Parfüms und Blumendüfte ignorierte er, das waren für ihn nichtssagende Aromen, während er bei würziger

Meeresluft, wie sie Austern verströmten, ins Schwärmen geraten konnte. Er nahm sich noch an den Mülltonnen stehend vor, bei nächster Gelegenheit ans Meer zu fahren, sobald er genügend Kleingeld für einen solchen Ausflug angesammelt hatte. Ihn dürstete nach dem Duft des Meeres mit dem salzigen Hintergrund auf den Lippen, nach den Wellen, nach dem Wind, nach dem frischen Fisch und nicht zuletzt einem erfrischenden Bad im kühlen Meerwasser, einem langen ausgelassenen und ausgiebigen Bad im Meer. Doch die Verwirklichung dieses Traums würde wohl noch eine Weile warten müssen.

Der Bus nach Freiburg war bei weitem nicht bis auf den letzten Platz gefüllt. Rund die Hälfte der Sitze waren noch frei. Monika hatte ihn unbedingt begleiten wollen und er war froh, sich an seine Geliebte während der langen Fahrt kuscheln zu können. Sie war so herrlich weich, man konnte sich in ihre Weichheit versenken, nicht nur an ihren kleinen Brüsten, ihren wenig muskulösen Armen, ihren Schultern oder duftenden Haaren, ja letztlich überall. Selbst wenn sie die Lippen spitzte, fühlte sich das keineswegs muskulös an, sondern weich, unendlich zart, als würde man einen Schokoladenpudding küssen. Und er war müde, unergründlich müde. Er hatte keine Ahnung, warum ihn das ungewohnte Gefühl beschlichen hatte. Er lehnte seinen Kopf an Monikas Schulter, deckte sein Gesicht mit ihren Haaren zu, schloss die Augen, hielt ihre Hand, die sie mit der anderen kraulte und war gleich nach dem ersten Geruckel des Busses eingeschlafen. Das Gefühl der Geborgenheit, das Schaukeln des Fahrzeugs hatten sein Übriges getan, er fühlte sich wie in dem Schoß einer liebenden Mutter. Er schlief tief und traumlos, als sei er bewusstlos, nein, er war bewusstlos.
Er wachte auf, der Bus stand, Monika streichelte seine Hand immer noch, als habe sie das während der gesamten langen Fahrt nicht unterbrochen. Er war immer noch müde, wie erschöpft, letztendlich war er gewohnt lange zu schlafen, sehr lange zu schlafen, nicht nur ein paar Stunden, sondern eine Ewigkeit. Er konnte sich nicht erinnern, wann er das letzte Mal derart müde gewesen war. Es bereitete ihm unvorstellbare

Mühe, sich aus der Sitzbank zu schrauben. Monika versuchte ihn etwas zu stützen, sie lächelte dabei, obwohl sie sich immer vorgestellt hatte, eine starke Schulter zu finden, die sie stützen und der daran hängende Arm sie schützen und an den sie sich bei Bedarf ankuscheln könnte. Jetzt war die Situation völlig umgekehrt, sie war in diesem Moment ein wenig enttäuscht von der Situation, obwohl sie genau wusste, wie wenig Schlaf er in den letzten Tagen und Wochen gehabt hatte. Was tut man nicht alles, wenn man einen Partner hat und ihn dazu auch noch liebt. Sie hatte ein offenes Auge für seine Bedürfnisse und Wünsche und erfüllte sie bevor er sie in Worte fassen konnte, oft genug zu seiner Überraschung. Gegen seine Müdigkeit hatte sie allerdings kein probates Mittel.

In der Schwimmhalle, in der die Wettkämpfe stattfinden sollten und die bereits mit einer Vielzahl von Zuschauern oder Teilnehmern gefüllt war, besorgte sie ihm einen doppelten Espresso, der allerdings seine Wirkung nahezu verfehlte. Er gähnte fast pausenlos hinter vorgehaltener Hand. Das Gähnen wirkte auf die Menschen in seiner Umgebung ansteckend und bald sah man nur noch in weit aufgerissene Münder, ganz so als wartete man auf eine kollektive Zahnuntersuchung. Monika kam plötzlich der Verdacht, es handele sich um eine Taktik Manchots, seine Gegner einzuschläfern.

Der erste Wettbewerb an dem Manchot teilnahm war das einhundert Meter Kraul, da es zu viele Anmeldungen gab, musste er dafür zweimal antreten, ein Vorlauf und ein Endkampf mit je acht Teilnehmern. In gewohnter Manier machte er sich fertig für den Start. In einer gestreiften Reisetasche, die die fürsorglichen Funktionäre ihm vor der Abreise ausgehändigt hatten, befanden sich alle notwendigen Utensilien von Haarshampoo über Badelatschen (natürlich mit Streifen), mehrere Badeanzüge bis hin zu einem weißen Bademantel mit Kapuze. Die Streifen befanden sich nicht nur auf der Tasche, den Badeanzügen und den Gummischlappen, sondern sogar auf Haarwaschmittel und Seifendose. Selbst die beiden Handtücher wiesen diese Embleme der Streifenzeit auf. Die Streifen verfolgten ihn, er fühlte sich von ihnen belästigt, wohin er sah, es gab diese drei Striche in allen Ecken und auf Plakaten, auch alle seine Konkurrenten waren wandelnde Streifenträger. Der Badeanzug saß an den Oberschenkeln sehr eng, drohte seinen Blutfluss in die Beine zu beeinträchtigen. Um einen Ausgleich zu schaffen, war der Bademantel zu groß, er reichte bis hinunter zu seinen Knöcheln. Es war ihm ein Rätsel, warum die Sachen vorher nicht anprobiert worden waren, ein Schlaumeier aus einer Marketingabteilung hatte an alles gedacht, seine Körpermaße aber offensichtlich ignoriert.

Von der Müdigkeit fast benommen torkelte er mehr als er ging zu den Startblöcken, als er dazu aufgefordert worden war. Mit Befremden musste er feststellen, dass alle Starter eine Schwimmbrille trugen, damit das gechlorte Wasser nicht in den Augen brennen sollte. Solch eine Schutzbrille hatte er zwar in seiner Reisetasche gefunden, aber nicht gewusst, wozu das Ding gut sein sollte, erst der Trainer hatte ihn darüber aufklären müssen. Er erachtete das Plastikteil als überflüssig und lästig.

Acht jugendliche Männer standen auf den Startblöcken, der Startschuss peitschte mit einem scharfen Echo durch die Schwimmhalle und alle Wettbewerber sprangen gleichzeitig ins Wasser. Manchot war noch gar nicht bereit gewesen und hatte noch nicht mit dem Start gerechnet. Überrascht sprang er als letzter ab, als die anderen bereits etwa drei Meter Vorsprung hatten. Er war immer noch müde und wäre am liebsten wieder in die Arme seiner Geliebten geflüchtet. Das Wasser erfrischte ihn auch nicht richtig, dazu war es zu temperiert. Routiniert schwamm er die erste Bahn fast komplett unter Wasser und bei der ersten Wende schlug er bereits als erster an. Er befolgte den Rat seines Trainers und legte den Rest der Strecke in einem völlig normalen Kraulstil zurück und täuschte sogar gelegentliches Atmen vor, um den Anschein der Normalität zu wahren. Er beobachtete das Teilnehmerfeld, er wollte zwar siegen, aber nicht gleich im Vorlauf alle Gegner demoralisieren. Die letzte Bahn schwamm er sein gewohntes Tempo und erreichte mit einem satten Vorsprung das Ziel. Zu aller Überraschung in einer neuen deutschen Rekordzeit. Das Publikum raste vor Begeisterung. Da keine Schwimmer mit nationalem oder gar internationalem Rang angetreten waren, hatte keiner im Publikum mit Rekorden oder sensationell guten Zeiten gerechnet. Somit kannte die Begeisterung der vielen Zuschauer keine Grenzen, plötzlich und völlig unerwartet war er im Fokus aller Augen.

Der Trainer kam an den Beckenrand gelaufen und half seinem Schützling wie einem Beinamputierten aus dem Becken, Manchot war entgegen seiner sonstigen Gepflogenheiten nicht unmittelbar nach dem Erreichen des Ziels aus dem Wasser geglitten.

„Was war denn mit dir los? Erst verschläfst du den Start und dann legst du eine für deine Verhältnisse äußerst mäßige Zeit hin. Beim Training warst du wesentlich schneller als heute. War aber vielleicht gar nicht schlecht, zunächst sich nicht in die Karten sehen zu lassen. Aber wie du deinen Rückstand aufgeholt hast war schon Sonderklasse, das macht dir so schnell niemand nach."

Manchot wandte sich ab, als wäre Philip gar nicht anwesend und meinte zu Monika, die angeschlendert kam, er sei müde, unendlich müde.

„Ich weiß mein Schatz, nicht jeden Tag ist man in gleicher Verfassung. Ich habe dir einen Vitamincocktail gemixt, der würde Tote aufwecken."

Sie reichte ihm eine Plastikflasche mit drei Streifen und er trank gierig, ohne abzusetzen, die große Flasche leer. Das Gebräu schmeckte nach Orange, aber man merkte, dass noch andere Zutaten beigemischt waren. Das Zeug schmeckte trotzdem nicht schlecht, er fragte erst gar nicht, was alles in der Flasche gewesen war.

Philip hielt ihn an der Schulter fest. „Willst du mir nicht antworten? Ich hatte dich etwas gefragt."

„Du hast doch gehört, was ich Monika gesagt habe. Aus irgendeinem Grund fühle ich mich total erschöpft. Ich kann dir aber nicht sagen, warum und weshalb. Aber ich kann dich beruhigen, das Finale werde ich in einer besseren Zeit gewinnen. Und im Freistil kannst du auch auf mich zählen, vielleicht bin ich bis dahin wieder besser in Form."

Philip knurrte etwas Unverständliches vor sich hin, was wahrscheinlich so viel bedeuten sollte wie, jetzt habe ich mir so viel Mühe mit dem Kerl gegeben und jetzt versagt er auf der ganzen Linie.

Beim Endlauf über die hundert Meter Distanz fühlte sich Manchot wieder etwas frischer, Monikas Getränk hatte Wunder gewirkt, er fühlte sich zwar nicht wirklich in Form, aber auch nicht so erschöpft wie beim Vorlauf. Trotzdem verschlief er auch diesmal wieder den Start, hatte aber dessen ungeachtet wieder einen erheblichen Vorsprung bei der ersten Wende und deklassierte im wahrsten Sinne des Wortes das Teilnehmerfeld um Längen. Die Anzeigetafel wies seine Zeit nicht aus, die dort vorgesehenen Zahlen blieben unbeleuchtet. Die Funktionäre versammelten sich und diskutierten mit hochroten Köpfen, wie das die intelligenzschwachen Offiziellen gerne tun, wenn sie etwas nicht verstehen oder nicht glauben können. Bisher hatten diese Männer in kleineren Kommunen das Sagen gehabt und nun fristeten sie ihren Vorruhestand als ehrenamtliche Vorstände von Sportvereinen mehr schlecht als recht.

Philip war auf Manchot zu gespurtet, hatte ihn umarmt und ihm dann die noch nasse Schulter mit der flachen Hand ununterbrochen getätschelt. „Ich habe deine Zeit inoffiziell gestoppt. Das war ein Weltrekord, ein Fabelweltrekord. Du bist der Größte. Das hat die Welt noch nicht gesehen. Unter dreiundvierzig Sekunden hat meine Uhr angezeigt, das sind unglaubliche zwei Sekunden unter der bisherigen Weltbestleistung. Deshalb braucht das Kampfgericht auch so lange bis sie deine Zeit glauben. Die können das einfach nicht fassen."

Nach einer Viertelstunde erschien endlich die Zeit an der Anzeigentafel mit 42:82 Sekunden hatte Manchot tatsächlich eine neue Weltbestzeit aufgestellt. Der Hallensprecher überschlug sich geradezu in seinen Lobeshymnen, das Publikum johlte und stand applaudierend auf den Rängen. Der Sprecher bemerkte allerdings, dass der Rekord vorbehaltlich einer Überprüfung durch Techniker und Funktionäre des Weltverbandes sei. Die Uhren müssten überprüft werden, um die einwandfreie Funktion sicherzustellen, somit sei die Zeit noch inoffiziell.

Philip fügte flüsternd hinzu: „Die Funktionäre sind unsicher, ob sie diesen Rekord überhaupt anerkennen dürfen. Es geht weniger um die technische Funktion, als um die rechtliche Situation. Außerdem wollen die sich nicht blamieren, indem sie einen Rekord anerkennen, der hinterher vom Weltverband in Frage gestellt werden könnte. Diese Leute sind es Zeit ihrer Karriere gewohnt, sich nach allen Seiten abzusichern, um den eigenen Job nicht zu gefährden. Die Effizienz wird dabei völlig in den Hintergrund gerückt. Dazu kommt natürlich noch, dass sie nicht wissen, ob die Dopingkontrolle, der du dich jetzt unterziehen musst, den Vorschriften entspricht."

Manchot wurde trotz der Vorläufigkeit des Rennergebnisses und der Zurückhaltung der Funktionäre und Kampfrichter gefeiert. Von allen Seiten wurde ihm Anerkennung und Lob zuteil. Seine Schultern wurden öfter geklopft als einem Galopper die Flanke oder Kuppe nach einem Derbysieg. Die Dopingprobe stellte sich als ein nahezu unüberwindliches Hindernis dar, erst nach einigen geleerten Flaschen Mineralwasser war er in der Lage, die geforderte Menge Urin abzusondern.

Monika hatte darauf bestanden, dass er sich trockene Sachen anzog, er hatte einen Trainingsanzug übergestreift, natürlich mit Streifen. Sie tranken einen Kaffee und warteten auf seinen nächsten Start im Freistilschwimmen. Auch Monika lobte ihren Freund über den grünen Klee und drückte ihm nach mindestens jedem zweiten Satz einen Kuss auf die Lippen. Er ließ sich das gerne gefallen und fühlte sich glücklich in seiner Starrolle, auch seine Müdigkeit hatte sich endlich weitgehend gelegt. Er musste sich eingestehen, dass er viel zu schnell geschwommen war, er hatte sich vorgenommen, lediglich sein Rennen zu gewinnen, er wollte nicht schon bei einem Provinzwettkampf auf sich aufmerksam machen und einen so genannten Fabelweltrekord aufstellen. Bei dem nächsten Schwimmfest würde er wohl besser auf eine Langstrecke ausweichen, dabei würde er seine Vorherrschaft besser dosieren können und würde seine Mitstreiter nicht total demoralisieren. Aber das war Zukunftsmusik, erst hatte er hier nochmals eine Sprintstrecke zu absolvieren.

Er fühlte sich durch die Wartezeit ein wenig gelangweilt, Monika hing ihren Gedanken oder Träumen nach und die Umgebung in der Cafeteria war nicht anregend genug, sich darüber zu unterhalten. Monika beschränkte sich darauf die Leute an den Nachbartischen zu beobachten und zu kritisieren, die zwar vielleicht modische aber hässliche oder schlecht geschnittene Frisuren hatten. Auch der sonderbare Kellner hatte ihre Aufmerksamkeit in Anspruch genommen, der sich wie eine eingebildete Diva durch die Räumlichkeiten bewegte. Beim Erledigen seiner Bestellungen lief er mit in den Nacken gelegtem Kopf umher und bei jedem Schritt hatte er einen Hüftschwung wie eine brasilianische Salsa Tänzerin, dazu schwenkte er auch noch den Kopf im Takt seiner Schritte. Sein einziges sichtbares Körperglied, das bewegungsarm blieb, war die Hand, mit der er das Servierbrett balancierte. Manchot fiel auf, dass alle Leute auf dem Schwimmfest gestreifte Kleidung trugen außer der Bedienungen in der Cafeteria. Das stimmte nicht ganz, denn einige wenige hatten eine sich wohltuend von den Streifen abhebende springende Katze auf der Brust.

Philip stieß zu ihnen und schlug vor, dass Manchot versuchen sollte, die zweiundvierzig Sekunden zu unterbieten, das sei eine Bombe für die Fachwelt.

Monika widersprach vehement: „Ich fände es gar nicht gut, wenn alles Pulver frühzeitig verschossen wird. Lass ihn sich doch besser langsam steigern. Die Zeit, die er bisher vorgelegt hat reicht aus, die Fachwelt aufmerksam zu machen. Egal, ob der Weltrekord anerkannt wird oder nicht, wenn er bei einem der nächsten Wettkämpfe wieder eine Sekunde, oder auch nur eine halbe Sekunde schneller ist, reicht das völlig aus, um berühmt zu werden. Seinen von dir so gewünschten Fabelweltrekord kann er auch bei einem großen internationalen Schwimmfest aufstellen."

Philip setzte eine Miene auf, als habe er eine unzerkaute Zitrone mit Schale ganz verschluckt. „Ich hätte allerdings gerne

eine Sensation zu Anfang seiner Karriere gesehen. Weißt du, eine richtige Sensation, eine Zeit, die wie eine Wasserstoffbombe einschlagen würde. Ich hätte ihn gerne auf der ersten Seite der Printmedien gesehen, nicht nur im Sportteil."
Monika antwortete, bevor Manchot seine Meinung kundtun konnte: „Dir geht es doch nur darum, als Trainer des besten Schwimmers der Welt zu gelten. Dein Ruhm und deine Ehre auf Kosten Anderer. Hermann (hier nannte sie wirklich den bürgerlichen Namen ihres Freundes, was sie nur dann tat, wenn sie förmlich werden wollte) ist ein Naturtalent und der schlechteste Trainer der Welt hätte ihn nicht dazu bringen können, langsamer zu schwimmen als seine Konkurrenten. Was hast du ihm denn überhaupt gelehrt? An seiner Geschwindigkeit hast du nichts verbessert, lediglich den Stil hast du etwas korrigiert. Also, wir werden entscheiden, was weiter zu geschehen hat. Wir haben nichts dagegen, wenn du als Trainer berühmt wirst, aber misch dich bitte nicht in unsere Angelegenheiten und Strategien ein. Wenn wir etwas benötigen, werden wir dich um Rat fragen. Das wäre es fürs Erste."
Philip schluckte nun die zweite unzerkaute Zitrone, sagte aber nichts mehr, er hatte wohl seine Lektion gelernt, man sah ihm aber an, dass er noch einige Zeit an der Zitrone zu schlucken hatte. Manchot war sprachlos, diese diktatorische Philippika hatte er dem jungen zarten Wesen nicht im Geringsten zugetraut. Als sie seinen Vertrag verhandelt, oder besser, diktiert hatte, war er des Glaubens gewesen, sie habe sich das vorher angelesen gehabt. Jetzt aber war das eine spontane Zurechtweisung gewesen, die den Trainer eindeutig in seine Schranken verwiesen hatte. Er war dadurch eindeutig zum Befehlsempfänger degradiert worden, ohne dass dieser Tatbestand auch nur mit einem Wort erwähnt worden war. Auch war keine Kündigung des Vertrages angedroht worden, was auch nicht nötig war, das hatte Philip auch aus den Untertönen der Sätze heraushören können. Zumindest traute Manchot ihm diese Sensibilität zu, auch wenn der Trainer ansonsten gerne polterte und gerne in alle verfügbaren Fettnäpfchen trat.

Philip stand lächelnd auf, ließ seinen Kaffee unangetastet und meinte im Weggehen fast fröhlich: „Damit ist dieser Punkt endlich minderheitlich geklärt. Wir sehen uns gleich bei der nächsten Bestzeit, wenn es euch genehm sein sollte."

Monika konnte sich ein Lachen nicht verkneifen, als der Sportlehrer Richtung Schwimmhalle verschwunden war. „Ich werde aus dem Kerl nicht richtig klug. Zunächst versucht er angriffslustig seine Macht zu demonstrieren, trittst du aber lautstark mit dem Fuß auf, zieht er sich sofort in sein imaginäres Schneckenhaus zurück und wird schlagartig lammfromm. Amüsant finde ich, dass er hinterher überhaupt nicht böse oder beleidigt ist. Seine Demütigungen scheint er ohne jegliche Gegenwehr zu akzeptieren."

Manchot schüttelte den Kopf. „Das hat man doch häufig bei Leuten mit wenig Selbstbewusstsein. Erst haben sie eine große Klappe und treten aggressiv auf, redest du aber Tacheles mit ihnen, treten sie sofort den notwendigen Rückzug an. Ein gewohnheitsmäßiger Befehlsempfänger."

Monika begann ihre vielseitigen Erfahrung mit Schwimmlehrern auszugraben: „Dieser Philip ist genau wie Rainer, beide Trainer reagieren hundertprozentig gleich. Es ist schon mehr als ein Jahr her, da machte mir Rainer nach den Übungsstunden immer die tollsten Komplimente, über mein Aussehen, über mein Schwimmtalent, über meinen Charme, über meine Figur, ich konnte mich kaum retten vor dieser Lobhudelei. Einerseits hat mir das geschmeichelt, andererseits war es mir einfach lästig und manchmal peinlich, wenn andere Leute zuhören konnten. Rainer war einfach nicht mein Typ, abgesehen von der Tatsache, dass er altersmäßig nicht zu mir passte. Er hat mich des Öfteren vergeblich zum Essen eingeladen und schließlich habe ich in einem schwachen Moment doch zugestimmt. Der Abend war auch soweit ganz nett gewesen, wir haben über unsere verschiedenen Urlaube und über zukünftige Reisepläne gesprochen, es war spät geworden und wir hatten wohl ein paar Gläser Rotwein zu viel getrunken. Jedenfalls hatte er darauf bestanden, mich nach Hause zu begleiten. Er hielt auf dem Weg meine Hand fest umschlossen, worüber ich noch recht dankbar war, wie bereits gesagt, ich hatte ein bisschen zu viel getrunken. In einer dunklen Hausecke hat er mich dann versucht zu küssen, ich habe mir das zunächst gefallen lassen, es war ja auch weiter nicht schlimm gewesen. Als er versuchte, mir unter den Rock zu fassen und meine Brüste streicheln wollte, hatte ich dem Spiel einen Schlusspunkt gesetzt, habe gesagt, dass ich das nicht wolle und bin weiter Richtung meiner Wohnung gegangen. Er ist hinter mir her gegangen und hat auf mich eingeredet, der Tag könnte doch so schön enden, wenn ich nur wollte und Ähnliches. Er war die ganze Zeit über höflich und liebenswürdig geblieben und ich hatte den Abend bis zu diesem Zeitpunkt genossen. Ich war ihm auch nicht böse wegen seiner Attacken. Vor meiner Haustüre fragte er mich, ob wir noch eine Tasse Kaffee bei mir trinken sollten. Ich lehnte ab, aber er bat mich um eine kleine Belohnung für das opulente Abendessen. Ich gab ihm einen flüchtigen Kuss auf den Mund und wollte mich abwenden, er aber hielt meine Hand fest umklammert und führte meine Hand in seine offene Hose. Ich hatte gar nicht bemerkt, dass er seinen Reißverschluss geöffnet hatte. Er drückte meine Hand auf sein erigiertes Glied und bat mich um ein paar Streicheleinheiten. Ich konnte mich losreißen und im Affekt gab ich ihm eine schallende Ohrfeige, dann beschimpfte ich ihn. Er hörte auch tatsächlich auf mit seinem Werben und entschuldigte sich, sagte ich hätte Signale gesendet, dass ich gerne mit ihm geschlafen hätte. Er versprach, mich in Zukunft nicht mehr zu belästigen, er habe nur ein wenig zu viel getrunken und so weiter."

Manchot lachte trocken auf, Alkohol könne nicht jedes Fehlverhalten entschuldigen, das sei denn doch zu einfach. „Welche Signale hattest du denn ausgesendet, die ihn glauben ließen, du wolltest mit ihm ins Bett?"

„Ich war mir keiner diesbezüglichen Signale bewusst. Ich war nur freundlich zu ihm, sonst nichts. Am nächsten Tag beim Training nahm er mich nochmals zur Seite und bekniete mich, keinem Menschen etwas vom vorherigen Abend zu erzählen, er bedauere eine Grenze mit seinen Annäherungsversuchen überschritten zu haben und bat mich noch diese Aktionen zu vergessen. Ich habe ihm dann zögerlich versprochen, Niemandem von dem Vorfall zu erzählen, sofern er mich in Zukunft nicht mehr bedrängen würde. Am Ausgang gab er mir dann noch einen Strauß Blumen und zwinkerte mir dabei anzüglich zu. Ich habe die Blumen nicht angenommen und ihm gesagt, die beste Vase für den Strauß sei der Mülleimer. Ich sagte ihm noch, wenn er sich an sein Versprechen halte, sei die Sache für mich erledigt und damit fertig. Seitdem hat er mich dann tatsächlich in Ruhe gelassen und mich nur noch sachlich angesprochen. Das gleiche traue ich auch Philip zu, aber ich werde mich bei ihm sehr in Acht nehmen und keine Einladung annehmen."

„Das hast du genau richtig gemacht. Es ist ja nichts dagegen zu sagen, wenn man dich nett findet oder sich in dich verliebt. Wenn man in einem solchen Fall Avancen macht, ist das legitim und verständlich, aber wenn das nicht erwidert wird, sollte man die Auserwählte nicht auf diese plumpe und unsittliche Art und Weise belästigen. Ich habe gerade noch gelesen, nein heißt nein und sollte respektiert werden. Am liebsten würde ich dem Kerl die Zähne ausschlagen, aber ich darf ja nichts davon wissen, weil du versprochen hattest, keinem Menschen davon zu erzählen. Das Versprechen hast du jetzt gebrochen."

Monika schüttelte den Kopf. „So wird man vom Opfer zum Täter. Nein, ich habe mein Versprechen nicht gebrochen. Ich habe ihm gesagt, keinem Menschen davon zu berichten und du bist kein Mensch, zumindest nicht zu einhundert Prozent, somit habe ich mein Versprechen bisher eingelöst."

„Jedenfalls bin ich zufrieden, dass du mich nicht als vollwertigen Menschen betrachtest. Wenn ich sehe, was die Menschen für ein Leid über die Erde verbreitet haben, möchte ich gerne ein Tier sein. Der Mensch ist nach meinem Kenntnisstand das einzige Wesen, das versucht seine Art auszurotten, das einzige Wesen, das mordet aus reiner Lust am Töten. Raubtiere töten, um zu fressen, vielleicht noch, um sich selbst zu verteidigen, ansonsten töten sie nicht."

Monika nickte resigniert. „Die wahre Bestie auf der Welt ist der Mensch. In Büchern oder Filmen werden häufig Außerirdische und mutierte Tiere als grausame perverse Bestien dargestellt, das ist aber reines Wunschdenken, ich kenne kein schlimmeres Wesen als den Menschen. Wenn man von Menschlichkeit spricht, meint man eigentlich genau das Gegenteil aus der Erfahrung, man müsste das Wort mit Brutalität oder auch mit Grausamkeit gleichstellen. Wenn ich mir im Geiste vorstelle, wie viele Menschenleben auf grausamste Art durch die Terrorherrschaften der Herren Hitler, Stalin, Napoleon, um nur stellvertretend wenige aus der Masse zu nennen, vernichtet wurden, kann ich nur noch an Bestien in Menschengestalt denken. Ich muss leider betonen, dass die drei, die ich genannt habe, bei weitem nicht alle sind, die massenhaft gemordet und gefoltert haben. Das fing im Altertum an und zog sich wie ein blutroter Faden bis in die Neuzeit, wobei die Vertreter der Religionen gerne begleitend tätig wurden. Selbst heutzutage gibt es Massenmörder, die ihr Unwesen treiben, denk mal an Assad oder Putin, den ISS oder die Taliban. Man könnte wirklich überzeugt sein, man solle die Menschheit ausrotten, dann herrschte endlich Frieden. Als Anarchist hätte ich die Neutronenbomben gar nicht so schlecht gefunden. Die vernichten das Leben der Menschen und Tiere, sofern sie nur auf bevölkerte Gegenden geworfen würden und verschonen weitgehend die Natur, die sich dann ohne Menschen neu entwickeln könnte. Die Idealvorstellung der Umweltschützer."
Monika lachte sarkastisch und Manchot stimmte ein, gab aber zu bedenken, dass es ja auch eine Handvoll guter Menschen gebe, wobei Monika kurzentschlossen meinte, das solle man unter Kollateralschäden subsumieren.
„Etwas Schwund ist immer."

Der Aufruf zum Freistilwettbewerb unterbrach die Diskussion abrupt. Manchot musste sich fertig machen für den Start. Er hatte keine Lust nochmals seine Leistung zu präsentieren, machte aber gute Miene zum seines Erachtens überflüssigen Spiel. Ihn widerte die Tatsache an, dass er sich mal wieder fremden Zwängen unterwerfen sollte, nur wegen der monetären Aussichten. Geld war doch ohnehin nur dazu da, den Lebensunterhalt bestreiten zu können und nicht, um ein Bankkonto zu füttern. Er hasste die plutokratische Gesinnung, die sich seit Jahrhunderten immer mehr verbreitet hatte, wie Unkraut. Da waren ihm immer noch die Mohammedaner lieber, die ihren unbezähmbaren Fanatismus aus ihrem anerzogenen Glauben schöpften und nicht aus dem allzu weltlichen Geldraffen, oder unterlag er hier einem Irrtum? Er glaubte nicht an ein Weiterleben nach dem Tod. Er wusste zwar nicht, warum er immer wieder auf die Welt kam und nicht loslassen konnte von diesem Planeten, sah aber auch den Buddhismus als fehlgeleitet an, denn die kamen ihrem Glauben nach als anderes Wesen auf diese Welt. Er war bei diesem Gedanken immer wieder verwirrt, er gehörte nicht einer existierenden Spezies an, wie sollte er dabei irgendwelche von Menschen erdachte religiöse Gedanken verfolgen, die auch nur für Menschen galten. Keine der ihm bekannten Religionen war auf ihn anwendbar, wieso sollte er an so etwas glauben? In seinen Augen glaubten die Menschen nur an höhere Wesen, um eine Erklärung für das Unbekannte zu haben. Wo der Verstand an Grenzen stößt, setzt der Glaube ein. Diese Grenze hat sich in der Geschichte bereits vielmals verschoben. Das Ende des Wissens war Glaube. Das Wissen war immer weiter vorgerückt und hatte in dieser Grauzone den Glauben verdrängt. Er selbst gestand sich das ein und wusste genau, dass er keine göttliche Hilfe von seinem persönlichen Gott, Poseidon erwarten durfte, er diente nur dazu, sein Gehirn ab einem gewissen Punkt zu entlasten, nämlich genau dann, wenn er nicht weiterwusste. Er hatte diesen Gott nie gesehen oder eine Anbetung gelehrt bekommen, er wusste lediglich, dass er von den allermeisten Meeresbewohnern verehrt wurde, und zwar abgöttisch, folglich hatte er sich dieser Theorie angeschlossen.

Letztlich war er froh, dass er die fernere Zukunft auch noch erleben dürfte, zumindest hoffte er das. Es war jedes Mal eine Herausforderung, zu sehen, was sich jeweils verändert hatte, von Fortschritt wollte er in diesem Zusammenhang nicht unbedingt reden. Vielleicht würden ein paar Generationen später das Wissen den Glauben an ein höheres Wesen völlig verdrängt haben. Insbesondere die heutigen Geheimnisse der Naturwissenschaften würden dann in zunehmendem Maße gelüftet worden sein. Wenn er sich alleine die Wissenszunahme seiner letzten Verpuppungsperiode, oder wie man das so nennen sollte, vor Augen führte, wurde ihm schwindlig. Die Abnahme des Unwissens potenzierte sich im Zeitablauf in unvorstellbarem Rahmen, auch wenn vieles des alten Wissens in Vergessenheit geraten war und zukünftige Fragen der zukünftigen Antworten harren.

Entsprechend seiner Grübeleien war er extrem abgelenkt, als er auf dem Startblock stand, auch fehlte ihm das essentielle Interesse an dem Wettkampf, somit war er wieder der letzte, der ins Wasser tauchte. Dies wird wohl ewig sein Handicap bleiben. Trotzdem lag er mal wieder nach einigen Metern an erster Stelle des Starterfeldes. Er bemühte sich gar nicht erst um Geschwindigkeit, er wollte in der Nähe seiner letzten Zeit am Zielpunkt anschlagen, Monikas Ratschlag schwirrte immer noch in seinem Hinterkopf herum, nur zu siegen und nicht auf eine Bestzeit zu lauern. Als er bemerkte, dass die Distanz zu den anderen Schwimmern zu groß wurde, verlangsamte er und versuchte, den Abstand zum Zweiten nicht anwachsen zu lassen. Dessen ungeachtet erreichte er das Ziel wieder in einer neuen Rekordzeit, 42:69 Sekunden waren gemessen worden, also nur etwas mehr als eine zehntel Sekunde schneller, was bei der Sprintstrecke allerdings eine Menge bedeutet. Der Beifall des Publikums war wieder frenetisch und wollte überhaupt nicht enden. Man hatte einen neuen Stern am Himmel entdeckt und das wollte gefeiert werden. Die zumeist jugendlichen Zuschauer des Spektakels hatten irgendwoher Fähnchen und Lärminstrumente mitgebracht, um eine lokale Größe anzufeuern, nunmehr dienten diese Utensilien, um ihn, den Unbekannten, zu feiern. Unzählige Male wurden seine Schultern anerkennend bearbeitet und etwas, was er nicht kannte, wurde von ihm verlangt, er musste seinen Namen auf allerlei Papierschnipsel, Hemden oder Mützen schreiben. Man sonnte sich in seinem plötzlichen Ruhm. Er fühlte sich unendlich bestätigt, aber in all dem unerwarteten Jubel war der anerkennende Kuss Monikas die größte Belohnung. Er dachte nicht an Ruhm und Ehre, auch nicht an materielle Dinge, er dachte an Monikas weiche Lippen und freute sich schon auf die Fahrt nach Hause, wenn er mit seinem Liebling eng aneinander gekuschelt heimwärts dösen konnte.

Es war schon spät am Abend, als sie in Monikas Wohnung ankamen. Im Bus hatte es belegte Brötchen gegeben und zum Herunterspülen verschiedene übersüße Limonaden und Mineralwässer. Hunger verspürte somit keiner der beiden. Der Anrufbeantworter signalisierte die Aufnahme eines Anrufes. Heidi hatte um dringenden Rückruf Flaumers gebeten, egal um welche Uhrzeit. Manchot zögerte, er hatte keine große Lust jetzt mit seiner Gönnerin und Tankstellenbesitzerin zu sprechen, aber Monika drängte ihn. Heidi würde es nicht dringend machen, wenn es nicht einen entsprechenden Grund für die Eile gebe. Widerwillig wählte er die Privatnummer der Chefin, er wusste um die Weiterleitung der Anrufe auf einen Apparat, wo sie sich gerade befand. Schon nach dem ersten Klingelton meldete sie sich mit einem gehauchten Hallo, sie kam gleich zum Kern ihres Anliegens. Sie müsse ihn unbedingt sprechen, deshalb rufe sie noch so spät an, aus eigenem Antrieb hätte sie nach seiner strapaziösen Fahrt nicht mehr um Rückruf gebeten. „Was gibt es denn Wichtiges? Du weißt, dass ich kein Problem mit den Tageszeiten habe und nachts nicht unbedingt schlafe."
„Das Bürgeramt hat sich gemeldet, sie können dir nur einen vorläufigen Personalausweis ausstellen, da sie deine Identität nicht feststellen können. Du hattest ihnen wohl angegeben, du hättest eine Amnesie und deine Papiere nicht mehr finden können. Jetzt wollen sie dich nach deiner Herkunft und deinen Verwandten befragen. Du solltest morgen um zehn Uhr dort erscheinen und sie wollen prüfen, ob du noch irgendwelche genaueren Angaben machen könntest. Klappt das terminlich für

dich? Ansonsten müsstest du morgens frühzeitig den Termin verschieben."

„Ja, das geht schon in Ordnung. Ich werde hingehen und versuchen, die Beamten noch etwas mehr zu verwirren. Auch der Bürokratismus will ständig gefüttert werden."

Er freute sich schon gewaltig auf das morgige Gespräch mit den Bürokraten, die er aus seiner Erfahrung heraus als ziemlich debil einstufte. Nun ja, dumm waren sie vielleicht nicht gerade, aber zumindest war der Großteil geistig nicht sonderlich rege. Das lag wohl im Allgemeinen daran, dass sie nicht denken durften und nur wie die neuartigen Maschinen, genannt Computer, nur nach Vorschriften beziehungsweise Eingaben handeln mussten und nach einem binären System von „ja" und „nein" entschieden, Ausnahmen verwirrten sie doch nur. Dieses Schwarz-Weiß denken war ihm zuwider, es gab doch bei jeder Frage ein „ja-aber" respektive ein „nein-aber". Nicht umsonst waren die Gerichte überlastet, die den Rechtsanspruch der Bürger klären mussten, deren berechtigte Forderungen von diesen Bürokraten aus unberechtigten Gründen mit einem Federstrich abgelehnt worden waren. Nicht ohne Grund hatten die Gesetzgeber in den Jahrhunderten Lücken zu schließen und Ausnahmen zu beschreiben, die sowohl in den zwischenmenschlichen Beziehungen, als auch gegenüber der Exekutive zu Streitfällen bei der Auslegung der Regeln hervorrufen konnten. Er erinnerte sich noch gut an die Mühen und die seiner Mitstreiter, die es gekostet hatte, das Bürgerliche Gesetzbuch aufzusetzen. Die einzigen Vorlagen und Werkzeuge, die es damals gab, waren das Römische Recht, die jahrelange Erfahrung einer Gruppe von fähigen Juristen, der logische Menschenverstand und teilweise das Kirchenrecht. Eine mehrere Jahre dauernde Sisyphos Arbeit war dann endlich zu einem Abschluss gekommen, der allerdings kein wirklicher Abschluss war. Das Werk bedurfte stetiger Ergänzungen und Änderungen. Zugegeben, nicht alles war geregelt worden, einiges der Entwürfe musste weggelassen werden, weil es ansonsten den Rahmen, den man sich gesetzt hatte, gesprengt hätte. Andere Punkte waren auch schlichtweg vergessen oder aus Versehen nicht beachtet worden oder man hatte es bewusst ausgelassen, weil man es als nicht relevant betrachtet hatte. Das größte Kompliment hatten im Nachhinein einige Staaten geleistet, indem sie es mit den notwendigen Änderungen einfach übersetzt hatten und in Kraft setzten. Natürlich war das Werk, wie er mittlerweile feststellen musste, in erheblichem Maße geändert und ergänzt worden, aber den Startpunkt zu setzen, war das Wichtigste und der schwierigste Akt gewesen. Besonders stolz war Manchot gewesen, dass er auf der weitgehenden damals total revolutionären Idee der Gleichberechtigung von Mann und Frau vor dem Gesetz bestanden hatte. Es hatte etliche Kämpfe und unendliche Überzeugungskraft gekostet, dieses für ihn wichtige Vorhaben durchzusetzen. Selbstverständlich war auch die damalige Idee der Gleichberechtigung nicht vergleichbar mit den heutigen Standards und der rechtlichen Situation, aber es war ein riesiger Schritt in die richtige Richtung. Auch, wenn es damals noch viele Gesetze gab, die diese Gleichschaltung noch ignorierten, zumal die Richter häufig genug die neuen Rechte der Frauen ignorierten, aber die Frauen durften dagegen Einspruch einlegen. Ob sie den Rechtsweg dann völlig ausschöpften, war eine andere Frage. Trotz alledem war sein Stolz auf das Geleistete ungebrochen.

Am nächsten Tag war er pünktlich im Bürgeramt, seinen Termin hatte er bei einer Frau Lorenz, Katharina Lorenz, sie war eine kleine, zur Fettsucht neigende Dame mit krausen dunklen Haaren, einem Doppelkinn, das mehr hervorstach als ihr Busen und einem kurzen Jeansrock, den sie eigentlich wegen ihrer Figur nicht tragen sollte. Ihre weinrote Bluse legte den Blick auf zwei zusammengepresste hervorquellende Brüste frei. Sie hatte ein gutmütig erscheinendes Gesicht, unter dem ein fetter Hals bei jeder Bewegung und bei jedem Wort zusammen mit dem Kinn schaukelte, als sei beides mit Gelatine gefüllt. Wäre Frau Lorenz etwas schlanker gewesen, hätte sie eine gewisse Ähnlichkeit mit einem Truthahn gehabt. Ein Geruch nach altem Frauenschweiß, vermischt mit einem funktionsunfähigen Deo schwebte über dem Schreibtisch. Alte oder ältere Frauen rochen anders als junge. Genau wie alte Männer einen anderen Schweißgeruch absondern als junge. Beides ist hormonell bedingt. Alte Männer rochen, sofern sie sauber waren, etwas muffig, die an Dominanz gewinnenden Östrogene verrichteten ihr Werk, während das Testosteron bei Jungmännern noch äußerst aggressiv im Körper kursierte und einen scharfen penetranten Schweißgeruch verursachten. Deo nützte da überhaupt nichts, es übertünchte lediglich den unangenehmen Geruch und die entstandene Mischung roch wesentlich abstoßender als der reine Schweiß. Sauberkeit war immer noch der beste Gestank-Verhinderer. Bei Kindern vor der Pubertät fiel unangenehmer Körpergeruch recht selten auf, auch wenn sie geschwitzt hatten. Sowieso hatte frischer Schweiß noch keine Zeit, sich zu zersetzen und die Geruchsnerven der Mitmenschen zu belästigen. Jedenfalls hatte die Bürokraft versucht, ihren Altfrauenschweiß mit einem billig riechenden Deo oder Parfüm zu überdecken.

Mit einer jungmädchenhaften Stimme, die überhaupt nicht zu ihrer Erscheinung passte, stellte sie sich vor, dies völlig überflüssigerweise. An der Tür hatte ein Postkartengroßes Schild auf die Bürobesatzung hingewiesen. Zum Überfluss prangte auf ihrem tristen grauen Schreibtisch nochmals ihr Name auf einem metallenen Dreieckständer. Sie kam gleich zur Sache, nachdem er sich seitlich neben den Schreibtisch gesetzt hatte. Sie konnte ihre ausladend dicken Oberschenkel nicht zusammenlegen, dadurch gestattete der Rock einen ziemlich entlarvenden Blick auf die von feinen blauroten Äderchen durchfurchten Hautpartien. Er wandte seinen Blick entgegen seiner Gewohnheiten von den Beinen ab und betrachtete lieber ihr schwabbelndes Doppelkinn.

„Sie haben also das Gedächtnis verloren Herr Buschdorf. Das ist ein bedauerlicher Umstand. Woran erinnern Sie sich denn noch?"

„Wenn Sie mich so fragen, kann ich nur antworten, an nichts, an überhaupt nichts!"

Manchot hatte dabei ein verzweifeltes Gesicht aufgesetzt und mit dem Kopf geschüttelt. Aus Anteilnahme schüttelte die dicke Behördliche ebenfalls ihren Kopf oder schwang das Doppelkinn den Kopf, das war nicht genau auszumachen.

„Was ist denn das Erste, an das Sie sich erinnern? Irgendwann setzt ihre Erinnerung sicherlich wieder ein."

„Ich bin vor ein paar Wochen völlig nackt, ohne jegliche Papiere und ohne Gepäck abseits der Bundesstraße B 56 aufgewacht. Ich wusste nicht wo ich war, wie ich dahin gekommen war und hatte dazu keinerlei Zeitgefühl. Ich hatte Hunger und Durst und war völlig orientierungslos. Ich wusste weder ob ich überfallen worden oder krankheitsbedingt dort gelandet war, allerdings zeigte mein Körper keinerlei Blessuren. Ich lag auf einer Wiese in der Nähe einer Baumgruppe, die Sonne schien und die Situation hätte man als idyllisch bezeichnen können, wenn sie für mich nicht prekär gewesen wäre."

„Konnten Sie sich auch nicht mehr an ihre Eltern, Namen, Herkunft, Geburtsdatum oder Freunde und Umgebung ihrer Herkunft erinnern?"

„Nein, nichts, alles war und ist ausgelöscht. Es war, als sei ich soeben geboren worden, allerdings hatte ich noch mein Sprachvermögen behalten. Nach ein paar Tagen kam mir der Name Hermann Buschdorf in den Sinn und ich wurde immer sicherer, dass das der Name war, den ich von Kind an geführt habe. Die weitere Umgebung kam mir an einigen markanten Punkten bekannt vor. Frau Steiner, mit der Sie schon gesprochen haben, hat mich in der Umgebung herumgefahren und ich habe mich dann in und um Eitorf herum an vieles erinnert. Zum Beispiel an die Altstadt, an den Bahnübergang zu den Schöller Spinnereiwerken und die Sieg Auen. Ich bin also davon überzeugt, dass ich daher stamme. Mit absoluter Gewissheit kann ich das aber nicht behaupten."

Frau Lorenz blätterte in einer Akte, beim Lesen folgte ihr Kopf und nicht ihre Augen den Zeilen, was ihr Doppelkinn wie ein Uhrpendel in Schwingung brachte. „Also, ich weiß gar nicht was ich mit Ihnen machen soll. So ein Fall ist mir völlig unbekannt, ich finde auch kein Vorstück in der Literatur. Es gibt keine

Vermisstenanzeige, die auf Sie zutreffen könnte. Sie selbst können nichts zur Aufklärung beitragen. Es gibt zwar eine Familie Buschdorf in Eitorf, die aber keinen Hermann kennen und auch keinen Verwandten in den letzten Jahren verloren haben. Im letzten Weltkrieg hatten sie ein paar männliche Familienmitglieder aus den Augen verloren und als vermisst gemeldet, aber das können Sie nicht sein, dafür sind Sie wohl noch zu jung."

Manchot hatte große Mühe ein Lachen zu unterdrücken. Frau Lorenz musterte ihr Gegenüber eingehend und interpretierte seine Mimik völlig falsch.

„Ich schätze Ihr Alter auf vielleicht fünfunddreißig Jahre, vielleicht auch vierzig, keinesfalls älter. Also scheiden Sie als Vermisster des letzten Krieges aus."

Manchot hatte immer noch Mühe ernst zu bleiben, er betrachtete die Bemerkung der Verwaltungsangestellten als ungewolltes Kompliment. Er dachte, so könne man sich irren. Sie hatte allerdings recht in ihrer Annahme, dass er sein Alter selbst nicht kannte. Er griff die Sache mit den vermissten Kriegsteilnehmern auf.

„Wäre es nicht auch möglich, dass ich von einem dieser Verschollenen abstamme, und der Eitorfer Zweig der Familie ist sich nicht bewusst, dass es noch einen anderen Ast gibt, von dem hier auf Anhieb nichts bekannt ist? Man konnte sich doch in den Kriegswirren leicht aus den Augen verlieren und hinterher hatte man den Überlebenskampf zu gewinnen und keine Zeit nach Verwandten zu forschen. Vielleicht wollte auch der eine Zweig mit dem anderen nichts mehr zu tun haben und sie sind sich bewusst aus dem Weg gegangen. Das wäre zumindest denkbar."

„Sie haben ja recht, aber ich kann ihnen doch keine Personalpapiere ausstellen auf Basis einer Vermutung. Ich muss Eltern, Geburtsort und Datum genau belegen können, sonst kann ich gar nichts machen."

„Ich dachte, es sei ein Gesetz, dass man Personalpapiere auf Verlangen jederzeit vorzeigen muss. Sie können mich dich nicht als Alien oder Zombie betrachten. Ich muss mich doch in irgendeiner legitimierten Weise kenntlich machen können, ansonsten werde ich noch von übereifrigen Polizisten verhaftet. Ich muss ihnen ja wohl nicht erzählen wie Beamte sind."

Das bisherige Lächeln der Frau Lorenz entgleiste. „Erstens bin ich Verwaltungsangestellte und keine Beamtin -schön wärs-, zweitens habe ich nicht vor, Sie ohne Ausweispapiere zu entlassen. Ich bin angewiesen, so viele Informationen wie möglich zu sammeln. Wie ich bereits sagte, muss ich Anhaltspunkte haben, ich kann kein amtliches Dokument ausstellen, in dem nur Fragezeichen stehen. Auch um einen vorläufigen Ausweis ausstellen zu können, brauche ich wenigstens die fundamentalsten Angaben und dazu gehören Geburtsort und das Geburtsdatum."

Manchot zwang sich, ein betroffenes Gesicht aufzusetzen, obwohl er innerlich enorm belustigt war. Er lachte insgeheim über die Mimik der Kleinen, er stellte sich vor, welches Gesicht sie ziehen würde, wenn er sein vermutetes Geburtsdatum nennen würde, beispielsweise 15. Oktober 1227. Er musste an den Hauptmann von Köpenick denken, der ohne Papiere auch völlig verloren war, wenn er auch seine Ausweise durch Straftaten verloren hatte, so sah er doch gewisse Parallelen.

„Ich weiß nicht, ob Sie es als vorläufige Tatsache bewerten oder als Spinnerei, mein Name ist Hermann Buschdorf, ich wurde in Eitorf an der Sieg geboren. Ich erinnere mich dunkel an einen Namen Peter Buschdorf, unterstellen wir einfach, das sei mein Vater gewesen und er sei mittlerweile verstorben. Außerdem habe ich ein Datum im Kopf vom 19. März 1980, nehmen wir weiterhin an, das sei mein Geburtsdatum. Das alles kann ich nicht beschwören, aber es ist sehr plausibel für mich. Ich weiß auch nicht, warum diese Daten in meinem Kopf herumschwirren, aber einen Grund wird es schon haben, vielleicht kehrt meine Erinnerung zurück. Ich habe einmal gelesen, dass jeweils Bruchstücke vom Unterbewusstsein sukzessive wieder in den Vordergrund treten können. Wenn Sie nichts Besseres herausfinden, könnte man diese Angaben doch zunächst als gegeben unterstellen. Vielleicht fällt mir im Lauf der Zeit noch mehr ein, das soll im Fall von Gedächtnisverlust durchaus normal sein. Ach übrigens, noch etwas, genau wie mein vermeintliches Geburtsdatum schießt mir immer ein Name, nämlich Margrit, durch den Kopf. Möglicherweise war das der Name meiner Mutter, ich kenne keine Frau dieses Namens. Ich bedauere sehr, ihnen so viel Arbeit zu machen, aber mein Gedächtnis besteht aus lauter Lücken. Ich schlage vor, dass Sie, solange das Gegenteil nicht bewiesen ist, Ausweispapiere nach meinen Angaben ausstellen. Ich könnte auch zu Ihrer Absicherung eine eidesstattliche Versicherung abgeben."

„Ich habe ihnen schon gesagt, dass ich Fakten brauche und keine Ideen, ich muss nach den Vorschriften arbeiten und habe so gut wie keinen Ermessensspielraum. Ich bin so klug wie zuvor. Ich muss das mit meinem Vorgesetzten besprechen. Sie haben recht, Sie werden in jedem Fall ein Identifikationspapier bekommen, ich weiß noch nicht wann und wie und ich kann noch nicht sagen, ob es ein vorläufiger Personalausweis sein wird."

„Dann geben Sie mir doch wenigstens eine Bestätigung, dass meine Existenz von ihnen erwogen wird. Ich will keinen Ärger mit den Behörden, insbesondere mit der Polizei bekommen, wenn ich mich nicht ausweisen kann. Außerdem werde ich wohl demnächst als Leistungssportler im Ausland Wettkämpfe bestreiten müssen und dazu brauche ich Papiere."

„Kann das sein, dass ich von Ihnen in der Zeitung gelesen habe? Heute Morgen war ein Artikel in der Zeitung, dass ein Siegburger einen neuen Weltrekord im Schwimmen aufgestellt hat, waren Sie das etwa?"

„Das muss ich wohl in aller Bescheidenheit gestehen. Jetzt sehen Sie, wie wichtig Papiere für mich sind. Ich muss meine Identität belegen können, sonst wird der Rekord nicht anerkannt werden und dann bekommt ihre subalterne Behörde wahrscheinlich einen Riesenärger mit dem Innenministerium, das ja bekanntlich für den Sport zuständig sind."

„Warum haben Sie denn nicht gleich gesagt, dass Sie ministerielle Unterstützung haben. Wenn Sie sich einen Moment gedulden wollen, gehe ich mal kurz zu meinem Chef und ich kläre die Sache. Aber eins sage ich ihnen gleich, einen Reisepass werden sie kurzfristig nicht bekommen können."

Die mittlerweile eifrige Dame hatte die Gesichtsfarbe von rosa zu weiß und jetzt zu tiefrot gewechselt, kleine Schweißperlen überdeckten nicht nur ihr Gesicht und ihr Doppelkinn, sondern auch den sichtbaren Teil ihrer Brust. Mit einer Behändigkeit, die man ihr nicht zugetraut hätte, trug sie ihren Kropfansatz und einige Papiere zur Türe heraus.

Manchot betrachtete sich die karge Ausstattung des Büros und fand als einziges Augenmerk einige Blattpflanzen, die er nicht benennen konnte, auf der Fensterbank und stellte Staubspuren im gesamten Bereich fest, die Putzfrauen der Behörde schienen sich der Effizienz der Angestellten anzupassen. Auf dem Schreibtisch lagen einige wenige Papiere, zuoberst jedoch der Essensplan einer Behördenkantine mit der sich Frau Lorenz offensichtlich intensiv beschäftigt hatte, denn einige Gerichte waren angekreuzt, andere mit einem Fragezeichen versehen. Mit solchen Beschäftigungen konnte man wohl in solchen Beamtensilos seinen Tag ausfüllen.

Nach ein paar Minuten erschien die schwitzende Korpulente mit zufriedener Miene und bedeutete ihm lächelnd, sie könne ihm Ersatzpapiere ausstellen, wenn er wolle, sofort. Manchot war mit dieser Wendung der Dinge zufrieden und machte sich gleich auf zu einem Fotografen, der ihm die notwendigen Passfotos anfertigen konnte. Umständlich hatte die Dame ihm den Weg zu dem Studio beschrieben, trotzdem fand er den Weg auf Anhieb, was nicht erstaunlich war, denn das Doppelkinn hatte jedes Detail durch ein Winken unterstrichen. Er widerstand seinem Bedürfnis testweise dieses schwabbelnde Kinn zu berühren, es sah so unendlich weich aus.

Er war erstaunt, wie schnell und ohne Entwicklungsbäder die Bilder einen kleinen Apparat verließen und wie scharf die Konturen gezeichnet waren. Als besonders schön konnte man die winzigen Fotos nicht bezeichnen, zumal der Fotograph ihm eine freundliche Miene untersagt hatte, aber das war Manchot gleichgültig, sie sollten ihren vorbestimmten Zweck erfüllen und den befremdlichen Vorschriften entsprechen.

Eine halbe Stunde später verließ er das städtische Gebäude mit einem gültigen offiziellen Dokument, wenn auch ein Stempel das Papier als Ersatzausweis bezeichnete. Frau Lorenz hatte noch ausdrücklich darauf hingewiesen, dass der Ausweis nicht als Reisepass benutzt werden könne und die Ausstellung eines Passes erheblich mehr Aufwand bedeute. Trotzdem hatte er gleich auch einen solchen beantragt.

Er stapfte wieder Richtung Tankstelle mit dem positiven Gefühl, die Dame mit dem Doppelkinn und der Jungmädchenstimme überzeugt zu haben und seine erfundenen Angaben als glaubhafte Geschichte zu schlucken. Bei dem ersten Kontakt mit der Dame hatte sie von Heidi ein ärztliches Attest vorgelegt bekommen, dass er unter völligem Gedächtnisverlust leide, was unter Umständen etliche Jahre andauern könne, falls seine Erinnerung überhaupt jemals wiederkäme. Außerdem hatten sich schon einige städtische Offizielle davon überzeugen können, dass er ein Mensch war. Seinen tatsächlichen Ursprung brauchte er diesen Leuten nicht auf die Nase zu binden, wahrscheinlich hätten sie das ohnehin nicht geglaubt. Er glaubte ja selbst nicht an seine Herkunft, oder besser gesagt, er kannte sie nicht. Er wusste nicht einmal, ob er jemals Kind gewesen war, seine Eltern waren ihm unbekannt. Wie oft hatte er sich erträumt, wenigsten eine vage Erinnerung an seine tatsächlichen oder möglichen Erzeuger zu haben. Trotz seines ausgeprägten Langzeitgedächtnisses war da nichts, ein schwarzes Loch, nicht einmal nebulöse Erinnerung gab es. Obwohl er sich mit dieser Tatsache abgefunden hatte, stimmte es ihn doch gelegentlich traurig. Er konnte letztlich nur Trost in der Jetztzeit finden, mit seiner Beziehung zu Monika und vielleicht noch zu der immer freundlichen und fürsorglichen Heidi. Bei diesen beiden außergewöhnlichen Grazien fühlte er sich zu Hause, hier hatte er ein Gefühl von Heimat und Geborgenheit. Daran änderte auch nicht der Schwimmstress und die damit verbundene Terminvielfalt, der er demnächst ausgesetzt sein würde.

Der Begriff und das Gefühl von Geborgenheit wurden durch die ewige negative Berichterstattung in den Medien gestört. Ihn verunsicherten ungemein die ständigen Horrormeldungen der Journalisten. Zugegeben, nicht alles war perfekt in seinem Umfeld, wenn er aber die heutigen Lebensbedingungen mit der dunklen Vergangenheit verglich, war das Leben heutzutage paradiesisch. Wenn man regelmäßig die Nachrichten verfolgte, egal ob Rundfunk, Fernsehen oder Printmedien, alles wurde als fürchterlich dargestellt, überall lauerten Gefahren und das Leben wurde in düsteren Farben gezeichnet. Nach diesen Journalisten, gab es nur Kapitalverbrechen, Unruhen, Kriege, Krankheiten und Naturkatastrophen.

Unterm Strich hatte er Mitgefühl für die Medienmenschen, jeden Tag mussten sie irgendeine Kleinigkeit zu einer Sensation aufbauschen. Keine Nachrichten sind in deren Augen schlechte Nachrichten und nur Sensationen oder Horrormeldungen waren berichtenswert.

Bei seinem letzten weltlichen Aufenthalt bestanden Zeitungen aus längeren Berichten, aus Karikaturen, Kommentaren zum allgemeinen Weltgeschehen. Breiten Raum in der Presse nahmen Artikel ein über den technischen Fortschritt, die Entdeckungen unbekannter Gebiete in der Wildnis Afrikas, der Amazonasregion oder Asiens. Mit Vorliebe wurde über die neuesten Errungenschaften der Pariser Modehäuser und Reisen in ferne Länder geschrieben. Wie gerne hatte er die übersetzten Artikel des als Mark Twain bekannten Herrn Samuel Longhorne Clemens gelesen, der sich in seiner unnachahmlich humorigen Weise über Völker, besondere Begebenheiten oder das Zeitgeschehen lustig machte. Wie oft hatte dieser geniale Autor mit seiner spitzen Feder Politiker oder auch seine Kollegen aus dem Verlagswesen aufgespießt. Trotz seines ätzenden Humors war der Mann beliebt, geachtet und seine Meinung blieb unangetastet. Man kritisierte ihn selten, denn er ging mit den einflussreichsten Persönlichkeiten um, die ihn zu einem erheblichen Teil sogar hofierten. Er war jemand, der auch vom deutschen Kaiser Wilhelm und von Staatspräsidenten eingeladen wurde und so einem Mann konnte man nicht ernsthaft widersprechen, ohne eine verbale Niederlage zu erleiden. Solche Beiträge suchte man heutzutage vergeblich in den Presseblättern, die Katastrophenmeldungen, die mittlerweile über neunzig Prozent der allgemeinen Berichterstattung einnehmen, dominieren alles.

Selbst das kleinste Unglück wurde neuerdings breitgewalzt, ein simpler Diebstahl und kleiner Unfall wurden bis ins letzte Detail geschildert. Man gewann den Eindruck, es gebe eine Unmenge an täglichen Verbrechen. Wenn jeder Diebstahl oder Einbruch früher in den Zeitungen seinen Platz gefunden hätte, wären sie voluminöser gewesen, als das Telefonbuch einer Großstadt heutzutage. Von Morden wurde vor hundertfünfzig Jahren nur dann berichtet, wenn es sich bei dem Toten um einen Prominenten gehandelt hatte oder wenn ein Massenmörder sein Unwesen trieb. Ein gefundener Toter fand seinen Niederschlag vielleicht in einem winzigen Artikel auf Seite fünf der Tagespresse. Es wurde der mutmaßliche Mord nur dann polizeilich untersucht, wenn ein Hinterbliebener Anzeige erstattete oder öffentlichen Druck ausübte. Der Tod war wesentlich präsenter im Leben, die Leute starben wesentlich früher. Wenn eine Mutter zehn oder mehr Kinder hatte und eines davon an einer der häufigen Infektionen starb, wurde kein großes Aufsehen davon gemacht, gleich nach einer kurzen Trauerperiode holte einen der Alltag wieder ein und man ging notgedrungen wieder zur Tagesordnung über. Man lebte mit dem Tod, der etwas durchaus Normales war und letztlich immer noch ist. Wenn man das mit der heutigen Zeit vergleicht, so wurde damals das Sterben in der Unterschicht kaum erwähnt. Mit Ausnahme der allgegenwärtigen Bestattungsunternehmer beschäftigte man sich außerhalb der Kirche nicht mit dem Lebensende, erst dann, wenn ein Familienmitglied betroffen war. Logischerweise ist bei einem durchschnittlichen Lebensalter von vierzig Jahren der Tod präsenter, als bei einem Durchschnittsalter von achtzig Jahren. Die einfachen Leute standen früher vor der Frage, ob ein Arzt gerufen werden sollte, was in vielen Fällen den finanziellen Ruin einer Familie bedeutete, oder ob man versuchte, selbst mit Hausmittelchen den Kranken zu kurieren, auch mit dem Risiko des Ablebens des Patienten. Die Familien waren früher um ein Vielfaches größer, als zur Jetztzeit, dementsprechend gab es auch häufiger Todesfälle der Verwandten. Man hatte beispielsweise zehn Onkel und zehn Tanten, die wiederum hatten jeweils bis zu zehn gemeinsame Kinder, ergo waren das mit der eigenen Familie hinzugerechnet weit über einhundert Personen. Von diesen Menschen lag immer jemand mit einer schlimmen Krankheit im Bett oder war sogar durch einen tödlichen Unfall dahingerafft worden. Auch gab es in solchen Großfamilien immer einige Behinderte, sei es geistig oder körperlich, sei es durch einen Unfall oder von Geburt an, es fiel einfach nicht ins Gewicht. Man überließ diese Bresthaften sich selbst, sie schwammen einfach in der Masse mit. Therapien, sofern es sie überhaupt gab, waren zu teuer und wurden nur von den wirklich reichen Familien abgerufen. Lediglich extrem gefährliche geistig Behinderte wurden in Irrenanstalten weggesperrt, wo sich kaum jemand um die Kranken kümmerte, von folterähnlichen Quälereien durch die so genannten Pfleger einmal abgesehen. Der Schmutz und der Gestank in solchen Sanatorien war unbeschreiblich Um die randalierenden Patienten ruhig zu stellen, behandelte man sie mit stundenlangen kalten Wasserbädern, fesselte sie oder behandelte sie mit den beliebten Elektroschocks. Die Maxime der Aufseher (es gab keine Pfleger), war das Ruhigstellen, was die Kranken für Bedürfnisse, Beschwerden oder Symptome hatten, war völlig gleichgültig. Meist wurden die Insassen solcher Anstalten bei der Einlieferung oberflächlich untersucht und danach nie mehr, Heilung oder Besserung galten als aussichtslos. Für die Therapie, wie man die brutale Behandlung beschönigend nannte, waren kräftige Schlägertypen zuständig, die man wie in Gefängnissen auch nur Wärter nannte. Diese Burschen kannten nur ein Ziel, nämlich Ruhe, damit sie ihren Dienst mit möglichst wenig Aufwand erledigen konnten. Brachten die üblichen Foltermethoden keinen kurzfristigen Erfolg, wurde der Patient in einer Zwangsjacke verschnürt und in eine winzige gesonderte Zelle weggesperrt, dort blieb der Mensch ohne Nahrung und Wasser so lange, bis er still war, manchmal sogar mehrere Tage. Da in der Zwangsjacke die Arme fixiert waren und eine Bewegung unmöglich war, zog man ihnen gnädigerweise die Hosen aus, damit sie ihre Notdurft verrichten konnten, dies weniger aus Rücksicht auf die Patienten, als vielmehr auf die Wäscherinnen. Wenn dann jemand während der Haft erfror, verdurstete oder sonst wie verstarb, wurde diese Tatsache als Kollateralschaden abgehakt.

Als Manchot das erste Mal im Zuge einer Forschungsarbeit für die Sozialgesetzgebung eine solche Anstalt besuchte, konnte man den Fäkalgeruch schon von einiger Entfernung wahrnehmen. Den Pestilenzartigen Gestank wurde er danach den ganzen Tag über nicht mehr los, er beherrschte seine Atmungsorgane wie eingebrannt, selbst ein ausgiebiges Bad entließ ihn nicht von diesem Eindruck. Um wieviel besser werden heutzutage die Geisteskranken behandelt und trotzdem sind die Angehörigen mit den Behandlungen und dem System meist unzufrieden.

Er erinnerte sich an die Misere, die in Arbeitslosenkreisen herrschte, als man die Arbeit an der Sozialgesetzgebung in Angriff nahm. Es war absolut notwendig etwas in Richtung Absicherung der einfachen Bevölkerung zu unternehmen. Das Geld, das Tagelöhner erhielten, reichte höchstens, um eine Familie mit einfachen Mitteln notdürftig zu ernähren, das aber auch nur, wenn alle gesund waren und keine außerordentlichen Ausgaben anstanden. Kam es für den Ernährer der Familie aber zu einem Unfall, einer Krankheit oder längerfristigen Arbeitslosigkeit, waren die geringen Rücklagen sehr schnell aufgebraucht. Dann drohte der Familie der finanzielle Kollaps, der in kurzer Zeit in Obdachlosigkeit und Hunger gipfelte. Die Familie war in solchen Situationen auf mildtätige Verwandte oder die Armenspeisungen mit Wassersüppchen angewiesen. Konnte der Kranke in solchen Fällen seinen Verpflichtungen nicht nachkommen, drohte die Schuldenhaft.

Die Expertenkommission, die damals diese Gesetzesentwürfe zu Papier brachte, war sich völlig klar darüber, dass die

Startpunkte keineswegs eine Absicherung für die Familien darstellen konnten, aber irgendwann und irgendwo musste man schließlich anfangen. Es stand ein harter Kampf gegen die Reichen, Arbeitgeber und oppositionellen Politiker an, der an Aggressivität und allgemeinem Widerstand nichts zu wünschen übrigließ. Die Fabrikanten und Wohlhabenden sahen sich schon in Konkurs gehen, aber die Regierung mahnte die soziale Verantwortung gegenüber der mittellosen Bevölkerung an. Die Armut wurde in den schrecklichsten Farben ausgemalt, während die Arbeitgeber den Niedergang der Wirtschaft an die Wand malten. Die Sozialgesetzgebung war zu dieser Zeit ein weltweites Novum. Selbst Bismarck, dem diese Gesetze aufgezwungen wurden, stimmte zunächst nur zögerlich dafür, aber da er an zu vielen Fronten zu kämpfen hatte und er sich dadurch das Wohlwollen und damit die Wählerstimmen, der Arbeiterschaft sichern wollte, ließ sich umstimmen. Er hatte im Parlament ausreichend Gegner gesammelt und ansonsten kaum noch notwendige Mehrheiten bei den Abstimmungen zusammenbrachte. Es gab einige unermesslich reiche Familien, die sorgsam darauf achteten, dass sie ihren Reichtum erhalten oder möglichst mehren konnten, eine verhältnismäßig kleine Mittelschicht, hauptsächlich bestehend aus Beamten und staatlich Bediensteten und dann das unüberschaubare Heer von Mittellosen, die von früh bis spät, also zwölf bis vierzehn Stunden schuften mussten. Für die Unterschicht reichte der Lohn gerade mal dazu, die Familie mehr schlecht als recht zu ernähren. Diese Armen lebten oft an städtischen Hinterhöfen in winzigen Mietwohnungen, wo sie mit ihrer Kinderschar zusammen eingepfercht waren. Das Leben für sie war so trübe wie das Licht in den schattigen Häuserschluchten.

Und heute wird gejammert, mehr als damals, aber hungern muss keiner mehr, selbst wenn man ohne Arbeit ist. Jammern gehört seit ehedem zum Leben, die Leute sind heute zu satt, sie haben alles was das Herz begehrt und sie überlegen nur noch, wie sie ihre Lust und ihre Genüsse steigern können. Dabei verfallen sie immer mehr dem Konsum, immer mehr Nervenkitzel brauchen sie und suchen ständig nach

Ersatzbefriedigungen bis hin zum ständigen Drogenkonsum und andersartiger Selbstzerstörung. Nicht dass Drogen etwas Neues wären, aber zahlenmäßig waren die Konsumenten zumindest in Europa überschaubar, die meisten Opiumhöhlen gab es in Fernost, vornehmlich in China. Allerdings gab es auch in deutschen Hafenstädten illegale Drogentempel. Heutzutage kann man die perversesten Gifte überall kaufen, zugegeben illegal, aber wenn an sämtlichen weiterführenden Schulen das Zeug in den Pausen auf dem Schulhof erworben werden kann, ist man weit genug gekommen und spätestens jetzt wäre Jammern angemessen.

Zudem ist eine der gefährlichsten Drogen völlig frei und legal zu erwerben, nämlich Alkohol. Wer einmal süchtig nach dieser Droge war, hatte immense Schwierigkeiten, von dem Zeug jemals wieder loszukommen, die Rückfallquote beim Entzug liegt bei rund fünfundneunzig Prozent. Aber selbst das Verbot des Alkohols bringt nicht den erwünschten Erfolg, wie die Prohibition in Nordamerika bewiesen hatte. Verbote machen legale Geschäfte illegal und fördern die Kriminalisierung der Bevölkerung, die sich nicht bevormunden lassen will. Gegen Alkoholika kann man letztendlich nichts ins Feld führen, der Konsument muss so weit aufgeklärt werden, dass er genau weiß wie er mit dem Gift umgehen muss, ohne dass es ihm einen wesentlichen Schaden zufügt.

Bildung ist ohnehin alles, womit er nicht nur gepauktes Wissen meinte, sondern auch Herzensbildung oder soziales Verhalten. Er hatte in seinen vielen Leben so etliche Asoziale aus allerlei Gesellschaftsschichten kennen gelernt. Dies waren nicht nur Leute der Unterschicht, sondern insbesondere Reiche und Adlige bis zu Königen. Solche Leute hatten oft eine Empathie, die als Trend asymptotisch verlief. Mittlerweile wunderte er sich über die große Anzahl von so genannten Gutmenschen, die aber bei genauerem Hinsehen, auch nur auf ihren eigenen Vorteil bedacht waren. Die unglaublich sozial denkenden Leute und Politiker waren, wenn man sie demaskierte, ausschließlich darauf bedacht, öffentliche Gelder zu verteilen. Wenn es aber dann um das eigene Portemonnaie ging, gaben sich die hauptsächlich aus den linken Parteien stammenden Leute überraschend zugeknöpft. Es ist eben wesentlich angenehmer, Geld anderer Menschen zu verteilen, als das eigene Kapital zu opfern. Früher gab es eine Hand voll Hilfsorganisationen, meist aus dem kirchlichen Bereich, die sich in der Regel aufopferungsvoll um Arme und Bedürftige kümmerten, mittlerweile hatten sich diese Hilfsvereine inflationär vermehrt, wobei Sinn und Zweck der angeblich gemeinnützigen Gesellschaften oft genug äußerst dubios waren. Insbesondere über den Verbleib von Spendengeldern wurde nur lückenhaft informiert. Man konnte aber beobachten, dass die Köpfe dieser Organisationen oftmals in Saus und Braus lebten. Nicht umsonst rissen sich ausgemusterte Politiker um das Gnadenbrot in solchen Organisationen mit dickem Dienstauto und Chauffeur. Dann hielten sie salbungsvolle Reden, die zwar Spenden fließen, ansonsten aber keinerlei Sinn erkennen ließen, die Einnahmen waren Selbstzweck. Würden diese Leute auf einige Pfründe ihres wenig ehrenamtlichen Dienstes verzichten, könnten Hunderte oder Tausende notleidender Menschen in der Dritten Welt gut leben, könnten sich qualifiziert bilden und würden nicht elendiglich verhungern.

Das war ohnehin der Trend in dieser Streifenzeit, der Andere sollte geben, man selbst redete aber nur den Leuten ein schlechtes Gewissen ein, damit das Geld reichlich floss, sich selbst aber schloss man als großzügiger Geber aus. Diese Spendensammler konnten eine Miene aufsetzen, als würden sie unmittelbar in Tränen ausbrechen über das große Elend der hungernden und abgemagerten Kinder mit großen schwarzen Augen. Anschließend begaben sie sich aber nach dem erfolgreichen Appell an die Geberfreudigkeit des Auditoriums an ein riesiges Buffet, das sich unter den von Spendengeldern bezahlten Köstlichkeiten bog und schaufelten die Delikatessen ohne schlechtes Gewissen in sich hinein, denn sie wussten letztlich würden die Reste im Abfall landen und das wäre Vernichtung von Nahrungsmitteln. Er war sich sicher, dass auch nicht einer dieser Buffetfräsen während des Schlemmens nur einen Gedanken an die verhungernden Kinder vergeudete, für die er vor ein paar Minuten noch auf die Tränendrüsen gedrückt hatte. Für ihre Schauspielkünste mit denen sie ihre Lügen präsentieren, müssten die meisten Offiziellen oder Politiker einen Oskar der kalifornischen Akademie verliehen bekommen, aber wahrscheinlich scheuen sich die Juroren davor, weil sie befürchten müssten, dass alle noch lebenden verdienten Preisträger die goldenen Figürchen protestierend zurückgeben würden.

Nur wenige Tage später verkündete Heidi anlässlich seines nächsten Tankstellenaufenthalts, Frau Lorenz habe erneut angerufen und um einen weiteren Besuch im Bürgeramt gebeten, seine Papiere seien jetzt endgültig fertig. Er wunderte sich, er war im Glauben, das Problem habe sich bereits erledigt. Er hatte auch nicht die geringste Lust das wackelnde Kinn der Dame wieder aus der Nähe zu bewundern.
Monika hatte bessere Nachrichten, die erste fällige Zahlung des Schwimmvereins sei endlich eingetroffen, sie habe von der Bank Kontoauszüge abgeholt und einen überraschend hohen Kontostand feststellen dürfen. Jetzt solle er sich mit seinem Ersatzausweis ein eigenes Konto eröffnen, dann sei er endlich liquide und wäre nicht mehr auf fremde Unterstützung angewiesen.
Manchot war zufrieden und lud in seinem Überschwang spontan die beiden Damen zu einem Abendessen ein, es solle gut und seinem neuen Status angemessen sein. Er hatte von der exzellenten Küche des Vendôme im Bensberger Schloss gelesen, das hätte ihm gefallen, es wäre etwas Außergewöhnliches gewesen. Monika und Heidi waren sofort dagegen, beide wollten sich nicht extra in Schale werfen für diesen Gourmettempel mit drei Michelin Sternen, außerdem waren sie des Glaubens, dass sei viel zu teuer für ein paar Stunden. Er musste bei dieser Übermacht klein beigeben, nahm sich aber fest vor, bei nächster Gelegenheit dieses selbst in Frankreich berühmte und mehrfach ausgezeichnete Restaurant zu besuchen. Manchot ließ sich aber von den beiden Freundinnen überstimmen, die unbedingt zum Cesareo im

nahen Rhöndorf, einem Stadtteil von Bad Honnef fahren wollten. Als sie erwähnten, dass eine der Spezialitäten des Ristorantes von Nico Tucci frische Fische waren, und zwar „semplice", war auch sein Widerstand gebrochen. Heidi wollte mit dem Auto fahren, sie wolle ohnehin nicht viel trinken. Katja Meinhard, eine Aushilfe, wurde von Heidi überredet, die Tankstelle zu übernehmen. Ein Tisch konnte glücklicherweise noch kurzfristig reserviert werden. Manchot oder Flaumer, wie ihn Heidi immer noch vorzugsweise nannte, freute sich auf den Abend, obwohl er sich wieder erinnern musste, dass seine Geschmacksnerven bei weitem nicht so ausgeprägt waren, wie sein Geruchssinn. Aber die Hauptsache des Abends waren seine beiden Freundinnen, denen er so viel verdankte und bei denen er sich mit dieser Geste bedanken wollte.

Nach einer zwanzig minütigen gesprächigen Autofahrt durch den Feierabendverkehr wurden sie von einem überaus freundlichen, aber fast zu devoten Kellner begrüßt, der ihnen einen Ecktisch in einer üppig begrünten Außenterrasse zuwies. Manchot hatte den Verdacht, dass sich seine Begleitung durch besondere Kleidung und kunstvolles Makeup entgegen ihrer Ankündigung doch hervortun wollten, das was sie zu seinem Restaurantvorschlag gesagt hatten, sie hätten keine Lust, sich chic anzuziehen, wurde konterkariert. Nicht ohne Stolz bemerkte er die bewundernden Blicke der anderen Gäste, wobei die Männer wohl eher einen neidvollen Gesichtsausdruck hatten. Auf allen unbesetzten Tischen prangte ein Schildchen mit der Aufschrift „Reserviert", offensichtlich war die Terrasse völlig ausgebucht, auch im Innenraum waren bereits einige Tische besetzt. Vielleicht sollten die abweisenden Tischreiter auch nur unerwünschte Gäste abhalten.

Als Aperitif wählten sie einen süffigen Prosecco, die Damen verzichteten nicht auf eine Vorspeise und nahmen die angeblich wenig voluminöse Spargelplatte nach Art des Hauses, während Manchot zunächst Austern bestellte. Er war von dem Geschmack und Duft des Meeres begeistert, der von seinem Teller aufstieg, er erinnerte ihn in irgendeiner versteckten Ecke seines Gehirns an längst nicht mehr präsente

Genüsse aus seiner weit entfernten Vergangenheit. Als Hauptgang wählten die Damen, auch hier waren sie sich wieder einig, Lammkarree und er ließ sich einen gemischten Teller mit mediterranen Fischen servieren. Das Ganze wurde abgerundet durch eine Flasche Brunello di Montalcino, die zwar nicht wirklich zu seinem Fisch passte wegen der erheblichen Menge an Gerbsäure, der aber eine Qualität hatte, wie es der Name und der Kellner versprachen. Das Dessert war eine große Portion Tira mi su, was allerdings nicht seinem, aber der Damen, Geschmack entsprach, er liebte den Bittermandel Geschmack des Amarettos nicht, er bevorzugte Grappa als Tränkung für die Löffelbiskuit, folglich war der Nachtisch nach seinem Geschmack etwas zu süß geraten. Bei seinem Fischgericht hatte er mal wieder das Bedürfnis gehabt, ohne zu kauen, die Speisen zu verschlingen, obwohl keine kleineren Tiere auf der Platte gelegen hatten, er bekämpfte aber den Drang und zwang sich langsam zu essen. Bei der Süßspeise war es anders gewesen, er konnte jede Portion langsam auf der Zunge zergehen lassen und dann als Geschmacks-abrundung den schweren Wein darüber fließen zu lassen. Es war wohl ein Relikt aus seiner persönlichen Entwicklung.

Überhaupt beobachtete er viele Veränderungen der Esskultur, nichts Gravierendes aber doch Bemerkenswertes, als Beispiel war ihm aufgefallen, dass Spargel heutzutage genau wie Kartoffeln mit dem Messer geschnitten werden durften, wobei man früher Spargel mit den Händen zum Mund führte, auch dass Weingläser nur mit gekühltem Inhalt am Stiel angefasst wurden. Um kein Fauxpas zu begehen, beobachtete er seine in Etikette geschulten Begleiterinnen und passte sich ihren Manieren an. Vor ein paar Generationen waren gepflegte Tischsitten eher eine Seltenheit gewesen. Damals wurde nicht nur bei Tisch vieles mit den Händen gegessen, häufig wurde sogar gerülpst und gefurzt, es wurde mit vollem Mund gesprochen oder gelacht, dabei kam es nahezu immer vor, dass Kleinteile der Mahlzeiten halb zerkaut in der näheren Umgebung verteilt wurden. Aus diesem Grund hatte er immer bei Tisch für ausreichenden Abstand zu seinen Nebenleuten gesorgt. Erst im neunzehnten Jahrhundert war man allmählich dazu übergegangen, seine körperlichen Bedürfnisse etwas zu zügeln und die Tischnachbarn möglichst wenig zu belästigen, was seinen ästhetischen Empfindungen entgegenkam. Seine Schlussfolgerung aus dem Beobachteten war: *Erziehung sticht Instinkt aus.*

Die Gespräche auf der Restaurantterrasse drehten sich in erster Linie, entsprechend dem Grund der Einladung, um die Zukunft Manchots als Schwimmer. Monika hatte natürlich den noch inoffiziellen Fabelweltrekord ihres Geliebten in allen schillernden Farben breitgetreten, obwohl sie nicht einmal nennenswert übertrieben hatte. Naturgemäß hatte Heidi geglaubt, das alles sei von der Presse maßlos übertrieben gewesen, obwohl sie mit Freude von dem neuen Schwimmstar am Horizont gelesen hatte. Aber wer glaubte schon den Presseberichten, schon gar nicht denen der Sportreporter, erst recht nicht denen der Regenbogenpresse. Jedenfalls trieben die Lobeshymnen der beiden ihm freundlich gesinnten Damen Manchot die Verlegenheitsröte ins Gesicht.

So verlegen war er schon lange nicht mehr gewesen. Das letzte Mal, so glaubte er sich zu erinnern, als Johan van Eltz ihn unbedingt mit einer Schönheit verheiraten wollte und seine in Manchots Augen bescheidenen Vorzüge absolut übertrieben dargestellt hatte. Er war nie sehr genierlich gewesen, aber zu viel Lob, ob berechtigt oder unberechtigt, machte ihn verlegen. „Bescheidenheit ist bekanntlich eine Zier," sagte er zu sich selbst. Wenn ein Unbekannter und sei es ein Mensch der Presse, ihn lobte nahm er das auf wie den Vorbeiflug eines Käfers, es berührte ihn nicht und ließ ihn völlig kalt. Im Fall von Monika war es aber etwas Anderes, hier war Liebe im Spiel und die verändert bekanntlich alle Empfindungen, nicht nur zum Positiven. Manche Gefühle wurden verstärkt, aber andere auch abgestumpft oder sogar verdrängt und nicht zuletzt, die Gefühle überdecken mit einem Schleier das Rationale. Selbst bei Heidi war er nicht völlig unbefangen, er honorierte im Geiste ihr gutes Einfühlungsvermögen, als er nach langer Abwesenheit vom Erdendasein von ihrer beeindruckenden Weiblichkeit gefangen genommen wurde. Diese Zuneigung war bis heute bewahrt worden, dazu kommt natürlich seine Dankbarkeit für ihre Hilfsbereitschaft, als sie ihn am Straßenrand aufgelesen hatte. Diese Gefühle waren anderer Natur als die gegenüber Monika, die er liebte, aber versteckte sexuelle Anziehungskraft, sowie freundschaftliche Gefühle löste sie nach wie vor bei ihm aus. Er hätte auch Schwierigkeiten gehabt, seine differenzierten oder subtilen gefühlsmäßigen Unterscheidungen gegenüber diesen Frauen in Worte zu fassen. Er konnte sich vorstellen, Sex mit beiden zu haben, sich bei beiden wohlzufühlen, aber zurückkehren würde er wohl immer zu Monika und das nicht wegen ihres Alters und ihrer makellosen Figur, nein, bei Heidi fühlte er sich gefördert und geborgen, während er bei Monika zusätzlich in einem Gefühlsstrudel versank. Er betrachtete Monikas Wohnung bereits nach der kurzen Zeit als Heimat, wenn sie anwesend war, ohne sie waren es eine Anzahl fast schmuckloser Wände.

Heidi hatte nur sehr wenig von dem schweren Rotwein getrunken und setzte das Paar vor Monikas Haustüre ab, sie zeigte sich pikiert, dass sie nun für den Rest des Abends oder der Nacht alleine sein würde, obwohl sie das Alleinsein seit langer Zeit gewohnt war. Sie hatte den Abend genossen und hätte gerne die Zusammenkunft um ein paar angeregter Stunden ausgedehnt, wollte aber mit einer Einladung zum Schlummertrunk die Vertrautheit des jungen Paares nicht stören, wobei man von ihm nicht von jung, höchstens von verjüngt sprechen konnte. Trotzdem hatte sie sich überwunden, eine Einladung auf ein letztes Glas auszusprechen, aber bevor es dazu kommen konnte, hatte Monika, das Angebot vorausahnend, ihren Liebhaber an die Hand genommen und war mit den vielleicht sogar ironisch gemeinten Worten, „komm mein Lieber, das Plumeau wartet auf uns," aus dem Wagen gestiegen. Heidi wandte sich ab und dachte, „wenn dem so sein soll, will ich auf keinen Fall stören," eine Spur von Eifersucht keimte in ihr auf und blieb so lange präsent, bis ihr Verstand ihr sagte, sie hätte sich wahrscheinlich ähnlich verhalten, wenn sie einen Nachtgast als Begleitung gehabt hätte.

In Monikas Briefkasten befand sich eine Einladung des Deutschen Bundestrainers zu einem Lehrgang in einem Leistungszentrum in Österreich. Das Seminar sollte zwei Wochen dauern. Manchot war schockiert, er hatte keine Lust vierzehn Tage auf seine Geliebte zu verzichten, zu frisch war die Verliebtheit, außerdem brauchte er ständig einen kompetenten Ratgeber, da er immer noch in seinem sozialen Verhalten erhebliche Wissenslücken hatte, auch was das neumodische Zeug betraf. Er bekniete Monika, wenn er schon dem Aufruf folgen müsse, solle sie ihn begleiten. Ihre Pläne waren völlig anderer Art, sie wollte sich wieder an der Universität immatrikulieren, sie wollte sich weiterbilden, nicht um Karriere zu machen, sondern nur um ihr Wissen zu erweitern. Zu diesem Zweck musste sie ihren Aushilfsjob an der Tankstelle reduzieren oder sogar aufgeben. Manchots Wunsch passte nicht zu ihrer Zukunftsplanung, er beschwor sie, sie könne jede beliebige Menge Fachliteratur mitnehmen und im gemeinsamen Hotelzimmer so viel studieren, wie sie wolle. Er schwärmte ihr vor, wie schön Wien sei und was sie dort alles besichtigen und unternehmen könnten. Er könne ihr den Fremdenführer spielen, da er die alte Stadt noch gut von vergangenen Lebenszeiten kenne. Sie dachte sich nur, er würde Wien genau so wenig wiedererkennen wie Köln oder Bonn. In hundert Jahren konnte sich unglaublich viel verändern, zumal zwei große Kriege im zwanzigsten Jahrhundert ihren Beitrag zur Veränderung beigetragen hatten. Sie blieb zögerlich. Erst als er damit drohte, den Vertrag mit dem Schwimmclub platzen zu lassen, ließ sie sich breitschlagen und erklärte sich bereit, ihn zu begleiten.

Sie sagte nichts mehr, sie hatte ihn mittlerweile so gut kennengelernt, dass sie wusste, er würde so lange wie ein unerzogenes Kind quengeln, bitten und flehen, bis sie nachgab. Als Ergebnis stellte sie die Begleitung nach Österreich überhaupt nicht mehr in Frage. Somit wurde das Thema ab sofort nicht mehr diskutiert, er hatte seinen Willen bekommen und sie fügte sich des lieben Friedens willen. Er wusste im inneren seiner Seele gar nicht, warum er nicht mehr alleine sein wollte oder konnte. Er vermutete, dass dieser ständige Wunsch nach Zweisamkeit in erster Linie aus seiner Furcht vor dem vorzeitigen Ende seines Daseins herrührte, er wollte keine Sekunde auf ihre Fürsorge verzichten. Inzwischen fühlte er sich wie ein etablierter Bürger, oder sogar mehr als das, er hatte sogar das Wort Spießer gelernt. Er hatte einen vorläufigen Personalausweis, hatte bald ein eigenes Bankkonto, eine feste Partnerin und sogar ein üppiges Einkommen, war Mitglied der deutschen Nationalmannschaft, was sollte ihm da noch fehlen? Er liebäugelte mit einem eigenen Auto und dem dazu notwendigen Führerschein, aber das würde er sicherlich auch noch erreichen können, es würde nur noch eine Frage der Zeit sein.

Auf der Rückreise im Bus von Österreich präsentierte ihm Monika eine Reihe von Zeitungsartikeln, die sie aus verschiedenen Publikationen ausgeschnitten hatte. Die Journalisten hatten ihn mit Lob überschüttet, sie sprachen von einem Riesentalent, das bisher leider unentdeckt geblieben war und nur durch Zufall im Kölner Umland entdeckt worden sei. Sein Alter wurde mit fünfundzwanzig Jahren angegeben, was für einen Leistungsschwimmer schon relativ alt war. Alle möglichen Funktionäre hatten sich über Manchot geäußert, nicht ohne ihre eigene Person ins rechte Licht zu rücken, einige reklamierten seine Entdeckung für sich und sonnten sich in seinem Ruhm. Wenn sich so viele Leute um ihn scharten und als sein Förderer anerkannt werden wollten, dann musste er tatsächlich in der Zwischenzeit berühmt geworden sein. Er hatte alle, aber wirklich alle Nachfragen, Gesuche und Bitten um Interviews abgelehnt, um so lieber waren Trainer und Funktionäre bereit, sich den Fragen der Journalisten zu stellen, ja sie hatten geradezu um die Sympathie der Schreiberlinge gebuhlt.
Genau so wenig, wie er Interviews gegeben hatte, war er bereit gewesen, Artikel über sich zu lesen. Erst als Monika ihm jetzt ihre Sammlung unterbreitete, ließ er sich herab, einige Elaborate der lästigen Sportreporter zu überfliegen. Sie feierten

ihn als Jahrhunderttalent, kritisierten jedoch seinen Schwimmstil als unorthodox, zu viel Kraft entwickelte seine Beinarbeit, bewunderten andererseits seine unübertroffene Atemtechnik, die sie als das Erfolgsrezept erkannt hatten, bezeichneten seine Geschwindigkeit schlichtweg als phantastisch, wie von einem anderen Stern. Einige Berichterstatter hatten in der Kürze der Zeit versucht herauszufinden, wo er das Schwimmen gelernt habe und wieso man bisher nichts, aber auch gar nichts von ihm gehört habe. Wie konnte solch ein Schwimmphänomen so viele Jahre unentdeckt bleiben? Wo kam er überhaupt her? Wo hatte er sich bis heute wohl versteckt? Ein findiger Reporter berichtete von seiner Vermutung, er habe bisher in einem Kloster gelebt, war das Recherche oder eine blanke Vermutung, gab es vielleicht auch eine undichte Stelle unter den wenigen Eingeweihten?

Manchot waren diese Recherchen und Fragen unangenehm, wieso konnte man ihn nicht einfach nur in Ruhe lassen? Genügte es nicht, dass er gute Zeiten schwamm? Wieso mussten diese Schreibwütigen immerzu versuchen, weitere Hintergründe aufzudecken? Was ging die Öffentlichkeit seine Herkunft oder seine Bildung an? War das nur der Zweck ein paar Spalten zu füllen, wie es von der Redaktion erwartet wurde? Wenn diese Hyänen der Regenbogenpresse die Wahrheit herausfänden, würden sie ihn in der Luft zerreißen, nicht dass sie etwas gegen ihn persönlich ins Feld führen könnten, darum ging es denen gar nicht, sie wollten eine Sensation, selbst um den Preis, dass sie ein unschuldiges Opfer zerfleischen mussten. Egal wer das Opfer sei mochte, es mussten Spalten gefüllt werden und zwar in möglichst reißerischer Manier. Das Wort Rufmord war für diese Spezies ein Fremdwort.

Die seriöse Presse beschränkte sich im Allgemeinen auf Bemerkungen wie: Es sei jemand wie Phönix aus der Asche entstiegen, oder: Ein neuer Stern sei am Himmel aufgegangen. Das war nach seinem Geschmack Sensation genug, mehr brauchte es nach seiner Meinung als Ausschmückung auch nicht. Derjenige, der mit unvergleichlicher Energie die Presse bediente, hieß Jörg Breuer, sein Schwimmtrainer, der sich dann gerne als der einzige wirkliche und wahrhaftige Entdecker des Ausnahmesportlers aufspielte und sich auch gerne ablichten ließ und dabei vorzugsweise von den Übungsstunden mit dem „Siegburger Supertalent" berichtete, wobei er seine unendliche Mühe heraushob, die er aufwenden musste, um die Leistungen aus ihm herauszukitzeln. Er offenbarte Details aus den Übungsstunden, die weder Monika, noch Manchot bekannt waren. Er nahm sich vor, mit Jörg einmal Klartext zu reden und ihm klarmachen, dass er als sein Schützling sein Privatleben als privat betrachte und keine Unwahrheiten oder verfälschte Tatsachen über sich lesen wolle. Er ahnte schon wie seine publizistische Zukunft aussehen könnte, sofern sich sein sportlicher Erfolg fortsetzen sollte und darauf wollte er gerne verzichten.

Als nächstes stand ein internationales Schwimmfest in Südfrankreich auf dem Programm, auch hier wollte er nicht auf seine einfühlsame Partnerin verzichten. Wieder hatte sie nur zögernd nach langer Überzeugungsarbeit zugestimmt. Zunächst nahm er jedoch den unwillkommenen Weg ins Bezirksamt auf. Zu seiner großen Überraschung wurde er von der Dame mit Doppelkinn strahlend empfangen, die ihm zu seinen sportlichen Erfolgen gratulierte und ihm einen völlig normalen Personalausweis und dazu einen üblichen Reisepass aushändigte. Er erkundigte sich, wie das denn jetzt plötzlich möglich geworden sei, legte sie den Zeigefinger auf ihre Lippen und meinte augenverdrehend, das sei ihr Geheimnis und er solle mit niemandem darüber reden.

Das schöne romantische Nizza wartete mit einem hässlichen Schwimmpalast, dem Victoria Piscine auf die erwartungsfrohen Sportler. Übernachtet wurde im Collége Port Lympia, einer bescheidenen Absteige ganz in der Nähe der Wettkampfstätte. Der Ablauf des bekannten Sportfestes erschien ihm bereits als Gewohnheit, Manchot verließ seine gesamten Teamkameraden unmittelbar nach den Wettkämpfen sowie seiner Siegerehrung und ging mit Monika auf der Promenade spazieren, essen oder die Stadt erforschen. Hier an der Côte d´Azur gab es ein Meer, kein offenes Meer, aber immerhin ein Nebenmeer, kein unendlicher Pazifischer Ozean, kein Atlantik, aber ein Meer mit köstlichem Salzwasser. Ihm fehlte die starke Brandung, das Wasser war ihm viel zu warm, kaum Fische konnte man in Strandnähe ausmachen, die waren durch die Badegäste vertrieben worden, egal, es war immerhin Meer. Hier musste er um jeden Preis baden und sich im Wasser austoben, ohne sich an ineffiziente Schwimmstile halten zu müssen, hier fand er bestimmt ein paar Fische, denen er hinterherjagen konnte, verschlingen wollte er sie nicht, ihm reichte es, sie zu berühren und ihnen einen Schreck einzujagen.

Monika breitete am Strand ihre Badeutensilien aus, mietete sich einen Sonnenschirm und legte sich ohne Badetuch auf den Sand, ein Gefühl machte sich in ihr breit, das sie liebte. Wärme, kitzelnder Sand, Meeresrauschen und ringsum Betrieb. Ebenso schnell wie der Sonnenschirm kamen ein paar braungebrannte Gigolos, oder wie nannte man die heutzutage? Die beiden Kerle setzten sich vor sie in den Sand und verdeckten ihr die Sicht zum Meer, die Bemerkung, sie warte auf ihren Freund, wollten die Charmeure nicht verstehen, oder es war ihnen schlichtweg gleichgültig. Sie sah sich nach Unterstützung um, aber eine junge Frau wurde hier, ob sie wollte oder nicht von dieser Art Männer umlagert, sie hatte sogar Glück, dass es nur zwei waren und keine größere Gruppe. Sie sah nur zwei Möglichkeiten die Kerle loszuwerden, nämlich fliehen oder sie zu ignorieren. Sie streckte sich aus, spielte die Schlafende und beachtete die Männer nicht mehr, eine schlafende Beute erregte nicht mehr deren Interesse und sie suchten sich bald ein neues Opfer.

So wie Manchot das Meer liebte, so fühlte Monika sich am Strand wohl, hier konnte sie stundenlang zubringen, vielleicht mal kurz zum Abkühlen ins Wasser oder unter die Dusche und dann wieder Sonne und damit Vitamin D tanken.

Manchot war geradezu schockiert, als er von seinem ausgiebigen aber zu warmen Bad wenig erfrischt am Strand auftauchte. Monika hatte ihr Bikinioberteil abgelegt und lag barbusig im Sand. Barbusig mit einem winzigen Höschen in der Öffentlichkeit kam ihm doch bei weitem zu gewagt vor und er machte ihr Vorwürfe wegen ihrer Schamlosigkeit. Sie blinzelte ihn gegen das Sonnenlicht an und bat ihn als einzige Reaktion auf seine Einwände, ihr den Rücken einzucremen. Ihr Busen war nicht sehr groß und hatte immer noch die straffe Jungmädchenform, er fand ihn genau so richtig und äußerst attraktiv, auf seine Besitzansprüche wollte er aber nicht verzichten und bestand auf seinem Recht, als Einziger diese Brüste betrachten zu dürfen. Erst beim Eincremen sah er sich um und bemerkte zu seinem Erstaunen, dass die Majorität der hier sonnenbadenden Frauen nur ein Höschen trug, auch wenn in den meisten Fällen die Brüste der Erdanziehungskraft nicht mehr widerstanden. Jedenfalls resignierte er vor der barbusigen Übermacht, cremte weiter, küsste Monika als er damit fertig war und verschwand nochmals im Wasser.

Abermals zuckte er zurück, das Meer erschien ihm wärmer als sein Badewasser zu Hause, erst als das Strandgeschehen winzig klein wie Ameisengewusel aussah, hatte er nur noch relativ wenig an der Temperatur auszusetzen. Es machte ihm unendliche Freude nach so langer Zeit wieder ohne Grenzen schwimmen zu können, er tauchte auf den Grund, jagte hinter kleinen Fischen her, fing sie mit der bloßen Hand und ließ sie wieder frei, nachdem er sie gestreichelt hatte, dann schnellten sie blitzartig aus seiner offenen Hand und bedankten sich bei diesem sonderbaren Wesen für die wiedergewonnene Freiheit mit einem kräftigen Schlag der Schwanzflosse. Manchot war entsetzt über den Verschmutzungsgrad des Wassers. Zunächst wollte er die wie Quallen umhertreibenden bunten Plastiktüten einsammeln und an Land entsorgen, aber die enorme Anzahl überforderte ihn und so ließ er von seinem Plan ab und schimpfte nur still in sich hinein, indem er die rücksichtslosen Umweltrowdys verfluchte. Er tauchte nur gelegentlich auf und konnte den Strand nicht mehr sehen, sein Instinkt würde ihn aber schon zuverlässig in die richtige Richtung lenken, aus der er gekommen war. Unter Wasser war ihm etwas langweilig, sandiger Grund ist nicht so interessant wie Felsgestein oder

Korallenriffe, also schwamm er in östlicher Richtung, wo er Lavagestein fand. Hier war die Unterwasserwelt wesentlich trubelhafter als vor Nizza, hier konnte er seine bunte Natur genießen und er genoss. Immer wieder griff er sich einen Fisch, spielte kurz mit ihm und ließ ihn wieder frei. Er hatte kurz erwogen, eine dieser silbrig glänzenden Sardinen lebend zu verschlingen, gab diesen Gedanken aber schnell wieder auf, zu lange hatte er Fisch nur zubereitet und gekocht genossen und das Verschlingen eines lebenden Tieres erschien ihm nicht mehr seiner Ethikeinstellung zu entsprechen.

Nach drei Stunden kam er halbwegs erschöpft an den Strand. Monika war von der Sonne bereits durchgebraten. „Na, wie hat dir dein Unterwasserausflug gefallen? Hattest du Spaß in deiner alten Unterwasserheimat? Oder war das nur ein nostalgisches Planschen?"

„Er atmete noch etwas schwer, wirkte aber zufrieden und lächelte sie an: „Es war einfach toll. Ich habe mich mal wieder austoben können, allerdings war das Wasser für mich zu warm, ich bin es instinktiv gewohnt, in fast gefrorenem Wasser um die Eisberge herum zu kurven. Aber ehrlich gesagt, meine Heimat, wie du das nennst, ist das gar nicht, ich habe weder eine Erinnerung daran und weiß auch nicht, ob ich jemals dort war, das Gefühl ist einfach in meinem Blut oder sonst wo. Ich habe mich nur treiben lassen, bin meinem Instinkt gefolgt, habe ein paar Fische gefangen und konnte endlich mal wieder einige Kilometer geradeaus schwimmen. Das Salzwasser ist wesentlich angenehmer, als diese gechlorte Pisse in den Schwimmbädern, auch wenn das Meer hier außergewöhnlich verschmutzt ist, du glaubst nicht wieviel Tüten und anderen Müll ich unterwegs gesehen habe, sogar ein verrostetes Fahrrad. Abgesehen von den Verunreinigungen kann ich resümieren, ich habe es genossen. Jetzt muss ich aber unbedingt etwas gegen meinen unstillbaren Durst und Hunger tun, ansonsten bekomme ich einen Schwächeanfall. Sollen wir uns auf eine Terrasse setzen und die Leute beobachten, dann kannst du wieder ablästern, wie du es so gerne betreibst."

Monika war sofort einverstanden, Ablästern war eine ihrer Lieblingsbeschäftigungen, außerdem hatte sie das Gefühl, die Sonne habe sie völlig ausgedörrt. Auf der „Promenade des Anglaise" fanden sie ein sonniges Terrassencafé nach ihrem Geschmack. Manchot bestellte einen Krug Cidre sec, der eisgekühlt in einem Steinkrug serviert wurde und hervorragend den Durst löschte. Nach drei Stunden Anstrengung war die kalte Erfrischung mehr als willkommen. Beide merkten nicht, dass das Getränk Alkohol beinhaltete und letztlich auch ein wenig zu kalt war. Nach ein paar Minuten hatten sie den Literkrug geleert und bestellten einen zweiten. Dazu konsumierten sie je einen Croque Monsieur, um wenigstens das peinigendste Hungergefühl etwas bekämpfen zu können. Monika pulte hinterher eine ihrer seltenen Zigaretten aus ihrer Packung, entzündete sie und gab ihm einen Kuss wobei sie etwas Rauch zwischen seine Lippen blies, woraufhin er hustete wie eine alte Dampflokomotive beim Anfahren. Monika paffte das Kraut ungerührt weiter. Sie sah ihn mit gerunzelter Stirn an: „Ich wusste gar nicht, dass du rauchst, dir kommt ja noch immer der Qualm wolkenweise aus der Nase."

Manchot grinste: „Das wusste ich auch nicht. Aber wenn du so leidenschaftlich diesem Genuss frönst und mir dann noch den Rauch in den Mund bläst, fühle ich mich animiert und möchte deine Gelüste jeder Art teilen."

Sie zündete sich wie zum Trotz eine weitere Zigarette an und hielt sie ihm an die Lippen: „Ich schlage vor, wir ziehen uns in unserer bescheidenen Unterkunft um und suchen uns ein schönes Restaurant, der Croque Monsieur war nur etwas für den hohlen Zahn. Ich denke, hier am Meer sollten wir ein akzeptables Fischrestaurant finden können."

Manchot wirkte etwas irritiert. „Hast du vergessen, dass wir heute Abend von dem Veranstalter zu einem Empfang mit Abendessen eingeladen wurden und ich denke, es wäre ziemlich unhöflich, wenn wir dort nicht erscheinen."

Der gastgebende Schwimmverein hatte sich angestrengt und einen größeren Raum in einem Restaurant gemietet, das in gediegener Atmosphäre mit erlesenen Speisen und Getränken aufwartete. Der einzige Wermutstropfen war allerdings nach dem Entree die endlose Rede eines Vereinsoffiziellen auf extrem französisch gefärbtem Englisch, der die Erfolge des Schwimmvereins und der einzelnen Akteure aufzählte und blumig ausschmückte. Schließlich hielt er sich bei Manchot auf, erwähnte, dass sein Spitzname auf tölpelhafte Bewegungen an Land schließen ließ, er im Wasser aber geschmeidig wie ein Fisch sei, er erinnerte an Robben, die an Land ungelenk, aber im Wasser ihr Element hätten. Er lobte Manchots Leistungen über den grünen Klee, färbte dessen Zukunft in den schillerndsten Farben. Der Redner bat zum Abschluss seiner Litanei Manchot zu sich und überreichte ihm eine gerollte Urkunde und einen geschmacklosen Silberpokal, begleitet von anerkennenden Tiraden und hängte ihm schließlich unter dem Applaus der Gäste ein Blechding um den Hals. Manchot fühlte sich auf dieser Bühne sichtlich unwohl, ihm behagten diese Lobeshymnen überhaupt nicht, letztlich war er nur einfach geschwommen und war nur ein bisschen schneller gewesen als seine Konkurrenz. Er fügte sich in den Ablauf des Zeremoniells, bedankte sich bei den Offiziellen und mit einem knappen Satz bei dem Auditorium, er hatte Hunger und wollte wieder an die Seite seiner Monika.

Die fünfzehn stündige Busfahrt auf dem Rückweg nach Köln war ermüdend lang, nur von einigen kurzen Zwischenstopps an ungastlichen Raststätten unterbrochen. Monika hatte ihren Kopf auf Manchots Schulter abgelegt und schlief tief und fest, während er las. In weiser Voraussicht hatte er einige Bücher eingepackt, die von der europäischen jüngeren Geschichte handelten. Er empfand es als spannend, wie die Historiker die Periode beschrieben, die er selbst erlebt hatte, man könnte glauben, es handele sich in jedem Fall um eine genaue Analyse der zeitgenössischen Publikationen und Dokumente, was teilweise auch zutraf, anderes aber von den tatsächlichen Geschehnissen geradezu in grotesker Weise abwich. Einiges war unglaublich naiv ausgeschmückt. Anderes erweiterte seinen Blickwinkel, da etliche Dokumente ihm nie zur Kenntnis gelangt waren. Ihn störte ungemein, dass die Historiker nur die politische Konstellation und die Herrschenden dargestellt hatten. Sie hatten sich aber selten oder überhaupt nicht mit der Situation des Volkes und der einfachen Leute beschäftigt. Die ärmlichen Verhältnisse, in denen fast alle Menschen lebten, wurde fast völlig ignoriert. Nur wenige Bauern oder Handwerker konnten nahezu sorgenfrei leben. Die Fürsten schwammen im Geld wie der Rahm auf der Milch. Benötigten sie höhere Einkünfte oder wollten noch mehr Luxus, fiel ihnen selten etwas Besseres ein, als die Steuern zu erhöhen, gleichgültig, ob das Volk diese Steuern überhaupt erwirtschaften konnte oder nicht. Waren die einfachen Leute nicht in der Lage, die Steuern aufzubringen, wartete der Schuldturm auf sie. Und dies jeweils ungeachtet der Tatsache, dass dadurch die Steuerschuld immer noch bestehen blieb und aus der Gefangenschaft heraus sie nicht entrichtet werden konnte. Zusätzlich litt die Familie Not, da der Ernährer der Familie für die Dauer seiner Haft keinen Beitrag zum Unterhalt leisten konnte. In solchen Fällen versuchte meist die Ehefrau bei Verwandten oder Nachbarn den geschuldeten Steuerbetrag zu leihen, immer in der Hoffnung, dass das Familienoberhaupt bald freikam und nach seiner Haftentlassung schnellstens die Schulden tilgen konnte. Falls das nicht gelang, und das war in den meisten Fällen so, konnte der Säumige im Schuldenturm langsam verrotten, es kümmerte sich niemand um ihn. Gefühle beschränkten sich meist auf Hunger Durst oder Schmerz, Mitleid oder Empathie war nicht opportun, man hatte genug mit seinem eigenen Leid zu tun und lud sich nicht auch noch die Probleme Dritter auf die Schultern.

Tief erschüttert las er die Geschichte des großen Krieges, den man in Deutschland den ersten Weltkrieg nannte, weniger den Krieg selber, sondern mehr die unvorstellbare Dummheit und Hinterhältigkeit der Diplomaten und Regenten, die zu diesem im negativen Sinn weltbewegenden menschenverachtenden und grausamen Gemetzel führte. Grausamkeiten und Brutalitäten der widerwärtigsten Art hatte es immer in den vielen Kriegen gegeben, aber die erstmals angewandte Mordtechnik mit

Flugzeugen, Unterseebooten, Giftgas und sonstigen perfiden Waffen, die Menschenleben ohne jegliche Rücksicht oder jedes Mitgefühl kostete, war unvorstellbar und letztlich unbegreiflich. Aber seine Vorstellungskraft wurde gesprengt, als er in einem anderen Werk über die Machenschaften der Nazis las. Auch hier war der eigentliche Krieg nicht das Schlimmste gewesen, der Terror gegen politische Abweichler, gegen andere Rassen oder Andersgläubige war derart bedrückend, dass für viele der Tod den Schrecken verlor und als Erlösung galt. Die Suizidrate unter den Verfolgten sprach für sich. Nach diesen Lektüren war er für längere Zeit sprachlos und starrte gedankenverloren auf einen imaginären Punkt vor sich. In diesem Punkt liefen dann die Bilder des gelesenen wie ein Film ab, wobei er überzeugt war, so schrecklich wie die Tatsachen, konnte seine Phantasie nicht reichen.

Abschied

Als Monika aufgewacht war und sie eine kleine Weile geschmust hatten, begannen sie Zukunftspläne zu schmieden. Sie sprach es nicht aus, nur zwischen den Zeilen konnte er herauslesen, dass sie von Heirat und Kindern sprach. Nicht sofort, sondern zunächst wollte sie ihr Studium beenden, dann könne man alles Weitere ins Auge fassen. So behutsam wie möglich versuchte er ihr klar zu machen, dass es für das Paar keine solche gemeinsame Zukunft geben könne.

Er flüsterte ihr ins Ohr, so dass sie Mühe hatte ihn zu verstehen: „Du darfst bitte eins nicht vergessen, ich bin kein Mensch. Ich bin nicht zeugungsfähig wie ein normaler Mann. Ein Adler kann auch das süßeste Reh nicht befruchten, bitte vergiss das nicht. Wir werden keine gemeinsame Zukunft haben können. Außerdem habe ich nicht die geringste Idee, wie lange sich meine jetzige Periode des aktiven Lebens hinziehen könnte. Ich weiß, dass in der Vergangenheit die Zeiträume extrem stark voneinander abwichen. Mal waren es weniger als zehn Jahre, mal waren es dreißig und einmal waren es sogar siebzig Jahre. Aber auch die Wachphase kann ich zeitlich nicht eingrenzen, das können wenige Tage sein, aber auch etliche Jahre. Irgendein Ereignis, ich weiß nicht welches, lässt mich plötzlich verkrampfen, ich werde völlig steif, meine Haut wird dicker und dicker, wie ein Stahlpanzer und ich verspüre das dringende Bedürfnis, nein sogar einen inneren Zwang, mich zu verstecken und schlafen zu legen. Ich spüre nicht wie ich mich verpuppe, das ist nur ein langsames Einschlafen, eine tiefe Bewusstlosigkeit. Ich habe keinen direkten Einfluss darauf. Das geschieht einfach und ich kann nichts dagegen tun. Nach einigen oder etlichen Jahren, auch dieser Zeitraum ist mir nicht erklärlich, wache ich wieder auf und muss meinen äußeren Panzer, eine Schutzhülle wie eine Eierschale aus einer Art Hornsubstanz, mühsam knacken und abwerfen.

Dieses Aufwachen ist äußerst unangenehm und kräftezehrend. Während meines Schlafes, ich nenne es der Einfachheit so, empfinde ich gar nichts, ich bin wie im Koma, ich brauche keine Nahrung, keine Getränke, keine Wärme, nichts, und dann wache ich aus unerfindlichen Gründen auf und befreie mich aus meinem engen Gefängnis.

Wenn ich aufwache bin ich immer nackt, ich habe nichts mehr in den Händen oder an meinem Körper. Mir ist auch nicht bewusst, ob ich mich vorher ausgezogen habe oder was passierte. Auch Ringe oder andere wertvolle Erinnerungsstücke sind verschwunden, genau wie meine Kleidung. Ich vermute, dass ich das wie in Trance abgelegt habe und es danach von einem Unbekannten mitgenommen wurde, wie gesagt, ich höre und sehe nichts während meiner Verpuppungsphase, sie ist wie ein traumloser tiefer Schlaf."

Monikas Gesicht hatte sich während der Erklärung nicht bewegt, sie hatte ihn nur ungläubig angesehen und langsam lösten sich ein paar Tränen aus ihren Augenwinkeln und suchten sich einen Weg ihr ungeschminktes Gesicht herab. „Ich wollte mit dir alt werden, ich will, dass du lange lebst und mit mir zusammen bist. Können wir nicht einen Biologen oder Zoologen befragen, ob es eine Möglichkeit gibt, dein Leben zu verlängern? Ich will dich nicht so schnell verlieren."

Manchot streichelte über ihr Haar: „Niemand weiß, wie lange das dauern wird, vielleicht überlebe ich dich sogar. Ich gebe dir recht, ich stelle mir das toll vor, ein Leben lang verliebt zu sein und mit neunzig Jahren die Nähe des Partners zu suchen und noch Händchen zu halten. Du hast doch vielleicht das Buch von Gabriel Garcia Márquez gelesen, „Die Liebe in den Zeiten der Cholera", ich habe die Schlussszene unglaublich gelungen gefunden, als die Protagonisten in hohem Alter eng beieinander auf einem Schiff sitzen und gemeinsam glücklich sind, weil sie sich nach einem erfüllten sehnsüchtigen Leben endlich gefunden haben und ihren Lebensabend als Paar genießen wollen. Eine sehr romantische Szenerie, normalerweise werden solche Situationen von jungen Liebespaaren beschrieben, von alten Leuten sucht man solche romantischen Beziehungen meist vergeblich."

Ihr Tränenquell war noch nicht versiegt. Sie schluchzte: „Ich habe mich so schnell an dich gewöhnt und brauche dich. Ich habe auch immer davon geträumt, mit meinem Mann richtig alt zu werden. Ich kenne den Schluss des Buches auch, als das uralte Paar auf dem Schiff in Schaukelstühlen sitzt, sie lieben sich immer noch, haben ganz bescheidene Freuden, zum Beispiel am Sonnenuntergang und sie schöpfen ihre Zuversicht aus ihrer Zweisamkeit. Sie haben keine Zukunft mehr und genießen den Augenblick, in der Hoffnung er dauert noch möglichst lange."

„Ich sage nur, Romantik pur. So etwas kann man nicht planen, sondern nur erträumen. Wenn es so eintrifft, ist es ein phantastischer Lebensabschluss, aber das Leben hat oft andere Pläne mit uns, zum Glück wissen wir nicht, was auf uns zukommt. Träumen ist erlaubt, wenn sie aber nicht wahr werden, dürfen wir nicht verzweifeln. Man muss die Zukunft so akzeptieren, wie sie uns ereilt. Jammern hilft nie, macht aber schlechte Laune und steckt auch noch die Leute der Umgebung damit an."

Sie sah ihn an und zog dann seinen Kopf an ihr tränennasses Gesicht, drückte ihm einen weichen Kuss auf die Lippen. „Ich jammere nicht, ich bin nur unendlich traurig, weil ich Angst habe vor dem Ungewissen. Zunächst habe ich Glück gehabt, dich kennen gelernt zu haben und jetzt habe ich Angst, das Glück wieder zu verlieren. Ich liebe dich und in mir krampft sich alles zusammen, wenn ich mir vorstelle, dass du nicht mehr da sein würdest. Aber vielleicht hast du mit deiner Theorie recht und wir sollten einfach jeden Tag genießen, den wir zusammen sind, nur das Schicksal entscheiden lassen, was auf uns zukommen soll. Trotzdem kann ich mir mittlerweile eine Zukunft ohne dich nicht mehr ausmalen. Du hast meine Gefühle gefangen und beherrschst meine Gedanken. Ich hätte nie geglaubt, dass ich so in meinen Emotionen wie in einem Käfig eingeschlossen werden könnte."

Er küsste sie erneut, wie fühlte er sich von diesen unendlich weichen anpassungsfähigen Lippen angezogen. „Mir geht es ganz ähnlich. Als ich gestern meine Auszeichnung bekam, empfand ich die Trennung von dir schon unerträglich lang, obwohl wir in Sichtkontakt waren und sie sich nur um wenige Minuten hinzog. Ich konnte nicht schnell genug wieder neben dir sitzen. Ich brauche die Nähe deiner Aura, deine Wärme, dein Lächeln deine Stimme und deinen Duft unmittelbar neben mir. Jetzt muss ich dir sogar noch ein Geheimnis verraten, in der Zwischenzeit habe ich selbst deine Tätowierungen zu lieben gelernt, obwohl ich zu Beginn unserer Beziehung gedacht habe, wie kann sich ein Mensch wissentlich lebenslang derart verunstalten."

Monika konnte sich ein Lächeln nicht verkneifen, zusammen mit ihren Tränen war das eine überaus reizende Kombination. „Ach die, die hatte ich genau wie meine Piercings nur aus Protest zu meinem Vater machen lassen. Er hasste dieses moderne Zeugs und tat es als geschmacklosen Firlefanz ab, also habe ich mir die Tattoos für viel Geld stechen lassen. Du hättest sein Gesicht sehen sollen, als ich sie ihm präsentierte, er war entsetzt, er fing auf unflätigste Weise an zu schimpfen und meine Mutter hatte Mühe, ihn zu bremsen, obwohl sie auch nicht begeistert war. Aber er konnte zu seinem Leidwesen nichts mehr ändern. Trotz alledem war das damals eine riesige Genugtuung für mich. Wenn ich ehrlich bin, weiß ich gar nicht so genau, warum ich meinem Vater damals immer Kontra geben musste, ich mag ihn sehr in vieler Hinsicht, wenn ich mich recht erinnere vertrat er das Spießertum zu exzessiv. Ich wusste vor ein paar Jahren nicht in welche Richtung ich gehen sollte, ich war recht orientierungslos, meine Perspektive war noch nicht entwickelt, aber er, der Neunmalkluge, hatte immer eine Antwort auf alle Fragen parat. Er wusste genau wie meine Zukunft aussehen sollte und hatte mein Leben verplant, er konnte jederzeit und zu jedem Problem einen fertigen Plan aus einer Schublade seines Gehirns ziehen und ihn präsentieren. Er hat niemals versucht, mich auf eine Schiene zu setzen, die mich zufrieden oder glücklich machen könnte. Alles hatte nach seinem im Juristenkopf vorgefertigten Muster abzulaufen und alle Familienmitglieder hatten dem zu folgen. Basta!"

Manchot lachte unamüsiert auf. „Ja, ich kenne solche Leute. Dein Vater hatte Erfolg im Beruf, er hatte eine intakte Familie, er konnte mit seinem Erreichten zufrieden sein und demnach hatte er immer in seinen Augen die richtige Antwort auf alle Lebensfragen. Die Vorgeneration kam erst gar nicht auf die Idee, dass man abweichende Vorstellungen hatte, die nicht ihren strikten Schemata entsprachen. Frühere Generationen hatten ihre Schwierigkeiten mit der Toleranz. Die liberale Gedankenwelt ist noch gar nicht so alt, diese Idee kam erst im neunzehnten Jahrhundert in die Köpfe der meisten Menschen, obwohl Goethe schon gesagt hat:

Toleranz sollte nur eine vorübergehende Gesinnung sein.
Sie muss zur Anerkennung führen.
Dulden heißt beleidigen.

Somit lag dein Vater vielleicht gar nicht so falsch mit seiner Einstellung, denn Goethe hatte auch nicht immer recht. Dem gegenüber hatte Tucholski gesagt, wie ich kürzlich gelesen habe:

Toleranz ist der Verdacht, dass der andere Recht hat.

Irgendwo dazwischen müsste die Wahrheit liegen. Du kannst dir kaum vorstellen, wie viele Leute schon etwas Kluges über den Begriff Toleranz oder auch Ignoranz gesagt oder geschrieben haben.“
Monika lächelte das Lächeln des Verstehens. „Ich finde es immer wieder erstaunlich wie du dir das alles merken kannst. Ich wäre da total überfordert. Wahrscheinlich könntest du mir jetzt ganze Bücher herunterbeten, Während ich schon Schwierigkeiten habe, mir eine Telefonnummer zu merken, ganz zu Schweigen von einem Strauß von Zitaten oder sogar toten Gesetzestexten.“
„Mit der richtigen Mnemotechnik und einer Menge Training kann man sein Gedächtnis enorm erweitern. Stell dir einen Luftballon vor, erst wenn er aufgeblasen wird, gewinnt er an Volumen. Die

so genannte Mnemonik ist eine Wissenschaft aus der die Mnemotechnik entwickelt wurde, wenn du die erlernst, glaubst du nicht, wie dein Erinnerungsvermögen erweitert werden kann. Die Technik wendet, um es simpel zu sagen, lediglich an der richtigen Stelle Eselsbrücken an, diese Eselsbrücken sind letztlich persönliche Erinnerungen, die du nicht vergisst und wenn das, was du dir merken willst, damit verknüpfst, bleibt es unauslöschlich in deinem Gehirn gespeichert, na gut, nahezu unauslöschlich. Bei mir funktioniert das nicht mit der Mnemotechnik, sondern mit meinem fotografischen Gedächtnis. Allerdings wünsche ich mir manches Mal eine Suchmaschine, die so ähnlich wie Google funktioniert, damit ich das Gesuchte schneller parat habe und dann auch besser verknüpfen könnte. Manchmal schürfe ich in meinem Gehirn nach etwas Gespeichertem, wie ein Goldgräber und brauche lange bis ich das Nugget in dem Schlamm gefunden habe. Wenn ich eine Gesprächsentwicklung voraussehen kann, ist es einfacher, dann bin ich meist vorbereitet und kann scheinbar spontan das ideale Zitat in eine Diskussion werfen und den oder die Gegenüber damit ausbooten oder zumindest sprachlos machen. Mir fehlt es ohnehin oft an Spontaneität. Ein gutes Gedächtnis hat meines Erachtens nichts mit Intelligenz zu tun, sondern Intelligenz ist die Anwendung des Wissens."

„Trotz alledem finde ich deine Begabung bewundernswert. Ich bin bestimmt nicht die einzige Person, die dich um dieses Talent beneidet, vielleicht sollte ich es wirklich mal mit der Mnemotechnik versuchen."

„Mit dem Neid hast du recht, Heidi hat mir auch schon etwas in dieser Richtung offenbart. Sie meinte, sie sei so vergesslich. Aber da sind wir genau bei meinem Problem: Ich kann nichts vergessen. Wenn ich einmal etwas gespeichert habe, ist es unauslöschlich, ob es unnützer Ballast ist oder elementar Wichtiges. Es bleibt. Da wäre eine Löschfunktion wie an deinem Computer sehr nützlich. Was ich in grauer Vorzeit gelesen habe, könnte ich gut und gerne löschen, außerdem habe ich damals im Vergleich zu heute nicht allzu viel Geschriebenes gesehen. Wenn ich morgens in deinen Briefkasten sehe, wird mir schwindelig, allein die ganze Werbung und die Menge an Zeitschriften und Zeitungen, die einen täglich erschlagen können, ich meine nicht nur vom Gewicht her. Ich habe keine Idee, wer das alles lesen soll, aber offensichtlich lohnt sich das für die Verlage dank der Werbeschaltungen. Bloß, wenn ich eine Reklame über meinetwegen eine Biersorte verinnerlicht habe, kenne ich den Preis in dem entsprechenden Geschäft, einen Tag später sehe ich für das gleiche Bier eine Werbung von einem Konkurrenten, möglicherweise noch mit dem Hinweis versehen: Sensationspreis und dann stelle ich fest, dass das Bier in dem ersten Laden wesentlich günstiger ist, als das zum Sensationspreis. Wenn ich das sehe, fühle ich mich getäuscht und würde am liebsten in das Geschäft stürmen und denen sagen, sie seien Wucherer und Bauernfänger. Wenn du dann feststellst, dass die in der Werbung benutzten Attribute willkürlich austauschbar sind und der Wahrheitsgehalt gleich null ist, könntest du resignieren. Wenn du aber dann, so wie ich, die Preise nicht vergessen kannst, obwohl dies völlig unnützer Ballast ist, könntest du zusätzlich verzweifeln."

Ernüchterung

Im Briefkasten lag eine Vorladung des Ermittlungsrichters. Hermann Buschdorf war als Zeuge geladen, um gegen den mittlerweile genesenen Mahmut Özkan auszusagen. Manchot war nervös, noch nie in seinen vielen Leben war er in solch heikler Angelegenheit vor Gericht gewesen. Das stimmte nicht ganz, zu Zeiten Bismarcks war er in finanziellen Dingen einige Male als Gutachter vor Gericht geladen worden, aber als Opfer eines versuchten Raubüberfalls etwas zu bezeugen, hatte eine andere Qualität. In der Nacht beherrschten sogar Alpträume seinen Schlaf, obwohl er viel lieber von seiner spärlich bekleideten Geliebten geträumt hätte, die sich lasziv auf dem Bett räkelte und sich ihm dann liebeshungrig entgegenbäumte, aber der Traum von der bevorstehenden Gerichtsverhandlung drängte sich immer wieder in den Vordergrund.

Das relativ neue und triste Gerichtsgebäude beeindruckte ihn denn doch enorm, weniger wegen seiner architektonischen Wirkung, sondern wegen seiner institutionellen Bedeutung. Er war zeitig aufgebrochen, er wollte keinesfalls seinen Einsatz verpassen, obwohl das Gebäude auf der gleichen Rheinseite in Bonn-Beuel lag und mit öffentlichen Verkehrsmitteln bequem und rasch zu erreichen war. An seinem Ziel angekommen, stellte er fest, dass von einem Landgericht auf keiner Anschlagtafel etwas zu lesen war, lediglich die Staatsanwaltschaft war erwähnt. Er war sich nicht sicher, im richtigen Gebäude gelandet zu sein und stieg zögerlich die Treppen hoch, er trottete einen langen gefliesten Gang entlang und studierte die Beschriftungen neben den einzelnen Saaltüren, bis er schließlich den Raum erreichte, der ihm angegeben wurde. Vor der Tür stand eine massive Holzbank, die antiquiert anmutete und einem Besucher mit Bandscheibenbeschwerden bereits beim Anblick Schmerzen bereiten musste. Ein Schild wies darauf hin, nicht unaufgefordert einzutreten, man werde aufgerufen. Er hatte noch etliche Minuten Zeit und machte es sich auf der Bank bequem, soweit das überhaupt auf diesem alten Brettergestell möglich war. Er beobachtete die Leute, die wie er selbst vor ein paar Minuten unwissend die Türschilder nach einem Hinweis zur Orientierung absuchten, ständig die Ortsangabe des Schreibens mit den Schildchen vergleichend.

Kurz vor der angekündigten Zeit erschienen die beiden Angeklagten mit einem Anwalt, der sich durch seine schwarze Robe als solcher verraten hatte. Der Jurist sah noch recht jugendlich aus, als habe er sein erstes Staatsexamen noch gar nicht hinter sich gebracht. Er war hellblond und seine Oberlippe verunstaltete ein schütterer Bart, der den Eindruck erweckte, einige Mäuse hätten sich nachts daran gütlich getan.

Der älter aussehende der Angeklagten, Rainer Wohlfarth, trat vor Manchot und blieb Knie an Knie vor ihm stehen, in dieser Position war ein Aufstehen nicht möglich. Der Angeklagte blickte hämisch auf Manchot herab, sein blödes gekünsteltes Grinsen und die Provokation regten Manchot maßlos auf, er ließ sich seine Wut aber nicht anmerken. Wohlfarth drückte seine Beine fester an die Kniescheiben des Sitzenden bis es schmerzte, aber auch das ließ Manchot nach außen hin kalt, aber innerlich hätte er liebend gerne mit seinen Fäusten den Gegner traktiert. Seine Klugheit siegte. Der Anwalt und der Mitangeklagte blieben in respektvollem Abstand und sprachen leise miteinander.

Stimmlos richtete Wohlfarth ein paar Wörter an den ehemalig Überfallenen: „Mein Freund, ich rate dir dringend darauf zu achten, was du da drinnen sagen wirst." Er deutete mit dem Daumen hinter sich auf die massive Holztür. „Wenn ich auf Grund deiner Aussage verurteilt werden sollte, weiß ich wo ich dich finden kann. Ich denke das Treffen zwischen uns dürfte dann nicht sehr gesundheitsförderlich für dich ausgehen und ich sage das nicht nur so, ich werde das auch in die Tat umsetzen, das kannst du mir glauben. Wenn ich sofort in die Kiste muss und selber nicht mehr dazu komme, habe ich genügend Freunde, die das liebend gerne für mich erledigen würden."

Manchot zog in aller Ruhe ein kleines handliches Notizbuch aus seiner Tasche, schraubte die Kappe von seinem Füllfederhalter, den Monika ihm aus einer Erbmasse geschenkt hatte und schrieb für Wohlfarth verdeckt etwas hinein.

„Was notierst du denn jetzt?" fragte der Angeklagte irritiert.

„Ich schreibe wörtlich auf, was du soeben gesagt hast, damit ich dem Ermittlungsrichter wahrheitsgemäß deine Aussage zitieren kann. Der wird sicherlich hocherfreut sein, eine solche massive Drohung gegenüber einem Zeugen zu hören. Ein Überfallopfer zu bedrohen ist nämlich ein Straftatbestand, der mit erheblichen Bußen geahndet wird, dazu käme dann noch der körperliche Zwang, indem du mir die Kniescheibe verletzt. Beides dürfte strafverschärfend im Urteil einfließen. Frag doch mal deinen minderjährigen Anwalt, wie er die Sache beurteilt. Der dürfte nicht gerade sehr erfreut sein, wenn ihm meine Aussage zu Ohren kommt. Und jetzt verpiss dich, um in deinem Jargon zu reden."

Wie auf Kommando erschien der Strafverteidiger und meinte zu seinem Mandanten, er dürfe nicht mit einem Zeugen reden, das könne gravierende Konsequenzen nach sich ziehen. Immer noch verhalten grinsend, obwohl sichtlich verunsichert entfernte sich Wohlfarth und setzte sich neben seinen türkischstämmigen Komplizen. Die beiden tuschelten miteinander, sahen in Manchots Richtung und kicherten ab und zu, wie zwei pubertierende Pennälerinnen, während der Anwalt sichtlich nervös von einem Bein auf das andere trat. Belustigt vermutete Manchot, dass das der erste Gerichtstermin dieses Juristen sei. Endlich öffnete sich die Tür zum Gerichtssaal, einige Leute kamen heraus, von denen etwa die Hälfte einen hochroten Kopf hatten. Wider Erwarten handelte es sich nicht um einen Saal, sondern um einen relativ kleinen Raum, der, so schien es, notdürftig mit einigen billigen rechteckigen Holzimitattischen und einigen einfachen Stühlen möbliert war. Zunächst wurden die Angeklagten in den Raum gebeten, Manchot wurde aufgefordert, sich noch einige Minuten zu gedulden, er würde rechtzeitig hereingerufen. Der jugendliche Anwalt schien seine Kreislaufprobleme bekämpfen zu müssen, sein Gesicht war gerötet und Schweiß stand auf seiner Stirn, seine Aufregung war ihm deutlich anzumerken, als er den beiden Klienten folgte und sich noch durch die schon halb geschlossene automatisch schließende Tür drängte, man hatte ihn entweder übersehen oder ihn nicht als zuständigen Anwalt wahrgenommen.

Als die angekündigten „einige Minuten" sich zu mehr als einer halben Stunde aufgeplustert hatten, bat man ihn über Lautsprecher in den Raum und wies ihm einen Stuhl zu. Die Bewirtung in dem Verhandlungszimmer war nicht nur spärlich, sie war fast nicht existent, außer für den Richter war nicht einmal ein Glas Wasser verfügbar. Nachdem Manchot minutiös alle Angaben zu seiner Person ausbreiten musste, kam der Befrager, er hatte seine Funktion nicht erläutert, jeder musste wohl wissen, dass es sich um den vorsitzenden Richter handelte, endlich zur Sache. Manchot wurde freundlich aber bestimmt dazu aufgefordert, den genauen Ablauf des Abends beziehungsweise der Nacht und das Geschehen in der Tankstelle an dem fraglichen Abend zu schildern. Der Zeuge bemühte sich nichts wegzulassen und erläuterte möglichst präzise den Überfall, die Örtlichkeiten und die Lichtverhältnisse.

Der Staatsanwalt fragte mehrmals präzise nach dem Schuss, ob der Schütze lange gezielt habe oder willkürlich in das Dunkel geschossen habe, er wunderte sich offenbar, warum Manchots Verletzung nicht schlimmer ausgefallen war. Immerhin hatte er eine Schussverletzung an extrem gefährlicher Stelle in der Nähe der Schläfe erlitten, wenn auch mit viel Glück, die Kugel nur eine leichte Blessur hinterlassen hatte.

Der Verhandlungsleitende Richter betonte, dass Herr Buschdorf unglaubliches Glück gehabt habe, dass das Projektil an der Schädeldecke abgeprallt sei und diese nicht durchdrungen habe. „Sie könnten tot sein, wenn der Aufprallwinkel nur um wenige Grade spitzer gewesen wäre. Man kann hier nicht von einer absichtlich zugefügten Verletzung sprechen, es handelte sich um keine Tötungsabsicht und damit kaum um versuchten Totschlag. Allerdings hatte der Täter den Tod des Opfers billigend in Kauf genommen."

Manchot nickte zu diesem Vortrag beifällig, seine Wut auf den älteren Angeklagten, der ohne zu zögern auf jeden Kontrahenten geschossen hätte, dazu noch ihn mehrfach angepöbelt hatte und keinerlei Reue zeigte, war ungebrochen. Er wünschte sich, dass dieses Subjekt bekehrt oder zumindest unschädlich gemacht und wenigstens für ein paar Jahre gesiebte Luft atmen würde. Seine Abneigung gegen den Komplizen war nicht halb so groß, obwohl er auch ihn keineswegs als harmlos einstufen wollte.

Der Vorsitzende fragte ihn nach seiner Einlassung: „Können Sie jemanden der Anwesenden identifizieren? War jemand der Angeklagten zum fraglichen Zeitpunkt in der Tankstelle, als der besagte Schuss auf Sie fiel?"

Manchot fixierte die beiden mutmaßlichen Täter und beantwortete die Frage mit einem Nicken und den Worten: „Unzweifelhaft, Ja."

Und dieses Subjekt, Rainer Wohlfarth, grinste ihn unverschämt an, er fixierte Manchot mit einem stechenden Blick. Der Belastungszeuge kramte umständlich sein Notizbuch aus der Tasche und zitierte wörtlich die Bedrohung des Schützen, die dieser vor einigen Minuten auf dem Flur geäußert hatte: „Ich habe mir die Äußerung des Beklagten sofort nach seiner Verbalattacke notiert, um sie wörtlich wiedergeben zu können. Nach meiner Einschätzung ist die Drohgebärde ein eindeutiges Zeichen des Eingeständnisses seiner Schuld. Ich habe ihn auch vor etlichen Tagen in der Siegburger Fußgängerzone wiedererkannt und ihn auf seine Tat angesprochen, nämlich warum er auf mich geschossen hat. Auch damals hat er mich bedroht. Um es klar zu sagen, ich fühle mich nicht mehr sicher, wenn dieser brutale Schläger frei herumläuft und mir jederzeit auflauern kann."

Der Ermittlungsrichter äußerte Verständnis für Manchots Sorgen, klärte ihn aber auf, dass diese subjektiven Äußerungen nichts mit der Sachlage zu tun hätten und wandte sich dann an den Angeklagten: „Ist es richtig, dass Sie den Zeugen bedroht haben?"

Wohlfarth sprang mit gut gespielter Entrüstung auf und brüllte mehr als, dass er sprach: „Lüge, alles Lüge! Ich habe den Kerl nie gesehen. Ich weiß nicht, warum der mich beschuldigt. Ich kenne den Mann überhaupt nicht und habe auch nicht auf ihn geschossen, wie er behauptet. Und hier auf dem Flur bin ich nur auf und ab gegangen, habe mir die Beine vertreten und dann bin ich auf die Toilette gegangen. Dabei bin ich natürlich an ihm vorbeigekommen. Das wird ja wohl noch erlaubt sein."

Bei den letzten Wörtern hatte sich seine Stimme überschlagen wie bei einem pubertierenden Jüngling im Stimmbruch.

Der Richter sah von seinen Unterlagen auf, die er während der Widerrede wie hypnotisiert gemustert hatte. „Wo befindet sich denn die Toilette, die Sie angeblich aufgesucht haben?"

„Na, etwas weiter den Gang runter."

„Das trägt nicht sehr zu Ihrer Glaubwürdigkeit bei, die Toiletten auf dieser Etage sind nämlich seit ein paar Tagen wegen eines Defektes gesperrt. Ein Schild weist darauf hin, das WC in der nächsten Etage aufzusuchen."

Er wandte sich wieder Manchot zu: „Haben Sie einen Zeugen für das, was Sie behaupten, ansonsten kann ich ihre Aussage nicht anerkennen. Es steht Aussage gegen Aussage, wenn auch die Glaubwürdigkeit des Beklagten in Frage gestellt ist, wie sie sich gerade selber überzeugen konnten. Aber Sie haben meine Frage noch nicht beantwortet. Können Sie jemanden identifizieren, der Sie mutmaßlich in der Tankstelle überfallen hat?"

Ohne zu zögern antwortete Manchot und deutete auf die Angeklagten: „Unzweifelhaft die beiden Herren Wohlfarth und Özkan."

Dann deutete er auf Wohlfarth alleine. „Ich kann auch bezeugen, dass der Angeklagte Wohlfarth der Schütze ist und ich den Herrn Özkan mit der Taschenlampe niedergeschlagen habe."

Der Vorsitzende beugte sich etwas vor, als könne er den Zeugen damit besser sehen. „Sie haben von einem Kurzschluss in dem Gebäude berichtet, der angeblich die Stromversorgung unterbrochen hat. Welche Lichtquelle stand ihnen dann noch zur Verfügung und was konnten Sie noch erkennen?"

„Die Straßenbeleuchtung war noch völlig intakt, das Licht war zwar spärlich, aber es reichte aus, die Angeklagten zu erkennen."

„Die Beklagten hatten Kapuzen in die Stirn gezogen, außerdem haben Sie sie vornehmlich von hinten gesehen. Das war ihre Aussage gewesen. Wieso können Sie sie nun eindeutig identifizieren?"

„Ich habe bereits der Polizei dargelegt, dass ich einen übernatürlich feinen Geruchssinn habe. Meine Nase ist ähnlich untrüglich wie die eines Hundes. Ich weiß definitiv, dass die beiden die Tankstelle überfallen haben. Ich weiß das sowohl auf Grund des gesehenen als auch des gerochenen. Das kann ich so bezeugen."

Die anwesenden Juristen wirkten leicht ungeduldig, der Richter schüttelte kaum merklich den Kopf. „Sie wollen also allen Ernstes behaupten, Sie könnten den Geruch der Leute noch auf einen oder noch mehr Meter Entfernung erschnüffeln? Es fällt mir schwer das zu glauben, insbesondere da die meisten Menschen ihren eigenen Körpergeruch mit Seife, Deodorant oder Parfüm mehr oder weniger erfolgreich bekämpfen."

Manchot fühlte sich selbstsicher, er könnte das Gesagte jederzeit beweisen. Es wäre für ihn überhaupt kein Problem, das Experiment, das er bei der Polizei bestanden habe, zu wiederholen. „Herr Vorsitzender, ich wäre bereit, einer weiteren Prüfung meines Geruchssinns zuzustimmen. Ich schlage vor, man legt mir eine beliebige Anzahl von Kleidungsstücken verschiedener Personen vor und ich werde die Sachen der Beschuldigten herausfinden, ohne sie zu berühren. Ich habe den Test auf Bitte des anwesenden Polizeihauptkommissars Thomas Koslowski im Beisein von Polizeioberkommissar Stefan Brahschoss bereits erfolgreich durchgeführt. Die zwei Beamten waren verblüfft, aber auch überzeugt, dass ich diese Fähigkeit besitze."

Der Richter blätterte in seinen Unterlagen. „Über das Experiment liegt ein Protokoll der Polizei vor, insofern brauchen wir es nicht zu wiederholen. Abgesehen davon erscheint mir die Klägerseite in diesem Punkt auf recht schwachen Füßen zu stehen. Es wäre ein absolutes Novum und die Beweisführung wäre fragwürdig."

Der Verteidiger stand auf und wurde verlegen, meldete sich aber mit Überwindung zu Wort: „Eine solche Beweisführung wäre äußerst zweifelhaft und wäre ohne Beispiel in der Strafgesetzgebung. Hunde, die eine Spur erschnüffelt haben dürfen auch nicht vor einem Gericht als Zeuge auftreten."

Er hatte nach seinem mutigen Auftritt triumphierend in Richtung Staatsanwalt gesehen, der sich auch gleich zu Wort meldete: „Herr Vorsitzender, zugegebenermaßen wäre eine solche Beweisführung ungewöhnlich, aber ich stehe auf dem Standpunkt, wenn es der Wahrheitsfindung dient, sollte man auch mal noch unbeschrittene Wege einschlagen. Die Angeklagten wurden optisch identifiziert, wenn es auch nicht sonderlich hell war, auch Sehbehinderte werden von den Gerichten als Zeugen gehört, wenn sie nicht gerade völlig blind sind. Hinzu kommt die Geruchsidentifizierung, die laut Protokoll der Polizei absolut glaubhaft erscheint. Wir wissen zudem, dass jeder Körper einen anderen spezifischen Geruch hat, nicht umsonst können viele Tiere bei der Spurensuche behilflich sein. Ich beantrage hiermit, dass die Geruchsidentifikation bei der Urteilsfindung berücksichtigt wird."

Der Ermittlungsrichter schien genervt und machte dann eine wegwerfende Handbewegung. „Es ist noch nicht der Zeitpunkt für Ihr Schlussplädoyer gekommen. Sparen Sie ihre Rede für den Schluss der Verhandlung auf."

Der Zeuge wurde entlassen, er hatte aber keine Lust der Verhandlung weiter zu folgen, er war davon überzeugt, dass seine Argumente stichhaltig genug waren für eine Inhaftierung der Angeklagten. Auf dem Flur traf er den Polizisten Koslowski, der auch seine Aussage machen sollte. Manchot erzählte dem Beamten von der allgemeinen Reaktion auf seine Zeugenaussage. Koslowski schlug sich auf die Oberschenkel, dass es laut klatschte.

„Es ist zum Kotzen, das sieht doch ganz so aus, als würden wir wieder mal um die Früchte unserer Arbeit gebracht. Die Juristen sind derart engstirnig, dass sie nur ausgelatschte Wege gehen können, alles andere ist denen zu mühselig. Ich möchte wetten, dass die beiden da drinnen aus Mangel an Beweisen freigesprochen werden, obwohl, wenn Sie mich fragen, es eine Unmenge an Indizien und Beweisen gibt. Das Problem besteht darin, dass keiner der Beweise hundert Prozent wasserdicht ist und die Richter heutzutage in einem Indizienprozess das Wort „Schuldig" nicht kennen. Das dürfte eigentlich nicht wahr sein, ist es aber zu meinem Leidwesen."

Der Polizist trat wütend vor den Stempel der Bank, die krachend gegen die Flurwand knallte. Dabei hatte er sich offensichtlich am Zeh verletzt, denn er humpelte mit schmerzverzerrtem Gesicht auf die Bank zu, setzte sich, entledigte sich seines leichten Sommerschuhs italienischer Machart und rieb sich Grimassen schneidend die Zehen.

Manchot sah ihm mitleidvoll zu. „Können Sie mir Bescheid geben, wie die Sache hier ausgegangen sein wird? Ich weiß gar nicht, ob ich offiziell benachrichtigt werde, eine Abschrift des Urteils werde ich sicherlich nicht zugesandt bekommen, obwohl mich der Ausgang der Verhandlung brennend interessieren würde."

„Da haben Sie recht," presste der Hauptkommissar zwischen den Zähnen hervor, „Zeugen erhalten in aller Regel keine Benachrichtigung über den Ausgang des Verfahrens, es sei denn, ihr Anwalt stellt ihnen das zur Verfügung, ich gehe davon aus, den haben Sie ja wohl nicht. Aber ich unterstelle, dass heute Niemand verurteilt wird und die Sache mit Freilassung enden wird. Ich kenne jedoch den Staatsanwalt, der wird garantiert in die Berufung gehen. Ich bin mir auch sicher, dass dieser charakterlose Wohlfarth auf Rache sinnen wird, ich rate ihnen dringend äußerst vorsichtig zu sein, ich traue dem Kerl alles zu."

Manchot lachte ein Lachen, das mehr wie ein husten klang und machte ein paar tölpelhafte Schritte auf den Beamten zu. „Machen Sie sich um mich keine Sorgen, ich werde mir zu helfen wissen. Außerdem werde ich in ein paar Tagen zur Schwimmeuropameisterschaft nach England aufbrechen, dann bin ich erstmal für mindestens zwei Wochen außer Landes und damit für dieses Subjekt nicht auffindbar. Aber ich werde ihren Rat befolgen und besonders wachsam sein. Ich habe ja den großen Vorteil, dass ich den Kerl bereits auf weite Entfernung riechen kann, wie Sie sich ja in dem Geruchsexperiment vor einiger Zeit selbst überzeugen konnten."

Der Polizist wog den Kopf, dann schüttelte er ihn heftig. „Ja, das war sehr beeindruckend, wird aber von dem Gericht sicherlich nicht in Erwägung gezogen. Passen Sie in jedem Fall auf sich auf, wir können Sie aus Personalmangel leider nicht schützen, aber ich kann ihnen wenigstens viel Glück wünschen."

Die Worte des Beamten hatten Manchot trotz seines großen Selbstbewusstseins ein Gefühl der Unsicherheit eingeflößt. Er wusste genau, dass seine Körperkräfte und seine Gewandtheit ausreichten, sich gegen die meisten Gegner zur Wehr zu setzen, was wäre jedoch, wenn jemand mit einer Waffe auf ihn zukäme oder ihn sogar hinterrücks angriffe? Seine Sinne waren zwar stets geschärft, hilfreich waren dabei nicht nur seine gute Nase und sein ausgesprochen gutes Gehör, sondern er verfügte auch noch über einen hervorragenden Instinkt, den manche Leute als siebten Sinn bezeichneten. Er spürte die Gefahr im Allgemeinen durch eine innere Unruhe, die mit einem gewissen Automatismus seine Sinne noch zusätzlich schärfte. Sein großes Manko jedoch war seine geringe Geschwindigkeit beim Laufen. Auf Land war er weniger schnell als ein sportlich trainierter Mensch. Er war flink in seinen Bewegungen, er konnte einem Angreifer geschmeidig ausweichen, seine Beinarbeit ließ aber zu wünschen übrig. Seine Beine waren etwas zu kurz geraten und auch zu muskulös, daher auch sein leicht watschelnder Gang, dem er seinen alten Spitznamen verdankte. Die Beine und die ein wenig gedrungene Körperstruktur verschafften ihm aber wiederum eine enorme Standfestigkeit. Nun ja, alles hatte seine Vor- und Nachteile.

In England, während der Europameisterschaften war alles verlaufen, wie er und die Funktionäre es erwartet hatten. Ein paar Weltrekorde waren gepurzelt. Die Betreuung durch Monika hatte mal wieder seine physischen und psychischen Wirkungen gezeigt und ihn zu Höchstleistungen angestachelt. Die Umgarnung des Trainers und der Funktionäre war ihm schon am ersten Tag auf die Nerven gegangen, wie üblich, wollten sie sich nur in seinem Ruhm sonnen, somit hatte er sich so oft wie möglich zurückgezogen und Presse und offizielle Personen gemieden.

Er und auch Monika wunderten sich immer wieder, wie viele Entdecker und Förderer seines Talents aus dem Nichts auftauchten. Jeder hatte seine außergewöhnliche Begabung sofort festgestellt und ihn gefördert. Man hatte den Eindruck gewinnen können, dass er vor seiner Entdeckung durch seine Sportlehrer überhaupt nicht in der Lage gewesen war zu schwimmen, so zumindest hörte sich das Eigenlob der Funktionäre an. Je höher die Verbandsoffiziellen in der Hierarchie emporgeschwemmt worden waren, je stupider erschienen sie dem unvoreingenommenen Betrachter. Die meisten dieser von sich eingenommenen Hochrangigen waren gescheiterte Politiker, die man auf ein Abstellgleis geschoben hatte, um sie nicht ins bodenlose fallen zu lassen. Reine Versorgungsposten für unfähige oder ausgediente Politiker.

In der Presse wurde paradoxerweise diesen Offiziellen mehr Platz eingeräumt, als dem mehrfachen Europameister und Weltrekordinhaber. Auf keinem der Fotos hatte er sich in Positur stehend abbilden lassen, lediglich Schnappschüsse wurden von ihm veröffentlicht. Interviews hatte er grundsätzlich verwehrt. Als Dank sprachen dann die Schreiberlinge in ihren Artikeln von einem eigenwilligen und introvertierten Schwimmstar oder bezeichneten ihn sogar als Egomanen mit autistischem Einschlag. Allerdings überschlugen sich die britischen Journalisten mit ihren Lobeshymnen für seine Leistungen im Gegensatz zu seinem sozialen Verhalten. Er war dennoch froh, ein paar Tage Ruhe zu genießen, Monika wimmelte alle Gesprächswünsche erfolgreich ab. Die

Talkmaster des Fernsehens waren insbesondere pikiert, da sie nicht gewohnt waren, Ablehnungen ihrer lukrativen Einladungen zu erhalten. Sie hatten versucht, ihn mit fetten Honoraren zu ködern, aber er und Monika waren eisern wie alte Kanonenrohre. Er hatte nichts gegen das Geld, er hatte nichts gegen die Fernsehfuzzies, wenigstens nicht gegen alle, nein ihm ging nur die ewige dumme Fragerei auf die Nerven, zumal alle Fragen fast identisch waren. Wenn er sie ehrlich beantwortet hätte, wären wohl ausschließlich Antworten der Kategorie „Ja" oder „Nein" protokolliert worden und das wäre den Talkmastern und Talkmasterinnen auch nicht allzu recht gewesen. Nein, er wollte sich nicht selbst beweihräuchern, das hatte er für sein Ego nicht nötig. Er fand ohnehin peinlich, wenn selbst drittklassige Schauspieler oder deren weibliche Pendants sich selbst als Künstler bezeichneten und auch noch als Sahnehäubchen von dem Gastgeber in den Himmel gelobt wurden. Das Publikum jubelte ohnehin, ob es sich um wahre Künstler oder Versager handelte, die in schlechten und billigen Nachmittagsproduktionen verheizt wurden. Nach seiner Interpretation kam Kunst von Können und hatte nichts mit der Engagementhäufigkeit in Vorabendserien oder Soaps zu tun. Hatte man nur wenige Auftritte in diesen lächerlich anspruchslosen Sendungen hinter sich, galt man dann automatisch als prominenter Künstler. Es war nicht so, dass er nicht etliche Leute als Künstler bezeichnete, auch nicht jeder Schriftsteller, der mal ein Buch geschrieben hatte, war ein Künstler. In der Musik oder Malerei oder welchem Metier auch immer war das nicht anders. Einem Schauspieler musste man die zu spielende Rolle abnehmen, man musste in der Szene glauben können, dass sie nicht gespielt war, sie musste authentisch wirken, dann konnte man vielleicht von einem Künstler reden. Die Schauspieler der früheren Epochen hatten in Theatern den kompletten Abend zu gestalten und mit zugegebenermaßen übertriebener Mimik ihre Rollen zu spielen. Um dies zu bewerkstelligen brauchte man Können und eine tragende Stimme. Dies ging den heutigen Mimen weitestgehend ab. Als Künstler hätte er nur eine Handvoll

Schauspieler benennen können, der Rest bestand aus unbegabten, teilweise nett aussehenden Gestalten.

Jedenfalls war er keinesfalls bereit, sein lieb gewonnenes Privatleben und insbesondere seine biologische Herkunft öffentlich breitzutreten. Irgendwann würde er sich bestimmt verplappern und dann würde sein aus Lügen bestehendes Kartenhaus zusammenfallen. Dann würde er erst recht von der Regenbogenpresse an den Pranger gestellt. Zudem wäre damit zu rechnen, dass er seine sportlichen Erfolge aberkannt bekäme, schließlich waren die Weltrekorde angeblich von einem Menschen errungen worden und nicht von einer zoologischen Ausnahmeerscheinung. Auf seinem bisher langen Weg auf Erden war bisher noch niemand aufgefallen, dass er nicht nur viel von den Menschen geerbt hatte, sondern die Schwimmtalente und die Behaarung, oder besser vielleicht Beflaumung, von einem Wasservogel, zum Beispiel einem Pinguin, geerbt hatte. Und damit war es ja noch gar nicht genug, irgendwie waren da noch die Gene von einem Insekt in sein Blut geraten, wie sonst hätte er sich regelmäßig wie ein Engerling verpuppen können. Für einen Wissenschaftler der Vererbungslehre wäre er sicherlich ein unerschöpfliches Forschungsobjekt gewesen. Er hatte nicht die geringste Lust als Weltwunder von Wissenschaftler zu Forschungslaboratorien, zu Ärzten, Zoologen oder Biologen und was für Spezialisten auch immer herumgereicht zu werden. Sicherlich wäre man nach Beendigung des Forschungsprogramms, falls dies jemals zu Ende wäre, keinen Deut schlauer. Seine Familie oder ähnlich geartete Wesen könnte er dadurch wohl kaum finden, aber es bestünde die Gefahr, dass er dieser Belastung nicht gewachsen wäre. So wie es war sollte es schon gut sein, er war mit seinem Leben und seiner Situation zufrieden. Er hatte eine Geliebte, er hatte ein gutes Einkommen von dem er Monika fast jeden Wunsch erfüllen konnte und nicht zuletzt Freude an seinem Dasein. Was wollte er mehr, aber er durfte nicht vergessen, er hatte auch Feinde, somit war sein Leben mit allen Facetten komplett und nahezu perfekt.

Eine Sorge plagte sein Unterbewusstsein permanent, es erschien ihm äußerst riskant, krank zu werden, man wusste nie was die Ärzteschaft möglicherweise über ihn und seine biologische Besonderheit herausfinden konnte. Obwohl, nach der Aussage seiner Freunde, mieden die Ärzte heutzutage jeglichen körperlichen Kontakt und verließen sich fast ausschließlich auf Laborwerte und die Eigendiagnosen der Patienten, somit war dieses Risiko gering. Obwohl, sein Blut war wohl irgendwie anders. Nein, das alles wollte er auf keinen Fall. Seine Erinnerung an die wenigen guten Ärzte, die noch die Leute mangels elektronischer Diagnostik genauestens untersuchten waren in der Bevölkerung bestens angesehen und hatten eine hervorragende Ausbildung genossen. Heute empfand er das völlig anders, der Bildungsstand der Bevölkerung, auch der Akademiker im Allgemeinen erschreckte ihn. Kaum jemand konnte sich noch gepflegt ausdrücken. Mathematik war ein Fremdwort, selbst für die einfachsten Rechenaufgaben wurde eine Rechenmaschine herangezogen. Man brauchte darüber hinaus kein Wissen, man brauchte nichts zu lernen, ein Blick in einen Computer oder in das allwissende Handy waren der Wissensschatz und das Gedächtnis.

Höflichkeit sowie soziale Bildung waren die Ausnahme und bei Jugendlichen fast nicht existent. Rücksichtslosigkeit herrschte vor, soziale Kompetenz war mittlerweile asymmetrisch verteilt. Hatte die Verteilung der sozialen Kompetenz statistisch nach der Gauß´schen Normalverteilung früher eine Glockenform, so war dies nach seinem Eindruck nunmehr eine nach hinten verschobener ballistischer Kurve.

Das Bildungsniveau war dermaßen schlecht geworden, dass heutige Abiturienten damals spätestens in der Quinta von den Gymnasien ausgeschieden worden wären.

Und trotzdem ging es heute der durchschnittlichen Bevölkerung wesentlich besser, als noch vor wenigen Generationen. Der sogenannte Konsumterror hatte wider Erwarten etwas Positives, für jeden blieb ein Krümel des Kuchens übrig, von dem man auch leben konnte. Dies war zumindest der Fall in den sogenannten Industrienationen, die auf Kosten der

Entwicklungsländer in Wohlstand lebten, daran hatte sich allerdings wenig geändert, das war auch damals bereits der Fall gewesen.

Manchot liebte es einzukaufen. Er empfand das Angebot in den so genannten Supermärkten und Fachgeschäften einerseits erdrückend, andererseits konnte er seinem Drang nicht widerstehen, ähnliche Artikel genauestens zu vergleichen. Die werblichen Aufdrucke auf den Verpackungen priesen allesamt hervorragende Qualität an, jedoch verwirrten ihn dann die Preise, die oft genug im Gegensatz zu den Anpreisungen standen. Wie konnte es möglich sein, dass eine Joghurt der oberen Qualitätsstufe mit der gleichen Geschmacksrichtung bis zu dreimal so teuer war wie das Konkurrenzprodukt? Auch war ihm unerklärlich wie viele Produkte mit der gleichen Konsistenz wie beispielsweise Milch ausgestellt waren und wie konnten diese von verschiedenen Meiereien zu unterschiedlichen Preisen angeboten werden. Vor ein paar Generationen kaufte man Milch und man bekam Milch, ohne Unterscheidung des Herstellers, man wusste nicht einmal, wer der Bauer war und wie die Kuh hieß. Er empfand die Auswahlmöglichkeit als verwirrend und keineswegs erhellend. Die Konfusion wurde bei vielen Produkten komplett, wenn die werblichen Aufdrucke unverständlich waren. Die Preisspanne bei Olivenöl fiel ihm am eklatantesten ins Auge, die Preisunterschiede waren immens, nämlich um viele hundert Prozent, die Aufschriften der Etiketten erhellten ihn keineswegs und die Auskunft einer Dame des Ladens trug auch nicht zur Aufklärung bei, „Das Teuerste ist das beste." Verstärkte aber nur seine Zweifel. Andererseits konnte man sich doch unmöglich in jedem Fachgebiet das Wissen eines Experten aneignen, um eine Flasche Öl zu kaufen. Man benötigte in jedem Wissensgebiet Stellvertreter, denen man glauben konnte und deren Wissen man abrufen konnte. Zugegeben, man vermutete solche Fachleute bei Zeitschriften oder Verbraucherorganisationen, nur waren die sich selten einig und man war nach Studium der Lektüre so klug wie zuvor. Man müsste zur Entscheidungsfindung etliche

Fachrichtungen studiert haben, um ein fachgerechtes Urteil fällen zu können. Bei seinen letzten Erdanwesenheitszeiten war es weniger abwechslungsreich, aber auch wesentlich einfacher gewesen sich mit Lebensmitteln zu versorgen. Es gab zwei oder drei verschiedene Sorten Brot, das Obst und Gemüse entsprach der Saison und den Ernteerfolgen, es gab ein paar regionale Käsesorten, lediglich Fleisch insbesondere Wild wurde in vielen Variationen angeboten, sofern man es sich finanziell gestatten konnte. Lediglich in Großstädten wie Köln, Hamburg oder Mainz, die an Flüssen oder in Meeresnähe oder Handelsrouten lagen, wurde nach Ankunft eines Versorgungsschiffes Angebote aus ferneren Gegenden unterbreitet. Die Warenauswahl war jedoch im Vergleich zu heute sehr beschränkt, man war aber auch auf diese anspruchslose Versorgung eingestellt und bekochte die Familie entsprechend. Das Mittagessen der meisten Leute bestand aus Suppen, jeden Tag Suppen, meist Gemüsesuppen und als Sattmacher angereichert mit Kartoffeln, Nudeln oder Reis. Sonntags fand man etwas Fleisch darin, das zum großen Teil für den Herrn des Hauses reserviert war. Dazu gab es dann ein Stück Brot aus Altbeständen, an denen man die Zähne trainieren und testen konnte.

Er trat auf die Straße und hatte zwei große Einkaufstüten vollgestopft, für deren Füllung er volle zweieinhalb Stunden benötigt hatte, als Ausgleich dafür kannte er jetzt sämtliche Joghurtsorten, deren Nährwerte, Fettgehalt, Preis, Herstellungsort und deren Verfallsdatum. Er kannte das gleiche von Olivenöl und Balsamicoessig, er hatte siebenundzwanzig verschiedene Sorten von Salami analysiert und verinnerlicht. Sehr lange hatte er sich auch bei der Milch aufgehalten. Er hatte immer geglaubt, dass Milch gleich Milch sei, weit gefehlt, er wusste nun, durch welche Fettgehalte und Haltbarkeiten die Sorten sich unterschieden und aus welcher Region sie mit welch saftigen Gras stammten. Er hatte seine Analysen und Studien als relativ stumpfsinnig empfunden, schließlich hatte er einige auskunftsbereite beflissene Fachverkäuferinnen dem Nervenzusammenbruch nahegebracht und auch seine eigene

Stimmung hatte gelitten als er auf den Heimweg daher trottete. Was nützte ihm sein neues Wissen wohl, oft würde er nicht einkaufen gehen und selbst wenn, das wirklich beste Produkt kannte er immer noch nicht, schließlich war er kein Lebensmittelchemiker und hatte auch kein Laboratorium zur Hand gehabt.

Die Dämmerung war bereits fortgeschritten, die Amseln sangen ihr schrilles Regenlied und es spazierten nur noch wenige Menschen über die Straßen. Die Mehrheit scheute das drohende Gewitter und saßen größtenteils beim Abendessen oder vor dem Fernsehapparat. Manchot witterte etwas, etwas ihm Bekanntes, er hatte diesen Geruch noch vor kurzer Zeit in der Nase gehabt. Er sah sich um, entdeckte aber nichts Verdächtiges. Er kannte diesen Geruch, er kannte ihn nur zu gut. Er wusste gleich zu welcher Person dieser Geruch gehörte und er kannte den Namen des Aussenders der spezifischen Geruchsmoleküle. Sein Geruchssinn war ähnlich genau wie eine DNA-Analyse. Der Geruch vermischte sich mit seinem Hass, er wurde unerträglich penetrant, er roch Rainer Wohlfarth, als stünde er neben ihm. Plötzlich wurde er an beiden Oberarmen brutal untergehakt und hörte eine Haustür zuschlagen. Die beiden Angreifer hatten ihm in einem Hausflur nahe seiner Wohnung aufgelauert und hielten ihn nun mit beiden Armen fest. Der Mann zu seiner Linken war tatsächlich der wohl bekannte Tankstellenräuber Wohlfarth, während der zu seiner Rechten unbekannt war, allerdings war der wesentlich kräftiger gebaut, als sein Komplize. Der Unbekannte hatte einen kahlen Schädel und jede Menge Tätowierungen an den Armen. Manchot wurde von den kräftigen Armen in eine Nebenstraße gedrängt. Widerstand erschien zwecklos, zumal ihn die beiden Einkaufstüten zusätzlich behinderten. Manchot wollte die akribisch ausgesuchte Fracht nicht verlieren, jedoch wäre er auch ohne dieses Gepäck nicht wesentlich wehrhafter gewesen.

„Was wollt ihr von mir? War meine Verletzung durch den Schuss nicht schon schmerzhaft genug gewesen? Wo wollt ihr mit mir hin?"

Er hatte keine Antwort erwartet und es kam auch keine, außer einer Bierfahne, die kurzfristig den penetranten Gestank des Tankstellenräubers überdeckte.

Manchot überlegte angestrengt, ob er eine Chance hätte, zu entkommen, wenn er die beiden Lasten einfach fallen ließ und versuchte sich den beiden Schraubstöcken an seinen Armen zu entwinden. Er entschloss sich abzuwarten, es würde sich bestimmt eine günstigere Gelegenheit bieten.

„Wir wollen nur einen kleinen Spaziergang mit dir machen, wenn du nichts dagegen haben solltest." Wohlfarth grinste hinterlistig als er das sagte. „Du warst ja so nett, dem Ermittlungsrichter eine Menge Lügen über mich zu verbreiten, aber der alte Kerl hat dir nicht geglaubt, sonst wäre ich wohl nicht hier. Jedenfalls steht bald meine Verhandlung an und da wirst du sicher wieder gefragt, ob ich dich verletzt habe. Ich wollte dich nur höflich bitten, dann die Wahrheit zu sagen, nämlich dass du mich nicht erkannt hast. Und die Behauptung, du hättest den Täter erschnüffelt, kannst du dir auch sparen, das glaubt dir ohnehin kein Mensch."

Als Bestätigung seiner freundlich vorgetragenen Bitte, stieß er Manchot die Fingerknöchel in die Rippen, der sich vor Schmerz nach vorne beugte. „Haben wir uns verstanden oder willst du auf deinen Märchen bestehen?"

„Ich habe als Zeuge – und das weißt du ganz genau – nur die Wahrheit ausgesagt. Ich werde bei der Wahrheit bleiben, auch wenn dir die Version nicht gefällt. Du kannst mir drohen, wie es dir beliebt, ich werde bei der Wahrheit bleiben. Außerdem wäre ich ganz zufrieden, wenn du mal ein paar Jahre in Haft wärst, dann könntest du in dieser Zeit weniger unschuldige Menschen mit deiner Anwesenheit belästigen. Vielleicht wirst du da aber auch ein wenig geläutert."

Als Antwort erhielt er von beiden Seiten gleichzeitig einen Hieb in die Nierengegend, er ging automatisch ins Hohlkreuz, zu schmerzhaft waren die Schläge. Mittlerweile waren sie an einem ungepflegten Busch angekommen und die beiden zerrten Manchot in ein Gebüsch, offenbar kannten sie sich hier aus, denn nach wenigen Metern erreichten sie eine weniger überwucherte Stelle, auf der allerlei Unrat von Exzessiven Orgien lag. Von leeren Schnapsflaschen, gebrauchten Präservativen über Bierdosen und Einwegspritzen bis hin zu undefinierbaren Möbeltrümmern.

Wohlfarth sprach wieder seinen Widersacher an, während der Unbekannte Muskelprotz Manchots Arme hinter dem Rücken fixierte, die Tüten waren dabei aus seinen Händen geglitten und das Aufprallgeräusch ließ vermuten, dass etwas darin zerbrochen war. „Ich glaube, ich habe dich vorhin nicht richtig verstanden, du hattest gesagt, du willst bei deiner Version des Abends in der Tankstelle bleiben?"

Diesen Satz begleitete ein kraftvoller Faustschlag in den Bauch seines wehrlosen Gegenübers. Manchot blieb die Luft weg und er krümmte sich vor Schmerzen. Ihm war klar, wenn er sich nicht irgendwie befreien könnte, würde diese Geschichte böse enden. Wobei böse noch eine harmlose Untertreibung seiner Erwartung war. Der glatzköpfige Bulle trampelte auf den Einkaufstüten herum als seien es Sofakissen, er würde die Einkäufe wohl abschreiben müssen, zumal ein nasser Brei herausfloss. Ihm stand also noch ein längerer Einkaufsaufenthalt in dem Laden bevor. Er dachte krampfhaft nach, wie er wohl aus dieser Situation herauskommen könnte.

Manchots Schmerzen in der Bauchgegend ließen etwas nach, trotzdem beugte er sich weit vor, als krümme er sich noch vor Schmerzen. Der Unbekannte lockerte den Schraubstock um Manchots Handgelenke etwas, er drehte sich blitzschnell um und entwand dabei seine Arme. Der Glatzkopf hatte nicht damit gerechnet und Manchot nutzte die Kraft der Drehung aus und schlug ihm seinen Ellenbogen ins Gesicht. Es knackte etwas und ein markerschütternder Schrei brach aus der Kehle des Geschlagenen. Wohlfarth schaute verblüfft in Manchots Richtung, auch er war von dieser Wendung der Situation überrascht, er hatte wohl nicht geglaubt, dass die Schraubzwingen des Glatzköpfigen nachlassen würden. Er reagierte noch nicht, er befand sich noch in einer Art Schreckspannung, machte nur ein unglaublich dämliches Gesicht. Manchot sprang auf ihn zu und rammte ihm mit aller verfügbaren Kraft seine Faust ins Gesicht. Der Geschlagene strauchelte, während sich der Bulle auf Manchot stürzte, er blutete aus der Nase, möglicherweise war dort etwas gebrochen. Manchot wich dem Angriff des Kraftprotzes behände aus und der Kerl fiel über seinen Komplizen, beide wälzten sich fluchend im Dreck. Manchot nahm ein kräftiges Holzstück auf, vielleicht eine Sessellehne, schlug sie dem Bullen über den Kopf und blieb in Angriffshaltung über den beiden stehen.

„Habt ihr jetzt genug oder soll ich euch den Schädel zertrümmern, wie ich es bei eurem Freund Özkan gezeigt habe, ich bin nämlich gar nicht schlecht in dieser Disziplin."

Die beiden standen wie in Zeitlupe auf, klopften sich notdürftig den Schmutz von der Kleidung, fluchten unverständliches Zeug vor sich hin, machten aber keinerlei Anstalten einen erneuten Angriff zu starten. Manchot hielt die beiden im Auge, hielt aber das gebogene Holzteil in Abwehrhaltung, bereit jede Sekunde damit eine Schädelverletzung zu verursachen. Er kümmerte sich um die Einkaufstüten, indem er mit einer Fußspitze die Öffnung anhob, Milch, Joghurt, Olivenöl extra vergine und Tomaten hatten sich zu einem Brei vereint und alle anderen Lebensmittel und Verpackungen einbalsamiert. Es hätte wenig Zweck gehabt, diesen Brei vor Ort zu sortieren. Er sah zu Wohlfarth auf, der hatte die Augen zu Schlitzen zugekniffen, als würde er auf Rache sinnen oder einen neuen Angriff erwägen. Manchot war überzeugt, diese Lektion hatte den Schlägern nur temporär gereicht. Der bullige Glatzkopf tastete an seiner Nase herum und jammerte stimmlos vor sich hin, während Wohlfarth nur ein blutunterlaufenes Auge hatte, das er ständig rieb.

„Ich hoffe, meine Herren, wir sehen uns so schnell nicht wieder, vorzugsweise erst vor Gericht, aber das würde mir dann für alle Zeiten reichen."

Manchot ging langsam rückwärts und kämpfte sich mit geschärften Sinnen durch das Gestrüpp, es erfolgte kein weiterer Angriff und instinktiv fand er den lichten Durchlass, den sie gekommen waren.

Aus heiterem Himmel hatte er wieder die verhasste Witterung von Wohlfarth, konnte aber nichts entdecken, obwohl er sich aufmerksam umblickte. Genauso unerwartet erhielt er einen heftigen Schlag auf den Kopf. Irgendetwas hatte dabei fürchterlich geknackt, er sah Sterne und versank in einer mehr als schwarzen Dunkelheit.

Als Manchot aufwachte, hatte er fürchterliche Kopfschmerzen. Es war bereits dunkel. Er befühlte seinen Hinterkopf und ertastete eine lange klaffende Wunde aus der Flüssigkeit geronnen war. Er brauchte kein Licht, um sicher zu sein, dass es sich um Blut handelte. Vorsichtshalber roch er an seinem Finger, der typisch metallische Blutgeruch war unverkennbar. Der Kopf schmerzte höllisch, ein Presslufthammer schien seinen Schädel zu bearbeiten. Er war sicher, da war mehr passiert, als lediglich eine Platzwunde. Vielleicht sogar eine Fraktur? Oder eine Gehirnblutung? Er versuchte aufzustehen, sank aber gleich wieder in sich zusammen. Er war wütend auf sich selbst, hätte er doch dieses asoziale Subjekt kampfunfähig geschlagen, dann wäre er jetzt unverletzt. Er spürte, wie sich langsam eine Steifheit in seinem Rücken ausbreitete. Er wusste von früheren Situationen, das waren die ersten Anzeichen des Verpuppungsvorgangs. Das war sein natürlicher Schutz, damit sich der Körper wieder erholen konnte und in einigen Jahren oder Generationen wieder aus der Starre erwachen konnte.

Er dachte an Monika, er konnte sie doch unmöglich ohne jeden Gruß auf diese Weise verlassen. Er musste ihr unbedingt eine Nachricht zukommen lassen, viel Zeit blieb ihm nicht mehr. Er kramte in seiner Hosentasche und fand tatsächlich einen kurzen IKEA-Bleistift, den er immer bei sich trug, obwohl er den Laden nicht sonderlich mochte. Er schleppte sich zurück zu seinen verlassenen Einkaufsbeuteln und bekam einen Müslikarton zu fassen, er riss ihn auf, verteilte den Inhalt um sich herum. Er dachte nicht an die Vögel, die sich darauf stürzen würden. Die Rückseite trennte er sorgfältig von den abgeknickten Seitenteilen und schrieb im schwachen Schein des Mondlichts eine kurze Mitteilung an Monika. Er rappelte sich auf, die Versteifung in seinem Rücken schritt stetig voran. Er musste sich beeilen, sonst würde er nicht mehr laufen können. Mit übermenschlicher Anstrengung stellte er sich auf die Beine und tapste wie ein Pinguin Schrittchen für Schrittchen Richtung Monikas Wohnung. Er hatte den Karton der Müsliverpackung fest umklammert. Es war nicht weit bis zu dem Haus, aber auch kurze Strecken können für einen Verletzten einen schier unendlichen Weg bedeuten. Er war fast blind vor Schmerz. Er stützte sich an allen verfügbaren Hauswänden ab. Schließlich warf er die improvisierte Nachricht in Monikas Briefkasten. Er musste sich beeilen, um in irgendeine einsame Gegend zu kommen, er konnte nicht hier auf dem Trottoir sitzen bleiben. Er musste zurück in das Gebüsch wo ihn dieser saubere Herr Wohlfarth überfallen hatte.

Er brauchte einen Platz, der normalerweise nicht frequentiert wurde, um sich und seinen Kokon für längere Zeit zu verstecken.

Das Gewitter hatte sich durchgekämpft.
Dicke Tropfen erfrischten die wenigen hastenden Passanten.
Leichter Wind verdrängte die schwere Luft.
Er taumelte vorwärts über die unbelebte Straße.
Das Gehen fiel ihm immer schwerer.
Die Steifheit seiner Extremitäten schritt fort.

Am nächsten Morgen fand Monika nach einer schlaflosen Nacht, in der sie sich tränenreiche Sorgen um ihren nicht erschienenen Lebenspartner gemacht hatte, einen zerrissenen und fleckigen Müslikarton in ihrem Briefkasten, der von einer Spinne bewacht worden war.
Sie war nur in der Lage Überschrift und Signatur zu lesen, der Rest verschwamm in ihren Tränen.

Geliebte Monika,

Wohlfarth hat mich erwischt. Schicksal! Wir werden uns leider nie mehr wiedersehen. Ich wurde schwer verletzt und werde mich gegen meinen Willen wieder verpuppen. Mein Rücken wird schon steif und ich muss mich verstecken.

Ich danke Dir für alles, was Du für mich getan hast. Ich werde immer an Dich denken und Dich immer lieben.

Suche mich bitte nicht, Du wirst mich nicht finden.

Ich hasse Trauer, versuche, an etwas Fröhliches zu denken, vielleicht an unsere schönsten Stunden.

Ich wünsche Dir alles nur erdenklich Gute.

Dein Manchot alias Flaumer

Inhaltsverzeichnis

Vom gleichen Autor sind erschienen:

Perfidie
Ein Roman über die Reaktorhavarien in Tschernobyl und Fukushima.

Rachegold
Ein Kriminalroman, der größtenteils im Kölner Rotlichtmilieu und in Teplice spielt.

Henker & Sohn
Ein Roman über den Generationenkonflikt und die Liebe zu einem jüdischen Mädchen.

Orientalische Vision
Was wäre, wenn sich Schiiten und Sunniten vereinigen würden und die Weltherrschaft erringen könnten? Ein apokalyptischer Roman.

SchicksalsSchläge
und deren Bewältigung
Roman über die Erlebnisse einer Familie im Laufe der Jahrzehnte des vergangenen Jahrhunderts.

www.epubli.com

ISBN: 978-3-7598-0197-5